TORMENTA NA VILA DOS TECIDOS

O Arqueiro

GERALDO JORDÃO PEREIRA (1938-2008) começou sua carreira aos 17 anos, quando foi trabalhar com seu pai, o célebre editor José Olympio, publicando obras marcantes como *O menino do dedo verde*, de Maurice Druon, e *Minha vida*, de Charles Chaplin.

Em 1976, fundou a Editora Salamandra com o propósito de formar uma nova geração de leitores e acabou criando um dos catálogos infantis mais premiados do Brasil. Em 1992, fugindo de sua linha editorial, lançou *Muitas vidas, muitos mestres*, de Brian Weiss, livro que deu origem à Editora Sextante.

Fã de histórias de suspense, Geraldo descobriu *O Código Da Vinci* antes mesmo de ele ser lançado nos Estados Unidos. A aposta em ficção, que não era o foco da Sextante, foi certeira: o título se transformou em um dos maiores fenômenos editoriais de todos os tempos.

Mas não foi só aos livros que se dedicou. Com seu desejo de ajudar o próximo, Geraldo desenvolveu diversos projetos sociais que se tornaram sua grande paixão.

Com a missão de publicar histórias empolgantes, tornar os livros cada vez mais acessíveis e despertar o amor pela leitura, a Editora Arqueiro é uma homenagem a esta figura extraordinária, capaz de enxergar mais além, mirar nas coisas verdadeiramente importantes e não perder o idealismo e a esperança diante dos desafios e contratempos da vida.

ANNE JACOBS

TORMENTA na
VILA
DOS
TECIDOS

LIVRO 5

Título original: *Sturm über der Tuchvilla*

Copyright © 2021 por Blanvalet Verlag
Trecho de *Wiedersehen in der Tuchvilla* copyright © 2022 por Blanvalet Verlag
Copyright da tradução © 2025 por Editora Arqueiro Ltda.

Blanvalet Verlag é uma divisão da Penguin Random House Verlagsgruppe GmbH, Munique, Alemanha. Direitos negociados com a Ute Körner Literary Agent – www.uklitag.com.

Todos os direitos reservados. Nenhuma parte deste livro pode ser utilizada ou reproduzida sob quaisquer meios existentes sem autorização por escrito dos editores.

coordenação editorial: Taís Monteiro
produção editorial: Ana Sarah Maciel
tradução: Thelma Lersch
preparo de originais: Dafne Skarbek
revisão: Carolina Rodrigues e Juliana Souza
diagramação: Guilherme Lima e Natali Nabekura
capa: Johannes Wiebel
imagem de capa: ©Nikaa / Trevillion Images
adaptação de capa: Ana Paula Daudt Brandão
impressão e acabamento: Lis Gráfica e Editora Ltda.

CIP-BRASIL. CATALOGAÇÃO NA PUBLICAÇÃO
SINDICATO NACIONAL DOS EDITORES DE LIVROS, RJ

J18t

Jacobs, Anne
  Tormenta na Vila dos Tecidos / Anne Jacobs ; tradução Thelma Lersch. - 1. ed. - São Paulo : Arqueiro, 2025.
  512 p. ; 23 cm.   (A Vila dos Tecidos ; 5)

Tradução de: Sturm über der Tuchvilla
Sequência de: O regresso à Vila dos Tecidos
Continua com: Reencontro na Vila dos Tecidos
ISBN 978-65-5565-787-6

1. Ficção alemã. I. Lersch, Thelma. II. Título. III. Série.

CDD: 833
CDU: 82-3(430)

25-95947

Meri Gleice Rodrigues de Souza - Bibliotecária - CRB-7/6439

Todos os direitos reservados, no Brasil, por
Editora Arqueiro Ltda.
Rua Artur de Azevedo, 1.767 – Conj. 177 – Pinheiros
05404-014 – São Paulo – SP
Tel.: (11) 2894-4987
E-mail: atendimento@editoraarqueiro.com.br
www.editoraarqueiro.com.br

OS RESIDENTES DA VILA DOS TECIDOS

A família Melzer

Johann Melzer (*1852–1919), fundador da fábrica de tecidos dos Melzers
Alicia Melzer (*1858), nascida Von Maydorn, viúva de Johann Melzer

Os filhos de Johann e Alicia Melzer e suas famílias

Paul Melzer (*1888), filho de Johann e Alicia Melzer
Marie Melzer (*1896), nascida Hofgartner, esposa de Paul Melzer, filha de
    Jakob Burkard e Louise Hofgartner
Leopold ou Leo (*1916), filho de Paul e Marie Melzer
Dorothea ou Dodo (*1916), filha de Paul e Marie Melzer
Kurt ou Kurti (*1926), filho de Paul e Marie Melzer

Elisabeth ou Lisa Winkler (*1893), nascida Melzer, separada de Klaus von
    Hagemann, filha de Johann e Alicia Melzer
Sebastian Winkler (*1887), segundo marido de Lisa Winkler
Johann (*1925), filho de Lisa e Sebastian Winkler
Hanno (*1927), filho de Lisa e Sebastian Winkler
Charlotte (*1929), filha de Lisa e Sebastian Winkler

Katharina ou Kitty Scherer (*1895), nascida Melzer, viúva de Alfons
    Bräuer, filha de Johann e Alicia Melzer
Alfons Bräuer (*1886–1917), primeiro marido de Kitty Scherer
Henni (*1916), filha de Kitty Scherer e Alfons Bräuer
Robert Scherer (*1888), segundo marido de Kitty Scherer

Outros parentes

Gertrude Bräuer (*1869), viúva de Edgar Bräuer
Tilly von Klippstein (*1896), nascida Bräuer, filha de Edgar e Gertrude
Bräuer
Ernst von Klippstein (*1891), ex-marido de Tilly von Klippstein
Elvira von Maydorn (*1860), cunhada de Alicia Melzer, viúva de Rudolf
von Maydorn

Os empregados da Vila dos Tecidos

Fanny Brunnenmayer (*1863), cozinheira
Else Bogner (*1873), criada
Maria Jordan (*1873–1925), camareira
Hanna Weber (*1905), assistente de criadagem
Humbert Sedlmayer (*1896), criado
Gertie Koch (*1902), camareira
Christian Torberg (*1916), jardineiro
Gustav Bliefert (*1889–1930), jardineiro
Auguste Bliefert (*1893), antiga criada
Liesel Bliefert (*1913), ajudante de cozinha, filha de Auguste Bliefert
Maxl (*1914), filho de Gustav e Auguste Bliefert
Hansl (*1922), filho de Gustav e Auguste Bliefert
Fritz (*1926), filho de Gustav e Auguste Bliefert

PARTE I

I

Augsburgo, maio de 1935

Passava um pouco das dez da manhã. Depois de arrumarem os quartos dos patrões, limparem os banheiros e organizarem tudo para o almoço, os empregados tinham agora um tempinho para tomar um café com leite e fazer um lanchinho na cozinha – afinal, já estavam de pé e trabalhando desde as cinco e meia.

– O postaleiro finalmente está chegando de bicicleta – disse Auguste, parada junto à janela da cozinha, olhando para a alameda da Vila dos Tecidos.

– E continua deixando a Vila dos Tecidos no final da fila. Os patrões só vão conseguir ler a correspondência ao meio-dia! – grunhiu a Sra. Brunnenmayer.

– É hoje que eu pergunto se o que ele está distribuindo é a correspondência do Império ou das lesmas e dos bichos-preguiça – disse Humbert.

Hanna, prestes a colocar a cesta com os pãezinhos que tinham sobrado do café dos patrões em cima da mesa comprida da cozinha, deteve-se, apavorada.

– Cuidado, Humbert – alertou ela. – Nem brinque com isso, dizem que ele já fez denúncias contra outras pessoas.

O carteiro velhinho e simpático anterior se aposentara havia seis meses, fato que era constantemente lamentado pelos residentes da Vila dos Tecidos. Seu sucessor não podia ser mais diferente. Era jovem (ainda não tinha nem trinta anos), magro como um galgo, pálido e rabugento. E ainda por cima era um fervoroso membro do partido: um nacional-socialista de carteirinha, como fazia questão de alardear. Provavelmente fora por essa razão que havia conseguido o emprego no serviço postal do Império Alemão.

– Antigamente nunca teriam contratado um imbecil desses! – disse a

Sra. Brunnenmayer. – Três vezes por semana ele nos traz cartas endereçadas para outras pessoas, e sabe-se Deus onde algumas das nossas estão indo parar!

Entretanto, o mais irritante no "postaleiro", como eles o haviam apelidado, era a ostensiva saudação nazista que fazia. Toda vez que entrava de bicicleta no pátio da Vila dos Tecidos, erguia o braço direito e berrava um "Heil Hitler!" tão vigoroso que podia ser ouvido lá da Haagstraße. E, se aquela saudação que o Estado impunha não fosse devidamente respondida, ele se tornava desagradável.

Dois dias antes, quando Hanna lhe respondera com um simpático "Deus te abençoe", ele a ameaçara, dizendo que os católicos obstinados também seriam colocados na linha em breve. O que era ridículo, é claro, mas acabou impactando a temerosa Hanna.

– Ele já está quase no pátio – informou Auguste.

Hanna ajeitou seu avental e apressou-se para ir abrir a porta, mas Humbert segurou-a pelo braço.

– Você, não! – disse ele com firmeza. – Pode deixar que vou recebê-lo com as devidas honras.

– Por favor, não, Humbert – pediu ela. – Não vale a pena se meter com gente assim.

– Então eu vou – disse Liesel, cobrindo o bule com uma capa acolchoada para o café não esfriar.

Mas a Sra. Brunnenmayer não gostou nada daquilo, pois Liesel era sua protegida querida, além de praticamente sua sucessora.

– De jeito nenhum, Liesel! – ordenou ela. – Seu cargo é de cozinheira, não de criada.

Auguste revirou os olhos ao perceber que sobraria para ela. Ela voltara a trabalhar na Vila dos Tecidos fazia quase dois anos, desde que Gertie se demitira e nenhuma das duas sucessoras havia sido do agrado da Sra. Elisabeth. Auguste estava orgulhosa, feliz com aquela providência divina e firmemente decidida a manter aquele emprego até o fim da vida.

– Já estou indo – disse ela. – Ele não poderá fazer nada comigo. Direi "Heil Hitler" amigavelmente, e se ele falar que devo levantar o braço direito, direi que estou com uma artrose terrível que me impede até de coçar o nariz.

E saiu a tempo de encontrar o carteiro entrando no pátio e tocando a campainha da bicicleta de forma insistente. Carrancudo, Humbert ficou parado à janela do lado de Hanna para observar a cena e Liesel se juntou a eles; só a Sra. Brunnenmayer continuou sentada, por causa do persistente inchaço nas pernas e da dificuldade em ficar em pé.

– Ele já está levantando o braço – disse Liesel. – E nem desceu da bicicleta ainda...

– Meu Deus! – gritou Hanna. – Isso não vai acabar bem!

– Não acredito! – exclamou Humbert. – Agora ele entortou o guidão. Bem-feito! Caiu no canteiro. E ainda bateu a cabeça com tudo na borda!

– Olha as cartas todas espalhadas pelo pátio! – exclamou Hanna, levando a mão à boca em estado de choque.

A Sra. Brunnenmayer não aguentou mais ficar perdendo a cena e foi correndo até a janela apesar de suas pernas doloridas. De fato, o "postaleiro" estava sentado ao lado da bicicleta caída, segurando a cabeça com as mãos. Os dois sacos de correspondências que ficavam presos acima da roda traseira haviam se rasgado na queda, fazendo com que parte de seu conteúdo caísse.

– Meu Deus! – exclamou Auguste. – Espero que o senhor não tenha se machucado!

O carteiro não se dignou a responder e procurou um pano no bolso do casaco para limpar o sangue que escorria do nariz. Enquanto isso, Auguste descera as escadas da entrada para amparar o ferido.

– Bem que eu imaginei que isso fosse acontecer – disse ela, inclinada sobre a bicicleta. – Com uma bicicleta tão carregada, a pessoa precisa ficar com as duas mãos no guidom, senão pode facilmente perder o equilíbrio. O senhor precisa descer primeiro e fincar bem os dois pés no chão antes de fazer a saudação...

– Não teve nada a ver com isso! – grunhiu o rapaz acidentado com o lenço na mão. – Tinha alguma coisa no meio do caminho. Eu escorreguei!

– Bom, não estou vendo nada no meio do caminho – respondeu Auguste. – Espere, vou ajudar o senhor a recolher as cartas...

– Tire as mãos das correspondências – ralhou o ferido, levantando-se com esforço. – Elas estão sujeitas ao sigilo postal. Traga-me um lenço úmido.

Auguste continuou fingindo estar profundamente abalada e mostrou-se solidária.

– Para o seu nariz, não é? Meu Deus, como está inchado. Imagine só se estiver quebrado! O senhor vai ficar com um calombo no meio do rosto...

– Traga um lenço úmido! – insistiu o homem.

Então levantou o próprio lenço que segurava sobre o rosto para apalpar o nariz. Realmente estava inchado.

Na cozinha, todos foram tomados por pura satisfação maliciosa pela má-sorte do rapaz. Finalmente, Hanna compadeceu-se, pegou um pano limpo de cozinha e segurou-o debaixo da torneira.

– Um pano de chão daria para o gasto – observou Humbert.

– Meu Deus, você sabe ser maldoso! – afirmou ela, censurando-o, e saiu às pressas para levar o pano para Auguste.

Depois eles ficaram observando pela janela o "postaleiro" limpar o rosto, apalpar o nariz várias vezes e depois levantar a bicicleta, que ficou com o para-lama dianteiro torto. Infelizmente ele a levou até a parede da casa para apoiá-la, de forma que eles não conseguiam mais vê-lo pela janela da cozinha – só o pano molhado, que o homem jogara aos pés de Auguste, continuava no campo de visão deles. Depois ele recolheu as cartas, segurando-as debaixo do braço, e as enfiou de volta nas bolsas dos correios.

– E as correspondências da Vila dos Tecidos? – perguntou Auguste de forma destemida.

– A senhora não pode esperar?

– Só estou perguntando...

– Isto não vai ficar assim – afirmou ele em tom de ameaça. – Escreva o que lhe digo. Foi uma armadilha preparada para mim. Tinha algo no meio do caminho!

– Não vi nada e posso ser testemunha para qualquer efeito. Muito obrigada pelas correspondências. Não é lá muita coisa, será que o senhor não esqueceu alguma?

– Isto não vai ficar assim... – afirmou o furioso carteiro mais uma vez.

– Sim, sem dúvida – tagarelou Auguste com naturalidade, dirigindo-se para as escadas da entrada com as cartas na mão. – Então tudo certo, e o senhor tome mais cuidado no futuro. Ah, e "Heil Hitler" atrasado...

– Aí ela foi longe demais – comentou a Sra. Brunnenmayer à janela da cozinha, virando-se para se sentar novamente enquanto soltava um gemido.

– Ele já está indo embora – informou Liesel. – Como pedala rápido! Está borbulhando de tanto ódio.

– Espero que isso não nos cause nenhum problema – disse Hanna com um suspiro. – Se os patrões forem denunciados por nossa causa...

– Ah, sua medrosa! – exclamou Humbert, colocando o braço ao redor de seus ombros para acalmá-la. – Vamos tomar café, senão ele vai esfriar.

Auguste voltou à cozinha com uma expressão de satisfação.

– É a vida – disse ela, com um sorriso malicioso. – Quem anda com o nariz empinado acaba se esborrachando. Falei para Christian ir logo varrer o pátio.

Depois correu para a pia para lavar as mãos e sentou-se em seu lugar. Os outros também foram até a mesa do café da manhã. Agora o tempo havia ficado curto: a cozinheira precisava cuidar do almoço, Humbert tinha que pôr a mesa na sala de jantar e Auguste também teria tarefas a cumprir assim que Johann, Hanno e Charlotte chegassem da escola, em breve.

– Por que Christian tem que varrer o pátio? – perguntou a Sra. Brunnenmayer.

Auguste já estava comendo um pãozinho com manteiga, que ela mergulhara em seu café com leite.

– Porque está cheio de cascalho.

– Cascalho?

– Ai, meu Deus – disse Liesel, apavorada. – Christian queria encher os dois buracos na alameda hoje de manhã. Um pouco do cascalho deve ter caído do carrinho...

– Então o postaleiro... – gaguejou Hanna. – Então o coitado realmente escorregou no cascalho...

Humbert colocou a xícara em cima da mesa, quase engasgando de tanto rir.

– Christian é mesmo um malandro – comentou ele, rindo. – Sempre quietinho e com ar inofensivo, mas é um baita de um espertalhão!

– Mas ele não fez de propósito! – exclamou Liesel com consternação. – Meu Christian jamais faria algo assim!

Humbert acenou descartando o comentário e alcançou um pedaço de presunto defumado para colocar no pão cortado.

A Sra. Brunnenmayer fitou o relógio da cozinha, depois olhou à volta como se procurasse alguém.

– Mas onde Else se meteu?

Realmente, Else não aparecera para o segundo café da manhã. E a agitação fora tamanha que não haviam percebido nada, até mesmo porque Else geralmente só ficava dormindo à mesa e precisava ser acordada para a refeição. Estava ficando velha, quase nem conseguia mais arrumar um quarto e havia muito tempo não ajudava mais a bater os tapetes. Mas nenhum empregado era mandado embora por motivo de idade na Vila dos Tecidos. Else pertencia à casa, fazia o trabalho do jeito que ainda conseguia, ficava sentada com os outros na cozinha e continuava morando em seu quarto no andar de cima como sempre.

– Hoje de manhã ela estava aqui – disse Humbert.

– É verdade. E subimos juntas até o primeiro andar – informou Auguste. – Ela foi para os quartos dos patrões para fazer as camas, e eu fui ao anexo para aprontar as crianças para a escola.

Hanna arrumara o salão vermelho e o jardim de inverno, onde os patrões haviam jantado no dia anterior. O salão dos cavalheiros não era usado havia dias. Nos quartos dos "jovens patrões" – Dorothea e Leopold – só era necessário tirar um pouco o pó, pois eles não estavam sendo usados naquele momento. Leo havia concluído o ensino médio no ano anterior e estava estudando música e teoria da composição em Munique. Sua irmã Dodo, para o horror de sua mãe, abandonara a escola logo antes do exame de conclusão para fazer um curso de aviação em Staaken, perto de Berlim. Quem arcara com o elevado valor da formação fora tia Elvira, que àquela altura estava maravilhosamente adaptada à Vila dos Tecidos e se entusiasmava com as ambições de Dodo.

– Vou dar uma olhada lá – disse Hanna, terminando sua bebida às pressas. – Provavelmente Else acabou pegando no sono em algum lugar.

– Como é que ela não consegue se controlar? – esbravejou a Sra. Brunnenmayer. – É uns oito anos mais nova que eu, mas parece uma velha caquética!

A cozinheira de longa data da Vila dos Tecidos já estava com 72 anos, mas continuava comandando a cozinha com mãos de ferro, além de supervisionar sua "sucessora" Liesel no trabalho e colocar a mão na massa sempre que julgava necessário. Só suas pernas eram motivo de preocupação. Seus joelhos estavam sempre muito inchados e doloridos, e seus pés também não queriam mais desempenhar seu trabalho direito, razão pela qual, àquela altura, ela só conseguia caminhar com largas pantufas de feltro.

– É o que acontece quando passamos cinquenta anos em frente ao fogão – comentou ela, rabugenta.

A campainha do terraço tocou: era para Auguste, que se levantou com um arquejo. A Sra. Elisabeth estava sentada com o marido ao sol e provavelmente desejava mais uma jarra de limonada e biscoitos. Quando a criada já estava na porta do átrio, Hanna apareceu no corredor de serviço, conduzindo Else, que estava completamente perturbada, pela mão.

– Aí está você, Else! – exclamou Auguste. – Onde se escondeu? Sentimos sua falta.

Else soluçava e secava as lágrimas com o dorso da mão.

– Por que tenho que passar por isso agora, já no fim da vida...? – dizia ela aos prantos. – Peço, por favor, que ninguém conte isso ao patrão. Ficarei morta de vergonha para todo o sempre...

– Primeiro beba um café com leite, Else – disse Hanna, tranquilizando-a. – Ninguém percebeu nada, eu encontrei você a tempo.

Auguste lamentou por não ter tempo para mais perguntas; ela precisava se apressar pois a Sra. Elisabeth era uma pessoa impaciente. Mas na cozinha todos souberam que Else ficara tão cansada depois do árduo trabalho de fazer a cama que adormecera. Hanna a encontrara roncando serenamente no leito dos patrões.

– Agora você foi longe demais! – esbravejou a Sra. Brunnenmayer, horrorizada. – Se o patrão tivesse encontrado você lá, ficaria de cabelo em pé!

Else ficou sentada à mesa, de cabeça baixa, sendo consolada por Hanna. Bebia um café preto em grandes goles e assegurou várias vezes que algo assim nunca mais lhe aconteceria.

– Agora estou desperta – afirmou ela. – Isso foi uma mensagem de Deus para eu tomar jeito.

Christian, que estava sentado do outro lado da mesa, colocou o último pãozinho na boca enquanto bebia, pensativo, seu café com leite. Àquela altura já ficara sabendo o resultado do que aprontara e também estava com a consciência pesada.

– Exagerei um pouco na quantidade de cascalho que joguei no carrinho de mão – confessou ele. – Não queria fazer três viagens, então enchi demais o carrinho nas duas vezes. E como estava empurrando com embalo em torno do canteiro de flores, parte do carregamento caiu no pátio. Eu ia voltar na hora para varrer tudo, mas aí vi que o garanhão tinha empurrado a cerca de novo, e eu...

– Está tudo bem, Christian – afirmou Liesel, consolando-o, em pé na frente do fogão para refogar as cebolas para o *goulash*. – Não é culpa sua se aquele estúpido não sabe andar de bicicleta.

– E se ele fizer uma denúncia? – indagou Christian, preocupado. – Sendo que já está de olho na gente. Vocês lembram? Em abril ele fez o maior alvoroço porque a gente não tinha pendurado as bandeiras com a suástica.

Eles de fato haviam se esquecido das bandeiras para o aniversário do Führer, mas depois repararam o erro. A família Melzer também tivera que se habituar ao novo governo, que, àquela altura, já controlava o país de forma implacável. Uma das razões era pela própria fábrica, que por muito pouco sobrevivera à crise econômica e não teria tido a menor chance de receber mais encomendas sem demonstrar uma clara orientação para o espírito nacional-socialista. Coisas terríveis haviam acontecido dois anos antes, quando Adolf Hitler fora eleito chanceler do Império e logo em seguida os nacional-socialistas haviam conseguido a maioria nas eleições parlamentares. Após alguns dias, a "Revolução Nacional", como chamavam os nazistas, alcançou todos os cantos do país. Também houvera muitas prisões em Augsburgo – a chamada "prisão preventiva", que ocorria quando alguém era considerado inconveniente pelos nazistas e era levado para Katzenstadel, o presídio da corte, durante a noite ou à plena luz do dia, e, de lá, para o campo de concentração de Dachau. Essa punição afligira cidadãos prestigiosos, além de conselheiros municipais do SPD, o Partido Social-Democrata da Alemanha, e do KPD, o Partido Comunista da Alemanha, e sindicalistas, mas também simples trabalhadores. Alguns operários da fábrica de tecidos dos Melzers também tinham sido levados, e a maioria nunca fora vista novamente. Só o Sr. Winkler, que havia sido um dos primeiros a serem levados para a prisão, fora poupado do campo de concentração de Dachau graças à ajuda de bons amigos. Mas, mesmo assim, a Sra. Elisabeth só havia sido autorizada a buscar seu marido após quatro semanas de detenção na Katzenstadel.

Humbert, que havia dirigido o carro na ocasião, ainda não conseguira se recuperar completamente da visão do prisioneiro liberto.

– Ele estava puro osso – relatara o criado. – Com os cabelos raspados e vários hematomas no rosto. Bateram muito nele. Chutaram seu rosto com botas. Qualquer criminoso é tratado com mais humanidade do que os pobres coitados que eles estão levando embora na calada da noite.

Desde então, o Sr. Winkler vivia na Vila dos Tecidos como um prisioneiro. Passava seu tempo com a família e não arriscava mais ir até a cidade. No máximo caminhava até os estábulos da tia, onde seus filhos aprendiam a cavalgar. E toda noite, contara Auguste, rabiscava em um livro qualquer "de doutor". Não podia mais ser visto na fábrica, onde antes cuidara da contabilidade.

– É uma pena – costumava dizer a Sra. Brunnenmayer. – Ele sempre teve boas intenções com suas ideias comunistas. O Sr. Winkler é uma pessoa boa, não faria mal a uma mosca.

– Acho que devemos ficar muito felizes por ele estar novamente em nossa casa – comentou Humbert.

Depois do susto inicial, eles tomaram cuidado para se adaptar às novas circunstâncias. Não tinha jeito, a vida continuava. A situação na fábrica estava melhor – eles haviam contratado funcionários, a tecelagem estava recebendo novas encomendas e as dívidas estavam quitadas. Contudo, ainda existia a jornada de trabalho reduzida. A indústria têxtil nem de perto ia tão bem quanto outros setores em Augsburgo, sobretudo a MAN, onde estavam fazendo turnos extras para dar conta da demanda. Mas os empregados da Vila dos Tecidos não eram mais atormentados pela possibilidade de terem que trabalhar para outros patrões ou até mesmo de perderem seus empregos. Em vez disso, a cozinheira ficava feliz em poder tirar novamente proveito da riqueza e mimar os patrões até cansar com todo tipo de comida. E ainda por cima agora podia passar seus dotes culinários adiante para Liesel, que já estava casada havia quatro anos com o jardineiro Christian. Até então, Liesel não dissera nada sobre aumentar a família, e a Sra. Brunnenmayer estava bastante feliz com isso, pois assim Liesel não abriria mão de seu cargo na Vila dos Tecidos. Seria uma pena se ela desistisse, já que demonstrava um enorme talento para a cozinha.

– Melhor vocês não inventarem de ter filho – dissera a cozinheira. – Vocês dois têm um bom emprego, não têm tempo sobrando para cuidar de um bebê.

Mas a verdade era que todo mundo sabia que Liesel e Christian desejavam muito ter um filho, mas a cegonha teimava em não aparecer.

Naquele dia, Christian estava com pressa para voltar ao parque para supostamente replantar os canteiros de flores do terraço. Então, só Else, Liesel e a Sra. Brunnenmayer ficaram na cozinha. Liesel colocou a tábua de madeira com a cebolinha e uma faca diante de Else para que ela tivesse algo para fazer e não adormecesse novamente. A Sra. Brunnenmayer estava sentada à mesa fazendo bolinhos *klöße* e molhando as mãos toda hora em uma bacia com água fria para a massa não colar nos dedos. Liesel adicionava vários ingredientes ao *goulash*, cujo aroma delicioso já se espalhara por toda a cozinha.

– Não se esqueça da noz-moscada, Liesel – alertou a cozinheira. – Só uma pitadinha, mas não pode faltar. Você colocou alho demais, estou sentindo meu nariz pinicar...

– Ah, meu Deus... – disse Liesel com um suspiro. – Era o que eu temia, mas quando vi já era tarde demais.

Else picara a cebolinha direitinho, conforme instruída, e levantara-se para levar a tábua até a cozinheira, que deu uma olhada rápida e observou que ela poderia ter cortado os talos um pouco mais fininhos para a salada.

– Um carro acabou de entrar no pátio – anunciou Else.

– Deve ser o patrão – afirmou Liesel. – Chegou cedo hoje...

– Não é o carro do patrão – contestou Else. – É visita.

– Visita? – resmungou a cozinheira. – Parece até que adivinhei. Fiz alguns bolinhos a mais, e vamos precisar colocar água no *goulash*. Quem é, Else? Consegue ver pela janela?

Else foi até o vidro e avisou que uma senhora descera do carro.

– É magricela, mas está vestindo roupas caras. E também tem um motorista. Ele segurou a porta para ela e fez uma reverência como se ela fosse a rainha da Inglaterra. Agora está se virando. Sim, mas eu o conheço... aquele não é... o russo?

– Que russo? – quis saber Liesel.

Mas a Sra. Brunnenmayer entendeu na hora.

– Aquele Grigorij? Que seduziu nossa Hanna e depois ainda correu atrás de Auguste? Se for ele mesmo, então também sei quem foi que desceu do carro.

Liesel só ouvira boatos sobre aquelas histórias, por isso deu de ombros e continuou mexendo o ensopado.

– E quem é que você acha que desceu do carro? – perguntou ela por cima do ombro.

– Serafina, aquela malandra – respondeu a Sra. Brunnenmayer. – Então ela realmente contratou Grigorij como motorista depois que voltou de Maydorn.

– Serafina Grünling – afirmou Else, admirada. – Que foi governanta aqui na Vila dos Tecidos quando ainda era uma "Von Dobern"?

– A própria – resmungou a cozinheira, colocando o último *klöße* no prato de servir. – Mas ela pediu o divórcio do Dr. Grünling.

– Mas por quê? – indagou Else. – Ela não ficou rica depois que se casou com ele?

– Justamente – respondeu a Sra. Brunnenmayer. – Mas o Dr. Grünling é judeu.

– Ah, sim – disse Else, como se aquilo fosse uma explicação coerente. – E o que será que ela quer aqui na Vila dos Tecidos?

– Coisa boa é que não é! – grunhiu a Sra. Brunnenmayer, levantando-se com um gemido para jogar os *klöße* na água escaldante.

2

Lisa não estava nem de longe insatisfeita com a situação atual. Depois de suportar o medo terrível que tivera por seu Sebastian, as noites sem dormir e os rios de lágrimas derramadas, estava feliz em tê-lo de volta junto a ela. Cuidara dele com amor, de maneira testada e comprovada, fora mãe e enfermeira e lhe dera sermões por ele não ter levado a sério seus alertas e não ter se desligado do KPD oportunamente. Ele fora dócil como uma criança, o que ela achava particularmente comovente. Só na seara do amor as coisas não funcionavam mais como antes; as experiências horríveis na prisão tinham maculado sua masculinidade. Não era nada físico, estava tudo certo a este respeito, mas algo dentro dele se partira.

– Não fique brava comigo, querida – dizia Sebastian para ela à noite. – Minha cabeça está tão confusa, acho que eu decepcionaria você. Vamos esperar mais um pouco.

Lisa era compreensiva, afinal de contas o amava. O amor verdadeiro ia além do aspecto físico; ela o amava com toda a sua alma e, por isso, pressioná-lo era a última coisa que lhe passava pela cabeça. Um dia ele voltaria a ser como antes, ela tinha total convicção disso. Só precisava ter um pouco de paciência. Os eventos do partido à noite ou as atividades de caridade na Mittelstraße eram coisa do passado. O KPD não existia mais, e a polícia fechara a casa operária comunista na Mittelstraße. Seu compromisso zeloso como diretor de contabilidade da fábrica também não agradara a ela no passado, uma vez que ele costumava ficar longe o dia todo e não raro passava as noites com Paul no salão dos cavalheiros, bebendo conhaque e falando sobre os negócios. Não, naquele tempo ela quase não tinha seu amor para si, no máximo aos domingos, mas aí ele ficava mais ocupado com os filhos do que com ela, sua esposa.

Mas nas manhãs, quando as crianças estavam na escola, ele era todo dela, e Elisabeth podia estar perto dele o tempo todo para mimá-lo e cuidar de sua saúde. A desgraça passara: ele só precisava ser sensato e seguir todos os seus conselhos que nada mais lhe aconteceria. Adolf Hitler, aquele louco, também desapareceria um dia, como acontecera com todos os outros chanceleres do império e até com o bondoso imperador Guilherme. Então viriam novos e melhores tempos.

Estava muito quente naquele dia no terraço, especialmente àquela hora, já perto do meio-dia. Lisa levara seu tricô para lá e abrira dois guarda-sóis; Sebastian a acompanhara com um livro debaixo do braço, que trouxera da biblioteca.

– O que está lendo, querido? – perguntou ela, remexendo as agulhas de tricô.

– *Nada de novo no front*, de Erich Maria Remarque…

– Meu Deus – comentou ela, examinando com atenção a meia que estava tricotando. – Você sempre lê livros tão sérios, meu amor. Pode segurar a lã para mim? Preciso enrolá-la em um novelo.

– Claro, querida, só quero terminar de ler o capítulo – respondeu ele, tirando os óculos para secar o suor da testa. – Este livro é extremamente emocionante! Ele descreve como a guerra destrói toda a cultura e a ética da humanidade e liberta o monstro que existe dentro de nós.

Lisa sentiu um calafrio e precisou contar de novo os pontos nas agulhas de tricô.

– Que livros atrozes que você gosta de ler – disse ela, suspirando.

– O horror também pode nos ensinar algo – respondeu ele, voltando-se novamente para a leitura. – Todos nós deveríamos nos esforçar para que nunca mais haja uma guerra. A humanidade tem que encontrar um jeito de conviver de forma pacífica e justa.

Lisa suspirou, pois temia que ele voltasse às suas teses sobre a revolução mundial comunista. Colocou o tricô de volta na cesta e levantou-se para tocar a campainha elétrica que havia sido instalada do lado da porta do terraço.

– Como está quente hoje… – comentou ela. – Vou pedir para Auguste trazer seu chapéu de palha e mais uma jarra de limonada com gelo.

– Não precisa, querida, eu mesmo posso buscar meu chapéu de palha…

– De jeito nenhum – disse ela, balançando a cabeça e tocando a campainha. – Esse é o dever de Auguste. Você não está fazendo nenhum favor aos empregados quando os priva do trabalho, entende? Todas as pessoas têm o direito de trabalhar, nossos empregados também. O que você acha que aconteceria se eu fosse até a cozinha para fazer o almoço? A cozinheira provavelmente me apedrejaria.

Ele colocou os óculos sem dizer uma palavra sequer e mergulhou de volta nos tempos da guerra mundial. A cadeira de vime de Lisa fez um rangido alto quando ela se sentou novamente; o tilintar das agulhas de tricô e o barulho dos pardais preenchiam o silêncio daquele dia de verão, até que uma voz feminina se misturou subitamente àqueles sons.

– Obrigada, conheço o caminho!

– Mas… não é para eu anunciar a senhora, madame?

– Não há necessidade. Meu Deus, como é linda a vista do parque por entre as portas abertas do terraço! Este jogo de luzes nos arbustos! Aqui, pegue meu chapéu, Hanna!

Lisa deixou cair dois pontos com o susto, e Sebastian levantou a cabeça, perplexo: a visitante já estava cruzando a soleira da porta. Havia um sorriso triunfante nas feições finas de Serafina von Dobern, ex-Grünling. Atrás dela apareceu Hanna, infeliz, tentando comunicar a Lisa, com gestos e olhares, que não conseguira impedir aquela invasão.

– Heil Hitler – disse Serafina com notável ênfase, sorrindo primeiro para Lisa e depois para Sebastian.

Aquele cumprimento foi seguido por silêncio e atordoamento. A Sra. Von Dobern não era nenhuma estranha na Vila dos Tecidos; ela pertencera ao círculo íntimo de amizades de Lisa no passado, porém depois se revelara uma víbora, principalmente em relação a Marie. Depois de seu casamento com o advogado Grünling, que lucrara abundantemente com a crise econômica, o casal comprara, entre outros bens, a propriedade Maydorn de tia Elvira.

Lisa conseguiu se recompor após alguns segundos e mostrou que possuía aquela "postura" que a Sra. Alicia instilara nas filhas.

– Serafina! – disse ela com polidez fria. – A que devo a honra desta visita não anunciada?

A Sra. Von Dobern já esperara aquele tipo de recepção, afinal de contas não era burra nem ingênua. Fez um gesto defensivo com a mão e intensificou o sorriso.

– Ah, não se preocupe, é uma visitinha de médico. Faz algum tempo que estou envolvida na NSV local, a associação que promove o Bem-estar do Povo Nacional Socialista, e sou a responsável pelo Auxílio de Inverno, uma questão fundamental que recebe o apoio do governo e de todo o povo alemão. Percebi que nossa placa ainda não está pendurada na entrada da Vila dos Tecidos...

Todos que doavam para o Auxílio de Inverno recebiam anualmente aquela coisa horrorosa com a frase "Nós ajudamos".

– Está pendurada na porta da cozinha – disse Lisa incisivamente. – Não achamos adequado macular nossa bela porta de entrada com ela.

– Mas veja só – replicou Serafina, indignada, levantando as sobrancelhas. – Que pena que nosso trabalho abençoado e significativo receba tão pouco reconhecimento nesta casa.

– Nós regularmente doamos uma quantia considerável! – respondeu Lisa, partindo para o contra-ataque. – Na realidade, estou surpresa em ver você aqui em Augsburgo de novo, Serafina. Achei que tivesse desenvolvido gosto pela vida no campo a essa altura.

O olhar de Serafina estava fixado no livro que Sebastian abaixara e colocara no colo. Será que ela identificara o título? Era provável. Ela não deixava passar nada, aquela megera inconveniente.

– A vida no campo? – perguntou ela, puxando uma das cadeiras de palha e sentando-se sem ser convidada. – Ah, sabe, Lisa, quando vivemos durante tanto tempo na cidade, é difícil nos acostumarmos com outro ambiente. É certo que passei minha infância nas propriedades de campo de meus pais, mas isso já foi há um tempo, e normalmente passávamos o inverno em nossa casa na cidade, em Berlim.

Agora ela está se gabando sem cerimônia, pensou Lisa, enfurecida. *Meu Deus, tudo bem que os pais dela tinham uma propriedade em Brandemburgo antes da guerra, mas falar em "propriedades de campo" e "casa na cidade" é um belo exagero. Além disso, tudo se perdeu após a guerra, todos sabem muito bem disso.*

– Ah, que pena – disse Lisa com falsa lamentação. – Tia Elvira tinha muitas esperanças de que sua linda propriedade lhe agradaria. Particularmente com um administrador tão competente trabalhando lá.

– Isso é verdade – comentou Serafina com um olhar de soslaio como se estivesse se divertindo enquanto se ajeitava na cadeira de vime. – Seu ex-marido sabe mesmo fazer seu trabalho. De fato, Lisa, aprendi a apreciar o Sr. Von Hagemann...

Lisa respirou fundo para dar uma resposta, mas naquele momento Auguste apareceu no terraço para perguntar o que ela desejava. Lisa percebeu seu olhar solidário, pois, como todos os empregados, Auguste sentia desprezo por Serafina.

– O que a senhora deseja?

– O chapéu de palha para meu marido, Auguste. Está terrivelmente quente aqui no terraço.

– É verdade, senhora – respondeu Auguste. – O sol está mesmo a pino. A cozinheira pediu para avisar que o almoço está pronto para ser servido.

– Obrigada, Auguste...

Serafina sem dúvida percebera que ninguém movera um dedo para oferecer-lhe uma bebida e muito menos convidá-la para o almoço. Provavelmente já contara com aquilo. Ainda assim, não fez qualquer menção de ir embora. Ficou sentada na cadeira de vime, descontraída, recostando-se um pouco e cruzando as pernas. Estava usando meias de seda naquele calor. Os sapatos deviam ter custado uma fortuna, e o conjunto de verão era feito sob medida e com certeza também havia sido caro. Lisa olhou rapidamente para Sebastian, que ouvira a conversa com profunda apreensão e, constrangido, continuava folheando seu livro. Aquela encenação devia ser muito desagradável para ele!

– O Sr. Von Hagemann e eu nos separamos de forma totalmente amigável – respondeu Lisa para Serafina com um sorriso. – E desde então ele também encontrou uma boa esposa, que lhe deu filhos adoráveis.

Aquilo era uma maldade que ela dizia de bom grado. Pauline, a segunda esposa de seu ex-marido, era uma tirana repugnante que fizera da vida de tia Elvira um inferno. Falavam até que havia ocorrido uma tentativa de assassinato da tia, que, apesar de não comprovada, provavelmente era verdade. Era possível que Serafina também tivesse tido dificuldades com aquela mulher.

– Sim, uma pessoa de fato encantadora – sussurrou Serafina, transparecendo nitidamente que mentia ao falar aquilo. – Um pouco... rústica, digamos. Não está exatamente à altura de seu ex-esposo, mas nós nos entendemos bem. Ela ficou bastante desolada quando deixei a propriedade.

Lisa adoraria saber quais das duas víboras teria vencido aquela batalha, mas Serafina não abriria o bico sobre aquele assunto. Provavelmente fora Serafina: ela era a mais inteligente das duas e detinha a vantagem na posição de proprietária de terras. Apesar de que a tal Pauline, como a tia Elvira relatara, não era de se deixar intimidar. A tia Elvira ouvira falar de alguns detalhes daquela batalha aqui e acolá, porque Dörte voltara para Maydorn dois anos antes e escrevia cartas para sua antiga patroa. Contudo, Dörte não era das melhores correspondentes. O pouco que conseguia escrever no papel ainda era cheio de erros de ortografia.

– Pelo que ouvi, você também se divorciou, querida Serafina… – comentou Lisa.

Infelizmente ela não conseguiu constranger a amiga de outrora. Serafina colocou a mão na testa, protegendo-se do sol, que ofuscava sua visão, e prestou informações de forma surpreendentemente franca.

– O que aconteceu foi absolutamente natural, querida Lisa. Decidi entrar nesse casamento por pura necessidade, mas agora que nossa Alemanha está trilhando este novo caminho tão auspicioso com Adolf Hitler, tive que reconhecer que, como mulher alemã, não posso de forma alguma viver casada com um judeu.

Lisa lembrou-se de como aquela víbora cortejara o pobre Dr. Grünling até finalmente se casar com ele. Lembrando, é claro, que o advogado Grünling não era nenhum pé rapado. Ele se beneficiara com todo tipo de negócios escusos durante a crise econômica, enquanto os Melzers e tantos outros lutavam para sobreviver.

– E seu ex-esposo? Foi embora da Alemanha? – perguntou Lisa.

– Bem, precisei financiar sua emigração para a América, infelizmente foi caro, mas sou uma pessoa benevolente e, no final das contas, estou feliz por não precisar mais vê-lo. A lembrança deste… engano ainda pesa muito sobre minha alma. Graças a Deus consegui me livrar do sobrenome dele depois que me divorciei e pude voltar a adotar o "Von Dobern".

Lisa ficou sem palavras por um momento. Depois tentou entender o que aquelas palavras significavam.

– Eu entendi direito? *Você* financiou sua emigração?

Serafina lhe deu o prazer de um sorriso condescendente. Lisa pôde perceber que ela tinha feito dentes novos. Eles eram branquíssimos e quase pareciam verdadeiros.

– Evidentemente – disse ela em tom inofensivo. – O Dr. Grünling já havia me transferido tudo há alguns anos. Por motivos fiscais e por precaução, entende? Bem, ele realmente acreditou que eu lhe transferiria outros valores para a América, mas é claro que não farei isso. Por que eu, uma mulher alemã, deveria financiar um judeu na América? Ninguém pode exigir isso de mim.

Mas que cobra nojenta e traiçoeira, pensou Lisa. *O pobre coitado lhe confiou todos os seus bens e acreditou que ela iria transferir pelo menos parte deles para ele na América. Mas como ele se enganou! Serafina vai ficar com tudo, e ele terá que se virar para se restabelecer do outro lado do mundo. Que curioso que justamente aquele espertalhão do Grünling tenha sido tão ingênuo a ponto de confiar em uma cobra dessas. Bem, todos encontram seu carrasco um dia. Ou sua carrasca.*

Um barulho interrompeu seu fluxo de pensamento. O livro escorregara do colo de Sebastian e caíra nas placas de pedra do terraço. Serafina levantou a cabeça e olhou para o marido de sua antiga amiga com interesse.

– Ah, Sr. Winkler! O senhor estava tão absorto em sua leitura que nem ousei lhe dirigir a palavra. Espero que esteja melhor.

Não ficara muito claro o que ela quisera dizer com aquilo, mas com certeza Serafina ficara sabendo que Sebastian havia sido levado para a prisão preventiva por ser um membro ativo do KPD.

Sebastian precisou de um momento para se recompor. Lisa sabia que ele estava profundamente horrorizado com o que acabara de ouvir. E provavelmente Serafina também não deixou de reparar nisso.

– Obrigado… – disse Sebastian, pigarreando – obrigado por perguntar.

– É importante sempre termos bons amigos nesta vida, não é mesmo? – disse Serafina. – A família Melzer é uma instituição em Augsburgo, não é verdade? Vocês se apoiam e ficam unidos aconteça o que acontecer…

Àquela altura, Lisa estava prestes a enfiar suas agulhas de tricô naquela cobra venenosa. É claro que a insinuação de Serafina se referia ao fato de Sebastian ter sido libertado da prisão por meio da mediação de Paul.

– É isso mesmo – disse ela com firmeza, levantando o queixo, pronta para a batalha. – Nós, Melzers, temos valores familiares. Nunca mandaríamos nenhum de nós para longe sem dinheiro, isso não se faz nesta família!

– Que lindo! – comentou Serafina com malícia, compreendendo muito bem aquela alfinetada. – Bem, então não desejo de forma alguma atrapalhar o tão merecido almoço dos senhores. Contudo, o que me interessa é a doação do Auxílio de Inverno, sobre a qual ainda não ouvi nada. Por acaso estou enganada ou a Vila dos Tecidos não irá mesmo fazer uma doação para essa abençoada entidade de nosso governo?

– É claro que doaremos – respondeu Lisa, furiosa. – O valor será transferido como de costume, meu irmão cuidará disso!

Serafina levantou-se e alisou a saia com a mão como se a cadeira de vime estivesse suja.

– Verificarei a realização do pagamento e mandarei entregar a placa para...

Ela foi interrompida pelo surgimento de tia Elvira e Alicia na porta do terraço. Elas haviam feito um pequeno passeio para ver os cavalos e estavam voltando para o almoço.

– Ah, vejam só quem está aí! – exclamou a tia Elvira com seu tom de voz alto, como de costume. – A Sra. Grünling em pessoa de volta em Augsburgo! Que prazer recebê-la na Vila dos Tecidos. Como estão as coisas na fazenda? Tudo indo às mil maravilhas?

– Heil Hitler – respondeu Serafina com firmeza, assentindo para as senhoras. – Está tudo excelente na fazenda Maydorn, como meu administrador me comunicou por escrito ontem mesmo. Contudo, decidi me afastar da vida no campo e vir morar em um de meus imóveis em Augsburgo.

– Já imaginava que o ar do campo não seria de seu agrado – disse tia Elvira, olhando Serafina de cima a baixo. – Quem é da cidade quer cidade. Bom, sem ressentimentos. A senhora já está de saída ou vai ficar para o almoço?

Lisa quase teve um piripaque de indignação. Tia Elvira realmente era uma pessoa impossível.

– Muito obrigada, mas estou com pressa – respondeu Serafina para extremo alívio de Lisa.

– Tudo bem então – replicou tia Elvira, dando de ombros. – Uma pena, uma refeição reforçada lhe faria bem. A senhora parece um pouco fraquinha.

– É só impressão, senhora – respondeu Serafina com frieza. – Agora me despeço das senhoras. Heil Hitler.

– Que Deus a abençoe! – respondeu Alicia, que acompanhara a conversa calada e agora respirava, aliviada.

Como católica convicta que era, achava insuportável a ideia de que o novo governo decretasse um cumprimento em que Deus era substituído por Adolf Hitler.

Elas contiveram seus comentários até que Serafina colocasse o chapéu no átrio e deixasse a Vila dos Tecidos. Então Lisa não conseguiu mais se controlar.

– Como você pode convidar uma víbora traiçoeira dessas para almoçar com a gente, tia Elvira? Sabe o que ela fez com o próprio marido?

O barulho do sino do almoço interrompeu a conversa. Àquela altura Paul e Marie já haviam se encontrado no átrio e subido as escadas para a sala de jantar, onde Humbert tocara o sino.

– Vou rapidinho ver as crianças – disse Sebastian, pegando seu livro do chão e colocando-o em cima da mesa.

– Mas, querido, Auguste está lá com elas...

– Mas faço questão de ficar com elas! – falou ele, insistindo. – Prometi para Lotti.

Lisa suspirou. Ele sempre tinha tempo para os filhos, brincava com eles, acompanhava os deveres de casa, pensava em métodos para aproximá-los das matérias de história, ciências ou matemática. Quando estava com ela, lia um livro ou uma revista e só trocavam algumas poucas palavras. É claro, ela queria ser paciente. Mas às vezes ela quase achava que ele não a amava mais...

– O que ela aprontou com o Dr. Grünling? – indagou Alicia enquanto eles subiam as escadas para a sala de jantar.

– Depois conversamos, mamãe – respondeu Lisa em tom seco.

O aroma do *goulash* convenceu-a a fazer as pazes com seu destino. Eles se sentaram em seus lugares habituais à mesa, e Sebastian apareceu de mãos dadas com Charlotte, que começara a frequentar a escola na Páscoa e estava muito orgulhosa por ser uma "menina grande que vai à escola". Seus irmãos já a haviam alertado de que em breve a escola se tornaria um fardo, mas Charlotte apenas fizera um gesto de desdém. Aquele anjinho loirinho e roliço se transformara em uma menina esbelta de seis anos, que andava pelo parque com os irmãos e o primo Kurt e subia nas árvores. Johann, o ruivo de dez anos, era seu protetor e se tornara um pequeno arruaceiro, e, por isso, com frequência levava longos sermões do pai. Hanno já tinha oito anos, revelara-se um excelente aluno sem precisar se esforçar muito para isso e quase sempre estava com a cabeça enfiada em um livro. Já Kurt, o temporão de Paul e Marie, agora com 9 anos, era um técnico entusiasta e, para alegria de seu pai, gostava de desmontar e remontar todos os aparelhos. Fisicamente, ficava cada dia mais parecido com a mãe. Os cabelos, outrora claros, agora estavam escuros, e ele herdara os belos olhos castanhos de Marie.

Na hora do almoço e do jantar, as crianças vestiam roupas limpas, se penteavam e lavavam as mãos: era a tradição na Vila dos Tecidos. Aquela bagunça adorável no café da manhã, que Alicia tanto apreciava quando os netos ainda eram pequenos, se transformara em uma correria só, porque agora até a pequena Charlotte precisava ir para a escola de manhã. Por isso, as duas senhoras mais velhas, Alicia e sua cunhada Elvira, tomavam a liberdade de chegar uma hora mais tarde à mesa e ficavam conversando sobre os belos tempos passados enquanto bebiam café e comiam pãezinhos com manteiga.

Naquele dia as coisas haviam voltado a ficar animadas na sala de jantar, pois todas as crianças tinham algo emocionante para contar sobre a escola. Sebastian era bastante pedagógico e pedia para cada uma delas relatar algo enquanto os outros, inclusive os adultos, deveriam prestar atenção. Paul e Marie achavam aquele método um pouco exagerado, mas ele fazia as crianças aprenderem a se expressar de maneira adequada e a falar em público. Os resultados variaram. Charlotte e Hanno haviam se saído bem, Johann precisara ser chamado atenção algumas vezes por usar "expressões inadequadas", e Kurt se enrolara todo, porque queria contar várias coisas ao mesmo tempo. Quando o evento acabou, as crianças puderam conversar entre si em voz baixa, e os adultos também retomaram seus assuntos.

A visita de Serafina só foi mencionada rapidamente. Lisa evitou dar muitos detalhes na frente das crianças. Era preciso ter muita cautela.

– Não me agrada nada aquela "madame" se sentir tão à vontade para nos visitar sem avisar – comentou Marie.

– A mim também não – admitiu Paul. – Mas, quando isso acontecer, iremos tratá-la com educação, já que ela obviamente tem um cargo importante na filial local do Auxílio de Inverno.

Paul, que se recuperara bem da inflamação do músculo cardíaco de cinco anos antes, estava chegando com vigor aos cinquenta anos, ganhara alguns quilinhos e se dedicava com grande zelo à prosperidade da fábrica de tecidos dos Melzers. Graças a Deus as coisas estavam avançando, as máquinas estavam operando novamente, e, apesar de não haver tantas encomendas, Paul tinha uma visão otimista para o futuro. Marie hesitara em reabrir seu ateliê na Karolinenstraße. O colapso de Paul no portão da fábrica anos antes a deixara profundamente abalada, e ela passara um bom tempo temendo que o coração dele estivesse comprometetido de forma permanente. Mas graças a Deus aquilo não acontecera. Havia dois anos que o ateliê de Marie tinha voltado a funcionar, e as costureiras também haviam retornado; só faltava a Sra. Ginsberg. Ela e seu filho haviam se mudado de Iowa para Nova York, onde ela abrira uma pequena loja de costura e onde Walter avançava em sua formação de violinista. Felizmente, o contato por cartas não havia sido interrompido desde a mudança.

Como sempre, o *goulash* fizera muito sucesso, e só Charlotte se negava veementemente a comê-lo. Ela não gostava de carne e se alimentava de massas, legumes, pão e bolo. Uma excentricidade que frequentemente deixava sua avó com uma expressão de preocupação.

– Isto não é normal – disse Alicia com um suspiro. – Temo profundamente que a menina acabe tendo carências nutricionais.

– Minha querida Alicia – disse Sebastian com um sorriso. – Até os gladiadores romanos viviam bem sem comer carne.

Johann, que havia pouco estivera brigando com o irmão Hanno, ouvira aquilo. Mas os gladiadores não eram aqueles homens muito fortes que lutavam contra leões e ursos na arena?

– E o que os gladiadores comiam se eles não comiam carne, papai?

– Comiam azeitona, cebola e feijão todos os dias, meu filho.

– Cebola e feijão? – perguntou Johann, perplexo. – Mas então eles deviam soltar bastante pum.

As crianças começaram a rir. Paul esforçou-se para conter o sorriso.

Marie conseguiu ficar séria.

– Johann! – exclamou a avó, horrorizada. – Não quero ouvir este tipo de palavra à mesa!

– Desculpe, vovó – disse o menino, olhando de soslaio para o pai. – Escapuliu.

– Meu Deus, Alicia – disse tia Elvira. – Por que está irritada com isso? Essas coisas fazem parte da vida.

– Mas não à mesa, Elvira!

– Esses molengas da cidade – comentou a tia, discordando e balançando a cabeça. – Meu querido Rudolf não tinha papas na língua quando estava sentado à mesa. Os assuntos eram outros e bem mais cabeludos...

– Sei muito bem que meu irmão Rudolf não era nenhum exemplo de bom comportamento, Elvira...

– O quê que o tio-avô dizia? – perguntou Kurt, muito interessado no assunto.

– Agora se vire! – sussurrou Alicia para a cunhada.

Humbert, que chegara com a sobremesa, salvou a tia do constrangimento. O delicioso pudim de chocolate com calda de baunilha chamou a atenção de todas as crianças na hora. Lisa também se permitiu comer uma imponente porção, servida na taça de sobremesa. Só Sebastian recusou a iguaria, pois visivelmente engordara na região da cintura. O nível sonoro na sala de jantar diminuiu. Quase ninguém falava nada, pois todos deliciavam-se com o pudim da Sra. Brunnenmayer, que ficara especialmente aerado e cremoso, seguindo uma antiga receita.

– Meus queridos – disse Paul, finalmente, empurrando a taça de sobremesa vazia para o lado. – Antes de voltar para a fábrica, gostaria de dar-lhes uma ótima notícia. Nossa Dodo ligou hoje cedo.

– De Berlim? – perguntou Lisa. – Meu Deus... por acaso ela...

– Ela também passou no exame A-2 com louvor! – comunicou Marie, que já havia recebido a boa notícia. – A prova foi ontem. Ela comemorou com as amigas à noite e já está arrumando suas coisas. Depois de amanhã estará de volta.

Tia Elvira ergueu a taça, na qual ainda restava um pouco de vinho tinto.

– À nossa Dodo! – exclamou ela, entusiasmada. – Eu sabia que a menina ia conseguir. Ela vem para casa depois de amanhã? Bem, um presente seria de bom-tom.

– Foi muito generoso de sua parte, tia Elvira, ter financiado este curso caro para nossa filha – disse Marie. – Por favor, deixe o presente por nossa conta.

– Se vocês quiserem comprar um avião para sua filha...

– Não era bem isso que tínhamos em mente.

Lisa percebeu Paul e Marie trocando olhares preocupados. O maior desejo de Dodo era ter um avião próprio para poder participar de competições na Alemanha ou no exterior, ou encontrar um investidor que financiasse um espetacular voo de longa distância. Como a famosa Elly Beinhorn, que apareceu em todos os jornais quando precisara fazer um pouso de emergência na África e fora acolhida por uma tribo nativa. Era compreensível que tais planos não agradassem muito a Paul e Marie. Por isso Marie não queria que tia Elvira comprasse um avião para sua filha de jeito nenhum.

– Mas não tem nada que a menina deseje mais ardentemente do que um avião! – aborreceu-se tia Elvira. – E tenho dinheiro para isso. Então qual é o problema?

– Talvez fosse melhor você ser mais parcimoniosa com seu patrimônio, tia Elvira – opinou Paul. – Nunca se sabe se enfrentaremos tempos difíceis novamente.

– Que bobeira! – respondeu a tia. – Ainda tenho no banco uns trocados suficientes da venda da fazenda, e, além disso, a criação de cavalos está indo de vento em popa. O que uma mulher velha como eu vai fazer com tanto dinheiro? Antes que o Sr. Von Hagemann e sua "camponesa" o herdem, prefiro realizar o maior desejo de minha sobrinha-neta.

Na verdade, de acordo com o testamento, Lisa seria a herdeira da propriedade na Pomerânia, mas ela cedera esse direito a seu ex-marido, Klaus von Hagemann, durante o divórcio. Porém tia Elvira tirara um bocado do que seria destinado a ele ao vender a fazenda e buscava fazer tudo a seu alcance para gastar o que tinha ainda em vida e com as pessoas à sua volta.

Então Alicia se intrometeu na conversa.

– Escute, Elvira. Sem desmerecer sua generosidade, acho que você não pode comprar um avião para Dodo contra a vontade dos pais.

Alicia era a única pessoa na Vila dos Tecidos à qual tia Elvira dava ouvidos de vez em quando. Por isso ela se recostou na cadeira e disse, frustrada:

– Mas a menina ficaria tão feliz…

Paul piscou para a mãe em agradecimento, e Lisa já imaginava que ele também tinha um trunfo na manga.

– Acho que Dodo não ficará decepcionada quando vir nosso presente, tia Elvira.

– O presente de vocês? – indagou Elvira, admirada.

Agora as crianças também prestavam atenção, afinal presentes eram sempre algo interessante. Lisa raspava discretamente o restinho de sua segunda porção de pudim de chocolate da taça.

– Que presente Dodo vai ganhar? – perguntou seu irmão mais novo, Kurt.

Paul sorriu para Marie. Ficou óbvio que os dois haviam combinado e preparado tudo entre si.

– Nós vamos dar um trailer de presente para Dodo – anunciou Paul. –
E como ela também tem habilitação para dirigir veículos automotores, poderá andar com ele por aí e conhecer a Alemanha.

O trailer, que podia ser acoplado a um carro, era uma invenção muito
recente. Algo que atraía andarilhos e ciganos, como Sebastian dissera de
forma depreciativa. Mas para muitas pessoas na Alemanha, aquela "casa
sobre rodas" tinha um ar de liberdade.

– Pois sim – disse a tia Elvira. – Muito bem. Mas não é lá nenhum avião!

3

O jantar já terminara na casa da Frauentorstraße. A avó Gertrude lavava a louça, e Henni excepcionalmente se dispusera a secar os pratos.

– Não entendo isso – disse a avó Gertrude com um suspiro enquanto esfregava a panela na qual deixara as batatas queimarem no almoço. – Ela sempre liga quando não vem jantar em casa. Fiz as batatas assadas com ovos especialmente para ela.

– Estava uma delícia, vovó – assegurou-lhe Henni. – Um pouquinho apimentado demais, mas só dava para perceber ao engolir.

Gertrude estava acostumada a críticas e não deixava aquilo abalar sua paixão pela culinária.

– Foi culpa daquele pimenteiro horroroso, querida. A tampa com o dosador sempre solta...

– Entendi.

O barulho de motor do carro de Tilly veio de fora. Aliviada, Gertrude foi até a janela e tentou enxergar a entrada através do arbusto.

– Acho que é ela! Meu Deus, que alívio! Como pode minha Tilly levar uma vida tão errante. Sempre foi uma menina tão boa.

Tia Tilly realmente mudara de forma notável nos anos anteriores, o que se devera, sobretudo, à influência de Kitty. Quando a tia voltara de Munique alguns anos antes, Henni achava-a terrivelmente conservadora. Sempre vestida de cinza, com os cabelos mal penteados, os sapatos sem graça e baixos: uma mulher sem sal e que não chamava atenção de ninguém. Agora sofrera uma metamorfose: se livrara daquela timidez nervosa e aproveitava a vida de mulher trabalhadora e desimpedida em sua plenitude.

– Ah, Kitty – dissera Tilly um dia desses para a mãe de Henni. – Sempre achei que seria acompanhada pelo azar até o fim dos meus dias. Mas agora a vida se revela para mim por uma perspectiva bem diferente e afortunada.

Quer saber de uma coisa? Acho que sou uma pessoa completamente diferente desde meu divórcio de Ernst.

Henni achava o mesmo. Só se ouviam coisas boas no hospital central, onde a tia trabalhava como médica. Sua relação com seus superiores e colegas era excepcional, e o pessoal da enfermagem a acolhera igualmente. Tilly também mudara sua aparência. Sob a orientação de Kitty, passara a cortar os cabelos no salão com frequência, vestir-se de forma moderna e maquiar-se. Toda arrumada e cheia de energia, saía em seu tempo livre, ia ao cinema e ao teatro, assistia a teatros de revista, e os eventos de dança, que achava tenebrosos no passado, tinham se tornado sua paixão.

– Acredito – dissera Kitty uma vez – que nossa Tilly possa estar exagerando um pouco. Mas, ora, ela tem que recuperar o tempo perdido.

Sobretudo na seara do amor as orientações de Kitty tinham encontrado terreno fértil em Tilly. Apesar de o Dr. Kortner ser um acompanhante frequente e fiel, ela também saía ocasionalmente com outros homens. Henni, que com os seus 19 anos já sabia bastante coisa sobre os relacionamentos entre homens e mulheres, ficara sabendo que os dois haviam passado vários fins de semana juntos em um hotel. Se realmente fosse verdade o que tia Tilly contara um dia desses, eles estavam inclusive planejando uma viagem a dois de vários dias para a Floresta Negra. E tudo isso sem estarem casados. Quem teria imaginado que aquela mulher tímida e sem graça de outrora faria algo assim?

A porta da casa rangeu quando Tilly a abriu, pois a madeira deformava um pouco quando o clima estava úmido.

– Tilly! – exclamou Gertrude em tom reprovador. – Por que você não liga para avisar que vai chegar mais tarde? Foi especialmente por sua causa que fiz batatas assadas com...

A tia não chegou a entrar na cozinha e foi direto para a escada que leva ao segundo andar.

– Obrigada, mamãe. Não estou com fome e vou direto para a cama.

Gertrude foi até o corredor, chocada, mas tia Tilly não estava mais lá.

– Não vá me dizer que está doente, Tilly! – gritou Gertrude em direção à escada.

Demorou um momento até Tilly responder, e deu para ouvir que ela precisou pigarrear.

– Muito obrigada, mamãe. Estou bem, só estou muito cansada. Eu não dormi bem na noite passada…

Ela fechou a porta do quarto, e Gertrude virou-se, balançando a cabeça.

– Tem algo de errado acontecendo… – murmurou ela.

Henni também achou que tia Tilly estava estranha naquele dia. Ainda assim esforçou-se para acalmar a avó Gertrude para que ela não inventasse de subir e bater à porta da tia. Gertrude era um amor de pessoa, mas era terrivelmente antiquada e adorava alugar a filha para fazer sermões irritantes.

Naquele momento, a mãe de Henni e tio Robert estavam vindo da sala, e Kitty deu uma olhada na cozinha. Ela usava um dos vestidos de verão que tia Marie fizera para ela, de crepe vermelho-claro com um cinto de couro preto que parecia uma cobra mordendo o próprio rabo.

– Tilly chegou, afinal? – perguntou ela.

– Sim, está lá em cima, mas ela…

Como de costume, Kitty a interrompeu e simplesmente continuou falando:

– Fomos convidados para uma festa no jardim dos Wieslers. Diga à sua tia que estamos esperando por ela, por favor. A Sra. Wiesler falou com todas as letras que era para levar minha "encantadora cunhada". Mas temo que minha atarefada Tilly tenha outros planos para hoje à noite…

– Tem mesmo – disse Henni. – Ela quer dormir.

Kitty ficou boquiaberta de tanto espanto. A porta da casa se abriu atrás dela. Tio Robert, que nesse momento já estava lá fora no carro, voltara.

– O que é agora, meu amor? – indagou ele com impaciência. – Vamos chegar atrasados.

Kitty fez uma expressão como se o mundo não fizesse mais sentido.

– Imagine só, Robert. Henni acabou de dizer que Tilly quer dormir. Nesta noite de primavera agradabilíssima. Não pode ser! Ela realmente disse isso, Gertrude?

A avó Gertrude assentiu, inquieta, e encheu a chaleira.

– Com certeza está doente – disse ela. – Farei um chá de camomila em todo caso. É sempre a mesma coisa: quem menos cuida da própria saúde são os médicos.

Kitty trocou um breve olhar com Robert, que estava parado no corredor, confuso.

– Esqueça o chá, Gertrude. Não suporto nem o cheiro, ele me lembra da infância. Sempre precisava beber esse negócio quando eu ficava gripada. Vou subir rapidinho e perguntar a Tilly o que ela tem.

– Acho que ela não quer ser incomodada, mamãe... – disse Henni.

Depois pegou uma xícara para secar, resignada. Tentar impedir a mãe era tão eficaz quanto ficar parada em frente a um trem em alta velocidade. Tio Robert andava para cá e para lá, impaciente, olhando para o relógio. Agora dava para ouvir a voz de Kitty vinda do primeiro andar.

– Tilly? Tilly querida? Venha, arrume-se, vista o vestido verde. Sabe, aquele com o decote que Marie fez para você. E o chapéu combinando, com os lírios de água, que a deixa deslumbrante. Vou fazer um penteado rapidinho em você e posso emprestar meu batom novo, é um espetáculo. É uma cor entre cereja e lilás, beira o infame de tão provocante... Tilly? Tilly! Pelo menos abra a porta. Meu Deus, ela trancou a porta do quarto!

Assim era a mãe de Henni. Ninguém tinha nem uma migalha de privacidade naquela casa. Henni achava inaceitável a mãe entrar no seu quarto a qualquer hora, quando lhe dava na telha. Depois olhava à volta, fazia perguntas e ainda tecia comentários incisivos sobre a bagunça. Nem dava uma batidinha antes de entrar, apesar de Henni ter-lhe pedido isso inúmeras vezes.

– Vamos lá, Kitty – disse tio Robert. – Não faça drama por causa disso.

Naquele momento, Tilly finalmente se manifestou. Sua voz soava um pouco rouca, mas ao mesmo tempo muito irritada.

– Por favor, Kitty! Quero ir para a cama cedo hoje e espero que minha vontade seja respeitada!

– Ah, Tilly querida! Você está bem mesmo? Posso fazer algo para ajudar você?

– Você poderia me deixar em paz para eu poder dormir!

A porta do quarto fechou-se bruscamente, e Henni apurou os ouvidos. Lá em cima imperava o silêncio. Foi um dos raros momentos em que Kitty ficou sem palavras. Só quando desceu as escadas de novo conseguiu emitir algum som.

– Meu Deus do céu! Nunca vi Tilly assim em minha vida. Mas que expressão ela tinha! Como se eu estivesse diante dela com uma adaga para esfaqueá-la. E eu só estava preocupada com ela. Não, hoje ela realmente está insuportável. Bem, quando estiver descansada, darei mais uma palavrinha com ela...

A avó Gertrude não disse nada, apenas sentou-se na sala de estar e serviu-se de uma taça de vinho. Kitty e tio Robert finalmente foram embora, e Henni aproveitou aquela oportunidade para deixar os últimos pratos em cima da pia para secarem e subiu para seu quarto. Os pratos secavam sozinhos de qualquer forma. Henni refletiu por um instante se iria ao cinema, mas estava passando *Victor e Victória*, uma comédia ridícula de confusão de identidade que não lhe interessava. Foi até a penteadeira branca que Robert lhe dera de presente anos atrás, moveu as laterais do espelho de três peças, observou-se de lado e de frente, passou a mão nos cabelos de forma sedutora e fez uma careta. Na verdade, estava bastante satisfeita com sua aparência; só de vez em quando aparecia uma espinha monstruosa que ficava vermelha e inchava se ela a cutucasse. Mas ela tinha amigas em uma situação muito pior que passavam tudo que se pudesse imaginar no rosto para esconder as imperfeições. Não, ela não tinha do que reclamar: se quisesse, podia encantar qualquer jovem. O que não era nenhuma novidade: sabia fazer aquilo desde que tinha 14 anos, ou até antes disso, na verdade. No início, achava aquela habilidade ótima e sempre treinava sua capacidade de causar fascínio. Mas agora chegava a achar irritante que os jovens se jogassem em cima dela como macacos treinados. Até então ninguém despertara seu interesse de verdade. Com uma exceção. E naquele momento ele estava em Munique, infelizmente. Mas as férias começariam em breve, ele voltaria para casa, e eles veriam o que aconteceria. Henni tinha seus planos.

Com inveja, pensou em Dodo, que voltara de Berlim dois dias antes cheia de orgulho. Que estardalhaço a família fazia em torno de Dodo, principalmente tia Elvira, que era louca por sua prima e investira uma fortuna em sua formação de aviadora. Ainda por cima, Dodo ganhara um trailer de presente dos pais. Era uma gracinha de veículo em forma de ovo sobre rodas, mobiliado como um pequeno apartamento por dentro. Tinha uma mesa e bancos que podiam ser abertos e viravam uma cama, um armário embutido, cortinas nas janelas e até mesmo um tapete. Além disso, tinha um toldo, uma mesa e cadeiras retráteis e um fogão a gás. Era um sonho. Bastava acoplar o trailer a um carro e sair por aí, com tudo à mão, podendo ir para qualquer lugar bonito, parar, ficar confortável e ter sempre um teto sobre a cabeça se o tempo virasse. Dodo, aquela estúpida, nem ficara feliz de verdade com o presente. Só deu uma espiada rápida lá dentro, balançou o trailer um pouco e observou que o reboque não estava preso direito. Até Kitty ficou brava e a acusou de ser ingrata. Paul e Marie não haviam comprado um trailer novo, mas de segunda mão. Mas o que Dodo queria era um avião, e todos sabiam disso. Para poder voar para a Austrália e ficar famosa.

Henni olhou para o calendário de parede e contou os dias até 10 de junho. Leo estava fazendo uma masterclass depois do fim do semestre e só em seguida voltaria para a Vila dos Tecidos. Ainda faltavam 13 dias. Isso significava quase duas semanas! Talvez ela pudesse enviar um cartão-postal. Nada de mais, só um breve olá afirmando que ela estava dando duro na contabilidade da fábrica e que era bem cansativo. Ao fim adicionaria uma simples frase dizendo que ficaria feliz em revê-lo. Só isso.

Procurou na escrivaninha um dos cartões-postais de Augsburgo que comprara recentemente, sentou-se e pegou a caneta-tinteiro. Talvez não devesse mencionar a contabilidade; não era uma boa ideia.

Henni estava fazendo um estágio voluntário na fábrica de tecidos dos Melzers. A ideia partira dela, e tio Paul concordara com prazer. Na verdade, fizera aquilo para ver Leo com mais frequência, porque ele costumava ir para a fábrica nas férias, achando que assim poderia impressionar Paul. Infelizmente, Leo, aquele tonto, atuava como um simplório em quase todos os departamentos, afinal de contas era músico, não diretor de fábrica. Até mesmo seu pai já percebera, mas não dissera nada, porque não queria magoar o filho. O primo não tinha nenhuma habilidade, sobretudo para cálculo e contabilidade, enquanto ela própria tinha grande facilidade nessas áreas. Depois de pouco tempo, Henni de fato passara a gostar bastante do estágio. Achava o cálculo das encomendas especialmente fascinante e logo entendera o complexo sistema de contabilidade de dupla entrada. A matemática sempre fora seu forte na escola: ela simplesmente levava jeito para a coisa. Os números e suas conexões eram algo muito natural para ela.

– Você puxou seu pai, Henni – dizia sua mãe sempre. – Meu querido Alfons era banqueiro de corpo e alma. Se aquela guerra maldita não o tivesse levado da gente, o Banco Bräuer existiria até hoje.

Era de fato uma pena, porque ser filha de um banqueiro significaria uma vida completamente diferente. Viagens ao exterior, uma mansão na França, uma casa em Berlim e uma conta bancária recheada. Mas ela teria tudo isso um dia. Trabalharia para chegar lá. Como aqueles milionários na América, o Rockefeller, o Ford e os outros. Eles também haviam começado bem por baixo.

O mais importante naquele momento era conquistar Leo de uma vez.

Ele seria um compositor famoso um dia, e para isso precisaria de uma mulher que cuidasse dos contatos e dos negócios. Que o apoiasse com pulso firme e inteligência, que estivesse sentada na primeira fila em seus concertos e o aplaudisse, que ele pudesse apresentar como sua "adorável esposa" em grandes eventos. Ah, Leo, aquele tonto! Como ele não enxergava que justamente ela, sua prima Henni, era a mulher da vida dele? Mas ela nunca lhe confessaria que desejava com todas as forças que ele a beijasse. Ela queria ser beijada com a mesma paixão que via nele quando estava sentado ao piano tocando Beethoven. Durante horas!

Decidiu deixar a questão da contabilidade de fora e escrever uma frase sobre a Srta. Lüders. Ela era um fóssil no escritório de Paul, onde trabalhara a vida toda, desde a época do avô, Johann Melzer, e se tornava cada dia mais rabugenta. Leo costumava rir quando ela fazia piadas sobre a Srta. Lüders. Então era isso. Colou o "Adolf" no lugar indicado, e o cartão estava pronto. No dia seguinte passaria rapidinho pela caixa de correio para enviá-lo antes de ir para a fábrica.

Naquele momento ouviu passos no corredor. Ah, tia Tilly precisou ir ao banheiro novamente. Logo em seguida ela bateu à porta de seu quarto.

– Sim?

A tia entrou vestindo seu robe. Estava com uma aparência horrorosa, havia chorado muito. Ah, meu Deus, então algo ruim acontecera. Teria sido demitida do hospital?

– Desculpe incomodar você, Henni. Por acaso tem um comprimido para dor de cabeça?

– Acho que sim… Um momento…

Ora essa, tia Tilly, pensou Henni. *Dá quilos de remédios aos pacientes no hospital, mas, quando precisa de um comprimido para dor de cabeça, não tem nenhum.* Henni abriu várias gavetas, remexeu dentro delas e acabou encontrando uma cartela de aspirina. Tia Tilly agradeceu e enfiou a cartela no bolso do robe, distraída.

– Está escrevendo cartas? – perguntou ela, olhando para a escrivaninha de Henni.

– Só um cartão-postal.

– Para Leo… Ah, é verdade, ele terá férias em breve. Ele está bem?

– Sim. Ele fará uma masterclass com um tal de professor Kühn para aprender a reger uma orquestra.

Tilly ainda não fizera nenhuma menção de sair do quarto de Henni. Ficou parada ali, constrangida, e sorriu. Aquele sorriso parecia bastante triste.

– Sim, Leo é um músico talentoso...

Henni percebeu que o discurso sobre dormir cedo fora mero pretexto. Na verdade, tia Tilly queria conversar, mas por alguma razão não estava conseguindo dizer isso claramente. Henni gostava dela e até a admirava. Em especial porque era uma boa médica e por ter conseguido se transformar de forma tão admirável.

– Você quer se sentar aqui um pouco, tia Tilly?

– Muito gentil de sua parte, Henni. Mas não quero atrapalhar você. Com certeza você tem planos para hoje.

– Na verdade, não. No máximo irei à última sessão do cinema.

Tilly pareceu subitamente interessada.

– É verdade. *Victor e Victória* está passando no Apollo, não é mesmo? Também queria assistir.

Então ótimo, pensou Henni.

– Podemos ir juntas – sugeriu a garota. – Mas você está com dor de cabeça, então talvez seja melhor não.

– Ah, a dor vai passar se eu tomar um comprimido agora – disse tia Tilly, mostrando-se bem-disposta de repente. – Espere dez minutos, só preciso me vestir e ajeitar meu cabelo.

– Maravilha! Então nos encontramos lá embaixo no corredor.

Então ela veria *Victor e Victória*, afinal. Bem, com certeza seria bastante agradável e, além de tudo, tia Tilly certamente compraria o ingresso para ela. Henni consultou seu armário e escolheu um vestido de verão, um cardigã, sandálias e uma bolsa combinando.

Agora Tilly exibia uma aparência bastante aceitável: ela se maquiara, vestira algo bonito e passara um pouco de perfume. Recendia a violeta. Fazia tempo que ela não usava aquela fragrância.

Ela deixou o carro morrer duas vezes, riu de sua trapalhice e disse que aquele estava sendo um dia esquisito e que ela não imaginava o que ainda poderia acontecer.

Elas pararam o carro perto da torre Perlach e chegaram ao cinema dez minutos antes da sessão. Tilly foi generosa e comprou duas limonadas e um pacote de biscoitos no balcão para que elas beliscassem algo enquanto esperavam.

– Sirva-se à vontade, Henni. Não estou com vontade de comer biscoitos, mas acho que eles são bem gostosos...

Os biscoitos de baunilha não eram nada ruins, e Henni os devorou em pé, escutando a tia falar. Sua fala estava bem confusa. Ela contou sobre um colega médico que tinha uma esposa ciumenta, depois sobre um filme com Luis Trenker que já vira três vezes, depois quis saber quando Leo voltaria de Munique. Enfim, estava tão tagarela que parecia estar bebendo champanhe em vez de limonada. Quando o público da sessão anterior passara por elas em direção à saída, Henni fora cumprimentada por vários amigos e conhecidos, e tia Tilly também encontrara duas colegas no tumulto. Trocaram algumas palavras, desejaram-se boa-noite, e Henni recebeu olhares de desejo. Por que só aqueles rapazes sem-graça corriam atrás dela, e o único que lhe agradava só demonstrava frieza? Ele nem mesmo havia lhe desejado feliz aniversário duas semanas antes, aquele tapado.

A última sessão nunca lotava. Mesmo assim tia Tilly quis sentar-se na última fileira, porque supostamente dava para ver melhor de lá. Tanto fazia para Henni, que já se preparara para uma noite enfadonha. Mas o que é que a gente não fazia por uma tia querida que estava triste? Ela estava parecendo bastante generosa, e Henni ficou pensando que talvez devesse pedir algum dinheiro emprestado depois. Tio Paul vinha se mostrando mais que sovina no quesito salário, e as pequenas receitas complementares da venda de caricaturas eróticas também não estavam mais entrando desde que sua mãe proibira o serviço. Kitty argumentara que Henni acabaria arruinando sua reputação com aquilo.

Ela já vira o filme de abertura inúmeras vezes e achava-o maçante. Eram trechos de *O triunfo da vontade*, de Leni Riefenstahl. Era terrivelmente exagerado, e só as imagens eram boas. A música de fundo realmente conseguia emocionar as pessoas. Aquilo seria perfeito para Leo. Ele poderia ganhar rios de dinheiro com trilha sonora, muito mais que com suas sinfonias e com a ópera que escrevera. O ideal mesmo seria ele compor as típicas canções Schlager, mas ele não queria, porque achava que essas músicas populares eram "uma porcaria superficial".

Quando o filme principal começou, tia Tilly começou a tossir de repente e procurou seu lenço. Henni conseguiu vagamente vê-la se inclinar para a frente e assoar o nariz. Depois o filme acabou prendendo sua atenção, e ela não reparou mais em Tilly. O filme era sobre uma garota que se vestia de homem. Era completamente implausível, qualquer um podia ver que era mulher, só aqueles bobocas do filme não percebiam nada. Se Dodo vestisse calças largas e um boné, passaria mais facilmente por um rapaz: tinha os trejeitos meio de moleque, rápidos e rígidos. Henni se perguntou se Dodo já teria se apaixonado por um homem alguma vez. Talvez por Ernst Udet, seu ídolo da aviação. Ah, mas ele era velho demais! E seu professor de aviação de Berlim? Como ele se chamava mesmo? Jürgen Breitkopf. Ela sempre o chamava de "Jürgen", porque todos os colegas pilotos tratavam uns aos outros informalmente. Será que ela gostava dele? Se gostava, mantinha segredo. Bem, talvez ele fosse casado.

Naquele momento o volume da música aumentou, porque o filme mostrava um teatro de revista, e Henni começou a ouvir uns barulhos estranhos ao seu lado. Ah, misericórdia: tia Tilly estava chorando! Ela chorava de soluçar escandalosamente no lenço, todo o seu corpo tremia, e Henni conseguia sentir tudo, porque seu assento tremia junto.

– Tia Tilly? – sussurrou ela, acariciando seu ombro com cuidado.

Ela não reagira.

Meu Deus, que vergonha! A cena do teatro de revista acabara, e era possível ouvir o choro alto de tia Tilly por todo o cinema. Algumas pessoas que estavam na frente se viraram, atônitas. Por que alguém estava soluçando? As cenas piegas só apareciam no fim!

– Tia Tilly – sussurrou Henni. – Será que não é melhor sairmos? As pessoas já estão olhando para cá.

Sua tia assentiu com veemência, sem parar de chorar, e Henni levantou-se. Por precaução, pegou na mão da tia e puxou-a atrás de si, o que era ainda mais constrangedor, porque quatro pessoas precisaram levantar-se por causa delas. O lanterninha já vira o que estava acontecendo e prontamente abriu a porta.

– Calma, calma… – disse ele com pena. – Vai ficar tudo bem.

Depois elas ficaram paradas na entrada, e Tilly se acalmou aos poucos. Ainda estava tremendo e limpava o rosto com o lenço encharcado de lágrimas.

– Vamos ao banheiro, tia Tilly – disse Henni. – Seu rímel está todo borrado.

– Meu Deus!

Parecia muito que Tilly havia sido estapeada por alguém. Seu rosto estava manchado de preto em volta dos olhos, as bochechas estavam sujas, e o batom também estava borrado. Henni lhe ofereceu um lenço limpo com borda de crochê que vovó Alicia lhe dera de presente de Natal, apesar de prever que o batom o arruinaria.

– Sinto muitíssimo, Henni… – gaguejou a tia enquanto limpava o rosto. – Algo simplesmente tomou conta de mim.

– Está tudo bem – disse Henni. – Acontece. Quer tomar uma taça de vinho em algum lugar?

– Não, não… melhor irmos para casa.

– Como achar melhor, tia Tilly.

Enquanto caminhavam pela cidade noturna até o carro, ela disse a Henni pelo menos umas três vezes que sentia muito por elas terem perdido o filme. Por ter estragado a noite de Henni. Por nem ao menos saber o que estava acontecendo com ela naquele dia e que ela deveria ter ficado em casa. Henni ficou feliz quando pôde finalmente entrar no carro, porque aquela conversa a estava irritando. Mas em vez de ligar o veículo, tia Tilly ficou sentada atrás do volante, encarando a rua mal iluminada, onde um casal estava parado em frente a uma vitrine, se beijando sem nenhum pudor.

– Com a recepcionista – disse ela com apatia. – Você consegue imaginar isso? Ele me faz juras de amor eterno e ao mesmo tempo me trai com uma jovenzinha…

Finalmente, pensou Henni. *Agora está explicado. Seu fiel paladino, Jonathan, a traiu. Bem imaginei que ele faria algo assim em algum momento.*

– Terrível – disse Henni. – E olha que ele já pediu você em casamento duas vezes…

– Três… semana passada ele… ele… me pediu novamente.

Tilly começou a soluçar de novo, mas agora a maquiagem não borraria mais, porque ela já limpara tudo.

– E você aceitou? – perguntou ela.

– É claro que não. Nós havíamos combinado que teríamos um relacionamento aberto.

– E ele estava feliz com isso?

Tilly assentiu com veemência.

– Ele estava de acordo!

Porque não tinha opção, pensou Henni. *Que pena, ele era um rapaz bastante simpático, na verdade. Por que será que fizera uma coisa daquelas?*

– Você tem certeza de que ele...

– Tenho – disse Tilly, fungando. – Uma das enfermeiras me contou em sigilo. A pessoa em questão é uma antiga amiga dela.

Amigas, pensou Henni. *Quem é que confia em alguma amiga?*

– Talvez não seja verdade. Você falou com Jonathan?

– Fui hoje falar com ele depois do serviço – confessou tia Tilly. – Ele negou tudo! Mas deu para ver nitidamente em seu rosto que estava mentindo. Nossa, que covarde! Se tivesse sido honesto comigo, eu teria sido a última pessoa do mundo a criticá-lo. Mas ficou se esquivando como um coelho diante do caçador, achando que poderia me enganar.

Henni calou-se e ponderou que a transformação de Tilly em uma mulher independente talvez houvesse sido apenas superficial. No momento, ela lembrava bastante a tia Tilly desesperada que fugira de Munique para a Vila dos Tecidos cinco anos antes. Por que estava tão irritada, afinal? Um relacionamento aberto era aberto e pronto: cada um podia fazer o que desejava. E ele dormira com outra. Afinal de contas, tia Tilly também fora com um médico colega para a "Dança da primavera" duas semanas antes. Relacionamento aberto, que ideia terrível. Quando ela finalmente conquistasse seu Leo, eles se casariam logo. Henni não estava nem um pouco disposta a conceder qualquer liberdade que fosse a seu amado.

– Você o ama? – perguntou ela baixinho, e viu que tia Tilly fechara os olhos, angustiada.

– Está tudo acabado! – disse ela. – Ele não vale a pena!

Mas que dramalhão! Para piorar ainda estava frio no carro, e Henni também estava cansada.

– Então podemos ir para casa agora, não é mesmo? – perguntou ela.

Tilly ligou o carro e pisou no acelerador com tanta força que o motor fez um estrondo. Dor de cotovelo pode ser bastante cruel.

4

Prezada Srta. Melzer,

em relação à sua candidatura como piloto de testes em nossa empresa, infelizmente precisamos informá-la de que não vemos possibilidade de empregá-la em nossa unidade. O trabalho de um piloto de testes também exige, além de coragem e disciplina, um alto nível de conhecimentos técnicos sobre a construção e função das aeronaves. Por essa razão, favorecemos candidatos homens.

Sentimos muito não podermos lhe dar uma resposta positiva apesar de suas excelentes notas e lhe desejamos tudo de bom em sua trajetória.

Heil Hitler
Em nome de
A. Bär
Bücker, engenharia aeronáutica
Berlim, Rangsdorf
Anexo: Seu currículo de volta

Dodo recolocou a carta dentro do envelope e respirou profundamente. Era a nona negativa, e ela tivera tanta esperança com o Bücker... Até parecia que eles não contratavam mulheres! Eles haviam contratado Louise Hoffmann. Já em janeiro. Tudo bem, ela era famosa, eles podiam se gabar de tê-la entre eles e aparecer na imprensa, e a fábrica de aeronaves Bücker podia fazer propaganda de seus aviões.

Jogou o envelope em cima da escrivaninha e resistiu à tentação de rasgar aquela carta de rejeição em mil pedacinhos. Não, ela a guardaria, e, quando fosse famosa no futuro, esfregaria a carta no nariz do velho Bücker. Pois é, meu amor, azar o seu. Vocês perderam essa oportunidade maravilhosa. A piloto internacionalmente famosa Dorothea Melzer, que cruzou o Equador recentemente em tempo recorde, decidiu trabalhar para outra empresa. O velho Bücker ia ficar com cara de tacho!

Resignada, foi até a janela. A vista que ela conhecia desde criança mudara pouco. Havia o parque da Vila dos Tecidos, um pedacinho da alameda e a casa do jardineiro do outro lado, na qual Christian vivia agora com sua Liesel. Mais para a direita, onde antes houvera uma extensa área de gramado intercalada com árvores, tia Elvira construíra um estábulo com dependências. Não era bonito; na verdade ela havia arruinado o parque com ele. Só os cavalos, espalhados pelo campo, eram algo lindo de se ver. Sobretudo os potros desajeitados, que haviam nascido fazia pouco tempo e já mamavam e corriam avidamente atrás de suas mães. Mas infelizmente os cavalos não eram a grande paixão de Dodo.

Ela estava desolada. Caíra em um buraco após uma subida acentuada. Não importava o que fizesse para transformar a aviação em sua profissão e ganhar dinheiro com o que aprendera; as coisas não davam certo. E tudo transcorrera tão bem até então. A formação de piloto, que era seu maior sonho, fora paga por tia Elvira, e ela fora aprovada nas duas categorias com resultados excelentes, ainda que a parte teórica tivesse sido especialmente desafiadora. A parte prática fora moleza, ela sempre fora a melhor. Mas aqueles boçais que aplicavam as provas teóricas haviam feito perguntas realmente péssimas e deixado claro desde o início que a profissão de piloto era, no fundo, coisa de homem. Pouco antes as coisas haviam sido diferentes. Foi muito mais fácil para a geração mais velha de pilotos mulheres, mas, desde que os nacional-socialistas estavam governando a Alemanha, as mulheres não eram bem-vindas na aviação. A formação para elas era muito mais cara do que para os homens, e ela não tinha chance de ser admitida para o transporte de passageiros: a Lufthansa só contratava homens para serem pilotos. Em tese por mulheres não serem resistentes. A mulher alemã deveria realizar-se no papel de esposa e mãe, enquanto o trabalho era coisa de homem.

Mas ela não se conformara com aquilo. Não se livrariam de Dodo Melzer tão facilmente. Ela teria alguma ideia para alcançar seu objetivo apesar de todos os obstáculos. Só precisava encontrar uma brecha, só isso. Sempre havia oportunidades, bastava ficar atenta e usar a razão.

Dodo olhou para o relógio: ainda faltava uma hora para o jantar. Aqueles horários sagrados das refeições da avó Alicia eram uma tortura. Café da manhã das sete às nove, almoço à uma da tarde, jantar às seis e meia. Estava registrado e sacramentado. Mesmo que o mundo acabasse, a avó Alicia não cancelaria o almoço. Mas tudo bem, uma hora deveria ser o suficiente.

O tempo estava nublado; garoava um pouco, o que era bom para as plantas, como sempre dizia Christian, mas Dodo não suportava chuva. Não era um tempo bom para voar. No pior dos casos, o carburador poderia congelar lá no meio do voo.

No átrio, passou por Hanna, que vinha da cozinha depressa para lhe trazer um guarda-chuva.

– Muito obrigada, não preciso! – berrou ela para Hanna, escancarando a porta da casa e descendo depressa os degraus.

O movimento lhe fazia bem, e ela correu um pouco até o parque para respirar o ar úmido e fresco da chuva. Era melhor do que ficar sentada no quarto, envolta em melancolia. Mesmo que seus cabelos estivessem encharcados e sua maldita saia estivesse colada nas pernas agora. Saias eram pouco práticas de todo modo; ela preferia usar calças de aviador, que eram confortáveis e possibilitavam que a pessoa se movimentasse em todas as direções, se abaixasse, se agachasse, corresse ou até mesmo plantasse bananeira. Nada ficava exposto. Mas ali na Vila dos Tecidos isso seria impossível por causa da avó Alicia, e seus pais também não gostavam que ela usasse calças. Especialmente a mãe, que sempre queria fazer algum vestido da moda para ela...

Ali estava o antigo casebre de jardineiro em que o avô Bliefert morara com seu neto Gustav no passado. O Bliefert sênior já estava morto havia muito tempo, e o pobre Gustav também morrera subitamente havia cinco anos. Fora terrível para Auguste, sua esposa, que ficara sozinha com os três filhos e um monte de dívidas. Agora Christian e Liesel estavam morando na casa do jardineiro, e Christian passava todo seu tempo livre se dedicando a reformá-la. Até mesmo naquele tempo chuvoso, lá estava ele na entrada, colocando um pedaço de madeira em cima de dois bancos que serrava diligentemente.

– Olá, Christian – disse ela. – Você está fazendo um peitoril novo para a janela?

Ele ergueu a cabeça, surpreso, sem haver percebido sua chegada, depois ficou vermelho e colocou a serra no chão.

– Olá, senhorita! Não, não é um peitoril.

Ela observou a obra, curiosa. De fato, tinha uma forma muito estranha para ser um peitoril. Dodo precisou de alguns instantes para adivinhar o que era.

– Você está fazendo um bercinho! – exclamou ela. – Estas são as cabeceiras, não é mesmo? Meu Deus, então vocês estão esperando um bebê?

Ele sorriu, envergonhado, e pegou as tábuas de madeira para polir a alça. Com ela, daria para levantar o berço e transportá-lo quando necessário. Também seria possível prender uma fita nela para balançar o berço sem precisar se levantar da cama de casal. Ele pensara em tudo.

– Parece que sim – disse ele. – Já não era sem tempo depois de quatro anos, não é mesmo?

– Coisas boas levam tempo – disse ela com um sorriso. – Você vai pintá-lo de rosa ou azul-claro?

Ele nem pensara sobre aquilo ainda. Só seria possível descobrir quando a criança nascesse.

– Só vou lixar e passar cera. A madeira também fica muito bonita. Se Liesel quiser, pintarei depois. Mas, por favor, não lhe diga nada: é para ser uma surpresa.

– Pode deixar!

Ela passou as mãos no rosto molhado de chuva e tirou uma mecha de cabelo da testa. Credo, agora a água já estava escorrendo pelo pescoço e entrando no casaco. Talvez ela realmente devesse ter trazido o guarda-chuva.

– Tudo de bom, Christian!

– Igualmente, senhorita!

Ela estacionara o trailer ao lado do estábulo, porque era um local coberto que protegia seu tesouro do vento. Dodo olhou para todos os lados, e, além dos cavalos, que estavam parados na chuva tranquilamente, não havia ninguém à vista. Mas onde estava ela? Ficaria completamente encharcada se tivesse que esperar muito tempo. Sentou-se na barra de reboque do trailer e olhou para os campos exuberantes, verdejantes e floridos. Tia Lisa lhe contara que Auguste e seu filho mais velho, Maxl, haviam brigado muito, porque Maxl não conseguia perdoar a mãe por todas aquelas dívidas.

– Posso me matar de trabalhar o quanto quiser que não avanço, porque quase tudo que ganho vai parar no banco! – dissera ele uma vez para tia Lisa quando ela comprara flores na floricultura.

Então tia Lisa, conforme afirmara ela, decidira oferecer o cargo de governanta para Auguste em consideração aos tempos antigos com os Blieferts. Aquilo não fora fácil para a tia, porque certos incidentes haviam acontecido no passado, mas ela não gostava de falar sobre o assunto.

– Porém, não sou uma pessoa rancorosa – afirmara Lisa com um sorriso. – Liesel é uma menina boa e, além disso, tudo aconteceu antes de meu casamento com o Sr. Von Hagemann.

Dodo achou que a tia se portara de forma invejável, e, assim, todos se beneficiavam. A floricultura prosperava e crescia sob a administração de Maxl. Ele contratara duas pessoas, e as dívidas passaram a ser pagas por ele e por sua mãe em conjunto. Hansl concluiria a escola secundária técnica em breve, e Fritz passava cada minuto livre que tinha no estábulo de tia Elvira.

– O menino se entende com os cavalos, nunca vi nada assim – dissera a tia, encantada. – Igual a meu querido Leschik lá na Pomerânia, ele também sabia conversar com os cavalos. Quando Fritz finalmente terminar os estudos e se eu ainda estiver viva, poderá começar a trabalhar comigo como cavalariço.

A única coisa que tia Elvira não gostava em Fritz era sua participação na Juventude Hitlerista fazia algum tempo. Ele fora apresentado por Maxl, que entrara logo cedo na instituição, assim que haviam voltado a aceitar novos membros.

– Porque é melhor para os negócios – argumentara.

Tia Elvira tentara dissuadir Fritz, mas ele gostava da companhia daqueles moleques, das longas marchas, e o programa de exercícios físicos não o incomodava; ele concordava com a filosofia militar. Estava economizando havia um tempo para comprar uma faca com bainha, razão pela qual invejava seus camaradas. Queria entrar na cavalaria da Juventude Hitlerista de qualquer forma, mas ainda não dera certo até aquele momento.

– O que você está fazendo lá? – perguntara tia Elvira, perturbada. – No final das contas, Hitler vai começar outra guerra, e meus cavalos precisarão ir para a batalha.

Fritz lhe explicara que era uma honra lutar pela Alemanha. Mas suas palavras haviam sido novamente mal recebidas pela tia.

– Você sabe quantos cavalos morreram miseravelmente na guerra mundial? Milhares. Criaturas inocentes que foram conduzidas até as batalhas, estraçalhadas por granadas, e acabaram nas trincheiras com as barrigas abertas... Mas vocês, jovens, não têm noção de nada disso. E olha que mal se passaram vinte anos desde que isso aconteceu.

Dodo achara a compaixão de tia Elvira pelos cavalos bastante exagerada. Afinal de contas, incontáveis soldados também haviam perdido a vida na guerra de formas terríveis, inclusive o pai de Henni. Mas a avó Alicia já avisara certa vez que tia Elvira lamentava mais a morte de um cavalo que a de uma pessoa.

Dodo levantou-se porque começara a ficar com frio. Caminhou um pouco, pulou no mesmo lugar e olhou para todos os lados. Nada ainda. Será que ela teria se esquecido do encontro? Uma coisa era certa: ela chegaria atrasada para o jantar. Irritada, tirou as chaves do trailer do bolso da saia e abriu a porta. Já que estava esperando mesmo, esperaria lá dentro, onde era mais confortável. Percebeu então que a barra de reboque havia deixado manchas em sua saia, porque alguém fora generoso demais com o óleo lubrificante. E mais essa ainda! Sua mãe fizera aquela saia como presente de aniversário para ela.

O trailer estava cheirando mal. Aquela lata de sardinha precisava ser arejada com frequência. Ela esperava que nenhum mofo tivesse se formado atrás dos revestimentos da parede. Mas onde a mãe e o pai estavam com a cabeça quando decidiram lhe dar um trailer de presente em vez de deixarem tia Elvira comprar um avião para ela?

– Nossa Alemanha é linda, Dodo – dissera Paul. – Veja-a de perto em vez de sempre olhar para ela de longe, lá de cima.

Muito engraçado! Mas, é claro, eles temiam por ela. Era compreensível. No ano anterior mais uma de suas colegas tivera um acidente fatal. Mas, cinco anos antes, o seu pai quase morrera de doença cardíaca por se preocupar demais com a fábrica. Assim era a vida, cheia de perigos, mesmo que a pessoa não subisse aos céus em um avião.

Era que nem essa conversa estúpida de que haveria uma guerra em breve. Não era só tia Elvira que falava isso; seu professor de voo, Jürgen, também sofria de tais delírios.

– É melhor ficar em terra firme, menina – dissera ele quando se despedira dela. – Já estão mandando os jovens para a formação antes de terminarem a escola. Meninas não, só os meninos. Eles têm que aprender a voar para ficarem aptos para a guerra. É a lógica que está por trás disso. E as empresas têm que produzir pilotos de caças. Há contratos do governo e muito dinheiro envolvido. A senhorita não está percebendo? A Alemanha está sendo sistematicamente rearmada. Para a próxima guerra.

Ela dera de ombros. Por que haveria uma guerra? Todos os adultos que ela conhecia estavam muito agradecidos pelo fim da guerra mundial, e nenhum deles estava com vontade de marchar para o estrangeiro de novo correndo o risco de morrer assassinado. Certamente não seu pai e muito menos Leo, que seria o pior soldado do mundo.

Ela levou um susto. Alguém do lado de fora batera com a palma da mão contra a parede do trailer e aquele veículo leve vibrou apesar dos suportes.

– Henni? Finalmente! Já estou esperando há uma eternidade. Vou chegar atrasada para o jantar por sua causa!

Henni fechou o guarda-chuva amarelo chamativo, sacudiu-o e entrou no trailer.

– Desculpe, não consegui sair mais cedo. A Srta. Lüders inventou de me contar sua vida inteira. Tentei despachá-la três vezes, mas ela grudou em mim como um carrapato...

Henni usava um conjunto de verão casual bege claro com um chapéu combinando. Só os sapatos ficaram arruinados ao caminhar pelo terreno úmido.

– Nossa, que cheiro de mofo! – queixou-se ela. – Isso aqui está precisando de uma faxina completa. E as cortinas também estão sujas. E o estofado? Por acaso os donos anteriores tinham cachorro? Tudo está cheio de pelos amarelos!

Dodo não tinha um olhar aguçado para aquele tipo de coisa, mas Henni tinha razão. Não era um ambiente muito aconchegante, especialmente com aquele tempinho horroroso.

– A mamãe vai costurar cortinas novas e fazer outro estofado – anunciou ela. – Mas agora me diga afinal o que tem em mente. Você quer pegar o trailer emprestado?

– Até parece! – disse Henni, rindo. – Pensei que poderíamos andar juntas por aí com ele durante uns dias. Vou tirar férias da fábrica, e quando Leo voltar, ele poderia ir junto com a gente.

– Leo?

– Por que não? Acho que ele deveria mudar um pouco de ares, não acha? Senão vai mergulhar de cabeça na fábrica de novo para gerar o caos por lá.

Dodo sabia muito bem que seu irmão Leo ficava totalmente deslocado na fábrica do pai. Mas ela não era burra. Tinha plena consciência do que sua querida prima Henni planejava com aquela sugestão.

– Acho que Leo não terá a menor vontade de viajar com a gente – disse ela, hesitante.

– Por que não? – perguntou Henni com uma expressão inocente.

Porque ele não aguenta mais suas constantes tentativas de conquistá-lo, pensou Dodo. Mas ela ficou calada. Naquele quesito, Henni era igualzinha à mãe, tia Kitty: absolutamente incorrigível. Portanto, se Henni tivesse a intenção de seduzir seu irmão Leo durante a viagem de trailer, só poderia acabar em uma briga feia. E Dodo não estava nem um pouquinho interessada nisso.

– Vocês podem ir sem mim sem problema – sugeriu ela. – Empresto o trailer com prazer.

Henni tamborilava os dedos nas têmporas.

– Mas quem vai dirigir? Não tenho carteira de motorista, e Leo também não.

É claro. Eles precisavam dela como motorista. Além de tudo, Leo nunca faria uma viagem de trailer sozinho com Henni. Dodo suspirou. O que deveria fazer? Se recusasse a proposta, Henni com certeza ficaria chateada com ela. Era melhor topar e deixar as coisas tomarem seu rumo natural. Leo diria não de qualquer jeito, e aí o assunto se daria por resolvido.

– Também estou disposta a oferecer uma contraproposta – disse Henni subitamente.

Uma negociação. Aquilo era típico de Henni; ela poderia fazer fortuna vendendo areia no deserto.

– Mas que contraproposta você tem em mente?

Henni fez sua expressão de inteligente, o que significava que tinha um trunfo na manga.

– Você está procurando um cargo em uma empresa de aviação, não é mesmo? – perguntou ela, estreitando os olhos.

– Talvez – respondeu Dodo esticando a palavra. – Pelo menos seria um bom ponto de partida.

– Tenho uma ideia nesse aspecto…

– Tem? – reagiu Dodo, rindo com descrença.

Henni cruzou as pernas e inclinou-se para trás, o que lhe permitiu constatar que a parede do trailer era bastante dura.

– Você conhece o nome Willy Messerschmitt, não é?

– E o que tem ele?

O Sr. Messerschmitt era engenheiro-chefe da Bayerische Flugzeugwerke, a fábrica de aeronaves da Baviera, em Augsburgo. No momento, eles estavam construindo o modelo Bf 108 lá, uma aeronave de quatro lugares destinada a voos dentro da Europa. Dodo nem se candidatara lá, para início de conversa. Em primeiro lugar, por causa de Elly Beinhorn, que pilotava o avião; nenhuma novata teria chance perto dela. E em segundo, porque seu brevê de categoria A não incluía autorização para pilotar aeronaves de quatro lugares. Para isso, teria que obter o brevê de categoria B, o que era quase impossível para mulheres naquele momento.

Henni continuava falando sem se deixar abalar enquanto a chuva batia no toldo e escorria para o chão em feixes grossos. A água espirrava para dentro do trailer, e Dodo se inclinou e fechou a porta.

– O Sr. Messerschmitt tem uma amiga que se chama Lilly Strohmeyer. Ela é de Bamberga e é muito, mas muito rica. Ela deu dinheiro para ele depois da crise econômica para continuar trabalhando com as aeronaves. Entendeu?

– Não!

Henni revirou os olhos diante da falta de sagacidade de Dodo.

– Ela está financiando o sujeito. E, por isso, a palavra dela tem peso. É assim que funciona quando alguém dá dinheiro para outra pessoa.

– E o que é para eu fazer com essa Lilly? Pegar dinheiro emprestado com ela?

– A mamãe a conhece – explicou Henni, fitando Dodo diretamente. – Ela comprou alguns quadros dela há alguns anos, e às vezes elas se falam ao telefone. Você está entendendo agora?

A cabeça de Dodo começou a ligar os pontos. Tia Kitty conhecia uma mulher que tinha influência sobre o famoso engenheiro Willy Messerschmitt. Será que aquela era a chance pela qual esperara? Ou um absurdo completo?

– Ninguém contrata mulheres como piloto – disse ela, acrescentando cuidadosamente –, com pouquíssimas exceções.

O olhar de Henni brilhou, porque Dodo finalmente compreendera a situação.

– Exatamente! – exclamou a prima. – Preste atenção. Você vai preparar um currículo, e eu convencerei mamãe a ligar para essa Lilly e aproveitar a ocasião para indicar você. E você conhece a mamãe, isso é tarefa fácil para ela.

Não fazia mal tentar. Melhor do que ficar sentada ali na chuva, alimentando a melancolia.

– Muito bem – disse Dodo, esticando a mão para Henni. – Se você conseguir uma entrevista de emprego para mim, faremos a viagem de trailer.

– Mas você tem que garantir que Leo venha junto – exigiu Henni.

Aquilo não seria fácil, mas também não era nada impossível.

– Combinado!

Elas apertaram as mãos como se estivessem firmando um compromisso solene. Depois Dodo olhou para o relógio e resmungou:

– Já são oito horas! A vovó vai me comer viva!

As primas saíram do trailer e foram caminhando pelo parque juntinhas debaixo do guarda-chuva amarelo de Henni.

5

Com um suspiro, Marie empurrou os croquis prontos para longe, deu uma última olhada em sua obra e levantou-se para servir-se uma limonada. Em breve a Sra. Überlinger chegaria para ver os desenhos, e Marie precisava ter nervos de aço para aquela ocasião. Não, a nova moda que se afirmara fazia algum tempo não lhe agradava em absolutamente nada. As mulheres davam preferência a cortes tubulares, a roupa deveria ser lisa e sem adornos, os ombros marcados e os quadris estreitos. Mas por que as mulheres de hoje queriam se parecer com rapazes? E ainda por cima havia aquele exagero de pulôver, que agora era chamado de suéter! Ah, talvez ela fosse uma retrógrada inveterada. Mas não queria reclamar. Desde que seu ateliê fora reaberto, quase todas as suas clientes haviam retornado, e Marie tinha tantas encomendas que cogitava contratar uma terceira costureira.

Dois dias antes, a Sra. Überlinger também retornara ao ateliê para mostrar-lhe uma revista.

– A senhora está vendo, Sra. Melzer? É um conjunto exatamente assim que desejo. A saia com pregas para dar mais liberdade aos movimentos...

A Sra. Überlinger era corpulenta. Marie tentara pelo menos dissuadi-la da saia com pregas, mas a mulher protestara veementemente. Então ela precisara fazer as pregas no quadril com a técnica de costura no topo, o casaco precisara ser comprido e os ombros, levemente realçados para que a desejada silhueta esbelta fosse alcançada.

Ela bebeu rapidamente um copo de limonada e levou a jarra até a antessala de vendas, onde gostava de oferecer um refresco às clientes. Estava quente naquele dia, e as ruas estavam empoeiradas, o que significava que o trânsito aumentara na Karolinenstraße. As carroças que haviam caracterizado a área urbana poucos anos antes tinham quase desaparecido àquela altura, e as ruas haviam sido tomadas por caminhões e automóveis, bem como motos, que faziam um barulho insuportável. Não era um trânsito fácil para os ciclistas e pedestres, e os acidentes passaram a ser algo corriqueiro.

A Sra. Überlinger chegou meia hora atrasada, uma indelicadeza que raras clientes se permitiam. Marie aproveitara para fazer algumas mudanças na vitrine. Ela fizera uma parceria com a chapelaria da Sra. Gutmeyer: pegava em consignação alguns chapéus e bolsas que combinavam com seus modelos e indicava a loja de chapéus na vitrine. Em troca, a Sra. Gutmeyer expunha um dos vestidos de noite de Marie com os acessórios apropriados. Aquela colaboração se mostrara muito frutífera, pois muitas senhoras ficavam gratas por acharem o chapéu e a bolsa ideais para o novo traje.

– Heil Hitler, querida Sra. Melzer – disse uma voz junto com a campainha da loja. – Imagine só a senhora que bem na hora em que eu estava saindo de casa, uma amiga querida chegou para me visitar, e eu não podia mandá-la embora assim de jeito nenhum...

– Sim, imprevistos assim acontecem de vez em quando... – replicou Marie com gentileza dissimulada. – A senhora teve sorte, Sra. Überlinger, a próxima cliente só está marcada para as onze horas. Então ainda temos um tempinho...

A cliente recusara a limonada, mas em compensação comentara detalhadamente sobre como fora mal atendida no ateliê Hahn na Steingasse: dissera que a Sra. Hahn não sabia costurar direito e que ela estava imensamente feliz por poder retornar ao "ateliê de Marie".

– Contudo, acho lamentável a senhora trabalhar com a Sra. Gutmeyer – comentou ela com o olhar direcionado para os chapéus. – A princípio não compro em estabelecimentos de judeus.

Marie se calara. A SA boicotara as lojas judaicas em Augsburgo a princípio por um dia logo após a tomada de poder pelos nacional-socialistas. Alguns haviam desistido de operar naquela época, mas a maioria continuava funcionando apesar dos eventuais ataques e profanações. Marie tinha inúmeras clientes que partilhavam da opinião de que os judeus eram a desgraça da Alemanha e tentava evitar tais conversas.

– Tive a oportunidade de fazer vários desenhos para a senhora – disse Marie, mudando de assunto e abrindo a pasta. – Se algum for do seu agrado, mostro os tecidos adequados.

É claro que elas não haviam terminado quando a Sra. Wiesler chegara pontualmente ao ateliê, mas as senhoras se conheciam; conversaram um pouco sobre a nova moda dos sapatos, as férias planejadas no Báltico, e, por fim, Marie ficou sabendo que uma pequena notícia sobre sua filha Dorothea fora publicada na edição daquele dia do *Augsburger Neueste Nachrichten*. A Sra. Wiesler recortara a notícia e trouxera-a.

"Nossa jovem conterrânea de Augsburgo, Dorothea Melzer, agora é mais uma das 'meninas da aviação' da Alemanha, razão de admiração de nosso país em todo o exterior. A filha da família de industriais local Melzer, de 19 anos, obteve o brevê de aviação em Berlim com notas máximas e atualmente está de volta ao seio da orgulhosa família. Nossos sinceros parabéns à nossa jovem desbravadora dos céus."

Marie não havia lido a notícia, pois deixou o jornal para Paul e ainda precisava terminar rapidamente o desenho de um vestido de noite naquela manhã.

– Desbravadora dos céus – disse a Sra. Wiesler, assentindo. – Sua Dodo sempre sonhou em voar, não é mesmo? Agora conseguiu o que queria e pode ficar satisfeita com ela própria. Na minha época, fui introduzida à sociedade já com 18 anos, e com 19 conheci meu marido…

– Sim, aos 19 anos já é chegada a hora de encarar a vida com seriedade – afirmou a Sra. Überlinger, concordando. – Afinal, os maiores objetivos das mulheres são o casamento e a maternidade, não é mesmo, Sra. Melzer?

Marie assentiu, mas salientou que hoje em dia as mulheres também tinham o direito de desenvolver seus talentos e habilidades.

– Ainda assim, o marido e a família deveriam ser a prioridade máxima – comentou a Sra. Überlinger, despedindo-se, porque combinara de almoçar em um restaurante com duas amigas.

A Sra. Wiesler experimentara o vestido de verão com o cinto fino e a saia rodada. Estava um pouco larga na cintura, e Marie começou a marcá-la.

– O que ainda queria lhe falar, Sra. Melzer – começou a Sra. Wiesler com a voz baixa. – Aqui entre nós posso falar livremente, não é mesmo?

Marie estava com cinco alfinetes na boca e só fez que sim com a cabeça.

– Trata-se dos quadros – continuou a Sra. Wiesler. – Os que foram emprestados ao museu de arte. A senhora está entendendo o que quero dizer?

Marie entendia muito bem; na verdade, já estava esperando por aquilo. Os quadros de sua mãe, Louise Hofgartner, não eram mais adequados para o museu de arte municipal. Ainda que nunca tivesse ouvido pessoalmente a devastadora expressão "arte degenerada", era o que aquilo significava. Deixou a Sra. Wiesler esperando e primeiro marcou a costura com toda a calma.

– Entendo perfeitamente, Sra. Wiesler. Quando devo buscar os quadros?

A Sra. Wiesler inspirou de forma audível. Era uma pessoa perfeitamente ponderada para Marie. Elas eram amigas havia muitos anos, e de forma alguma a Sra. Wiesler tinha, ela própria, algo contra os quadros de Louise Hofgartner. Mas estavam realizando inspeções nos museus públicos, e o clube de arte, que ainda alguns anos antes era um mecenas importante do museu, subitamente se viu submetido a duras críticas.

– Talvez na segunda que vem? – sugeriu a Sra. Wiesler. – O museu estará fechado, e a senhora poderá buscá-los sem afobação.

– Pedirei à minha cunhada para me ajudar. – respondeu Marie.

– Se for necessário...

Kitty havia saído do clube de arte já no ano anterior, quando haviam retirado quadros de um de seus venerados pintores. E já que Kitty não tivera papas na língua naquela ocasião, como era de seu feitio, havia algumas tensões entre ela e os Wieslers. Mas a Sra. Wiesler teria que se conformar com aquilo.

– Espero que a senhora não fique magoada comigo, querida Sra. Melzer – disse ela, parecendo culpada. – Não foi uma decisão fácil para nós. Meu marido também pediu para lhe transmitir seu sincero pesar.

– É claro. Temos que nos adequar aos novos tempos – respondeu Marie com frieza.

Elas combinaram a data da próxima prova, e a Sra. Wiesler despediu-se com palavras cordiais. Marie agradeceu e desejou-lhe um ótimo dia. O que mais poderia ter feito? Os quadros de sua mãe, pelos quais muito lutara e que apenas alguns anos antes haviam recebido tanto reconhecimento entre os amantes da arte de Augsburgo, não eram mais aceitáveis para o museu. Aquilo lhe causava uma dor imensurável, mas ela não tinha nenhuma chance de se defender. Pelo contrário, precisava ficar calada e ter cuidado.

Ficou ainda um momento parada em frente à vitrine com o vestido que acabara de marcar sobre o braço e olhou para a rua. Era um dia quente e ensolarado. Pessoas de roupas claras passavam pela vitrine, crianças com mochilas nas costas desciam do bonde e seguiam em várias direções para casa, uma senhora levava seu poodle gigante preto para passear. Aquela agitação pacífica, os rostos alegres e, ainda por cima, aquela luz de verão que ofuscava as janelas dos carros que passavam por ali e fazia os cartazes publicitários coloridos brilharem. Por que, apesar daquilo tudo, ela tinha a sensação de estar atravessando uma ponte estreita por cima de um rio furioso? Um passo em falso ou uma palavra impensada poderiam fazer a ponte desabar, e a água que corria embaixo dela era escura e traiçoeira. A Sra. Wiesler sabia muito sobre sua mãe e inclusive elaborara sua biografia algum tempo antes. Ela também sabia que Jakob Burkard, o pai de Marie, era judeu. Não mencionara aquele fato, mas tinha conhecimento dele. E seu esposo também.

Ela se recompôs e levou o vestido até a sala de costura, onde a Srta. Künzel e a Sra. Schäuble ainda trabalhavam diligentemente.

– Intervalo para o almoço! – exclamou ela, alegremente. – Deixem a tesoura, a agulha e a linha de lado e desliguem as máquinas! Hoje irei almoçar na Vila dos Tecidos e estarei de volta perto das duas e meia.

Marie prometera a Alicia que participaria do almoço em família na Vila dos Tecidos pelo menos três vezes na semana. Aquilo era inconveniente para ela, sobretudo quando uma cliente chegava atrasada para ser atendida, e Marie não podia deixá-la simplesmente esperando. Ela ia de bonde até a Vila dos Tecidos, onde trocava de roupa rapidamente e fazia a refeição angustiada, pensando na cliente seguinte que já estaria esperando por ela na loja. Naquele dia estava quase meia hora atrasada graças à Sra. Überlinger. Vestiu um casaco às pressas, colocou o chapéu e foi até o escritório para buscar a bolsa quando a campainha soou. Ah, que tolice: antes tivesse fechado a porta da loja. Agora teria que explicar à cliente que ela chegara em má hora!

Mas na antessala de vendas estava parado um jovem rapaz vestindo um casaco de verão levemente amassado, com o chapéu na mão e os cabelos loiros descuidadamente levantados da testa.

– Dr. Kortner! – disse ela, surpresa. – O senhor marcou um compromisso com minha cunhada Tilly? Infelizmente ela não está aqui, mas pode ficar à vontade, sentar-se e esperar por ela.

– Não, não! – disse ele, constrangido e girando o chapéu entre as mãos. – Queria ver a senhora, Sra. Melzer. Se tiver uns minutinhos…

Marie hesitou. Na verdade, ela não tinha tempo, mas seu olhar suplicante demonstrava tanta urgência que ela não conseguiu mandá-lo embora. O Dr. Kortner era clínico geral e amigo íntimo de Tilly havia alguns anos. Era uma pessoa simpática, muito entusiasmada, empática e inteligente. Marie ficara feliz por Tilly encontrar um parceiro tão amável como ele. Aliás, os dois já deveriam estar casados há um bom tempo, mas, por alguma razão, não havia rumores de noivado até então.

– Estamos no intervalo para o almoço – disse ela com um sorriso. – Se o senhor preferir, podemos ir até o meu escritório para ninguém nos incomodar.

– Sinto muito atrapalhar sua pausa – disse ele, aflito. – Serei breve. Por favor, será que podemos conversar no jardim de inverno em vez de no escritório?

Ah, pensou Marie. *Então se trata de uma conversa discreta que as costureiras não devem ouvir de forma alguma.*

– Mas é claro. Por favor, me siga discretamente, Dr. Kortner – disse ela com um sorrisinho.

– Muitíssimo obrigado!

Ele conhecia bem o ateliê, já estivera lá várias vezes com Tilly para aconselhá-la na escolha dos modelos, sendo que Tilly, Marie se dera conta naquele momento, quase sempre fazia o contrário do que ele lhe aconselhava. De forma bem-humorada, ele fazia piadas sobre o fato; ao que parecia, não se incomodava com aquilo.

– Posso lhe oferecer uma limonada? Ou um café? – perguntou ela depois que ele já havia se sentado em uma das poltronas.

– Ah, muito obrigado – respondeu ele, passando os dedos pelos cabelos, que tinham a tendência de cair constantemente sobre a testa. – Talvez um copo de água se não for nenhum incômodo.

– Com certeza…

Ele ficou sentado na poltrona, inclinado para a frente e olhando para o pequeno jardim através das janelas. Um arbusto estava em plena floração, rodeado de abelhas ávidas, embaixo do qual Marie plantara amores-perfeitos azuis e não-me-esqueças azul-claros. Para um jardinzinho que só recebia algumas horinhas de sol por volta do meio-dia, ele estava excepcionalmente florido e bonito.

– Vamos lá, então me conte o que está afligindo o senhor – disse ela com um sorriso, colocando um copo de água diante dele em cima da mesa do jardim.

Ele assentiu ansiosamente, tomou um gole e pigarreou. Não parecia nada fácil para ele expor suas preocupações.

– Por favor, me entenda, Sra. Melzer – rogou ele. – Não quero de forma alguma convencê-la de uma coisa pela qual a senhora não pode responder. Não é nada mais que um pedido. Talvez possamos chamar isto de um pedido de ajuda...

– Não faça tanto suspense, Dr. Kortner. De que se trata?

Ele precisou de mais um gole de água, e Marie olhou para o relógio furtivamente. Naquele momento, a família já estaria reunida à mesa da Vila dos Tecidos. Dodo provavelmente chegaria mais uma vez atrasada, e perguntariam sobre o paradeiro de Marie. Que burrice. Ela deveria ter telefonado rapidinho para avisar que não poderia ir almoçar lá naquele dia...

– É sobre Tilly. Quer dizer, sobre a Sra. Von Klippstein. Minha... amiga.

– Já imaginava. E o que tem ela?

– Ela terminou tudo!

Ele pronunciou aquelas palavras apressadamente e cobriu o rosto com as mãos.

– Isso faz algum sentido para a senhora? – questionou ele com desespero. – Somos um casal há quatro anos, confiamos um no outro, amamos um ao outro, temos vivências e lembranças em comum, planejamos uma viagem para a Floresta Negra e então... do nada... tudo está acabado!

– Não estou acreditando! – exclamou Marie, chocada. – Sempre achei que o senhor e Tilly tivessem sido feitos um para o outro...

Ele gemeu baixinho entre as mãos.

– Eu também achava isso. E ainda acho, Sra. Melzer. Mas Tilly mudou completamente do nada. Está briguenta. Desconfiada. Imagine só que foi até meu consultório e me acusou de tê-la traído com minha recepcionista...

Ele levantou a cabeça e nitidamente pôde ler na expressão dela a pergunta que estava no ar.

– Não! – exclamou ele, nervoso. – Eu juro, Sra. Melzer, não há nenhuma razão para essa suspeita ridícula!

Ele tentara convencer Tilly de sua inocência, mas ela praticamente não lhe dera ouvidos, dissera os maiores insultos possíveis e fora embora.

– Liguei para ela, e ela me ignora. Fui até sua casa e toquei a campainha, e sua mãe me comunicou que Tilly não desejava falar comigo. Escrevi-lhe três cartas, mas temo que ela nem ao menos as tenha aberto.

Ele apoiou a cabeça nas mãos, inconsolável, e murmurou:

– Não sei mais o que posso fazer. Ainda a amo! Mas no momento estou falando com uma parede.

– Entendo – disse Marie com delicadeza. – O senhor quer que eu tente organizar algum tipo de mediação? Farei isso com prazer. Contudo, talvez fosse mais apropriado pedir para minha cunhada Kitty, já que ela mora com Tilly.

– Não, não! – disse ele, fazendo um gesto defensivo com o braço. – Gosto muito de sua cunhada, Sra. Melzer. Ela é uma mulher realmente encantadora. Mas sua influência sobre Tilly nem sempre é… como posso colocar em palavras… Sua cunhada é uma artista de opiniões muito livres…

– Ela é mesmo – replicou Marie. – Apesar disso, tem um coração bom.

– Com certeza – afirmou ele, assentindo sem muita convicção. – A senhora a conhece melhor do que eu.

Ele não estava totalmente errado. Kitty se esforçara muito para transformar a tímida Tilly em uma mulher autoconfiante e independente. Tilly mostrara-se uma discípula dócil e, Paul também concordava, fora um pouco longe demais naquela empreitada. Independência era uma coisa boa, mas Tilly anunciara aos quatro ventos em visitas à Vila dos Tecidos que recusara "novamente" um pedido de casamento de seu "fiel paladino". Tais palavras haviam soado frias e insensíveis, e ninguém achara aquilo engraçado à exceção de Kitty.

– Farei uma tentativa, Dr. Kortner – prometeu ela. – Mas é claro que não posso dar garantia de que serei bem-sucedida. Se o senhor não se importar, também falarei com minha cunhada Kitty sobre o assunto. Aliás, acho que ela já deve saber de tudo.

Ele pareceu aliviado e agradeceu-lhe efusivamente.

– Por favor, me entenda, Sra. Melzer. Foi a única forma que vislumbrei para me aproximar de Tilly. Para derrubar esse muro terrível. Ainda não entendo o que deu nela tão subitamente…

Marie também não conseguia entender o que acontecera. Era possível que Tilly tivesse um ponto de vista completamente diferente da questão, mas saberiam em breve. O Dr. Kortner se despediu, desculpou-se mais uma vez por ter interrompido seu intervalo de almoço para falar de seus problemas particulares e até por não deixar que ele esquecesse o seu chapéu no jardim de inverno. Ela o acompanhou até a porta, fechou-a depois que ele saiu e viu-o andando apressadamente através da vidraça.

Como já estava tarde demais para ir para a Vila dos Tecidos, ela comprou um pedaço de bolo de manteiga na padaria que havia ali em frente, serviu-se uma xícara de café na sala de costura e sentou-se no escritório diante de seu almoço improvisado. Assim pelo menos poderia olhar as correspondências. Faria as faturas naquela noite, e a contabilidade também precisava ser resolvida. Paul dissera para ela algum tempo atrás, em tom de brincadeira, que ela finalmente precisava de uma secretária e uma contadora. E ela rira na cara dele.

Ela organizou as cartas rapidamente. Havia várias faturas de linha de costura e diversos materiais, a conta do limpador de janelas e do conserto de uma máquina de costura. Um anúncio de tecidos de algodão baratos da América fora parar na lixeira de imediato. Havia também a carta de uma jovem que estava se candidatando para o cargo de costureira; ela costurava em domicílios até então e queria mudar de ares. Pois bem, quem sabe? E o que mais? Meu Deus, tinha uma carta de Nova York da Sra. Ginsberg!

Contente, rasgou o envelope e tirou a carta de dentro.

Nova York, 15 de maio de 1935
Minha querida Marie,

Vários meses já se passaram desde nossa mudança para Nova York, mas eu e Walter ainda não nos acomodamos de fato. A lojinha que aluguei infelizmente não fica em um dos melhores bairros, as pessoas aqui são pobres e tem muitos negros. As mulheres são simpáticas, gostam de rir e de tocar em tudo, mas não têm muito dinheiro, e eu não vendo quase nada. Walter passou no exame de admissão para a Juilliard School of Music, mas não tenho como pagar pelo curso. No momento estamos tentando conseguir uma bolsa de uma fundação, mas não é fácil, porque não conhecemos ninguém aqui e não temos rede de apoio. Apesar de tudo, as informações que estão chegando da Alemanha confirmam que tomamos a decisão certa. Todo começo é difícil, mas não desistiremos. Em algum momento, Walter e eu também encontraremos nosso lugar neste país. Pego-me pensando com frequência na tranquila

Augsburgo, que foi um lar tão seguro e feliz para mim durante tantos anos. Sobretudo seu ateliê encantador na Karolinenstraße, que aparece em meus sonhos, nos quais estou montando a vitrine nova ou organizando as pastas dos modelos em cima da mesinha branca, como tantas vezes fiz no passado. Será que verei tudo isso novamente?

Um forte abraço de sua amiga, Christa Ginsberg

Em anexo: Uma carta de Walter para Leo

Ah, Marie também sentia falta da Sra. Ginsberg, sua colega de trabalho fiel e inteligente, que se tornara sua amiga. *Vou escrever-lhe logo hoje à noite!*, pensou ela. *Talvez seja possível enviar algum dinheiro junto? De repente sob o pretexto de que era o pagamento de salários atrasados que haviam sido esquecidos...* Ela pediria a opinião de Paul.

6

A Sra. Brunnenmayer gemeu baixinho enquanto subia as escadas de serviço para o primeiro andar. Os joelhos eram o pior de tudo. Doíam insuportavelmente não só quando ela se mexia, mas às vezes também quando estava sentada na cozinha ou até de noite. Aí ficava deitada durante horas, acordada, e passava bálsamo de cavalo nos joelhos, um remédio caseiro antigo que nem sempre aliviava suas dores. Apesar de tudo, ainda não estava disposta a deixar a cargo de Liesel a conversa semanal a respeito do cardápio com os patrões. Não, ela preferia cerrar os dentes e subir as escadas. Ainda detinha as rédeas da cozinha. Mesmo que aquilo se tornasse cada dia mais difícil.

Ela já estava passando pelo corredor do primeiro andar em direção ao anexo quando ouviu a voz da Sra. Alicia Melzer atrás dela.

– Sra. Brunnenmayer? Por favor, me acompanhe até a sala de jantar. Tenho que falar uma coisa importante com a senhora.

Ainda por cima isso agora. Então haveria duas conversas naquele dia: uma com a Sra. Elisabeth, que organizava o orçamento da Vila dos Tecidos, e outra com a Sra. Alicia, que provavelmente tinha alguma reclamação. E lá embaixo, na cozinha, o caldo de carne já estava no fogão, e era preciso colocar um pouco mais de água de vez em quando para que não queimasse. Aquilo era tarefa de Liesel, mas no momento ela não estava nada bem. A Sra. Brunnenmayer estava preocupada com a menina.

– Por favor, sente-se. É mais confortável – disse a senhora, colocando uma cadeira diante dela.

– Muito obrigada, senhora. Mas, se eu me sentar, vai ser difícil conseguir me levantar novamente. Por isso, se a senhora me permitir, prefiro ficar em pé.

– Como a senhora preferir. Serei breve, querida Sra. Brunnenmayer – disse a Sra. Melzer, sentando-se e fitando a cozinheira severamente.

Como ela envelheceu, pensou a Sra. Brunnenmayer. *Mesmo pintando os cabelos de loiro-escuro e usando blusas de gola alta. A pele está toda enrugada, sobretudo ao redor da boca. De tão magra que está. Estou muito melhor, porque tenho uma bela camada de carne, minhas bochechas ainda estão lisas.*

– Chegou até meus ouvidos que minha neta Dorothea já almoçou ou jantou várias vezes na cozinha junto com os funcionários – disse a Sra. Melzer, erguendo as sobrancelhas. – Essa história deve acabar imediatamente. Minha neta Dorothea se acostumou com certas liberdades em Berlim que não posso tolerar aqui na Vila dos Tecidos. Espero que a senhora tenha entendido o que quero dizer, Sra. Brunnenmayer.

Evidentemente que ela entendera: já estivera esperando por aquela reprimenda. Era uma pena, porque vira Dodo crescer. Quando ainda eram crianças, Dodo e Leo adoravam ir até a cozinha e se deliciavam quando lhes ofereciam algo apetitoso. Mas, aos 19 anos, a Srta. Dorothea não era mais nenhuma criança. Mesmo assim, todos ficavam muito felizes quando ela sentava na cozinha com eles e contava histórias sobre Berlim e os aviões com tanto entusiasmo. Mas agora aquilo acabaria.

– É claro, senhora. Não acontecerá novamente.

– Se minha neta perder uma refeição por falta de pontualidade, precisará esperar até a próxima refeição. Assim aprenderá a respeitar os horários.

– Está certo – respondeu a Sra. Brunnenmayer, apesar de ser de outra opinião.

Pobre menina. A avó queria que a coitadinha passasse fome. E ela já era tão magrinha. Mas a Sra. Brunnenmayer com certeza encontraria uma forma de lhe entregar algo para comer. Sempre davam um jeito na Vila dos Tecidos, mesmo nos tempos sombrios da governanta Serafina von Dobern.

Alicia assentiu com satisfação e sorriu para a cozinheira.

– Querida Sra. Brunnenmayer – disse ela em um tom diferente, quase carinhoso. – Estamos todos um pouco preocupados com a senhora. São seus joelhos, não é mesmo? Conheço bem esse sofrimento: no meu caso são os ombros que dificultam minha vida. Pois é, não estamos ficando mais jovens.

A Sra. Brunnenmayer estremeceu. Será que eles iriam obrigá-la a se aposentar e informariam sobre a contratação de uma cozinheira nova? Justamente agora que ela estava empenhada em ensinar para Liesel tudo que uma boa cozinheira deveria saber.

– É só impressão, senhora – disse a Sra. Brunnenmayer, apressando-se em dissipar as preocupações da patroa. – Esse incomodozinho nos joelhos não é tão ruim assim. E fora isso, estou bem. Encontrei uma excelente assistente em Liesel, que praticamente já domina a arte como uma cozinheira estudada.

A patroa confirmou que Liesel estava fazendo um ótimo trabalho. Fora uma decisão inteligente contratar a menina para a Vila dos Tecidos.

– Imaginamos, querida Sra. Brunnenmayer, que a senhora talvez queira ocupar o antigo quarto da Srta. Schmalzler – sugeriu ela. – Atualmente ele está vazio. Se a senhora se instalar lá, não precisará mais subir as escadas até o terceiro andar para chegar até o seu quarto. É só atravessar para o outro lado do mesmo pavimento. O que a senhora acha?

A Sra. Brunnenmayer inicialmente ficou muda de tão grande que foram sua surpresa e sua comoção. Ah, como ela julgara mal a patroa! Era inegável que era severa, se agarrava a regras rígidas e sabia dificultar a vida das pessoas aqui e acolá. Mas era boa de coração, gostava de seus empregados e cuidava deles.

– Preciso... preciso pensar primeiro, senhora – disse ela com insegurança. – Mas muito obrigada pela oferta já de antemão. Fico muito honrada. O quarto de nossa querida Eleonore Schmalzler! Meu Deus. Aquilo era como um "santuário" para a gente naquela época. Era lá que ela atuava e governava...

A desagradável governanta também morara lá durante um tempo, mas a Sra. Brunnenmayer não mencionou esse fato.

– Nós providenciaríamos o transporte dos móveis – prometeu a patroa. – Para a senhora se sentir completamente em casa. Pense direitinho e me avise quando tiver decidido.

Com aquelas palavras, Fanny Brunnenmayer foi dispensada. Com os joelhos vacilantes, foi até o anexo ver a Sra. Elisabeth, mas ela não estava lá; apenas o Sr. Winkler estava sentado na sala de estar. Cuidadosamente, colocou um marcador dentro do livro que estava lendo e entregou-lhe o cardápio que a patroa escrevera em uma folha de papel.

– Minha esposa foi até a cidade – explicou ele. – Pediu para lhe avisar que estará disponível hoje à tarde caso a senhora tenha perguntas ou sugestões.

Não era nem um pouco do agrado da cozinheira receber um cardápio pronto, mas o Sr. Winkler não tinha culpa daquilo. Pobre coitado, ficava sentado sem fazer nada, lendo livros e tentando escrever alguns. Aquilo não era atividade para um homem; não era de se admirar que ele sempre estivesse com uma expressão triste nos últimos tempos. O casamento também não parecia muito bem das pernas. Humbert contara dia desses que a patroa e o esposo haviam brigado feio. Antigamente isso não acontecia; os dois eram unha e carne. Aquilo fora culpa daqueles malditos nazistas, dos quais o Sr. Winkler precisava se esconder dia após dia. Mas que tempos eram aqueles!

Lá embaixo, na cozinha, só Else estava sentada à mesa, apoiada nos braços e de olhos fechados. Auguste fora à cidade com a Sra. Elisabeth, e Hanna estava batendo os tapetes. Liesel não dera as caras, e o caldo de carne já estava quase queimando no fogão. A cozinheira jogou água nele a tempo, senão teria perdido a carne e os legumes.

– Else!

Assustada, a mulher acordou de seu cochilo e procurou sua xícara de café, que estava diante dela.

– Meu Deus, adormeci novamente. E olha que já tomei duas xícaras de café hoje para me manter acordada!

A Sra. Brunnenmayer viu sua suspeita se confirmar. Aquele monte de café no máximo causava taquicardia em Else, mas não ajudava em nada a combater seu cansaço.

– Cadê Liesel? Por que ela não está cuidando da comida?

– Liesel? – perguntou Else, ajeitando a touca. – Ela está… acho que foi até a pilha de compostagem. Para esvaziar o balde.

– De novo? – indagou a cozinheira, admirada. – Ela já fez isso hoje cedo.

– Ela descascou as batatas e cortou as cebolas para a salada de repolho…

A Sra. Brunnenmayer calou-se, rabugenta, alimentou o fogo e colocou a panela com as batatas em cima do fogão. Não aceitava críticas a seu fogão a lenha: ele fora seu ajudante e companheiro por quase cinquenta anos. Naquela época, quando os patrões lhe haviam sugerido comprar um fogão a gás moderno, ela resistira veementemente. Agora algumas cozinhas tinham até fogões elétricos, que aqueciam com eletricidade e não faziam sujeira. Mas, enquanto ela ainda mandasse na cozinha, permaneceria fiel a seu velho amigo.

Naquele momento, Liesel retornou furtivamente à cozinha com o balde de compostagem vazio na mão. Estava pálida em torno do nariz, a pobre menina. A Sra. Brunnenmayer estava muito preocupada com sua protegida, achava que a garota talvez estivesse doente.

– Você está com uma aparência terrível – disse a cozinheira por cima dos ombros enquanto colocava sal na panela com as batatas. – Não é melhor ir ao médico? Pode estar com anemia ou algo parecido.

– Eu com anemia? – perguntou Liesel, rindo. – Com certeza não. É só meu estômago. O pãozinho gorduroso não me cai bem.

A Sra. Brunnenmayer não conseguia entender de forma alguma como alguém poderia passar mal comendo aquele pãozinho maravilhoso. Preocupada, balançou a cabeça e sentou-se em sua cadeira da cozinha para lavar a salada. Diligentemente, Liesel começou a preparar o molho de rabanete, separou a nata, o rabanete ralado, um limão, açúcar, manteiga e farinha. Mas mal a manteiga derretera, empurrou a vasilha para o lado e saiu da cozinha tão apressadamente que derrubou uma cadeira.

– Mas o que é que ela tem de novo? – exclamou a cozinheira, apavorada.

Ela não recebeu nenhuma resposta, pois Liesel já saíra correndo pelo pátio em direção à pilha de compostagem. Naquele momento, Hanna retornara após bater os tapetes, com as bochechas vermelhas do esforço físico e ajeitando a touca, que escorregara para o lado.

– Meu Deus, pobre Liesel – disse Hanna com pena e serviu-se um copo de limonada. – Tomara que não passe mal assim a gravidez inteira!

A Sra. Brunnenmayer deixou a faca cair dentro da tigela de salada. A menina estava grávida! Misericórdia! Não lhe dissera uma palavra. Ela teria um filho. E justamente agora que tinha tanta coisa para aprender! Ah, aquilo iria bagunçar todos os seus planos para o futuro!

– Por acaso ela disse quando a criança vai nascer? – perguntou a cozinheira para Hanna, fingindo já estar sabendo da gravidez havia muito tempo.

– Acho que está no terceiro mês. Então deve ter ainda uns seis meses pela frente…

A Sra. Brunnenmayer fez as contas na cabeça. Estavam no dia 9 de junho, então a criança nasceria em dezembro. Uma criança natalina. Ela ainda conseguiria ensinar muita coisa para Liesel até lá. Mais para a frente, a criança poderia ficar no moisés na cozinha. Também tinham feito assim com a própria bebê Liesel naquela época, e ela ficara bem. De fato, se a garota fosse esperta, permaneceria na Vila dos Tecidos e viraria a sucessora da Sra. Brunnenmayer.

Quando Liesel apareceu logo em seguida de volta na cozinha, ela lhe disse bruscamente:

– Sente-se e deixe que eu faço o molho hoje!

Liesel logo compreendeu que agora a cozinheira também estava sabendo. Ficou em pé ao seu lado perto do fogão e disse baixinho:

– Queria ter contado para a senhora faz tempo, mas não sabia muito bem como. Christian ficou louco de tanta felicidade, e também estou feliz agora.

– Está tudo bem – resmungou a cozinheira. – Vamos dar um jeito. Passe o rabanete e o sal.

Liesel pegou o que ela lhe pediu e disse, aliviada:

– Acho que preciso comer um pãozinho agora!

– Você também quer um pepino em conserva? – perguntou Hanna, solícita.

– Ah, sim!

Lá fora, no pátio, Humbert estava chegando de carro. Auguste saltou do veículo e começou a carregar os pacotes e as sacolas para dentro da Vila dos Tecidos. Por fim, a Sra. Elisabeth, um pouco mais corpulenta do que Auguste, também desceu com o auxílio de Humbert.

– Agora eles vão brigar de novo – disse Hanna, angustiada. – Porque a patroa sempre compra muitos presentes para as crianças, e o Sr. Winkler acha que ela as mima demais.

– Exatamente – comentou a cozinheira. – E também não tem mais dinheiro sobrando como antigamente, quando a Sra. Elvira ainda lhe mandava rendimentos da fazenda…

– Crianças não devem ser mimadas de forma alguma – disse Liesel enquanto mastigava seu pãozinho, faminta. – Christian disse que ele também não foi mimado quando…

– Alguém bateu à porta – disse Else.

– Não ouvi nada – respondeu a Sra. Brunnenmayer.

Mas, quando Hanna abriu a porta, uma mulher jovem vestindo um traje moderno de verão e um chapeuzinho verde chique sobre os cabelos loiros estava parada lá fora.

– Nossa, Gertie! Quase não reconheci você. Como está elegante!

– Isso mesmo – disse Gertie com orgulho. – Agora tenho um bom salário e posso comprar coisas bonitas para mim. Olá a todos!

Ela também estava andando de um jeito diferente, observou a Sra. Brunnenmayer. Caminhava como uma madame, dando passos pequenos e balançando levemente o quadril.

– Você está mesmo arrumada, Gertie – falou a cozinheira, cumprimentando a visita. – Então sente-se caso nossa cozinha ainda esteja à sua altura.

– Como eu poderia me esquecer da cozinha da Vila dos Tecidos! – exclamou Gertie, puxando uma cadeira para ela. – É claro, nem sempre as coisas eram fáceis com a patroa. Mas sempre me senti bem aqui embaixo com vocês.

Todos ficaram emocionados. Else percebeu que sentira muita falta de Gertie, porque ela sempre estava alegre. Hanna serviu-lhe uma limonada e perguntou se ela queria um pedaço de bolo mármore. Liesel quis saber se ela se acostumara à vida em Munique.

– Munique! – exclamou Gertie, revirando os olhos. – Lá as coisas são bem diferentes! Não é tão provinciana como Augsburgo. Munique é cosmopolita, o coração da nação bate lá, e o Führer também está lá com frequência. Uma vez fiquei tão perto dele que poderia até tocá-lo.

Ninguém ficou muito impressionado com aquele fato. Mas eles sabiam que o Sr. Von Klippstein, para quem Gertie trabalhava de secretária, era um membro fervoroso do Partido Nacional-Socialista fazia tempo. Gertie estava só acompanhando o chefe.

– Eu não gostaria de tocar em uma pessoa daquelas – comentou a Sra. Brunnenmayer, mexendo avidamente o molho de rabanete.

– Como a senhora pode dizer uma coisa dessas! – exclamou Gertie, irritada. – Se a senhora tivesse visto-o uma vez falar diante de todas aquelas pessoas, pensaria bem diferente. Aqueles olhos azuis radiantes! Sentimos algo bem diferente quando ele olha à nossa volta com aquela expressão vitoriosa. E, quando ele fala, aquelas palavras nos atravessam de verdade. A mulher que estava do meu lado desmaiou de emoção, e duas outras choraram de felicidade…

Gente burra é o que não falta, pensou a Sra. Brunnenmayer.

Humbert chegara à cozinha e, ao ouvir as palavras entusiasmadas de Gertie, fez uma careta e sentou-se ao lado de Hanna.

– Você se tornou uma hitleriana fervorosa, Gertie – disse ele com ironia.

Gertie deu de ombros e retrucou que ela era alguém que sempre dizia o que pensava. Mesmo que não agradasse a todos

– Então você está mesmo feliz com o Sr. Von Klippstein? – perguntou Liesel.

– Estou satisfeita – respondeu Gertie, pegando um pedaço do bolo mármore com a mão e colocando-o no prato.

Aquelas palavras não soaram tão convincentes assim, achou a cozinheira.

– Você precisa usar a máquina de escrever o dia inteiro? – indagou Hanna. – Seus dedos com certeza devem ficar doendo de noite.

Gertie mastigava de forma desajeitada e tomou um gole de limonada antes de responder.

– Não passo o dia todo à máquina de escrever – explicou ela. – De manhã separo as correspondências e levo-as para o Sr. Von Klippstein à mesa do café da manhã. Aí escrevo rapidamente as pendências do dia anterior, e depois o Sr. Von Klippstein me chama até o escritório para datilografar. Aí eu estenografo suas cartas e as escrevo. Quando acabo, levo-as para ele assinar e preparo-as para serem enviadas…

– É todo dia a mesma coisa? – perguntou Hanna, que achava um trabalho como aquele terrivelmente monótono. – E quando você tem um dia livre?

– Tenho três dias de férias agora e, além disso, tenho o dia todo livre aos domingos! – vangloriou-se Gertie. – E depois do expediente, posso fazer o que desejo. Ando pela cidade, vou ao cinema, compro coisas bonitas para mim… É essa a vida de uma secretária. A gente não precisa ficar na casa dos patrões, a gente pode sair por aí sem precisar dar satisfação para ninguém!

– E quem cuida de você quando você fica doente? – perguntou a cozinheira. – E com quem você pode desabafar quando está preocupada com alguma coisa?

Gertie deu de ombros e disse que era para isso que amigas existiam.

– E Auguste está feliz trabalhando de volta para a Sra. Elisabeth? – indagou ela.

Eles lhe contaram que a Sra. Elisabeth tinha mandado duas governantas embora, mas agora estava satisfeita com Auguste.

– Também sempre me entendi bem com ela – comentou Gertie com um suspiro.

– Por acaso você está querendo voltar para cá? – perguntou Humbert, desconfiado dos elogios que Gertie tecia a seu novo emprego.

– De onde tirou isso? – Ela riu. – Agora que subi na vida, não vou andar para trás. A vida não é fácil em nenhum lugar, mas ficarei bem.

A cozinheira engoliu o comentário que estava prestes a fazer. Com certeza o Sr. Von Klippstein era um chefe difícil. Gertie não ficara um dia inteiro reclamando sobre ele quando fora com a Sra. Kitty até Munique e precisou redigir algo para ele?

Gertie parecia ter adivinhado seus pensamentos, pois começou a fazer elogios rasgados ao chefe.

– O Sr. Von Klippstein só vive para o trabalho – comentou ela –, para seus negócios e para o partido. Isso é a sua vida. É uma pessoa importante em Munique, com bastante influência e que leva seus deveres muito a sério. Todos os dias chegam até nós pedidos de todo tipo de gente para que ele ajude com alguma coisa.

A cozinheira tirou a carne da panela e separou-a para mantê-la aquecida, e Liesel colocou a peneira sobre um vasilhame para coar o caldo, que ainda precisava ser temperado mais uma vez. A refeição da Vila dos Tecidos seria servida em aproximadamente meia hora.

– E o Sr. Von Klippstein já arranjou outra… noiva? – perguntou Hanna com curiosidade.

– Ele? – reagiu Gertie. – Ele vive como um ermitão. Não quer mais saber de mulher nenhuma.

Humbert levantou-se para trocar de roupa rapidamente e pôr a mesa no andar de cima. Ele parecia muito feliz por sair dali, porque os relatos de Gertie não lhe agradavam. Mas, quando ela voltou a falar, ele deteve-se e ficou parado no corredor de serviço.

– Porém… – disse ela, sorrindo. – Confesso que é de se admirar. Porque ele sabe ser um verdadeiro cavalheiro. Às vezes, quando está de bom humor, traz chocolate para mim. Coloca-o em cima da escrivaninha e vai embora. No meu aniversário, me deu um buquê de flores de presente. E um envelope com cem Reichsmark.

Cem Reichsmark de aniversário! Aquilo era realmente muito generoso. Era de se fazer inveja.

– Então você tirou mesmo a sorte grande! – disse Humbert. – E o Sr. Von Klippstein continua tão bem-humorado?

Gertie inspirou profundamente como se precisasse tirar algo do peito que já pesava em sua consciência havia algum tempo.

– Não, infelizmente não – disse ela, suspirando. – Tem dias em que ele é tão grosseiro comigo que quase fico com vontade de pedir demissão. Ele sabe ser muito maldoso. Volta e meia sou obrigada a bater a mesma carta três vezes, mesmo não tendo nenhum erro. Ou acha que não devo usar sapatos de salto alto. Recentemente inclusive disse que eu... que eu tinha um andar provocante... que eu...

Ela não conseguiu continuar a frase, porque precisou parar para engolir em seco.

– ... que eu andava como... como uma mulher fácil! Falou isso e depois bateu a porta.

– Que perversidade! – disse Hanna com consternação. – Você não tem que aturar isso, Gertie.

Gertie deu batidinhas de leve no nariz, com um lenço. Não, não estava chorando. Ela não era de fazer aquilo. No máximo, deveria chorar escondida, quando ninguém estava olhando.

– E no dia seguinte ele deixa um chocolate em cima de sua mesa? – disse Humbert com ironia. – Muito interessante!

– Bombons – respondeu Gertie. – Ele trouxe uma caixa gigante de bombons. Mas não disse uma palavra sequer.

Muito estranho, pensou também a Sra. Brunnenmayer. A cozinha ficou em silêncio por alguns instantes. As moscas zumbiam perto das janelas. Else lutava contra o sono, e Liesel mexia a salada de repolho. Humbert lançou um olhar entretido para Hanna e subiu os degraus para o primeiro andar às pressas.

– E você fica o dia inteiro sozinha com ele em sua mansão? – perguntou Hanna.

– Não! Tem o Julius e a Bruni. E a cozinheira também. Fico em meu escritório, que ele montou especialmente para mim, e o escritório dele fica ao lado. E moro na cidade, onde aluguei um quarto. Mobiliado. Não posso receber visitas de homens. Para você não pensar nada ruim de mim, Hanna! Sou uma moça direita!

– Sei disso, Gertie – declarou Hanna, apressando-se para assegurar-lhe daquilo. – Não fique irritada, não falei por mal.

Gertie achou que já tinha falado o suficiente, talvez até demais, mas se sentia aliviada. Provavelmente não tinha ninguém em Munique com quem desabafar.

– Então já estou de saída novamente – disse ela, levantando-se. – Ainda vou visitar mais algumas pessoas já que estou aqui em Augsburgo. Foi muito bom conversar com vocês. Ah, sim, mandem um abraço para Auguste. Até a próxima…

Gertie alisou o casaco, pendurou a bolsa no braço e dirigiu-se à porta de saída. Ela realmente passara a balançar o quadril quando caminhava. Será que era porque estava usando sapatos mais altos?

– O que será que ela veio fazer aqui? – indagou Liesel, refletindo.

– Ela queria nos visitar, ué – disse a inocente Hanna, que sempre pensava o melhor de todas as pessoas do mundo.

– Não, acho que ela queria descobrir se seu antigo cargo com a Sra. Elisabeth ainda estava vago – respondeu a cozinheira. – Não dá para aguentar um chefe desses!

7

Leo já estava com as malas prontas. Em dois dias, quando a masterclass do professor Kühn tivesse terminado, iria à noite para a estação e pegaria o trem noturno para Augsburgo. Não porque estivesse com uma saudade enorme da Vila dos Tecidos, mas porque o curso na Academia Nacional de Música em Munique se revelara uma verdadeira decepção. Sem dúvida expoentes como Hans Knappertsbusch, Siegmund von Hausegger, além do grande Richard Strauss, davam aula lá, mas geralmente estavam regendo concertos e eram substituídos por outros professores. Os estudantes tinham que se contentar com os acadêmicos de mentes tacanhas, músicos insignificantes e pedantes. As aulas de teoria da composição se resumiam ao aprendizado tolo de regras básicas – que Leo dominava fazia tempo – e em análises das composições de Richard Wagner, a quem conferiam um papel desproporcionalmente importante naquele contexto. Leo gostava da obra de Wagner; admirava e venerava aquele gênio da música. Mas também existiam outros compositores! Mendelssohn, por exemplo, fora completamente esquecido. A linhagem que se seguia na Academia era Bach, Beethoven, Wagner, Richard Strauss. Os estudantes deveriam seguir esses outros grandes exemplos. As composições próprias de Leo, que ele apresentara para avaliação de alguns professores, haviam sido desqualificadas como "muito sombrias" e "cheias de erros". Um deles inclusive supusera que aquelas "tentativas de composição" continham um "elemento subversivo", claramente de origem judaica, e não seria tolerado na nova Alemanha. Segundo o professor, o próprio Richard Wagner já havia se pronunciado contra o "judaísmo na música", e a Academia Nacional queria recriar a música dentro desse espírito.

O tão prometido convite do grande Richard Strauss de anos antes também não dera em nada. Leo ligara para Berchtesgarden uma vez, por pura pressão de Henni, mas haviam lhe dito que o Professor Strauss estava viajando. Depois daquilo, ele perdera a coragem e não entrara mais em contato. Por fim, dissera à prima, que não parara de buzinar em seu ouvido que ele deveria insistir, que ela deveria deixá-lo em paz de uma vez por todas. Ele não era do tipo que corria atrás de pessoas importantes, não era seu estilo.

Por precaução, só mostrara sua ópera para o professor Kühn. Fora mais ou menos seis meses antes, quando ele ainda estava no primeiro semestre e fora audaz o suficiente para se inscrever na masterclass, que só admitia alunos de semestres mais avançados. O professor Kühn era uma instituição na Academia. No passado, tivera uma cátedra em Munique, depois fora para a América, atuara em várias academias de música lá e estava atualmente em um instituto em Manhattan. Ainda assim, vinha para Munique todos os anos para lecionar sua masterclass. O curso, assim haviam contado para Leo, era altamente cobiçado, mas o professor só escolhia dez pupilos entre inúmeros candidatos. No ano anterior, houvera vinte candidatos, e Leo estava entre eles.

Naquela época, o jovem ainda era muito otimista. Como aquele curso era simplesmente fantástico e ele aprendera muito lá, acreditava que algum outro iria na mesma direção. Mas infelizmente a masterclass do professor Kühn fora o único raio de esperança naquela rotina estudantil monótona. Àquela altura, ele tinha a sensação de não sair do lugar, não aprender nada realmente novo e de só ser sufocado por aquelas regras.

Uma conversa difícil com seu pai o aguardava na Vila dos Tecidos, ele sabia disso. Paul concordara com aquele curso de música com muita relutância e somente sob certas condições. Leo precisava dedicar-se em período integral, ir às aulas regularmente e obter bons resultados.

– Não tolerarei que você leve uma vida estudantil de farra sob nenhuma hipótese! – dissera seu pai. – O curso nos custará uma fortuna e quero ver resultados em troca.

Leo quase ficara insultado na época. Como é que seu pai imaginava que ele poderia querer levar uma "vida estudantil de farra"? Ele queria estudar música, era seu maior desejo. Lutou por aquilo até seu pai finalmente conceder sua autorização. Prometeu fazer – e fez – um estágio na fábrica durante as férias, apesar de lhe dar pouco prazer.

Dodo lhe contara depois que falara sobre o assunto com tia Kitty e que ela não se controlara e rira pelos cotovelos.

– Meu querido Paul deveria estar relembrando seus tempos de estudante – dissera ela. – Ele morava em uma república... Como se chamava mesmo? Concordia ou algo parecido. Eles passavam mais tempo segurando cerveja do que livros. Não lhe faltavam dívidas. E ele também tinha uma namorada... Qual era o nome mesmo? Mizzi ou algo assim... E agora está dando uma de pai rígido! É de morrer de rir!

Leo quase não acreditara naquilo. Seu pai, que sempre fora tão trabalhador e cumpridor das regras, teria sido um estudante "desleixado" no passado? A tia Kitty gostava de exagerar, mas a história devia ter algum fundo de verdade.

De qualquer forma, seu pai ficaria furioso quando ele lhe dissesse que desistiria do curso da Academia Nacional de Música em Munique. Leo já sabia o que teria que encarar: uma formação em administração de empresas ou engenharia elétrica. Ou, na pior das hipóteses, uma carreira empresarial na fábrica.

Pegou suas partituras para a aula daquele dia e sentiu-se apreensivo naquele apartamento silencioso na KaufingerStraße, que geralmente ecoava os exercícios musicais de seus dois colegas, Peter e Klaus. Eles já haviam saído de férias, mas Peter generosamente deixara sua bicicleta para Leo usar. Cada um tinha um quartinho, e dividiam um piano para o qual haviam definido horários de forma que todos tivessem oportunidade de praticar. Às vezes tocavam juntos nos fins de semana, aproveitando para testar algumas composições. Mas, ultimamente, seus colegas haviam descoberto a existência de garotas, e já não faziam mais eventos como esse. Já Leo não demonstrava nenhum interesse pelo sexo feminino: as poucas estudantes mulheres não lhe agradavam. Além do mais, seu pai mantinha seu orçamento o mais enxuto possível.

A porta do quarto de sua senhoria só estava encostada, como de costume. A Sra. Miermayer morava em um pequeno cômodo de seu apartamento e comandava a cozinha. Normalmente sua poltrona ficava disposta de forma que conseguisse ver seus inquilinos chegando e saindo, mas acabava cochilando naquele tempinho quente. Leo não gostava dela. A senhora costumava inspecionar os quartos quando seus inquilinos não estavam em casa e se exaltava por qualquer coisinha. Ela podia ter verdadeiros ataques histéricos, especialmente quando se esqueciam de fechar a janela. As refeições que preparava – café da manhã e jantar – eram espartanas, e Leo vivia com fome.

Enquanto prendia sua pasta de partituras no bagageiro, deu-se conta de que sentiria um pouquinho de saudade de Peter e Klaus. Talvez também de um ou outro colega da Academia. Mas fora eles, não sentiria falta de mais ninguém, sobretudo de nenhum dos professores. Eles não serviam para nada. Ele pisava nos pedais com força, apreciando o vento naquele calor, o casaco esvoaçando, e olhou várias vezes para trás para se assegurar de que a pasta de partituras não se soltara do bagageiro. Mas ela estava bem presa, amarrada com uma corda.

A Praça Odeon era rodeada por prédios imponentes: blocos de pedra gigantes que eram um testemunho da autoconfiança dos reis bávaros. Havia essas construções colossais de estilo clássico em toda parte em Munique: eram imensas, largas e, na opinião de Leo, pedantes. O Odeon, onde ficava a Academia Nacional de Música, também era um gigante desses: uma construção de dois andares com as janelas todas padronizadas e com a mesma distância entre elas, como um regimento de soldados. Só a enorme sala de concertos interna era linda. Lá cabiam mais de mil espectadores na plateia e nas fileiras. Ele assistira a vários concertos ali e ficara arrebatado pela atmosfera daquele imenso templo artístico. As salas de aula eram agrupadas em torno do alto salão de vários andares. Elas estavam parcialmente negligenciadas e precisando de reformas. Os pianos de cauda e os verticais nos quais eles tinham aula também deixavam a desejar. Parecia que pouco fora investido nas salas e nos instrumentos desde os dias do ilustre Richard Wagner.

A masterclass do professor Kühn acontecia em uma sala de tamanho médio no segundo andar. Leo levou a bicicleta até o lado da imponente estátua equestre do rei bávaro Luís I, trancou-a no bicicletário e quase quebrou os dedos ao desfazer o nó para soltar sua pasta de partituras. Precisou bater à porta de entrada, pois a Academia já estava fechada para as férias de verão.

O zelador abriu a porta com uma expressão antipática.

– Vocês combinaram de virem um de cada vez? – resmungou o funcionário.

– Obrigado por vir abrir – respondeu Leo serenamente.

Ele entrou no corredor escuro e precisou de alguns instantes para acostumar os olhos à penumbra da escadaria após a exposição à luz do sol brilhante. A temperatura estava fresca e agradável, o que era a única vantagem daquelas paredes grossas. Enquanto descia as escadas, foi tomado por um sentimento estranho. O prédio que geralmente parecia uma colmeia de abelhas zumbindo de tão barulhento, em que trechos de músicas vindos de várias salas se misturavam, estava em silêncio absoluto. Mesmo assim, Leo ainda conseguia escutar notas em seu interior, vestígios dos grandes músicos que haviam estado naqueles espaços, corredores e salas. Os muros do prédio haviam absorvido e preservado aquelas notas, e, agora que o barulho dos tempos modernos não as abafava, elas se descortinavam para aqueles cujos ouvidos sabiam ouvir. E Leo tinha ouvidos assim. Desde criança, ouvia notas e sons ocultos para os outros e aprendera a amalgamá-los em composições próprias.

No segundo andar, os sons fantasmas em sua cabeça foram sobrepujados por vozes. Alguns colegas já haviam chegado. Ele fora um dos mais atrasados, como sempre.

A sala de canto com duas janelas ficava na ala sul do prédio e tinha uma luminosidade agradável. Mas, com aquele tempo, estava bastante quente lá dentro. Haviam trazido doze cadeiras da sala auxiliar e as ajeitaram para os instrumentistas que se dispunham a participar do curso e servir de orquestra para os alunos e para o professor. No ano anterior eles tinham um número muito maior de voluntários à disposição; era uma honra tocar naquela pequena orquestra. Mas doze, caso todos comparecessem, também não era nada mau. O que importava era ter um corpo musical diante de si para que aqueles que almejassem ser regentes e compositores pudessem convencê-lo de suas intenções musicais.

O professor Kühn se retirara para um dos cantos da sala e estava conversando com Franz Solterer, um dos alunos da masterclass. Um total de seis alunos havia se inscrito naquele ano, todos mais velhos que Leo, mas dois deles nem tinham aparecido. Franz era de Munique, um rapaz alegre que estudava música por paixão, mas com pouca ambição. Suas composições clássicas não eram ruins, mas ele gostava mesmo era de escrever canções folclóricas para sua irmã apresentar no restaurante dos pais. Para admiração de Leo, o professor parecia gostar daquelas canções e inclusive elogiava Franz e dizia que ele tinha talento para melodias populares.

Leo sentou-se ao lado de Johannes Herling, que era o aluno mais velho ali e faria o exame de conclusão em breve. Era um rapaz de poucas palavras, um pouco rígido e que parecia levemente esnobe para Leo, mas essa impressão talvez se devesse ao fato de ele preferir andar sozinho e não ter amigos. Se Leo entendera direito, ele queria se tornar professor de música. O quarto do grupo, Alfons Jonas, ainda não chegara. Ele também estudava direito e andava sobrecarregado, preparando-se para as provas. Alfons adoraria ser músico: ele tocava piano muitíssimo bem e tinha uma linda voz de barítono. Mas infelizmente sua mãe queria que ele fosse jurista, e ele não tinha coragem de bater de frente com ela. Segundo a Sra. Jonas, músicos profissionais morriam de fome.

Johannes estava excepcionalmente loquaz naquele dia. Perguntou a Leo se ele não vira os estudantes que estavam lá embaixo perto da estátua equestre.

– Acabei de deixar minha bicicleta lá – respondeu Leo. – Mas não vi ninguém.

– Então foram embora – disse Johannes.

– Eram colegas nossos?

– Um ou dois deles. Não conheço os outros.

Leo refletiu rapidamente sobre por que ainda haveria estudantes do Odeon andando por lá em plenas férias, mas seus pensamentos foram interrompidos quando o professor chamou seu nome.

– Leo! Venha até aqui, por favor.

O jovem levantou-se rapidamente, cumprimentou o professor e pegou a cadeira na qual Franz estivera sentado. Uma porta foi aberta atrás deles, e mais três instrumentistas entraram, depois mais dois. Ainda faltavam oito. Alfons também ainda não dera as caras.

O professor Kühn era um homem baixinho, de cabelos brancos e de estrutura delicada. Suas sobrancelhas cinza espessas emolduravam os belos olhos castanhos, seu nariz era fino, e os lábios, carnudos. Ao contrário dos outros professores da Academia, ele não usava terno, mas uma calça cinza confortável e um suéter leve de manga comprida vermelho-vivo. Provavelmente era esse tipo de roupa que usavam na América, mas aqui na Alemanha nenhum professor ou instrutor pensaria em dar aula vestido daquele jeito.

– Meu querido Leo! – disse o professor, pegando sua mão. – Dei uma olhada em sua ópera e fiquei muito empolgado. Mas que bela música! São sons novos, mas ainda assim com um pé na tradição. É um romantismo que aponta para a modernidade. Não é fácil de tocar, mas cativante. Acima de tudo, tem algo próprio, algo inconfundível, uma personalidade musical que pode ser observada em cada tom, em cada frase. O que posso dizer? É uma obra que precisa ser apresentada!

Leo ficou completamente aturdido com aquelas palavras. Mudo, ficou sentado diante do professor sem acreditar que, depois de todas as avaliações desdenhosas e devastadoras de suas composições, um elogio daquela monta fosse feito sobre ele. Será que o professor Kühn estava sendo sincero? Ou só estava falando aquilo porque gostava dele e queria encorajá-lo?

– E então? – perguntou o Sr. Kühn com um sorrisinho. – Você não está dizendo nada. Por acaso ficou mudo?

– Eu... eu... não estou encontrando as palavras – gaguejou Leo. – Esperava que o senhor não achasse minha ópera totalmente terrível, mas...

– Você está redondamente enganado, Leo! – disse Kühn, balançando a cabeça. – Você é modesto demais. Tem um mundo inteiro em sua cabeça, um cosmo musical que você sabe transformar em notas. Mas você não sabe compartilhá-lo, está fazendo tudo sozinho e mantendo seu enorme dom para você. Isso está errado!

Ele não estava quase soando como sua prima Henni, que sempre falava que ele seria alguém na vida?

– Olhe para Franz. Ele compõe suas belas músicas, e sua irmã as canta para as pessoas. E o mais lindo disso tudo é a felicidade das pessoas que as escutam. Para que a música existe, Leo? Somente para que a apreciemos sozinhos, trancados no quarto?

– Mostrei duas sinfonias para meus professores, mas eles disseram que estavam ruins – disse Leo, em uma tentativa de defender-se.

O professor franziu a testa.

– Para quem você as mostrou?

Ele disse os nomes dos professores, e o Sr. Kühn fez um movimento de desdém com o braço.

– Eles não passam de pessoas tacanhas que apenas recentemente encontraram espaço aqui. É gente que forma professores seguindo os padrões do espírito deploravelmente medíocre dos chamados novos tempos. São impostores que encontram defeitos em tudo que ultrapassa seus horizontes. Traga suas sinfonias para mim, quero vê-las!

Leo assentiu, nervoso, enquanto seu coração batia tão acelerado que o garoto quase ficou tonto. Será que ele podia confiar em tamanha sorte? Mas o olhar do professor era sincero e encorajador. Ele realmente estava falando sério.

– É claro, trago amanhã. Ainda preciso passar alguns trechos a limpo, porque fiz algumas alterações…

– Traga-as como estão! – exigiu o Sr. Kühn. – E lembre-se de uma coisa durante toda a sua vida: este talento que Deus lhe deu é uma grande responsabilidade. Você não tem o direito de ofuscar sua luz própria. Um dom assim precisa ser derramado sobre todos! É essa a missão que lhe foi dada, Leo. Fugir desse dever, seja por preguiça, seja por timidez, seria um pecado gravíssimo!

– Sim… sim – gaguejou Leo, morto de medo, sob o olhar penetrante do professor.

Aquilo era verdade mesmo? Ele não tinha nenhuma opção a não ser tornar-se músico? Mas como faria isso se largasse o curso da Academia? Seria melhor continuar no curso? Naquela Academia que considerava suas obras "corrompidas" e "subversivas"? Certamente que não. Mas onde ele faria isso?

– No momento, não sei como…

Leo foi interrompido pela entrada de Alfons, seguido de outros instrumentistas. Agora havia dez deles, oito violinos e dois violoncelos. Pelo visto, o flautista e o oboísta tinham outros compromissos para aquele dia.

– Excelente! – exclamou o professor Kühn e levantou-se para cumprimentar os instrumentistas individualmente.

Depois também apertou a mão de Alfons e Johann, ajeitou o púlpito do maestro (um simples suporte de partituras) e esperou todos os estudantes tirarem seus instrumentos das bolsas e ficarem prontos para tocar. Eles haviam preparado a "Pequena Serenata Noturna", de Mozart, e o Sr. Kühn regeu o primeiro movimento, generosamente deixando passar alguns erros e notas desafinadas, e só dando umas piscadelas descontraídas na direção dos que tocavam errado. Interrompeu a música rapidamente algumas vezes para deixar claro o que importava para ele. Já após alguns compassos, o grupo se mesclara em um corpo musical. Como é que ele fazia aquilo? Como conseguia fazer aquele grupo de estudantes improvisados ao acaso, que havia pouco estavam conversando e brincando, seguirem sua liderança em poucos minutos com concentração máxima e grande fervor? Aquilo devia ter algo a ver com magia! Ou a pessoa tinha aquele poder ou não tinha. Leo temia muito que só um único aluno daquele curso fosse dotado daquela habilidade mágica: Alfons. Mas que azar que justamente ele não podia se tornar regente! Ele próprio ainda se sentia inibido diante dos músicos e tinha uma enorme dificuldade de transmitir a interpretação musical que estava em sua cabeça para os instrumentistas.

– Johannes, seu exame será em breve, me disseram – disse o professor com animação. – Então hoje você é meu primeiro candidato. Por favor! O púlpito do maestro é todo seu.

Ele era sempre gentil, aquele senhorzinho simpático. Nunca zombava de um aluno, como outros professores dali gostavam de fazer, mas sua crítica era certeira em atingir o cerne da questão. E ele sempre tinha um bom conselho para lidar com o problema.

O segundo movimento era um romance, um tema suave e um pouco melancólico, que Johannes regia de forma tranquila. Ou melhor, rígida, como era sua predisposição, com os cotovelos grudados rente ao corpo.

Ele fora interrompido já após alguns compassos.

– Movimento calmos e suaves, isso é importante, excelente – disse o professor. – Mas os músicos precisam sentir que, sob toda essa calma, você pode explodir a qualquer momento se quiser. É uma calma que ao mesmo tempo deixa transmitir muita tensão, entende? Olhe para eles para que saibam o que você tem em mente. Não fique encarando a partitura; você sabe as notas de cabeça. E tente relaxar os ombros. Levante-os e deixe-os cair. Delicadamente! Sim, muito bem! Mais uma vez. Mexa os braços. Todo mundo junto… os violinistas também. É o ombro esquerdo, não é mesmo? Está sempre travado. Sabemos como é… Isso! Chega, agora vamos continuar!

E era como magia! Uma palavra bastava, e os instrumentistas, que havia pouco acenavam e riam, estavam prontos para tocar novamente. Johannes não teria conseguido fazer aquilo sozinho de jeito nenhum. A coisa só funcionara porque o maestro estava atrás dele. No dia anterior, o professor lhes explicara que uma orquestra era uma coleção de indivíduos, e cada um deles estava convencido de que sabia mais do que o homem diante do púlpito. Um novo maestro não teria uma tarefa nada fácil diante de uma orquestra grande, ele primeiro precisaria provar aos rapazes que conhecia cada voz individual perfeitamente, ouvia cada nota errada e dominava cada instrumento. Mas o mais importante era compartilhar sua interpretação com os cavalheiros, e de uma forma que realmente lhes convencesse e os fizessem segui-la. Quem não conseguisse fazer isso nem precisava se dar ao trabalho de subir no púlpito de maestro.

– Leo! – chamou o professor. – Terceiro movimento. Minueto e Trio. Isso é algo para você, meu amigo!

Leo pegou as partituras do colo, segurou-as debaixo do braço e caminhou até o púlpito. Deixou as notas de lado e levantou a cabeça para olhar para os músicos. Com simpatia, cheio de expectativa com o trabalho em conjunto e ao mesmo tempo verificando se todos estavam prestando a devida atenção.

Mas todos os instrumentistas desviaram o olhar para a porta que acabara de ser aberta atrás dele.

– Isto é uma Academia alemã! – berrou uma voz. – Judeu Jacob Kühn, deixe este instituto! Aqui não é lugar para você!

Leo virou-se e viu um grupo de estudantes de camisas marrons do outro lado da sala, entrando atrás do líder. Eram muitos, mais de dez, mais de quinze…

– Estou aqui a convite do diretor da Academia – disse o professor Kühn serenamente. – Se isso não agrada a vocês, dirijam-se a ele!

– Que mentira! – alegou o líder.

Era um estudante loiro e forte que Leo conhecia de uma aula de treinamento auditivo. Ele também se destacara lá com seu jeito autoritário, mas Leo nunca o levou a sério. Johannes ficou pálido como um defunto, juntou suas partituras e levantou-se, de olho na porta da sala auxiliar. Os outros alunos continuaram sentados como se estivessem colados nas cadeiras.

– Vamos nos acalmar, companheiros – disse Franz em tom amistoso. – Somos todos músicos, e as aulas terminam depois de amanhã de qualquer forma.

– Cale a boca! – respondeu o líder, apoiando os braços no quadril. – O que você me diz, judeu Jacob Kühn? Vai sair voluntariamente ou vai precisar de uma ajudinha?

Eles estavam parados em duas fileiras perto da porta, desafiadores, certos da vitória, com agressividade pura nos olhos. De repente Leo foi tomado por outra cena: ele e seu amigo Walter debaixo dos briguentos, o ódio naqueles rostos, Walter caindo no chão e torcendo o punho…

– Ninguém vai sair desta sala além de vocês! – Ele próprio se ouviu gritando. – Vocês não têm o direito de expulsar ninguém daqui!

– Ouviram isso? – berrou o líder loiro. – O Melzer resolveu botar as manguinhas de fora. Não é de se admirar, ele próprio é metade judeu. Vamos lá, camaradas. É nosso dever pelo Führer e pela nossa pátria!

Leo instintivamente deu um pulo para o lado esquerdo para deixar o caminho livre para o professor chegar até a sala auxiliar. Era lá que guardavam as cadeiras e os suportes de partituras. Era um quartinho pequeno, mas com uma porta que trancava. Alfons ficou ao seu lado, Franz inicialmente ficou inseguro, mas depois também entrou na briga. Leo não conseguiu ver o que os outros fizeram; estava bastante ocupado esquivando-se dos golpes do líder loiro. Começou um barulho de briga, correria e gritos raivosos. A sala foi tomada pelo barulho de madeira se partindo e de cordas emitindo notas desconexas; um dos violinos se espatifara. Leo foi agarrado e jogado para o lado. Ele se levantou, atacou o agressor e acertou-o. Sentiu o sangue escorrer sobre seu olho direito e provou seu gosto quente e enjoativo, mas estava em um frenesi. Continuou empurrando e agarrando o inimigo pela camisa marrom. Atrás dele, a porta da sala auxiliar se fechara. Astutamente, o professor pegara a chave e fechara o quartinho por dentro. O opositor de Leo aproveitou-se do momento de desatenção para lhe desferir um duro golpe na barriga. Leo se contorceu e não conseguiu mais puxar o ar de volta. Alguém bateu em seu rosto, deu-lhe várias pancadas, mas o pensamento de que seu plano dera certo o tornou indiferente diante da dor.

– Temos que arrombar a porta! – gritou um deles. – Vamos tirar aquele judeu covarde de seu buraco!

Leo ficou agachado no chão passivamente, obrigado a vê-los tentando arrombar a porta com cadeiras, ombros e chutes. Vários estudantes pegaram seus instrumentos às pressas, outros ficaram próximos uns dos outros, sem ação, acompanhando os acontecimentos. Alfons fora detido por dois camisas marrons e sangrava na testa, com a camisa rasgada e o rosto desfigurado. Franz também se agachara no chão e segurava o ombro direito que havia sido deslocado. Leo estava sem fôlego, com a cabeça zumbindo e o coração acelerado. Se eles conseguissem arrombar a porta, seria o fim. Aí ele não conseguiria mais ajudar o professor. Ele não tinha mais forças.

Mas a porta resistiu a todas as tentativas de ataque. Chegara a tremer quando três deles se jogaram ao mesmo tempo contra ela, mas permaneceu firme nas dobradiças.

– Vamos esperar pelo judeu imundo lá fora! – disse finalmente o líder, decepcionado. – Ele não vai escapar de nós. Vamos embora!

Eles se retiraram, mas não sem antes darem mais alguns chutes e golpes nos opositores abatidos. Pôde-se ouvir o zelador berrando nas escadas, mas ele foi ridicularizado e atacado com palavras chulas. Logo em seguida, apareceu na sala com uma expressão espantada, olhou para as cadeiras destruídas, os suportes de partituras quebrados e esbravejou com indignação:

– Vocês piraram de vez, rapazes? Destruindo a propriedade da escola? Isso vai custar caro para os pais de vocês...

Só então ele viu os três jovens agachados no chão sangrando e com uma expressão vazia nos rostos.

– Meu Deus. O que aconteceu? – perguntou ele. – Preciso denunciar isso, não é possível...

Alfons cuspiu um pouco de sangue, depois disse:

– Por favor, veja se os camisas marrons realmente foram embora.

– Eles já estão lá embaixo perto da estátua equestre – disse um dos violinistas, que abrira a janela e olhava para fora.

– Seria muito gentil de sua parte se o senhor pudesse trancar a porta de entrada – disse Alfons para o zelador, que ainda estava parado ao lado da porta com uma expressão de quem não entendia nada. – Senão podemos acabar tendo mais aborrecimentos.

Só naquele momento o bom homem compreendeu o ocorrido e desceu as escadas correndo com o molho de chaves chacoalhando preso no cinto. Alfons levantou-se com esforço, Franz proferiu palavrões terríveis e foi mancando até a janela.

Leo ouvia zumbidos e batidas em sua cabeça que não tinham muito a ver com música.

– Eles foram embora! – disse ele, batendo baixinho à porta da sala auxiliar.

Demorou um momento até a chave ser girada. Nitidamente mesas e cadeiras com as quais a porta havia sido barricada de dentro estavam sendo empurradas para o lado. Descobriu-se que, além do professor Kühn, Johannes também se refugiara lá dentro. Os dois estavam muito pálidos, e o professor tremia de nervosismo.

– Pelo amor de Deus! – disse ele em choque quando viu seus alunos. – Nunca me perdoarei pelo que aconteceu. Como eles agrediram vocês! Mas que mundo é este? Cadê minha Alemanha, meu lar? Mas que face atroz este país está nos mostrando?

Ele estava fora de si, culpava a si mesmo, lamentava sua idade, que o condenava à impotência, e prometeu a seus alunos que nunca esqueceria o fato de que eles tinham se "sacrificado" por ele...

Alfons falou rapidamente com Franz, que assentiu com um gemido, e Alfons desceu as escadas para ir até o zelador.

– Ele vai ligar para o Sr. Solterer – informou ele quando voltou. – Ele irá até a saída dos fundos com o furgão do restaurante. Nós cinco entraremos no compartimento de carga, e os outros irão embora rapidamente. Eles podem esperar lá fora até definharem, aqueles porcos nazistas!

Leo ficou cheio de admiração por Alfons, que dominara a situação de forma tão inteligente e esclarecida. O zelador conduziu-os pelo sótão até uma escadaria estreita que dava em uma das saídas de emergência. O pai de Franz Solterer não tardou em chegar. Primeiro levou o professor para seu hotel e depois para a estação de trem, onde seus alunos o acompanharam até a plataforma. Eles precisaram esperar meia hora pelo trem para Hamburgo, e seu medo era que os camisas marrons pudessem tê-los seguido, mas ninguém os incomodou. Só os olhares espantados dos outros passageiros eram desconfortáveis: o olho esquerdo de Leo inchara, e Alfons precisara pressionar um lenço no ferimento que tinha na testa. Quando o trem finalmente chegou à estação, Leo ficou aliviado e triste ao mesmo tempo.

– Não se esqueça de minhas palavras, Leo! – exclamou o senhor, inclinando-se para fora da janela do trem para apertar a mão de cada um de seus alunos mais uma vez. – Você tem uma missão de vida! Um dever!

Leo acenou para o trem enquanto ele partia, até que ficou tonto pelo esforço.

– Nunca mais o veremos, Leo – disse Alfons com tristeza e colocou o braço em torno do amigo.

Franz e Johannes já haviam deixado a plataforma.

8

Tilly ficou no hospital até mais tarde. Era algo que fazia com frequência, mas naquele dia praticamente não pudera parar de trabalhar um minuto. Só quando um colega lhe perguntara, surpreso, se ela ainda estava atendendo, ela se retirou para a sala dos médicos, fez ainda algumas anotações e só então tirou o jaleco branco. Enquanto ia até o carro, sentiu novamente aquele sentimento de vazio e desesperança que a acometia com frequência nos últimos tempos, e ficou irritada com ela mesma.

Por que estava com tanta dificuldade de esquecer aquela história boba? O que acontecera de tão especial? Ela tivera um romance, e agora ele chegara ao fim. Ela própria colocara o ponto final naquela história e terminara tudo com ele. Não queria ter nenhum tipo de relação com um homem que ocultava coisas dela, fossem de que natureza fossem. Que triste que ela precisara de quatro anos para descobrir suas falhas de caráter. Kitty saberia que espécie de homem ele era com mais rapidez. Mas Kitty também começara a ter relacionamentos mais cedo. Cada mulher precisava ter suas próprias experiências e aprender com os erros. Ela seria mais cuidadosa na próxima vez.

O carro era temperamental. Ela precisou fazer várias tentativas até conseguir ligá-lo, e os olhares entretidos dos homens que passavam por ali despertaram sua ira. Se um homem tivesse dificuldades com o motor de arranque, ninguém se daria o trabalho de olhar para ele, mas uma mulher atrás do volante era ridicularizada. Era possível ler no rosto deles que achavam que uma mulher daquelas não deveria entender nada de motor. De raiva, pisou no acelerador com força, e foi aí que realmente chamou a atenção de quem passava por ali.

Isso não pode continuar assim, pensou ela, insatisfeita. *Estou me comportando como uma mulher ciumenta, e essa história tem que terminar. Tenho uma profissão que amo, uma família afetuosa, meu próprio dinheiro e minha liberdade. Não há motivo para me deixar abater. Outras mulheres estão em uma situação bem pior que a minha. Só me falta um pouco de distração. Uma noite agradável no teatro. Um concerto sofisticado. Talvez um fim de semana em algum lugar nas montanhas. A mudança de ares pode fazer maravilhas.* Contudo, a ideia de viajar e ficar em um hotel sozinha não era exatamente atraente. Só o fato de se imaginar sentada sozinha à mesa do café da manhã e passeando desacompanhada entre todos os casais alegres, comer e beber um vinho sem ter com quem conversar à noite... Não, ela não queria fazer aquilo.

Preciso de um acompanhante, pensou ela. *Ou melhor: um novo romance.* Aquilo não deveria ser tão difícil. Aquele colega simpático com quem fora dançar uma vez não lhe perguntara um dia desses se ela teria tempo para sair com ele? Ela dissera que eles combinariam outro dia, mas talvez aquilo tivesse sido um erro. Ah, não, ela simplesmente não tinha disposição de ouvi-lo desabafar sobre seus problemas conjugais. Um acompanhante daqueles não lhe serviria para nada; um pamonha reclamão que lhe contara que amava a esposa, mas, apesar disso, era terrivelmente infeliz com ela. Ela precisava de alguém que disseminasse uma atmosfera animada e otimista, alguém com quem conseguisse se divertir, mas que também tivesse algo na cabeça, porque ela não teria condições de se relacionar com um tapado qualquer. E... bem... ele também precisava ter uma aparência agradável para ela. Era um pré-requisito, senão seria simplesmente constrangedor. Talvez um dos jovens colegas da clínica? O novo residente, Robert alguma coisa, não sorrira para ela algum tempo atrás? Pensando bem, era melhor não começar nada com um colega da clínica. Aquilo só traria problemas, e problemas eram exatamente aquilo de que ela não precisava naquele momento.

Mal abrira a porta de casa na Frauentorstraße quando ouviu vozes femininas e animadas vindas da sala de estar. Ah, sim, sentira falta daquilo. Era Henni, sempre cheia de planos, Dodo, a piloto novata e, é claro, Kitty. Sua mãe abriu a porta da cozinha e segurou uma tigela diante de seu nariz.

– Finalmente você chegou, Tilly. Traga isso para cá, já vamos comer. Robert está em uma reunião entediante hoje, mas Marie virá mais tarde para tomar uma tacinha de vinho.

Marie, que ótima notícia. A noite estava salva: não havia lugar para pensamentos tristes em uma roda animada de mulheres. Na sala de estar, quase não a deixaram colocar a tigela com a salada de batata em cima da mesa de tão empolgante que estava o clima.

– Imagine só, tia Tilly – disse Dodo, dando-lhe um abraço. – Consegui uma entrevista de emprego na Bayerische Flugzeugwerke! Foi a tia Kitty quem conseguiu essa proeza. Ah, tia Kitty, você é o máximo. Minha gratidão seguirá você por todos os céus e oceanos!

Tilly deu-lhe os sinceros parabéns e descobriu que aquela entrevista era particularmente excepcional, pois muito raramente uma mulher era contratada como piloto de testes. O trabalho consistia em testar aviões recém-criados, uma atividade que, por vir acompanhada de certos perigos, muitos operadores de aeronaves julgavam que deveria se restringir a homens. *Meu Deus*, pensou Tilly. *Seus pais não vão gostar nada disso.* Mas era melhor não mencionar aquele fato no meio de toda aquela empolgação.

– Foi bastante simples – fofocava Kitty, que atuara como mediadora. – A Sra. Strohmeyer é uma pessoa encantadora. Falamos um pouco ao telefone e, imaginem só, ela quer ver meus quadros novos e talvez comprar alguns deles! "Não se esquece de uma artista como você assim tão fácil", disse para mim. E depois me contou sobre seu Willy, tão talentoso, um verdadeiro especialista em sua área, mas aqueles projetos de aviação consomem vastas somas de dinheiro, eu nem conseguiria imaginar a fortuna que eles…

– Mas que Willy? – perguntou Tilly vagamente no meio da conversa.

– Willy Messerschmitt, que era da Bayerische Flugzeugwerke em Augsburgo quando eles ainda trabalhavam aqui. Agora é namorado dela, e ela financia a construção de aviões dele…

Essa Lilly era obviamente podre de rica e podia se dar ao luxo de ter um engenheiro aeronáutico como namorado. Bem, quando a pessoa tinha dinheiro suficiente, sempre encontrava alguém.

– Na verdade, a ideia foi de Henni – confessou Kitty. – Foi minha filha brilhante quem orquestrou isso. Às vezes fico realmente estupefata com essa menina que coloquei no mundo. Seu pai teria muito orgulho de você, Henni. Sem querer diminuir minha contribuição nessa história.

– É claro – disse Henni com um sorriso. – O cabelo, os olhos, tudo isso herdei de você.

Todos deram risada. Henni tinha poucas semelhanças físicas com a mãe delicada e de cabelos castanhos-escuros. Ela tinha cabelos loiros cacheados e os olhos azuis do pai, e, além disso, já passava sua bela mãe em alguns centímetros, razão pela qual estava cheia de orgulho. Dodo colocou a carta dobrada cuidadosamente no bolso da saia e serviu-se de uma montanha de salada de batata.

– Ainda preciso pedir uma coisa a vocês – disse ela. – Por favor, não digam nada para a mamãe e para o papai por enquanto. Não quero que eles fiquem nervosos sem necessidade, afinal ainda não sei em que essa entrevista vai dar. Prometem?

Gertrude fez que não com a cabeça, insatisfeita, e disse que não abordaria a questão, mas, se o assunto surgisse, não mentiria de jeito nenhum.

Kitty deu de ombros.

– De minha parte, sou um túmulo. Sempre me empenhei para que os filhos de Marie e Paul seguissem sua vocação. Inclusive, o fato de nosso querido Leo, aquele talento nato da música, poder estudar em Munique também é obra minha, e sou da mesma opinião no que se refere a Dodo. Ah, quando você for uma desbravadora dos céus famosa, Dodo querida, não se esqueça de sua velha tia Kitty e desenhe um círculo de fumaça no céu para mim...

Ela desenhou um círculo no ar com o garfo e voltou sua atenção para a salsicha branca em seu prato. Tilly também começou a comer com apetite naquele momento. Foi como se o clima pesado que a atormentara ao longo do dia tivesse se dissolvido num passe de mágica. Seria uma boa ideia fazer algo com Kitty de vez em quando? Mas, infelizmente, Kitty passava muito tempo com o marido, Robert. Apesar de gostar de contar histórias sobre suas aventuras do passado, era uma esposa certinha e fiel. E em princípio não tinha nada de errado com aquilo. Só era preciso encontrar o homem certo. Mas ela ainda não cruzara com ele em sua trajetória...

– Quando é que Leo vai voltar para casa afinal? – perguntou Dodo enquanto mastigava a comida. – A gente quer sair em um passeio de trailer, não é mesmo, Henni?

– Vocês três? – perguntou Gertrude, franzindo a testa. – Por acaso vocês três querem passar a noite naquela lata de sardinha? Duas mulheres e um homem? Isso seria um escândalo na minha época!

– Ah, vovó! – disse Henni, revirando os olhos do mesmo jeito que sua mãe costumava fazer. – Em primeiro lugar, somos todos parentes...

– Já aconteceram muitas coisas insólitas entre parentes! – objetou Gertrude secamente...

– ... e, em segundo lugar, temos uma barraca. Dodo e eu dormiremos no trailer, e Leo, na barraca do lado de fora. Satisfeita?

– Pobrezinho! Com formigas e mosquitos por todo lado. E o que vocês vão fazer quando forem acometidas por uma necessidade fisiológica?

– Você quer dizer quando precisarmos fazer xixi?

– É isso mesmo que quero dizer.

– Aí faremos na floresta, vovó. Como os cervos fazem.

Gertrude calou-se, mas sua expressão deixava claro que a ideia de se agachar atrás de uma árvore entre raposas e cervos não lhe agradava.

– Vocês podem ser atacadas e assaltadas, Henni – disse ela por fim. – Ou até mesmo assassinadas!

Dodo e Henni começaram a gargalhar. Kitty sorriu com uma condescendência maliciosa. Tilly achou o argumento de Gertrude perfeitamente cabível.

– É claro, vovó Gertrude – disse Dodo, contente. – Tem ladrões na floresta. E os faunos também andam por ali. Em tese também tem lobos lá...

– E o que seus pais dizem sobre isso, Dodo? – queixou-se Gertrude, impotente diante da desenvoltura cômica das jovens.

– Eles acharam uma ótima ideia! Afinal, não foram eles mesmos que me deram o trailer de presente para eu andar com ele por aí sozinha no mundo?

– Nisso ela tem razão, Gertrude! – disse Kitty. – Além de tudo, Robert lhes ofereceu sua pistola Browning emprestada. Só por precaução.

– Meu Deus!

Gertrude botou a última salsicha branca em seu prato e pareceu ter decidido não falar mais sobre aquele assunto. Tilly perguntou-se qual dos três jovens saberia usar uma arma. Leo com certeza não. Provavelmente Dodo aprenderia a usar a pistola, talvez Henni também. Bem, restava torcer para que eles não precisassem daquela arma maldita. Na realidade, pelo que se lia nos jornais, as florestas alemãs eram completamente seguras.

Quando a campainha tocou algum tempo depois, Gertrude levantou-se com um suspiro.

– Deve ser Marie. Henni, tire logo a mesa. Desde que Mizzi se casou e nos abandonou, aqui em casa está sempre uma bagunça!

– Mas é aconchegante assim! – disse Dodo. – Na Vila dos Tecidos, os empregados ficam arrumando tudo o tempo todo, isso me irrita.

Mas ela se calou assim que sua mãe entrou. Marie cumprimentou primeiro Kitty, depois Tilly e Henni com um abraço afetuoso. Contemplou sua filha Dodo com um olhar de insatisfação.

– Se você vier jantar aqui com Kitty, Dodo, por favor, avise na Vila dos Tecidos. Você sabe que a vovó não tolera quando um membro da família falta às refeições!

– Desculpe, mamãe. Acabei me esquecendo.

A resposta de Dodo soou pouco culpada e estava mais para petulante. Tilly constatou com espanto que a relação entre Dodo e Marie mudara. O período em Berlim parecia ter virado a menina de 19 anos do avesso. Dodo estava desafiadora. Não tinha muita disposição para se adequar à rotina da família na Vila dos Tecidos, além de planejar sua trajetória profissional passando por cima dos pais. Tilly conseguia entender a menina, afinal também precisara lutar para seguir sua carreira. Mesmo assim, sentia pena de Marie.

– Não se preocupem comigo! – exclamou Marie enquanto Henni pegava pratos e talheres, e Dodo tirava as tigelas com o resto de comida. – Tilly, minha querida. Trouxe seu novo conjunto. Vamos fazer uma prova?

– Com prazer!

A alegria de Tilly com a roupa nova fora menor que a usual, pois, quando a encomendara, Jonathan também estava presente no ateliê de Marie. Eles haviam ficado alguns instantes lá e falado sobre a viagem que estavam planejando para a Floresta Negra. Aquilo eram águas passadas. Mas é claro que ela não deixaria de usar a roupa por causa daquilo. Mesmo que ela lhe lembrasse sempre de seu trágico erro que se chamava Jonathan.

Elas subiram para o quarto de Tilly e, como esperado, constataram que a saia e o casaco estavam com o caimento perfeito. Tilly abriu o armário e mostrou a Marie várias blusas que usaria com o conjunto.

– Acho que a azul ficaria boa – disse Tilly, indecisa. – O que acha da blusa cinza de seda?

– Acho que a azul fica magnífica em você. Talvez também essa verde-clara. Fica muito harmônica com esse chapéu…

– Ah, eu… eu queria dar esse chapéu, na verdade.

Marie pegou o chapéu do cabide e girou-o nas mãos. Era um chapéu de verão da moda com abas largas, de palha trançada e envolvido com uma fita de veludo com um delicado ramalhete preso nela.

– Ah, que pena! Não foi um presente do Dr. Kortner?

Tilly ficou paralisada em profunda relutância. Marie precisava mesmo mencionar aquele nome?

– Não me lembro!

Marie sorriu para ela. Aquele era um sorriso de compreensão ou ironia? Tilly sabia que estava muito sensível, mas ironia era a última coisa de que precisava naquele momento.

– Foi sim! – disse Marie. – Ele lhe deu o chapéu de presente de aniversário. Lembro-me exatamente, porque ele me pediu para ir com ele até a loja de chapéus da Sra. Gutmeyer para ajudá-lo a escolher. Estava muito preocupado com a possibilidade de o presente não lhe agradar.

Tilly deu de ombros. De que aquilo lhe interessava? Agora ele mimaria sua recepcionista com chapéus e outros presentes. Ainda assim doía ser lembrada dos belos tempos com ele. Ela esperava mais consideração da parte de Marie.

– Por favor, não vamos falar do Dr. Kortner, Marie – disse Tilly, pegando o chapéu de sua mão. – Para mim esse assunto está enterrado.

Jogou a peça na cama, arrancou a blusa do cabide e embolou-a. Marie observou-a em silêncio. Depois se sentou na cadeira que ficava à janela e apoiou o braço no parapeito.

– Que pena! – disse ela baixinho. – Espero que não esteja cometendo nenhum erro, Tilly. Por favor, não fique irritada comigo. Não estou dizendo isso para magoar você, mas porque sou sua amiga e me importo com sua vida.

– Por favor, Marie… – rogou Tilly, tentando se defender.

Mas o sorriso de Marie era tão acolhedor e cativante que ela se calou.

– Consigo entender você tão bem, Tilly… – disse Marie. – Também senti essa mesma dor profunda quando Paul, o homem que amo, subitamente começou a se transformar em outra pessoa há alguns anos. Ficamos a um passo de nos separarmos, mas graças a Deus não demos esse último passo. Amar também significa dar mais uma chance à outra pessoa. Ir em direção ao outro em vez de sair correndo sem refletir. Hoje nós dois somos infinitamente gratos por termos ficado juntos.

Tilly ficou pouco impressionada com aquele discurso. Jogou a blusa na cama e entrelaçou as mãos atrás das costas.

– Paul já traiu você alguma vez? – perguntou ela incisivamente.

– Acho que não – respondeu Marie com delicadeza. – Mas, mesmo que isso tivesse acontecido, não importaria. Porque o que nos une é mais forte do que qualquer outra coisa.

Tilly arfou. Era muito fácil para Marie falar aquilo: Paul com certeza era um marido fiel. O sentimento humilhante de saber que o homem no qual se confia fora para a cama com outra, trocara carícias com ela, fizera as mesmas juras de amor... Marie não tinha a mínima ideia do que era aquilo.

– Você tem certeza de que ele traiu você? – questionou Marie em um tom preocupado.

– Certeza absoluta!

– Você o pegou no flagra?

Mas que perguntas eram aquelas que Marie estava fazendo! Logo ela, que sempre era gentil e compreensiva. Tilly sentia como se estivesse em um tribunal.

– Foi uma pessoa de confiança quem me contou.

Marie calou-se por um momento, e Tilly esperou que ela deixasse o assunto de lado. Mas se enganara.

– E ele confessou?

– É claro que não! – exclamou Tilly, furiosa. – Os homens nunca confessam quando traem. Por princípio. Isso é que é traição! Combinamos que teríamos um relacionamento aberto, que pressupõe uma relação sincera e honesta entre os dois envolvidos. Que significa confiança. Mas ele dorme com outra mulher e simplesmente nega tudo!

Ela conseguiu ler na expressão de Marie que o seu raciocínio não parecia exatamente lógico. O que aumentou ainda mais sua raiva.

– E é totalmente impossível que você o esteja acusando de forma injusta? – perguntou Marie baixinho.

– Completamente impossível. A irmã Verena é uma pessoa de confiança de quem gosto muito.

– Ela é enfermeira da clínica?

– Isso. Já trabalhamos juntas há quatro anos.

Marie assentiu como se tivesse acabado de entender algo importante. Tilly virou-se e alisou o casaco do conjunto.

– E como essa... Verena... sabe o que aconteceu?

– Ela é amiga da... pessoa em questão, que lhe contou toda a história em detalhes!

– Ah – disse Marie, pensativa. – Com a promessa de manter tudo em segredo, imagino.

– Provavelmente.

– E depois ela vai correndo até você para lhe contar tudo...

– Foi uma prova de sua amizade por mim! – insistiu Tilly.

Marie calou-se e olhou pensativamente para o espelho de parede no qual podia ver o reflexo da cama de Tilly com o chapéu verde e a blusa toda embolada. Aquele silêncio era desconfortável para Tilly. Parecia trazer à tona uma pergunta que não lhe agradaria.

– Tem uma coisa que ainda não entendi, Tilly – disse Marie, retomando o fio da meada. – Você gostava muito do Sr. Kortner, não é mesmo? Então por que acredita mais nessa... amiga... do que nele?

Agora Tilly estava farta. Ela não queria continuar se expondo daquela forma. Tudo tinha limite nessa vida, até com parentes bem-intencionados como Marie, que acreditavam que precisavam meter-lhe juízo na cabeça.

– Sei o que sei, Marie! – respondeu ela de forma enérgica. – Vamos falar de outra coisa. Você trouxe a fatura? Quero já lhe transferir o dinheiro do conjunto amanhã.

– Ah, ainda não fiz – respondeu Marie, sorrindo, e levantou-se. – Primeiro queria ter certeza de que você estava satisfeita com o conjunto.

– Então irei ao ateliê amanhã de tarde.

– Ótimo. E por favor, Tilly, não leve minhas perguntas a mal. Já nos conhecemos há muitos anos. Para mim era importante conversar pessoalmente com você.

A raiva de Tilly se dissolveu. Era simplesmente impossível resistir ao olhar sincero de Marie e a seu sorriso compassivo. Sim, suas intenções eram as melhores, mas conversas bem-intencionadas também podiam ser um incômodo.

– Valorizo sua sinceridade, Marie, e agradeço – disse Tilly, forçando-se a sorrir de volta.

Lá embaixo, todos já estavam sentados em uma roda animada e esperavam por ela. Àquela altura, Robert também chegara em casa com duas garrafas de vinho tinto francês, que já estavam servindo. O novo conjunto de Tilly combinado com a blusa azul foi objeto de grande admiração. Kitty reclamou que não tinha nada para vestir e precisaria passar no ateliê de Marie em breve. Henni estava especialmente vivaz e falava, radiante, sobre piqueniques na floresta, aldeiazinhas escondidas, fazendas isoladas e noites de luar brilhante no trailer. Dodo fora a única que não bebera vinho. Estava mais para taciturna, e Tilly percebeu que ela temia que Gertrude pudesse mencionar uma famigerada carta na presença de Marie.

– Vamos voltar juntas para casa, mamãe? – sugeriu ela após um momento. – Com certeza é melhor eu dirigir. Não bebi um gole de álcool.

Marie concordou. Afinal, já eram quase dez horas, e Paul estaria esperando por elas. Desde que o ateliê reabrira, eles se viam pouco, pensou ela com pesar.

Seguiram-se os abraços de costume: Kitty beijou as duas bochechas de Marie, Marie deu um abraço apertado em Tilly, Robert abraçou Marie, e Gertrude abraçou todos que cruzaram seu caminho. Só Dodo escapara daquela cerimônia de despedida ao sair de fininho, às pressas, e já ligar o carro.

– Mamãe! Vamos lá!

Robert e Kitty ainda se encontravam parados à porta de casa para acenar para as duas que se distanciavam, e Tilly já estava a caminho de seu quarto quando ouviu um grito assustado da entrada.

– Meu Deus! – berrou Kitty.

– Mas que cara horrível! – disse Robert. – De onde você está vindo assim no meio da noite?

– De Munique... – disse Leo com sua voz grave. – A tia Tilly está aí?

A porta da sala de estar foi escancarada. Henni correu até a porta da casa, e sua voz soava preocupada e excepcionalmente afetuosa.

– Meu Deus, Leo! Você se meteu em uma briga?

– Não. Caiu uma pedra na minha cabeça.

– Deve ter sido um carregamento inteiro de tijolos...

– Deixe-me em paz, Henni. A tia Tilly está lá em cima?

– Estou aqui, Leo – disse Tilly. – Deixe-me dar uma olhada em você.

Seu lado médica aflorou. Ela examinou o rosto machucado de Leo, pediu para Kitty trazer-lhe a caixa de primeiros socorros e mandou todo mundo sair da sala com a exceção de Robert, pois Leo ficara constrangido quando a avó, a tia e a prima quiseram presenciar o exame. O ferimento na sobrancelha precisou de dois pontos, os quais Leo suportou calado, ficando com o rosto impassível e os dentes cerrados.

– Vai demorar uns dias para desinchar – explicou ela. – Você teve sorte de o golpe só ter atingido a sobrancelha...

Robert disse pouco e também não perguntou nada, mas ofereceu a Leo que dormisse naquele dia e no seguinte na Frauentorstraße.

– Seus pais só estão esperando que você volte de Munique depois de amanhã. Até lá, você vai estar com a aparência um pouco mais civilizada. Que bom que sua mãe não viu você. Ela acabou de sair com sua irmã.

– Eu sei – disse Leo. – Esperei no jardim até ela ir embora. Posso me deitar em algum lugar?

Henni já havia preparado seu quarto para Leo e se mudara para o quarto de Gertrude. Levou uma bandeja com salada de batata e sanduíches para a cama do primo, deu-lhe chá e limonada, e até arranjara uma barra de chocolate para ele, sem se deixar abalar por seus comentários hostis.

– Conte para mim o que aconteceu, Leo!

– Agora não, Henni. Quero dormir.

– Então amanhã, tá?

– Talvez...

– Preciso saber...

– Boa noite!

9

Paul colocou o telefone de volta no gancho e fez anotações sobre a conversa. Eles precisariam de dez fardos de tecido de algodão. Um atacadista de Erding mandaria um de seus funcionários no dia seguinte à tarde para examinar as cores e a qualidade. Se a fábrica de tecidos dos Melzers aceitasse, ele faria a encomenda como acordado. Paul estava aliviado: as vendas haviam diminuído muito desde o ano anterior, o que se devia principalmente ao colapso das exportações. Países como Inglaterra e EUA estavam limitando as importações do Império Alemão por causa das medidas de boicote que o país tinha estabelecido contra estabelecimentos e negócios judaicos. Aquele ódio sem sentido de tudo que era judeu vinha escalando descontroladamente nos últimos anos e era incompreensível para Paul. Judeus e cristãos não tinham convivido em paz em Augsburgo durante décadas e até séculos? Seu pai, Johann Melzer, fundara a fábrica junto com um engenheiro judeu e tivera sucesso. Com Jakob Burkard, o pai de sua amada esposa Marie.

Bem, restava esperar que aquele alastramento infeliz não se perpetuasse. Ele não feria só a economia alemã, mas também a reputação do Império no exterior. A situação só não era mais trágica ainda porque o país se recuperara muito bem da terrível crise econômica de cinco anos antes. As empresas estavam funcionando novamente, o número de desempregados caíra, e o padrão de vida aumentara. Aquilo não era estritamente mérito dos nacional-socialistas; a mudança positiva já se instituíra sob o governo de Franz von Papen. Naquela época, a indústria tivera suporte por meio de benefícios fiscais e outras regalias, e muitos desempregados haviam sido tirados das ruas com a ajuda de medidas estatais de criação de emprego. Os nacional-socialistas tinham, de forma bem-sucedida, dado continuidade a essa trajetória que se revelara a via mestra para sair da crise em todo o mundo, também na América.

De qualquer forma, a situação estava melhorando, e Paul volta e meia se pegava pensando que seu pai estaria satisfeito com ele. Johann Melzer fora um pai exigente e rígido, com altas expectativas para seu filho. Ele colocara a obra de sua vida, sua fábrica, nas mãos de Paul, que sempre encarara aquela responsabilidade como um compromisso sério. Ele o respeitara tanto quanto conseguia, administrara a empresa do pai no difícil período do pós-guerra e da crise econômica mundial e tinha intenção de continuar determinando o destino da fábrica de tecidos dos Melzers da melhor forma possível.

Atualmente refletia sobre como as coisas seguiriam em frente. Leo, seu filho de dons musicais, não servia para o trabalho da fábrica; isso ficara claro para ele nos últimos meses. O menino se esforçava: passava as férias semestrais na fábrica, observando a produção e a administração, o estoque, o setor de empacotamento e até ajudando na cantina recém-reativada. Mas infelizmente os resultados eram pífios. Quando ele perguntava aos gerentes e encarregados como seu filho se saíra, eles relutavam em falar, mas ficava claro que não havia muita coisa boa para relatar. Leo nascera para a música e era inútil para os negócios. De quem será que puxara aquele dom unilateral? Paul não conseguia se lembrar de nenhum parente deles que tivesse sido especialmente musical. Falara com sua mãe sobre o assunto, e ela também não conseguia explicar o fato, até se lembrar de algo.

– Foi no século passado, Paul. Teve um escândalo do lado da família dos Maydorns, que raramente voltou a ser mencionado. Se a memória não me falha, tinha uma jovem na família que tocava piano de maneira excepcional e supostamente também cantava de forma belíssima…

– Veja só isso! – comentara ele, sorrindo. – E por que não falavam sobre ela?

Sua mãe franzira a testa, tentando lembrar-se da história.

– Acho que ela fugiu com um pianista. E depois, segundo diziam, passou a se apresentar em Paris ou em outra cidade, em estabelecimentos de reputação duvidosa…

– Meu Deus! – exclamara ele. – Graças a Deus Leo não tem inclinação para entretenimentos dessa categoria. Só faltava essa: imagine se um belo dia ele começa a compor músicas para teatros de revista ou canções para cantoras de bares!

– Bem – dissera tia Elvira, se intrometendo na conversa. – As crianças são caixinhas de surpresas. Nunca sabemos de antemão o que vai sair delas.

Para a tia Elvira era fácil falar – seu casamento com o irmão de Alicia, Rudolf, não lhe rendera filhos. Alguns anos antes, depois de vender a fazenda na Pomerânia, mudou-se para a Vila dos Tecidos. Alicia ficara tão feliz com aquilo que se dispusera a ceder seu dormitório para a cunhada e mudar-se para o dormitório de seu falecido marido, que fora mantido totalmente intacto até aquele momento. No início, Paul e Marie não conseguiam afirmar se a perfeita harmonia entre Alicia Melzer e Elvira von Maydorn se manteria a longo prazo, mas fora uma preocupação desnecessária. A enérgica Elvira e a discreta e um pouco rígida Alicia tinham uma convivência incrivelmente harmoniosa entre si, e, como as duas senhoras eram da mesma geração, gostavam de formar uma frente unida contra os "jovens". Só quando o assunto era sua filha Dodo, a queridinha da tia Elvira, a mãe de Paul tentava colocar um freio na generosidade da cunhada. Contudo, não tivera muito sucesso nessa empreitada. A tia Elvira pagara vários milhares de Reichsmark pelo curso de aviação de Dodo sem pestanejar. Aquilo fora uma faca de dois gumes, pois, na opinião de Paul, pilotar era uma atividade perigosa e deveria ser restrita aos homens. Por que uma menina jovem deveria saber pilotar um avião? Para brilhar em espetáculos aéreos? Para sair no jornal? Tudo aquilo não passava de egocentrismo e fanfarronice! No fundo, aquela formação fora dinheiro jogado no lixo, e ele se arrependera havia muito tempo de ter concordado com aquela história.

Uma pena que a menina não usasse sua aptidão mecânica, que ela sem dúvida herdara do avô Jakob Burkard, em prol da empresa da família. Ela entendia da construção e do funcionamento das máquinas e provara isso anos antes quando consertara as máquinas de fiação por anéis que se recusavam a funcionar. Mas outros processos operacionais também pareciam interessar-lhe. Após voltar de Berlim, passara na fábrica algumas vezes e surpreendera seu pai com sugestões inteligentes. Eram ideias de melhorias práticas e acessíveis que aumentavam a produção. Por exemplo, colocara os recipientes com as bobinas em cima de uma fileira de cadeiras para que a operária não precisasse mais se inclinar e conseguisse trabalhar mais rápido. Também inventara um carrinho de transporte novo, com rodas maiores, pneus de borracha e uma suspensão especial, possibilitando o transporte de cargas maiores e tornando-se mais fácil de empurrar. Apesar de convencido das vantagens daquele projeto, Paul recusara-se a mandar construir um veículo daqueles por razões de custo. Sua filha ficara tão ofendida que não aparecera por dias na fábrica.

Nos últimos tempos, Dodo realmente revelara traços de personalidade que não combinavam com os de uma jovem moça. Ele conseguia reconhecer a força de vontade de seu pai nela, mas também a teimosia de sua avó materna. Louise Hofgartner, a mãe de Marie, fora pintora e escultora, uma mulher que nunca fizera nenhuma concessão em toda a sua vida, o que contribuíra para sua morte precoce e trágica.

Não, mesmo que sua filha Dodo desistisse da aviação, o que inevitavelmente aconteceria em algum momento, ela não estaria apta a administrar uma fábrica sendo mulher. Atualmente ele depositava suas esperanças no filho mais novo, Kurt, que começaria o ginásio de meninos St. Stefan no ano seguinte. O menino amava tudo que tivesse a ver com mecânica, tendo desenvolvido uma grande paixão por carros de corrida, o que era normal para um garoto de sua idade. Ele ainda mantinha uma forte amizade com Johannes, o filho mais velho de Lisa. Por um lado, aquilo era ótimo, porque os dois brincavam juntos. Por outro, também era preocupante, pois Johann estava no caminho certo para se transformar em um encrenqueiro. Sebastian, pai de Johann, se preocupava muito com isso e prometera a Paul que combateria aquela tendência com todos os meios pedagógicos que tivesse à sua disposição.

Paul recostou-se na cadeira e esfregou o ombro dolorido, uma lembrança deixada pela guerra mundial. Assim era a vida: a cada vitória duramente conquistada se seguia o próximo desafio. Kurt ainda tinha apenas nove anos. Só daqui a oito ou dez anos ele poderia constatar se as esperanças que tinha em seu filho mais novo se justificariam. Daqui a tanto tempo, ele próprio estaria chegando aos sessenta anos e ainda teria tempo suficiente para familiarizar o filho com a fábrica e passar-lhe seu conhecimento. Da mesma forma que seu pai fizera com ele.

Suas reflexões foram interrompidas pelas vozes femininas exaltadas que chegaram até ele, vindas da antessala. Ah, meu Deus, era novamente a Srta. Lüders, que estava repreendendo a nova colega contratada, Hilde Haller. Aquilo era completamente desnecessário. A Srta. Haller era uma funcionária de excelente formação e motivada que não precisava de nenhum tipo de conselho da Srta. Lüders. Mas a Srta. Lüders estava estranha desde que sua colega de tantos anos, a Srta. Hoffmann, saíra da administração. Provavelmente ela não soubera lidar com o fato de que a Srta. Hoffmann encontrara a felicidade matrimonial, ainda que tardia, com um antigo colega de escola enquanto ela própria ficara sozinha.

– Faz anos que o arquivamento é feito assim nesta empresa, e não de outra forma! – exclamou a Srta. Lüders, transtornada. – De onde a senhorita tirou a ideia de introduzir um sistema novo?

– Por favor, Srta. Lüders, a senhorita estava presente quando combinamos tudo junto com o senhor diretor. Não entendo por que a senhorita está reclamando agora...

A Srta. Haller tinha apenas 25 anos, vinha de uma família de funcionários públicos de Augsburgo conhecida de Paul e concluíra a escola de secretariado com boas notas. Era uma moça séria, baixinha, com o rosto um pouco quadrado, e fazia seu trabalho com rapidez e de forma confiável. O que ainda tinha que aprender era o trato com os clientes: faltava-lhe a amabilidade maternal de uma Henriette Hoffmann, que servia café e biscoitos espontaneamente para pessoas importantes e as enredava em conversas agradáveis. Mas ela chegaria lá.

– Esse disparate foi implementado à minha revelia! – esbravejou a Srta. Lüders. – O resultado é que preciso do dobro de tempo para encontrar um arquivo.

– Mas é bastante simples, Srta. Lüders. Podemos procurar por ordem alfabética, além de cronológica...

Paul suspirou baixinho. Eles já tinham explicado o novo sistema de arquivamento para a Srta. Lüders várias vezes, mas seu cérebro se recusava tenazmente a aceitá-lo. Era possível que aquilo se devesse à sua idade avançada, mas Paul desconfiava que ela simplesmente não queria aprender.

– Pare de querer me ensinar as coisas – ralhava a Srta. Lüders com a colega. – A senhorita não está em posição para isso, sua novata. Trabalho aqui faz trinta anos! Quando comecei aqui, a senhorita não tinha nem nascido!

– Por favor, Srta. Lüders... tenho que trabalhar. Se a senhorita tiver alguma reclamação, vá falar com o senhor diretor...

– Só faltava essa agora, eu incomodar o Sr. Melzer por sua causa...

Paul levantou-se da poltrona para ir até lá e restaurar a paz. Era inconveniente, mas ele não estava disposto, por ora, a antecipar a aposentadoria de sua secretária de longa data. Ela fora leal a ele e a seu pai durante anos, e ele não se esqueceria daquilo. Quando já estava com a mão na maçaneta, ouviu outra voz na antessala: a de sua sobrinha, Henni.

– Bom dia, senhoritas! – exclamou ela, animada. – E aí, Srta. Lüders? É o novo sistema de arquivamento que está lhe dando trabalho novamente? Não se estresse com isso. Também preciso raciocinar umas três vezes antes de encontrar as coisas!

Paul deu um sorriso com satisfação. Henni era uma mentirosa encantadora. A sobrinha entendera o sistema de primeira, mas tinha tato para lidar com pessoas difíceis. De forma geral, era uma ajuda excepcional em vários departamentos. Pena que era mulher. Ele teria adorado se seu filho Leo demonstrasse habilidades como aquelas...

– Ah, Srta. Bräuer – disse a Srta. Lüders, suspirando, mais calma. – Quando a senhorita passa por esta porta, parece até que o sol está nascendo aqui dentro.

Paul ouviu os passos ligeiros de Henni, provavelmente já a caminho do segundo escritório, que servia de sala de reunião e conferências desde que o Sr. Von Klippstein havia deixado a sociedade. Paul permitira que Henni usasse a sala, o que ela fazia com prazer e sem cerimônia.

– Faça um belo café para nós duas, Srta. Lüders – pediu ela. – E depois venha até aqui, preciso de sua ajuda. Ah, e Srta. Holler, a senhorita poderia buscar o arquivo "Kreuzheimer e Otter" para mim, por favor? Muito obrigada!

A porta se fechara. Henni se retirara para seu "escritório privado". Era danada, sua sobrinha. Em tempo recorde se infiltrara em tudo que era departamento, tornara-se popular entre todos e, ao mesmo tempo, obtivera informações valiosas sobre os processos da fábrica. Além disso, entendera como a produção, a administração e a direção se interligavam, como as engrenagens internas daquela fábrica funcionavam e tudo que deveria ser considerado quando havia algum problema. Ele já autorizara algumas vezes que ela estivesse presente em negociações comerciais e constatara, surpreso, que ela não era só curiosa e ávida por aprender, mas também fazia perguntas inteligentes e críticas.

– Por que você lhe disse que já produzimos o rolo de impressão com as novas gravuras, tio Paul?

– Para que ele se sentisse obrigado a fazer a encomenda com a gente.

– Eu não teria falado isso para ele, tio Paul. Eu teria dito que *produ-*

ziríamos esse rolo especialmente para a encomenda dele e que, por isso, precisaríamos subir o preço.

Ela era uma jovem astuta. Não tinha medo de recorrer a truques. Claro que aquilo não era possível, ainda que fizesse as coisas de forma tão encantadora.

– Nos negócios, o que mais importa são confiança e seriedade, Henni. Além disso, geralmente não é possível esconder essas coisas. Ele descobriria a verdade e, de raiva, encomendaria em outra empresa na próxima vez.

– Ah, tio Paul! – exclamara ela com um sorriso. – Acho que você é o diretor mais decente e sincero de todo o Império Alemão! Você acha que o Sr. Sommerfeld sempre lhe disse a verdade? Ele carregou demais nas tintas quando tagarelava sobre suas excelentes conexões comerciais com a Inglaterra...

– Existe uma diferença entre um exagero e uma mentira, Henni!

– Mas só uma mentirinha minúscula, tio Paul! – dissera ela, fazendo o gesto de juntar o dedão e o indicador.

O fato era que o Sr. Sommerfeld já fizera a encomenda no dia seguinte e mandara seus "mais sinceros cumprimentos" para a "sobrinha adorável". Não se podia negar que Henni era filha de Kitty! Mas era agradável tê-la ali na fábrica: a jovem disseminava otimismo e garantia um bom ambiente de trabalho. Sobretudo com a Srta. Lüders, que ia correndo solicitamente quando a sobrinha do senhor diretor solicitava seus serviços. Como ela agora trabalhava com frequência para Henni, ele conseguia chamar a Srta. Haller para datilografar sem precisar ter que ver sua expressão ofendida.

Ele enviou a Srta. Haller com os números para o setor de custeio e depois se dirigiu ao departamento de impressão para analisar as amostras de tecidos que haviam sido estampadas com o novo rolo de impressão. Havia algumas melhoras a serem feitas em alguns trechos, mas não passavam de detalhes.

Quando estava voltando, viu dois operários empurrando um carrinho com rolos de tecidos em direção ao departamento de impressão, precisando esforçar-se muito, como sempre, para subir o degrau estreito na entrada. Talvez a sugestão de Dodo não fosse tão ruim assim... Decidiu que analisaria novamente o projeto da filha com atenção e faria uma estimativa de custos.

Na antessala, Henni aguardava por ele com as correspondências debaixo do braço. A Srta. Haller fora até a cantina, e a Srta. Lüders comia o pão com queijo que trouxera acompanhado de um suco de framboesa. Nada nesse mundo a faria almoçar junto com os operários da fábrica.

– E aí, Henni? – perguntou ele, sorrindo. – Ainda não fez o intervalo para o almoço?

– O dever vem antes do prazer – disse ela, levantando a pasta. – A Srta. Lüders me ajudou muito. Ela tem uma memória excepcional e lembra de todas as operações dos últimos trinta anos!

– Não todas, Srta. Bräuer – disse a Srta. Lüders, corando e deixando o pão com queijo de lado. – Mas muitas delas…

– O que faríamos sem a senhora, Srta. Lüders… – disse Paul com um sorriso, feliz com aquele clima pacífico.

Ele pedira que Henni redigisse uma carta simpática com boas ofertas da fábrica de tecidos dos Melzers para clientes de longa data que não faziam encomendas já havia algum tempo. Ela fizera tudo de forma bastante individualizada, verificara cada troca de correspondência com minúcia e pedira para a Srta. Lüders esclarecer aquilo que às vezes ela não compreendia.

Paul ficara satisfeito com ela mais uma vez; só melhorara aqui e acolá algumas formulações que haviam ficado floreadas demais, e deu a autorização para as cartas serem enviadas.

Por força do hábito, arrumou rapidamente sua escrivaninha antes de deixar o escritório. As correspondências não tinham sido todas lidas. Duas cartas ainda estavam fechadas – eram ofertas de algodão que ele analisaria mais tarde. Mas tinha uma terceira em cima da mesa que fora esquecida soterrada sob as outras duas. Ele virou o envelope e descobriu, para sua surpresa, que era uma carta do Sr. Von Klippstein. Aquilo era bastante peculiar. Durante algum tempo, eles haviam tido muito pouco contato, o que se dera por causa de seu divórcio de Tilly, que abatera Ernst mais do que o próprio queria admitir. Mas, já antes disso, a relação de Paul com seu antigo amigo e sócio não era das melhores. Havia bastante tempo, Ernst se tornara um partidário fervoroso dos nacional-socialistas, se envolvera no partido e, desde então, já deveria ter subido de posto. Como Paul conhecia a ambição de seu antigo acionista, sabia que ele visava ao cargo de líder regional do partido de Munique. Paul hesitou, olhou rapidamente para o relógio, depois rasgou o envelope e passou os olhos na carta batida à máquina.

Querido Paul,

Escrevo-lhe porque mantenho certa ligação com sua família e com a fábrica de tecidos dos Melzers. Também tenho nossa boa amizade de longos anos em memória.

Como você certamente sabe, o Führer reformulou nosso Estado no espírito do sentimento de liberdade do povo alemão. Isso também diz respeito às maquinações criminosas do judaísmo na Alemanha, as quais devem ser combatidas com grande determinação. No momento, a legislação adequada para isso está sendo preparada e será apresentada ao Führer muito em breve.

É por isso que faço este alerta para você. Não é admissível para o diretor e dono de uma empresa como a fábrica de tecidos dos Melzers ser casado com uma judia. Isso inevitavelmente lhe causará desvantagens econômicas e, no pior dos casos, poderá levar à falência e à liquidação da empresa. Consequentemente, se você estiver interessado na sobrevivência de sua fábrica, não haverá como evitar a separação ou o divórcio.

Segundo sei, Marie tem pelo menos três avós judeus e, sendo assim, é considerada judia. Seus filhos têm dois avós judeus e são, portanto, mestiços de primeiro grau.

Essa classificação não é obra minha, mas se tornou necessária para trazer clareza para a situação e separar o joio do trigo.

Sendo assim, permito-me dar-lhe um conselho amigável: após a separação, Marie e seus filhos devem deixar a Alemanha o mais rápido possível. Tenho consciência de que esta carta, cujas intenções são sinceras, pode ser mal interpretada como maldade ou assédio. Escrevo-lhe mesmo assim, porque o destino de sua esposa e seus filhos não é indiferente para mim. Pense com calma sobre o assunto e tome a decisão correta.

Mas não espere muito tempo, o relógio está correndo.

Meus cumprimentos,

Heil Hitler!

Ernst von Klippstein

A mão de Paul que segurava a carta estava tremendo, e as linhas dançavam diante de seus olhos. Aquilo era absurdo! Era uma mentira maldosa e abominável! Qual era a intenção de Ernst com aquilo? Será que depois que Tilly o abandonara ele se lembrara de sua antiga paixão por Marie? Será que estava tentando destruir o casamento de Paul daquela forma infame? Ele precisava destruir aquela carta. Marie não poderia vê-la de jeito nenhum. Ele a rasgou em pedacinhos e ia jogá-los no cesto de lixo, mas se deu conta de que suas secretárias poderiam desconfiar de alguma coisa. Por isso, enfiou todos pedacinhos de papel no bolso do casaco para jogá-los pela janela do carro no caminho para casa.

10

Dodo estava sentada na cama de Leo de pernas cruzadas e os joelhos aparecendo sob a saia xadrez; os sapatos eram emprestados da mãe.

– Mas que confusão!

Leo chegara em casa ao meio-dia. Já houvera um alvoroço no átrio, porque Hanna se assustara com seu olho inchado e convocara metade dos funcionários da cozinha. Marie descera as escadas e só sussurrara: "Pelo amor de Deus, Leo!", e Dodo percebera quão pálida ela ficara. Paul e Henni haviam chegado um pouco depois na Vila dos Tecidos e só viram Leo na sala de jantar. Henni agiu como se tivesse sido algo inofensivo, uma pequena briga costumeira entre os estudantes, mas era óbvio que nem Paul nem Marie se convenceram. Só tia Elvira dissera que seu amado Rudolf fizera parte de uma irmandade de valentões em sua época de estudante e quase perdera o lóbulo da orelha esquerda em uma briga. Em um primeiro momento, Paul não disse nada, mas depois chamou Leo para ter uma palavrinha com ele no escritório.

– Você contou tudo mesmo para ele? – perguntou Dodo.

– Quase tudo...

Leo estava sentado ereto na cadeira da escrivaninha e ainda sentia dores no peito, pois fraturara duas costelas. O ferimento sobre o olho estava sarando bem, mas o "olho roxo" estava agora com um aspecto amarelo-esverdeado pouco saudável. Ele estava horrível, achava Dodo.

– Tiramos aqueles monstros de lá no tapa, Dodo – dissera ele. – Isso é o mais importante. E tenho orgulho disso.

Dodo assentiu de forma soturna. Que covardes! Vinte rapazes tinham partido para cima de três pessoas.

– Por que os outros não ajudaram vocês? Os instrumentistas...

– Eles só ficaram parados, queriam ficar de fora. Mas não adiantou, porque os camisas marrons foram para cima deles também...

Dodo tentou imaginar a cena e refletiu sobre o que teria feito se estivesse lá. Teria agarrado um dos suportes de partitura e batido nos rapazes com ele. Teria dado uma rasteira. Um pontapé na barriga. Mas de fato teria sido difícil com tantos deles. Que bando de degenerados!

– O que Henni disse? – perguntou Dodo.

Ele bufou e fez uma careta, contorcendo-se de dor. Sua cabeça ainda doía. Tia Tilly falara que ele estava com uma pequena concussão.

– Os três dias na Frauentorstraße me deixaram com os nervos à flor da pele – resmungou ele. – Ela ficou o tempo todo na minha cola, trazendo compressas de gelo, chá, água boricada ou aspirina. E me fazia tantas perguntas que me senti em um interrogatório. Só me livrava dela durante o dia, quando ela tinha que ir para a fábrica trabalhar...

Pobre Henni. Ela simplesmente não aceitava que não conseguiria conquistar Leo. E havia jovens que teriam vendido a alma pelo mero privilégio de ter uma xícara de chá servida por Henni Bräuer.

– Pelo menos agora papai não se opõe mais a que eu largue o curso em Munique – disse Leo. – Disse que, sob essas circunstâncias, seria inadmissível continuar.

– Mas agora você precisa trabalhar na fábrica?

– O papai disse que por enquanto não. Só quando eu voltar a ficar com a aparência de uma pessoa normal.

Ele deu um leve sorriso. Dodo sentiu uma ira descontrolada ao olhar para seu rosto desfigurado. Por que aqueles animais tinham atacado justamente Leo? Ele era músico, um artista sensível que queria trazer alegria às pessoas com suas composições. Não era um troglodita da época das cavernas como aqueles imbecis.

– Você não quer apodrecer lá na fábrica. Aquilo não é para você, Leo!

– Não – disse ele baixinho. – Cheguei a pensar que teria que assumir a fábrica, mas não consigo. Papai falou a mesma coisa. Tio Robert veio com seu papo sobre a América de novo um dia desses. De eu me mudar para os Estados Unidos e tal... Que talvez eu devesse estudar música lá...

Robert morara nos Estados Unidos por muitos anos e mantinha boas relações comerciais por lá.

Dodo não achou a ideia de todo ruim.

– Se você for estudar nos Estados Unidos, vou poder voar até lá para visitar você – disse ela com um sorriso.

Leo bateu com a mão na testa.

– Deixe de loucuras, Dodo! – exclamou ele, irritado. – Você pode cair no Oceano Atlântico e sumir para sempre. Além disso, você nem tem um avião.

– Ainda não – disse ela misteriosamente. – Mas talvez tenha um em breve. Hoje à tarde saberei mais sobre isso.

Como revelara para ele, ela tinha uma entrevista de emprego na Baye-rische Flugzeugwerke naquela tarde. Uma entrevista secreta, porque seus pais não podiam de jeito nenhum ouvir falar daquilo. Leo também não soubera de nada até então e ficara de queixo caído quando ela lhe contara a novidade.

– E você acha mesmo que eles vão te dar uma chance? Você não disse uma vez que Elly Beinhorn já voa para eles?

– E daí? Ela não foi contratada como piloto de testes lá. Só faz publici-dade para os Bf 108. Se eles me chamaram, devem ter algo em mente, não é mesmo?

– Provavelmente... – afirmou Leo.

Mas Dodo não estava tão confiante quanto parecia. A entrevista tam-bém poderia não passar de um gesto educado de Lilly. Uma entrevista de emprego não implicava compromisso nenhum, e sempre era possível en-contrar um motivo para não contratar uma jovem. Mas ela faria tudo que estivesse a seu alcance e agarraria qualquer chance, por menor que fosse.

– Estou torcendo por você de qualquer forma! – disse ele com um sorri-so. – Se a contratarem, eles que sairão ganhando.

– Também acho!

Ela olhou para seu relógio de pulso novo, que fora um presente de tia Lisa por ter passado na prova, e percebeu que já estava chegando a hora de se arrumar. Precisaria pegar o bonde, pois não queria inventar um com-promisso para poder pedir o carro emprestado à mãe. Dodo até conseguia omitir algumas coisas, mas não gostava de mentir.

– Preciso ir – anunciou ela. – Aconteça o que acontecer, você será o primeiro a saber, Leo!

Ela hesitou por um momento antes de sair do quarto. Prometera uma contraproposta para Henni caso ela conseguisse uma entrevista de empre-go. Mas aquele não era um momento oportuno para sugerir uma viagem de trailer para o irmão, ainda mais na companhia da prima Henni. Seria melhor esperar mais uma ou duas semanas. Aí seu "olho roxo" teria desaparecido e talvez até a sua irritação com Henni tivesse arrefecido um pouco. Uma viagem de fim de semana não era nada impossível. Henni não poderia exigir mais dela.

Ela foi até seu quarto e cogitou a possibilidade de vestir um dos conjuntos modernos que Marie fizera para ela, mas desistiu da ideia. Afinal de contas, não estava se candidatando a manequim, mas a piloto de testes, e para isso a saia xadrez e uma blusa seriam suficientes. Penteou rapidamente os cabelos: era terrível, eles já tinham crescido demais de novo, e aqueles malditos cachos caíam por todos os lados. Colocou um pouco de água no pente, e eles se comportaram um pouco melhor, mas voltariam a ganhar vida própria assim que secassem. Ela não podia se esquecer da carta, da identidade e do dinheiro para a passagem. Tinha mais alguma coisa? Já enviara os certificados. Era hora de sair!

Dissera a Hanna que visitaria tia Kitty na Frauentorstraße e saiu pela alameda da Vila dos Tecidos para chegar até o ponto do bonde na Haagstraße. Era uma boa distância até a Bayerische Flugzeugwerke, que ficava na Haunstetter Straße. Ela precisou fazer baldeação duas vezes e se irritara com as crianças em idade escolar que lotavam o trem e faziam baderna. Será que ela também fora tão desordeira assim quando mais nova? Sempre ouvira que era preciso se comportar no bonde, não gritar, mas ficar sentada quieta, levantar-se para ceder o lugar para pessoas mais velhas. E o que aquelas crianças estavam fazendo? Conversavam alto, empurravam umas às outras, e dois meninos inclusive começavam uma briga. O condutor teve que intervir, e logo em seguida os dois galos de briga ficaram mansinhos.

Nunca vou querer ter filhos, pensou Dodo com repulsa. *Meus nervos não iriam aguentar.*

Saltou na antiga fábrica Rumpler, que fora adquirida e ampliada pela Bayerische Flugzeugwerke. Eles haviam construído novos pavilhões e novos anexos. Era possível ver vários aviões em um campo, e no enorme terreno, mais ao sul, havia agora novas instalações e uma fábrica antiga, na qual a BFW estava construindo aviões. Dodo lamentou ter que se apresentar no prédio administrativo. Ela preferiria ter andado pelos pavilhões para ver os aviões novos que Messerschmitt construíra. O modelo Bf 109, contara-lhe seu professor de voo, era um avião esportivo de um lugar, rápido e ágil. Ela estava habilitada a voar em uma máquina daquelas com seu brevê de categoria A, o que significava que poderia fazer testes de voo, demonstrar o avião para os clientes e até mesmo realizar voos promocionais por toda a Europa. Aquilo era um sonho fantástico, mas não impossível. Se outros também haviam conseguido, por que não ela?

O terreno em volta da fábrica era isolado. Ela precisara se identificar no portão e mostrar seu convite. Aquilo era normal: a fábrica de tecidos dos Melzers também não era acessível para qualquer um e era circundada por cercas e muros que a protegiam de visitantes indesejados.

O porteiro era um homem baixinho com olhos claros penetrantes. Fitou-a com muita atenção e pediu também para ver sua identidade após verificar o convite. Será que achava que ela era uma espiã industrial?

– Siga em frente até o fim da rua e depois vire à esquerda para chegar ao prédio administrativo.

– Muito obrigada!

Como estava quente de novo naquele dia! Ela passou pelos pavilhões e galpões, recebeu olhares curiosos de trabalhadores e parou várias vezes para dar uma olhadinha nos aviões brancos que estavam em um campo do outro lado das instalações. O prédio administrativo era uma construção comprida e maciça de dois andares com incontáveis janelas, e, em comparação, o prédio administrativo da fábrica de tecidos parecia bastante pequeno. O acesso era por um portão de entrada largo com uma placa que indicava a localização dos departamentos e das salas. Ela olhou para sua carta e constatou que precisava ir para o primeiro andar, para a sala 24. Uma Srta. Segemeier a aguardaria lá. Só podia ser uma secretária.

Ela realmente fora parar em uma antessala. As paredes eram claras, e os móveis de escritório, modernos, mas por alguma razão o cômodo não lhe pareceu muito acolhedor. Não era agradável como na fábrica de sua família; não tinha flores à janela nem cortinas, só persianas que protegiam a sala do sol. Tinha cartazes publicitários coloridos das fábricas de aviões pendurados nas paredes com os voos operados, as demonstrações aéreas e outras informações. Do lado esquerdo havia duas secretárias jovens que pareciam grudadas às máquinas de escrever, e raramente desviavam o olhar indiferente do trabalho. Do lado direito, bancos para visitantes e um cabideiro no qual só se via um reles chapéu masculino cinza pendurado.

A escrivaninha da Srta. Segemeier ficava em frente à entrada, ao lado da porta que provavelmente levava ao escritório de seu chefe. Ela estava ao telefone quando Dodo entrou, e olhou para a visitante com indiferença – sem interromper a conversa. Falava alto e com exagerada simpatia ao aparelho. *Ela deve estar falando com alguém importante*, pensou Dodo. *As secretárias do papai também ficam sempre excessivamente gentis e atenciosas em ocasiões assim.*

Dodo ficou parada ao lado da porta de entrada e olhou pela janela. Não tinha nada lá de tão interessante, só campos queimados pelo sol, alguns prédios pequenos aqui e acolá e uma obra lá no fundo. Provavelmente estavam construindo mais uma instalação. Seu pai dissera uma vez que a BFW estava contratando muitas pessoas, e até funcionárias da fábrica de tecidos dos Melzers tinham migrado para as fábricas de aviões.

– Olá, senhorita – disse a secretária depois de desligar o telefone. – Como posso ajudá-la?

Nenhuma palavra no sentido de "estávamos à sua espera". Ela nem sabia quem Dodo era e por que fora até lá. Só quando Dodo lhe mostrou a carta, ela pareceu subitamente estar a par da situação. No geral, era muito parecida com a Srta. Lüders – também magra e de nariz fino, mas seus cabelos eram pintados de louro-claro e ela usava um batom de cor berrante.

– Srta. Melzer, ah, sim. A senhorita será atendida pelo senhor diretor Messerschmitt daqui a pouco, então precisa esperar. Infelizmente ele está no meio de uma reunião importante.

Ela apontou para os bancos, e Dodo sentou-se em um deles, de tecido cinza. Que ótimo. Agora ficaria sentada ali durante horas até que o senhor diretor casualmente tivesse alguns minutinhos sobrando. A espera fora uma tortura. Condenada a ficar parada no banco, sentiu a ansiedade quase explodir e olhou para a pequena mesa diante dela. Tinha um cinzeiro, várias revistas de aviação e um abridor de garrafas. Folheou as revistas, mas não conseguia se concentrar em nenhum dos artigos. Toda vez que a porta se abria e alguém entrava, ela se encolhia de susto. Mas eram só funcionários que tinham algum assunto a tratar e logo depois já iam embora.

Nem me ofereceram um mísero café, pensou ela, irritada. *Ou pelo menos um copo d'água com este calor!*

O senhor diretor e engenheiro-chefe apareceu quase uma hora depois em companhia de dois homens, trocou algumas palavras com a Srta. Segemeier e entrou no escritório com os dois funcionários. Parecia ter se esquecido de que uma piloto jovem e promissora fora convidada para uma entrevista de emprego e esperava impacientemente por ele. E nem ocorreu à secretária lembrá-lo do encontro. Dodo olhou para o relógio. Em breve seriam cinco horas. Naquele ritmo ela perderia de novo o jantar na Vila dos Tecidos, e Marie ligaria para a Frauentorstraße. Aí sua mentira viria à tona, e ela teria ainda mais problemas...

– Srta. Melzer, o senhor diretor a aguarda!

Dodo levantou-se tão rápido que bateu na mesinha e derrubou o cinzeiro no chão.

– Ah, pode deixar... – disse a Srta. Segemeier quando Dodo se agachou às pressas e catou o objeto.

Ela entrou no escritório do diretor de pernas bambas. Nem antes de seu primeiro voo solo ou das provas do brevê ficara tão nervosa como estava agora diante daquela entrevista de emprego.

Ela só conhecia Willy Messerschmitt por fotos do jornal. Ele era alto e magro, tinha uma testa bastante avantajada e cabelos escuros. E lá estava ele atrás de sua escrivaninha, coberta de documentos e desenhos, com as mãos apoiadas e a cabeça levantada em sua direção. Não a fitava exatamente com gentileza, e sim como se ela fosse uma interrupção desagradável que lhe impedia de finalizar tarefas urgentes e importantes.

– Srta. Melzer? Boa tarde. Heil Hitler. Por favor, sente-se aqui na frente.

– Muito obrigada – sussurrou ela, sentando-se desajeitadamente em uma cadeira ao lado da escrivaninha.

Ele falava rápido e baixo. Pegou uma pasta azul em meio ao caos de sua mesa, abriu-a e fechou-a logo em seguida.

– A senhorita se candidatou aqui para ser... piloto de testes, não é mesmo? Humm... ótimas notas. Jürgen Breitkopf... esse nome não me é estranho...

Ele finalmente olhou para ela com mais atenção. Tinha olhos castanhos e sobrancelhas escuras e espessas.

– A senhorita tem alguma ligação com a fábrica de tecidos dos Melzers? – perguntou ele.

– Ela pertence a meu pai.

Ele assentiu, satisfeito por sua suposição estar certa.

– E por que a senhorita resolveu virar piloto? – questionou o diretor com ironia, levantando as sobrancelhas. – Por causa das belas fotos no jornal? Ou porque agora é moda as jovens de famílias abastadas aprenderem a voar?

Como ele era sarcástico. Condescendente. Ela sentiu a raiva borbulhar dentro dela. Ele não era melhor que aqueles examinadores arrogantes que achavam que ela não tinha a menor ideia de como funcionava um motor de avião.

– Sempre me interessei por máquinas e engenharia – disse ela. – Alguns anos atrás, consertei duas máquinas de fiação por anéis que ninguém conseguia ligar na fábrica de tecidos. Estudei os planos de construção e encontrei o problema.

Ela devia ter falado com muito entusiasmo, pois ele parecia divertir-se com aquelas palavras.

– Então a senhorita entende de máquinas de fiação por anéis?

– Também entendo muito de aviões, senhor diretor!

Ele calou-se e pareceu refletir sobre alguma coisa. Estaria pensando novamente em seu novo avião?

– A senhorita foi recomendada por uma conhecida – disse ele, retomando a conversa. – Por isso a chamei até aqui, Srta. Melzer.

Arrá, agora ficara claro, cristalino! Ela só estava ali porque ele queria fazer um favor para sua dama.

– Veja – disse ele, continuando. – A aviação é algo fascinante que encanta muitos jovens. Várias moças também provaram no passado que sabem pilotar um avião. Mas seguir carreira é uma coisa completamente diferente…

– Sei muito bem disso, senhor diretor… – afirmou ela, interrompendo-o. – Mas é exatamente o que estou determinada a fazer, e acredito que tenho o que é preciso para isso!

Ele fitou-a com uma mistura de incredulidade e pena.

– Não duvido de sua boa vontade, Srta. Melzer. Contudo, a experiência mostra que uma mulher, ainda que seja uma piloto proficiente, deseja casar-se e ter filhos em algum momento, e acaba deixando a aviação de lado.

Mas o que ele queria? Será que a tal da Lilly Strohmeyer o incumbira de fazê-la desistir de voar? Será que a chamaram ali para lembrar-lhe da "real vocação" das mulheres?

– Nem toda mulher quer se casar e ter filhos – contestou ela. – As secretárias da fábrica do meu pai, por exemplo, só vivem para o trabalho. Ou nossa cozinheira. Ela nunca quis se casar, porque está melhor sem marido.

Em vez de ficar impressionado com seus argumentos, ele começou a rir. Aquilo a enfureceu. Ele não a estava levando a sério! E ela estava lutando com unhas e dentes por aquela chance que surgira inesperadamente e que agora via se transformar em pó pouco a pouco. Ele não queria contratá-la, só queria dar-lhe um sermão e mandá-la de volta para casa.

– Bem – disse ele com ar zombeteiro. – A profissão de piloto de testes é um pouco diferente da área de atuação de uma secretária. Ou de uma cozinheira.

Ela sabia daquilo. Quando estava prestes a contestá-lo, o telefone da escrivaninha tocou.

– Um momento – disse para ela, tirando o telefone do gancho.

Ela ficou sentada na cadeira, deprimida, pensando desesperadamente sobre como poderia convencê-lo. Ela era uma boa piloto. Sabia desmontar e remontar um motor. Conhecia cada uma das peças. Quando a máquina trepidava, sabia imediatamente qual era o problema. Tinha várias ideias e sugestões para melhorias. Dispositivos de travamento para voos acrobáticos, por exemplo...

O telefonema alongou-se. Dodo inferiu que era o presidente da Câmara Municipal de Augsburgo, Mayr, que estava do outro lado da linha e que o assunto tinha a ver com dinheiro. É claro que essas coisas eram mais importantes do que uma jovem piloto insignificante.

Quando o diretor Messerschmitt finalmente desligou o telefone, precisou de um momento para se lembrar da candidata que estava sentada ali diante dele.

– Onde estávamos mesmo?

– Falando da área de trabalho das pilotos de testes, senhor diretor. Tenho conhecimento dela e sei também que há inúmeras mulheres que exercem a profissão com sucesso. Por exemplo, Louise Hoffmann, da Bücker...

Ele procurou um papel em sua escrivaninha lotada de coisas para fazer anotações. Provavelmente para tomar notas do telefonema com o Sr. Presidente da Câmara Municipal.

– A senhorita é persistente – disse ele enquanto escrevia e olhou de relance para ela. – Infelizmente não há nada que possa ser feito nesse sentido. No momento não estamos contratando pilotos de testes.

O coração de Dodo apertou de vez. Eles não estavam contratando ninguém? Por que ele não lhe dissera logo? Por que então a convidara para aquela entrevista de emprego se não tinham vagas? Ou será que eles só não estavam querendo mulheres?

– Mas pode ser que surja uma vaga em algum momento – disse ela, agarrando-se à última pontinha de esperança.

– É possível – respondeu ele, jogando a caneta para o lado. – Mas é pouco provável. Está decepcionada, não é mesmo?

– Sim! – exclamou ela com raiva. – Nem sei por que o senhor me...

Agora ele estava novamente com os braços apoiados na escrivaninha, olhando para ela. Parecia avaliá-la e divertir-se um pouco com sua fúria.

– Calma! – exclamou ele, interrompendo-a. – Não vá explodir de raiva. Tenho algo para a senhorita. O que acha de um estágio na Bayerische Flugzeugwerke?

Um estágio! Não chegava nem perto da expectativa que tivera, mas era melhor que nada...

– O dinheiro não é lá essas coisas, mas a senhorita poderia mostrar a que veio. É o que deseja, não é mesmo?

Um estágio pelo menos. Talvez ela pudesse tirar o brevê de categoria B enquanto isso. Aí poderia pilotar também o Bf 108, de quatro lugares.

– É claro – disse ela, pigarreando para se livrar do nó que tinha na garganta. – Sim, é exatamente o que desejo. Quando posso começar?

Ele refletiu rapidamente e sugeriu:

– Vamos combinar para o dia primeiro de julho. Minha secretária lhe enviará o contrato. Qual a sua idade? Dezenove anos? Então precisaremos da assinatura de seu pai.

– É claro – disse ela, animada. – E muito obrigada, senhor diretor. O senhor certamente ficará satisfeito comigo. Quando faço algo, mergulho de cabeça...

Ele apertou sua mão com firmeza e deu um puxãozinho no final como se ela fosse um rapaz.

Seu pai com certeza autorizaria. Um estágio era inofensivo. Pelo menos era o que ele achava.

I I

Ela não era nenhuma mocinha ingênua. Gertie percebera fazia tempo que seu chefe tinha segundas intenções com ela. Ele só não tinha coragem. O que era compreensível – afinal, ele sofrera um ferimento de guerra bem naquele lugar. Quando se tratava desses assuntos, os homens ficavam constrangidos. Por outro lado, ele era um homem de negócios bem-sucedido, tinha contatos nos mais altos círculos do partido, era bajulado e respeitado por onde andava. E, além disso, era rico. Então por que era tão desajeitado naquela área?

Na verdade, ele lhe agradava bastante. Era um nobre, o que não era pouca coisa. Não era um abobado que ficava desastradamente tentando a sorte com mulheres. Não, ele tinha estilo. Sabia se expressar bem, era um cavalheiro com as damas, fazia reverência, segurava a porta, ajudava a vestir o casaco. Às vezes também tratava Gertie assim, e ela gostava muito. E ele não era de se jogar fora em termos de aparência. Um pouco magro demais e com os lábios sempre contraídos, ele podia parecer até amedrontador quando se irritava e a bochecha esquerda se contorcia. Mas, quando estava bem-humorado, sorria amavelmente, e seus olhos azuis brilhavam de forma especial. Quando olhava para ela daquela forma, ela estremecia por dentro.

– Nunca tenha um caso com um chefe – aconselhara a professora de estenografia na escola de secretariado. – Porque sempre acaba mal, especialmente se ele for casado. Ele se diverte, e, quando tudo acaba, você que vai para o olho da rua.

Mas o Sr. Von Klippstein não era casado, era divorciado. Podia fazer o que quisesse que não tinha mulher nem filhos que o impedissem. Por que ela não deveria ter um caso com ele? Ele tinha dinheiro suficiente e sabia ser generoso. Um belo apartamento, roupas bonitas, sapatos, joias e talvez até uma criada… Essas coisas eram bastante comuns. E, se tudo acabasse, ela teria poupado o suficiente para procurar outro emprego com calma.

Um emprego no qual ganhasse mais do que ganhava agora.

Munique era terrivelmente cara. No máximo duas vezes por mês ela podia se dar ao luxo de ir ao parque Jardim Inglês para comer bolo e tomar chá. A maior parte do salário era gasta com aluguel e comida. Se quisesse comprar uma peça de roupa bonita, precisava economizar. E mesmo assim o quarto em que morava estava longe de ser espaçoso e tinha paredes inclinadas, pois ficava no sótão. Nele só cabiam uma mesa pequena e duas cadeiras, além da cama, do armário e da cômoda. Pelo menos ela tinha uma pia própria, mas o sanitário ficava no mezanino. A cozinha era utilizada por vários inquilinos e sempre estava bagunçada e com mau cheiro, porque alguns deles eram incrivelmente desleixados. Não, ela não se sentia realmente à vontade naquela casa alugada. Era barulhento, porque as paredes eram finas, mas ainda assim ela se sentia solitária quando chegava em casa de noite. Na Vila dos Tecidos sempre pudera descer até a cozinha e encontrar alguém para conversar e algo para comer. Ah, na verdade as coisas sempre tinham sido agradáveis por lá, mas ela não era de se conformar com o destino de viver o resto da vida como criada. Desafiara a sorte e agora precisava lidar com a situação.

O Sr. Von Klippstein era osso duro de roer. Ela já notara que ele tinha certas preferências e certas aversões. Por exemplo, não gostava quando ela usava batom ou quando pintava as unhas de rosa. Ele adotava uma expressão depreciativa e fazia comentários ácidos. Perguntava se ela tinha a intenção de seduzir os rapazes no bonde. Uma vez até dissera que mulheres maquiadas ficavam com a aparência "vulgar". E que as mulheres deveriam preservar seu "aspecto natural". Ela então aposentara o batom e o esmalte colorido. Porém, ele parecia não perceber que ela usava rímel e seu gosto era bastante antiquado no quesito penteados. Então ela passou a ondular os cabelos longos com bobes à noite.

Acima de tudo, ela não podia passar a impressão de atrevimento. Um riso sedutor nunca era bem recebido; ele desviava o olhar e ficava com uma expressão severa. As investidas tinham que parecer por acaso, e o que se mostrava mais eficaz era quando ela se assustava e parecia desorientada. Ele não queria ser seduzido, o Sr. Von Klippstein. Queria ser o sedutor e se sentir senhor e mestre. Infelizmente ficava muito tenso perto dela e quase parecia ter medo. Uma vez ela esbarrara nele sem querer perto da porta e dera um gritinho de susto. Eles ficaram tão perto um do outro que Gertie conseguia sentir sua respiração. Um movimento mínimo teria bastado, sua mão em sua cintura, os lábios nos seus... Mas nada disso aconteceu. Ele só a encarou com aquele brilho especial nos olhos e depois voltou para sua escrivaninha.

Ela fora tão tola! Por que não fizera nada? Ficara parada ali petrificada em vez de ir ao encontro dele. De forma bem natural. Uma mulher frágil. No pior dos casos poderia ter fingido um desmaio. Aí ele teria mordido a isca. Mas que ódio, ela nunca mais teria uma oportunidade como aquela.

Então ele ficou particularmente ranzinza o resto do dia e a chateou com toda sorte de pedidos e reclamações. A vontade dela foi a de jogar todas as malditas cartas aos seus pés.

Daquele dia em diante passara a deixar os dois botões de cima da blusa abertos, às vezes o terceiro botão também. Afinal de contas, era verão e estava quente no escritório. Era necessário refrescar-se. Aquilo era algo bastante natural. E o que ela tinha debaixo da blusa também era totalmente natural, graças a Deus.

A tática mostrou-se eficaz. Sim, aos poucos ela o desmascarou. Ele fingia que não se importava, mas deixava a porta de comunicação para seu escritório aberta, supostamente por causa do calor do verão. Mas, quando ela usava a máquina de escrever e ficava inclinada para a frente, ele a encarava. Ela sentia e nem precisava levantar o olhar para conferir, pois sabia. Muito bem. Às vezes ela se reclinava para trás e passava as mãos pelos cabelos na altura dos ombros, e ele também gostava daquilo. Volta e meia subia a saia alguns dedos como se ela tivesse ficado um pouco presa na hora de sentar-se. Aí sim ele olhava para ela, e não dizia uma só palavra: só a fitava com os olhos brilhando. Agora ela já o tinha fisgado; bastava puxá-lo para fora d'água ao final de tudo. Aquela seria a parte mais difícil.

E então, de forma surpreendente, as coisas haviam culminado no dia anterior, logo antes do fim do expediente. Tudo acontecera de forma meio trapalhona, quase ridícula, mas aquilo combinava com ele. Afinal, ele era peculiar.

Ela batera as últimas cartas com pressa. Levantara-se para ir até ele e deixara cair de propósito o porta-objetos com os lápis, grampos e outras coisas, deixando tudo esparramado no chão. Será que ela dera um gritinho assustado? Provavelmente, pois ele se levantou e foi até ela.

– Sinto muito – disse ela, chateada. – Não sei por que estou tão desastrada hoje...

Ela colocou as cartas em cima da escrivaninha de novo e ajoelhou-se para recolher as coisas que tinham caído.

– Não tem problema – respondeu ele. – Espere, eu ajudo a senhorita... Já vamos resolver...

Tudo aconteceu quando ela fora pegar a borracha vermelha. De repente ele estava com sua mão na dela. Quando ela levantou a cabeça, viu que ele olhava para seus seios, vidrado. Meu Deus, não eram dois nem três botões desabotoados, mas todos eles, dava para ver seu sutiã e até além. Instintivamente ela fez a coisa certa: deu um grito e puxou o tecido pudicamente com a mão que estava livre. E então aconteceu. Ele se aproximou ainda mais dela. Ela só precisou ir a seu encontro um tantinho de nada, com um movimento que parecia repeli-lo enquanto, na verdade, ela estava se oferecendo para ele. Finalmente ele pegara em seus ombros, agarrara-a com força e puxara-a para si. Ele beijava surpreendentemente bem. Aquilo era muito excitante. Ele beijou-a várias vezes, na boca, na nuca, no pescoço. Enquanto isso sussurrava algo para ela que ela não entendera e inclusive ousara enfiar a mão em seu decote. Como ele a agarrava com força! Quase a despiu e rasgou sua blusa. É claro que ela não se defendeu, apenas sussurrou algo como:

– O que o senhor está fazendo comigo? Meu Deus, o senhor não pode... Deixe-me... por favor...

Aquilo parecia encorajá-lo ainda mais, porque ele continuou durante mais alguns instantes antes de soltá-la. Os dois estavam sem fôlego, e subitamente ela se deu conta de que, por causa do ferimento de guerra, deveria ser muito desconfortável para ele ficar ajoelhado por tanto tempo.

– Perdoe-me – disse ele com a voz rouca e ajeitou a gola da camisa. – Não sei o que deu em mim. Por favor, levante-se.

– Sim... sim... claro – gaguejou ela, puxando a blusa para a frente e levantando-se.

Ela era esperta. Pegara o porta-objetos com as canetas do chão e fora até sua escrivaninha com ele na mão sem se virar. Sabia que ele teria grande dificuldade de levantar-se e que ficaria constrangido se ela visse. Por isso ainda se ocupou um pouco mais, ajeitou umas cartas e só se virou quando sabia que ele já estava de pé novamente.

– O senhor ainda precisa assinar isso, Sr. Von Klippstein…

Ele alisou os cabelos com a mão e parecia estar sentindo dor. Aquela maldita guerra. Precisava ter feito um estrago tão grande no coitado?

– Deixe em cima da minha mesa, assino amanhã de manhã – disse ele em tom baixo, mas profissional.

Ela fitou-o com expectativa, esperando que ele ainda dissesse alguma coisa para ela. Algo como: "Eu amo você." Ou pelo menos: "Vamos sair hoje à noite." Mas ele só dissera:

– Bom descanso…

Só quando já estava no corredor da casa que ela se dera conta de que precisava fechar os botões. Teria sido cômico se ela tivesse entrado no bonde daquele jeito. À noite não conseguiu pregar o olho de tanta excitação e felicidade. O gelo fora quebrado. Agora ela precisava ser esperta, não cometer nenhum erro, e então o conquistaria. E o melhor de tudo era que ele lhe agradava. Não era um homem intrépido e audacioso, mas, quando tomava a inciativa, demonstrava paixão. O jeito como ele a beijara mexera muito com ela. O que ele sussurrara o tempo todo? Teria sido seu primeiro nome? Normalmente ele dizia "Srta. Koch" para ela. Ele realmente sussurrara "Gertie"? Por que ela não ouvira com mais atenção?

Ela refletiu sobre que tipo de ferimento de guerra ele teria. Ele não podia ter filhos, isso ela sabia. Não teria mais nada lá? Nadinha mesmo? Teria sobrado alguma coisa? Bem, ela descobriria. Ela não queria filhos mesmo, então o ferimento era bastante prático nesse sentido.

De manhã, quando estava tomando café, pensou sobre como decoraria seu futuro apartamento. Com um grande bufê parecido com o que ficava na sala de jantar da Vila dos Tecidos. E com tapeçarias de seda e cadeiras adornadas, como no salão vermelho. Mas a cama precisaria ser uma de dossel, larga e com uma colcha azul-escura e estrelas douradas estampadas. Ela vira uma roupa de cama assim em uma revista uma vez.

Ela se arrumou toda, lavou e ondulou os cabelos, colocou um pouco de rímel e vestiu uma blusa fresquinha. Com dois botões abertos, não mais do que isso. Era algo bem natural com aquele calor. Irritou-se no bonde, porque a blusa amassou, mas não tinha o que fazer.

Julius, aquele esnobe, abriu a porta para ela e lhe dignara um "Heil Hitler" condescendente. *Pois espere só*, pensou ela. Quando eu tiver meu apartamento, não precisarei mais ver sua cara arrogante.

O Sr. Von Klippstein não estava no escritório; provavelmente ainda devia estar sentado à mesa do café da manhã. Ela limpou sua mesa, organizou as canetas, tirou a poeira da máquina de escrever e colocou algumas gotas de óleo de máquina nela. Quando estava prendendo a primeira página com duas cópias de carbono, ouviu a porta do escritório do Sr. Von Klippstein se abrir. Ele estava vindo. Seu coração batia muito rápido. O que ele faria?

– Srta. Koch? – chamou ele. – Venha aqui, por favor!

Ele soava severo, não parecia prestes a fazer uma confissão amorosa. Insegura, ela levantou-se e foi até ele.

– O que deu na senhorita hoje? – indagou ele, repreendendo-a. – As cartas estão cheias de erros. E com o endereço errado ainda por cima! Escreva tudo novamente. Vamos, vamos, isso já deveria estar nos correios faz tempo!

Ela esperava qualquer coisa, mas não ser tratada daquele jeito, com aquele tom ofensivo. Além disso, ele estava errado. Ela não cometera nenhum erro.

– Por que a senhorita está parada aqui? Não me ouviu? É urgente!

Ela não aceitaria que ele falasse com ela daquele jeito. Pois não mesmo! Ela não era seu capacho. Era uma pessoa e tinha o direito de ser respeitada.

– Perdão, Sr. Von Klippstein – respondeu ela com a voz levemente trêmula. – Mas as cartas estão em ordem. Por favor, verifique-as mais uma vez. O senhor deve ter se enganado.

Ele encarou-a como se ela fosse um espírito maligno. Depois jogou as cartas em cima da escrivaninha e respirou profunda e rapidamente.

– Srta. Koch – disse ele com a voz tensa. – Fiz algo ontem de que me arrependo profundamente. Não sei por que me deixei levar daquela forma, mas foi indecoroso e extremamente imoral. Desejo me desculpar. Devo-lhe minhas sinceras desculpas…

– Foi… foi… eu achei… – gaguejou ela, sem conseguir encontrar as palavras corretas a tempo.

E aí era tarde demais.

– Compreendo perfeitamente se a senhorita achar necessário pôr termo a essa relação de trabalho… – disse ele.

Então era essa a intenção dele, aquele covarde. Colocá-la no olho da rua antes mesmo que algo acontecesse.

– Se é assim que o senhor vê as coisas… – disse ela, precisando morder os lábios.

Ela nunca chorava. Agora não seria a primeira vez.

– Achei que... acreditei que... – gaguejou ela, mas logo sua voz ficou embargada.

– Em que a senhorita acreditou, Srta. Koch?

Ele pronunciou aquela frase de forma dura. Só muito depois ela se daria conta de que desperdiçara a única chance que tivera. Mas aquele maldito nó em sua garganta lhe impediu de pensar com clareza, por isso só conseguiu dizer:

– Nada! Nada mesmo! Estou pedindo demissão. Sem aviso-prévio. Passar bem, Sr. Von Klippstein!

Ela correu até seu escritório, pegou sua bolsa e fugiu. Com sua saída às pressas, o criado Julius recebeu uma portada bem-merecida na testa, aquele bisbilhoteiro nojento. Ela conseguiu pegar o bonde no último minuto, sentou-se, atordoada, olhou pela janela sem realmente ver nada enquanto seu coração martelava no peito como um ferreiro. *Por que falei aquilo?*, pensou ela, triste. *Agora tudo está terminado, para sempre. Não vou ter mais apartamento, bufê, cama de dossel. Mais nada.*

Quando se acalmou um pouco, disse a si mesma que fora a coisa certa a se fazer. Ele não tinha jeito. Só fizera seu joguinho cruel com ela. Não, aquilo tinha que ter acabado mesmo. Que procurasse outra mulher tola!

Ela se escondeu em seu quarto, deitou-se na cama e chorou de soluçar no travesseiro. Aquilo lhe fez bem: ela enfim livrou-se de toda a raiva e decepção, e deixou tudo ir embora enquanto lágrimas quentes vertiam de seus olhos.

Finalmente adormeceu, exausta. Passou o resto do dia na cama e ficou completamente desperta ao anoitecer. Ficou a noite andando em círculos pelo quarto e refletindo sobre o que deveria fazer. Seu maior desejo era voltar para a Vila dos Tecidos, mas seu cargo já estava ocupado. A roliça Auguste não deixara passar a chance. Mas, afinal, por que deveria voltar para a Vila dos Tecidos? Aprendera uma profissão, era estenógrafa, gastara muito dinheiro com a formação e se sustentaria com aquilo. No dia seguinte, comprou o jornal e olhou os anúncios de emprego, encontrou logo três anúncios adequados e candidatou-se para todos: uma cervejaria, um corretor de imóveis e uma mulher com uma agência de viagens. A cervejaria e o corretor quiseram contratá-la, bastava apresentar seus documentos.

À noite, voltou para o quarto, orgulhosa, verificou a caixa de correio com expectativa, mas estava vazia. Maldição, agora ele estava com seus documentos. Provavelmente ainda lhe daria uma carta de referência ruim e acabaria com suas chances em um novo emprego.

Ela foi até o orelhão mais perto, reuniu toda a coragem e inseriu várias moedas no aparelho.

– Residência do Sr. Von Klippstein, quem fala é o Sr. Kronberger...

Justamente aquele desgraçado.

– Aqui é Gertie Koch. Preciso de meus documentos. Por favor, diga ao Sr. Von Klippstein que deve enviá-los para mim.

– Com prazer...

Como aquelas palavras soaram irônicas! Irritada, colocou o aparelho de volta no gancho. Agora ele provavelmente iria deixá-la esperando por pura maldade para que ela não conseguisse um emprego novo. Ah, antes não tivesse vindo para Munique! Na semana seguinte teria que pagar o aluguel e não sabia de onde tirar o dinheiro.

Passara dois dias sentada em seu quarto, olhando pela janela, melancólica. Gotas de chuva escorriam pelo vidro, correndo em borbulhas pelas canaletas. O céu estava cinza e nublado e não queria deixar transparecer um tantinho sequer de azul. Ela sentia frio. Vestiu o casaco de inverno e contemplou a ideia de ligar para lá novamente ou talvez até mesmo de ir até sua mansão em Pasing...

No terceiro dia, um envelope grosso apareceu na caixa de correio. Seus documentos! Acompanhados por uma carta puramente formal e seu diploma. Desdobrou o papel com o coração acelerado. Milagre! Ele lhe escrevera uma carta de referência excelente! Ela não acreditava que ele fosse capaz daquilo. Provavelmente estava com a consciência pesada.

Àquela altura, o corretor já contratara outra secretária, mas a cervejaria "Max & Mayer" segurara a vaga para ela, e ela poderia começar a trabalhar lá já na segunda-feira. Infelizmente não ganharia muito mais do que ganhava com o Sr. Von Klippstein, mas dava para viver com aquele salário, e ela não dependeria de ninguém, o que era o mais importante.

É claro que era outro tipo de trabalho. Ela não tinha um escritório próprio, mas compartilhava uma salinha apertada com três outras estenógrafas. Via o chefe, o diretor da cervejaria Mayer, quase nunca. Um homem jovem e magro em um terno com péssimo caimento, o Sr. Soltau, delegava o trabalho, supervisionava o intervalo do almoço e garantia que elas estivessem ocupadas. Logo na primeira noite, abordara-a na saída da cervejaria e queria convidá-la para "um pequeno passeio". Ela recusara, e, desde então, sempre recebia a maior pilha de trabalho.

– Logo ele se esquecerá – dissera uma das colegas mais velhas. – Não se preocupe com isso, menina.

Algumas semanas depois, já estava acostumada ao trabalho e se sentia muito à vontade na "Max & Mayer". As duas colegas mais velhas eram rechonchudas e gentis, riam muito e celebravam os aniversários com bolos caseiros feitos por elas. A mais nova era tímida, uma mulher de cabelos castanhos, muito esbelta, e que usava óculos grossos. Quando descobrira que Gertie Koch era de Augsburgo, se soltara um pouco, porque seu tio favorito morava lá também. Gertie estava no caminho certo para esquecer suas experiências ruins em Pasing. Só de vez em quando se lembrava de seu antigo chefe e depois pensava que, na verdade, ele era um pobre coitado e que era uma pena não ter conseguido ajudá-lo. Às vezes também sentia suas mãos em sua pele e precisava admitir que ele beijava bem.

Na quarta semana aconteceu algo que ela a princípio julgara ser uma miragem. Em tese aconteciam coisas assim no deserto de Gobi. Já em Munique, aquilo era raro.

O Sr. Soltau acabara de abrir a porta do escritório e trazer-lhe várias pastas quando ela ouviu uma voz que não pertencia àquele lugar.

– Heil Hitler, querido Mayer! Pensei em dar uma passadinha aqui e escutar as novidades!

Os dedos de Gertie ficaram paralisados no meio da palavra "Atenciosamen…". Era ele! Impossível de confundir. O que ele estava fazendo ali?

– Meu querido Von Klippstein! Heil Hitler! Por favor, venha até meu escritório. Sr. Soltau, dois cafés… ou o senhor prefere uma cerveja?

– Café, por favor. E um copo de água mineral, se possível…

A porta se fechou enquanto Gertie ainda estava com os dedos paralisados diante da máquina de escrever.

– Quem é aquele homem? – sussurrou ela para sua colega.

– Aquele? Ora, é o Sr. Von Klippstein, o dono da cervejaria. Não sabia?

– N… não!

A cervejaria era do Sr. Von Klippstein! Como ela poderia saber disso? Não estava escrito na porta; e, ao que parecia, ele só ia até ali raramente. Meu Deus! Ele era seu chefe de novo: ela trocara seis por meia dúzia.

– Está tudo bem, Srta. Koch? – perguntou o Sr. Soltau com sua voz ana-salada. – A senhorita está fazendo exercícios com os dedos no ar? Aconselho que trabalhe em vez disso.

O destino era obstinado. Após algum tempo, a porta do escritório do chefe se abriu novamente. Ouviram-se nítidas palavras de despedida do gorducho Sr. Mayer e depois passos leves que se aproximavam do escritório. O Sr. Von Klippstein tomara a liberdade de simplesmente ir até lá falar com elas. Afinal, por que não, se aquilo tudo lhe pertencia?

– Um ótimo Heil Hitler, senhoras. Como posso ver, todas estão bastante ocupadas, então não quero incomodar mais!

– Heil Hitler, Sr. Von Klippstein! O senhor não incomoda de forma alguma...

Como ele sabia ser encantador em seu estilo rígido... Era um cavalheiro da velha guarda. Sorriu, fez uma reverência e lançou um rápido olhar para ela. Depois se despediu. A porta se fechou, e ele foi embora.

Agora ele sabe que trabalho aqui, pensou, desesperada. *E vai garantir que eu seja despedida. Por que sempre tenho tanto azar? Se eu tivesse conseguido a vaga de trabalho do corretor, teria sido poupada de tudo isso. Mas não, aquele idiota contratou outra pessoa.*

Quando o expediente finalmente terminou, caía uma chuva torrencial mais uma vez. Indecisa, Gertie ficou parada na entrada. Ela não tinha guarda-chuva, e era melhor esperar alguns minutos; talvez o aguaceiro passasse em breve. Mas a chuvinha de Munique era persistente. Bem ou mal ela teria que andar até a estação de bonde e ficaria encharcada.

Foi então que um guarda-chuva escuro apareceu diante dela, e alguém lhe dirigiu a palavra.

– Posso dar uma carona para a senhorita até sua casa, Srta. Koch?

– Não, obrigada! – respondeu ela. – Vou esperar a chuva passar.

– Acabou de começar a chover – disse o Sr. Von Klippstein, subindo os dois degraus para chegar até ela. – Com certeza a senhorita não deseja passar a noite toda aqui. Meu carro está logo ali na frente.

– Não se preocupe, darei meu jeito.

Ele calou-se por um momento, respirou profundamente, depois disse algo espantoso:

– Eu lhe peço, Gertie. Preciso falar com você. Não consigo mais dormir à noite desde que você se foi...

Ah, não, pensou ela. *Tudo de novo não. Acabou. Para sempre. Não sou de cometer o mesmo erro duas vezes.*

– O senhor não está realmente acreditando que entrarei nesse carro!

– Também posso chamar um táxi se meu carro não for de seu agrado.

Sua limusine era tentadora. Era um Opel P4 azul-escuro que estava até brilhando com as gotas de chuva deslizando na carroceria reluzente.

– Eu lhe imploro, Gertie – repetiu ele com a voz rouca. – Não torne as coisas ainda mais difíceis para mim.

Ela estava congelando na entrada com aquele vento todo. De que lhe serviria ficar resfriada? Ainda estava no período de experiência e não podia se dar o luxo de ficar doente.

– Tudo bem…

Ele abriu a porta do carro para ela – era mesmo um cavalheiro à moda antiga e não sabia ser diferente. Depois deu a volta no carro, fechou o guarda-chuva e sentou-se atrás do volante. O veículo cheirava a novo, a borracha e um pouco a gasolina. Com calafrios, ela ficou sentada no assento do carona com a bolsa no colo, olhando em frente, para o vidro dianteiro molhado de chuva.

– Está com frio?

– Não. Por favor, podemos ir agora?

– Claro.

Ele dirigia com segurança e parecia entender de carros. O que não era nenhuma surpresa: ele tinha dinheiro suficiente para comprar os modelos mais novos. Mas por que ela entrara naquele carro? Fora uma burrice, mas ele dissera aquelas coisas inimagináveis! Que não estava conseguindo dormir. Aí ela amolecera.

Ele não pegou o caminho direto para seu apartamento, mas como ela não sabia andar em Munique, ainda mais de carro, não teria podido dizer nada sobre os desvios que ele estava fazendo. Durante a viagem, ele ficou calado e parecia estar totalmente concentrado no trânsito, enquanto ela ficou sentada ao seu lado, imóvel e assustada, sentindo-se como um pássaro preso em uma gaiola. Finalmente, ele parou em frente à casa alugada na qual ela vivia. Aliviada, ela já esticava a mão para o puxador da porta para descer do carro.

– Dê-me cinco minutos, Srta. Koch. Peço-lhe, por favor!

Certo. Que ele falasse por cinco minutos. Ela poderia saltar do carro e sair correndo a qualquer hora.

– Tudo bem então. Cinco minutos. Estou ouvindo!

Ela falara em tom impertinente, quase insolente, mantendo a mão no puxador. Ele pigarreou. Ao que parecia, elaborara o que diria de antemão.

– Desejo me redimir, Gertie – disse ele, olhando para o painel de instrumentos. – O que fiz foi imperdoável. Feri profundamente sua honra e sua modéstia. Parti para cima de você como um selvagem, entreguei-me a meus desejos…

Meu Deus, pensou ela. Mas que drama ele estava fazendo. Não sabia que coisas assim aconteciam todos os dias entre chefes e suas estenógrafas?

– Sim, estou muito chocada – disse ela. – Mas agi adequadamente e me demiti de meu cargo. Com isso, a situação está resolvida para mim, Sr. Von Klippstein.

Ela mexeu no puxador, que fez um estalo, e as primeiras gotas de chuva entraram pela fresta da porta, começando a cair no estofado.

– Por favor, Gertie! – exclamou ele, perturbado. – Para mim, a situação não está resolvida de forma alguma. Por favor, deixe-me fazer entender: Não é de meu feitio julgar uma mulher somente por sua atratividade física. Mas a sua essência natural, sua boa índole, seu jeito cordial… Sinto muita falta de tudo isso. Não há nada que eu deseje mais ardentemente do que ter você de volta…

Mas por que ele sempre me chama de "Gertie"?, pensou ela, indignada. *Que atrevimento! E ainda por cima esse papinho sobre "boa índole". O que ele está achando? Que sou burra o suficiente para ficar aturando sua tirania? Ah, não, comigo, não.*

– Obrigada – disse ela, abrindo a porta com um empurrão forte. – Estou bastante satisfeita trabalhando na Max & Mayer, e, se o senhor decidir me demitir de lá também, encontrarei emprego em outro lugar!

Ela saltou do carro e ficou instantaneamente encharcada pela chuva.

– Não foi isso que eu quis dizer – disse ele. – Não é para você voltar como minha funcionária, Gertie. Quero que você seja minha esposa!

A porta do carro fez *claque* quando Gertie a soltou. Ela correu o mais rápido que pôde até a entrada da casa, que estava seca, pegou a chave de dentro da bolsa e abriu a caixa de correio como fazia de costume. Tinha uma carta do senhorio, uma conta da loja de chapéus e uma carta de… Ela se deteve.

Espera um pouco. O que ele dissera?

Ela devia ter sonhado aquilo. Afinal ele nunca perguntaria se ela queria se tornar sua esposa. Ou perguntaria? Aquilo não era possível. Um Sr. Von Klippstein e uma... uma estenógrafa...?

Ela deixou a caixa de correio aberta e virou-se. O Opel azul-escuro ainda estava em frente à entrada. Seu motorista saltara do carro e se esforçava para abrir o guarda-chuva grande. Era uma cena bastante ridícula, porque ele estava brigando contra o vento. Ela deu alguns passos em direção à rua, e ele foi apressadamente até ela com o guarda-chuva gigante tremulando na ventania.

– Acho que entendi o senhor errado – disse ela quando chegou perto dele.

– Você me entendeu muito bem, Gertie – disse ele. – Perguntei para você se deseja se casar comigo.

O corredor da casa de paredes sujas e com as caixas de correio embaçadas de repente começou a se mexer, as paredes giravam, as caixas de correio chocalhavam, o chão parecia ir ao seu encontro...

– Meu Deus! – Ela ouviu uma voz nervosa. – Gertie! O que há com você?

Ela não era do tipo de mulher que desmaiava. Também não chorava, pelo menos não quando tinha alguém por perto. Mas naquele momento ela estava fazendo as duas coisas ao mesmo tempo. Só por um ínfimo instante, é claro, depois sua visão ficou clara novamente, e as lágrimas escorriam por sua camisa. Porque ele largara o guarda-chuva e a segurava em seus braços.

– O senhor não está falando sério... – sussurrou ela.

– Diga sim, e eu peço a licença de casamento amanhã – sussurrou ele e beijou-a na bochecha encharcada de lágrimas. – Eu amo você, Gertie. Minha casa está vazia sem você.

Ele é louco, pensou ela. *Não devemos contrariar os loucos.*

– Então tudo bem – disse ela. – Se o senhor vai ficar tão feliz assim, digo sim...

12

Aqueles dias chuvosos lhe davam nos nervos. Lisa estava sentada no banco traseiro do carro e examinava seus sapatos molhados, chateada. Ela comprara cadernos, tinta e lápis, dois vestidinhos adoráveis para Charlotte, um xale de seda para ela e mais algumas lembrancinhas para dar de presente. Por fim, fora à tabacaria para comprar um cachimbo novo e um pacote de tabaco para Sebastian. Ele começara a fumar cachimbo... Bem, havia coisas piores. Pelo menos aquilo parecia melhorar seu humor, mesmo que por pouco tempo. Mas por causa disso eles haviam brigado de novo no dia anterior. Ela pedira a ele que fosse fumar o cachimbo na varanda ou pelo menos no salão dos cavalheiros, do outro lado da casa. Justificara-se, dizendo que ele estava dando um mau exemplo para os meninos, especialmente para Johann, que fora pego com um cigarro na escola algum tempo antes. Mesmo sendo um pedido razoável e formulado com gentileza, Sebastian o recebeu muito mal, e uma coisa levara à outra. Após a briga, ele fora caminhar no parque durante um bom tempo e só retornara à Vila dos Tecidos na hora do jantar.

– Para onde deseja ir agora, senhora? – perguntou Humbert, sentado ao volante com o guarda-chuva molhado ao lado.

– Para casa, Humbert. Acho que já resolvi tudo.

– Muito bem, senhora.

O coitado ficara encharcado ao acompanhá-la com o guarda-chuva aberto de loja em loja. Por sorte eles não corriam risco de se resfriar no carro, onde estava quente, mas as roupas molhadas eram realmente desagradáveis. É claro, agora que ela terminara as compras, parara de chover, e o sol vinha saindo. Quando passaram pelo Portão de Jakob já estava tão abafado no carro que ela começara a suar.

Por toda parte haviam surgido novamente lojas e comércios reformados ou recém-abertos. Aqui e acolá os estabelecimentos tinham trocado de dono. A tabacaria fora mantida algum tempo antes pela Sra. Rosenhag, mas ela sumira já fazia meses. Agora um homem mais velho, chamado Sr. Gottwalt, ficava atrás do balcão e cumprimentava as pessoas com o habitual "Heil Hitler".

Que forno que estava no carro agora! Ela levantou um pouco a saia que colava nas pernas e notou um pedacinho de papel grudado em sua mão. Nitidamente alguém rasgara uma folha de papel na qual tinha algo escrito. Será que era uma folha de caderno? Mas é claro, o que mais seria? Johann tirara "insuficiente" na redação mais uma vez e rasgara a página do caderno para jogá-la pela janela escondido. Como Humbert não notara nada? Ele fora incumbido, algumas semanas antes, de buscar Johann na escola, porque o menino gostava de fazer asneiras e travessuras. Ela tentou decifrar algumas palavras, e então se deu conta de que não era uma redação de escola, mas uma carta. Além disso, a letra era uniforme e muito nítida. Era impossível que Johann tivesse escrito aquilo. Olhou à volta no carro e percebeu que havia mais pedacinhos de papel. Lisa bufou. Catá-los no pequeno espaço do carro não era nada fácil, ainda mais para ela, que era rechonchuda. Mas não queria deixar aquela tarefa a cargo de Humbert de jeito nenhum, pois era perfeitamente possível que se tratasse de uma situação comprometedora que não dizia respeito aos empregados.

Em frente à entrada da Vila dos Tecidos, Lisa pegou o pacote da tabacaria e foi ajudada por Humbert ao descer do carro. Auguste, que vinha em sua direção para ajudá-la, poderia levar o resto das compras.

– Mas que tempinho ruim, senhora! – resmungou Auguste. – Os meninos foram com Charlotte ver os cavalos. Vão estar com os sapatos cobertos de esterco quando voltarem.

Lisa deu uma olhada no grande relógio de pêndulo no átrio e viu que já eram quase cinco horas.

– Então vá até lá depois e assegure-se de que eles compareçam ao jantar de banho tomado e de roupas limpas, Auguste! – ordenou ela.

Ela não tinha nada contra os meninos andarem pelo estábulo, mas o fedor que ficava nas roupas era insuportável na sala de jantar. Até a tia Elvira, que amava seus cavalos como se fossem filhos, sempre trocava de roupa antes das refeições.

– Meu marido está no salão dos cavalheiros? – perguntou ela para Auguste enquanto subia até o primeiro andar.

Ela queria entregar logo seu presente. Tinha certeza de que ele ficaria emocionado e lhe pediria perdão.

– Acho que não, senhora – respondeu Auguste. – Ele foi fazer uma caminhada.

Lisa suspirou, aborrecida. Sebastian já estava andando pelo parque novamente! Parecia até que aquele homem tinha formiga no traseiro. Não sabia o que fazer para se ocupar e chateava todos à sua volta. Estava negligenciando até as crianças, que até então eram tão importantes para ele, e quase não monitorava mais os deveres de casa. Havia muito tempo que Sebastian não participava dos jogos de bola no parque com Hansl e Fritz. Só às vezes Lisa o via andando no gramado de mãos dadas com Charlotte, que enchia o pai de perguntas. Algum tempo atrás ele ficava encantado com a curiosidade da filha, pensou Lisa. Agora ele parecia incomodado. E a menina gostava tanto do pai. O que acontecera com ele? Ela praticamente não reconhecia mais seu Sebastian!

De repente uma terrível suspeita lhe passou pela cabeça. Ela ficou parada no corredor e respirou fundo. Seria isso? Mas não podia ser. Ou será que sim? Será que ela fora cega aquele tempo todo?

– Obrigada, Auguste – disse ela quando estavam em pé na sala. – Deixe que eu mesma guardo as compras. Pode ir cuidar das crianças.

– Certo, senhora!

Lisa sentou-se em uma cadeira e abriu sua bolsa com as mãos trêmulas. Empurrou para o lado as xícaras de chá, a tigela com biscoitos, o vaso de flores e todo o resto que estava ocupando espaço e colocou os pedacinhos de papel em cima da mesa. Era mais fácil começar pela borda. Lá estava a data... A carta era de alguns dias atrás. Se aquilo fosse mesmo uma carta de amor para seu marido, aquela mulher tinha uma letra excepcionalmente pequena e uniforme.

Ela parou, franziu a testa e decifrou as palavras em um dos papeizinhos: "... *querido Paul,*". Graças a Deus! A carta não era endereçada para Sebastian, mas para seu irmão. Como pudera ter uma suspeita ridícula daquela! Agora estava envergonhada por pensar aquilo, o que não lhe impediu de continuar montando a carta. Afinal, já começara mesmo... E, além disso, queria saber, por interesse puramente familiar, por que Paul jogaria uma carta rasgada no carro.

O que se revelava diante dela, palavra por palavra e frase por frase, lhe parecia absurdo. A carta era do ex-marido de Tilly, Ernst von Klippstein. E o que ele escrevera ali era revoltante. Marie, uma judia? Mas aquilo não era possível! Marie era um deles, era um dos Melzers da Vila dos Tecidos. Como podiam caracterizá-la como judia? E ainda por cima as três crianças inocentes também! Os filhos de Paul eram "mestiços" que não tinham mais lugar aqui em seu lar, na bela Augsburgo?

Se nosso pai tivesse visto isso, pensou ela, limpando o suor da testa com um lencinho, *teria tido um surto de ira. Nunca teria deixado que um sangue de seu sangue fosse ofendido daquela maneira. Isso só pode ser uma perversidade daquele Sr. Von Klippstein, que quer se vingar da pobre Tilly*, pensou ela, sentindo-se aliviada.

Aquilo não tinha importância. Por isso Paul rasgara a carta. Com certeza devia tê-la jogado pela janela durante o trajeto, e o vento jogara os pedacinhos de papel de volta dentro do carro. Teria ele mostrado a carta para Marie? Certamente não. Ela só a deixaria triste...

Alguém bateu na porta, e Hanna entrou.

– Perdão, senhora – disse a menina, fazendo uma reverência. – A Sra. Melzer e a Sra. Scherer estão lá embaixo no átrio e trouxeram um monte de quadros. A Sra. Scherer está perguntando se a senhora deseja pendurar alguns deles em seus aposentos.

– Quadros? – perguntou Lisa sem entender nada. – Que quadros minha irmã trouxe para cá? Por acaso ela esteve em um leilão?

Hanna fez um gesto com os braços como quem se desculpa.

– Infelizmente não sei, senhora.

Lá vinha Kitty de novo com suas maluquices! Lisa colocou o bule de chá e duas xícaras em cima da carta mais ou menos reconstituída para que os pedacinhos não saíssem voando. Depois se levantou, ofegante, e foi até as escadas para ver o que estava acontecendo no átrio. Pôde ver Humbert carregando um trambolho enrolado em tecido branco para dentro da casa. Else o seguiu com dois quadros menores que apoiou cuidadosamente contra o guarda-roupa, junto aos outros. Kitty e Marie estavam supervisionando o transporte.

– Meu Deus! – exclamou Lisa. – Por acaso vocês querem fazer uma exposição? Aqui na Vila dos Tecidos?

Quando as duas olharam na direção de Lisa, ela se deu conta de quanto Marie estava pálida e infeliz.

– Aí está você, Lisa! – exclamou Kitty. – Temia que ainda estivesse na cidade comprando todo tipo de bugigangas desnecessárias. A mamãe está por aqui? Não? Estes são os quadros da mãe de Marie, que buscamos na galeria de arte. Imagine só, aqueles bárbaros não querem mais exibi-los...

– Os quadros da mãe de Marie? – indagou Lisa.

Ela estava apavorada, para dizer o mínimo, pois conhecia as pinturas "selvagens" de Louise Hofgartner. Mas, como Marie também estava lá embaixo e parecia terrivelmente triste, Lisa se conteve. Não queria magoar a cunhada de jeito nenhum.

– Bem – disse ela alongando a vogal. – Com certeza acharemos um lugar para eles aqui na Vila dos Tecidos.

– Também achamos isso – respondeu Kitty, contente. – Venha logo até aqui, Lisa, e escolha alguns deles para você. Este nu artístico, por exemplo, ficaria magnífico no quarto de vocês.

E era isso que ela recebia por ser atenciosa! Lisa desceu as escadas em um ritmo comedido enquanto refletia freneticamente sobre qual seria a melhor forma de se safar daquele dever familiar desagradável. Os quadros da Sra. Hofgartner podiam ser grandes obras de artes, mas, fora isso, Lisa achava-os medonhos. Pelo menos a maioria deles.

– Sabe, Marie – disse ela com cautela. – Se você não se opuser, gostaria de pendurar um ou dois dos quadros em meus aposentos. Mas primeiro preciso falar com Sebastian. E, em hipótese alguma, um nu artístico. Os meninos estão em uma idade complicada, entende?

Marie balançou a cabeça, sorrindo.

– Por favor, não se sinta obrigada a nada, Lisa – disse ela. – Se um dos quadros lhe agradar e você achar que ele ficará bom em seus aposentos, pegue-o para você. Humbert levará os outros para o sótão.

– Talvez um dos pequenos – respondeu Lisa, aliviada. – Tinha aquelas belas paisagens e alguns desenhos em sanguínea...

Infelizmente, como de costume, sua irmã Kitty continuava terrivelmente inflexível. Rasgara a capa de tecido do nu artístico e descortinara aquela mistura horrorosa de nádegas, seios e outras coisas impronunciáveis que flutuavam na tela em distintos tamanhos e cores, como se uma súbita explosão tivesse decomposto o casal de amantes em pedaços.

– Veja só estas cores, Lisa! – disse ela com entusiasmo, colocando o quadro em um degrau da escada para que elas pudessem examiná-lo melhor.

– Este efeito sugestivo! Esta dinâmica! Ninguém consegue fugir do poder do erotismo, o Deus Eros nos tem todos sob seu feitiço...

Lisa pigarreou, constrangida, e desejou em seu íntimo que Kitty voltasse para a Frauentorstraße, onde era seu lugar.

– Não sei o que Sebastian achará disso, Kitty – disse Lisa, insegura. – Ele ainda está um pouco... sensível nesses assuntos. E, além disso, é grande demais para o quarto. E aquele belo desenho que você fez está pendurado em cima da cama...

– Ah! – exclamou Kitty, rindo. – Você ainda tem aquela velharia? Pode pendurá-la no corredor. Venha, vamos fazer um teste. Lembre-se de que você é coproprietária destes quadros. Naquela época, coletei fundos para comprá-los, e você contribuiu. Ou seja, uma parte destes quadros incríveis e únicos lhe pertence. É claro que você também poderia pegar uma das pinturas figurativas. Desta série com estes seres exuberantes em distintas posições...

– Não, obrigada! – exclamou Lisa depressa. – Se for para escolher um, então essa representação abstrata...

– Talvez você tenha razão – respondeu Kitty, dando de ombros. – De exuberante já basta você. Deixe-nos só segurar o quadro em cima da cama para verificar melhor seu efeito. Vamos levar estes outros com as vistas posteriores também, você pode pendurá-los em sua sala de estar sobre o bufê. Sempre tenha em mente, Lisa, que estes quadros são um investimento...

Não tinha jeito, ela tinha que concordar. Kitty não lhe daria sossego enquanto aquela obra de arte fatídica não estivesse pendurada em seu quarto. Depois que sua irmã fosse embora, tiraria o quadro da parede na hora e restabeleceria a situação prévia. Principalmente por causa de Sebastian. Ele estava muito irritadiço no momento, e ela não precisava de mais um motivo para brigas.

– E aí? – perguntou Kitty de forma triunfante enquanto se ajoelhava na cabeceira da cama de casal, amassando os travesseiros amontoados e levantando o quadro pérfido lá em cima. – Admita, Lisa, está maravilhoso! Este lugar também é perfeito em termos de iluminação. Você verá que Sebastian ficará muito satisfeito com essa mudança. E cá entre nós, Lisa: Uma pintura erótica destas pode ter um efeito imensamente positivo na vida do casal. Ela dará novo fôlego ao amor de vocês. Seu marido cansado redescobrirá lados dele há muito esqueci...

– Está bem, Kitty – disse Lisa, interrompendo-a com impaciência. – Coloque-a ali e pronto. Está tudo resolvido.

Naquele momento Marie entrara na sala.

– Kitty! – exclamou ela energicamente. – Por favor, deixe sua irmã decidir! Fico desconfortável quando você a pressiona assim!

– Por que você está aborrecida, Marie querida? – replicou Kitty. – Tudo está na mais perfeita ordem. Tem chá? Preciso de uma xicarazinha agora.

– Ainda tem um bule cheio aqui. Mas acho que o chá já deve estar frio – respondeu Marie.

– É dele frio que gosto mesmo. Já estou indo, Marie!

Enquanto falava, Kitty colocara o quadro fatídico em cima do travesseiro esmagado e descera de cima da cama. Lisa achou ultrajante vê-la escalando sua cama de forma tão acintosa.

Irritada, foi atrás da irmã, que caminhava agilmente em direção à sala, onde Marie já se sentara no sofá. Ela não olhou para ela, mas tinha o olhar fixo na toalha de mesa. Ou melhor, no que estava em cima da toalha de mesa. Meu Deus, que desagradável! Marie levantara o bule de chá e descobrira a carta rasgada. Naquele momento, ergueu a cabeça, e os grandes olhos castanhos assustados de Marie comoveram Lisa profundamente.

– Isso… isso não passa de um absurdo sem lógica, Marie – balbuciou Lisa, constrangida. – Achei a carta no carro. Paul deve tê-la rasgado e jogado pela janela. Mas o vento…

– Entendi… – disse Marie em voz baixa. – Você leu a carta, não leu?

Lisa assentiu, sentindo vergonha. Como uma espiã se metendo em assuntos que não lhe diziam respeito.

– A princípio achei que… que poderia ser uma redação de Johann… – respondeu ela, constrangida, preferindo se calar sobre as outras suspeitas que tivera.

– O que houve? – perguntou Kitty com curiosidade. – Por acaso vocês acharam alguma carta comprometedora? De Paul? Isso seria o destaque da temporada. Posso ler, Marie? Ou é altamente confidencial?

– Por favor, leia – disse Marie, levantando-se para liberar espaço no sofá para Kitty. – É uma carta de Ernst von Klippstein para Paul.

– De Klippi? Ai, meu Deus – disse Kitty. – Então não me admira que Paul a tenha destruído.

Enquanto Kitty lia, Lisa e Marie ficaram paradas no quarto em silêncio, cada uma absorta nos próprios pensamentos. Reinava um silêncio apreensivo. Kitty decifrou a carta com a testa franzida. De vez em quando bufava, indignada, e dizia frases como "Isto é inacreditável!" ou "Ele não mudou nadinha, aquele canalha!", mas, por fim, recostou-se e olhou para Marie com um olhar de ira.

– É isso que ele deseja, esse traidor sorrateiro. Semear discórdia entre você e Paul, é isso o que ele quer. Ele estava interessado em você desde o início, Marie. Que ameaças cruéis! Mas não se preocupe. Estamos aqui. Nós, Melzers, ficamos juntos como unha e carne quando a coisa aperta. O Sr. Von Klippstein pode engasgar em suas ameaças!

Como Marie não disse nada, Lisa se sentiu obrigada a dizer algo.

– Kitty tem razão, Marie. Você é uma de nós, faz parte da Vila dos Tecidos. Ninguém tem o direito de chamá-la de judia…

– Mas eu *sou* judia – disse Marie, sorrindo de uma forma estranhamente triste. – Meu pai era judeu e provavelmente minha avó materna também. Nunca refleti sobre isso, porque não tinha a menor importância até hoje. Mas agora…

Ela parou de falar, e seus olhos vaguearam pela sala como se estivessem procurando algo. Um ponto de apoio que não podia ser encontrado em lugar nenhum.

– Se a fábrica for à falência por minha causa… – pronunciou ela com a voz embargada. – Não sei o que farei.

Kitty ficara calada por um momento, o que era bastante incomum para ela. Mas logo tomou a palavra novamente.

– Isso é um disparate, Marie. A fábrica está indo de vento em popa e permanecerá assim. E você tem muitas clientes no ateliê. Não tem razão alguma para acreditarmos nessas mentiras terríveis.

– Talvez… – disse Marie baixinho. – Talvez vocês estejam certas. Posso levar a carta, Lisa? Quero falar com Paul sobre ela.

– É claro! – exclamou Lisa de imediato. – Leve-a, Marie. Ela foi destinada a Paul. Eu simplesmente a… encontrei. E, por favor, não fique preocupada com essa besteira. A gente sempre imagina as coisas piores do que são, não é mesmo?

– Obrigada, Lisa.

As vozes dos três filhos dos Winklers, que subiam as escadas para o primeiro andar com a companhia enérgica de Auguste, encheram o recinto. Marie recolheu os pedacinhos de papel e segurou-os na mão.

– Você vai ficar para o almoço, Kitty? – perguntou ela.

Kitty respondeu que não, pois prometera a Tilly que sairia com ela.

– Amanhã irei ao ateliê, Marie – prometeu ela, levantando-se do sofá de um pulo para abraçar Marie.

Quando Marie já tinha ido embora, Kitty chiou com Lisa, furiosa.

– Isso era mesmo necessário? Se é para ler as cartas dos outros, pelo menos não as deixe por aí na vista de todo mundo!

Lisa quis se defender, mas Kitty virou-se, furiosa, e foi embora. Era possível ouvir o barulho de água vindo do banheiro: os pestinhas deveriam estar lavando o rosto e as mãos. Lisa ouviu seu filho Johann brigar com raiva com a irmã, pois ela tomara o sabonete. Com o raciocínio rápido, correu até o quarto para tirar o quadro de arte abstrata da parede, mas era tarde demais. Sebastian já estava lá.

– Meu amor – disse ele gentilmente. – Espero que você não tenha se preocupado com a minha longa ausência.

Ela estava confusa. Ele fora tão simpático; ao que parecia, não tinha visto o quadro horroroso ainda. Tinha uma lata em cima de sua penteadeira, e em cima dela havia um pano velho e imundo.

– Perdão – disse ele enquanto tirava o casaco e o pendurava em um cabide. – Já vou tirar isso daí.

– O que é isso? – perguntou ela com nojo.

– Terebintina, meu amor. Preciso disso para limpar nossa cidade dos elementos subversivos.

Ele sorriu para ela. Parecia satisfeito consigo mesmo e com tudo à sua volta. Mas o instinto de Lisa lhe dizia que havia alguma coisa acontecendo. Algo estranho. Algo perigoso.

– Você quer... limpar nossa... cidade? – perguntou ela, confusa.

– Sim, Lisa – respondeu ele com orgulho. – É uma tarefa importante, e vou me dedicar a ela com todas as minhas forças.

13

Henni estava revoltada. Planejara aquela magnífica viagem de trailer com antecedência, recorrera a seus truques, arranjara um cargo para a prima Dodo, e o que conseguira com aquilo tudo? Um Leo mal-humorado e irritante que não parava de resmungar se questionando por que raios se deixara convencer a andar por aí naquela lata de sardinha enferrujada. E olha que o tempo estava ensolarado e quente naquela manhã. As poucas nuvenzinhas brancas no céu pareciam prometer um lindo dia de verão. Mas Dodo tinha que azarar as coisas novamente.

– Parece que o tempo está armando no oeste. Estou com um pressentimento.

Em sua empolgação, Henni não acreditara em uma palavra que ela dizia. Por que Dodo deveria entender mais sobre o tempo do que os reles mortais? Só porque se considerava aviadora? Acampar por aí durante três dias com Leo pertinho dela, aquilo seria um sonho. E, mesmo que chovesse, a vantagem seria o fato de que precisariam ficar mais próximos um do outro.

De forma geral, o clima da Frauentorstraße anunciava uma catástrofe e ela estava feliz por sair de lá. Tia Tilly estava insuportável fazia semanas; brigava todos os dias com vovó Gertrude por causa de qualquer coisinha sem importância, e, quando elas jantavam juntas, ela quase não dizia uma palavra. Mal comia e voltava para seu quarto.

– Pobrezinha – disse Kitty, balançando a cabeça. – Nossa Tilly sofre mais com as coisas do que as outras pessoas.

Como se isso fosse uma desculpa para mau comportamento. Todos dali de casa sabiam o que tia Tilly tinha. Ela dera um fora no simpático Dr. Kortner e agora estava arrependida. E daí? Que fizesse as pazes com ele. Por acaso era tão difícil assim?

Além disso, parecia que sua mãe e tio Robert estavam de segredinhos fazia alguns dias. Quando Henni chegava na sala, eles interrompiam a conversa e sorriam de um jeito tão peculiar que qualquer um teria desconfiado de algo. A avó Gertrude parecia estar por dentro do que quer que estivesse acontecendo, mas também não queria dar com a língua nos dentes. Só suspirava e fazia uma expressão de preocupação.

De qualquer forma, Henni ficara muito feliz quando Dodo estacionara de manhã em frente à casa na Frauentorstraße com o carro da tia Marie e o trailer. Apenas dois dias antes, elas haviam duvidado de que a oficina conseguisse terminar de montar o engate de reboque. Na noite anterior, quando Dodo buscara o carro na oficina, elas tinham levado horas para arrumar os mantimentos e as outras coisas, guardar o toldo e tornar o trailer confortável. Tudo fora limpo até ficar brilhando. Hanna as ajudara, e Auguste costurara estofados novos por um dinheirinho extra.

Elas haviam trabalhado como condenadas. O único que não levantara um dedo fora o príncipe Leo. Agora estava sentado no carro, ao lado de Dodo, e apenas dissera com um sorriso:

– Bem-vinda à casinha de bonecas, priminha!

Ele achara as cortinas "ridículas" e dissera que lá dentro fedia como um bordel. Mas ela só dera duas míseras borrifadas do perfume de Kitty nos estofados para eles não sentirem mais o cheiro ruim que o antigo proprietário deixara. Bem, era só deixar as janelas abertas e o perfume se dissiparia rapidinho.

– Você vai ficar no carro ou prefere ficar comigo no trailer? – perguntou ela para o primo. – Lá você pode ficar sentado à mesa e escrever se quiser.

– Não, obrigado, não tem necessidade.

Tudo bem, então não. Ela teria três dias inteiros. Em algum momento conseguiria convencê-lo. Por ora ele estava sentado ao lado da irmã no carro e parecia ter uma ótima conversa com ela. Ah, Dodo e Leo. Os dois inseparáveis. Ainda ficavam colados um no outro que nem carrapatos apesar de seguirem caminhos bem distintos. Henni entrara no trailer, trancara a porta por dentro para que ela não se abrisse durante o trajeto, e a viagem começara. Combinara com Dodo que eles seguiriam em direção ao Danúbio, de preferência até Dillingen. De lá poderiam passear um pouco ao longo do rio, ficar deitados à margem ou ao sol, passar a noite onde lhes agradasse, entrar na água e depois voltar para Augsburgo passando por Gunzburgo. Esse era o plano. Mas é claro que eles não precisavam segui-lo à risca: se gostassem de algum lugar, poderiam ficar mais tempo lá ou mudar o trajeto conforme lhes conviesse.

Antes de tudo, ela percebeu que o trailer fazia barulho e balançava tanto que seria impossível escrever ou fazer algo parecido durante a viagem. Andar de um lado para outro também não era fácil: ela precisava se segurar firme para não ser jogada contra a parede ou o armário da cozinha. E a ideia de colocar a louça na prateleira fora péssima. Já no caminho de Augsburgo em direção a Gersthofen, ficara com as mãos ocupadas apanhando as xícaras e os pratos para colocá-los em um local seguro. Naquele momento ficara feliz por Leo estar lá na frente no carro, porque ele teria se acabado de rir dela.

Após Gersthofen começou a chover forte, e ela precisou fechar as janelas. Bom, aquela chuva poderia vir a calhar. A vedação do capô do carro da tia Marie não estava boa, e tinha pelo menos dois pontos por onde a água entrava. Não demoraria muito para que Leo ficasse desconfortável no carro; afinal o Sr. Músico era sensível. Assim eram os homens. Saíam às turras por aí, fraturavam costelas e ficavam com o olho roxo, mas, se ventasse um pouquinho ou se houvesse um cheiro ruim em algum lugar, reclamavam sem parar. Graças a Deus o olho de Leo estava normal de novo e não restara nenhum vestígio da briga. Só o corte na sobrancelha ainda tinha uma casquinha, e pelo visto ele ficaria com uma cicatriz. Mas Henni achava que Leo ficava interessante daquele jeito.

A chuva não queria dar trégua. Talvez a nuvem chuvosa os acompanhasse até o Danúbio. Henni ajoelhou-se no estofado e olhou para a paisagem que ficava para trás através da janela traseira. Ali era uma graça: tinha muitos milharais e campos com vacas marrons. Do lado direito tinha árvores e arbustos, e o rio Lech fluía com tranquilidade. Eles deveriam chegar em Langweid em breve, ou será que já tinham passado por lá? Infelizmente Leo parecia não se incomodar com a capota vazando, pois Dodo seguia o caminho tranquilamente. Eles ultrapassaram um grupo de ciclistas jovens que acenara para eles. Todos haviam vestido o capuz de seus casacos e pedalavam loucamente contra a chuva e o vento. Em comparação com eles, a viagem no trailer era muito mais agradável. Eles chegaram a Langweid, passaram pela estrada de terra esburacada e retornaram à via principal, no outro lado da cidade. Agora Dodo precisava se manter à esquerda, no sentido de Biberach em direção a Wertingen.

Na verdade, era monótono ficar sozinha no trailer. Por que Dodo não parava? Em primeiro lugar, Henni precisava fazer xixi. Além disso, estava com fome e sede. Já eram onze da manhã, hora do segundo desjejum, e ela comprara pãezinhos frescos especialmente para eles naquele dia. Uma pena que não conseguissem se comunicar: mesmo que ela se inclinasse para fora da janela do trailer e gritasse algo, eles não escutariam nada por causa do barulho do motor. Mas onde é que estavam afinal? Já haviam passado por Biberach? Henni ajoelhou-se novamente no estofado para olhar pela janela traseira, mas não descobrira nada de interessante à direita ou à esquerda além da estrada empoeirada e dos milharais amarelos.

Ou será que sim? Alguma coisa passara rolando pela estrada. Um pneu. Ou uma roda. O que uma única roda estava fazendo sozinha na estrada rural?

Naquele momento o trailer se inclinara para o lado, e ela ouvira um som terrível de fricção. O veículo então começara a tremer e fazer um barulho altamente assustador, e a frigideira que estivera pendurada na parede saiu voando e por pouco não acertou a cabeça de Henni.

– Socorro! – berrou Henni. – Pare! Dodo! Não está me ouvindo?

Mas Dodo continuou dirigindo. Inacreditável! Se estivesse em um avião, imediatamente teria percebido que tinha algo errado, mas nem se deu conta de que perdera uma roda do trailer. Henni arrastara-se até a porta, abri-ra-a, quase caindo para fora, e berrara a plenos pulmões.

– Paaareee!

Finalmente Dodo ouviu algo, e o carro desacelerou e freou. Henni pulou para fora do trailer e saiu andando pela estrada, furiosa, enquanto Dodo saltava do carro no mesmo instante.

– Vocês são surdos e cegos? – berrou Henni. – Quase morri, todos os pratos caíram em cima de mim, e a frigideira…

– Cadê a roda? – perguntou Dodo.

– Não tenho a menor ideia. Deve estar rolando na direção de Augsburgo.

Dodo já estava agachada do lado acidentado do veículo, examinando a suspensão das rodas.

– Como algo assim pôde acontecer? – perguntou Leo, descendo do carro.

– Porcaria! – esbravejou Dodo, futucando a suspensão. – Os parafusos estão completamente enferrujados. O último ainda está aqui e está trincado. Espero que o engate do reboque tenha sobrevivido.

O engate estava levemente empenado, mas ainda preso com firmeza. Os três ficaram parados na chuva, pensando sobre o que poderiam fazer. Buscar a roda era uma boa ideia, mas infelizmente eles não conseguiriam desacoplar o trailer do carro naquela posição torta, e a pé precisariam de horas para encontrar a roda fujona e trazê-la de volta.

– Então vamos pegar o estepe – disse Dodo. – Pegue as ferramentas, Henni. Também tem parafusos lá.

O estepe estava preso na parte traseira do trailer e era facilmente removível. O mais difícil era levantar o trailer para que Dodo pudesse encaixar a roda no local certo.

– Não posso levantar peso por causa das costelas fraturadas – explicou Leo.

– Então você coloca a roda no lugar, Leo. E nós duas levantamos o trailer – ordenou Dodo.

Mas o trailer, carinhosamente chamado de lata de sardinha, era mais pesado do que imaginavam. Não conseguiram levantá-lo.

– E agora? – resmungou Leo, tentando limpar os dedos sujos de graxa na grama.

– Agora vamos lanchar até alguém passar por aqui – disse Henni.

– Ótima ideia!

Finalmente! Aquele fora o primeiro comentário gentil que Leo fizera para ela naquele dia. Henni subiu no trailer torto, quase caiu dentro da estante da cozinha e encontrou, por fim, a cesta com os pãezinhos. Pegou também presunto, linguiça, geleia, uma faca e um prato...

– Henni, guarde tudo de novo. Temos ajudantes! – berrou Dodo lá de fora.

No mesmo momento, o trailer se movimentou e ficou reto novamente, e Henni escorregou para cima do estofado junto com a cesta de pãezinhos e a linguiça. Os ciclistas haviam-nos alcançado e mostravam-se solícitos e muito fortes.

– A roda de vocês está na altura de Gersthofen em um campo – informou um dos rapazes com um sorriso. – Quando a vimos, pensamos logo que só poderia ser do trailer.

Henni sorriu de volta para ele em gratidão. Era um rapaz simpático e tinha mais músculos do que cérebro, mas era muito útil para serviços pesados.

– Vocês querem comer pão com linguiça? – perguntou ela.

– É claro! Passe para cá!

Henni distribuiu pãezinhos e cortou a linguiça, que eles comeram na hora com a mão. Os ciclistas retribuíram com algumas garrafas de cerveja, e foi bem agradável. Eles visitaram o interior do trailer, falaram sobre o tempo, reclamaram de buracos nos pneus das bicicletas e camponeses avarentos que não davam nem uma caneca de leite, que dirá um teto para pernoitar sem cobrar por isso.

– Vocês estão bem melhor dentro da lata de sardinha!

A princípio aquilo era verdade, mas na prática não necessariamente. A confiança de Henni naquele veículo fora abalada. Por isso preferira continuar a viagem no carro junto com Dodo e Leo. Lá também não era tão aconchegante assim: suas roupas estavam úmidas, eles tremiam de frio, e as reclamações de Leo também não contribuíam para melhorar o ânimo.

– Se eu soubesse que esse trambolho estava tão enferrujado, não teria vindo junto. Agora ficaremos resfriados com essas roupas molhadas e amanhã estaremos todos fungando. Acho que deveríamos passar a noite em uma pousada. Não vou dormir nesta lata de metal perfumada de jeito nenhum. Só o cheiro já me deixa enjoado…

– Na verdade, é para você dormir na barraca – disse Dodo com um sorrisinho.

– Na chuva? – resmungou Leo. – Com este frio? Sob hipótese alguma!

– Não seja assim, irmão do meu coração – disse Dodo, que também estava ficando irritada com o irmão. – Se você estivesse em casa, estaria contando carretéis de linha na fábrica neste momento.

– Mas pelo menos estaria seco…

– A liberdade e a aventura têm seu preço!

Henni achou que Dodo tinha atuado de forma impecável. Fora ela quem suara mais que todos os outros na troca da roda, que ficara com as roupas sujas e os dedos melados de graxa, mas não reclamava, tentando manter o clima positivo. Henni, que também se esforçava para disseminar otimismo, sugeriu que eles jantassem em uma pousada se a chuva desse uma trégua e descreveu a beleza das margens do Danúbio com cores brilhantes. Mas aquilo não fora fácil para ela, porque um desânimo desconhecido surgia em seu interior. Uma decepção que ela não queria admitir para si mesma, mas que pesava em sua alma. Leo era injusto e egoísta. Até então ela não percebera essas características dele!

De tarde, quando eles já haviam passado por Wertingen, o sol finalmente dera as caras, e a atmosfera melancólica sumira de vez. Dodo cantarolava uma musiquinha, Leo fazia a segunda voz, e Henni elaborara uma letra que até mesmo rimava para a melodia.

– O trailer a ranger, o telhado a balançar
Clique claque...
A roda direita chegou a fraquejar
Clique claque...
Com engate torto e parafusos com ferrugem
Seguimos dirigindo embaixo dessas nuvens
Clique claque, clique claque, clique claque...

Até Leo achara a letra engraçada e dissera que Henni era uma poetisa e que um dia lançaria uma coletânea lírica. Quando Dodo virara em uma estrada de terra, ele não dissera uma palavra, apesar de alguns momentos antes ter mencionado que queria passar a noite em uma pousada. A estrada de terra era cheia de buracos e raízes de árvores, o pobre carro da tia Marie rangia e reclamava, a suspensão estava nas últimas, e Henni não queria nem imaginar o que estava acontecendo dentro do trailer. Mas finalmente eles encontraram uma clareira maravilhosa e romântica, que, à luz daquele sol de finzinho de tarde, parecia até o cenário da peça *Sonho de uma noite de verão*, de Shakespeare. Tinha até um pequeno riacho correndo não muito longe da clareira entre as faias e os amieiros.

– Um jardim paradisíaco só para a gente! – exclamou Henni, celebrando. – Vocês dois montam a barraca, e eu faço café no fogareiro. Depois haverá *goulash*, que a vovó Gertrude já deixou semipronta. Espero que a tampa tenha resistido, senão o *goulash* se esparramou pela caixa de suprimentos.

– Pelo amor de Deus!

A amável avó Gertrude sabiamente prendera a tampa com elásticos grossos, e o jantar estava a salvo. Demorara um pouco até a refeição esquentar no pequeno fogareiro, mas o odor saboroso que lhes subia pelas narinas tornara o tempo de espera mais curto. Eles ficaram sentados de pernas cruzadas em volta da panela, encheram seus estômagos vazios e beberam refresco de framboesa para acompanhar. Tinha o famoso pudim de chocolate com calda de baunilha da Sra. Brunnenmayer, que perdera um pouco a forma com os tremores, mas ainda estava absurdamente delicioso. Leo confessara que aquele jantar era muito melhor que qualquer comida de pousada. Além de tudo, era romântico sentar à luz de velas na floresta ao anoitecer e ouvir os sons da natureza, apesar de não conseguirem ouvir muita coisa além das próprias conversas e risadas. Henni relatava os comentários secos e certeiros da avó Gertrude, e Dodo falava sobre seu primeiro voo solo, durante o qual seu professor, que assistia de terra firme, supostamente "prendeu duas vezes a respiração". Leo também relatara experiências engraçadas de Munique, mas Henni percebera que suas lembranças da Academia de Música estavam mais para deprimentes do que alegres. Por volta da meia-noite, as conversas rarearam; a vela queimou mais um pouquinho e se apagou.

Dodo bocejou e espreguiçou-se.

– Minhas pernas já adormeceram – afirmou ela. – E o resto também vai dormir agora. Vamos lavar a louça agora ou deixamos para amanhã?

– Deixamos para amanhã – decidiu Henni, que não estava com vontade alguma de ir até o rio naquela escuridão.

Como Leo estivera tão bem-humorado durante a noite, fez uma última tentativa.

– Você quer dormir no trailer, Leo?

– Se você não se importar, tudo bem.

– Ah, não me importo de jeito nenhum! – exclamou ela, satisfeita.

– Quis dizer, se você não se importar de dormir aqui fora na barraca.

– Na barraca?

– Sim, na barraca. Aí posso dormir no trailer junto com Dodo.

Ah, então fora aquilo que ele imaginara. Por que ela esperara, por um instante sequer, que ele se deitasse voluntariamente ao seu lado? E não teria sido nada de mais. Afinal de contas, eles já tinham dividido a banheira juntos quando crianças. Ainda que isso tivesse acontecido havia muito tempo...

– Não me importo, não – afirmou ela, irritada. – Se alguém quiser me atacar, baterei à porta.

– Mas não bata alto demais – disse Leo com um sorrisinho. – Tenho sono leve, você pode acabar me acordando.

Obrigada, Leo, um verdadeiro protetor cavalheiresco, pensou Henni enquanto arrastava a cama dobrável e dois cobertores de lã do compartimento de bagagem. Ela roubou a almofada de Leo enquanto ele fora rapidinho atrás de uma árvore, e aconchegou-se debaixo do toldo aberto – dentro dos limites da possibilidade do que significa aconchegar-se em uma cama dobrável com um cobertor de lã servindo de roupa de cama.

– Boa noite, Henni! – desejou-lhe Dodo. – Se precisar de alguma coisa, dê um grito, ok?

– Obrigada! – resmungou ela, cobrindo a cabeça com o cobertor de lã.

Ficou prestando atenção nos barulhos vindos do trailer por alguns momentos. Os irmãos haviam virado o banco e ajeitado as almofadas, depois conversaram baixinho. Dodo dera uma risadinha e Leo murmurara algo. Depois só era possível ouvir o estalido baixinho das árvores, aqui e acolá a grama farfalhando, provavelmente ratos-do-campo, e o borbulhar e correr do riacho. Henni adormeceu e teve um sonho estranho. Pelo menos ficou convencida, na manhã seguinte, de que sonhara com aquilo.

Estava com uma sede terrível, sentou-se e procurou o cantil, mas ele estava vazio. A lua cheia despontava sobre a clareira, e era possível enxergar o contorno de cada folha e cada arbusto. Um tronco morto fazia uma sombra escura sobre a grama. Do outro lado corria o riacho, bastava dar alguns passos até ele. Sua boca ficava cada vez mais seca. Se cervos e raposas bebiam a água do riacho, ela concluiu que também poderia fazê-lo. Calçou os sapatos, enrolou-se no cobertor de lã e caminhou devagar até a beira da floresta. Estava silencioso à sua volta, só uma vez algo pequeno e peludo passou correndo por ela, talvez uma raposa. Chegou então ao riacho. Que bom que seu barulho era tão alto, senão ela não o teria encontrado tão rapidamente. Ali, atrás dos troncos, estava mais escuro, as amplas cúpulas das árvores quase não deixavam a luz da lua penetrar. Ela desceu o barranco e agachou-se para encher o cantil. A água estava fria e fresca, corria depressa sobre suas mãos, espirrava para cima, e Henni, depois de beber alguns goles, sedenta, sentiu seu gosto refrescante e de terra da floresta. Então ouviu um barulho baixinho e levantou a cabeça. Alguém se movia na clareira. Ah, Leo acordara, provavelmente para fazer xixi. Ela esperou que ele não viesse ao riacho para isso, pois seria constrangedor. Aguçou o olhar e percebeu que Leo nitidamente se esforçava para fazer o mínimo possível de barulho ao mover-se. Ficou parado um momento junto à barraca, inclinou-se e analisou sua cama. Aquilo era muito estranho. De repente seu coração agitou-se. Será que ele queria ter uma conversa secreta com ela? Fazer um passeio ao luar? Ou até mesmo...

Naquele momento ele se virara em sua direção, e ela ficara paralisada. Aquele não era Leo! Era uma pessoa completamente estranha, e agora ela também conseguia ver que ele estava com uma mochila e um casaco esfarrapado. Meu Deus! Era um indigente que queria atacá-los e roubá-los! Logo tentaria abrir a porta do trailer para ameaçar os adormecidos desavisados com uma faca ou uma pistola: passem o dinheiro ou morram!

Mas o estranho passou reto pelo trailer e pela clareira e desceu em direção ao riacho. Henni ficou agachada na margem da água, imóvel, esperando ardentemente que ele a confundisse com uma pedra por causa do cobertor de lã nos ombros. O estranho era um rapaz jovem de cabelos escuros, magro, com os músculos definidos e que calçava botas de caminhada. A menos de dois metros de Henni, agachou-se à margem do rio e segurou seu cantil de metal na água. Henni observou-o e achou que ele não parecia um criminoso. Era lindo, isso sim. Tinha o rosto um pouco fino, mas bastante masculino com as maçãs do rosto acentuadas e as sobrancelhas escuras e espessas. Tinha uma boca bonita e um olhar bastante profundo, provavelmente não era uma pessoa muito alegre.

– Boa noite – disse ela baixinho.

Ele levou um susto tão grande que o cantil escorregou de sua mão. Mas ele conseguiu agarrá-lo rapidamente, antes que a correnteza o levasse embora.

– Boa noite – disse ele, fitando-a com atenção. – Só estou enchendo meu cantil, não quero atrapalhar você.

Ele bebeu um pouco de água e segurou o recipiente na correnteza novamente.

– Você está fazendo uma peregrinação? – perguntou ela com curiosidade.

– Sim – disse ele, fechando o cantil para pendurá-lo no cinto. – E você está viajando de trailer?

– Sim, meu primo, minha prima e eu – disse ela. – Estamos viajando pela primeira vez. Já perdemos uma roda no caminho.

Agora ele parecia mais simpático.

– Do carro ou do trailer?

– Do trailer. Ela voltou rolando para Augsburgo.

Ele sorriu. Como era lindo quando sorria! Quase tão lindo quanto Leo. Não, ele era bem diferente. Mas incrivelmente atraente.

– Vocês são de Augsburgo?

– Sim. Meu nome é Henni. Meu tio tem uma fábrica em Augsburgo, a fábrica de tecidos dos Melzers. Já ouviu falar dela?

Ele ainda sorria enquanto se levantava e ajeitava a mochila.

– Talvez sim – respondeu ele. – Agora preciso continuar a viagem. Boa noite, Henni.

– E como você se chama? – gritou ela em sua direção.

Ele se virou e acenou antes de desaparecer na escuridão sem dar qualquer resposta.

Então ele se fora, e o sonho terminou. Só o riacho continuava correndo sem parar.

14

— A uguste! – exclamou Hanna. – O postaleiro chegou!

Auguste colocou a xícara de café em cima da mesa e ajeitou o avental rendado branco, que tinha a tendência de desaparecer entre seus fartos seios e sua barriga.

– Agora chegou a hora do grande espetáculo de Auguste novamente – disse Humbert com ironia.

– Contanto que vocês se divirtam – replicou Auguste, aborrecida. – Só faço isso por todos nós aqui da Vila dos Tecidos. E não por diversão!

Com essas palavras, saiu da cozinha em direção ao átrio. Passou as mãos nos cabelos rapidamente e umedeceu os lábios com a língua antes de abrir a porta.

Agora o carteiro sempre descia comportadamente da bicicleta antes de fazer a saudação, e Auguste lhe retribuía o cumprimento matinal com um sorriso acolhedor.

– Heil Hitler, Sr. Hausner. O senhor nos trouxe um lindo dia de verão hoje!

– Especialmente para a senhora, Sra. Auguste! – respondeu ele. – Como vai? Dia cheio, não é mesmo?

– O trabalho não dá trégua, Sr. Hausner. Posso segurar a bicicleta enquanto o senhor pega as correspondências?

– Seria muito gentil de sua parte! Sabe, as cartas e as propagandas estão praticamente se multiplicando. Pela manhã, mal sei como dar conta de colocar tudo isso dentro das bolsas do correio. E a bicicleta fica pesada quando está tão carregada...

Quanta frescura deste magricela com sua meia dúzia de cartas, pensou Auguste. *Enquanto Maxl passa o dia inteiro carregando terra e arrancando ervas daninhas...* Mas ela evitou fazer um comentário nesse sentido e, em vez disso, sorriu com doçura e segurou o guidom da bicicleta com as duas mãos. Ela só precisara de poucos dias para domar o carteiro rabugento, como dissera Humbert. Fora bem simples: o que faltava ao jovem rapaz era nitidamente uma figura materna, e Auguste, que criara três meninos e uma menina, tinha mais experiência do que qualquer um nessa área. Àquela altura, a correspondência chegava por volta das nove horas na Vila dos Tecidos. Ainda era mais tarde do que o antigo funcionário trazia, mas o Sr. Hausner não era dos mais rápidos.

– Tem uma carta da América novamente – disse ele, entregando-lhe a pilha de correspondências para a Vila dos Tecidos. – Se for possível, gostaria de ficar com os selos. Será que a senhora poderia dar um jeitinho para mim?

Ele colecionava selos, o postaleiro. Especialmente os do exterior e de outros continentes.

– Farei o possível, Sr. Hausner. Então lhe desejo um ótimo dia. E faça as coisas com calma, a clientela não vai fugir do senhor.

– Com certeza não – disse ele, rindo, e subiu de novo na bicicleta. – Eles precisam esperar pacientemente até que eu chegue a eles. Tchau, Sra. Auguste!

Antes que Auguste voltasse para a Vila dos Tecidos, ainda lançou um olhar atento para o pasto dos cavalos, onde os trakehner da Sra. Elvira pastavam sob o sol. Não, nenhum sinal de Fritz, mas é claro que ele poderia estar no estábulo ou mais adiante, no outro campo, que não dava para enxergar de lá. Os irmãos haviam brigado feio. Maxl achava que seu irmão mais novo deveria trabalhar na floricultura nas férias de verão, mas Fritz preferia ficar na companhia dos cavalos e aprender a cavalgar com a Sra. Elvira. Na noite anterior, Maxl dera uma bela bofetada em Fritz para reforçar seus argumentos, e o menino de apenas dez anos fora correndo aos prantos até Auguste na Vila dos Tecidos. Mas ela não tivera tempo para o filho, porque precisara cuidar da Sra. Elisabeth, que brigara novamente com seu esposo e sofrera uma crise de nervos. Só à noite Auguste pudera ir até a floricultura e dar um sermão no filho mais velho. Se surtira algum efeito, ela não sabia.

Na cozinha, Humbert estava trazendo a primeira rodada da louça do café da manhã. Lá em cima, a Sra. Elvira e a Sra. Alicia ainda estavam sentadas tomando café e comendo pão com geleia, e era preciso tirar a mesa em duas etapas. Leo estava de cama, ele voltara três dias antes com Henni e Dodo de um passeio de trailer no qual pegara uma gripe terrível. Dodo estava bem, graças a Deus, pois era seu primeiro dia na Bayerische Flugzeugwerke, onde faria um estágio. Konstantin Brunner buscara o trailer e o carro da Sra. Marie na oficina mecânica no dia anterior. Alguma coisa quebrara na viagem.

Ela deu a pilha de correspondências para Humbert e sentou-se para terminar de beber o café que já ficara frio, sabendo que logo, logo seria chamada no anexo. A Sra. Brunnenmayer estava colocando passas e amêndoas na massa de um bolo, enquanto Liesel cortava vagem para o almoço. Hanna e Else já estavam no segundo andar para arrumar os quartos.

– Você bebeu seu leite, menina? – perguntou Auguste para a filha, Liesel. – Tem que beber uma xícara de leite quente todos os dias, a criança precisa disso para crescer e ficar forte.

– Não gosto de leite quente, mamãe – disse Liesel. – Prefiro comer mais um pãozinho com queijo branco.

– Pãezinhos não são bons para o bebê. Só servem para deixá-lo gordo e molenga.

– Isso não é verdade, mamãe!

– É claro que é. Não custa nada você ouvir sua mãe!

Agora Liesel já estava se sentindo muito melhor, os enjoos haviam passado, e ela desenvolvera um apetite vigoroso. A barriga ainda não dera as caras, mas ela dissera que já conseguia sentir o bebê. Infelizmente ela era teimosa e não queria acatar os bons conselhos da mãe, que não carecia de experiência em gerar filhos. Mas a Sra. Brunnenmayer e Else tomavam partido da menina.

– Auguste, deixe Liesel em paz e pare com suas regrinhas irritantes – reclamou a cozinheira mais uma vez. – Ela sabe muito bem o que é bom para ela.

– As grávidas precisam de orientação – falou Auguste, irritada. – Vocês duas virgens não entendem nada disso!

Agora sim ela lhes dera uma bela resposta. Especialmente para Else, que nos últimos tempos paparicava Liesel como uma galinha poedeira, o que era uma pedra em seu sapato. Quando chegasse à cozinha mais tarde, a primeira coisa que perguntaria, como sempre, era como estava a criança. E qual era a sensação de uma criança se mexendo na barriga da mãe.

– São como gases – respondera Liesel outro dia, e Else nem ao menos ficara vermelha, mesmo sendo tão sensível a esses assuntos.

– Mas o que é isso? – disse Humbert ao separar as correspondências. – Em uma carta está escrito: *Aos funcionários da Vila dos Tecidos*. O remetente é... não, não é possível... acho que estou ficando louco...

Ele colocou a carta de volta na mesa e esfregou os olhos.

– Meu Deus! – exclamou a Sra. Brunnenmayer, preocupada. – Não é nada do governo, não é mesmo? Esquecemo-nos novamente de pendurar as bandeiras vermelhas de Hitler?

– Não – disse Humbert, fitando-a com um olhar estupefato. – Está escrito que a remetente é a Sra. Gertie von Klippstein.

Auguste engasgou com o café e começou a tossir com tanta força que Liesel precisou dar batidas em suas costas.

– Deve ser uma piada – disse a Sra. Brunnenmayer.

– Abra logo, Humbert – pediu Liesel, curiosa.

Humbert abriu o envelope com uma faca de cozinha e tirou um cartão impresso de dentro. Era papel vergê com uma impressão dourada. Coisa fina!

– Apresentamos o feliz casal: Ernst von Klippstein e a Sra. Gertie von Klippstein, nascida Koch – leu ele em voz alta.

Um silêncio de atordoamento seguiu-se àquelas palavras. O cartão passou de mão em mão. Havia algo escrito em letra cursiva no verso. Só podia ser a explicação para aquela notícia particularmente estranha e bastante duvidosa.

– Leia em voz alta, Humbert – pediu a Sra. Brunnenmayer. – Estou com os dedos sujos de farinha e massa de bolo.

Justamente naquele momento a patroa tinha que tocar a campainha chamando Auguste. Furiosa, ela se levantou e correu até o corredor de serviço. A Sra. Elisabeth estava extremamente sensível naquele momento, e Auguste não podia se dar o luxo de hesitar e se demorar. Além disso, estava explodindo de curiosidade com o que Gertie escrevera! *Sra. Gertie von Klippstein!* Só podia ser uma mentira. Não fora um dia desses que ela reclamara de ser maltratada pelo Sr. Von Klippstein?

No anexo, não foi recebida pela Sra. Elisabeth, mas por seu marido, o Sr. Winkler.

– Querida Auguste – disse ele, sorrindo para ela como se precisasse se desculpar por pedir-lhe algo.

Auguste achava aquilo desagradável. Ela fora contratada como camareira e fazia seu trabalho de acordo com as instruções dos patrões. Ele não precisava se desculpar por aquilo. Mas ele era assim, o Sr. Winkler. Não se adaptara muito bem à Vila dos Tecidos.

– Peço-lhe que arrume as crianças para um passeio no parque e que vá ver minha esposa de vez em quando enquanto estivermos ausentes. Ela está deitada na cama com fortes dores de cabeça.

– É claro, senhor – disse Auguste.

Então ele estava com a consciência pesada por causa da briga do dia anterior e queria cuidar da prole naquele dia. Ótimo, aí ela descansaria um pouco. Quando muito, a patroa faria exigências a ela. Ela foi até os quartos das crianças, onde os descendentes dos Winklers já estavam às turras, escolheu as roupas adequadas, meias e sandálias e garantiu que Johann, Hanno e Charlotte descessem obedientemente com seu pai até o átrio. Os dois meninos se comportavam bem – até mesmo Johann. Só a menina era teimosa, uma moleca que brigava com os irmãos e respondia aos pais com atrevimento. Infelizmente Auguste precisava ser complacente com ela. Mas, se Charlotte fosse sua filha, receberia umas belas bofetadas.

– Por favor, busque as crianças no estábulo por volta de onze e meia – disse Sebastian enquanto Auguste abria a porta. – A Sra. Von Maydorn lhes dará uma aula de equitação após nosso passeio. E, por favor, não se esqueça de dar uma olhadinha em minha esposa.

– Pode deixar, Sr. Winkler. Desejo-lhes um bom passeio. Hoje está realmente um lindo dia de verão…

Impaciente, esperou que Charlotte escolhesse um bastão de caminhada do suporte de guarda-chuvas, depois fechou a porta às pressas e saiu correndo para a cozinha. Nesse ínterim, Hanna e Else também já haviam chegado e liam o cartão com letras douradas.

– Não, essa Gertie! – disse Hanna, sorrindo. – Ela é especial. Sempre soube que chegaria longe.

– Mas se tornou logo a Sra. Von Klippstein – disse Else, balançando a cabeça. – Não sei, não… Antigamente sempre diziam que uma moça não deveria se casar com alguém de uma classe superior.

Liesel estava ao lado do fogão com a vagem cortada e esperava a água ferver para branquear os feijões. Mas que nome esquisito! Afinal, os feijões não ficavam brancos nem nada, eles permaneciam verdes!

– Ah, Else! – disse ela, rindo. – Isso não é verdade. Na história, a pobre Cinderela fica com o príncipe.

– Mas só porque *na verdade* ela é filha de um rei – replicara Else.

Ela vinha lendo livros de fábulas, planejando poder recontar as histórias para o filho de Liesel no futuro.

Humbert já estava lá em cima, na sala de jantar, para tirar a mesa do café da manhã das duas senhoras. Auguste pegou o cartão da mão de Else e sentou-se à mesa com ele.

Meus queridos amigos da Vila dos Tecidos, estava escrito com uma letra fina e levemente inclinada para a direita. Auguste achou aquela saudação exagerada. Gertie nunca fora sua amiga: sempre tivera uma língua afiada demais para isso.

> *Há uma semana, eu e Ernst nos casamos em uma cerimônia discreta. Celebramos o dia em nossa mansão com conhecidos e bons amigos. Ernst contratou um cozinheiro e dois ajudantes para a noite, além de dois garçons uniformizados. Houve um jantar de sete pratos com o vinho adequado para cada refeição e, por fim, champanhe. Ernst me deu um anel de brilhantes de presente de casamento, que brilha com todas as cores do arco-íris e custou milhares de Reichsmark. Passaremos nossa lua de mel na Itália. Meus sinceros cumprimentos, queridos amigos e colegas.*
>
> *Sua amiga radiante de felicidade,*
> *Gertie von Klippstein*

Auguste leu aquelas linhas pela segunda vez, o que duplicou sua inveja e sua raiva. Um menu de sete pratos! Um anel de brilhantes!!! Lua de mel na Itália! E ela escrevera atrevidamente: "Nossa mansão"! Como conseguira aquilo? Bem, a resposta era evidente. Deixara o homem doidinho. Com certeza nada erótico acontecera com sua primeira mulher, ela devia se virar para o lado direito, e ele para o lado esquerdo da cama. Já Gertie era outro tipo de mulher. Sabia do que os homens gostavam. Com certeza ele vivera o céu na terra em seus braços. Auguste suspirou e precisou pensar novamente em tudo que perdera na vida. Ela poderia ter se tornado a Sra. Von Hagemann, mas o destino lhe tirara isso. O que Gertie tinha a oferecer que ela também não tivesse naquela época? Nada. Ela só tivera uma sorte enorme. Fora para a cama com o homem certo na hora certa. E já se tornara a "Sra. Von Klippstein". Ah, sim, o mundo era injusto.

Humbert chegara na cozinha com o resto da louça do café da manhã e sentara-se na bancada da pia. Aquele era o trabalho de Liesel. A Sra. Brunnenmayer batia o bife com o martelo para carne e calculava quantas pessoas sentariam à mesa da Vila dos Tecidos naquele dia. Com Henni, que comia lá todos os dias desde que fazia trabalho voluntário na fábrica, eram treze, mas Dodo só chegava da fábrica de aviões de noite, então eram doze. Leo estava doente e almoçaria no quarto. Isso significava que Humbert precisava pôr a mesa para onze pessoas.

– A Sra. Elisabeth está na cama com dores de cabeça – informou Auguste.

– Então são dez lugares – disse Humbert.

– Talvez ela apareça para o almoço. Preciso ir vê-la de qualquer forma, depois aviso vocês.

Ela jogou o cartão em cima da mesa e subiu a escada de serviço. O pensamento do casamento de seus patrões ajudou-a um pouco a aceitar seu destino. O Sr. Winkler também se casara com alguém de uma classe social superior, e os dois haviam sido muito felizes durante algum tempo. Mas agora o casamento estava indo de mal a pior. Talvez Else afinal tivesse razão. Em alguns anos, Gertie estaria na mesma situação: encararia o divórcio do Sr. Von Klippstein e daria adeus à vida de madame.

A patroa estava deitada na cama do casal e colocara uma toalha úmida dobrada na testa.

– Onde você estava, Auguste? – resmungou ela. – Já toquei a campainha duas vezes para chamar você. Traga um comprimido para dor de cabeça. Não, melhor, traga dois.

– É claro, senhora. Perdão, mas a campainha não soou na cozinha, eu estava o tempo todo lá…

A Sra. Elisabeth estava especialmente mal-humorada naquele dia. Levantou a toalha e fitou Auguste com os olhos avermelhados e inchados. Ela chorara.

– E por que você fica o tempo todo sentada na cozinha? Você já arrumou os quartos das crianças? A sala? Minhas roupas e a camisa de meu marido ainda estão ali, em cima da cadeira!

Sua voz estava chorosa. Provavelmente ela se sentia bem em poder berrar com alguém, depois de se irritar com o marido. Auguste ficara calma, pois sabia que quem trabalhava como camareira da Sra. Elisabeth Winkler tinha que ser casca grossa. Era necessário deixar as coisas entrarem por um ouvido e saírem pelo outro. Auguste dominava essa arte havia muito tempo.

– Resolvo isso em dez minutos, senhora. Foi uma grande comoção na cozinha. Imagine só a senhora: Gertie se tornou a Sra. Von Klippstein. Não é uma novidade… surpreendente?

Ela ficou decepcionada, porque a patroa já estava sabendo. O Sr. Von Klippstein enviara um cartão aos Melzers dois dias antes.

– Isso é uma vergonha – disse Elisabeth com um suspiro. – A cunhada de Kitty ser trocada por uma secretária… Bem, aquele homem tem uma personalidade particularmente estranha, já sabemos disso muito bem. Aliás, cadê meu marido? No parque com as crianças?

Pelo menos agora ela parecia ter se acalmado. Era uma jogada inteligente sempre direcionar a raiva dos patrões para outras pessoas. Nesse sentido, a novidade sobre Gertie fora uma boa ideia.

– Sim, senhora. É para eu buscar as crianças no estábulo por volta das onze e meia.

Mas o que ela fizera de errado de novo? A Sra. Elisabeth jogara a toalha molhada para o lado e sentara-se na cama. Seus cabelos estavam desarrumados e o vestido ficara tão amassado que provavelmente não seria mais possível engomá-lo.

– No estábulo? Por que você deve buscar as crianças no estábulo? Por acaso ele ficou esse tempo todo com as crianças no parque?

Só naquele momento Auguste entendera que cometera um erro. Mas é claro, o senhor estava saindo escondido e já fora à cidade várias vezes, coisa que não deveria fazer. Os empregados tinham descoberto, mas a patroa só parecia ter se dado conta do fato naquele momento. Meu Deus, então ela dera um belo fora.

– Não… infelizmente não sei, senhora – disse Auguste com um olhar inofensivo. – Acho que ele está vendo as crianças aprenderem a cavalgar…

Naquele momento, Elisabeth se dera conta de que os empregados não precisavam ficar sabendo de tudo que acontecia. Ela deu a toalha para Auguste e exigiu:

– Coloque debaixo da torneira e traga-me de volta. E não se esqueça do remédio para dor de cabeça!

– É claro, senhora.

Auguste mostrou-se diligente. Trouxe o remédio e um copo de água, arrumou os quartos das crianças e fez as camas, ajeitou a sala, e, como a Sra. Elisabeth já se levantara àquela altura, ajudou-a a trocar de roupa. Depois correu para a cozinha para fazer o chá que a patroa lhe pedira.

No corredor de serviço, encontrou Humbert, que carregava várias tábuas grandes de madeira de uma cama com Hanna.

– Saia da frente, Auguste!

– O que vocês estão fazendo? Hoje é dia de leilão na Vila dos Tecidos?

Ela precisou se espremer rente à parede para Humbert passar por ela com sua carga.

– Estamos levando os móveis da Sra. Brunnenmayer lá para baixo, para seu novo quarto. Você também pode ajudar, ainda tem duas caixas lá em cima com roupas e outras coisas dentro.

Ah, era verdade! Os patrões tinham oferecido à Sra. Brunnenmayer o quarto antigo da ex-governanta Eleonore Schmalzler. A cozinheira inicialmente pedira para pensar no assunto, e agora tinha se decidido.

– Não tenho tempo – disse ela. – Preciso levar chá para a patroa. Tem alguma coisa estranha acontecendo. Acho que o Sr. Winkler está de olho em outra mulher.

– O Sr. Winkler? – indagou Hanna, que vinha logo atrás de Humbert, segurando a parte traseira da cama. – Não acredito nisso nem em um milhão de anos. Ele é um marido exemplar!

Auguste riu em voz alta e disse que não faltavam mulheres que se surpreendiam, por acreditarem que seus maridos eram fiéis e honestos. Em seguida calou-se de imediato, porque Liesel estava na cozinha, e aquilo não era coisa que deveria chegar aos ouvidos de sua filha.

A Sra. Brunnenmayer estava sentada à mesa com uma cara de poucos amigos, polvilhando açúcar de confeiteiro em cima do bolo, que já estava pronto. Não parecia muito feliz a respeito do quarto novo.

– Já estou me arrependendo de ter aceitado – disse ela. – Não vou gostar de dormir sozinha aqui embaixo. Mesmo que seja mais confortável, vou sentir saudade do quarto antigo, em que morei durante cinquenta anos.

Else também fez uma expressão de preocupação. Ela se mudaria para o antigo quarto da cozinheira e não teria mais a companhia de Hanna.

– E o que farei se eu tiver um pesadelo de noite? – disse ela com um suspiro. – Sempre acordava Hanna quando isso acontecia, ela me acalmava para eu adormecer novamente.

Só Hanna ficara feliz com a mudança, o que suscitou todo tipo de suposição em Auguste. Afinal de contas, Hanna estava se relacionando com Humbert ou eles realmente eram como irmãos? De qualquer forma, agora ele poderia visitar Hanna à noite com privacidade, porque ela tinha um quarto só para ela. Auguste decidiu ficar com as anteninhas bem ligadas caso acordasse à noite e ouvisse algum barulho.

Eles terminaram a mudança rapidamente. Além da cama e do armário, a Sra. Brunnenmayer só possuía uma cômoda para as roupas, uma mesa de cabeceira e uma cadeira. O quarto para o qual se mudara ganhara um carpete novo e fora pintado. O quarto estava praticamente vazio, pois a Sra. Brunnenmayer não quisera nenhum dos móveis antigos que estavam lá, e era assim que a cozinheira gostava.

– Não preciso de luxo – disse ela. – Que fique da forma como sempre foi. E chega!

– Mas a senhora pode pelo menos colocar cortinas nas janelas – disse Liesel. – Se os patrões lhe derem um tecido bonito, posso costurá-las.

– Tudo vai se ajeitar – disse a Sra. Brunnenmayer. – E agora chega, pode deixar que arrumo as coisas. Muito obrigada por trazerem os móveis. Agora preciso colocar as batatas nas travessas e temperar a sopa.

Ela fechou a porta de sua nova acomodação e voltou ao trabalho. Auguste balançou a cabeça. Não conseguia entender como uma pessoa como a Sra. Brunnenmayer, que economizara um saco enorme de dinheiro, não tinha prazer em ter móveis bonitos e belas louças. Ela própria decorara seu quarto no andar de cima com tudo que lhe restara após o pagamento das dívidas. Afinal Maxl, que agora vivia com sua jovem esposa na casa, não quisera as coisas. Os jovens tinham mesmo seu próprio gosto.

– Acabou que a Sra. Elisabeth também irá almoçar – disse ela depois de servir o chá. – Mas bem ela não está. Foi ver a Sra. Marie, provavelmente está aflita com alguma coisa.

– Então são onze lugares à mesa – disse Humbert com indiferença.

Else ajudou Liesel a secar as últimas xícaras e os últimos pratos. Fazia isso com frequência nos últimos tempos, porque achava que Liesel não deveria trabalhar tanto. Auguste serviu-se um café com leite e perguntou se sobrara bolo do dia anterior, mas ele acabara, então ela tivera que se contentar com um pão com geleia enquanto a cozinha era preenchida por aromas deliciosos. Os bifes fritavam na frigideira, batatas fatiadas assadas tostavam no forno, e Liesel dourava cebolas e bacon para adicionar à vagem. Humbert correra para a sala de jantar para pôr a mesa.

Mal saíra e o jardineiro Christian chegara na cozinha com um buquê de rosas vermelhas e amarelas. Deu-as para sua Liesel, perguntou amorosamente se estava tudo bem e disse aos outros que as rosas deveriam decorar a mesa do almoço. Auguste ficara emocionada. Mesmo que outrora tivesse desejado um proprietário de terras nobre da longínqua Pomerânia como esposo de Liesel, Christian tinha um bom coração, e talvez aquilo fosse mais importante que dinheiro e propriedades.

Exatamente quando o relógio da cozinha mostrou que eram onze e vinte e Auguste levantara-se com um suspiro para ir até o estábulo, instaurou-se o caos na cozinha, até então calma.

As campainhas do anexo e do salão vermelho soaram, e logo em seguida ouviu-se a voz penetrante da Sra. Elisabeth no átrio.

– Humbert! Humbert, onde você está? Tire o carro! Rápido! Humbert! Humbert!

– Acalme-se, Lisa! – Era a voz de Marie. – Liguei para Paul na fábrica. Ele vai até a delegacia de polícia para nos dar apoio. Ele não fez nada de errado, Lisa. Eles não têm motivo para…

– Meu Deus! – exclamou a Sra. Brunnenmayer. – Alguma coisa aconteceu! Liesel, preste atenção para os bifes não queimarem…

Todos os funcionários com a exceção de Liesel correram até a porta do átrio para dar uma espiada através da fresta da porta. Ali estava Marie tentando acalmar a Sra. Elisabeth, que tremia e estava pálida como um fantasma. Hanna correra para ajudar as damas; Humbert, que pusera a mesa na sala de jantar, desceu as escadas senhoriais às pressas com a chave do carro na mão.

– Já estou aqui, senhora! – exclamou ele. – O carro estará pronto em dez minutos.

– Obrigada, Humbert – disse Marie. – Hanna, traga depressa um copo d'água para minha cunhada. Ah, sim, Auguste, não se esqueça de buscar as crianças na hora certa. E, por favor, diga à minha sogra que meu marido, eu, minha cunhada e meu cunhado chegaremos mais tarde para o almoço hoje… Fique calma, Lisa. Estou aqui com você. E Paul também estará lá…

Ouviu-se então o motor do carro; Hanna abriu a porta de entrada para as patroas e acompanhou-as pelas escadas até o carro.

– Ela não se deixa abater, nossa Marie – disse a Sra. Brunnenmayer, e voltou para o fogão para verificar as caçarolas. – Só Deus sabe que ela é a boa alma da Vila dos Tecidos.

Else já sacara um lenço novamente e soluçava, inconsolável.

– Algo terrível deve ter acontecido se elas mandaram buscar o patrão na fábrica. Talvez algum acidente com Kurti...

– Que nada – disse Auguste. – Foi alguma coisa com o Sr. Winkler. Faz dias que está saindo às escondidas, e hoje ele furtivamente...

– O que você está fazendo parada aí de mãos abanando, Auguste? – perguntou a cozinheira, furiosa, por cima dos ombros. – Corra e vá buscar as crianças. E diga a Hanna que ela precisará servir o almoço. Liesel, tire as caçarolas do fogão, senão tudo vai queimar. Meu Deus, hoje é mais um dia daqueles...

15

Justamente naquele momento, perto do meio-dia, o tráfego do centro de Augsburgo estava tão intenso que quase não se andava um metro. Humbert suava atrás do volante e volta e meia murmurava xingamentos para si mesmo. Especialmente os pedestres, que achavam que podiam andar entre os carros a seu bel-prazer, deixavam-no nervoso. Marie segurava firme a mão de Lisa, que tremia inteira de tanta angústia.

– Eu o proibi, Marie. Mas ele não me dá ouvidos. Ontem mesmo brigamos a tarde toda. Ah, Marie, ele se tornou uma pessoa completamente diferente, meu Sebastian. Está reservado, anda escondendo segredos de mim. Sabe o que ele me disse?

Marie sabia. Lisa já lhe contara aquilo pelo menos umas três vezes, mas em sua angústia, ficava se repetindo.

– Segundo ele, "uma pessoa não pode viver constantemente em negação de suas convicções mais profundas. Preciso fazer alguma coisa que me dê a sensação de que eu sou eu mesmo". Ele declarou uma bobagem dessas, Marie. Você consegue entender isso? Antes era um marido carinhoso, um pai dedicado. Agora, de repente precisa ser "ele mesmo". E até se coloca em perigo por causa disso. Ah, o que faço com este homem? Eu… eu ainda… o amo…

Ela estava soluçando quando pronunciou as últimas palavras. Limpou os olhos com o lenço úmido e assoou o nariz.

Marie acariciou sua mão.

– Paul e eu falaremos com ele, Lisa, eu lhe prometo. Também acho que Sebastian deveria pensar em você e nas crianças…

– Como eu queria que ele já estivesse em casa com a gente de novo! – exclamou Lisa. – Meu Deus, Humbert, não dá para ir mais rápido? Pise no acelerador!

– Estou tentando, senhora…

—

A antiga sede da polícia estadual na Prinzregentenstraße se tornara o quartel-general da Gestapo. Era um prédio de esquina imponente, de três andares, com dois pináculos e com duas janelas em arco no andar térreo. As janelas gradeadas do porão, onde ficavam as celas, só eram parcialmente visíveis. Paul esperava por eles na entrada, de alguma forma ele fora mais rápido ao contornar o trânsito do que Humbert.

– O que ele aprontou desta vez? – perguntou ele para Lisa, irritado.

Mas Lisa não estava em condições de responder, e Marie deu a entender que aquela não era hora de brigar por causa de Sebastian.

No escritório da polícia, um jovem funcionário uniformizado digitava apenas com dois dedos à máquina de escrever.

– Heil Hitler!

Eles retribuíram o cumprimento.

– Winkler, Sebastian? – repetiu o funcionário com indiferença quando Paul informou o que desejava. – É meu colega que está cuidando do caso. Ali do outro lado.

Ele apontou para a porta do lado direito e continuou digitando.

Na sala adjacente, foram recebidos por uma pessoa conhecida, para grande alívio de Marie: o comissário de polícia Karl Landauer, que fora o responsável pela soltura de Sebastian dois anos antes. Paul defendera seu cunhado e garantira que ele permaneceria inofensivo. A princípio Sebastian precisara reportar-se duas vezes por semana na sede da polícia, mas depois eles ficaram mais lenientes e o deixaram em paz. O comissário Landauer vinha de uma família tradicional de Augsburgo e tratava os Melzers com gentileza. O que lhes dava esperança.

Ele cumprimentou as senhoras com educação, assentiu para Paul com gentileza, mas não estendeu a mão para ninguém.

– Heil Hitler. Sentem-se, por favor, senhores!

Diante de várias pilhas de arquivos em cima da escrivaninha, abriu a pasta azul de um deles e virou várias folhas.

– Eu liguei para a senhora, Sra. Winkler – disse ele, voltando-se para Lisa –, porque preciso esclarecer algumas coisas. Seu marido foi detido na Steingasse. O relatório do funcionário competente ainda não está pronto, mas, até onde sei, trata-se de um caso de resistência contra as autoridades públicas e desacato à autoridade policial.

O maxilar de Lisa tremia.

– Tenho certeza, senhor comissário, de que meu marido não fez nada de errado. Ele está confuso, sabe?

– Como eu disse, só receberei o relatório hoje à tarde, Sra. Winkler. Seu marido está em prisão preventiva. Ainda não sabemos por quanto tempo.

A expressão "prisão preventiva" não trouxera boas lembranças à tona. Lisa olhou para Paul com uma expressão suplicante.

– Se não estou enganado, senhor comissário, essas acusações não são motivo para prender alguém de imediato, não é mesmo? O Sr. Winkler não é nem violento nem uma ameaça pública. Tudo isso só pode ser um mal-entendido.

O comissário Landauer fitou Paul com um olhar frio, mas com uma pontinha de pena.

– Encontramos seu cunhado de posse de uma bolsa com um frasco de terebintina, Sr. Melzer. Além disso, tinha um isqueiro no bolso do casaco. Por isso, há grande possibilidade de que estivesse planejando um incêndio criminoso.

– De jeito nenhum, isso nunca, senhor comissário! Meu marido me disse que saíra para limpar a cidade.

O funcionário franziu a testa e olhou para ela com um olhar de descrença.

– Ele de fato disse algo parecido na ata. Em tese precisava de terebintina para limpar as "profanações" nas vitrines das lojas dos judeus.

Marie compreendeu que aquela declaração não seria nada favorável para Sebastian. O comissário também não comentou mais o assunto. Em vez disso, dirigiu-se a Paul.

– Como o senhor sabe, Sr. Melzer, o Sr. Winkler não tem a ficha limpa. Um arquivo foi aberto, de cujo conteúdo o senhor provavelmente deve ter conhecimento em grande parte. Seu cunhado teve um papel nada insignificante na tentativa de golpe de 1919, quando os comunistas tentaram constituir uma república soviética na nossa cidade. Já naquela época, pegou uma pena de prisão. Além disso, há anos é membro do KPD, onde era atuante, e foi preso mais uma vez após a vitória do Führer. Só foi liberado graças à intercessão de pessoas importantes…

Então eles tinham criado um arquivo, vasculhado o passado de Sebastian e registrado tudo cuidadosamente.

– Além disso, também vejo aqui que há um processo de lesão corporal

– disse o funcionário, prosseguindo. – O Sr. Winkler atirou uma caneca de cerveja no rosto de um camarada do partido em um restaurante em Giesing.

– Mas não foi isso que aconteceu, senhor comissário – replicou Lisa, indignada. – Aquelas pessoas atacaram Sebastian e seus colegas, ele só estava segurando a caneca na mão, e alguém esbarrou nele...

Aquela objeção não causara boa impressão. Lisa só recebeu um olhar severo como resposta.

– Só posso me guiar pelo que está no arquivo – respondeu Landauer, reclinando-se. – E pelo que está escrito aqui, a situação não é nada boa. Seu marido não precisará responder apenas por essa banalidade que aconteceu na cidade hoje. Outras coisas também serão abordadas.

Era justamente o que todos eles temiam. Ainda assim, Paul fez mais uma tentativa.

– Estamos dispostos a pagar uma fiança para evitar a prisão de meu cunhado. É claro que garanto que ele permanecerá à disposição da polícia e para o tribunal.

– Infelizmente não será possível – respondeu o comissário, desta vez sem nem um pingo de tristeza em sua voz. – O Sr. Winkler ficará detido. Não está mais em minhas mãos.

A conversa fora finalizada com aquelas palavras. O comissário fechou o arquivo e despediu-se com a saudação nazista.

Lisa ficou sentada, em choque. Queria fazer objeções, implorar, mas Paul balançou a cabeça e abraçou-a. Marie segurou a cunhada pelo outro lado, e eles levaram-na para fora da delegacia carregada como uma doente.

Do lado de fora, Paul não conseguiu mais conter sua raiva.

– Como ele pôde fazer uma coisa daquelas? – esbravejou ele. – Eu me responsabilizei por Sebastian perante a Landauer, assegurando que ele evitaria lugares públicos e ficaria exclusivamente na Vila dos Tecidos ou no parque. Com certeza toda essa situação não é constrangedora só para mim, mas também para o comissário Landauer!

– Mas, Paul – lamentou-se Lisa, desesperada. – No fundo, ele é uma pessoa de bom coração. E tem suas convicções...

– Ele é livre para ter suas convicções! – disse Paul, furioso. – Mas não precisa expô-las por aí como um cartaz, colocando a família em maus lençóis. O que é uma boa pessoa? Uma pessoa respeitável não faz algo assim!

– Por favor, Paul – disse Marie delicadamente. – Não precisamos discutir isso aqui no meio da rua. Vamos para casa.

– Desculpe, querida – disse ele, acalmando-se na hora. – Você tem razão. Vamos nos sentar juntos hoje à noite para vermos o que pode ser feito. Tentarei sair um pouco mais cedo da fábrica.

Humbert estava em pé na calçada esperando por eles. Estacionara perto dali e conduziu as senhoras até o carro. Naquele momento, Lisa estava surpreendentemente contida. Não chorava mais, só ficara sentada, calada, ao lado de Marie no banco de trás por alguns instantes. Mas então começou a falar coisas estranhas.

– Nunca mais o verei, Marie – murmurou ela. – Eles vão dar um fim nele. Irão assassiná-lo, tenho certeza. Precisarei criar nossos pobres filhos sozinha, uma viúva solitária, abandonada por Deus e pelo mundo…

Agora ela vai enlouquecer, pensou Marie. *Não seria de se espantar depois daquela terrível conversa na delegacia.*

– Que história é essa, Lisa? Contrataremos um advogado e traremos Sebastian de volta. Além disso, você não está e nunca estará sozinha. Porque estamos todos com você…

– Nenhum advogado em toda a Alemanha pode ir contra a Gestapo, Marie. Sebastian é comunista de corpo e alma. E não se calará sobre isso na audiência…

Apreensiva, Marie se deu conta de que Lisa provavelmente tinha razão. Sebastian era uma pessoa inteligente e culta, mas, quando seus princípios estavam em jogo, era excepcionalmente teimoso. Paul também tivera problemas frequentes no passado com as atividades de Sebastian no comitê de trabalhadores da fábrica. Nos últimos anos, contudo, os dois tinham se entendido muito bem. Até aquele dia fatídico…

Eles foram recebidos na Vila dos Tecidos por Hanna, que estava com um olhar preocupado. Na porta da cozinha, Else e Liesel cochichavam entre si. É claro que os empregados ficaram sabendo que algo ruim acontecera.

– Pusemos a mesa para vocês na sala de jantar – informou Hanna. – O patrão não virá para o almoço hoje?

– Meu marido foi para a fábrica – afirmou Marie. – Minha cunhada e eu comeremos algo.

– Ah, não – disse Lisa. – Não vou conseguir comer uma garfada sequer e preciso me deitar imediatamente.

– Você não vai me deixar sozinha aqui, não é mesmo, Lisa? – disse Marie. – Por favor, me faça companhia. Pode beber um chá se não quiser comer nada.

– Tudo bem – disse Lisa com um suspiro. – Só por sua causa, Marie. Traga-me um chá de camomila, Hanna...

Como Marie já suspeitara, Lisa acabara desenvolvendo um apetite vigoroso diante dos pratos à mesa, pegara inclusive dois bifes, além de se servir generosamente das batatas assadas. Com o estômago recheado, também recobrara sua confiança.

– Você tem razão, Marie – disse ela. – Preciso permanecer forte, sobretudo por causa das crianças. Meu Deus, o que lhes direi? Não posso falar para eles de forma alguma que seu pai está preso. Eles ficariam completamente arrasados.

– Mais cedo ou mais tarde você precisará contar a verdade, Lisa. Também seremos honestas com a mamãe e a tia Elvira, não tem outro jeito.

– Mas os empregados serão instruídos a não falar sobre o assunto com pessoas de fora – pediu Lisa, decidida.

– Se conheço nossos funcionários, eles nunca nem pensariam em fazer isso. Contudo, acho que será inevitável que a novidade circule à boca pequena pela cidade.

Meia hora depois, quando elas tinham acabado de comer a sobremesa e ainda estavam tomando café, Humbert anunciou uma visita.

– A Sra. Von Dobern está aguardando lá embaixo no átrio. Devo dizer que as senhoras não estão em casa?

Lisa colocou a xícara em cima da mesa tão rápido que derramou café no pires.

– Justo agora! – exclamou ela, revoltada. – Diga-lhe que estou com enxaqueca e que minha cunhada não está em casa. Ou você quer receber essa cascavel, Marie?

Marie hesitou. Ela não sentia nenhuma simpatia por Serafina, pelo contrário; aquela mulher já lhe fizera muito mal. Mas será que era inteligente fazer mais inimigos na situação em que estavam?

– Vá indo, Lisa – disse Marie. – Seus filhos precisarão de você. Já eu gostaria de saber o que trouxe a Sra. Von Dobern aqui. Com certeza não foi o Auxílio de Inverno.

– Mas tome cuidado, Marie – alertou-a Lisa, levantando-se para ir até o anexo. – Ela é uma mulher perigosa.

– Eu sei. Humbert, por favor, leve a Sra. Von Dobern para o salão vermelho.

– É claro, patroa.

Marie estava com um mau pressentimento quando Humbert abriu a porta para a Sra. Von Dobern. A visita entrou com passos ligeiros, como se se sentisse em casa, e cumprimentou Marie com um sorriso de superioridade.

– Heil Hitler, querida Sra. Melzer. Que bom que encontrei você aqui. Espero que esteja bem de saúde apesar de tudo.

Aquilo soava estranho, quase como uma ameaça velada. O complemento "apesar de tudo" podia significar muitas coisas. Marie subitamente voltou a sentir um abismo abrir-se embaixo dos pés. Talvez ela tivesse superestimado suas forças e não devesse ter recebido aquela mulher. Mas agora era tarde.

– Heil Hitler – respondeu ela com indiferença. – Obrigada por se preocupar, estamos bem. Por favor, sente-se, Sra. Von Dobern.

Serafina não hesitou e sentou-se confortavelmente em uma das poltronas, cruzou as pernas e recostou-se. Marie percebeu que agora sua convidada estava se vestindo conforme a mais nova moda "alemã": um conjunto marrom de corte simples que quase parecia um uniforme, com uma blusa clara e fechada por baixo e um emblema de metal adornando o pescoço. Provavelmente era uma medalha do Auxílio de Inverno, ao qual parecia se dedicar inteiramente.

– Valorizo como a tradição é mantida nessa casa – disse Serafina, passando os olhos pelo cômodo. – Este salão não mudou em nada desde a primeira vez em que pisei na Vila dos Tecidos anos atrás.

– Foi minha sogra que a decorou em sua época – objetou Marie. – E seu gosto também é o nosso.

O olhar da Sra. Von Dobern fixou-se em uma pilha de revistas de moda, ao lado da qual estavam as pastas com as criações de Marie e vários lápis.

– Segundo dizem, infelizmente o ateliê na Karolinenstraße perdeu clientes, Sra. Melzer. Uma pena.

Como ela descobrira aquilo tão rápido? De fato fazia algum tempo que muitas clientes antigas não apareciam mais no ateliê de Marie. O motivo para isso era óbvio; fora somente uma questão de tempo.

– Estou trabalhando um pouco menos no momento – admitiu Marie. – Decidi me dedicar mais aos trabalhos domésticos e ao meu filho mais novo.

A Sra. Von Dobern aquiesceu e afirmou que as verdadeiras vocações da mulher alemã eram o lar e a maternidade.

Justo ela que vai me dizer isso, pensou Marie, furiosa.

– Mas é uma pena pelo ateliê – disse Serafina, continuando com um sorriso. – Um estabelecimento conhecido e uma ótima clientela. Não se deve abrir mão de algo assim tão facilmente, Sra. Melzer!

– Por que eu deveria abrir mão do ateliê?

– Bem – disse Serafina com um sorriso maligno. – É possível que a essa altura já tenha circulado por Augsburgo que a esposa do empresário Paul Melzer é judia, não é mesmo?

– Mesmo que seja verdade – respondeu Marie, furiosa. – Não seria de forma alguma motivo para a renúncia do estabelecimento.

Serafina riu brevemente, como se estivesse em posse de mais informações, depois cruzou os braços diante do peito e fitou Marie apertando os olhos. Ela parecia um gato prestes a atacar.

– Eu teria uma sugestão, querida Sra. Melzer – disse ela, balançando a perna. – O que acha de eu assumir o ateliê? É claro que eu manteria o nome "Ateliê de Marie" e assumiria todas as instalações internas e também as costureiras.

Marie entendeu tudo. Então era isso. Já que ela não conseguira comprar o imóvel, queria pelo menos a loja. O adorável ateliê de moda que Marie construíra com tanta dedicação e paixão. Que decorara junto com Kitty e no qual trabalhara durante tantos anos. Todos os desfiles de moda! Os vestidos de noite extravagantes! Os novos estilos fascinantes. Aquela mulher queria simplesmente tomar conta de tudo aquilo.

– Não estou interessada – respondeu Marie com frieza. – Se a senhora tiver vindo para fazer essa proposta para mim, então perdeu a viagem.

Serafina calou-se por um momento e continuou olhando para Marie com aquele sorriso dissimulado. Tinha mais alguma coisa ali, um trunfo que ela usaria sabiamente.

– Mas que pena – disse ela por fim. – Sabe o que sempre me impressionou esses anos todos? Os fortes valores familiares dos Melzers. Essa maravilhosa união nos momentos alegres e nos momentos difíceis que é responsável pelo sucesso e prestígio dessa família. Também me sinto ligada aos Melzers há muitos anos. Como você sabe, sou uma amiga de juventude de sua querida cunhada…

O que ela está planejando?, perguntou-se Marie, nervosa. *O que ela quer com toda essa tagarelice sobre valores familiares?*

– Uma notícia infeliz chegou aos meus ouvidos – disse a Sra. Von Dobern, prosseguindo impassível. – É sobre seu cunhado, que teve um probleminha com a polícia…

Como ela podia já estar sabendo daquilo? Os pensamentos de Marie se multiplicavam. *Será que era possível que…*

– Como já disse, sou uma amiga dos Melzers – disse Serafina, sentando-se ereta na poltrona.

Marie tinha a impressão de que agora vinha o momento do bote.

– Por acaso tenho um grande conhecido na polícia de Augsburgo – disse a Sra. Von Dobern em tom inocente. – Um amigo que me deve um favor. Você está entendendo aonde quero chegar?

Marie entendera tudo. Era chantagem.

– Você quer dizer o senhor comissário Landauer? – perguntou ela.

A Sra. Von Dobern deu uma breve risada.

– Não, não. Meu conhecido ocupa um cargo alguns níveis mais elevado na hierarquia. Eu poderia interceder por seu cunhado e não tenho a menor dúvida de que surtiria o devido efeito. Contudo, é claro que espero uma contrapartida…

Era seu querido ateliê contra a liberdade de Sebastian, ou até mesmo sua vida! Mas que troca. Entretanto, o que significava o ateliê, do qual ela talvez tivesse que renunciar de qualquer forma, em comparação com a vida de uma pessoa querida? A vida do marido de Lisa, o pai de seus filhos?

– Entendo, Sra. Von Dobern – disse Marie lentamente. – Antes de lhe dar uma resposta, naturalmente preciso falar com meu marido. Ele é o proprietário do imóvel na Karolinenstraße, além de senhorio.

Provavelmente Serafina já esperara por aquilo, pois não se mostrou nem um pouco decepcionada. Pelo contrário, era possível ver a expressão de triunfo contido em seu olhar.

– É claro – respondeu ela educadamente. – Mas não hesite por muito tempo. Uma vez que o processo for encaminhado, meu conhecido também estará de mãos atadas. Já vou elaborar um contrato de aluguel. Assim que seu cunhado for libertado da prisão, a senhora assina. Estamos combinadas?

Marie fechou os olhos por um instante, depois assentiu. A Sra. Von Dobern se levantou, procurou algo na bolsa e entregou um cartão.

– Então espero sua ligação até o mais tardar amanhã de manhã, querida Sra. Melzer. Obrigada e não se preocupe, conheço o caminho para a saída. Heil Hitler.

Marie não mostrara nenhuma intenção de acompanhar a visita. Quando a porta se fechara após a Sra. Von Dobern sair, ficou parada por mais um momento, fitou o cartão de visitas que tinha na mão e olhou para o parque verde e iluminado através da janela.

Paul ficaria furioso com aquela chantagem. Ele presumiria que tudo não passaria de uma armadilha e recusaria a oferta, preferindo seguir o caminho legal por meio de um advogado. Mas Marie estava certa de que naquela nova Alemanha não existia mais direito nem justiça. Não para uma judia.

16

Dodo estava feliz como pinto no lixo. O estágio na Bayerische Flugzeugwerke era algo incrível. Ela mal podia esperar para voltar à fábrica no dia seguinte, e à tarde já ficava triste por ter de encerrar o expediente. Um novo mundo se descortinara diante dela: a construção aeronáutica. Por que tivera a ideia fixa de virar piloto de testes? Era muito mais empolgante criar e construir aviões. Era exatamente o que ela sempre quisera fazer. Que sorte que se dera conta daquilo a tempo.

No fundo, devia aquelas novas descobertas à sua prima Henni, que intermediara o estágio na fábrica de aviões para ela. Ela não o fizera exatamente por altruísmo, mas, no que dizia respeito a Dodo, a negociação fora um sucesso. Para Henni, infelizmente não fora, mas Dodo já contara com aquilo. A viagem de trailer terminara em dois dias, porque Leo ficara com dor de garganta e, logo em seguida, com febre. Eles pouco tinham visto do belo Danúbio azul, pois, a poucos quilômetros de Dillingen, o carro de Marie logo quebrou, e Dodo precisou de meio dia para consertá-lo. Enquanto limpava velas de ignição e reparava os defeitos do tubo da gasolina com o capô do carro levantado, Henni e Leo tinham ficado sentados às margens do Danúbio discutindo como dois velhos. Na viagem de volta, Henni ficou sentada ao seu lado no carro, emburrada e em silêncio, enquanto Leo viajou deitado no trailer com febre e tosse.

Já tinham se passado quase duas semanas desde então. Henni se acalmara, mas seu entusiasmo pelo primo Leo não era mais tão intenso. Ela só o visitara uma vez rapidinho enquanto ele estivera acamado e, fora isso, parecia estar ocupada com outras coisas. Leo passara quase o tempo todo de cama. Ainda tossia e estava especialmente mal-humorado. Só dois dias antes aparecera novamente à mesa do café da manhã, para grande alívio da avó Alicia, mas quase não comera nada e só bebera um pouco de café com leite.

– É melhor o Dr. Kortner fazer um exame completo em você, Leo – dissera Marie, preocupada. – Não estou gostando nem um pouco dessa sua tosse.

– Eu também não – respondera Leo de forma carrancuda, tendo um novo ataque de tosse logo em seguida.

Marie mandara cartas para vários institutos de música e universidades na Áustria para perguntar sobre as condições de admissão e os custos de um curso de graduação. Escrevera para o Mozarteum em Salzburgo, para as universidades em Viena e Graz e para o Conservatório Joseph Haydn em Eisenstadt. Mas Leo só dera uma lida por alto nas respostas e depois se virara para o lado com indiferença.

– Ainda temos tempo, mamãe.

– Não, Leo – respondera ela. – Por favor, veja os panfletos com calma. Lá estão as datas para as provas de admissão.

– Ainda não estou completamente bem. Preciso estar descansado...

Dodo tinha plena consciência de que seu irmão estava escondendo a cabeça em um buraco na areia novamente. Assim era Leo. Quando alguma coisa dava errado, não lutava como Dodo, mas baixava as armas e se escondia do mundo, amuado. Como se aquilo fosse solução para alguma coisa.

Em geral, depois do jantar ela ia visitá-lo para contar-lhe as novidades emocionantes que tinha e, casualmente, saber o que ele andava fazendo e como poderia ajudá-lo.

– Você não está com vontade de estudar música na Áustria, é isso?

Ele estava sentado de pernas cruzadas na cama desfeita com um monte de partituras distribuídas à sua volta. Lápis de vários tamanhos, um apontador e várias borrachas se escondiam nas dobras do cobertor. Pelo menos ele estava compondo novamente, o que era um bom sinal.

– Fico com a consciência pesada – confessou ele. – Vai custar rios de dinheiro para o papai e a mamãe, e não sei se gostarei de lá.

Dodo não conseguia entender aquilo.

– Por que você não gostaria? Não tem nazistas lá, e há músicos maravilhosos na Áustria. Mozart e Haydn e outros...

Leo não conteve um sorrisinho.

– Infelizmente eles já estão mortos faz tempo...

– Mas o espírito deles ainda vive!

– Pode ser... – murmurou ele com indiferença. – E é tão longe daqui, e não conheço ninguém lá...

Ele simplesmente não queria sair de sua concha. Ela precisava de outra abordagem.

– O que você está compondo? Uma ópera nova?

Ele juntou algumas páginas em seu colo e tentou colocá-las em ordem, o que não era fácil, pois tinham tamanhos diferentes. Ele colara um pedaço a mais de partitura em algumas delas e em outras cortara algo.

– Um oratório. É uma história do Antigo Testamento...

Ele parou de falar, pois ouviu-se um estrondo e um tilintar no corredor. Levantou-se às pressas e abriu a porta. Meu Deus, Liesel estava no chão com a bandeja ainda nas mãos. A xícara com o chá de ervas quente que ela trazia para Leo toda noite por ordem de Marie estava espatifada do lado do armário do corredor.

– Liesel! – exclamou Leo, assustado. – Mas o que houve? Espere, vou ajudar você. Deixe a bandeja aí e levante-se primeiro. Isso, devagar... Está tudo bem? Você se machucou?

Assim que chegou, Dodo tirou a bandeja do chão e começou a catar os cacos. Além disso, toda hora olhava para Leo, que agora levava Liesel até uma cadeira e pedia a ela que se sentasse. Ela estava muito pálida e um pouco confusa; provavelmente tropeçara no maldito tapete. Ele sempre escorregava para lá e para cá no piso de madeira depois que enceravam o chão. Tudo bem, Liesel estava grávida, e àquela altura todo mundo na Vila dos Tecidos já sabia. Não era bom ela cair em seu estado. Mas aquilo não era motivo para Leo pegar em sua mão e perguntar a ela várias vezes se não estava tonta.

– Obrigada, senhor... – gaguejou Liesel. – Estou bem. Só levei um baita susto. Desculpe-me ter derramado seu chá. Já vou pegar outro...

– Melhor pedir para Hanna – disse Dodo. – Servir não é nem sua função.

Afinal de contas, Liesel fora contratada como assistente de cozinha, e não como camareira. Liesel assentiu em reação ao comentário, mas Leo lançou um olhar furioso para sua irmã.

– Liesel faz isso muito bem, Dodo! – exclamou ele. – Ela só precisa fazer as coisas devagar e prestar atenção. E não carregar nada pesado.

Liesel foi até o corredor de serviço com a bandeja cheia de cacos de vidro, e Dodo refletiu se deveria continuar a conversa com o irmão ou se deveria dormir. Decidiu ir para a cama. Já eram quase dez horas, e ela queria estar revigorada e disposta na fábrica cedinho no dia seguinte.

Ao adormecer, ainda conseguiu ouvir a porta de Leo ao lado se abrindo e Leo agradecendo o chá.

– Boa noite, Liesel.

– Durma bem, senhor.

Ela mesma voltara então. Como era estranho que Liesel tivesse que dizer "senhora" ou "senhor" para eles agora. Antigamente, quando ainda eram crianças, haviam brincado juntos e chamado uns aos outros pelo primeiro nome. Leo sempre tivera um afeto especial por Liesel...

Na manhã seguinte, Dodo já estava sentada à mesa do café da manhã às sete horas, e só seu pai lhe fazia companhia. Sua mãe acordava um pouco mais tarde, e Kurt dormia no anexo com Johann e Hanno. Como de costume, Leo geralmente não aparecia cedo assim.

– E então? – perguntou Paul. – Está gostando da fábrica de aviões? Acho que foi uma boa ideia fazer um estágio lá. Principalmente porque você pode continuar morando em casa.

– É fantástico, papai – disse ela, cortando seu ovo cozido enquanto seu pai voltava a enfiar o rosto no jornal matinal.

Ele de fato anda um pouco distraído, pensou Dodo. *Ele já me disse a mesma coisa ontem e anteontem de manhã.*

– E na fábrica, está tudo indo bem? – perguntou ela.

– Como?

Ele despertara de seus pensamentos e baixara a página do jornal para olhar para ela.

– Na fábrica? Sim, tudo está indo bem lá. Semana que vem teremos horários de trabalho reduzidos na tecelagem novamente, mas parece que esse pequeno gargalo será solucionado em breve.

Depois se escondeu novamente atrás do jornal. **"A QUESTÃO JUDAICA SERÁ SOLUCIONADA POR VIA LEGAL"** estava escrito na primeira página em letras grandes. Dodo olhou com mais atenção para a chamada e leu: *"No comício de Essen, o ministro do Interior do Reich Wilhelm Frick anunciou que a questão judaica seria 'solucionada de forma lenta, mas segura por via legal'. Está em andamento uma legislação que valerá para todos os compatriotas alemães..."*

– Ah, Dodo – disse Paul, virando a folha do jornal. – Ainda queria lhe pedir uma coisa: é melhor você não mencionar essa história estúpida de tio Sebastian no trabalho.

– É claro que não, papai.

Tio Sebastian tivera problemas com a polícia e estava na prisão novamente. Mas ninguém podia saber disso. A tia Lisa contara às crianças que seu pai estava em Gunzburgo visitando um parente. Esperava-se que tudo corresse bem. Bom, no fim, não era problema seu.

Dodo passou manteiga em dois pãezinhos, colocou presunto e queijo e guardou-os em sua marmita, para a hora do almoço por volta das onze horas. O café ficava por conta da Srta. Segemeier, que àquela altura se tornara sua protetora.

– Em breve a senhorita conhecerá nossa administração a fundo, Srta. Melzer – dissera a secretária um dia desses. – Com certeza vai lhe agradar.

– Prefiro ficar lá embaixo nos galpões da fábrica – respondera Dodo com sinceridade.

– Mas isso não é coisa para uma jovem!

– Para mim, sim!

Ela convencera a mãe a fazer calças esportivas cinzas para ela, e é claro que ela só podia vesti-las quando chegasse à Bayerische Flugzeugwerke. Dodo chamaria muita atenção com elas no bonde. Na empresa, vestia um jaleco de trabalho comprido por cima. Já estava bastante quente agora que era verão, mas ela não teria andado pelas instalações da fábrica de saia e blusa por nada neste mundo. Ninguém a levaria a sério nem permitiria que chegasse perto das máquinas. Vestida daquela forma, as coisas funcionavam bem. Às vezes até deixavam-na pôr a mão na massa, realizar algumas operações de trabalho simples ou prestar ajuda. Ela inclusive fora tomada por um rapaz pelos trabalhadores várias vezes, o que não se devia só às calças, mas também ao corte de cabelo curto. Quanto mais curto, melhor; ela queria distância dos cachos rebeldes e não tinha a menor vontade de ficar parecida com Henni, que ondulava os cabelos louros cuidadosamente e lavava-os dia sim, dia não.

Ela mostrou sua autorização na entrada da fábrica e sorriu educadamente para o porteiro, que liberou sua passagem. O controle de entrada na Bayerische Flugzeugwerke era muito mais rígido do que na fábrica dos Melzers, porque a construção aeronáutica e, sobretudo, os escritórios de projetos eram assuntos secretos do Reich, e eles temiam a espionagem de potências estrangeiras. O Bf 108 era o melhor avião de transporte de pessoas do mundo e ganhara todos os três troféus dos voos europeus em Varsóvia no ano anterior. A famosa aviadora Elly Beinhorn estivera em Augsburgo alguns dias antes e simplesmente pegara emprestado um Bf 108 para um voo para Londres. Depois convencera o Sr. Messerschmitt a fazer um voo promocional. Ela queria fazer um voo de ida e volta da Alemanha para a Ásia em 24 horas para tornar o Bf 108 conhecido mundialmente. Seriam mais de três mil quilômetros em um voo solo de Gliwice, na Alta Silésia, até Istambul. É claro que o Sr. Messerschmitt e os outros membros do conselho de administração da BFW haviam concordado com o plano, pois aquilo era uma excelente publicidade. Mas uma chance daquelas só era possível se a pessoa já fosse conhecida em toda parte. Ninguém confiaria um Bf 108 a uma mera estagiária, mesmo que ela soubesse voar no mínimo tão bem quanto a Srta. Beinhorn.

E daí?, pensava ela. De qualquer modo, ela não tinha a intenção de tornar-se piloto profissional, ela queria construir aviões. É claro que também queria pilotá-los, sem dúvida. Mas queria, sobretudo, projetar aeronaves novas, mais rápidas e melhores: esse era seu grande objetivo.

Por enquanto as coisas avançariam a passos lentos. Ela era apresentada nas distintas instalações fabris aos respectivos chefes de departamento, que em geral não sabiam ao certo o que fazer com ela. Demorara um pouco até que fosse autorizada a ajudar aqui e acolá, porque os trabalhadores achavam que uma menina não saberia diferenciar um rebite de um parafuso. Quando o chefe finalmente tirava um tempo para Dodo, ela recebia explicações entediantes que ouvia como uma menina educada para não irritar o bom homem, sendo que, na verdade, havia poucas coisas que ela já não soubesse ou não compreendesse rapidamente ao observá-las. Sempre era empolgante quando um dos engenheiros ou até o Sr. Messerschmitt em pessoa aparecia nos galpões para testar ou verificar alguma coisa. Aí ela chegava o mais perto possível dos senhores para ouvir suas conversas apesar dos barulhos da fábrica, porque o que eles falavam era muito mais interessante que o trabalho repetitivo dos galpões. Eles conversavam sobre detalhes do projeto, problemas técnicos, melhorias. Infelizmente os senhores engenheiros não tinham tempo para conversar com uma reles estagiária, e só Deus sabia se um dia permitiriam que ela entrasse nos sagrados escritórios de projetos. Mas ela colocara na cabeça que faria tudo a seu alcance para conseguir. Por enquanto, ficava pelos galpões, onde as placas de alumínio para a fuselagem da máquina eram dobradas em estênceis de metal e cuidadosamente manipuladas com o martelo para tudo se encaixar. E ela aprendera quais truques geniais que o Sr. Messerschmitt inventara para construir os melhores aviões do mundo. Por exemplo, não havia parafusos; o avião era unido só com rebites. O Sr. Messerschmitt estava trabalhando com uma nova liga de alumínio que se chamava DURAL. O negócio era tão durável que não havia necessidade de instalar mais nenhuma estrutura pesada na fuselagem. Com isso, o Bf 108 era mais leve do que os outros aviões, voava mais rápido e, ainda assim, podia transportar cargas maiores.

Naquele dia ela fora alocada no pavilhão em que as asas eram construídas. Sua superfície exterior era de DURAL, mas a montagem era mais complicada do que a da fuselagem, porque não era possível entrar na peça para fazer a rebitagem. As coisas estavam movimentadas no grande pavilhão, onde as asas semiacabadas eram suspensas em série. Os montadores verificavam tudo constantemente, moviam as peças pelo local e também xingavam quando a placa não cabia. Dodo já percebera que não era inteligente dar bons conselhos em situações como aquelas, porque quase sempre a reação eram respostas grosseiras. De forma geral, a maioria dos trabalhadores não entendia muito do projeto geral do avião: eles só sabiam como as partes individuais, a fuselagem, as asas, o trem de pouso ou a cabine, ou seja, aquilo em que trabalhavam, eram construídas. De vez em quando, um dos técnicos andava pelo pavilhão com seu jaleco ao vento e um projeto na mão para verificar alguma coisa ou resolver problemas. Aquelas pessoas realmente entendiam do assunto, mas infelizmente nenhuma delas tinha tempo para uma estagiária sedenta por conhecimento.

Naquele dia excepcionalmente Dodo tivera sorte, pois um dos chefes muito importantes, o diretor de produção, Sr. Von Hentzen, correra pelo galpão, ficara parado ao seu lado e quisera saber dos montadores por que o trabalho não estava avançando com mais rapidez.

– É o calor, Sr. Von Hentzen – disse o homem. – Estamos suando, e os dedos escorregam.

Naquele momento, Dodo achou que seria conveniente manifestar sua opinião sobre o assunto.

– Acho que seria mais fácil se várias chapas fossem fixadas com rebites antes da montagem final. Isso pouparia tempo e tornaria o trabalho mais fácil.

O diretor de produção virou-se para ela e fitou-a com certo espanto.

– Ah, nossa jovem estagiária, Srta. Metzger…

– Melzer…

– Melzer. Isso mesmo. Da fábrica de tecidos local, não é mesmo?

A memória daquele homem para pessoas era furada como uma peneira. Afinal de contas, ela fora apresentada a ele quando começara o estágio, e ele inclusive apertara sua mão. Tudo bem, tinha mais de dois mil trabalhadores e funcionários na fábrica de aviões. Mas o mesmo número de pessoas também tinha trabalhado na fábrica dos Melzers, pelo menos antigamente, e seu pai conhecia quase todas elas pelo nome.

– Sim, a fábrica pertence ao meu pai. Estou aqui porque quero me tornar projetista de aeronaves.

– Não diga – disse ele sem muito interesse.

– Na verdade, sou piloto – gabou-se ela. – Tirei os dois brevês de categoria A em Berlim e em breve também quero fazer o brevê da categoria B. Para poder pilotar os Bf 108.

– Você gosta deles, não é mesmo? – disse ele, sorrindo.

Ele pronunciou aquelas palavras com orgulho, como se ele tivesse sido o responsável pelas máquinas. Mas nem fora ele quem construíra o avião, e sim o Sr. Messerschmitt.

– Sim, ele é imbatível – exclamou ela com entusiasmo. – De primeira classe! O senhor acha que eu poderia fazer o brevê de categoria B dentro desse estágio? Isso também seria vantajoso para a fábrica de aviões…

Ele começou a rir. Dodo ficou furiosa. O que sua pergunta tinha de tão engraçada?

– Vamos com calma, minha jovem – disse ele. – Mal completou três semanas de estágio e já quer fazer o brevê de categoria B à custa da empresa. Não, não é assim que a banda toca.

Então ele se virou e saiu, gritou uma instrução para um dos técnicos que perambulavam por ali e apressou-se em direção à saída do galpão. Dodo ficara lá parada, deprimida. Após as primeiras semanas promissoras na fábrica, aquela conversa fora um balde de água fria. Será que ele nem sequer ouvira sua sugestão técnica e refletira sobre ela? Não dissera uma palavra a respeito, o senhor diretor de produção. Provavelmente porque não acreditava que uma estagiária pudesse fazer sugestões sensatas…

– Srta. Metzger… não, Melzer! Venha cá.

Ela virou-se. Lá estava o chefe importante com um homem magro e louro vestido com macacão de piloto na saída do galpão, acenando casualmente em sua direção. Aquele era Ditmar Wedel, o piloto de testes. Como ela o invejara quando ele simplesmente subia na asa, abria a cabine e se sentava no Bf 108 para decolar em seguida.

– A senhora gostaria de voar em nosso menino, não é mesmo? – disse o Sr. Von Hentzen com condescendência, dando uma piscadela para o piloto de testes. – O Sr. Wedel pode levar a senhorita para fazer um voo rápido.

O louro Sr. Wedel sorriu discretamente para ela. Era provável que o Sr. Von Hentzen mandara-o fazer aquilo, e agora ele tinha que jogar o jogo e fazer uma cara de quem estava de boa vontade. Mas Dodo não ligava, ela lhe mostraria do que era capaz.

– Seria incrível – respondeu ela com entusiasmo. – Quando podemos decolar? Hoje à tarde?

Ele balançou a cabeça.

– Talvez amanhã. Se o tempo permanecer assim, faremos alguns voos de teste. A senhorita já pilotou, Srta. Melzer?

Inacreditável! A notícia de que a estagiária Dorothea Melzer era piloto formada ainda não se espalhara por ali?

– Obtive os dois brevês de categoria A na Staaken, em Berlim – respondeu ela casualmente.

– Minha nossa! – exclamou ele. – Então somos colegas. Fico muito feliz. Amanhã lhe digo quando for a hora.

Aquilo já era um avanço. Ela assentiu de forma solene e percebeu que também estava feliz.

– Mas não exagere, Wedel – disse o Sr. Von Hentzen, rindo novamente. – Ela é daquelas que quer logo o braço inteiro quando lhe oferecemos a mão!

– Não se preocupe, senhor diretor. Sei como é!

Bem, o que importava era que os dois senhores concordassem! Eles se despediram, sendo que só o Sr. Wedel apertou sua mão, e depois ela continuou no galpão, dando parafusos e rebites da asa para o montador. Na semana seguinte poderia ir para o pavilhão, onde era feita a montagem final e eles instalavam o motor. Agora os aviões eram equipados com um motor Argus, que era refrigerado a ar, um avanço em relação ao motor Hirth, com o qual os primeiros Bf 108 haviam sido equipados. Era um grande momento quando o avião recebia seu motor: era como se implantassem um coração.

Ela ficara até mais tarde na fábrica mais uma vez, andando pelo hangar e olhando as máquinas que eram testadas. Por fim, quando retornara ao prédio administrativo para trocar de roupa, quase se chocara com um trabalhador que estava empurrando um carrinho cheio de folhas de alumínio.

– Perdão! – exclamou ela, pulando para o lado às pressas.

Ele não dissera nada e virara a cabeça para o outro lado. Provavelmente porque precisava prestar atenção para não esbarrar com o carrinho nas paredes do galpão. Mas, enquanto se dirigia para a saída, ficou se perguntando onde já vira aquele homem antes. Em Berlim? Não. Em Munique? Também não. Deveria ter sido na fábrica de tecidos dos Melzers então. Era possível. Afinal, a BFW contratara vários empregados que haviam trabalhado na fábrica de tecidos antes. Mesmo assim tinha algo diferente naquele homem...

17

Os quatro homens tinham aparecido na fábrica sem avisar. Identificaram-se no portão como membros da Gestapo, e dois deles também faziam parte da SS. Estavam vestidos com roupas civis e se comportavam educadamente, de forma quase amistosa. Dois estavam na faixa dos quarenta anos, eram carecas e pareciam funcionários zelosos; os outros dois eram mais jovens: o mais novo tinha, no máximo, 25 anos. Paul nunca vira nenhum daqueles homens em Augsburgo antes.

– Estamos fazendo a ronda nas empresas de Augsburgo – disse um dos dois mais velhos, que nitidamente ocupava um cargo alto na hierarquia. – Infelizmente ainda há pessoas que não compreenderam o espírito dos novos tempos sob a direção de nosso Führer Adolf Hitler. Queremos ajudar a esclarecer a situação. É claro que estamos certos de que a fábrica de tecidos dos Melzers já sabe há muito tempo que a hora é agora e que ela acompanhará a configuração nacional-socialista da economia.

Paul já esperava por aquela visita. Mas, quando os quatro estavam em seu escritório, declarando seu objetivo com aquela mistura estranha de cortesia e ameaça velada, ficara paralisado por um momento. Era a tirania com a qual aquela ação era realizada. Eles simplesmente invadiam o local, achando-se no direito de ignorar porteiro e portão, marchar pelo prédio administrativo e entrar na sala do diretor sem serem anunciados. E com total indiferença aos protestos das duas secretárias.

Ele se recompôs rapidamente, porque agora o importante era causar uma boa impressão. Afinal de contas, o que estava em jogo era nada mais nada menos do que a existência de sua fábrica.

– É claro que faremos isso, senhores – respondeu ele educadamente, apontando para os bancos de couro. – Sentem-se, por favor, estou à disposição dos senhores.

Eles estavam acostumados à obediência e se sentaram sem agradecer.

Um dos dois mais novos tirou um bloco de anotação e uma caneta de sua pasta; os outros olhavam à volta do escritório com curiosidade. Os quadros que Louise Hofgartner pintara e que Paul pendurara em seu escritório por amor a Marie causaram descontentamento.

– Esse tipo de coisa não deveria estar em uma empresa alemã, Sr. Melzer – disse um dos homens. – Lugar de arte degenerada é no lixo.

Paul calou-se. Ele não era de forma alguma apegado àqueles quadros, mas não estava disposto a deixar as visitas ordenarem como deveria decorar seu escritório. A foto de seu pai, o fundador da empresa Johann Melzer, foi bem-vista pelo olhar crítico dos nacional-socialistas.

Então eles fizeram a pergunta pela qual ele já esperava.

– Por que não tem uma foto do Führer aqui?

Nas outras empresas e na maioria das lojas, a imagem de Adolf Hitler decorava as paredes. Paul ainda não conseguira se decidir a respeito até então, e, na antessala, as secretárias também sempre tinham dito que não queriam ver aquele "homem horrível" em seu local de trabalho.

– Repararemos esse erro prontamente – respondeu ele, odiando a si mesmo por aquela subserviência.

– Recomendamos fortemente que o senhor faça isso, Sr. Melzer! Vamos ao verdadeiro motivo de nossa visita. Temos algumas perguntas para o senhor.

– É claro… Posso oferecer-lhes um café?

– Com prazer… Com leite e açúcar para mim. E vocês?

Ele chamou a Srta. Lüders, que anotou o pedido. Ela fitou Paul com um olhar assustado e saiu sem dar um pio, o que era uma raridade. As perguntas começaram de forma inofensiva. Perguntaram quando e por quem a empresa fora fundada, como ela evoluíra, qual era a composição da mão de obra, com quais parceiros comerciais ele trabalhava. Paul tinha plena consciência das armadilhas que deveria evitar. Omitiu o cofundador Jakob Burkard e pediu perdão a Marie por isso em pensamento. Em compensação, alegou que a indústria têxtil no Reich alemão estava sofrendo por causa das rigorosas restrições à importação de algodão, o que causara a redução da produção e o obrigara a estabelecer horários de trabalho reduzidos para os trabalhadores. Como presumira, aquela queixa não causara nenhum efeito e fora ostensivamente ignorada.

– O senhor emprega funcionários ou operários judeus?

– Muito poucos. E só em cargos que momentaneamente não podem ser ocupados por outros empregados.

Quando o café chegou, eles fizeram um intervalo. Falaram sobre a recuperação econômica gerada pelos nacional-socialistas, sobre a melhoria da situação dos trabalhadores e sobre a necessária restrição da liberdade política dos empresários judeus.

– Agora examinaremos sua empresa mais detalhadamente, Sr. Melzer. Por favor, faça a gentileza de nos conduzir pelos pavilhões e departamentos.

Paul acreditara que estaria livre daqueles visitantes inconvenientes depois de responder às perguntas, mas agora percebia que se enganara. Eles faziam seu trabalho de forma minuciosa. Interessavam-se, sobretudo, pelos registros comerciais. Um dos membros mais jovens da Gestapo se alojara na antessala e comandava as secretárias. Fazia anotações sobre cada um dos arquivos e inclusive pegara cartas e contratos de alguns deles.

– Por favor, lembre-se de que preciso de vários documentos para a declaração fiscal – objetou Paul com certa ousadia.

Pouco adiantou. Eles disseram que enviariam as páginas confiscadas de volta a tempo, mas Paul não acreditara naquilo. A situação só ficou menos tensa quando a porta do segundo escritório se abriu e viram Henni sentada, trabalhando em um folheto promocional de impressões coloridas de algodão. Ela se levantou para cumprimentar os senhores com um sorriso que produziu o efeito desejado imediatamente.

– Nossa voluntária, Srta. Bräuer. Minha sobrinha – disse Paul, apresentando-a.

– Heil Hitler, senhorita – disse o Sr. Diebach com uma voz diferente. – Estou vendo que a senhorita está concentrada no trabalho.

Os visitantes da Gestapo eram todos homens. E Henni tinha a habilidade de encantar homens de todas as idades, um talento de que Paul tomara conhecimento com reserva até aquele momento, mas que agora vinha a calhar

– Isso mesmo, senhores – disse ela com um olhar adorável. – Estou justamente preparando um folheto promocional. Gostariam de ver o que já fiz?

É claro que eles queriam. Eles se apinharam em torno de sua escrivaninha, não economizaram elogios, e Henni tagarelava, contente. Compartilhava ideias com eles, encantava os visitantes com os belos tecidos de algodão que seriam vendidos em toda a Alemanha e respondia às perguntas que lhe faziam de forma extremamente inteligente. Elas diziam menos respeito à fábrica, e muito mais à jovem e linda voluntária.

– Ah, não, não acredito que acabarei me tornando uma mulher de negócios – disse ela com a voz melosa. – É claro que quero contribuir para o sucesso de nossa fábrica, mas, como mulher alemã, quero me casar e ter filhos um dia...

Os senhores estavam encantados. O porta-voz quis saber, com um sorrisinho paternal, se já havia um "candidato" para o casamento no futuro, e Henni, aquela exímia atriz, conseguiu até a mágica de enrubescer de leve.

– Ainda não encontrei o rapaz certo até agora.

– Mas uma menina de tamanha pureza alemã como você – disse um dos membros mais jovens da Gestapo. – Tão loira e com estes olhos azuis radiantes, os candidatos devem fazer fila, não é mesmo?

Pelo menos naquele aspecto ele acertou em cheio, pensou Paul, achando graça. Contudo, Henni fizera-se de difícil e falara que a situação de fato não era tão complicada assim. Mas dissera essas palavras com um olhar tão malicioso que daquela vez fora o homem que ficara vermelho.

– Eu poderia mostrar a fábrica aos senhores então? – sugeriu ela. – Conheço tudo muito bem, pois já sou voluntária há quase um ano.

A sugestão foi acatada com prazer. Henni ajeitou graciosamente a saia e a blusa, ato que teve um efeito favorável neles; depois se posicionou à frente do grupo de visitantes.

– Você não se importa, não é mesmo, tio Paul? – perguntou ela enquanto passava.

– Imagine – respondeu um porta-voz no lugar de Paul. – O senhor diretor pode ficar colocando seus arquivos de volta no lugar enquanto isso.

Mas que falta de respeito! Paul adoraria ter dado uma resposta atravessada para aquele homem, e adoraria ainda mais tê-lo expulsado junto com seu séquito. Mas infelizmente não era possível. O NSDAP, o Partido Nacional-Socialista dos Trabalhadores Alemães, penetrara havia um bom tempo em todos os setores da economia e da vida cotidiana das pessoas, e não era nem um pouco inteligente se indispor com os seus membros. Principalmente por meio de um comentário impulsivo de orgulho ferido. Ele, Paul Melzer, conduziria a fábrica de forma incólume por aqueles "novos tempos", conservaria a obra de seu pai e a passaria um dia para seu filho. Só isso importava.

Voltou à antessala para encorajar as secretárias com algumas palavras amistosas e agradecer-lhes por seu empenho.

– Mas que homens grosseiros! – comentou a Srta. Lüders. – Simplesmente jogaram os arquivos no chão. E sequer terminaram de beber o café!

A Srta. Haller estava sentada diante da máquina de escrever com uma expressão petrificada, digitando sem parar.

– Imagine só, senhor diretor – começou a Srta. Lüders. – Eles encontraram um livro de um escritor proibido na escrivaninha da Srta. Haller. E levaram-no embora.

Fora assim que Paul ficara sabendo que sua secretária lia poemas de Erich Kästner escondida. O que ela podia fazer em casa, mas não no escritório!

Ele se sentou à escrivaninha para separar de novo as correspondências, que eles haviam analisado rapidamente e bagunçado. Meu Deus, lá embaixo tinha uma carta do advogado que ele consultara por causa de Sebastian. Por sorte eles não tinham aberto suas correspondências, era só o que faltava! Ele tirou a carta do envelope e leu seu conteúdo, que consistia em uma única frase:

"Por causa da demanda de trabalho atual, infelizmente não tenho condições de assumir seu caso."

Aquela era a terceira recusa em uma semana. Ele amassou a folha e jogou-a no lixo. Será que as coisas na Alemanha realmente já estavam do jeito que Marie afirmara? Será que os tribunais não trabalhavam mais com independência, que precisavam obedecer ao partido? Ele não queria nem podia acreditar naquilo. Ainda estava convencido de que havia justiça naquele país. Sebastian não cometera nenhum crime, e eles não tinham o direito de detê-lo.

Ele brigara uma noite inteira com Marie, o que não acontecia fazia anos e, ao final, os dois saíram muito magoados. Arrependidos, tinham se reconciliado e pedido perdão um ao outro, mas as visões distintas permaneceram assim. Paul ficara furioso por Marie estar disposta a ceder à tentativa cruel de chantagem da Sra. Von Dobern. Como Marie podia argumentar que o ateliê na Karolinenstraße não significava tanto assim para ela? Ele sabia muito bem como ela era afeiçoada àquele ateliê de moda e quanto amor e energia dedicara à sua pequena loja!

– No fundo ela não quer seu ateliê, Marie – dissera ele, tentando esclarecer a situação para a esposa. – O que ela quer é o triunfo de tirá-lo de você.

Mas Marie dissera que não se importava com o que a Sra. Von Dobern planejava fazer com seu ateliê. Só Sebastian importava. Naquele momento, Paul quase precisara rir de sua ingenuidade.

– Você não acha realmente que ela tem influência sobre a Gestapo! Acorde, Marie! Ela contou mentiras para fisgar você.

– Por que ela mentiria, Paul? Ela só nos enviará o contrato de aluguel quando Sebastian já estiver em liberdade.

– Isso não passa de uma farsa! Assim que nós o assinarmos, os capangas da Gestapo virão buscar Sebastian novamente.

– Não acredito nisso, Paul. Lembre-se de que ela foi casada com o advogado Grünling e que tinha entrada em sua atividade. Não é possível que tenha conhecimento de alguns rabos presos na trajetória de certas pessoas importantes?

– Você tem uma imaginação fértil, Marie – objetara ele. – Mas chantagear um membro da Gestapo é uma situação de risco de vida. E com certeza Serafina sabe disso.

Eles não chegaram a nenhuma conclusão, por isso a oferta sorrateira da Sra. Von Dobern não fora nem aceita nem rejeitada até aquele momento, e ele tinha esperança de que a questão estivesse simplesmente resolvida.

O tour de Henni se alongara; só por volta de uma hora depois, o líder dos visitantes indesejados reaparecera no escritório de Paul. Estava de bom humor, e Henni servira café e biscoitos para os visitantes no escritório ao lado.

– Menina simpática, essa sua sobrinha – disse ele, com aprovação. – Eficiente e perspicaz. Quem conquistá-la será um homem de sorte.

– Sim, ela é bastante competente – respondeu Paul. – O senhor ficou satisfeito com a visita às instalações?

O homem assentiu e puxou uma cadeira para perto dele.

– Tudo está nos conformes, Sr. Melzer – disse ele, dando de ombros. – Nem sei por que o senhor está reclamando. As restrições de importação do Führer têm motivações macroeconômicas cruciais, e isso é algo a ser respeitado.

– Certamente...

Paul recebera, como todas as fábricas têxteis, a imposição de naquele ano só processar setenta por cento da quantidade de matéria-prima do ano anterior. O algodão precisava ser importado, mas o Estado queria poupar moeda estrangeira. Em compensação, a MAN produzia a pleno valor sem qualquer tipo de restrição.

– Já que estamos só nos dois aqui, Sr. Melzer – disse seu interlocutor em tom confidencial. – Quero assinalar uma questão para o senhor. É sobre sua esposa...

Paul sentiu as mãos ficarem frias.

– Como o senhor deve saber, o problema dos judeus será regulamentado por lei em breve para que haja clareza e não se deem ações descontroladas da população.

– Li sobre isso no jornal... – afirmou Paul, intervindo impacientemente.

O funcionário da Gestapo inclinou-se para a frente e continuou falando em um tom de voz mais baixo.

– Sua esposa é judia, Sr. Melzer. Um casamento misto dessa natureza não respeita as orientações que o Führer estabeleceu para a manutenção da pureza do sangue alemão. Por esse motivo, o divórcio pode acontecer sem complicações e será de grande vantagem para a continuidade de sua fábrica. O senhor sabe que os compatriotas alemães não fazem negócios com judeus. O senhor deve concordar que seria uma pena se seus parceiros comerciais boicotassem a fábrica de tecidos dos Melzers e grandes contratos governamentais acabassem nas mãos dos concorrentes...

Paul pensou na carta do Sr. Von Klippstein, que ele rasgara e que infelizmente caíra nas mãos de Marie. Ele lhe dissera que aquela carta não passara de uma vingança maligna de um homem divorciado e não teria importância nenhuma. Que decidira destruí-la para não deixá-la angustiada. Marie ouvira tudo em silêncio, e eles não tinham mais falado sobre o assunto desde então.

– Não me separarei de minha esposa em hipótese alguma – respondeu Paul com o máximo de tranquilidade que era possível ter com aquele turbilhão de sentimentos. – Talvez o senhor não consiga imaginar isso, mas amo minha esposa.

Seu interlocutor retorceu o rosto, repugnado. Provavelmente era inimaginável para ele que um homem ariano pudesse amar uma mulher judia.

– É uma pena – disse ele, levantando-se. – Falei na melhor das intenções, Melzer. Mas algumas pessoas gostam de cavar a própria cova. Heil Hitler!

Ele saiu do escritório ao encontro dos seus companheiros, que estavam bebendo café no escritório adjacente com a simpática voluntária Henni, e todos os quatro deixaram a fábrica.

Logo em seguida Henni apareceu no escritório de Paul para apresentar seu mais novo projeto.

– Eles irritaram você, tio Paul? – perguntou ela com compaixão, inclinando a cabeça. – Você parece abatido.

– Não foi uma visita agradável.

– Só Deus sabe! – disse ela, bufando. – Eles não passam de imbecis, mas, como são funcionários da Gestapo, se sentem superiores.

Ela tem razão, pensou ele. *Nada é mais perigoso que imbecis com poder e influência. Coitado de quem estiver à mercê deles.* Ele lembrou de Sebastian, e seu coração doeu. As prisões e as câmaras de tortura na Prinzregentenstraße número 1 eram conhecidas em toda a cidade. Será que ele deveria ter se dobrado àquela negociação maléfica?

Henni, que não tinha a menor ideia de seus pensamentos sombrios, fez um movimento desdenhoso com a mão e riu.

– Não se aborreça mais com isso, tio Paul. O que importa é que eles foram embora e que estamos livres deles. Você já viu as novas estampas azul-claras? Elas ficaram magníficas…

Seu jeito confiante acalmou-o. Ele elogiou seu desenho e considerou encomendá-lo; depois foi com ela até o departamento de impressão e admirou os tecidos que tinham acabado de ficar prontos. Mas que pena, eles eram perfeitos para o mercado inglês, só que ainda estavam boicotando os produtos têxteis alemães por lá. Infelizmente o mercado interno estava saturado. Ele só tinha um cliente alemão para aquele tecido, no norte do país.

Por fim, fez uma visita à contabilidade e ao departamento de cálculo para discutir rapidamente a visita-surpresa e acalmar os funcionários. Afirmou que era um procedimento de rotina realizado em todas as empresas e não havia motivo para preocupação, tudo estava na mais perfeita ordem. Quando voltou para a antessala, as duas secretárias já tinham organizado os arquivos de novo e estavam no intervalo de almoço.

– Vamos, tio Paul? – perguntou Henni. – Estou com uma fome de leão. Você sabe, vovó Gertrude se esforça, mas nunca chegará aos pés da Sra. Brunnenmayer.

– Mas nem pense em falar isso para ela, Henni – disse ele, sorrindo.

– Claro que não, tio Paul!

O clima na sala de jantar da Vila dos Tecidos estava tenso desde a prisão de Sebastian: as conversas eram superficiais, e temas críticos eram evitados intencionalmente. Eles ainda não tinham dito a verdade para as crianças. Johann e Hanno pareciam pouco incomodados com sua ausência, e só Charlotte sempre perguntava pelo pai. Kurt sugeriu que ela ligasse para Sebastian se estava com tanta saudade, o que obrigara Lisa a contar mais uma mentira.

– Eles não têm telefone, Charlotte. E chega de reclamações. Em vez disso, tome sua sopa!

Todos os adultos à mesa estavam cientes de que não conseguiriam mais ocultar a verdade por muito tempo. Tia Elvira dissera no dia anterior que era uma vergonha mentir para as crianças daquele jeito. Mas Lisa ainda se recusava a "sobrecarregar aqueles seres inocentes com a realidade cruel", e ninguém queria passar por cima de sua autoridade.

Naquele dia, a refeição fora uma tortura sem fim para Paul. As crianças estavam inquietas, sua mãe estava pálida de preocupação, e Lisa estava à beira de um colapso nervoso. Leo quase não tirara os olhos do prato, e só Henni e Marie tentaram disseminar um pouco de alegria, mas tiveram pouco êxito. Paul recusou a sobremesa e retirou-se para uma breve soneca, como de costume, antes de voltar para a fábrica. Ele já sentira o coração se manifestar durante a refeição, mas atribuíra aquilo ao café que bebera rapidamente no escritório antes do intervalo de almoço. Mas as palpitações cardíacas persistiam. Seus batimentos aceleravam, e ele precisara se sentar na cama para respirar melhor. Pegou a jarra de água em cima da mesa de cabeceira, serviu-se um copo e bebeu. Aí sim seus batimentos se acalmaram um pouco.

Alguns instantes depois, Marie entrou no quarto para ficar mais um pouquinho em sua companhia, antes que ele precisasse sair novamente.

– Você não está dormindo – disse ela enquanto tirava os sapatos para deitar-se ao seu lado.

– Estava com sede e bebi um gole d'água. Quer?

– Não, obrigada. Aconteceu algo especial na fábrica?

É claro que seu estado de espírito deprimido não passara despercebido por ela. Normalmente ele ficava feliz em dividir suas preocupações com Marie e buscar uma solução junto com a esposa. Mas, naquele dia, preferiria ter ocultado as preocupações que o angustiavam. Contudo, seu olhar inquiridor e preocupado lhe dizia que ele não tinha a mínima chance.

– Tivemos "visita dos altos escalões" – disse ele com ironia. – Quatro homens do partido inspecionaram a fábrica.

– E aí? Você lhes disse como as restrições à importação estão nos prejudicando? Que por isso precisamos reduzir os horários de trabalho e até demitir operárias?

Ele se esforçou para fazer seu relato da forma mais fidedigna possível e, ao mesmo tempo, de uma forma relativamente tolerável. Marie ouviu com atenção, riu do espetáculo de Henni e comentou que ela era muito parecida com a mãe. Kitty teria se comportado da mesma forma em uma situação como aquela.

– Então tudo correu bem – disse Marie por fim. – Ou tem mais alguma coisa para contar?

Ela vira em seu rosto que ele omitira algo. Desde que encontrara aquela maldita carta, estava especialmente desconfiada. Às vezes ele tinha a sensação de que ela estava só esperando por más notícias. Decidiu abrir o jogo. Acontecesse o que acontecesse, independentemente da angústia que os assolava, não deveria haver mentiras entre eles.

– Eles salientaram que seria melhor eu me separar da minha esposa – disse ele baixinho e pegou sua mão. – Você sabe que eu nunca faria isso, Marie – afirmou ele, acrescentando depressa.

– Melhor para quem? – perguntou ela. – Para você? Para a família? Ou para a fábrica?

– Para todo mundo – respondeu ele, atormentado, e acrescentou: – Especialmente para a fábrica. Mas não se preocupe, Marie. Vamos conseguir passar por isso juntos, você e eu. Da mesma forma que fizemos todos esses anos.

Apreensivo, olhou para o rosto pálido da esposa e abriu os braços para abraçá-la. Eles ficaram deitados um ao lado do outro em silêncio, ouviram seus corações baterem, sem saber o que dizer, mas sem querer se soltar.

– Tenho que ir – disse ele, por fim, olhando para o relógio da mesa de cabeceira. – Nos vemos hoje à noite, querida.

Eles se beijaram rapidamente, e Marie levantou-se e saiu do quarto às pressas, pois precisava cuidar de Lisa, que estava completamente desesperada. Paul bebeu um copo d'água para abafar as batidas irregulares de seu coração e depois arrumou-se para ir à fábrica. Estava feliz por Henni já estar esperando por ele lá embaixo no átrio. Seu jeito desinibido e prático afugentaria seu estado sombrio.

À noite, uma surpresa esperava por ele: Sebastian estava de volta. Haviam-no libertado sem informar a família. Ele fora a pé até a Vila dos Tecidos e sucumbira nas escadas da entrada, completamente exausto.

18

Tilly não conseguia entender o que estava acontecendo com ela. De onde vinha aquela tendência estranha de ir para a cama cedo e ficar lendo durante horas? E não eram livros técnicos de medicina que a fariam avançar na profissão. Não, ela lia ficção. Romances. Livros piegas nos quais ela não teria encostado tempos antes. Já terminara cinco volumes de E. Marlitt, e acabara de trazer escondido o sexto da estante de livros da sala. Os livros continham um ex-libris adorável – de sua mãe.

Tudo bem, ela estava trabalhando muito, mas aquele cansaço extremo que tomava conta dela à noite não podia ser por causa do trabalho. Seria anemia? Um resquício de resfriado? Problemas circulatórios? Ela não sabia e nem queria saber. Algumas semanas antes saíra quase todas as noites, divertira-se nos bares e restaurantes da cidade com duas jovens colegas da clínica. Dançara, fora ao cinema e até a um concerto de verão. Depois se dera conta de que sempre voltava para casa com uma sensação de vazio e não conseguia dormir à noite. Todas aquelas distrações tinham subitamente perdido o encanto para ela. Também recusara o convite de diversos colegas simpáticos com alguma desculpa. Não tinha interesse em breves casos amorosos, especialmente se o homem fosse casado. De forma geral, passara por suas experiências amorosas e queria se poupar de outras decepções. Tinha seu trabalho e não precisava de mais nada. No máximo um livro agradável para distrair-se. Uma cama macia. Uma porta para fechar.

Naquele dia, na clínica, começara a chegar à raiz daquela fadiga esquisita. Talvez fosse uma infecção urinária. A grande urgência para urinar era extremamente irritante durante o trabalho. Pelo menos era uma explicação. Ela beberia bastante água e usaria meias quentes apesar do calor. No pior dos casos, pegaria uma prescrição de penicilina, mas ainda queria esperar um pouco até isso. Ela não gostava de tomar remédio.

No finzinho de tarde, quando chegara em casa da clínica, sua mãe dera o bote nela de novo no corredor. Ela não parecia ter mais nada para fazer a não ser espreitar na cozinha até que ela chegasse do trabalho e a atacasse.

– Se você não tem mais nenhum interesse pela família – declarou sua mãe, começando seu sermão com uma expressão trágica –, poderia pelo menos limpar sua janela uma vez na vida e guardar no armário as roupas que lavei, passei e deixei no seu quarto.

– Sim, mamãe – respondeu ela, exausta. – Já, já farei isso. Mas primeiro preciso me deitar um pouquinho, tive um dia cansativo.

É claro que a mãe não se dera por satisfeita com aquela declaração. Tilly tivera que ouvir que ela não era sua criada, que ela era uma ingrata, que a mãe não viveria para sempre e que um dia ela se arrependeria de tê-la tratado tão mal.

– Aqui! – dissera Gertrude para coroar suas críticas ao jogar uma carta em cima da mesa. – Mais uma carta de seu Jonathan. Não entendo você, Tilly. Ele é um rapaz tão simpático, e você o trata que nem lixo. Ele não merece isso!

Agora Tilly estava farta. Virou-se e saiu da sala, sem antes fechar a porta com toda a força. Ficou parada no corredor, assustada e com a consciência pesada. Meu Deus, ela estava se comportando como uma menininha mimada! Voltou, envergonhada, e abriu uma fresta da porta da sala.

– Desculpe, mamãe – disse ela. – A porta escorregou da minha mão.

Sua mãe ainda estava parada no mesmo lugar e fitou-a com censura silenciosa.

– Leve sua correspondência! – exclamou ela.

Mais nada. Mas seu olhar dizia muita coisa.

Sentindo-se culpada, Tilly pegou a carta de sua mão, murmurou um discreto "obrigada" e foi até seu quarto. Era a quarta ou quinta carta de Jonathan. Ela lera as duas primeiras, que só continham desculpas implausíveis e mentiras deslavadas. Ele assegurava insistentemente que era inocente, que tudo não passara de um trágico mal-entendido, que ele ainda a amava e não conseguia entender como ela acreditara naquelas calúnias. Ela rasgara as últimas três cartas e as jogara na lixeira sem ao menos lê-las. Por quanto tempo ele ainda a incomodaria? Tudo acabara, e Jonathan também precisava entender. Agora chegara a quinta carta. Ela deitou-se na cama e fechou os olhos de exaustão. Mais um dia tomada pelo cansaço! Bem, uma infecção urinária debilitava o organismo. Comeria algo mais tarde, levaria um bule de chá para o quarto e iria para a cama em seguida. E. Marlitt a esperava no livro *Em casa do conselheiro*. Ela tentou rasgar a carta, mas o envelope se mostrara muito resistente, por isso abriu-o e tirou a folha de dentro. Fora um erro, pois então viu sua letra, que lhe era tão familiar, e, sem querer, acabou lendo algumas linhas.

... quaisquer que forem os motivos que tenham levado à sua decisão, vou aceitá-la, pois qualquer outro tipo de postura minha não levaria a nada. Se não está em condições de confiar em uma pessoa que a ama, como o amor ou um possível casamento poderia ser possível?

Esta é a minha última carta para você. Despeço-me de um período de muita felicidade e esperança, de um amor no qual quase perdi a mim mesmo.

Desejo-lhe sucesso e felicidade em sua caminhada.

Jonathan

Enfim, pensou ela. *Demorou, mas ele finalmente aceitou e me deixará em paz.* Ela amassou a carta e jogou-a na direção da lixeira, mas não conseguiu mais ver se tinha acertado o alvo, porque de repente seus olhos se encheram de lágrimas. *Estou histérica*, pensou ela. Depois chorou desesperadamente no travesseiro. Coisas absolutamente irracionais passaram por sua cabeça. Viu-o sentado ao seu lado no carro, o rosto sorridente, o braço e os ombros, o calor de sua mão acariciando as costas dela. Sua voz pertinho do ouvido dela. O cheiro conhecido da gola de sua camisa... Tudo aquilo era passado. Ele não escreveria mais para ela. Nunca mais. Mas por que ela estava chorando? Ela desejara aquilo! Então por que sentiu de repente aquela saudade ardente de estar junto de alguém? De um abrigo acolhedor ao seu lado, onde se sentiria protegida? Por que se sentia tão desamparada e vulnerável?

Estava prestes a deixar o travesseiro encharcado de lágrimas quando ouviu Kitty chamá-la em voz alta das escadas.

– Tilly! Tilly querida, você está aí em cima? Você não está dormindo, não é? Por favor, desça rápido até aqui, temos que ir imediatamente para a Vila dos Tecidos...

Para a Vila dos Tecidos? Mas o que Kitty achava? Que poderia fazer exigências assim do nada, ainda por cima em seu tão merecido horário de descanso? Ela não queria ir para a Vila dos Tecidos. Não estava se sentindo bem, estava sofrendo de histeria e infecção urinária. Limpou a bochecha molhada com o dorso da mão, fungou várias vezes e precisou limpar a garganta vigorosamente para reencontrar a voz.

– Desculpe-me, Kitty – respondeu ela com a voz rouca. – Infelizmente estou doente e quero ficar na cama. Mande meus sinceros cumprimentos a todos, irei na próxima vez...

Ela ainda não acabara de falar quando ouviu batidas fortes à porta de seu quarto.

– Por favor, Tilly! – exclamou Kitty, nervosa. – Recomponha-se e vista algo. Sebastian saiu da prisão. Ele foi terrivelmente espancado, você tem que examiná-lo. Vamos lá! Lisa está com muito medo de que ele tenha uma hemorragia...

Tilly sentou-se rapidamente na cama. De repente se dera conta de que havia coisas piores neste mundo do que o fim de um romance. Sebastian? Prisão? É verdade, agora se lembrava de Kitty lhe dizendo que tinham catado o pobre na cidade e o levado para a prisão preventiva. Por que aquilo interessara-lhe tão pouco a ponto de ela esquecer o ocorrido?

– Estou indo... – disse ela, calçando os sapatos. – Já, já estarei aí embaixo.

Correu até o banheiro para limpar os vestígios daquela choradeira estúpida com um pano frio, olhou rapidamente no espelho, sentiu um calafrio e passou um pente pelos cabelos emaranhados.

Ainda pegou a maleta com os instrumentos médicos do armário e desceu as escadas. Lá embaixo, Kitty estava com o telefone ao ouvido, esticando o cabo do aparelho quase a ponto de arrebentá-lo.

– ... Robert também falou isso... Não se preocupe, Lisa. Já estamos indo para aí. Chá? Meu Deus, eu daria um bom chá de genciana para ele... Ah, aí está você, Tilly querida. Meu Deus, que cara é esta? Por acaso está com caxumba?

– Fiquei muito tempo no sol – murmurou Tilly. – Vamos...

– Robert está esperando lá fora, no carro. Gertrude, por favor, coloque o telefone no gancho. Ah, Tilly, é terrível. Lisa disse que bateram nele quase até a morte, aqueles bárbaros. Que pessoas são essas? Que escória está governando este país?

Lá fora, no carro, Robert pediu-lhe que não falasse tão alto, pois havia vizinhos que passavam o dia inteiro sentados à janela com um bloco de anotações e um lápis na mão. Kitty respondeu-lhe então que não se importava com aquilo: a verdade não deveria ser negada. Robert ligou o carro, e o barulho do motor encobriu todo o resto.

A Vila dos Tecidos estava envolta em tristeza e desespero. Hanna os recebera com lágrimas nos olhos, e gritos de crianças podiam ser ouvidos do andar de cima, entre eles a voz agitada e estridente de Lisa e as palavras tranquilizadoras de Marie.

– A pobre menina não quer sair do lado do pai – disse Hanna. – Ah, meu Deus, as crianças viram o que fizeram com ele. Isso é o pior...

Foram as crianças que haviam encontrado Sebastian quando voltavam do parque para jantar. Encontraram-no deitado nos degraus da escada de casa, inconsciente. A princípio tinham acreditado que se tratava de uma brincadeira. Fizeram cosquinha em seus braços e suas pernas para ele se levantar, mas, como ele não abrira os olhos e Johann por fim descobrira uma grande mancha de sangue em sua camisa, ficaram apavorados. Humbert e Hanna o carregaram, inconsciente, para dentro, e Christian fora chamado para carregá-lo até sua cama no andar de cima. Logo em seguida, ligaram para a casa na Frauentorstraße.

Naquele momento, tia Elvira aparecera lá em cima, nas escadas.

– Alicia! – exclamou quando viu Tilly. – Está tudo bem, Tilly chegou!

– Graças a Deus! – exclamou Alicia, aliviada. – Hanna, por favor, traga-me meu remédio, estou ficando com enxaqueca.

No anexo, Tilly encontrou Dodo, que estava cuidando de Hanno e Kurt. Paul pegara a mão de Johann, que chorava, e conversava com ele. A porta do quarto se abrira. Auguste aparecera e acenara para Tilly para que ela entrasse rápido. Então desceu até a cozinha segurando uma bacia com toalhas úmidas e sujas.

Sebastian estava deitado na cama de casal. Quando Tilly entrou, ele levantou a cabeça com muito esforço e olhou para ela com um olhar vazio. Estava com cortes no rosto. Provavelmente eles tinham destruído seus óculos. Lisa estava ajoelhada ao lado da cama, pressionando um pano úmido no rosto do marido, e Marie estava ao pé da cama com Charlotte no colo, que tinha o rosto inchado de tanto chorar.

– Não vou sair daqui! – disse a pequena, olhando para Tilly com hostilidade. – Vou cuidar dele!

Tilly esquecera-se de todas as suas preocupações pessoais. Ela era médica, e eles precisavam dela. Faria tudo que estivesse ao seu alcance para ajudar.

– Você pode ficar aqui se quiser, Charlotte – disse ela. – Preste atenção, vou colocar minha mala do seu lado, e você me dá as coisas de que eu preciso. A tia Marie pode ajudar você um pouco, tudo bem?

– Tudo bem.

Ela limpou as lágrimas e observou tia Tilly abrir a mala.

– Do que você precisa?

– Desses dois ganchos prateados com o tubinho vermelho preso... é um estetoscópio. Posso ouvir as batidas do coração com ele.

Lisa precisou chegar para o lado para que Tilly pudesse examinar o ferido. Sebastian deu um leve sorriso com esforço quando ela lhe perguntou como ele estava se sentindo.

– Não é tão ruim quanto parece – sussurrou ele. – Só as costas estão doendo um pouco. E meus óculos estão quebrados.

A primeira conferência indicou fortes hematomas no peito, nos braços e nas pernas, dois dedos quebrados e cortes nas bochechas que ainda estavam sangrando. Tilly precisava de antisséptico, gaze e uma pinça para retirar algumas pequenas farpas dos ferimentos. A pulsação do paciente estava acelerada, mas o coração estava funcionando normalmente, sem ruídos nem arritmias. Provavelmente ele também sofrera hematomas severos nas costas e nas nádegas, as quais, porém, ela não examinou em consideração à presença de sua filha pequena. Ela lhe prescreveria algo para passar no local. Estava mais preocupada com o fato de que ele estava com um pouco de febre.

– O rim pode ter sido afetado – disse ela. – Amanhã você deve ser examinado no hospital sem falta. Passarei um analgésico para esta noite.

– Obrigado – disse ele, pegando sua mão. – É a segunda vez que você tem que me remendar, Tilly. Não é fácil ter alguém como eu na família, não é mesmo?

– Não diga besteira – respondeu ela com um sorriso. – Estou feliz em poder ajudar em situações como esta. E quanto às suas convicções, admiro você por isso, Sebastian. Nem todo mundo tem essa coragem hoje em dia...

Ela captou um olhar perplexo de Lisa, que obviamente tinha outra opinião, mas o olhar encantado da pequena Charlotte lhe demonstrou que ela dissera a coisa certa. A pequena amava e idolatrava o pai e conseguiria suportar melhor aquela experiência terrível se conseguisse enxergá-lo como um homem correto e corajoso. O que ele realmente era.

– Agora deixo você aos cuidados da família – disse ela. – Nos vemos amanhã no hospital. Se houver algum imprevisto hoje à noite, o que não creio que acontecerá, liguem para mim que virei imediatamente.

Marie a acompanhou quando ela deixou o quarto do enfermo. Paul estava esperando no corredor com Hanno e Johann, que queriam ver o pai. Kurt também queria visitar tio Sebastian, o que Tilly autorizou.

– Mas não demorem, o pai de vocês está cansado e precisa dormir!

Agora que Tilly examinara o ferido, o desespero arrefecera na casa, e uma agitação fervorosa se instaurara. Auguste e Hanna corriam por todo lado para fazer várias tarefas, Humbert fora enviado à farmácia, e Else era avistada de vez em quando no meio do caminho com o rosto vermelho de choro.

– Quer comer alguma coisa, Tilly? – perguntou Marie. – Humbert nos serviu um lanche na sala de jantar. Peço-lhe, por favor, que fique mais meia horinha. Precisamos falar sobre algumas coisas.

Tilly não tinha nada contra aquela sugestão. Naquele momento, estava se sentindo bastante acordada além de faminta, algo que não acontecia fazia dias. Robert, Kitty e tia Elvira estavam sentados na sala de jantar. Leo se juntara a eles, e Dodo fora dormir, pois precisava acordar cedo no dia seguinte. Tilly encheu o estômago com sanduíches e ovos cozidos com mostarda, e parecia não conseguir parar de comer os pequenos pepinos em conservas. Alguns minutos depois, Paul entrara na sala de jantar. Trouxera várias garrafas de vinho do Reno; Marie pegara taças na cristaleira e as distribuíra.

– Agora a atmosfera está realmente acolhedora! – disse tia Elvira com satisfação. – Pena que Alicia está perdendo esta bela reuniãozinha familiar por conta de sua enxaqueca.

Ninguém concordou com ela, só Tilly assentiu, sorrindo para tia Elvira. Paul levantara a taça e declarara que eles estavam gratos por Sebastian estar em casa novamente, mesmo que estivesse padecendo das consequências da prisão. Agradeceu em especial a Tilly, sempre disponível para a família dia e noite. Eles brindaram e sorriram uns para os outros, mas o clima estava longe de alegre e mais para muito contido. Tilly pegou o último ovo com mostarda e esperou pela conversa sobre a qual Marie avisara.

Robert fora o primeiro a tomar a palavra. Falava calmamente e de forma objetiva, como de costume, mas estava sentado e inclinado para a frente, tenso, com a taça de vinho na mão direita. Também era inquietante que Kitty, sentada ao lado de Robert, não fizesse seus comentários de praxe, o que era totalmente contra sua natureza.

– Precisamos evitar a todo custo que Sebastian seja detido pela terceira vez e possivelmente seja levado para o campo de concentração de Dachau. – disse ele. – Estou disposto a arranjar um visto para ele, mas digo de antemão que não será fácil.

– E por que não? – perguntou Paul.

– Em primeiro lugar não sabemos se ele conseguirá os documentos necessários, e depois não será fácil encontrar um país que queira recebê-lo. Comunistas não são bem vistos em lugar nenhum.

Tilly entendeu tudo. Sebastian tinha que deixar a Alemanha para não cair nas mãos da Gestapo mais uma vez. Como Lisa receberia aquela notícia? E as crianças? Sobretudo Charlotte, tão apegada ao pai…

– Tenho uma sugestão – falou Marie, intervindo. – Perdoe-me, Paul, por pegar você de surpresa assim, mas é só uma ideia. Nada está decidido. Só quero abordar a questão, porque talvez possa ajudar Sebastian…

– Estou curioso – disse Paul.

Tilly viu em seu rosto que ele estava não só surpreso, mas também descontente. Marie trocou um olhar com seu filho Leo, que baixou os olhos logo em seguida e se mostrou culpado.

– É o seguinte – explicou Marie. – Leo troca correspondências há anos com seu amigo Walter. Acabou de saber que Walter recebeu uma bolsa para a Juilliard School of Music, que é uma academia de música importante em Nova York. Parece que Walter está muito feliz e fez grandes progressos lá.

– Chegue logo ao ponto da questão, Marie! – aconselhou Paul, franzindo testa. – Não vá me dizer que aconselhou Leo a estudar em Nova York! Isso excede consideravelmente nossos recursos financeiros!

– Sim, Paul, foi justamente o que fiz… – disse Marie baixinho.

Horrorizado, ele a fitou e ficou sem palavras por alguns instantes.

– Não estou entendendo, Marie! – exclamou ele em seguida. – Você mesma sabe que…

Ele fora interrompido, porque Lisa entrara na sala de jantar e sentara-se com um gesto bastante teatral.

– Que horror! – grunhiu ela. – Não consigo vê-lo sofrendo assim. E as pobres crianças. Johann disse que queria ir para Glückstadt para espancar o tio...

– É o que acontece quando mentimos! – comentou tia Elvira sem piedade. – A mentira tem pernas curtas, Lisa!

Kitty serviu uma taça de vinho para a irmã e acariciou-a na bochecha.

– Primeiro beba um gole de vinho para recobrar as forças. Todos nós aqui estamos do seu lado, querida. Robert acabou de fazer uma sugestão sobre como manter Sebastian em segurança, e Marie também tem uma ideia...

– Temos que escondê-lo... – disse Lisa, bebendo um gole grande da taça. – Em algum lugar no porão. Ou no sótão. Na casa do jardineiro...

– Não acho que seria uma solução a longo prazo – replicou Kitty. – Você não quer que ele vire uma assombração ou um fantasma de sótão, não é, Lisa?

– Acho suas piadinhas bastante inadequadas na atual situação, Kitty!

– Não estou fazendo piada, Lisa. É melhor você ouvir a sugestão de Marie.

Paul fez um movimento impaciente como se quisesse limpar alguma coisa da mesa com a mão.

– Não acho que a sugestão de Marie...

– Deixe-a acabar de falar primeiro, Paul! – exclamou Kitty, interrompendo-o. – Nós nos reunimos aqui para discutirmos juntos uma situação familiar complicada. Para isso precisamos ouvir todas as opiniões e sugestões. Depois você pode continuar compartilhando suas insatisfações.

Tilly não conseguia se livrar da suspeita de que tinha uma espécie de pacto oculto entre Kitty, Robert e Marie do qual Lisa e Paul sequer tinham ideia até aquele momento. Leo também parecia estar informado sobre o estado das coisas, mas era evidente que não queria se pronunciar sobre o assunto.

– Então, por favor, Marie – disse Paul, insatisfeito. – Diga-nos sua sugestão. Mas não espere que eu concorde com entusiasmo.

Marie parecia muito infeliz, mas ainda assim falou com calma e muita seriedade.

– Penso que seria vantajoso para Leo se ele continuasse seu curso na Juilliard em Nova York. A Sra. Ginsberg informou-se sobre as condições de admissão, e não haveria nenhum empecilho, já que Leo tem um mentor lá. É o professor Kühn, que já deu várias aulas para ele em Munique.

– E o que isso tem a ver com Sebastian? – perguntou Lisa.

– Leo poderia começar seu curso lá já no outono – disse Marie. – E eu o acompanharia para organizar as coisas para ele e…

– Isso é um absurdo! – exclamou Paul, batendo na mesa com a palma da mão. – Por que só estou sabendo agora dessas ideias monstruosas e completamente malucas? Leo, o que você tem a dizer?

Estava mais do que claro que Leo preferiria ter evitado aquela conversa, mas, como fora instigado a se pronunciar, levantou a cabeça e olhou nos olhos do pai.

– Foi sugestão da mamãe – respondeu ele. – Mas acho uma ótima ideia. Acho que não quero voltar para uma universidade alemã e também não quero ir para a Áustria. Em Nova York verei Walter de novo e poderei estudar com o professor Kühn…

– Vou perguntar a vocês pela segunda vez – pediu Lisa com a voz chorosa. – O que tudo isso tem a ver com Sebastian?

– Estou chegando lá, Lisa – disse Marie. – Tive a ideia de que talvez Sebastian pudesse viajar junto com a gente para primeiramente ficar em segurança. Contudo, não sei se ele conseguirá um visto para os Estados Unidos, isso dependerá das habilidades de Robert. Mas estou confiante de que ele dará um jeito.

Aquela sugestão causara uma grande celeuma. Tia Elvira exclamara que era uma ótima ideia e aplaudiu-a. Paul balançava a cabeça, pasmo, mas calara-se. Lisa encarava Marie com uma expressão de horror e berrava, indignada:

– É para Sebastian ir para a América? Vocês não estão batendo bem? Acham mesmo que eu permitiria que meu marido viajasse para outro país sem mim e as crianças? Ah, não! Quando nos casamos, jurei que estaria sempre ao seu lado, na alegria e na tristeza…

– Será que você quer se mudar com Sebastian para Dachau? – perguntou Kitty sem piedade. – Ou morar com ele no porão nos próximos anos? Acorde, Lisa! Se quiser salvá-lo, ele precisará ir para algum lugar que não esteja ao alcance da Gestapo!

Lisa começou a chorar, e tia Elvira comentou que Kitty também poderia ter dito aquilo tudo de forma mais cuidadosa.

– Ah, tia Elvira – comentou Kitty casualmente. – Lisa e eu nos conhecemos desde que nasci. Ela sabe que estou dizendo isso para seu bem. Não é mesmo, Lisa?

Ela não recebeu nenhuma resposta. Lisa ainda não estava em condições de verbalizar seus sentimentos.

Paul sentira sua raiva borbulhar e agora se dirigia a Robert.

– Claramente tem uma coisa que me escapou, querido cunhado. Por que Sebastian não pode ele mesmo requerer um visto para sair do país? Por que isso tem que passar por você?

Robert sorriu, parecendo já esperar por aquela pergunta.

– Você sabe que tenho boas relações com o exterior – respondeu ele. – Sebastian não é a única pessoa pela qual estou mexendo meus pauzinhos. Atualmente há muitas pessoas recorrendo a nós.

– Nós? – perguntou Paul, admirado. – Nós quem?

– Estou trabalhando junto com uma organização, Paul – respondeu Robert baixinho, trocando um olhar com Kitty, que claramente sabia de tudo. – Contudo, seria bom você não comentar nada em público. Estamos ajudando pessoas que precisam sair da Alemanha rapidamente e sem as importunações burocráticas que duram meses.

– Mas não quero que ele vá embora! – disse Lisa, soluçando em seu lenço. – O que ele vai fazer sem a gente na América? Se ele realmente tiver que ir, eu e as crianças iremos junto!

Ninguém parecia ver sentido naquela sugestão. Kitty resmungou e revirou os olhos, e Paul deu um sorriso nervoso.

– Lisa querida – disse Marie gentilmente. – São sugestões sobre as quais precisamos refletir primeiro. Fale com Sebastian assim que ele estiver melhor. Afinal, vocês têm que decidir juntos o que querem fazer.

Lisa assentiu e limpou as lágrimas com o lenço. Tia Elvira observou que não houvera mais nenhum governo decente naquele país desde o Imperador Guilherme II e que aquele Adolf Hitler estava levando a insanidade ao extremo. Leo fora o primeiro a se despedir, desejou boa-noite a todos e saiu da sala de jantar, seguido por tia Elvira.

Robert e Kitty também foram embora. Eles se abraçaram na despedida, prometeram se reunir novamente, e Kitty repetia toda hora que todo problema tinha uma solução, bastavam só boas ideias e um pouco de coragem. Humbert estava esperando lá embaixo no átrio para abrir a porta para eles e ligar a iluminação externa. Lisa já se retirara para o anexo, mas Paul e Marie tinham ficado no andar de cima, nas escadas, para se despedir dos convidados. Naquele dia Paul não abraçou Marie como sempre fazia. Provavelmente ainda tinha alguma coisa que precisava ser esclarecida entre eles.

– A ideia de Marie realmente é um pouco maluca – disse Tilly quando estavam no carro. – Se Leo for estudar música em Nova York, o que acho bem extravagante, por que ela precisa acompanhá-lo? A Sra. Ginsberg poderia cuidar de Leo...

Ela não recebera nenhuma resposta e por isso inclinara-se para a frente para ver se Kitty a escutara. Para seu espanto, percebeu que Kitty começara a chorar e pegara a mão de Robert.

– Marie – disse ela, soluçando. – Minha Marie querida... Ah, Robert, diga-me que nada disso está acontecendo.

19

— Tudo isso foi planejado faz tempo – disse Paul, furioso. – Pelas minhas costas, Marie. Não consigo entender o que deu em vocês.

Ele andava para lá e para cá no quarto, gesticulava e então parava de repente para encarar Marie de forma acusadora. Ela ficara sentada na cama, calada, esperando a raiva dele passar. Para ela, era extremamente doloroso vê-lo daquele jeito, e ela se perguntou pela centésima vez se tomara a decisão certa, se não estava causando danos piores do que aqueles que queria prevenir. E se destruísse seu casamento? Semeasse discórdia entre os filhos e o pai? Perdesse seu amor para sempre?

Sua preocupação mostrou-se inteiramente justificada. Em vez de se acalmar, a ira de Paul só escalava. Para seu azar, adivinhara o que ela omitira até aquele momento.

– E você quer me dizer que só passará algumas semanas lá? Acha que sou uma criança ingênua, Marie? Por que está mentindo para mim? Robert conseguiu um visto de imigração para vocês? Ele não falou que trabalha com uma organização que emite esses vistos?

Como ele estava furioso! Sim, ele herdara esse comportamento do pai – Marie se lembrava da tendência que Johann tinha de ter crises de fúria como aquela. Paul frequentemente criticara o pai por isso, mas agora estava agindo de forma parecida.

– É uma medida de precaução, Paul – respondeu ela baixinho. – Ninguém sabe o que ainda vai acontecer na Alemanha. Preocupo-me sobretudo com Leo…

– Então é verdade! – grunhiu ele, colocando as mãos no rosto. – Vocês pegaram vistos de imigração para os Estados Unidos! Sem nem me perguntar. Sem meu consentimento!

Ele se sentou na beira da cama e enterrou o rosto nas mãos.

– Como isso foi possível? – perguntou ele um momento depois. – Leo ainda não é maior de idade, ele precisa da minha autorização. E você, que é minha esposa, também precisa. Como conseguiram o visto? Que tipo de gente é essa que desloca pessoas contra a vontade da família?

– Por favor, Paul – disse ela, preocupada. – Robert e seus colegas estão se colocando em risco para ajudar as pessoas. Se você quiser acusar alguém, pode me culpar, mas deixe Robert fora disso.

– Fico comovido que você defenda seu cunhado tanto assim! – disse ele com ironia. – Parece que você não liga para o que está fazendo comigo.

Aquela acusação era tão injusta que Marie não encontrou palavras para reagir. Ele realmente achava que aquela fora uma decisão fácil para ela? Ah, ele estava com raiva e queria magoá-la. Aquele comentário partira de um lugar de desespero e impotência, ela sabia disso. Mesmo assim, doía demais nela.

– E é claro que Kitty estava sabendo de tudo! – esbravejou ele. – A intriga perfeita. Minha esposa, minha irmã e meu filho se juntaram para passar por cima de mim pelas minhas costas.

– Deixe-me explicar, Paul...

– Explicar o quê? – indagou ele. – Você tomou uma decisão sem me consultar e está me colocando diante de fatos consumados. Isso é uma quebra de confiança inacreditável que nunca esperei de você!

– Quer me ouvir ou só quer se enfurecer e gritar?

Ele calou-se, frustrado.

– É verdade que tomei essa decisão sozinha – disse ela. – Mas não foi uma coisa que decidi de repente ou por capricho. Lutei comigo mesma durante bastante tempo, hesitei muito e sempre mantive a esperança de que as coisas não seriam tão ruins como pareciam, que a situação se acalmaria e que nós poderíamos conviver em paz e segurança em breve outra vez, como antigamente. Mas eu precisaria ser cega para não reconhecer que o perigo cresce a cada dia. Primeiro era só discurso, então um dia picharam as vitrines do ateliê. Escreveram "judia suja" e "mulheres alemãs não compram de judias".

– Você nunca me contou isso! – exclamou ele, abalado.

– Depois Leo chegou de Munique – disse ela, continuando. – Espancado por um bando de estudantes nazistas. E por fim encontrei a carta que o Sr. Von Klippstein lhe escreveu...

– Eu nem imaginei que aquela maldita carta faria você pensar essas maluquices! – exclamou ele. – Eu não lhe assegurei que ela não significava nada? Que sempre estarei ao seu lado sob quaisquer circunstâncias?

Ele olhou para ela com desespero e não podia acreditar que ela não acreditara em suas palavras sinceras. Marie estendeu-lhe o braço, e ele pegou sua mão. Os dois abraçaram-se como se assim pudessem evitar que seus pensamentos e suas ações os distanciassem um do outro.

– Você disse isso, sim, meu amor – continuou ela em voz baixa. – E sei que você estava falando sério. Mas você já pensou sobre o que pode acontecer com a gente se eu precisar viver escondida como uma sombra nesta casa, só por ser judia? Se a fábrica quebrar porque você tem uma esposa judia da qual não quer se separar? Se eles transformarem Leo em soldado e acabarem enviando-o para a guerra? Você acha que conseguiríamos manter nosso amor intacto com esses acontecimentos terríveis?

Ele balançou a cabeça e tentou puxá-la para perto dele.

– Mas que cenários de terror você está imaginando, Marie! Quem está falando em esconder-se? Você é minha esposa e está sob minha proteção, estejam ou não atrás de você. E essa história de guerra? Ninguém quer outra guerra, todos estamos felizes pela guerra mundial ter acabado!

– Também acreditei nisso um dia – disse ela, chegando mais perto dele. – Mas pense no que fizeram com Sebastian. Eles não têm medo de violações legais e violência física. E, se acha que Hitler não está planejando uma guerra, está ignorando que estão produzindo equipamentos de guerra em massa na MAN. E o novo avião do qual Dodo vive falando, aquele que supostamente seria um avião esportivo: é um avião de caça. Foi construído para abater outros aviões. Quem está encomendando esse tipo de máquina está planejando uma guerra.

Ele discordou. Aquilo não passava de retórica. A economia alemã não estaria de forma alguma em condição de suportar uma nova guerra. Hitler seria maluco se planejasse algo assim.

– Falei com Kitty e Robert sobre isso – disse ela. – Temo que você esteja vendo as coisas com muito otimismo, Paul. Hitler escreveu um livro, lá podemos ver quais são suas intenções.

– Aquele livro infeliz e enfadonho! – esbravejou ele. – Quem é que acredita em um disparate absurdo daqueles? *Minha luta…* O próprio título é ridículo!

– Robert tem uma opinião diferente… – objetou ela.

– Robert, Robert – repetiu ele, repreendendo-a. – Fico magoado por você falar sobre todas essas coisas com Robert e Kitty em vez de vir até mim. Por que você deixou Robert convencer você a tomar uma decisão que vai contra mim, seu marido?

Chegara a hora de esclarecer uma coisa, mesmo que ela soubesse que ele não entenderia nem aceitaria suas palavras. Ela o amava, mas não era sua serva e não podia simplesmente agir de acordo com a vontade dele e partilhar de seu ponto de vista sem ser consultada. Nunca fizera isso em todos aqueles anos e não era agora que o faria.

– Ninguém me convenceu a tomar minha decisão, Paul – afirmou ela com determinação. – Tomei essa decisão sozinha após ponderar muito. Ela não se direciona de forma alguma contra você, meu amor. Mas preciso ser honesta comigo mesma. Não suportaria se a fábrica de tecidos dos Melzers acabasse por minha causa. Por isso você precisa conservar a obra de seu pai, que também significa tanto para mim. Enquanto isso, cuidarei de nossos filhos, que neste país não terão nenhuma chance de...

– Não me diga por acaso que você também pretende levar Dodo e Kurt para os Estados Unidos? – questionou ele, indignado. – Você também pediu visto para os dois?

– Sim, pedi, Paul. Porque acredito que...

Ele levantou-se da cama em fúria e voltou a andar para cá e para lá no quarto.

– Isso é inacreditável! Acha mesmo que permitirei isso?

Ele parou pertinho dela e a encarou com um olhar que a assustou profundamente. Como se ela fosse uma estranha sentada na sua frente. Como se Marie tivesse se transformado em um ser incompreensível, perigoso e hostil.

– Você não vai para os Estados Unidos! – disse ele com voz severa. – Nem você nem as crianças vão sair da Alemanha. Eu proíbo!

– Sinto muito, Paul – replicou ela. – Mas minha decisão está tomada. Seria melhor você aceitá-la.

Ele ficou mais um momento parado na frente dela, depois deu um passo, arrancou o cobertor e seu travesseiro de cima da cama de casal e desceu as escadas levando tudo na mão. Marie, sozinha no quarto do casal, ouviu a porta do salão dos cavalheiros fechando-se com um estrondo.

Era impossível pensar em dormir naquele momento. Ah, ela fizera tudo errado. Fora mesmo necessário contar seu plano para ele justo naquelas circunstâncias? Na verdade, ela previra que não seria uma boa ideia, pois ele claramente tivera um dia difícil na fábrica. Mas seus nervos estavam à flor da pele. Os membros da Gestapo que tinham inspecionado a empresa haviam confirmado o alerta do Sr. Von Klippstein. Para completar, o estado de Sebastian a deixara muito assustada. E Robert também a alertara para não esperar muito tempo: novas leis seriam aprovadas, e não se sabia se outras perseguições e barreiras seriam estabelecidas. Então ela fizera a coisa certa? Ou será que não? Será que existia alguma forma de fazer a coisa certa naquela situação?

Isso é o pior de tudo, pensou ela, amargurada. *Que eles nos obriguem a mentir. Que precisemos quebrar a confiança um do outro. Que pessoas que se amam se tornem inimigas.*

Será que seus filhos compreenderiam aquela decisão um dia?

Ela ficara deitada na cama sem trocar de roupa, volta e meia sentava-se, e após alguns instantes se entregava aos travesseiros novamente. Às vezes achava que estava ouvindo barulhos vindos do andar de baixo. Ouvia passos no corredor, a porta da sala de jantar sendo aberta, o barulho de copos tilintando. Com certeza Paul também não pregaria o olho naquela madrugada. Provavelmente buscara uma jarra d'água e um copo na sala de jantar.

Se ele sentir algum desconforto no coração, pensou ela, angustiada, *será minha culpa. Meu Deus, o que devo fazer?*

Já era início da manhã quando ela conseguira adormecer e tivera um sono inquieto, sendo acordada por um barulho. Alguém entrara no quarto, abrira a porta do armário, pegara algo de dentro e saíra novamente. Logo em seguida a torneira se abrira no banheiro. Ela olhou para o relógio na mesa de cabeceira: ainda não eram seis horas. Paul não pensara em se reconciliar. Queria ir para a fábrica bem cedo para não esbarrar com ela no café da manhã. Um sentimento doloroso tomou conta de Marie. Era tristeza? Arrependimento? Decepção? Era um pouco de tudo.

Ela precisava agir. Depois do almoço iria vê-lo e lhe pediria carinhosamente que não se fechasse em um silêncio furioso, mas que falasse com ela. Deveria haver a possibilidade de que eles encontrassem juntos uma solução com a qual poderiam viver! Ela esperou que ele fosse até a sala de jantar, então se levantou, foi ao banheiro e trocou de roupa. Assim que ficou pronta, ouviu o motor do carro dele no pátio. Ele pisara com tanta força no acelerador que o motor deu um arranque violento.

Para sua surpresa, além de Dodo, Leo também estava na sala de jantar. Ele não gostava de acordar cedo e geralmente tomava café mais tarde, com tia Elvira e Alicia.

– Bom dia, mamãe – disse Dodo, mordendo seu pãozinho. – Mais cedo, papai quase me atropelou no corredor. Não falei que as coisas ficariam feias? Mas minha opinião não interessa a ninguém nesta casa!

– Bom dia – disse Marie, sentando-se em seu lugar. – Considerei perfeitamente sua opinião, Dodo. E acho que você está cometendo um erro perigoso.

– Também acho – afirmou Leo. – O que vivi em Munique foi o suficiente para mim. Mas você só pensa em seus aviões e em seu belo professor de voo.

O último comentário deixou Dodo fora de si.

– O que Ditmar tem a ver com isso? – indagou ela. – Quer saber? Você só está com inveja, porque estou aprendendo e avançando na Alemanha, enquanto você é medroso demais para tentar estudar em outra universidade.

– Por favor, não briguem – disse Marie, levantando a mão em um gesto apelativo. – O que eles estão fazendo com a gente já é terrível o suficiente. Pelo menos vamos conviver uns com os outros em paz.

Leo, que já havia aberto a boca para dar uma resposta atrevida à irmã, fechou-a novamente e ficou olhando para o nada de forma sombria.

Dodo pegou o pãozinho mordido e bebeu o resto do café com leite às pressas.

– Tudo isso é mero alarde – resmungou ela. – Não vou para Nova York nem que a vaca tussa. Sobretudo porque provavelmente poderei tirar o brevê de categoria B em breve. Tchau, até mais!

Com essas palavras, abriu a porta e saiu correndo. Marie sentiu mais um peso alojar-se nos ombros. Os gêmeos sempre haviam concordado no passado e raramente brigavam. Dodo e Leo eram unha e carne, dissera Henni tantas vezes. Será que sua decisão também plantaria uma semente de discórdia entre os irmãos?

– Estamos fazendo a coisa certa, mamãe – disse Leo com um sorriso amargurado. – É difícil, porque eles não querem enxergar.

– É verdade, Leo – disse ela, desolada. – Fico feliz que você veja as coisas assim.

Ele se levantou, pegou o bule e serviu café para ela. Depois colocou a mão em seu ombro e lhe disse palavras bastante surpreendentes.

– Agora precisamos ficar unidos. Você pode contar comigo para tudo, tomarei conta de você, mamãe. Eu lhe prometo.

– Ah, Leo – disse ela, abraçando-o. – Meu menino grande. Sim, ficaremos unidos, mas não *contra* papai e Dodo, mas *por* eles. Por todos nós, Leo. Pela nossa família.

Ao ouvir os passos de Humbert se aproximando pelo corredor, ele se libertou rapidamente de seus braços. Leo ainda ficava constrangido de ser flagrado em um abraço apertado com a mãe. Mas Marie viu que ele precisara reprimir algumas lágrimas de emoção.

– Bom dia, senhores! – desejou-lhes Humbert com uma leve reverência. – Trago-lhes a mensagem de sua cunhada de que eles já tomaram café no anexo e que ela deseja ser conduzida ao hospital com seu marido em breve. Se os senhores tiverem algum desejo, Hanna estará à sua disposição…

– Obrigada, Humbert…

– Você perguntou sobre o estado de Liesel? – perguntou Leo.

– Sim, senhor. Eles a levarão junto. Aliás, Christian manda seus sinceros cumprimentos. Ele está muito grato por essa indicação…

– Ela deve procurar a Sra. Von Klippstein. Ela é médica no hospital e de nossa total confiança! – disse Leo com veemência.

Humbert agradeceu e retirou-se. Pela porta semiaberta, era possível ver Christian, que conduzia Sebastian com cuidado até as escadas do átrio. Atrás deles vinha Lisa, que já ofegava de tanta preocupação e nervosismo.

– O que aconteceu com Liesel? – perguntou Marie para Leo.

Leo hesitou por um momento, depois explicou com um tom de voz angustiado que Liesel estava sentindo dor.

– Ela sofreu uma queda outro dia quando estava trazendo chá para mim – confessou ele. – Na hora, ela disse que não foi nada, mas ontem à tarde Hanna me disse que Liesel estava sentada na cozinha com dores nas costas.

– Hanna lhe disse isso? Mas por que ela não comentou nada comigo? – perguntou Marie, admirada.

– Eu… eu perguntei como ela estava – explicou Leo, envergonhado. – Porque foi minha culpa Liesel ter caído.

– Sua culpa?

– Bem, sim… – murmurou ele. – Ela estava carregando o chá por minha causa…

– Mas Leo… – disse Marie, balançando a cabeça. – Não é culpa sua ela ter caído. Meu Deus, a desgraça adora companhia. De qualquer forma, foi uma ótima ideia Humbert levar Liesel junto ao hospital, já que está levando Sebastian.

– Também acho, mamãe – disse ele, feliz com o reconhecimento. – Vou subir e continuar trabalhando em meu oratório.

– Desejo-lhe boas ideias!

Como ele mudou…, pensou Marie, emocionada. *Meu filho sonhador e musical está se tornando um rapaz responsável. Quer cuidar da mãe. E cuida até mesmo dos empregados. Talvez toda essa situação terrível tenha um lado positivo. Meu Leo está se tornando adulto.*

Ela esperou Auguste aparecer com as crianças, que estavam indo à escola novamente após o fim das férias de verão. Os meninos iam de bonde, e a pequena Charlotte, de seis anos, exigira poder ir junto com Kurt e seus irmãos. Como todos ainda iam à escola perto do Portão Vermelho, eles faziam o mesmo trajeto, e os meninos tinham que cuidar da irmãzinha.

Marie sentou-se junto ao seu filho Kurt, passou sua geleia favorita em um pãozinho e lhe serviu uma xícara de achocolatado.

– Não gosto disso, mamãe – resmungou ele. – Esse negócio é doce demais e cola na boca. Quero café!

– Eu também! – exigiu Charlotte.

– Só adultos podem tomar café, vocês sabem disso!

Os pestinhas estavam bem-dispostos e animados, e mesmo a pequena Charlotte, que no dia anterior estivera tão inconsolável, já estava reposta.

– O médico do hospital vai deixar o papai saudável de novo – disse ela com confiança. – Mais tarde mostrarei ao papai como já sei ler. E fazer contas. E farei um desenho para ele também. Com um sol enorme!

Kurt descobrira no jornal daquele dia, que Paul não havia sequer tocado mais cedo, uma foto do piloto de corridas Bernd Rosemeyer, e dissera à sua mãe detalhadamente que o carro de corrida que Rosemeyer dirigia tinha 16 cilindros e era mais rápido do que uma moto DKW.

– Quando eu crescer, serei piloto de corrida! – declarou ele com audácia. – Ou piloto de avião, que nem Dodo. Mas prefiro ser piloto de corrida. Pilotar avião é mais coisa de menina!

Como de costume, o café da manhã fora uma bagunça; sobretudo Johann estava irrequieto, briguento e, por fim, recebera de Auguste a ordem para voltar ao anexo, porque esquecera a mochila da escola.

Apesar de Marie achar que Auguste era bastante rígida com as crianças, todas as quatro obedeciam-na e pareciam gostar dela. Kurt dissera um dia desses que Auguste entendia de carros, o que era um grande elogio vindo dele. Só Hanno não se dava com ela. O menino, que estava com oito anos, parecia estar no caminho certo para se tornar um ermitão que a cada dia se escondia mais nos livros. Marie acompanhou os quatro até o átrio, ajudou Hanna a distribuir as lancheiras e ficou parada na escada da entrada enquanto Hanna conduzia o grupo de crianças pela alameda até a parada do bonde.

O mundo parecia completamente pacífico. As crianças tagarelando alegremente em volta de Hanna, a luz da manhã que cintilava nos gravetos, os campos resplandecentes, os canteiros de flores coloridos e lá atrás, no fim da alameda, o portão. Fora lá que ela estivera parada no passado, quando Paul retornara da guerra, e os dois mal haviam acreditado em sua sorte. Já tinham se passado quinze anos desde então. Por que ela acreditara, naquela época, que sua felicidade duraria para sempre? Aquilo fora um presente daqueles tempos. E aqueles tempos tinham ficado para trás.

De repente sentiu-se exausta. A noite em claro se manifestava em seu corpo. Era melhor deitar-se por mais uma horinha. Sorriu para Else, que chegara ao corredor para fechar a porta, e subiu as escadas devagar.

Naquele momento, Alicia e Elvira já estavam na sala de jantar, e, como a porta estava semiaberta, viram Marie passando no corredor.

– Marie! – exclamou sua sogra, levemente irritada. – Por que não tem ninguém para nos servir? Cadê Humbert?

– Está levando Sebastian e Lisa ao hospital, mamãe. Hanna já virá até vocês, ela só está acompanhando as crianças até a estação do bonde rapidinho...

– Tudo bem, então – disse Alicia com insatisfação. – Queria falar uma coisa com você, Marie. Elvira me disse que você quer ir para Nova York com Leo. Isso é verdade?

Ela ficou parada e conteve-se. Alicia ainda não sabia toda a verdade, mas Marie estava se sentindo esgotada demais para dar detalhes.

– Acho oportuno Leo continuar seus estudos em uma universidade lá, mamãe.

– Isso é um completo disparate, Marie! – exclamou Alicia, indignada. – Leo pode estudar em uma universidade alemã. Ele só tem que parar de se esbofetear com os colegas.

– Sim, mamãe… Perdoe-me, preciso me deitar mais um pouco. Dormi mal esta noite.

Ela só acordara por volta do meio-dia quando alguém batera à porta.

– Perdão, senhora – disse Humbert do lado de fora, no corredor. – O almoço está servido; devo anunciar que a senhora não comparecerá hoje?

Ela sentou-se, assustada, e passou as mãos pelos cabelos. Ela realmente dormira pesado por mais de três horas?

– Estou indo imediatamente, Humbert.

Todos estavam esperando por ela na sala de jantar, e os olhares de reprovação de sua sogra eram muito eloquentes. Excepcionalmente, as quatro crianças estavam sentadas quietinhas diante de seus pratos com os guardanapos de pano no pescoço e as mãos lavadas. Leo se sentara ao lado de seu irmão Kurt e falava baixinho com ele.

– Você chegou, Marie – disse Lisa, sentada em seu lugar, pálida e preocupada. – Você não vai acreditar: Sebastian está com pielonefrite e vai precisar ficar no hospital por pelo menos uma semana!

– Não se preocupe, Lisa – respondeu Marie. – Tenho certeza de que ele se recuperará plenamente.

– Ah, ele é tão afetuoso, Marie – disse Lisa com um suspiro. – Disse que, mais do que tudo nesse mundo, ama a mim e às crianças…

– Não é de se admirar – comentou tia Elvira. – Ele está doente.

Humbert apareceu com a sopa, e Marie ficou surpresa ao notar que o almoço já estava sendo servido.

– Não esperaremos por Paul?

– Paul ligou e informou que hoje almoçará fora com um parceiro comercial – disse Alicia, fazendo uma careta. – Realmente espero que isso não se torne costume!

Aquela notícia atingira Marie como um soco no estômago. Ele não vinha comer. Ainda não queria voltar a vê-la. Onde estava? O que estava fazendo? Será que estaria sentado no escritório, tentando recuperar a noite de sono perdida? Ele também deveria estar exausto. Será que fora sozinho ao centro da cidade para comer em um restaurante? Com certeza aquela história de parceiro comercial era uma desculpa.

Ela se arrastou pelo dia com o coração ferido. Ficou horas sentada com Lisa, olhou os deveres de casa das crianças e soube por Humbert que Liesel já estava em casa, mas precisava ficar provisoriamente de repouso para não perder o bebê.

Foi até a casa do jardineiro para levar um bolo e doces para Liesel, conversou um pouco com ela e aconselhou a jovem a seguir as orientações dos médicos à risca.

– Você não pode se levantar de jeito nenhum nos próximos dias nem andar até a Vila dos Tecidos para trabalhar na cozinha!

Liesel prometeu que seguiria a orientação. Quando Marie estava voltando da casa do jardineiro, o carro de Paul ainda não estava no pátio. Ele chegou atrasado para o jantar, sentou-se diante do prato, taciturno, e depois se retirou para seu escritório. Marie esperou no quarto em vão por ele: essa noite Paul também preferiu dormir no salão dos cavalheiros.

20

— E como você sabe isso, Humbert?

Humbert calou-se, constrangido. Um criado tinha muitas tarefas a desempenhar, e era perfeitamente possível que ele ouvisse os segredos dos patrões por acidente. A Sra. Brunnenmayer sabia que Humbert não compartilhava tudo que via e ouvia com os outros empregados. Mas naquele dia ele achara necessário informar algo à Sra. Brunnenmayer. A notícia era tão assustadora que ela a princípio não conseguira acreditar no que ouvira.

– Eu estava acidentalmente por perto quando a Sra. Marie telefonou para a Sra. Scherer – confessou ele. – Primeiro não entendi direito, mas depois somei dois mais dois.

Marie queria viajar para Nova York com Leo. Esse fato já circulava entre os empregados fazia tempo, e ninguém estava feliz com aquilo – apesar de todos concordarem que Leo não deveria voltar para Munique de jeito nenhum, onde aqueles estudantes nazistas tinham-no espancado daquela forma terrível. Até Maxl, que era um membro fervoroso do partido, dissera à mãe que um nacional-socialista respeitável não fazia coisas do tipo, que deveriam ter sido alguns valentões e brutamontes, e que, se ele estivesse lá, aqueles agressores estariam com os ossos todos quebrados.

Mas agora Humbert estava dizendo que Marie e Leo ficariam para sempre na América. E que eles provavelmente levariam Kurt junto. Só Dodo ficaria na Vila dos Tecidos, porque não queria desistir do estágio na Bayerische Flugzeugwerke de jeito nenhum.

– Para sempre? Mas por quê? – perguntou a Sra. Brunnenmayer, incrédula.

– Porque ela é judia.

– A Sra. Marie é judia? Desde quando?

Humbert revirou os olhos com aquelas perguntas particularmente estúpidas que a cozinheira estava fazendo.

– Desde que o pai dela, Jakob Burkard, era judeu. E Louise Hofgartner, a pintora, tinha uma mãe judia. Por isso a Sra. Marie também é judia.

– E como você sabe disso mesmo, Humbert? – perguntou ela com relutância.

– A gente ouve coisas aqui e ali andando pela casa.

A Sra. Brunnenmayer empurrara a panela com a carne cozida fervente para a borda do fogão e precisara sentar-se. Se aquilo fosse verdade, ela agora entendia por que o patrão estava dormindo no salão dos cavalheiros pela terceira noite seguida. Era compreensível que o Sr. Melzer não quisesse que sua esposa e seus filhos fossem assim tão facilmente para a América.

– Judia – repetiu ela, balançando a cabeça. – Mas que coisa sem sentido. Ela foi batizada e criada no orfanato, onde as crianças passam fome como o cão. Trabalhou comigo aqui na cozinha, e aos domingos íamos juntas para a igreja. O Sr. Melzer se casou com ela na igreja de Santa Afra naquela época...

– Nada disso faz diferença – disse Humbert. – Ela continua sendo judia, foi o que os nacional-socialistas definiram.

– Que eles vão todos para o inferno – praguejou a Sra. Brunnenmayer. – Que queimem no inferno, os hitleristas. Se tomarem nossa Marie de nós, a Vila dos Tecidos estará perdida. Ah, nunca imaginei viver para ver este dia...

Humbert sentou-se junto a ela e bebeu um gole da limonada com framboesa que Hanna fizera para as crianças.

– Nada está decidido ainda – disse ele, tranquilizando-a. – A palavra do patrão tem peso. E ele com certeza irá proibi-la de fazer isso.

A Sra. Brunnenmayer balançou a cabeça, angustiada.

– Se ela realmente quiser fazer isso, ele precisará aceitar. É assim que vai ser. Marie é delicada, mas tem força de vontade.

Apesar de Humbert permanecer calado, a Sra. Brunnenmayer sabia que ele era basicamente da mesma opinião. Mas a esperança era a última que morria.

– Os outros já estão sabendo?

– Só Hanna. Talvez Auguste também, ela tem os ouvidos aguçados. Mas Else, Christian e Liesel ainda não sabem de nada.

– Não diremos nada para Liesel agora, senão ela ficará nervosa e acabará com dores novamente – decidiu a cozinheira. – Podemos contar para

Christian, mas ele terá que prestar atenção para não dar com a língua nos dentes. Contarei para Else daqui a pouco quando ela voltar para a cozinha depois de fazer as camas.

Humbert fez um aceno com a cabeça. Fazia anos que a Sra. Brunnenmayer resolvia esse tipo de coisa com seu jeito especial e prudente, e ele não se metia no processo.

– Mas cadê Auguste, afinal? – perguntou a cozinheira. – Normalmente ela vem para a cozinha por volta deste horário para tomar um café com leite rapidinho.

– Acho que está lá fora no pátio – disse Humbert, levantando-se para olhar pela janela. – Não falei? Está lá fora fofocando com o postaleiro.

– A situação ali só piora – resmungou a Sra. Brunnenmayer. – Se as coisas continuarem assim, ele vai acabar se mudando para cá, aquele magricela. Era só o que nos faltava!

– Ela já está voltando – informou Humbert. – Então conte logo tudo para ela. Preciso ir tirar a mesa na sala de jantar.

Ele passara por Hanna e Else, que vinham do corredor de serviço em direção à cozinha, e a Sra. Brunnenmayer sabia muito bem que ele estava feliz por não ter que dar aquela notícia ruim. Esperou Else se sentar à mesa, pois fazer as camas estava sendo muito trabalhoso para ela. Hanna pegou uma faca e começou a cortar cebola e repolho para a salada. Estava dando uma mãozinha para a cozinheira, porque Liesel permaneceria de folga por um tempo.

A porta que dava para o átrio bateu mais uma vez, e logo em seguida Auguste apareceu na cozinha, com o rosto vermelho e sem fôlego.

– Vocês não vão acreditar no pedido que ele me fez agora mesmo! – exclamou ela. – Sirva um copo de limonada para mim também, Else. Preciso de algo para me refrescar senão vou acabar explodindo de tanta raiva!

– O postaleiro lhe fez um pedido de casamento? – perguntou a Sra. Brunnenmayer com ironia. – Não me admiraria nada, já que você passa quase meia hora com ele na porta todos os dias.

Else ficara tão espantada com a novidade que servira a limonada fora do copo. Hanna correu até a pia para pegar um pano e conter a inundação.

– Se ele me fez um pedido? – disse Auguste, dando um riso estridente. – Isso mesmo. Mas um pedido imoral. Quando eu tiver minha folga, devo visitá-lo em seu novo alojamento. Ele quer me mostrar sua coleção de selos.

– E daí? – perguntou a Sra. Brunnenmayer. – O que tem de imoral em selos? Por acaso ele tem selos de pessoas peladas?

Auguste lhe lançou um olhar aborrecido e bebeu a limonada em longos goles. Else balançou a cabeça, horrorizada.

– É isso que os homens falam quando querem seduzir uma moça inocente – disse ela, corando. – Primeiro atraem a pobre para seu apartamento e depois a atacam. Você nunca soube disso, Sra. Brunnenmayer?

– Auguste já não é mais uma moça inocente há muito tempo – respondeu a cozinheira. – E se aquele magricela quisesse atacá-la, ele que sairia perdendo.

– Pode fazer suas piadas – resmungou Auguste. – Mas já o despachei, aquele devasso. Disse a ele que sou uma mulher direita. Uma viúva honesta e mãe de quatro filhos. O que passou por sua cabeça para ele me fazer uma proposta dessas!

Ai, pensou a Sra. Brunnenmayer. *E mais problema nessa casa. Como se não tivéssemos preocupações suficientes.*

– E o que ele lhe respondeu?

– Ele gaguejou e balbuciou alguma coisa e depois se mandou, aquele postaleiro de meia-tigela – resmungou Auguste.

– Mas cuidado, Auguste, para não o afugentar, senão seremos nós da Vila dos Tecidos que acabaremos pagando o pato.

– Por acaso você quer que eu tenha um caso com o postaleiro por causa da Vila dos Tecidos? – perguntou Auguste com sarcasmo.

A cozinheira refletiu e lembrou-se de que tinha uma notícia para dar. Era uma bomba para todos que moravam na Vila dos Tecidos. Ficou com uma expressão sombria e estava prestes a pronunciar a primeira frase quando a campainha do anexo soou.

– É para você, Sra. Brunnenmayer – disse Auguste. – A patroa elaborou o cardápio da semana.

A Sra. Brunnenmayer irritou-se por quase ter se esquecido da hora. Ah, a idade. Era sexta-feira, dez horas da manhã. Desde que a Sra. Elisabeth estivera à frente das tarefas domésticas, ela subia até lá toda semana naquele horário.

– Volto já – disse ela, levantando-se com esforço. – E, quando eu voltar, tenho algo para comunicar a vocês.

Aquelas pernas tinham virado uma tortura. Sobretudo quando ela se levantava após ter ficado muito tempo sentada. Nessas horas, as panturrilhas repuxavam terrivelmente. Subir as escadas no corredor de serviço estreito e íngreme também era um inferno, mas ela preferiria morder a língua a reclamar. Mesmo assim, a Sra. Marie já tinha percebido suas dificuldades, aquela alma caridosa.

– Acho que é melhor se a senhora começar a usar as escadas senhoriais – dissera ela algumas semanas atrás. – É mais confortável, não é mesmo?

Incialmente a cozinheira recusara, porque não lhe agradava andar pela Vila dos Tecidos como os patrões. Mas depois acabara fazendo-o, afinal os degraus eram mais largos e não eram tão altos, além de serem cobertos com um tapete.

A Sra. Elisabeth era admirável, achava a cozinheira. Com todas as preocupações que tinha com seu marido, ainda se mantinha de pé e cuidava da casa de forma exemplar, preparando também o cardápio para a cozinha toda semana.

– Isso é tudo – dissera ela, dando a folha para a cozinheira. – Meu marido estará de volta à Vila dos Tecidos na quarta ou na quinta, por isso anotei caldo de carne ou ragu de frango. E como estão os mantimentos? Farinha, feijão e toucinho?

– A farinha e o sal estão acabando, patroa – disse a cozinheira. – O toucinho não dura muito tempo com este tempo quente. Feijão ainda tem. Mas tem que comprar pimenta e cominho.

A patroa anotou tudo em um caderninho e perguntou como Liesel estava.

– Está de molho na cama e ainda não pode se levantar. Mas as costas não estão mais doendo, então podemos esperar que tudo esteja correndo bem.

– Que bom... – disse a patroa, parecendo um pouco distraída. – Então pode se retirar, Sra. Brunnenmayer.

– Obrigada, senhora – respondeu a Sra. Brunnenmayer.

Ela estava feliz por ser dispensada, porque não aguenta mais ficar em pé. Caminhou devagar pelos corredores até a ala principal, deu uma olhada na sala de jantar, onde Humbert já colocara uma toalha de mesa branca limpa para o almoço e um buquê de flores coloridas em cima da mesa. Era uma grande novidade para a Sra. Brunnenmayer andar pelos corredores senhoriais, onde podia dar uma espiada nos cômodos aqui e acolá. Afinal seu lugar sempre fora na cozinha, que era seu domínio e onde ela se sentia em casa havia quase cinquenta anos.

Ela chegou à escada larga que levava para o átrio no andar de baixo e ficou parada um momento para aproveitar a vista panorâmica e observar o belo cômodo, decorado com móveis escuros e pinturas, quando ouviu vozes vindas do salão vermelho.

– Não vou impedir você de ir – disse o patrão em um tom perturbado. – Mas você está indo contra minha vontade, Marie. Contra meu pedido insistente para que fique ao meu lado. Contra o bom senso. Contra todos os mandamentos do casamento e do amor!

– Não é verdade, Paul. Estou deixando este país para não ser um fardo para você. E lhe juro que a separação será tão difícil para mim quanto para você…

– Isso é arrogância! – exclamou ele, furioso. – Você quer decidir. Acha que está fazendo a coisa certa. O que desejo e espero como seu esposo é indiferente para você. Tudo bem, me abandone. Leve Leo com você, ele tem idade suficiente para tomar as próprias decisões. Mas Kurt fica aqui comigo. Disso não abro mão. Este filho você não tira de mim!

– Também não estou tirando Leo de você, Paul. Ele permanece sendo seu filho, e eu permaneço sendo sua esposa. E o oceano também não poderá nos separar se estivermos juntos em pensamento. Nós nos veremos novamente, Paul. Tenho certeza. Essa loucura que se apossou de nossa Alemanha não poderá durar para sempre.

– Pois eu continuo achando que sua decisão é desnecessária e insensata. Ela destruirá nossa família, nosso casamento, nosso futuro em comum. Não vejo vantagem nela, mas terei que me conformar. Também pagarei as despesas da viagem, mas não acho que poderei mandar somas mais significativas para vocês com regularidade.

– Eu sei, Paul. O mais importante é que cuidem de Leo. Eu própria trabalharei na loja da Sra. Ginsberg e terei meu sustento.

– Faça o que tiver que fazer, Marie!

A cozinheira levou um susto, porque a porta do salão vermelho fora escancarada, e o patrão saíra correndo no corredor em direção à escada com uma expressão feroz. Ah, ela não deveria ter ficado parada ali! Naquele momento ele se daria conta de que a cozinheira havia ouvido a conversa.

E de fato ele a viu e se deteve.

– Sra. Brunnenmayer? – disse ele, e sua expressão se suavizou. – Como estão as pernas? A senhora não quer ser examinada no hospital um dia desses? Talvez os médicos tenham bons conselhos.

Ela ficara muito contente por ele não se zangar com ela. Ah, ela vira o Sr. Melzer correr por ali quando menino, e mais tarde sempre fora um bom patrão. Era de cortar o coração saber que estava tão infeliz.

– No hospital? Não sei, não – disse ela com hesitação. – Já fui ao médico várias vezes, ele me passou uma pomada, mas não ajuda muito. É a idade, aí surgem os problemas de saúde. Mas, enquanto eu ainda conseguir me manter de pé, agradecerei a Deus e farei meu trabalho, senhor.

Ele sorriu e disse que não esperava nada diferente dela.

Ele já descera as escadas e passara por ela quando se virou mais uma vez.

– Não almoçarei aqui amanhã – declarou ele. – Também voltarei só mais tarde hoje à noite. Por favor, peça a Humbert que leve um pequeno lanche até meu escritório.

– É claro, senhor.

Mas ele não a ouvira, porque já passara pelo átrio e saíra pela porta.

Então é isso, pensou ela, aflita, enquanto descia as escadas senhoriais devagar. *Ele não foi à fábrica hoje de manhã após falar com sua esposa. E tudo acabou exatamente como achei que acabaria. Ela impôs sua vontade, Marie. Mas pelo menos deixará Kurt aqui. Também, teria sido muito difícil para o pequeno, que é tão apegado a Johann, Hanno e Charlotte. Mas ele sentirá uma saudade terrível de sua mãe. Não sei se Marie está fazendo a coisa certa. Talvez fosse melhor que ela ficasse aqui, judia ou não. Uma mãe não pode abandonar filhos e marido! É contra a natureza!*

Quando ela abriu a porta da cozinha, sons estranhos penetraram seu ouvido. Gritinhos agudos, palavras doces e outra coisa que nunca tinha sido ouvida antes em sua cozinha.

– Snif, snif ...

Mas o que estava acontecendo? Por que todos estavam juntos no mesmo lugar, olhando para ela com tanta expectativa?

– Ela chegou – disse Hanna.

– Vocês vão se espantar... – resmungou Humbert.

– Ai, mas ele é tão bonzinho! – disse Auguste com um suspiro.

A Sra. Brunnenmayer precisou esfregar os olhos, porque não podia acreditar no que estava vendo ali. Lá estava o jardineiro Christian com um animal marrom e peludo nos braços. Seria um coelho? O animal, que se mexia bruscamente, começou a se sacudir, e suas patas grossas eram marrons... Aquilo não era um coelho. Era um...

– Fora da minha cozinha! – exclamou ela, furiosa. – Imediatamente! Aqui não é lugar para cachorro!

Christian não podia responder, porque precisava segurar o cãozinho marrom malhado que não parava quieto e arranhava sua camisa.

– Eu não disse para vocês? – perguntou Humbert, vangloriando-se. – Leve sua fera para fora, Christian!

– Mas, Sra. Brunnenmayer – queixou-se Hanna com um ar extremamente infeliz. – É só um cãozinho pequenininho. Um filhote. E só precisa ficar aqui até Liesel se recuperar.

– O que isto tem a ver com Liesel? – perguntou a cozinheira, irritada. – Tire esse bicho daqui! Meu Deus, os pelos já estão voando para a salada de repolho!

– Maxl arranjou o filhote para Christian – explicou Auguste. – É uma surpresa para Liesel. Para ela ter um amigo quando estiver de pé normalmente. Liesel é louca por animais e sempre quis...

– Segure-o, seu palerma! – exclamou Humbert, dando um pulo para trás tão depressa que pisara nos pés de Else.

Era tarde demais: o animalzinho marrom e malhado se libertara dos braços de Christian, pulara no chão da cozinha e desaparecera debaixo da mesa comprida. Ficara parado ali, olhando com seus olhos esbugalhados e assustados para todos aqueles rostos que se curvavam em sua direção.

– Tire-o daí, Christian! – ordenou a cozinheira.

– Ele vai escapar – previu o jardineiro com apreensão. – Precisamos atraí-lo e depois agarrá-lo rapidamente.

– Era só o que faltava! – grunhiu a cozinheira.

Mas para evitar uma possível caçada selvagem em sua cozinha, ela foi até a despensa para cortar um pedaço da linguiça de fígado.

– Que rapazinho bonzinho – disse Else melosamente do outro lado da cozinha. – Como fica olhando. E balançando o rabo.

– Ele tem patas grossas...

– E essas orelhas caídas fofinhas...

A Sra. Brunnenmayer suspirou. Era um daqueles dias em que tudo acontecia ao mesmo tempo. Mas aquele bicho na cozinha era o destaque do dia.

– Aqui! – disse ela, querendo dar o pedaço de linguiça para Christian.

– Não – disse ele. – É melhor a senhora segurar para ele, que daí eu posso agarrá-lo em um segundo.

Tudo bem. O que importava era tirar o cachorro de sua cozinha. Ela se inclinou um pouco para a frente e esticou a mão com a linguiça.

– Venha, seu pestinha... Pegue a linguiça, seu bichinho sujo, peludo...

O cachorro olhou para ela com inocência, moveu o focinho preto brilhante, farejando, e moveu-se. Aproximou-se pata por pata. Primeiro devagar e desconfiado, depois a linguiça o atraiu de vez, e ele deu o bote nela.

– Pegue-o, Christian! Pegue logo...

Ela deixou-o comer a linguiça. A Sra. Brunnenmayer achava que não deveríamos enganar nenhum ser vivo, nem mesmo um cachorro. Ele mordeu com muito cuidado, e ela sentiu sua língua úmida e quente em seu dedo, viu-o mastigar o pedacinho com prazer e olhar para ela com grande euforia enquanto isso.

– Agarre-o logo! – chiou ela para Christian.

Mas então o cãozinho se aproximou, sentou-se diante dela e gemeu. Como um bebezinho. Ele suplicava para ela e mantinha a cabeça grande com as orelhas caídas bem inclinada para o lado. A Sra. Brunnenmayer nunca se aproximara muito de um cachorro. Cachorros soltavam pelos, eram sujos, latiam alto e alguns até mordiam. Mas talvez aquele não. Na verdade, era um cãozinho amável.

– Por que ele está sem coleira? – perguntou ela severamente.

– Quero comprar uma – respondeu Christian depressa. – Ele tem que ter uma coleira e uma corda.

– E uma cestinha – disse Hanna. – Para a gente colocar debaixo da mesa, e aí podemos prender a corda no pé da mesa.

– Minha cozinha não é lugar para ele... – repetiu a Sra. Brunnenmayer, mas ela mesma percebeu que aquelas palavras já não soavam mais tão convictas assim.

– Mas onde é que vou deixá-lo? – lamentou-se Christian. – Liesel ainda tem que ficar três dias de cama, e ele não pode ficar lá. E no parque ele vai fugir de mim. Só estou fazendo isso para fazer Liesel feliz...

– Esta é a ideia mais idiota que você já teve na vida – disse Humbert, que não gostava de animais e muito menos de cachorros.

– Um cachorro vigia a casa! – disse Auguste enfaticamente.

– Um cachorro come os restos que jogaríamos fora – disse Hanna.

– Um cachorro é uma coisa tão maravilhosa! – complementou Else, fitando o intruso com um olhar apaixonado. – Justamente agora que tempos tão tristes se anunciam na Vila dos Tecidos...

A cozinheira então se lembrou de que tinha um anúncio a fazer. E ela o fez naquele momento de forma curta e direta.

– A Sra. Marie e Leo ficarão mais tempo do que o esperado na América – disse ela. – Talvez para sempre.

Auguste já sabia. Horrorizado, Christian arregalou os olhos azuis, mas Else, que sempre começava a chorar quando recebia notícias do gênero, só disse:

– Não acredito nisso. Eles voltarão mais rápido do que vocês pensam.

A Sra. Brunnenmayer parou mais uma vez para refletir se Else ainda estaria batendo bem da bola. Advertiu Christian para que não contasse nada para sua Liesel e encarou o problema seguinte. Eles tinham que fazer alguma coisa com aquele cachorro, senão ela não conseguiria terminar a comida a tempo.

– Então amarrem uma corda em seu pescoço e prendam-no ao pé da mesa. Mas só por hoje à noite. Depois ele terá que sair da cozinha.

– Você tem um coração bom, Sra. Brunnenmayer! – disse Christian, aliviado.

Hanna foi até a despensa, onde guardava um laço de avental de que não precisava mais. Else doou um casaco de lã antigo para servir de caminha. Humbert declarou que não poderia mais sentar à mesa em paz, porque teria medo de que o cachorro lambesse seus sapatos.

– Hoje à noite ele fica comigo no meu quarto – disse Hanna para Humbert.

– Divirta-se. E o que você vai fazer se ele fizer xixi na sua cama?

A Sra. Brunnenmayer balançou a cabeça, suspirando, e retirou a carne cozida do caldo. *Um cachorro*, pensou ela. *Um cachorro é mais importante para eles do que Marie e Leo. A que ponto chegamos na Vila dos Tecidos.*

21

Querido Leo,

não sei nem como expressar minha alegria por saber que já nos vere-
mos em algumas semanas. Penso nisso todas as manhãs quando acor-
do, e o dia fica iluminado e alegre. Programei tudo o que quero lhe
mostrar, pensei em quais amigos meus da Juilliard quero lhe apresen-
tar e especialmente quais obras tocaremos juntos. O seu quarto já está
pronto, inclusive com um piano que minha mãe escolheu e comprou
para você. Também tem uma cama e um armário. Ainda precisamos
preparar o quarto onde sua mãe ficará, mas tudo estará pronto quan-
do vocês chegarem. Minha mãe e eu moramos logo ao lado. Nós dois,
eu e você, iremos juntos toda manhã de metrô para a faculdade. Mal
posso esperar!

Esta é minha última carta para você em seu antigo lar. Espero que
ela te encontre a tempo. Você precisará se despedir de tudo que conhe-
ceu até hoje, de sua família, seus amigos e de sua querida e conhecida
Augsburgo, que permanece sempre em minha mente.

Acredite, sei qual é a sensação de ter que fazer isso. Dói, meu amigo,
e podemos ficar doentes com essa dor. Mas coloque isso de lado e você
verá que uma nova vida, uma muito melhor, o espera. Sei disso, porque
passei pela mesma coisa.

Desejamos a você e sua mãe uma ótima viagem. Em breve nos vere-
mos, já estou contando os dias. Espero que ainda consiga me reconhe-
cer, porque cresci um bocado.

Que meus pensamentos e desejos de felicidade acompanhem você
em sua viagem.

Seu amigo Walter

A carta já havia chegado na semana anterior, mas Leo só passara os olhos por ela e depois a guardara. Sim, ele decidira fazer aquela viagem e manteria aquela decisão: iria junto com a mãe para Bremerhaven e pegaria o navio de lá. Mas ainda não era hoje... só semana que vem... só daqui a três dias... depois de amanhã... amanhã.

Leo não pôde fazer nada: inexoravelmente o dia da viagem chegara. E agora um dia ameaçador como um abismo sem fim estava diante dele. Era amanhã! Aquele seria seu último dia na Vila dos Tecidos. Seu último dia em Augsburgo.

Pegara a carta para imaginar mais uma vez tudo de maravilhoso que esperava por ele lá: Walter, a Juilliard, o professor Kühn, o novo quarto, a impressionante e enorme Nova York... Esforçou-se ao máximo para se permitir sentir um pouco de empolgação, mas não conseguiu. Em vez disso, sentia um intenso desejo de poder ficar em casa, trancar-se em seu quarto e mergulhar em suas composições. Dodo chamava aquilo de "enfiar a cabeça em um buraco na areia". Provavelmente estava certa.

Era mais urgente que nunca deixar a Alemanha. Alguns dias antes, o sétimo comício de Nuremberg aprovara novas leis, entre as quais a lei de "proteção do sangue alemão e da honra alemã". Segundo ela, a partir de sua promulgação, casamentos entre judeus e não judeus seriam proibidos, mas os casamentos existentes até então permaneceriam válidos. Eles haviam se reunido uma longa noite com Robert e Kitty no salão vermelho, e Paul alegara que tudo estaria resolvido com aquela lei e que não haveria nenhum tipo de restrição nem para sua esposa nem para seus filhos. Marie poderia inclusive continuar administrando o ateliê, pois, supostamente, os estabelecimentos judaicos não seriam mais atacados. Judeus só não poderiam mais trabalhar no serviço público, em escolas e universidades. Médicos e advogados judeus também teriam dificuldades. Contudo, Robert afirmara que aquilo era só o começo e que a qualquer momento todas as leis poderiam ser mais rigorosas. Leo só entendera que ele possivelmente não poderia mais estudar em uma universidade na Alemanha, e isso lhe bastava. O estágio de Dodo também estava em uma situação incerta, mas sua irmã deixara de lado qualquer receio e afirmara que ninguém nunca perguntara sobre seus antepassados na fábrica de aviões e que aquilo tudo não passava de um disparate completo.

E depois eles brigaram de novo. Paul exigira que Marie ficasse na Alemanha, e Dodo fazia coro a essa exigência. Mas Marie só respondera que tudo estava organizado, que as passagens de navio já estavam pagas e que ela viajaria. Em seguida, Paul se levantara e deixara o salão vermelho. De manhã, ainda estava brigado com a esposa, e a expectativa era de que fizessem as pazes na parte da tarde, quando os parentes da Frauentorstraße viriam para um café de despedida.

Naquele dia, Leo foi o último a chegar para o café da manhã. Alicia e tia Elvira até já tinham ido embora. Mas Humbert deixara seu lugar à mesa, com café, manteiga, geleia e os últimos dois pãezinhos à disposição. Leo precisou realmente se forçar a comer algo, afinal aquele era seu penúltimo café da manhã na Vila dos Tecidos. No dia seguinte de manhã, sua mãe e ele sairiam antes de todo mundo e provavelmente nem haveria pãezinhos frescos na mesa. Será que em Nova York tinha alguma padaria parecida com as de Augsburgo?

O jornal amassado, que fora lido e redobrado, estava ao seu lado na mesa. Leo deu uma olhada rápida nele, leu por alto um artigo que falava sobre as novas leis e que o povo alemão as acolhera com grande satisfação. Segundo o texto, os judeus também estavam satisfeitos, sobretudo os ortodoxos, que sempre foram contra casamentos mistos. A partir de então, a relação entre judeus e arianos estaria regulamentada de forma clara.

Aqui na Vila dos Tecidos, não, pensou Leo com apreensão, jogando o jornal em cima da mesa. *Aqui essas leis só foram acolhidas com tristeza e briga.* Desejou que aquele último dia simplesmente passasse mais rápido. Gostaria de fechar os olhos e, quando os abrisse, já se encontrar sentado com sua mãe no trem. Sobretudo a refeição em família e o café de despedida pesavam em seu estômago. Lágrimas rolariam novamente, e ele não aguentaria.

Levantou-se para ir para o quarto, onde já tinha duas malas grandes prontas para a manhã seguinte, mas ouviu os gritos nervosos de tia Lisa já no corredor.

– Humbert? Humbert, cadê você?

Humbert, que estava na cozinha, correu pelo átrio e subiu as escadas, onde Lisa esperava por ele na balaustrada.

– Cadê meu marido? Você o levou para a delegacia para ele se apresentar hoje de novo, não levou?

Humbert fez uma expressão de imenso choque, colocou a mão no peito e balançou a cabeça.

– Perdão, senhora... Mas não levei o senhor Sebastian hoje. Ele me disse no café da manhã que não seria necessário...

– Não estou entendendo... – sussurrou ela. – Mas tudo bem. Obrigada, Humbert. Por favor, pergunte a Christian se meu marido está no parque.

– É claro, senhora...

Humbert fez uma reverência discreta e desceu as escadas com sua agilidade costumeira para procurar Christian. Mas o que tio Sebastian aprontara desta vez? Leo esperava que ele não estivesse andando pela cidade de novo para remover pichações. Era bem possível que acabasse danificando os cartazes da NSV que estavam pendurados por toda parte. Leo gostava de tio Sebastian, mas nos últimos tempos ele estava cada dia mais estranho. Recusara-se categoricamente a viajar com eles para Nova York, ainda que tio Robert estivesse disposto a conseguir um visto de imigração para ele. Dissera que não era nenhum covarde, que não fugiria de seu destino, e sim o encararia. Leo achou que aquilo era bem insensato, afinal os nazistas já o tinham colocado na prisão duas vezes, mas talvez ele não quisesse deixar a mulher e os filhos. De qualquer forma, tia Lisa ficara muito feliz com a decisão do marido.

Ainda faltavam duas horas e meia para o almoço! Leo olhou à volta em seu quarto e decidiu que não aguentaria ficar muito tempo lá por causa daquelas duas malas gigantescas. Era melhor ir para o centro de Augsburgo e andar um pouco pela cidade. Talvez pudesse comprar um presente para Liesel. Graças a Deus ela estava bem novamente, e agora já dava para perceber que estava grávida. Não só estava mais gorda, mas seu rosto também adquirira uma expressão bem diferente. Tinha um olhar meigo e maternal, e o sorriso deixava transparecer sua felicidade. Adorava brincar com o cãozinho que Christian lhe dera de presente, e o bichinho costumava ficar sentado diante da janela da cozinha, mendigando atenção. Às vezes deixavam-no entrar, mas só por alguns instantes. Deram o nome de "Willi" para aquele magrelinho desengonçado. Ele crescera bastante desde que chegara, e sempre temiam que se embolasse com suas patas compridas. Tia Elvira dissera que ele era do tipo bem-educado, por isso avó Alicia convencera Lisa a autorizar que o casal o mantivesse ali. É claro que tia Lisa temia que um de seus preciosos filhos pudesse ser mordido por ele.

Leo pensou em comprar uma coleira para Willi. Uma coleira bonita, de couro de qualidade. Liesel ficaria feliz e pensaria nele às vezes. Não com muita frequência, pois estaria ocupada com toda a felicidade que agora a envolvia. Mas mesmo assim...

Vestiu um casaco e bateu à porta do quarto dos pais, onde a mãe ainda estava fazendo as malas. Hanna estava com ela, dobrando as roupas que ela lhe dava e colocando-as na maior mala. O quarto estava uma bagunça horrorosa, mas ainda assim dava para ver que o lado da cama do pai não estava sendo usado. Só um travesseiro estava amassado. Eles ainda não tinham feito as pazes.

– Ah, Leo – disse Marie, olhando para ele, distraída. – Você colocou todas as suas partituras na mala? E os presentes para Walter?

Aquilo soava como se eles fossem fazer uma breve visita. Mas, na verdade, ficariam anos. Ou talvez até para sempre.

– Sim, mamãe – respondeu ele. – Também peguei meus diplomas e todo o resto. Queria ir à cidade rapidinho para resolver algumas coisas. Você precisa de algo?

Ela pegou uma blusa do armário e pendurou-a de volta. Depois balançou a cabeça.

– Não demore – pediu ela. – Precisamos chegar pontualmente ao almoço. A Sra. Brunnenmayer fez sua comida favorita.

Mais essa agora. *Goulash* com *klöße* e purê de maçã. Provavelmente ele não conseguiria comer nada.

– Estarei de volta a tempo – prometeu ele e tratou de sair rapidamente.

Ele se sentiu um pouco melhor no bonde. O sacolejo e o rangido, a campainha quando o condutor puxava a corda, as vozes dos passageiros e muitos outros sons se mesclavam em um barulho conhecido que o acalmou. Por força do hábito, saltou na praça da prefeitura e percebeu imediatamente que não fora uma boa ideia ter ido até lá. A torre Perlach surgiu à sua frente e o prédio maciço da prefeitura era banhado pela luz do sol. Ele e Dodo haviam se sentado muitas vezes ali, em frente à fonte Augustus, para comer um *bretzel*; às vezes também na companhia das amigas de Dodo. Ele virou na Karolinenstraße e ficou parado em frente à loja de couro Weigand. Observou a vitrine com bolsas e pastas expostas e, por fim, entrou no estabelecimento.

– Coleiras? Sim, temos, claro... Que tipo de cachorro o senhor tem?

– É um... um cachorro um pouco maior...

Ele não tinha a menor ideia de qual era a raça de Willi. Provavelmente nenhuma; devia ser um vira-lata. Mesmo assim, comprou uma coleira vermelho-escura cara e ajustável com a guia combinando. Seu dinheiro dera praticamente na conta, só tinham sobrado alguns centavos para a passagem de volta. Deixou a loja com o pacote na mão e queria ir direto para o ponto do bonde, mas por alguma razão seus pés o levaram na direção errada, e de repente ele se viu em frente ao ateliê da mãe. Ou melhor, em frente à loja que fora um dia o "Ateliê da Marie" e que agora era mantido pela Sra. Von Dobern. Ficou parado olhando a vitrine com uma sensação de angústia. Pouca coisa mudara: só tinham apagado o nome de sua mãe na porta de vidro e tinham escrito "Novas Modas" no lugar. As cadeiras brancas no fundo da loja e os dois manequins ainda eram os mesmos. Quantas vezes Walter e ele tinham caminhado até lá para beber limonada e comer biscoitos. Marie sempre ficava feliz com sua visita e lhes dava toda atenção. Era como um lar, um refúgio, um lugar onde ele sempre fora bem-vindo. E agora acabara. Restara apenas uma bela lembrança que o acompanharia no novo mundo. Nada mais. Mas aquilo não era motivo para sentir uma tristeza tão profunda. A própria Marie pusera um ponto final naquilo, queimando todos os seus projetos antigos, desenhos, registros comerciais, catálogos de clientes e revistas de moda na lareira da biblioteca. A Sra. Von Dobern ficara furiosa, pois acreditara que assumiria todos aqueles bens. Ela subestimara Marie, que tinha as próprias ideias e não deixaria que a explorassem. Leo tivera um prazer genuíno em testemunhar a fúria da ex-governanta.

Ele voltou para a praça da prefeitura às pressas e evitou olhar na direção do conservatório, que frequentara alguns anos com tanto entusiasmo. Não se tornara o grande pianista no qual sua professora quisera transformá-lo. Fora tudo um erro, e sua paixão avassaladora pela Sra. Obramowa também se revelara uma estupidez. Agora tinha até pena da professora, pois ela fora demitida por ser judia. Não, ele não sentiria falta do conservatório como Walter sentia, mas sim do ginásio St. Stefan, onde concluíra o colegial no ano anterior. Lá vivera bons tempos nos últimos anos de estudo: estudantes e professores eram unidos e tinham se tornado uma comunidade. Mas era das ruas da cidade de que ele mais sentiria falta, por onde andara com Dodo e Henni quando eram crianças. Henni também estaria lá naquela tarde. Provavelmente Dodo só chegaria à noite.

Andava taciturna nos últimos dias, dera um gelo nele e tomara o lado do pai por completo. Sim, o que mais doía era o fato de Dodo, que sempre o entendera, estar agora contra ele. Mas talvez assim se tornasse mais fácil se despedir de sua irmã.

Pegou o bonde no último segundo e ficou feliz por não ter que ficar ali esperando muito tempo. Agora Augsburgo ficaria na lembrança. Ele queria conservar sua cidade natal no coração da forma como a conhecera e amara. Todos aqueles cartazes e suásticas dos novos governantes pendurados em todos os muros e postes não pertenciam a ela.

Ele passaria mais uma vez pelo Portão de Jakob e depois entraria na Haagstraße, com os prédios de tijolo das fábricas e suas chaminés altas, os campos com riachos correndo, a antiga companhia de gás, a fábrica de papel... e agora já avistava o muro e a cerca alta do parque da Vila dos Tecidos e o portão para a alameda. Do outro lado era possível ver as chaminés e uma parte dos galpões da fábrica dos Melzers.

Nosso pequeno mundinho, pensou ele. *Que agora está se desintegrando. Nada vai trazê-lo de volta para mim. Acabou para sempre.*

Olhou para o relógio e levou um susto ao constatar que já era meio-dia e meia. Era preciso se apressar! Ainda suado da corrida acelerada que dera, chegou ao portão de entrada, atravessou o átrio e apareceu na sala de jantar sem fôlego.

A primeira coisa que lhe saltou aos olhos foi a ausência do pai. Sentou-se em seu lugar da forma mais discreta possível e percebeu, aliviado, que ninguém o notara. Só Kurt olhou para ele e exclamou:

– Finalmente você chegou, Leo!

Os outros estavam preocupados com tia Lisa, que estava sentada à mesa com os olhos vermelhos de choro.

– Não entendo, Marie. Não sei o que está acontecendo, mas estou angustiada por ele não ter voltado ainda...

– Talvez devêssemos avisar a polícia – sugeriu Alicia.

– Não, mamãe – disse tia Lisa com veemência. – Não acho que seria o caminho certo.

– Por que não? – perguntou Johann.

– Fique quieto! – respondeu Lisa, nervosa.

Marie não disse nada, parecia pálida, cansada e provavelmente também chorara. Mas com certeza não por causa de tio Sebastian, mas porque precisava deixar Kurt para trás. Eles tinham contado ao menino que a mãe e Leo fariam uma pequena viagem, e ele não achara aquilo tão ruim assim. Só perguntara o que ela traria para ele quando eles voltassem, e a mãe lhe prometera um carro de corrida. Dodo ficara zangada por Marie ter mentido daquele jeito, mas teria sido mesmo melhor dizer a Kurt que talvez eles nunca voltassem? Leo não sabia. Estava feliz por não ter que tomar aquela decisão.

Contrariamente ao que temera, conseguiu comer três *klöße* com uma porção generosa de *goulash* e o creme que tinha de sobremesa. A Sra. Brunnenmayer ficaria satisfeita com ele. Na manhã seguinte, ele e Marie se despediriam apressadamente dos leais empregados. Seria difícil, pois, desde que se entendia por gente, eles estavam lá. Pior ainda seria a despedida de tia Lisa, da avó e de tia Elvira. E do pai. Se ele voltasse a tempo...

Os convidados para o café tinham chegado mais cedo do que o esperado: eles mal tinham terminado de almoçar quando tia Kitty já buzinava no pátio, e Humbert foi até lá para abrir a porta. Aí começou a choradeira, com abraços, beijos e lamentações sobre o dia da partida finalmente ter chegado; ninguém queria acreditar naquilo. É claro que tia Kitty era a mais escandalosa. Soluçou nos ombros de Marie, abraçou tia Lisa e apertou Leo carinhosamente contra seu peito. Avó Gertrude fez o mesmo. Por sorte, Henni se comportou com um pouco mais de sobriedade do que de costume, mas não deixou de aproveitar a oportunidade para dar-lhe dois beijos na bochecha. Só tio Robert ficou parado com uma expressão séria e, por fim, disse para Kitty que não dificultasse para os outros uma situação que já era difícil por si só. Após essa orientação, tia Kitty se controlou, e eles se sentaram à mesa para discutir o assunto "Sebastian". Como Auguste estava no parque com as quatro crianças, podiam falar abertamente. Era uma situação alarmante. Humbert informara que Sebastian tomara café em companhia de Paul e depois fora até a biblioteca em tese para procurar um livro. Humbert não o vira desde então. Àquela altura, já tinham vasculhado a casa toda, o parque e até mesmo o porão e o sótão, mas ninguém o encontrara. Ele provavelmente descera as escadas externas até o jardim de inverno e saíra em direção ao parque de lá. Ninguém sabia dizer aonde poderia ter ido em seguida

– Ele deve ter enlouquecido de vez – disse tia Lisa com um suspiro. – Não consigo entender. Foi tão gentil e amoroso desde que voltou do hospital... Ontem mesmo brincou a tarde toda com as crianças no parque.

– O que acontece nesta casa já não é de minha compreensão faz algum tempo – comentou Alicia. – Mas Sebastian leva tudo ao extremo. Nunca vou entender por que você foi se casar justamente com este homem, Lisa!

A tarde se arrastou. Robert trouxera as passagens de navio e os vistos, e Kitty comprara duas carteiras caras de presente para eles.

– Mandei gravar os nomes de vocês – explicou ela. – Este é para você, Marie do meu coração, e este é para meu doce e amado Leo. Para você não se esquecer de sua tia Kitty, Leo querido!

Henni comprara um bloco de desenho, papel de carta e envelopes para eles, e avó Gertrude tricotara xales e luvas de lã. Tudo aquilo teria que ser espremido para caber dentro das malas.

– E cadê o Paul? – perguntou tia Kitty.

– Está ocupado na fábrica.

– Inacreditável!

Leo não suportava mais aquilo e tinha a sensação de que estava ficando sufocado.

– Com licença – disse ele. – Ainda tenho que terminar de arrumar as malas.

Saiu da casa e foi até o parque. Andou até o pasto dos cavalos a passos apressados e ficou parado ali até se sentir melhor. Depois pensou se deveria dar o presente de Liesel naquele momento. Mas ela ainda estava na cozinha da Vila dos Tecidos, onde preparavam o jantar, e não seria bom chamá-la no momento. Era melhor esperar que ela terminasse o trabalho e voltasse para a casa do jardineiro.

Dodo apareceu para o jantar, mas Paul não. Eles comeram pouco, porque já tinham se empanturrado de bolo e torta à tarde. Só Dodo bateu um baita prato. Depois do jantar, Humbert trouxe café e biscoitos. Eles abriram várias garrafas de vinho, e tia Kitty ligou para a fábrica para saber se o senhor diretor ainda voltaria para casa naquele dia. Paul informou que um problema inesperado acontecera na tecelagem e que por isso ele chegaria mais tarde.

– Que covarde! – esbravejou tia Kitty. – Como pode ser tão estúpido?

Tia Lisa chamava Auguste de tempos em tempos para perguntar se o Sr. Winkler havia voltado, mas a resposta de Auguste era sempre negativa.

Por fim, Lisa foi ao anexo para dar boa-noite às crianças, e Marie acompanhou-a. Como sempre, Kurt dormiria junto com Johann e Hanno. Na manhã seguinte, quando partissem para a viagem, os pequenos ainda estariam dormindo. Marie precisava se despedir do filho mais novo naquela noite, mas não podia deixar transparecer sua tristeza.

– Venha – disse Dodo para Leo. – Vamos sair daqui, senão também vou começar a chorar daqui a pouco.

Ela pegou sua mão como sempre fizera no passado, e eles saíram em direção ao parque escuro. A temperatura caíra, os últimos dias de setembro se aproximavam, o outono já espreitava nas árvores e aguardava sua hora. Em breve, Christian varreria as folhas secas na alameda e nos campos, e ásteres e dálias coloridas floresceriam no canteiro de flores do pátio. Mas então Leo e Marie não estariam mais lá.

– Refleti muito sobre tudo isso, Leo – disse Dodo. – Tudo bem você ir estudar em Nova York. Não me agrada, mas é melhor para você. Já o que a mamãe está fazendo são outros quinhentos.

Leo ficou aliviado. Eles caminharam lado a lado, e ele sabia que nunca perderia sua irmã. Ela pertencia a ele, independentemente de onde ele estivesse e de quanto fossem velhos. Afinal, Dodo era sua irmã gêmea, seu segundo eu.

– Consigo entender a mamãe – disse ele. – Mas talvez ela não aguente e volte para vocês.

– Você não acredita mesmo nisso, não é?

Não, ele não acreditava. Mas era uma questão de ter esperança.

– Veja – disse Dodo, apontando para as janelas iluminadas da casa do jardineiro brilhando entre as árvores. – Pelo menos existem duas pessoas que estão felizes hoje à noite.

Leo lembrou-se do presente. Chegou o momento de entregá-lo.

– Espere aqui – disse ele. – Já volto.

Naquele momento, a família estava sentada no salão vermelho. Ele conseguia ouvir tia Kitty e avó Gertrude conversando. Tio Robert intrometera-se, e não se ouvia a voz de Marie. Ele subiu as escadas correndo, pegou o pacote de cima da escrivaninha e voltou para o parque, passando despercebido pelo átrio.

– O que é isto? – perguntou Dodo.

– Um presente para Liesel.

– Não acredito!

O cachorro latiu quando eles tocaram a campainha. Christian abriu a porta e de início fez uma expressão desconfiada por não esperar nenhuma visita naquele horário. Mas, quando os reconheceu, ficou muito feliz e chamou Liesel.

– Não queremos incomodar vocês – disse Dodo. – Leo quer se despedir e trouxe um presente.

Liesel ficou muito emocionada com aquela visita de despedida, e o presente de Leo a deixou completamente sem jeito. Tímida, pegou o belo embrulho e agradeceu com uma reverência. Leo achou constrangedor que ela o tenha tratado como patrão e preferiria que tivesse rido e brincado com ele como antigamente.

– Por favor, entrem, senhor e senhora – disse Liesel, enrubescida. – Estamos tão felizes por vocês terem se lembrado de nós! Por favor, fiquem à vontade…

– Muito obrigado – respondeu ele, pigarreando. – Infelizmente já precisamos voltar para a Vila dos Tecidos, temos convidados e ainda temos que preparar algumas coisas para amanhã. Espero que goste do presente, Liesel… Bem, então… boa noite. E… tudo de bom.

Ele olhou nos olhos dela, não por muito tempo, mas talvez por mais tempo do que teria sido adequado. Depois sentiu a mão firme de Dodo, e eles atravessaram o parque escuro.

– Tudo de bom no novo mundo, senhor! – exclamou Christian enquanto eles caminhavam, mas Leo não se virou.

Andaram pelas ruas do parque, calados, até chegarem à iluminada Vila dos Tecidos. Agora já estava escuro na cozinha, e os funcionários já tinham se retirado para seus aposentos. Apenas a luz do quarto da Sra. Brunnenmayer ainda estava acesa. O carro da tia Kitty seguia pela alameda em direção ao portão, e o carro de Paul estava no pátio.

– Finalmente – comentou Dodo. – Já estava achando que ele não viria mais para casa hoje.

Humbert abriu a porta para eles. Parecia bem cansado, e eles se desculparam por chegarem tão tarde.

– Sem problema – disse Humbert. – Hoje é um dia especial, senhor. Desejo-lhes uma boa noite.

Eles subiram as escadas devagar. As luzes do segundo andar também já estavam todas apagadas. Havia um cheiro de fumaça de charuto e vinho no ar, e ainda não tinham arrumado o salão dos cavalheiros. Os dois se detiveram, paralisados, no corredor do andar de cima. Sons estranhos vindos do quarto de seus pais chegavam aos seus ouvidos.

– É o papai – sussurrou Dodo com a voz trêmula. – Está chorando!

– Saia daí! – sussurrou Leo. – Rápido!

Ele levou seu colchão para o quarto de Dodo e colocou-o no chão, ao lado da cama da irmã. Ficaram juntos naquela noite e sussurraram baixinho, como no passado. Eram Dodo e Leo, unha e carne. Nada poderia separá-los: ela era parte dele, e ele era parte dela.

– No pior dos casos, pego um avião e vou visitar vocês! Não é problema nenhum – sussurrou ela para ele.

– Pare com isso, Dodo!

PARTE II

22

Eles tinham partido. Henni não sabia se deveria ficar triste ou com raiva; por ora só sentia um vazio entorpecente, um sentimento de que aquilo tudo não podia ser verdade. Leo nem ao menos se despedira dela direito. Correra para o parque com Dodo e não voltara mais durante a noite. Henni pensara na possibilidade de ir atrás dos dois, mas não o fizera. Não apenas porque Dodo estava com ele, mas também por pura decepção. Ficara claro que Henni lhe era tão indiferente que ele não tirara sequer um minuto de seu tempo para se despedir dela.

Dois dias antes, Marie ligara de Bremerhaven para a casa na Frauentorstraße pela última vez para avisar que o *Columbus* partiria no dia seguinte para a América. Eles tinham precisado esperar pela partida do navio quase duas semanas em um hotel barato. Além disso, houvera várias inspeções bastante desagradáveis das autoridades que tinham deixado Kitty extremamente nervosa. Mas agora tinham passado por tudo e cruzavam o Oceano Atlântico com o navio a vapor rumo ao novo mundo.

Agora o resto da família tinha que encontrar uma forma de navegar pelo Velho Mundo sem Leo e Marie. Não estava sendo fácil para ninguém na Frauentorstraße, sobretudo para sua mãe, que desde então estava incomumente calada e dócil.

– Nunca perdoarei os malditos nazistas por isso – dissera ela na noite anterior. – Mas não tinha jeito. Prefiro ficar longe da minha querida Marie a viver com o constante medo de que pudessem fazer algo terrível contra ela.

Henni achava que os temores da mãe eram completamente exagerados. Ninguém teria feito nada contra tia Marie na Alemanha, mas Kitty sempre dava ouvidos às profecias sombrias de tio Robert, e ele predizia que Hitler estava preparando uma guerra e que um dia levaria todos os judeus para um campo de concentração e os assassinaria. Por isso ele colaborava com uma organização que arranjava vistos para que judeus e outros imigrantes pudessem fugir para vários países. Era difícil, porque a maioria dos países não gostava de receber imigrantes, especialmente os que não exerciam uma profissão útil e seriam um fardo para o Estado. Mas as pessoas que trabalhavam com tio Robert conheciam vários truques para conseguir um visto também em casos complicados.

Embora o caso de tia Marie e de Leo não tenha sido especialmente difícil. De difícil mesmo só tinha tio Paul, que se negara a assinar os documentos durante um tempão. Só o fizera três semanas antes da viagem, e tia Marie provavelmente aguardara, ansiosa, pois não teria podido ir sem sua assinatura. Henni pensou no que tia Marie teria feito se tio Paul tivesse mesmo se negado a assinar. Será que teria ficado na Alemanha com Leo? Ou teria simplesmente falsificado os documentos? Ah, não, ela devia ter certeza de que tio Paul assinaria em algum momento. Ela o conhecia como a palma da mão.

Bem, às vezes o amor era estranho. Na verdade, tia Marie decidira viajar para evitar que a fábrica de tecidos dos Melzers fosse boicotada pelos nazistas e falisse. Mas tio Paul parecia não se importar nem um pouco com aquilo. Na verdade, vinha frequentemente fazendo coisas que prejudicavam tanto ele próprio quanto a fábrica. Para começar, não queria tirar de jeito nenhum os quadros da mãe de Marie que estavam pendurados nos dois escritórios, contrariando a exigência dos funcionários da Gestapo. Também não queria pendurar uma foto do Führer, o que Henni compreendia perfeitamente, afinal aquele homem era horroroso e arruinaria a atmosfera do ambiente. Mas negócios eram negócios! Se Henni pudesse opinar, teria pendurado um quadro de duas faces. Na frente haveria a foto de Johann Melzer, o fundador da empresa, e no verso a foto de Adolf. O quadro poderia ser virado de acordo com cada cliente e visita. Quando tio Paul entrasse mais ou menos de volta aos eixos, ela lhe faria essa sugestão. Agora estava tão intragável que ela nem sequer ousava pisar em seu escritório.

Naquela manhã ele repreendeu a pobre Srta. Lüders por não ter transferido o telefonema de um cliente para ele.

– Mas, senhor diretor... – respondeu a Srta. Lüders, desesperada. – Era a confecção Goldstein de Freising...

– E daí? – perguntou ele, furioso.

A Srta. Lüders levantou os ombros e pareceu uma tartaruga escondendo-se em seu casco.

– Mas… mas… é uma empresa judia, senhor diretor! Não devemos fazer negócios com essas…

A expressão de tio Paul tornou-se assustadoramente severa, e era possível ver sua mandíbula se contraindo.

– De uma vez por todas, Srta. Lüders – disse ele em tom calmo, mas frio. – Sou eu quem ainda decide por aqui com quem a fábrica de tecidos dos Melzers faz negócios ou não!

A Srta. Lüders tremeu-se toda. Com certeza era especialmente constrangedor levar uma reprimenda daquela na presença da outra secretária, a Srta. Haller, e da voluntária, a Srta. Bräuer.

– É claro, senhor diretor… – gaguejou ela. – Só achei que tivéssemos decidido…

– Deixe as decisões a meu cargo, Srta. Lüders. Para as próximas vezes, desejo que todas, realmente todas, as ligações sejam encaminhadas para meu escritório. Estamos entendidos?

Disse essas palavras dirigindo um olhar firme também para a Srta. Haller e para Henni.

– Sim, senhor diretor… Sinto muitíssimo mesmo, senhor diretor… – sussurrou a Srta. Lüders de forma quase inaudível.

Naquele momento ele finalmente pareceu perceber como constrangera sua funcionária de longa data. Sua expressão se suavizou, e ele tentou atenuar as palavras que dissera na hora da raiva.

– A senhora não pode levar o falatório das pessoas tão a sério, Srta. Lüders. As empresas judias ainda existentes continuam fazendo negócios de forma totalmente legal, da mesma forma que antes, por isso não existe motivo para boicotá-las.

Ele se virou para Henni e acenou para que fosse até seu escritório.

– Assunto encerrado – disse ele para as secretárias, fechando a porta.

Henni tinha certeza de que também levaria uma bronca, mas ele lhe pediu que se sentasse em uma das poltronas de couro e sentou-se ao seu lado.

– Algumas coisas mudaram na Vila dos Tecidos – disse ele, cruzando as pernas. – Porém, acho que juntos iremos superar essa situação, não é mesmo?

Ele estava desolado de tristeza, era possível ver em seu rosto. Como ela poderia ajudá-lo? Não seria uma tarefa nada fácil, porque ele não era do tipo que se deixava ajudar.

– Com certeza, tio Paul – respondeu ela com convicção. – Unidos, vamos conseguir. E você pode contar comigo sempre, sabe disso!

O sorriso dele indicou que ela escolhera as palavras certas. Porém, foi um sorriso breve que logo desapareceu.

– Ah, acaba de me ocorrer – disse ele. – Você recebeu alguma carta de Leo?

Arrá, ele queria espionar. Provavelmente tia Marie não mandara muitas notícias de Bremerhaven.

– De Leo? Infelizmente não. É melhor você perguntar para Dodo.

– Sim, claro – replicou ele rapidamente. – E Marie com certeza deve ter escrito para sua mãe, não é mesmo?

Ela vira uma ou duas cartas, mas Kitty só as mostrara para tio Robert. Ela não permitira nem que a avó Gertrude nem que Henni as lessem.

– Acho que elas se falaram ao telefone uma vez – respondeu ela com cautela. – A mamãe ligou para o hotel em Bremerhaven.

Omitira discretamente que sua mãe falara todas as noites com tia Marie e que tio Robert chegara a reclamar da conta do telefone. Será que tio Paul ligara para sua esposa enquanto ela estava no hotel? Provavelmente não. Como era possível que fosse tão teimoso?

– Muito bem – disse ele como se aquela conversa se resumisse a uma mera fofoca sem importância. – Tenho uma tarefa para você. Leve esta carta. Quero que formule uma resposta de rejeição e me mostre depois.

Ele se levantou para pegar uma folha escrita à máquina e entregou-lhe. Ao ler o cabeçalho, um sinal de alerta disparou no cérebro de Henni.

Novas Modas.

Karolinenstraße 12.

Sra. Von Dobern, diretora.

Aquela cobra venenosa queria visitar a fábrica para dar uma olhada nas estampas mais recentes e adquirir tecidos para sua loja.

– Por que quer recusar? – perguntou Henni inocentemente. – Deixe que ela venha, darei meu jeito para nos livrarmos dela.

O rosto de tio Paul ficara petrificado. Aquela sugestão não lhe agradara nem um pouco.

– Não tenho intenção de fazer negócios com a Sra. Von Dobern, Henni. A recusa deve ser educada, mas firme. Será um bom exercício para você.

– Entendi – disse ela. – Mas é uma pena. Adoraria tê-la visto sujar os dedos com tinta de impressão durante a visita. Acidentalmente, sabe?

Mas ele não estava com nem um pingo de disposição para piadas naquele dia.

– Não estamos no jardim de infância, Henni. Pode ir agora.

– Sim, tio Paul.

Ela se levantou e saiu do escritório. Um silêncio sepulcral dominava a antessala. A Srta. Haller usava a máquina de escrever de forma intencionalmente barulhenta, e a Srta. Lüders preparava várias cartas para serem enviadas e umedecia as margens dos envelopes com a língua. Os pingos de chuva corriam pelas janelas e o armazém em frente parecia mais cinzento e sujo do que nunca naquele dia.

Henni adoraria ter dito algumas palavras gentis à Srta. Lüders, pois a secretária apenas tivera a melhor das intenções e quisera proteger o chefe de possíveis prejuízos, mas Henni precisava ter cuidado, pois tio Paul poderia ouvir tudo de seu escritório. Por isso, só sorriu para ela e disse:

– Vai dar tudo certo, Srta. Lüders. Não é mesmo?

A Srta. Lüders abaixou o envelope que acabara de lamber e sorriu com melancolia.

– Com certeza, Srta. Bräuer. Mesmo que não seja fácil…

– Especialmente quando a situação aperta! – replicou Henni com um sorriso, assentindo rapidamente para a Srta. Haller, e foi para o escritório adjacente.

Na verdade, não era nada inteligente recusar a visita da Sra. Von Dobern. A fábrica precisava de todas as encomendas possíveis, e pequenos pedidos também eram bem-vindos. Mas tio Paul não se abstinha de atitudes que pudessem prejudicar a fábrica. Era como se quisesse provar que sua esposa estava errada.

Henni se pegou pensando em Leo por um instante e foi tomada por um sentimento doloroso. Ele não se importava com ela. Que bom que em breve ele estaria em Nova York, bem longe, do outro lado da Terra, e ela não precisaria mais vê-lo. Infelizmente ele ainda assombrava seus pensamentos, mas ela esperava que aquilo passasse em breve. Como um resfriado do qual nos livramos aos poucos.

Refletiu sobre como elaborar uma "recusa educada, mas firme" e por fim escreveu:

Prezada Sra. Von Dobern,
Muito obrigada pelo seu contato. Infelizmente a fábrica de tecidos dos Melzers está passando por uma reestruturação, e por isso sua visita não seria oportuna, já que as estampas antigas não estão mais sendo produzidas. A nova produção orienta-se, sobretudo, a tecidos industriais que não são adequados para a moda feminina.
Sentimos muito por não podermos ser de maior auxílio.
Saudações germânicas,
Henni Bräuer, funcionária voluntária

Provavelmente Serafina ficaria fora de si quando recebesse a carta. Mas aquela mulher era como um mosquito imperturbável, que dava uma volta e depois retornava zumbindo pelo outro lado com sua cara feia. Descobriria rapidamente que a fábrica não estava produzindo tecidos industriais.

Quando Henni entrou no escritório de tio Paul com o rascunho da carta, o jovem porteiro Herbert Knoll estava lá parado, girando o gorro na mão.

– Foi o que eu falei para ele, senhor diretor. Mas o garoto disse que lhe aconselharam que viesse à fábrica... Por isso vim perguntar antes de mandá-lo embora.

– Ora, ora... aconselharam – repetiu tio Paul. – Ele disse quem?

– Não diretamente. Parece que falou com alguém da tecelagem.

Paul bufou. A fábrica estava com poucas encomendas, não era um bom momento para fazer novas contratações.

– Diga-lhe para voltar hoje à tarde – respondeu ele. – Aí veremos...

– Pode deixar, senhor diretor!

O porteiro colocou o gorro com um movimento ágil, deu um olhar discreto mas lascivo para Henni e foi embora. Que homem nojento. Pena que o velho Sr. Gruber quase não aparecia mais; ele era muito mais simpático.

– Então me mostre o que você escreveu – pediu tio Paul.

A carta não encontrou a aprovação do exigente senhor diretor. Tio Paul ensinou-lhe que não se avançava na vida com mentiras e artifícios.

Cortou "reestruturação" e "tecidos industriais" e deixou simplesmente "os tecidos produzidos pela fábrica de tecidos dos Melzers não são adequados para a empresa 'Novas Modas'". O motivo não dizia respeito à Sra. Von Dobern, portanto não era explicado. Ponto final. Fim. Era algo curto e direto ao ponto. Ela deveria fazer a reformulação e mandar para digitação na antessala.

– Pode finalizar isso hoje de tarde – disse ele, empurrando-lhe a carta corrigida sobre a mesa. – Agora vista seu casaco, já é quase hora do almoço.

– Sim, tio Paul. Já estou indo.

Havia dias que o almoço na Vila dos Tecidos era uma verdadeira tragédia. Henni preferiria mil vezes comer em casa, na Frauentorstraße, mas, enquanto fizesse o trabalho voluntário na fábrica, era mais fácil ir almoçar com o tio.

Para variar, foram os últimos a chegar; todos os outros já estavam à mesa, e é claro que Henni foi alvo do olhar reprovador de avó Alicia. Tio Paul também estava atrasado, obviamente, mas todos estavam pisando em ovos com ele. Porque a "imprestável nora Marie" abandonara "cruelmente" seu marido. Pelo menos era assim que avó Alicia via as coisas. Henni escutara "por acidente" uma conversa em voz baixa entre a avó e tia Elvira no corredor que lhe deixara de cabelos em pé.

– Tudo isso só aconteceu porque Paul teve que inventar de se casar justo com uma ajudante de cozinha judia! – sussurrara Alicia.

Mas tia Elvira retrucara na lata.

– Mas e quanto ao fato de que a fábrica de tecidos dos Melzers nem sequer existiria sem o pai judeu de Marie? Isso você prefere esquecer, não é?

– Ah, você tem uma desculpa para tudo nessa vida! – respondera vovó, irritada.

Depois as duas tinham descoberto Henni no corredor e terminado a conversa no mesmo instante.

Naquele dia, o almoço estava excepcionalmente silencioso mais uma vez. Só Johann e Charlotte contavam casos da escola; Hanno contemplava seu entorno com o olhar sonhador de sempre; e Kurt estava sentado no lugar de Leo com os olhos inchados de choro. Arrá, então eles tinham brigado. Tia Lisa era o sofrimento em pessoa: apenas assentiu rapidamente para Henni e fez um comentário sobre o tempo chuvoso do outono, que realmente afetava bastante o estado de espírito de todos. A avó

Alicia estava sentada à mesa, rígida e pálida, e parecia uma estátua de cera. Provavelmente estava com mais uma crise de enxaqueca. Tia Elvira também parecia estar de mau humor, pois recebeu os retardatários com as palavras:

– Finalmente. Humbert, podemos comer!

Tinha que ser sopa com bolinho de fígado – justo o que não apetecia nem um pouco a Henni. Mas ela estava morrendo de fome. Tio Paul não tomou sopa e se serviu apenas do prato principal – carne de porco assada com talharim caseiro e salada –, mas só três garfadas no máximo, e ainda deixou que as crianças dividissem sua porção de sobremesa. O lugar ao seu lado, que geralmente era ocupado por tia Marie, estava vazio. Ninguém tivera coragem de se sentar ali.

Henni esforçou-se para desenrolar alguma conversa, mas só recebeu respostas monossilábicas em troca.

– O que aconteceu, Kurt? Andou chorando?

O menino de nove anos olhou timidamente para ela, depois deu um olhar de soslaio para Johann, que o fitava de forma ameaçadora.

– Não, tia Henni! – disse ele. – Entrou um cisco no meu olho.

– Por acaso vocês andaram brigando? – perguntou tio Paul, que finalmente prestara atenção no entorno.

– Que nada!

– Vocês têm que fazer as pazes, meninos – afirmou tia Lisa, intrometendo-se com a voz fraca. – Ouviu, Johann? Estou falando isso principalmente para você.

– Por que sempre eu? – perguntou o menino de cabelos ruivos, revoltado. – Diga isso para a Chicote, mamãe!

Charlotte, que era chamada pelos irmãos de "Chicote", olhou para sua mãe com um olhar inocente e teatral.

– Tirei nota dez hoje, mamãe – anunciou ela, desviando a atenção do assunto.

– Que ótimo, Charlotte. Em que matéria?

– Em educação física, mamãe.

Tia Lisa reagiu com decepção, avó Alicia balançou a cabeça de leve, e só tia Elvira se deixou impressionar com a resposta da menina.

– Muito bem, garota!

Depois de atacarem a sobremesa, as crianças foram autorizadas a se levantar e deixar a sala de jantar. Hanna e Auguste foram cuidar delas. Os adultos ficaram mais tempo à mesa, e foram servidos de café e biscoitos de merengue, uma nova receita criada por Liesel. Eram doces, macios e aerados – bastante agradáveis.

Já as conversas eram tudo menos isso. Ninguém mencionava Marie ou Leo. Era como se todos tivessem feito um acordo para não tocarem no assunto. Em vez disso, falavam sobre Sebastian, que deixara a Vila dos Tecidos havia mais de duas semanas e desaparecera desde então. Depois Lisa encontrara uma carta que ele sagazmente colocara bem no fundo de sua gaveta de roupas íntimas. Aquilo fora bem engenhoso de sua parte. Ele sabia que, assim, demoraria um pouco até ela começar a procurá-lo e, principalmente, era improvável que as crianças encontrassem a carta entre sutiãs e anáguas. Lisa lera a carta para eles alguns dias antes e precisara interromper a leitura toda hora para enxugar as lágrimas com um lenço. A carta soara bastante pomposa, o que era típico de Sebastian.

Ele escrevera que não suportava mais ser um fardo para sua amada esposa e seus filhos. Por isso decidira seguir o próprio caminho, um caminho solitário e perigoso, mas que ele precisava traçar até o fim. Só lhe restaria esperar que um dia sua querida esposa e seus amados filhos se lembrassem dele com estima e respeito. Escreveu ainda que pensava todos os dias e todas as horas em sua família linda e que, enquanto vivesse, eles estariam em seu coração.

Todos haviam ficado profundamente comovidos com o texto, e Henni também não soubera o que dizer de início. Só tia Elvira exclamara:

– Mas esse Sebastian é um lunático!

Então Lisa irrompera em lágrimas e saíra correndo desesperada. Alicia apenas dissera:

– Isso foi realmente necessário, Elvira?

Depois se levantou para correr atrás de Lisa e consolá-la.

Naquele almoço, discutiam mais uma vez o que tio Sebastian teria querido dizer com aquele tal de "caminho perigoso".

– Ele tirou a própria vida – disse tia Lisa pela enésima vez. – Tenho certeza de que não está mais entre nós. Posso sentir. Quando amamos alguém assim, conseguimos sentir essas coisas...

– Que é isso, Lisa? – disse Alicia. – Você não pode pensar uma coisa dessas, minha filha.

Paul participou da conversa com relutância, pois fazia dias que repetia a mesma coisa, mas sua irmã não queria aceitar.

– Ele deve ter ido se esconder em algum lugar, Lisa. Possivelmente em sua cidade natal; ele não vem de uma cidadezinha em Westerwald? Ou decidiu atravessar a fronteira para a França. Talvez também esteja a caminho da Inglaterra. Ou da Suíça, talvez?

Mas Lisa citava novamente a frase "… se lembrassem dele com estima e respeito…" e argumentava que aquilo só poderia significar que ele tirara a própria vida.

Henni não se intrometeu na conversa; preferia comer os deliciosos biscoitinhos. Em casa, na Frauentorstraße, sua mãe falara com tio Robert sobre o assunto e, como sempre, eles interromperam a conversa quando Henni entrou na sala. Mas do corredor ela conseguira ouvir a mãe dizer:

– Você não acha que ele…

E tio Robert responder:

– Tenho quase certeza de que fará isso, Kitty. Ele é uma pessoa íntegra que defende suas convicções. Pobre Lisa… pobres crianças. Mas consigo entendê-lo.

– É um louco, isso sim! – exclamara a mãe, irritada.

Então vira Henni parada na porta e dissera delicadamente:

– Henni, meu amor. Você já voltou. Como foi na fábrica hoje? Paul continua aquela pedra de gelo?

Henni ficara irritada. Ela não gostava de ser tratada como criança. Afinal de contas, não tinha mais 9 anos, e sim 19.

– Vocês acham que tio Sebastian foi encontrar seus companheiros do KPD na clandestinidade, não é? – perguntou ela. – Também acho.

Sua mãe e tio Robert olharam um para o outro, chocados. Finalmente tinham se dado conta de quem estava diante deles. Uma adulta!

– Ouça, Henni – dissera tio Robert, olhando para ela com seriedade. – Independentemente de essa suspeita se concretizar ou não, por favor, não mencione isso para ninguém. Nem na Vila dos Tecidos.

– Entendi – dissera ela, assentindo.

É claro que ela não diria nada sobre o assunto. Se mencionasse o KPD ou algo parecido, tia Lisa desmaiaria na hora. Por isso esperou até que finalmente finalizassem o tema "Sebastian" para participar das conversas sobre assuntos aleatórios, como os acontecimentos da fábrica, as travessuras mais recentes de Johann ou o garanhão de tia Elvira, Gêngis Khan, que era responsável pela próxima geração de trakehners. Por fim, avó Alicia se retirou para cuidar de suas dores de cabeça, e tia Elvira a acompanhou dando conselhos. Paul abraçou sua irmã Lisa, que estava desolada, e lhe disse que com certeza ela veria seu Sebastian novamente um dia. Ao que ela respondeu com "no dia do juízo final..." e um suspiro. Ainda assim, a conversa e o abraço pareciam tê-la ajudado, pois ela se retirou para auxiliar as crianças com os deveres de casa.

Tio Paul pressionou Henni para que voltassem logo à fábrica.

Parecia até que tinha muito trabalho para fazer, pois supostamente estava sem tempo para fazer sua sesta. Mas aquilo não passava de uma desculpa: na verdade, sentia saudade de tia Marie, que costumava tirar o cochilo junto com ele. Assim que chegaram ao escritório, Henni logo começou a reformular a carta de recusa para a Sra. Von Dobern para que a Srta. Lüders pudesse batê-la à máquina e enviá-la. Depois tio Paul pediu que ela fosse até a contabilidade, onde deveria fazer uma lista maçante das reduções salariais e das horas trabalhadas que precisavam entregar para as autoridades fiscais. Quando acabou a tarefa, achou que já tinha trabalhado o suficiente naquele dia. Com certeza tio Paul não teria nada contra se ela fosse para casa, afinal ainda tinha uma vida pessoal. Wilhelm e Klaus-Peter iriam buscá-la às sete horas para irem ao cinema. Estava passando *Um marido ideal* com Brigitte Helm. O tema combinava perfeitamente com sua vida familiar naquele momento!

Mas, quando chegou à antessala, subitamente se encontrou no meio de um sonho. Pelo menos no que julgava ser um sonho. Mas se revelou mais uma vez um engano, porque naquele momento ele estava diante dela ao vivo e em cores.

O rapaz, vestindo um casaco claro e uma calça escura um pouco amassada, estava sem a mochila e o cantil naquele dia. Henni reconheceu-o de imediato, e ele também pareceu lembrar-se perfeitamente dela, pois a encarou de olhos arregalados e assustados. Ele tinha olhos esverdeados com um toque de cinza. Que fascinante!

Como ficou calado, Henni decidiu tomar a iniciativa.

– Bom dia... Não nos conhecemos?

Dirigiu-lhe um olhar penetrante que quase sempre deixava os rapazes atordoados. Funcionou! Ele ficou um pouco vermelho, mas fora isso não transpareceu mais nenhuma reação.

– Acho que sim – respondeu ele, e sorriu. – Mas não estou conseguindo me lembrar da ocasião...

– Mas eu lembro bem...

Suas pálpebras tremeram e estreitaram-se, e ela subitamente se deu conta de que era melhor não mencionar nada sobre o insólito encontro.

Ele retomou a palavra logo em seguida.

– Tentei um emprego na fábrica, mas não tive sucesso. Bom, então...

Ele era o rapaz que o porteiro anunciara naquela manhã. E tio Paul não o contratara. Ela precisava agir naquele instante, senão nunca mais o veria.

– Espere! – exclamou ela, interrompendo-o. – Espere só um momentinho que logo estarei de volta.

Tio Paul estava assinando as cartas que seriam enviadas e mostrava-se pouco interessado em contratar aquele Felix Burmeister, que não tinha muito a mostrar com a exceção de um curso de Direito incompleto.

– Mas, tio Paul! Se você o contratar, economizará pelo menos três funcionários. Como ele é inteligente e versátil, você poderá inseri-lo em qualquer departamento que precise de força de trabalho. Ele seria como um coringa, sabe?

Divertindo-se com a situação, o senhor diretor fitou sua sobrinha entusiasmada, que nitidamente estava bastante interessada naquele jovem.

– Você o conhece bem?

– Claro que o conheço. É competente, tio Paul, eu juro. Contrate-o por um período de experiência. Na tecelagem, por exemplo, acabamos de perder uma pessoa...

Em outra época, talvez ele só tivesse rido dela. Mas agora tinha grande consideração por ela, e Henni sabia disso.

– Tudo bem – disse ele com um suspiro. – Faremos quatro semanas de período de experiência. Peça para ele voltar para assinarmos um contrato de trabalho.

23

Marie e Leo passaram duas semanas intermináveis vivendo em um limbo agonizante. Tinham precisado esperar em Bremerhaven, demonstrar paciência e cultivar a esperança. Os dias se arrastavam com lentidão excruciante. E os pensamentos sombrios, o arrependimento, a saudade e a dúvida incômoda sobre estar realmente fazendo a coisa certa pareciam não querer deixá-la. Mais uma fiscalização, mais formulários sem sentido a serem preenchidos. As malas foram revistadas, a câmera fotográfica de Marie foi confiscada, e as partituras de Leo, que ele daria de presente para Walter, foram apreendidas sob a classificação de "bem cultural alemão". Tudo aquilo fora difícil de suportar, mas eles tinham conseguido. Muito pior era a profunda ferida no interior de Marie, que doía incessantemente e que ela carregaria com ela para sempre.

A imagem de seu filho mais novo dormindo serenamente ficara gravada em sua alma, aparecia para ela mil vezes por dia e a perseguia nos sonhos. No dia da partida, ela fora mais uma vez para o anexo, abrira uma fresta da porta do quarto, e a luz do corredor inundara Kurt enquanto ele dormia. Estava deitado de barriga para cima, com as bochechas rosadas de sono, suas pálpebras com os cílios escuros tremiam levemente, e seus punhos estavam fechados. Ela não o acordara, só olhara para ele e fechara a porta sem fazer barulho.

Ela havia deixado seu menino, que precisava tanto dela. Deixara seu grande amor, que na noite anterior a abraçara, aos prantos, e lhe suplicara para que ficasse. Em sua espera de dias pelo *Columbus* em Bremerhaven, que estava atrasado por causa de uma tempestade, a tentação de desistir de tudo e voltar para Augsburgo para ficar ao lado de Paul a assolava. Após a briga final naquela última noite, ele não fugira para o salão dos cavalheiros, como fizera durante semanas, mas ficara deitado ao seu lado, sem dormir, esperando por um sinal, qualquer um, mas ela não estivera pronta para dar. Quando ela acordou na manhã seguinte cedinho e saiu do quarto, ele não se mexeu, mas ela achava que ele estava acordado. Será que ele a observou enquanto ela ia até o anexo? Ficou parado no corredor quando ela voltou apressadamente e desceu as escadas correndo para tomar um café rápido com Leo na sala de jantar? A escada estava escura, e ela não ouviu nem viu Paul, mas tinha certeza de que ele estava parado ali. Desesperado, em silêncio.

Humbert os esperava lá embaixo no carro para levá-los até a estação de trem. Enquanto seguiam na alameda em direção ao portão, ela olhou para trás para ver a casa mais uma vez. A luz ainda estava acesa na cozinha, onde estavam os empregados, e, nos andares de cima, as janelas estavam escuras.

O que ele estaria fazendo? Chorando? Andando de um lado para outro com raiva? Rogando-lhe pragas? Chamando-a de orgulhosa, teimosa, irresponsável, desleal e descumpridora de promessas? Ah, ela preferia que ele estivesse com raiva do que doente de tristeza.

Tinham sido suas conversas ao telefone com Kitty à noite que tinham levantado seu ânimo durante aquela espera tortuosa e que lhe davam coragem para seguir com seu plano.

– Você está fazendo a coisa certa. Marie do meu coração… Mesmo que eu já esteja morrendo de saudade e não saiba o que fazer sem você por perto, é sensato e correto você deixar este país. Os Goldsteins também fizeram isso. E recentemente quebraram as janelas da loja do Jacob Grünheim da Milchgasse…

– Você tem que cuidar de Dodo, Kitty. Ela é muito ingênua. Temo que acabe enfrentando grandes problemas em algum momento…

– Não se preocupe, querida. Robert e eu estamos de olho. E você sabe que isso não vai durar para sempre. Uma hora nos livraremos dessa corja! Eles não podem ficar mandando e desmandando em nossa bela Alemanha para sempre. Tenho certeza de que você voltará para nós, Marie…

– Tomara que sim, Kitty…

– Não desanime, meu amor. Pense em Leo, seu filho incrível que sempre estará no coração de sua tia. Ele precisa de você. Essa é sua missão agora, minha querida. E Paul vai acabar se acalmando. Em alguns meses poderá até visitar você…

– Paul? Ah, Kitty! Ele não fará isso nem em um milhão de anos. Está com muita raiva de mim para isso…

– Ele vai se acalmar em algum momento, aquele cabeça-dura. Robert e eu com certeza iremos visitar vocês ano que vem e talvez levemos Kurt junto. Ou Dodo também… Sim, Dodo, seria uma boa ideia, não é mesmo? Afinal de contas, ela também pode voar de avião por aí nos Estados Unidos, ou não?

Kitty tinha o dom maravilhoso de achar algo positivo até na pior das situações. Ah, Marie sentiria tanto sua falta!

– Durma bem, Marie do meu coração. Quando esse navio maldito finalmente partir, vocês vão se sentir melhor. Ligarei amanhã de novo.

Leo esforçou-se muito para animar a mãe, mas também estava deprimido, aéreo, assim como ela, entre o ontem e o amanhã, entre a despedida e a esperança. O hotel era uma espelunca barata e horrorosa, pois ela quisera economizar e acreditara que eles precisariam ficar no máximo uma noite lá. E agora tinham que dormir em quartos de sótão minúsculos e frios e faziam as refeições num salão repleto de fumaça de cigarro do lado do bar, onde os trabalhadores do porto e marinheiros já começavam a beber e fumar cachimbo de manhã. Iam todo dia ao porto para perguntar à companhia de navegação se havia previsão para a partida do *Columbus*. Só ouviam como resposta algo como "amanhã ou depois de amanhã" e voltavam para o hotel, decepcionados, expostos à ventania e ao tempo ruim. Marie ficava especialmente incomodada com as fortes rajadas de vento que zumbiam em seus ouvidos, puxavam seu casaco e atingiam seu rosto. Todo dia depois do almoço (geralmente peixe com batata e cebola), ela contava o dinheiro que estava acabando. Fora Leo quem havia recebido o dinheiro do Paul, não Marie. Mas o garoto repassara toda a quantia à mãe, pois acreditava que ela saberia gastá-lo com mais sabedoria.

E então o dia finalmente chegara. As últimas fiscalizações, os passaportes, os documentos de saída, os formulários, as bagagens… Graças a Deus tudo estava em ordem. Diante deles, no cais, despontava o corpo monstruoso e preto do *Columbus*, com suas inúmeras escotilhas redondas e a faixa pintada de branco no meio. Dava para ver os botes salva-vidas pendurados e a fumaça escura saindo de duas chaminés e subindo ao céu cinzento de outubro. Por meio de uma ponte sustentada por cordas, os passageiros entraram um a um no navio que os levaria até o novo mundo pelo impetuoso Oceano Atlântico.

De início, Marie foi tomada apenas por um grande alívio. Estava decidido e não tinha mais volta: a ambivalência em que ela vivera durante duas semanas não a atormentava mais. Quando o navio começou a se mover devagar e com cautela, ela ficou ao lado de Leo na balaustrada. Alguns passageiros acenavam para seus familiares que tinham permanecido em terra firme. Em algum lugar um gramofone tocava "Muss i denn, muss i denn zum Städele hinaus …", a canção folclórica de despedida, que era abafada pelo apito alto do navio a vapor. Uma neblina formara-se, e o trajeto do porto até o mar aberto precisava ser percorrido lentamente e com cuidado.

– Nós conseguimos, mamãe! – exclamou Leo, colocando o braço sobre seus ombros. – Você vai ver, será incrível lá em Nova York. Estou muito curioso para ver como Walter está agora. Ele escreveu que cresceu bastante. Imagine só: em uns poucos dias já estaremos lá!

Ela ficara contente com sua empolgação, ainda que houvesse muito tempo que não encarasse o futuro com tanta euforia quanto seu filho de 19 anos. Entre os passageiros também surgira um clima alegre nas primeiras horas após a partida; eles ocuparam as cabines, foram até o deque, observavam as espreguiçadeiras abertas com os cobertores de lã pesados em cima. Fizeram as primeiras fotos de casais e famílias que se agrupavam em volta de uma das boias salva-vidas com o nome do navio. Riam, se apresentavam e pediam um ao outro para que tirassem uma foto. Marie e Leo observavam o alvoroço. Lamentaram não possuírem mais uma câmera fotográfica. Também não tinham acesso aos deques, que eram reservados aos passageiros da primeira classe. Eles estavam na segunda classe e suas cabines eram pequenas e ficavam na parte interna, sem vista para o mar.

– Por que nossas cabines são tão ruins, mamãe? – perguntou Leo. – As lá de cima têm até varanda, e nós não temos nem uma escotilha.

– Não temos muito dinheiro, Leo. Mas acho que podemos suportar só esses poucos dias, não é mesmo?

A privação era uma experiência nova para seu filho mimado, que em Augsburgo tinha um motorista que o levava para a escola. Marie estava decidida a ser econômica com o dinheiro de Paul e conseguir um sustento o mais rápido possível.

Os refeitórios também eram divididos em primeira e segunda classe. As refeições eram suficientes, mas de preparo simples, e ninguém reclamava. Os passageiros da segunda classe eram bastante diversos. Havia muitas famílias, alguns jovens, poucas crianças e muitos casais mais idosos. Logo

Marie se dera conta de que muitas daquelas pessoas estavam deixando a Alemanha, como ela, para imigrar para os Estados Unidos. Aqueles passageiros eram quase todos judeus. Alguns se reconheceram e formaram pequenos grupos. Marie conseguiu deduzir, a partir de suas conversas, que o destino deles era em parte bem mais trágico que o seu, pois tinham precisado deixar quase tudo que possuíam em sua Alemanha natal.

Por volta do meio-dia, o navio alcançou o mar aberto, e seus movimentos se intensificaram. Quando o balanço e a oscilação aumentaram, alguns passageiros se retiraram e não retornaram para o jantar. Marie e Leo ficaram em pé na balaustrada, congelando e olhando para as ondas cinza e agitadas que pareciam unir-se perfeitamente com as nuvens baixas ao longe. Lá atrás, bem mais adiante, estava a América. Eles estavam se movendo em direção ao novo mundo, enquanto a máquina trabalhava incansavelmente, fazendo o navio avançar e a proa levantar, cortando as ondas com um assobio e desafiando as poderosas correntezas.

– Para falar a verdade, estou um pouco tonto... – comentou Leo com a voz fraquinha. – É uma sensação estranha imaginar que não tem nada além de água muitos metros abaixo de nós.

– Você preferiria estar sentado em um avião e planar sobre o mar? – perguntou Marie em tom de brincadeira.

– De jeito nenhum! – exclamou ele, horrorizado.

À noite, o navio passou a balançar com mais violência, pois precisou enfrentar ondas potentes, e a maioria dos passageiros lidou com momentos desconfortáveis. Marie bateu à porta da cabine de Leo, preocupada, e lhe perguntou como ele estava.

– Tudo certo, mamãe – respondeu ele com esforço. – Pode ir dormir.

Para sua própria surpresa, mal ela se deitara naquela cama estreita e desconfortável e já adormeceu. Dormiu profundamente, como uma pedra, até a manhã seguinte. Mas, quando acordada, não se lembrava de ter sonhado nada. Provavelmente era o resultado das muitas noites em claro das semanas anteriores. Também não ficava incomodada com o balanço do grande navio nem com as batidas e vibrações da máquina, só era estranho vestir-se com os movimentos de oscilação e andar cambaleando pelo corredor, segurando-se nas paredes.

Não ouviu resposta quando bateu à porta da cabine de Leo. Talvez ele já tivesse se levantado e ido tomar café.

No deque, o vento assobiava em seus ouvidos e alguns passageiros se seguravam firme na balaustrada com seus casacos e jaquetas esvoaçando na forte brisa. O mar era azul-esverdeado e hostil, pequenas ondas subiam como facas afiadas, uma espuma branca brilhava aqui e acolá, e um fio negro parecia separar o céu e o mar ao horizonte.

O refeitório da segunda classe estava com um quórum bastante baixo no café da manhã, e Leo também não estava lá. Um jovem deixara cair uma xícara de café com leite e saíra com pressa em seguida; um casal pediu chá de camomila; uma jovem moça estava sentada sozinha em uma mesa e olhava para a escotilha da parede em frente. Só duas senhoras mais velhas tomavam café, comiam ovos cozidos e pão com geleia, conversavam animadas em inglês e pareciam sentir-se totalmente à vontade. Marie as cumprimentou com um tímido "*Good morning*", que foi gentilmente retribuído, e depois se sentou afastada, em outra mesa, onde lhe serviram o café da manhã. Não estava com vontade de conhecer pessoas novas, mesmo que na noite anterior alguns passageiros tivessem puxado conversa com ela. O motivo era que ela não sabia ao certo o lugar ao qual pertencia e como deveria explicar sua viagem. Não era turista e não estava visitando parentes. Mas planejava abandonar seu lar por um longo tempo e tornar-se americana. Não estava fazendo aquilo por livre e espontânea vontade, mas porque era judia. Porém, não se sentia particularmente ligada aos muitos imigrantes judeus no navio, mesmo que dividisse aquele destino com eles. Ela era judia porque três de seus avós tinham sido judeus. Mas ela própria nunca se enxergara como tal até então. Não conhecera seus avós, seu pai também morrera antes de ela nascer, e só tinha uma lembrança distante de sua mãe que desvanecia cada vez mais com o passar dos anos. Fora criada de forma cristã no orfanato, e nunca ninguém lhe dissera que era judia. Marie se sentia estranha, solitária entre aqueles dois mundos, não pertencendo a nenhum deles, e perguntava-se com amargura qual seria de fato a diferença entre um alemão "ariano" e um alemão "judeu", já que, até então, eles tinham convivido todos juntos e tinham lutado lado a lado pelo mesmo país na guerra.

Pensativa, voltou para sua cabine ao balanço do navio e bateu novamente à porta de Leo.

– Quer um chá de camomila, Leo?

Ele demorou um pouco para responder e ela esperava que não o tivesse acordado.

– Não, obrigado – respondeu ele com a voz rouca. – Mais tarde irei… para o deque… talvez…

Ai, meu Deus, ele deveria estar passando realmente mal. Marie não sabia por que justamente ela não havia sofrido de enjoo; o constante subir e descer do grande navio a vapor só a deixava um pouco tonta, mas, fora isso, ela se sentia bem. Pegou o bloco de desenho e um lápis da mala e foi até o deque. Lá sentou-se em um local protegido e começou a desenhar. Não era fácil controlar os traços com os movimentos e guinadas, mas Marie logo se acostumou e achou algumas cenas interessantes para registrar no papel. A barra da balaustrada com o mar conturbado ao fundo, a corda da âncora imensa e grossa, as espreguiçadeiras desocupadas e abandonadas diante do mar agitado, a silhueta delgada do jovem comandante com um uniforme escuro e boina que passou por ela e a cumprimentou.

O mar se acalmou por volta do meio-dia. Os passageiros apareceram no deque com rostos pálidos e caminhavam enrolados em jaquetas e casacos ao longo da balaustrada. Vários espiavam por cima dos ombros de Marie para ver os seus desenhos.

– Que talento invejável! – elogiou uma senhora. – Adoraria saber desenhar tão bem assim.

Conversas curtas se desenrolavam: perguntavam se ela era pintora e se poderiam comprar os desenhos, como uma bela lembrança daquela viagem. Mas Marie falava pouco e explicava que eram meros esboços que ela ainda precisava aperfeiçoar.

Leo apareceu para o almoço no refeitório, quase não comeu nada, mas, em compensação, bebeu vários copos d'água.

– Vai demorar uma semana mesmo? – perguntou ele com a voz fraca.

– Foi o que disseram. Mas acho que o pior já passou, Leo. Você se sentirá melhor nos próximos dias.

– Tomara mesmo! – murmurou ele, olhando para o mar cinza e agitado pela janela com um olhar hostil.

Por sorte, a previsão de Marie se revelou acertada. Já naquela noite Leo recobrara uma cor saudável nas bochechas. Eles caminharam juntos no deque, e Leo se mostrou muito mais extrovertido do que Marie imaginava. Conversava à vontade com os passageiros, fez amizades e já estava cercado de um grupo de jovens no dia seguinte. Marie se dera conta de que o filho sabia ser cativante e era bastante popular tanto entre as senhoras mais velhas quanto entre as moças mais jovens. Volta e meia ia atrás de sua mãe no local onde ela estava desenhando no deque para perguntar se precisava de alguma coisa ou se ele deveria fazer-lhe companhia.

– Vá socializar com as pessoas, Leo – respondia ela com um sorriso. – Fico feliz por você fazer amizade com tanta facilidade.

– Mas você está sempre sentada aqui sozinha, mamãe. Adoraria apresentar-lhe as pessoas que conheci.

– Talvez hoje à noite, Leo. Agora me deixe terminar este desenho...

Ela mesma percebia quanto se tornara antissocial, mas não conseguia mudar. Por amor ao filho, passou a noite junto com uma família da cidade de Carlsrue que tinha duas filhas adultas, mas logo em seguida se retirou para sua cabine e foi dormir. Agora sonhava muito e de forma bastante vivaz, mas com frequência acordava entre lágrimas.

Por volta do meio-dia do sétimo dia, uma excitação generalizada surgiu a bordo. Os passageiros saíam correndo das cabines em direção ao deque, apontavam, alguns festejavam, outros choravam, e muitos ficavam em pé em devoção silenciosa diante da silhueta cinza e irregular que a neblina revelava ocasionalmente.

– Manhattan! Os arranha-céus! Vejam só aquelas torres, aquele labirinto. É a América! A terra da liberdade e da prosperidade!

Leo correu até Marie e abraçou-a. Estava completamente fora de si de tanto entusiasmo.

– Chegamos, mamãe! Walter e a Sra. Ginsberg estão lá no porto para nos buscar! Você não está nem um pouco feliz?

– É claro – disse ela, abraçando-o apertado. – Claro que estou feliz.

Ela sabia que não soara muito convincente, mas Leo pareceu não perceber. Ele saiu correndo para compartilhar o que lera sobre Nova York com seus novos conhecidos, falando com várias pessoas cheio de empolgação e acenando junto com eles para seu novo lar.

Eles deviam ter passado pela famosa Estátua da Liberdade em algum momento, mas ela deve ter permanecido uma mera sombra cinzenta na neblina. Em seguida o navio atracou, e os imigrantes foram chamados individualmente e solicitados a deixarem a embarcação.

– O que está acontecendo? Mas por quê? Ainda não estamos no porto...

Era o último ponto de fiscalização: a ilha Ellis, a ilha dos imigrantes. Mais uma vez fizeram perguntas, anotaram as respostas em listas, verificaram os documentos e em seguida fizeram um breve exame médico.

– Eles acham que estamos trazendo peste e cólera para cá? – resmungou Leo.

Ao anoitecer, foram levados de balsa para um cais de desembarque do lado oeste da cidade, onde os amigos ou parentes que tinham intercedido pelos imigrantes esperavam por eles. Ficaram parados no deque com suas malas, impacientes, admirando os arranha-céus e torres imponentes e iluminadas que conheciam de livros e cartões-postais e que agora reluziam tão de perto. Conforme se aproximavam, atrás do píer descortinavam-se edifícios decadentes do porto e galpões horrorosos que não combinavam com a paisagem magnífica ao fundo. Cada um era chamado individualmente e só depois podia desembarcar.

Marie só reconhecera a Sra. Ginsberg ao olhar para a multidão pela segunda vez de tanto que ela mudara. Ela ficara mais encorpada, cacheara os cabelos e os pintara de loiro, e suas roupas também pareciam estranhas e de muito mau gosto para Marie. Walter crescera e estava quase do mesmo tamanho de Leo. Seus traços estavam mais finos e marcados, e seus olhos castanhos pareciam menores, porque ele passara a usar óculos para miopia. A alegria dos dois amigos ao se reverem foi comovente. Eles se abraçaram e começaram a falar ao mesmo tempo. Leo era a agitação em pessoa, e Walter, mais reservado, procurava pelas palavras, mas estava extremamente feliz em ter o amigo de volta ao seu lado.

Marie e a Sra. Ginsberg também tinham se abraçado, mas a alegria de seu reencontro fora mais comedida. Marie quase tivera a impressão de que a Sra. Ginsberg só viera para satisfazer o desejo do filho.

– É melhor pegarmos um táxi – recomendou a Sra. Ginsberg. – Vai ser difícil entrar no metrô com essas malas grandes.

Eles passaram por ruas largas, emolduradas por paredes de edifícios altas e bem-iluminadas, por mares de luzes, cruzamentos abarrotados com as multidões e os carros buzinando e por amplas áreas verdes. Depois as ruas se estreitaram, as casas diminuíram, e surgiram fileiras de pequenas lojinhas com placas espalhafatosas. Pessoas de todas as origens e cores andavam pelas calçadas, e crianças corriam por toda parte.

Washington Heights, para onde estavam indo, ficava no norte da cidade, perto da margem oeste. Aquele bairro tinha pouco a ver com a Manhattan dos cartões-postais com os quais tinham ficado maravilhados anteriormente. Prédios sujos e decadentes enchiam as ruas, as lojas eram pequenas e precárias, e até onde eles conseguiam enxergar na escuridão do anoitecer, havia um monte de lixo nas calçadas.

A Sra. Ginsberg e Walter moravam em um apartamento de dois quartos que ficava em cima de uma oficina mecânica. O apartamento que eles tinham alugado e arrumado para Marie e Leo ficava a poucos passos dali. Também era no primeiro andar e ficava situado em cima de um pequeno comércio. Pelo que Marie conseguia ver, eles vendiam alimentos enlatados, revistas e vários outros produtos.

– Não é muito aconchegante – disse a Sra. Ginsberg, desculpando-se, enquanto eles subiam a escada íngreme. – Mas é bastante prático agora no começo, porque Walter e Leo poderão se ver com frequência.

Provavelmente aquela era a única vantagem daquele alojamento. Ele consistia em um único cômodo dividido em duas áreas por uma cortina suja. Atrás, na parte sem janela, havia uma cama, um armário antigo e um piano preto brilhante de modelo antigo. Na parte da frente, tinha a cozinha, que continha um fogão a lenha, uma mesa e uma geladeira quebrada. Não tinha aquecedor. Eles tinham arranjado um sofá largo e levemente rasgado para Marie, no qual poderiam se sentar de dia e que serviria de cama para ela à noite.

– Acho que vocês dois devem estar cansados da viagem e devem querer descansar – disse a Sra. Ginsberg. – Comprei algumas coisas para vocês comerem. Vamos nos ver amanhã de novo, querida Sra. Melzer. Ah, e Leo? É melhor não tocar mais piano neste horário, os vizinhos não gostam…

24

Era domingo de manhã, e na verdade Tilly queria dormir até mais tarde, mas havia algum tempo que isso não era mais possível. Às seis horas em ponto ele começava a se mexer. Contorcia-se e agitava-se, socava e chutava a parede abdominal. Era impossível pregar o olho. Ela ficava deitada com a barriga para cima, olhando para a escuridão do quarto e acariciando seu ventre de vez em quando como se pudesse acalmar o pequeno ser vivo ali dentro. Ele estava vivendo e crescendo ali. Ela já devia estar no quinto mês. Até então tudo correra bem, ninguém percebera nada, mas sua barriga adquirira um formato notavelmente redondo nos últimos dias. Ela precisaria comprar um jaleco novo e só poderia usar vestidos largos. Alargaria as saias na altura da cintura, com uma nesga simples na parte de trás, e vestiria o casaco por cima, aí ninguém perceberia nada.

Por que estou me enganando?, pensou ela, ansiosa. *Mais cedo ou mais tarde, todos saberão: terei um filho. Uma mulher divorciada que engravidou de seu amante.* As palavras que conhecia de sua juventude ecoavam em sua cabeça: "*É isso que acontece quando uma mulher 'sai por aí fazendo besteira'. Agora está aí com um pequeno bastardo.*"

Naturalmente isso não passava de um absurdo. Um pensamento ultrapassado. Careta, como diria Kitty. Hoje em dia nenhuma mulher precisava mais tirar a própria vida por causa de uma gravidez indesejada. É claro que ela cogitara abortar o bebê. Havia meios para fazê-lo e não teria sido muito complicado. Mas ela perdera o momento certo. Convencera a si mesma durante um bom tempo de que era só um distúrbio hormonal, uma infecção urinária, uma indigestão. Quando finalmente tivera que encarar os fatos, já era possível sentir o bebê se mexendo, e abortar não era mais uma opção. Sim, era seu filho, o filho de Jonathan, o filho do homem que a traíra e a enganara. Mas também era o filho dela, o único ser naquele mundo que só pertencia a ela e a mais ninguém. Como ela poderia matá-lo?

Por volta das oito, cochilou novamente por um tempinho. Depois vozes estridentes de meninas no corredor a acordaram. Dodo viera visitar Henni. Havia algumas semanas que as duas estavam sempre juntas, tendo longas conversas cautelosas que os "adultos" não podiam ouvir. Até onde Tilly conseguia captar, elas falavam sobre dois rapazes. Um se chamava Felix, e o outro tinha o belo nome Ditmar. Tilly só pescava algumas palavras ao passar por elas, mas as risadinhas e as bochechas coradas das duas eram bastante expressivas. Naquele momento, também só conseguiu ouvir algumas frases trocadas no corredor.

– Ele não tem coragem... Toda hora tenho que inventar alguma coisa... Mas sei muito bem que ele aproveita qualquer oportunidade para ir ao prédio administrativo para me ver...

– ... cabelos escuros? Não é meu tipo. Ditmar é loiro e atlético. Faz alguns dias, me disse que eu era uma "menina natural" e que ele gosta desse estilo...

– Um dia Felix disse que eu era "atraente" e que todos os homens olhavam para mim. Mas não me pareceu que ele gostasse daquilo. Acho que ele pode ser bem ciumento...

– Também não é fácil para ele, você sendo a sobrinha do temido senhor diretor...

– Ele vai ter que dar um jeito de aceitar isso...

As duas riram, e depois a porta do quarto de Henni se fechou, e Tilly não ouviu mais nada. Ela suspirou. Como as meninas jovens ficavam à vontade com os assuntos amorosos! Encaravam o amor como se fosse um jogo divertido no qual só era possível sair ganhando. Com certeza era a postura correta, e, àquela altura, Tilly também aprendera essa abordagem com a ajuda de Kitty. Mas, na prática, tinha enorme dificuldade de aplicar aquele entendimento incrível. Sua dificuldade era, acima de tudo, ter leveza. Infelizmente, ela era uma pessoa que sofria muito com tudo. O que era uma característica que dificultava demais a vida, sobretudo nos assuntos do coração...

Decidiu finalmente levantar-se e vestir-se. Estava tarde. Kitty e Robert já teriam tomado café da manhã fazia tempo, mas isso não seria um problema, já que os dois estavam completamente absortos em si mesmos nos últimos tempos. Desde que Marie fora para Nova York com seu filho, Kitty chafurdava em autopiedade e lamentava-se o tempo todo por causa de sua "querida Marie", da qual sentia tanta falta e que só lhe escrevera um cartão-postal, apesar de ter chegado a Nova York havia mais de três semanas.

– Posso sentir que ela não está bem – disse Kitty com um suspiro. – Completamente sozinha em um lugar estranho. E Paul sentado em sua montanha de dinheiro, porque está com raiva dela. Só de vez em quando ele lhe envia uma pequena quantia, mas sempre acompanhada da indicação "Curso de música de Leopold Melzer". Como se a pobre Marie não existisse mais! Acho que ele quer que ela morra de fome, aquele homem sem coração!

Tilly também sentia falta de Marie, mas no fundo achava que ela não tinha necessariamente que sair do país. Afinal, apesar de judia, estava protegida por ser casada com Paul, e ninguém teria encostado um dedo nela. E sua partida não afetou o mau desempenho que a fábrica vinha tendo. Inclusive um dia desses o pagamento dos salários gerara um tumulto. Tilly ficou sabendo porque vários trabalhadores tinham se ferido e precisado de tratamento no hospital.

Ela se espremeu em um de seus vestidos e, ansiosa, se deu conta de que ele estava bastante apertado na barriga: ela precisaria usar um casaco soltinho por cima. A cinta-liga também estava muito apertada, só era possível fechá-la se ela a puxasse totalmente para cima. Que bom que já esfriara e que o inverno estava chegando. O casaco de lã largo esconderia bem seu estado. Penteou-se e pensou se deveria ir ao cabeleireiro, mas estava sem tempo. Pegara turnos extras no hospital, e naquela tarde também cobriria um colega que estava em casa com uma forte gripe. Além disso, quem é que prestaria atenção nela?

Lá embaixo, na sala, tinham deixado seu lugar à mesa do café da manhã. Ainda havia dois pãezinhos na cesta e o bule estava no aquecedor, com o café pelando e amargo. Enquanto passava manteiga no pão, olhou pela janela para o jardim outonal e avistou Robert e Kitty parados em frente ao carro dela, entrelaçados em um abraço apertado. Tilly bufou e colocou uma colher de geleia de framboesa no pão com manteiga, espalhou o doce generosamente e deu uma mordida. Como seria bom ter alguém ao seu lado que fosse tão solidário e amoroso quanto Robert... Mas Kitty sempre tivera sorte. Tinha uma filha encantadora, uma casa adorável, uma profissão que exigia poucos esforços e, ainda por cima, um marido incrível e carinhoso. Tilly sentiu que estava amargurada e sendo injusta. Kitty também passara por momentos difíceis, mas, ao contrário de Tilly, sempre mantivera a cabeça erguida. Talvez aquela fosse justamente a arte que ela própria não dominava.

– Tilly, você finalmente chegou! Já estava achando que ficaria na cama até o meio-dia!

Sua mãe apoiou a bandeja que estava carregando na cômoda e sentou-se à mesa junto à filha.

– Bom dia, mamãe…

– Bom apetite!

Tilly pegou o último pãozinho em silêncio. Já tinham tirado o presunto e o queijo da mesa, mas ela se absteve de perguntar por eles, para evitar os sermões irritantes da mãe.

Infelizmente Gertrude se sentiu obrigada a fazer suas observações de qualquer forma.

– Não entendo por que você sempre levanta tão tarde da cama aos domingos, Tilly. Você não se enfiou no quarto ontem por volta das nove horas? Uma pessoa normal não consegue dormir treze horas por dia!

– Ainda fiquei lendo ontem.

Sua mãe balançou a cabeça e disse que Tilly lia demais desde criança.

– Você sempre ficava sentada em um canto com o nariz enfiado em algum livro. As outras meninas tomavam chá, iam ao zoológico ou faziam aulas de dança. Você só saía para fazer essas coisas se eu obrigasse…

Será que ela vai parar de falar em algum momento?, pensou Tilly, irritada. *Por que ela sempre tem que torrar minha paciência?*

– Tenho uma profissão difícil, mamãe!

Gertrude se recostou na cadeira e cruzou os braços.

– Se você tivesse dado ouvido aos meus conselhos e arranjado um marido simpático e de boa condição a tempo, não precisaria trabalhar agora!

Era difícil ficar calma diante daquelas acusações injustas, mas Tilly estava decidida a não brigar.

– Como você sabe, fui casada com um homem de ótima condição. Mas dinheiro não é tudo em um casamento.

– Mas não é isso que estou dizendo – respondeu a mãe, levantando a tampa do bule para ver se já estava vazio. – O Sr. Von Klippstein não era mesmo a pessoa certa para você. Pelo que dizem, está feliz com aquela Gertie, antiga camareira de Lisa. É claro que isso já diz tudo. Um homem pode até se relacionar com uma camareira, mas se casar com ela! Não, realmente não tem como baixar mais o nível.

Tilly sentiu sua barriga se mexer. O café estava forte demais e perturbara o bebê. Ou talvez fosse o fato de que ela ficava incomodada quando alguém mencionava a felicidade de seu ex-marido. Gertie conseguira o que se supunha impossível: que Ernst se tornasse uma pessoa feliz.

– Como já falei, mamãe – objetou Tilly baixinho. – Dinheiro não é tudo na vida.

– Mas é necessário! – exclamou Gertrude com pragmatismo. – Não entendo por que você está se isolando tanto ultimamente, Tilly. Por que não sai com um colega de trabalho simpático? Por exemplo, com o médico-chefe. Não é possível que só as enfermeiras consigam fisgar os médicos que ganham bem.

– Trabalho no hospital porque sou médica e quero ajudar os doentes, não para arranjar um marido – esclareceu Tilly, e levantou-se da mesa. – Com licença, mamãe, tenho coisas para resolver.

– Por favor! – exclamou sua mãe, ofendida. – Já sei há um bom tempo que nossas conversas são inconvenientes para você. Mas, afinal de contas, como sua mãe, sou obrigada a lhe dizer a verdade. Por acaso deu uma olhadinha no espelho ultimamente, Tilly?

Mais essa agora!, pensou ela.

– Por favor, mamãe… – pediu Tilly, defendendo-se e caminhando em direção à porta.

– Você deveria fazer isso urgentemente, filha – afirmou Gertrude, continuando o sermão atrás dela. – Está com uma aparência horrível. Pálida como um fantasma e com uma expressão tensa. Ainda por cima, com os cabelos despenteados sobre o rosto e sempre com esses casacos largões! Como é que um homem vai se interessar se você não dá a mínima para a sua aparência?

Ela passara dos limites. A autoestima de Tilly, que já era baixa, entrou em colapso, e ela foi tomada por desespero.

– Estou horrível? – berrou ela histericamente. – Por acaso deu uma boa olhada em mim nos últimos tempos, mamãe? Então olhe agora!

Ela abriu o casaco, jogou-o no chão e esticou a barriga protuberante para a frente.

– Quer que eu arranje um marido? – perguntou ela com ironia. – Um que queira se casar com uma mulher grávida de cinco meses? Não será tarefa fácil!

O impacto foi violento. Sua mãe ficou sentada, paralisada, como se uma granada tivesse explodido ao seu lado. Olhava para a protuberância em que seu segundo neto crescia, com os olhos arregalados.

– Meu Deus – sussurrou ela, cobrindo a boca com a mão. – Tilly, como você pôde...

– Como pude... o quê? – perguntou Tilly em tom desafiador.

Os olhos de sua mãe vagaram pelo cômodo e depois se detiveram novamente em Tilly, que ainda estava parada na porta na mesma posição.

– ... ser tão descuidada! – disse ela, completando a frase com um sussurro.

– Isso acontece todos os dias, não é motivo para um escândalo desses – respondeu Tilly, pegando o casaco e fechando a porta ao sair.

Ficou com a consciência pesada já na escada. Não tinha jeito; sua mãe era antiquada, fora criada no século XIX, quando ainda era uma vergonha uma mulher dar à luz uma criança fora do casamento. Mas hoje esses preconceitos mesquinhos já tinham sido superados, afinal ela trabalhava e conseguiria sustentar a criança sem marido. Mesmo assim, deveria ter anunciado a gravidez para sua mãe de forma mais delicada, mas infelizmente perdera a cabeça.

Mais tarde, no caminho para o trabalho, de repente não tinha mais certeza de que tudo seria tão simples assim. Até então não contara a ninguém no hospital que estava grávida – pelo contrário, escondera cuidadosamente o fato. O que a direção da clínica diria? Aquilo seria motivo para demissão? Ela tinha o direito de ficar duas semanas em casa antes da data do parto e poderia tirar quatro semanas de licença-maternidade após o nascimento da criança, mas, se possível, não queria usar aqueles prazos e preferiria ir trabalhar. Bom, e quem cuidaria do bebê enquanto isso? Sua mãe? Ah, a mãe era tão desastrada! Recentemente deixara cair o lindo vaso de cristal de Kitty.

E é claro que também começariam as fofocas... Os médicos e as enfermeiras ficariam de segredinhos sobre sua situação. Na família, ela seria repreendida. E os vizinhos e conhecidos não lhe poupariam escárnio e comentários desagradáveis. Isso tudo iria magoá-la, mas era inevitável. Mesmo assim, já passara da hora de ter uma conversa com o médico-chefe, ela não poderia ocultar seu estado por muito mais tempo.

Naquele dia não seria possível, ela refletiu e sentiu-se um pouco aliviada. Era domingo, e ele não estaria no hospital. Ela conversaria com ele no dia seguinte, por volta do meio-dia, quando acabava o horário de visita. Mas, claro, apenas se não fosse um dia atribulado. Se houvesse muitas cirurgias marcadas, seria melhor esperar mais um dia. Um dia a mais ou a menos não vai fazer muita diferença...

As coisas estavam relativamente tranquilas no hospital. Uma criança com apendicite dera entrada pela manhã. O Dr. Marquard a operara, o menino estava bem e só estava lidando com as consequências da anestesia, mas aquilo passaria. A enfermeira-chefe Margret estava fazendo seu relatório na sala dos médicos. Não tinha muita novidade: a maioria dos pacientes já estava na ala havia alguns dias, e Tilly conhecia seus históricos.

– Ah, sim, mais uma coisa, Sra. Von Klippstein – disse a enfermeira-chefe casualmente. – Ontem a direção da clínica precisou demitir a irmã Angelika. Ela não está mais trabalhando conosco a partir de hoje. A irmã Ida assumiu suas funções.

Tilly ficou surpresa com a novidade. A irmã Angelika era uma pessoa sempre disposta e agradável. Inclusive se encontrava com ela e com duas outras enfermeiras ocasionalmente em seu tempo livre. Tinham ido ao cinema e duas vezes a um baile. Já se passara algum tempo desde então – no momento Tilly passava suas noites exclusivamente em casa, em seu quarto. Com isso, o contato pessoal com a irmã Angelika se perdera.

– Demitir? – perguntou ela, confusa. – Por acaso ela foi acusada de alguma coisa? Não consigo imaginar uma coisa dessas.

A enfermeira-chefe era uma mulher rígida, alta e esbelta, que usava os cabelos grisalhos em um coque antiquado na nuca. Fitou a médica sentada diante dela através de seus óculos e parecia refletir sobre alguma coisa.

– Na verdade, não estou em liberdade de discutir o motivo da demissão, Sra. Von Klippstein. Digo apenas o seguinte: a demissão de Angelika não teve nada a ver com seu trabalho como enfermeira. Foi algo pessoal...

Tilly assentiu em sinal de entendimento e não fez mais perguntas. Provavelmente Angelika se envolvera com alguém do trabalho e acabara arruinando sua reputação profissional. Talvez inclusive com o Dr. Marquard, que era casado e pai de três filhos adolescentes. Sentiu certa solidariedade em relação a ela. Ah, sim, isso ia gerar muita fofoca no hospital.

– A senhora gostava da irmã Angelika, não é? – perguntou a enfermeira-chefe, sem tirar os olhos de Tilly.

Tilly, que já folheava os relatórios dos pacientes que tinham deixado em sua mesa, levantou a cabeça, espantada.

– É verdade – admitiu ela abertamente. – Gostava de trabalhar com ela. Uma pena que ela tenha nos deixado.

A enfermeira-chefe hesitou por um momento. Na verdade, não tinha mais nada a acrescentar, já terminara o relatório e poderia ter ido. Mas parecia ainda querer dizer algo.

– Aqui entre nós, Sra. Von Klippstein – disse ela baixinho. – Foi um problema de calúnia e difamação. A irmã Angelika tinha a tendência peculiar de contar mentiras aos colegas.

Tilly se sentiu desconfortável e incomodada. Mas que acusação cruel. Certamente alguém armara para a pobre Angelika.

– Mentiras? Por que ela faria isso?

– Isso ninguém sabe. Possivelmente ela não bate bem da cabeça. Suas mentiras maliciosas tiveram consequências graves em alguns casos. Tudo veio à tona quando ela quase destruiu o casamento do Dr. Bärmann. Desde então, outros colegas também abriram a boca. Ela inclusive ligava para as esposas fingindo ser uma amante do marido. Imagino que a senhora não soubesse de nada disso, não é mesmo?

Tilly apenas balançou a cabeça, pois não estava em condição de pronunciar qualquer resposta. Fora a irmã Angelika que lhe contara sobre a infidelidade de Jonathan. Tudo soara muito verossímil: ela fornecera detalhes e dissera que só lhe revelara tudo pois não conseguia ver Tilly sendo traída daquela forma vergonhosa. Segundo ela, não era de seu feitio se meter em problemas alheios.

– Acho melhor você ficar sabendo logo – afirmou a enfermeira-chefe, sorrindo para ela. – Mais cedo ou mais tarde a história vai circular pelo hospital mesmo. Acho que a demissão foi correta. Em minha opinião, uma pessoa que envenena seus colegas dessa forma merece ser trancada em um hospício!

Aquelas tinham sido as palavras mais duras que Tilly já testemunhara sendo enunciadas pela enfermeira-chefe, que costumava ser tão ponderada. Ela sentiu o bebê se mexer e colocou a mão na barriga de maneira involuntária. Como aquele pequeno ser estava tão intimamente ligado a ela!

Partilhava de seus medos e alegrias. Tilly controlou-se, pois não tinha a menor intenção de deixar a enfermeira-chefe a par de sua situação.

– Que horror – disse ela, constrangida. – Muito obrigada por me informar, enfermeira-chefe Margret. Bom, desejo-lhe um bom descanso.

A porta se fechou após a saída da mulher, e Tilly ficou sozinha com seus pensamentos girando em círculo. Será que tinham mesmo mentido para ela? Então Jonathan era completamente inocente. Mas não podia ser! Ela não o vira com os próprios olhos abraçando sua recepcionista com ternura pela janela? Tilly levantou-se, caminhou de um lado para outro na sala, ficou parada em frente ao armário de remédios e fitou as portas de metal brancas com vidro. Ela realmente vira aquilo? Ou será que só imaginara tudo em sua cabeça? Será que internalizara a convicção de que ele a traíra tão fortemente que confundira uma conversa inocente com um abraço? Mas não era possível! Ela não era maluca, não via fantasmas. Ou será que sim?

É claro que ela poderia investigar. Bastaria um telefonema para a clínica dele, e quando a recepcionista atendesse, ela só diria:

– Alô? Aqui é Angelika. Sua velha amiga Angelika…

Então talvez descobrisse que a moça nunca tivera uma amiga chamada Angelika Schubert…

Ah, não, aquilo não era de seu feitio. Kitty faria algo assim – ela amava uma encenação. Talvez Henni também; a garota era mais astuta até que a própria mãe. Mas tinha muita vergonha de pedir a ajuda de Kitty ou até mesmo de Henni. Ela teria que lidar com aquilo sozinha.

Com um gemido, sentou-se de novo à escrivaninha e apoiou a cabeça nas mãos. Que coisa terrível! Se ela tivesse de fato acusado Jonathan injustamente, não só teria destruído a relação dos dois, mas também roubara o pai de seu filho. O pensamento de que ela quase preferia que ele a tivesse traído de verdade passou pela sua cabeça. Aí não estaria com aquela terrível sensação de culpa e vergonha.

Inicialmente, um chamado de um dos quartos deu uma trégua ao sentimento extenuante de remorso. Um jovem paciente precisava de analgésico. Logo em seguida, uma mulher em estado crítico fora admitida por causa de um infarto. Ela recebera a medicação adequada já na emergência, e seu estado era estável por ora. O trabalho prosseguiu nesse ritmo, e só por volta das onze horas, quando seu turno já estava chegando ao fim, as coisas tinham voltado a se acalmar. Com a exaustão, os pensamentos angustiantes retornaram. Enquanto entrava em seu carro no escuro para ir para casa, fora tomada por um desespero paralisador. Por que não acreditara nele? Por que estivera disposta a acreditar naquelas mentiras e calúnias de maneira tão fácil? Talvez porque não tivesse autoestima o suficiente. Ela nunca fora bonita, e só poucos homens tinham se interessado por ela. Por que justo um homem jovem e atraente como o Dr. Kortner amaria romanticamente uma mulher como ela? Será que ela sempre esperara ser traída um dia? Porque ela achava que não merecia algo tão bom...

Bem, ao que parecia, ele não a traíra. Mas ela o perdera, pois demonstrara que não confiara nele. Um amor sem confiança mútua não era possível – fora o que ele lhe escrevera em sua última carta.

Ela dirigiu sem rumo pela cidade por um tempo, e depois virou na Viktoriastraße, onde ficava o apartamento dele. As janelas estavam apagadas como quase todas pela cidade. A ideia de tocar a campainha para lhe pedir perdão era completamente absurda. Ele presumiria que ela só estava fazendo aquilo por estar grávida e não acreditaria em uma só palavra dela.

À uma da manhã, parou na entrada da casa de Kitty na Frauentorstraße e desceu do carro devagar como uma sonâmbula. Exausta, arrastou-se até a porta de casa, e o pensamento de que chegaria logo em seu quarto e poderia finalmente deitar-se era seu único consolo. Mas ela não conseguiria adormecer de jeito nenhum de tanto desespero e tantas recriminações que rodopiavam em um mar revolto em sua cabeça.

Antes de conseguir encontrar a chave de casa no bolso do casaco, a porta se escancarou, e Kitty apareceu de camisola na sua frente.

– Tilly! – exclamou ela, abraçando-a. – Tilly querida, onde você estava até essa hora? Venha, fiz chá para você. Sente-se, agora você tem que se cuidar direitinho, é importante...

Tilly não estava entendendo nada, mas se deixou arrastar até a sala, onde as luzes estavam acesas e a mesa estava posta com chá, biscoitos e uma cesta enorme cheia de frutas.

– Gertrude abriu o bico. Sabemos que você vai ter um filho, Tilly querida! – exclamou Kitty, animada, empurrando-a para que se sentasse em uma poltrona. – Já estou doida de tanta alegria! Um bebê aqui em casa, não poderia acontecer nada mais incrível. Ah, Tilly, mas que expressão é essa? Sim, eu sei, no momento você não tem um pai para seu filho. Mas nós estamos aqui! Mimaremos o pequeno, não se preocupe!

Tilly inclinou a cabeça e fechou os olhos, maravilhada. Kitty! Ela se esqueceu de como sua cunhada era maravilhosa. Ah, ela poderia lhe contar tudo.

25

Dodo estava sentada em um caixote no hangar fazendo o intervalo para almoço. Sentia-se bem entre todos aqueles aviões estacionados ali lado a lado para que pudessem ser empurrados e abastecidos para um voo de teste quando necessário. Graças a Ditmar, ela tivera algumas oportunidades de voar em um Bf 108. Ele inclusive uma vez deixara que ela se sentasse ao manche, e ela sobrevoara rapidamente Augsburgo e seus arredores. É claro que não voara sozinha: ele estivera ao seu lado podendo intervir a qualquer momento, porque aquele era um avião com comando duplo. Sendo que o acelerador, o manuseio das configurações e da escotilha e o freio de pedal só podiam ser acionados do lado esquerdo. É claro que tudo ocorrera maravilhosamente bem. Ela era capaz de pilotar aquela máquina e sabia muito bem disso.

– Nada mau – dissera ele ao aterrissarem.

Depois ela tivera que prometer que não contaria a ninguém sobre aquele voo, porque ainda não tinha o brevê de categoria B. Mas isso mudaria em breve.

Dodo pegou outro pão com uma porção generosa de manteiga e presunto cozido da marmita que a Sra. Brunnenmayer preparava para ela fazia algum tempo e lhe entregava pela porta da cozinha toda manhã. Dentro tinha até uma garrafa térmica com café com leite, duas maçãs apetitosas e uma lata com biscoitos de nozes, que ela costumava dividir com Ditmar. Ele era chegado em doces. Provavelmente apareceria ali logo, logo. Quando não estava ocupado no trabalho, eles se encontravam ali no hangar por volta do horário de almoço.

No dia anterior chegara da América uma carta de Leo, que Hanna colocara em seu quarto para que os outros não a vissem. Sobretudo Paul, que esbravejava com qualquer coisa americana e mantinha as cartas que Marie e Leo lhe haviam escrito em seu escritório, ainda fechadas. Ficaram sabendo disso porque Kurt e Johann andaram bisbilhotando por lá e tinham descoberto os envelopes. Paul ficara uma fera. Fizera um escândalo com a tia Lisa por causa de Johann, e Kurt também levara uma bronca, porque não deveria se meter no escritório do pai. Mesmo assim ele não lhe dera as cartas da mãe, que tinham permanecido fechadas.

Dodo suspirou e esticou a cabeça para verificar se já conseguia ver Ditmar na entrada. Mas só viu dois montadores observando uma peça de metal qualquer. Provavelmente o novo parafuso ajustável que seria instalado em um dos novos aviões.

É claro que ela abriu e leu a carta de Leo assim que a recebeu, mas a trouxera com ela para lê-la de novo com calma naquele dia. Algumas informações da carta não tinham ficado muito claras. Especialmente no que dizia respeito à mãe.

Querida Dodo,

obrigado por sua longa carta. Fiquei muito feliz em recebê-la. Que incrível que você poderá fazer a prova para o brevê de categoria B em breve. Com certeza vai passar sem dificuldade e depois conseguirá um emprego de piloto em algum lugar. Penso muito em você e estou torcendo para que tudo dê certo. Por enquanto está tudo bem por aqui. Aos poucos estamos nos acostumando com a nova vida. Ainda não nos tornamos verdadeiros nova-iorquinos, mas isso é algo que requer tempo.

Agora estou sentado em nosso apartamento ao lado do piano. Já são dez horas e infelizmente não posso mais tocar nesse horário para não irritar os vizinhos. Mas eles mesmos são bastante barulhentos. Mesmo a essa hora, seus três filhos continuam gritando e brincando. A mamãe diz que mais para a frente alugaremos outro apartamento mais silencioso e espaçoso. Mas este é suficiente por agora. Ela está ali na cozinha, junto à máquina de costura, fazendo cintos para uma fábrica de tecidos.

As coisas estão indo muito bem na Juilliard. Já concluí três matérias, mas ainda estou muito ocupado, porque a escola é muito exigente e tenho dificuldade com a língua. Mas tudo vai se resolver em breve, e eu poderei colocar a mão na massa de verdade. É maravilhoso finalmente ter a sensação de que estou avançando, enquanto em Munique eu não saía do lugar. Os estudantes americanos são diferentes dos alemães. São mais abertos e livres, mas ainda assim muito aplicados. Têm ascendência espanhola, polonesa ou italiana; tem até chineses por aqui, mas quase nenhuma pessoa negra.

Eles têm sua própria música, o jazz. Só tinha ouvido jazz uma vez na Alemanha, em uma espelunca lúgubre em Munique, e achei aquilo terrível. Mas, quando os negros tocam jazz aqui, é completamente diferente. A música vem de sua alma, de seu coração, e se torna algo fantástico; acho que os brancos não conseguiriam tocar assim.

Não trabalhei muito em meu oratório, porque meus ouvidos estão sobrecarregados com sons totalmente novos que me confundem. Esta cidade é cheia de vozes e barulhos estranhos e empolgantes, e a música que surge na minha cabeça não tem mais nada a ver com minhas composições anteriores.

Um dia desses, o professor Kühn me disse que eu não deveria compor oratórios, mas me dedicar a formatos mais curtos. Peças para piano. Ou pequenas fantasias para orquestra. Porém, no momento tenho tantas coisas novas para absorver que ainda não sei se já deveria colocar minhas ideias em partituras...

Walter está mandando um abraço para você. Vemo-nos com frequência, porque ele é nosso vizinho e costumamos ir juntos de metrô para a Juilliard, mas ele está cursando outras matérias e não nos encontramos muito por lá. Aliás, ele tem uma namorada agora. Ela se chama Sally e é filha do dono da loja onde a mãe dele trabalha. Não é bonita, mas Walter gosta dela. Ela tem uma irmã chamada Maggy, e nós quatro fomos a uns barzinhos algumas vezes, mas Maggy não faz meu tipo. As meninas aqui em Nova York não são muito bonitas, e até agora nenhuma me chamou atenção, no máximo duas ou três pianistas da Juilliard. Mas, de qualquer forma, não estou com tempo para garotas.

Por favor, diga ao papai que estou mandando um abraço. E também para a tia Lisa e as crianças. Vocês já descobriram o que aconteceu com tio Sebastian? A mamãe está preocupada com ele. Também mande um abraço para a vovó e para a tia Elvira. E diga ao Kurti que aqui todo mundo tem carro e que todos os táxis são amarelos.

É claro que o abraço também se estende a todos os nossos empregados. Liesel está bem? Willi está usando a coleira vermelha?

Escreva-me em breve. Estou animado para saber como está indo seu estágio. E mande um abraço para Ditmar por mim também. Fico feliz que ele esteja lhe ajudando. Fora isso, tenha cuidado. Parece que ele tem segundas intenções com você, mas minha irmã Dodo é boa demais para um piloto de testes!

Desejo-lhe tudo de bom. Até a próxima carta,

Seu irmão Leo

Marie também tinha escrito algumas palavras espremidas ao pé da folha:

Minha querida Dodo, um grande beijo de sua mamãe, estou sempre pensando em você e mandarei uma carta em breve.

Dodo perguntaria por que a mãe deles estava costurando cintos para uma fábrica de tecidos. Ela não dissera que administraria uma loja de roupas junto com a Sra. Ginsberg ou algo parecido? Ao que parecia, a Sra. Ginsberg não tinha nenhuma loja própria, apenas era funcionária de uma. Marie não devia estar muito feliz em ter que ficar costurando cintos entediantes, mas, no fundo, a culpa era dela por ter insistido em ir para Nova York. Talvez fosse até bom que ela não gostasse de lá, assim voltaria. Paul também ficaria especialmente feliz com isso, porque estava se tornando cada dia mais estranho: era óbvio que sentia muita falta da esposa.

Ela também contaria para Leo que já se inscrevera para o exame e em dois dias iria para Berlim fazer mais algumas aulas de voo. Era claro que fora a tia Elvira quem pagara tudo. Paul não gastaria nem um mísero Reichsmark para mais um exame de voo. No geral, ele não estava mais ligando muito para a filha. No máximo, durante o almoço, perguntava-lhe como o estágio estava indo e quando terminaria. Depois quase não prestava atenção em sua resposta e já a esquecia no dia seguinte. A única pessoa a quem Paul se dedicava era Kurt. Depois do almoço, ia ao quarto do filho para ajudá-lo com os deveres de casa e às vezes também praticava cálculos e leitura com ele. Henni contara que muitas vezes o pai levava Kurt para a fábrica de tarde e lhe mostrava as máquinas e como os rolos de impressão eram gravados. Mas Kurt não se divertia com aquilo: ele preferia ir ao parque com Johann e Fritz para brincar com o cachorro.

Henni ficava morrendo de pena de Kurt, mas não podia fazer nada. Paul queria que o filho mais novo assumisse a fábrica no futuro, porque Leo era músico e não tinha o necessário para se tornar um diretor de fábrica razoável. Mas, na verdade, Henni era a melhor escolha para o cargo, só que era menina e, além de tudo, estava perdidamente apaixonada. O nome dele era Felix, e ele trabalhava como empacotador, mas estudara Direito. No domingo ela finalmente conseguira fazer com que ele a chamasse para ir ao cinema. Nada mais acontecera. Ele a acompanhara até em casa, se despedira dela com olhares aparentemente cheios de desejo, mas apenas dera as costas e fora embora. Henni achava que as coisas acabariam acontecendo naturalmente e, de qualquer forma, não gostava de homens que já tentavam beijá-la logo no primeiro encontro. Infelizmente as saídas com o rapaz não eram nada fáceis, porque Felix tinha poucos recursos e, apesar de ter dificuldades em pagar as coisas para ela, não deixaria que ela pagasse seu ingresso do cinema de jeito nenhum. Bem, de qualquer forma, mesmo assim poderia tê-la beijado na porta de casa, achava Dodo. Fora o que Ditmar fizera, e, apesar de Dodo ter ficado surpresa, ela gostara bastante. Enfim, ele não era complicado que nem aquele Felix. Ditmar era um colega simpático, mas também sabia ser um verdadeiro cavalheiro. Mas, acima de tudo, era piloto. Era possível falar de igual para igual com ele, que além de tudo não achava "maluquice" ela querer construir aviões um dia. Pelo contrário, tinha sonhos parecidos.

– Olá, menina! – exclamou ele no hangar. – Como você está pensativa!

Era ele finalmente! Seu macacão de aviador estava úmido nos ombros por causa da chuva lá fora. Ele passou os dedos pelos cabelos molhados e riu.

– Que tempinho horroroso! Se não parar de chover, não conseguiremos fazer o voo de teste mais tarde.

Ela se moveu um pouco para ele poder se sentar junto a ela no caixote e esticou a mão com a lata de biscoitos para ele.

– Quais as novidades? – perguntou ela.

Primeiro ela recebeu um selinho nos lábios, depois ele colocou a mão na lata e pegou dois biscoitos de uma vez. "Essa Sra. Brunnenmayer", dissera ele um dia, "é a melhor confeiteira de biscoitos de toda Augsburgo!".

– O trem de pouso da aeronave não engatou direito na última aterrisagem. Eles o alinharam, e agora tenho que fazer um voo e ver se consigo uma boa aterrisagem – contou ele, mastigando, e segurou a lata de biscoitos impedindo que Dodo a guardasse. – Ainda tem café com leite?

– Claro. Mas só tem uma caneca, e eu já bebi dela.

– E qual o problema? – disse ele, rindo, enquanto Dodo servia a bebida. – Nos vemos hoje à noite?

– Às sete horas no portão?

– Como sempre! – afirmou ele.

À sua esquerda começaram a martelar. Os montadores estavam trabalhando, e dois assistentes empurravam uma das aeronaves do hangar em direção à pista. Dodo olhou para a entrada e percebeu que as nuvens carregadas estavam lentamente se dissipando.

– Parece que você vai conseguir voar. Posso ir junto?

Ele balançou a cabeça.

– Hoje não. O chefe está por aí com Theo Croneiss na fábrica. Pode ser até que eu tenha que voar com ele. Estão negociando alguma coisa por causa do Bf 109. Disseram alguma coisa sobre Ratisbona.

O oficial-chefe da SS, Theo Croneiss, era o presidente do conselho fiscal da Bayerische Flugzeugwerke em Augsburgo. Diziam que conhecia Hermann Göring, o que era logicamente muito importante para a fábrica. Dodo não gostava dele: era impaciente e costumava andar por aí com um olhar desconfiado e o uniforme da SS.

– Por que Ratisbona?

Ditmar engoliu o resto do café com leite e deu de ombros.

– Acho que vão construir uma segunda fábrica. Parece que a prefeitura recusou uma ampliação das instalações da fábrica aqui em Augsburgo. Mas não sei exatamente, só ouvi umas coisas aqui e ali...

Ele lhe devolveu a caneca e fitou com curiosidade a carta com o selo americano que estava dentro da marmita.

– É uma carta do seu irmão?

– Sim. Ele manda cartas toda semana. Parece que está bem, avançando no curso.

Ela contara a Ditmar sobre o incidente em Munique, e ele dissera que uma coisa daquelas não deveria acontecer em uma universidade alemã. Ali não era lugar para brutamontes e proletários. Mas também falara que seu irmão não precisava necessariamente estudar na América por causa disso, e ela concordara com ele.

– Me diga uma coisa – disse ele com hesitação, inclinando-se para a frente para observar o céu lá fora. – Sua mãe também está em Nova York, não é?

– Sim.

Ele olhou para ela com insegurança e depois voltou os olhos para a entrada do hangar.

– Os seus pais se divorciaram?

– Não. Minha mãe quis acompanhar Leo nesse período de adaptação. Ela vai voltar depois.

– E quando?

Aos poucos, Dodo começou a achar aquelas perguntas invasivas. Por acaso ela alguma vez o interrogara sobre sua família daquela maneira? Só sabia que os pais dele moravam em Bamberga e que ele tinha dois irmãos mais novos.

– Não sei – respondeu ela bruscamente. – Quer mais um biscoito?

– Não, obrigado. Olha, preciso perguntar uma coisa para você. Há rumores por aí de que sua mãe é judia. Não é verdade, é?

Por que ele estava lhe perguntando aquelas coisas?

– É verdade, sim. Minha mãe é judia, porque tem três avós judeus. Você se incomoda com isso por acaso?

Ele desviou o olhar rapidamente e balançou a cabeça.

– Não, claro que não… Mas você poderia ter me contado…

– Não achei que você fosse ter tanto interesse nisso – respondeu ela com sarcasmo. – Mas agora você sabe.

Ele se levantou da caixa empoeirada e espanou a calça clara com as mãos.

– Não se preocupe, Dodo – disse ele. – Não tem problema. Até mais tarde então…

– Até mais tarde!

Ele se inclinou para baixo e beijou-a na bochecha. Depois saiu. Dodo ficou ali sentada e confusa. Até então ninguém da fábrica se interessara pelo fato de ela ter judeus na família. Mas é claro que as fofocas se espalhavam rápido em Augsburgo, e havia muito tempo que a ida de sua mãe e de seu irmão para a América já circulava à boca pequena. Não demorara muito para as pessoas começarem a dizer que o diretor Melzer se separara de sua esposa judia e a enviara para a América. Pobre Paul. Aos poucos Dodo conseguia entender por que ele andava por aí desolado e introspectivo. Realmente teria sido melhor para todo mundo se Marie tivesse ficado na Alemanha.

Ela guardou o conteúdo da marmita e pendurou-a no ombro. As perguntas de Ditmar tinham-na deixado mais insegura do que ela admitia para si mesma. Ela o admirava: ele era seu exemplo de sucesso, seu incentivador e, acima de tudo, o primeiro homem que beijara na vida. É claro que se apaixonara por ele. Será que ele não era tão maduro como ela acreditara até então? Seria ele capaz de ter pensamentos tão mesquinhos?

Ela repeliu aquelas ideias angustiantes e foi até o prédio administrativo para deixar sua bolsa com a Srta. Segemeier e trocar algumas palavras com ela.

– Foi a senhorita que ficou responsável pelas ligações dos painéis de instrumentos? – perguntou a Srta. Segemeier com compaixão. – Credo!

Dodo também não estava muito feliz com aquela tarefa que supostamente duraria uma semana. Tratava-se de puxar e soldar cabos fininhos através de pequenas aberturas de acordo com o esquema pré-definido. Na primeira vez até que fora uma tarefa interessante, mas, quando se passava o dia inteiro ali, aquele trabalho se revelava terrivelmente enfadonho. Naquele departamento, ela reconhecera algumas trabalhadoras da fábrica de tecidos dos Melzers que seu pai precisara demitir. A BFW estava contratando muita mão-de-obra, o que era uma bênção para aquelas mulheres.

Quando foi até o prédio de produção, viu um Bf 108 sendo abastecido do outro lado, na estação de combustível. Ah, era a aeronave em que Ditmar logo faria o voo de teste. Lá estava ele, com o ouvido colado na fuselagem enquanto um operário abastecia o avião. Colocar combustível em um Bf 108 não era nada simples, porque só havia uma única abertura de enchimento para os cinco tanques. Era necessário prestar bastante atenção para que todos os tanques, inclusive os das asas, fossem enchidos por completo um após o outro, sem deixar nenhum deles cheio apenas pela metade. Isso era vital, alguns pilotos já tinham caído por falta de combustível por terem sido negligentes ao abastecer. O melhor método era ouvir atentamente o barulhinho de gorgolejo que a gasolina fazia quando fluía pelos tubos. Quando não dava para ouvir mais nada, era a indicação de que todos os tanques tinham sido enchidos por completo.

Ditmar a viu, ergueu-se brevemente, acenou para ela e depois se reposicionou com o ouvido colado na aeronave. Tudo parecia estar bem. Por que ela ficara irritada com ele? Ele ouvira os boatos e falara diretamente com ela. Não tinha razão para ficar chateada. Pelo contrário, aquilo fora honesto e sincero da parte dele.

Enquanto estava ocupada com o trabalho manual entediante nos painéis de instrumentos, ouviu o avião decolar lá fora na pista e ficou triste por não poder voar com ele daquela vez. De forma geral, havia muito tempo não se sentia mais tão empolgada com o estágio como ficara no início. Àquela altura, já conhecia quase todos os departamentos, menos o de seu maior interesse: os escritórios de projetos onde o Sr. Messerschmitt e seus colaboradores trabalhavam, ao qual lhe fora negado acesso até então. As sugestões por escrito de melhorias e pequenas mudanças nos aviões que ela entregara também ficaram sem retorno. Talvez eles as tivessem jogado no lixo logo em seguida. Pelo menos ela poderia ir para Berlim dali a dois dias para fazer a prova do brevê de categoria B. Com certeza o Sr. Messerschmitt tinha mexido uns pauzinhos para isso, porque naquele momento era muito difícil aceitarem que uma mulher sequer fizesse a prova.

Também havia outros motivos que a deixavam feliz de sair de Augsburgo por algum tempo. A Vila dos Tecidos estava tomada por uma tristeza profunda. Acima de tudo, ela sentia uma falta terrível de Leo. Seu quarto vazio ao lado, o piano que ninguém mais tocava, sua cadeira na sala de jantar que Humbert tirara da mesa… Aquilo tudo era de uma tristeza enorme! Mas a ausência da mãe era no mínimo tão terrível quanto a de Leo. Era uma sensação de que a casa perdera sua alma. Desde então, tia Lisa passara a só andar de preto, porque estava convencida de que tio Sebastian estava morto, e Paul permanecia calado. A única pessoa que irradiava um pouco de esperança era tia Elvira, mas ela geralmente passava o tempo todo do lado de fora, com seus amados cavalos, e à noite ficava no salão vermelho jogando Halma com avó Alicia. Por isso era agradável encontrar-se com Ditmar e seus amigos no bar de pilotos perto da fábrica e depois ir passear um pouco. Quando chovia, Dodo e Ditmar ficavam no carro dele, falavam sobre todos os assuntos possíveis e trocavam alguns beijos entre as conversas. Não acontecera nada mais do que isso até então, mas é claro que ela estava bem-informada. Marie só tinha dado algumas explicações muito genéricas sobre o amor físico, mas Henni lhe dera algumas aulas extras em seguida e descrevera vários detalhes técnicos. Nesse sentido, Henni estava bastante à frente dela: já experimentara o negócio duas vezes. Segunda ela, uma mulher precisava saber aquele tipo de coisa para quando encontrasse a pessoa certa.

Por volta das seis e meia, Dodo finalmente podia encerrar o expediente, e já não era sem tempo. Suas costas estavam doendo de ficar naquela posição sentada o tempo todo diante dos painéis de instrumentos. Era um mistério para ela como as operárias aguentavam aquilo o dia inteiro. Aliviada, foi até a Srta. Segemeier, que também estava finalizando seu turno, vestiu o casaco e pendurou no ombro a mala com a marmita.

– Ah, Srta. Melzer – disse a secretária para ela. – O Sr. Wedel passou aqui mais cedo. Pediu para avisar que ainda terá um compromisso e que você não precisa esperar por ele.

Um compromisso... Bem, era uma coisa normal que acontecia. Ela não deixou transparecer sua decepção e sorriu para a Srta. Segemeier.

– Muito obrigada. E bom descanso! Até amanhã.

O dia seguinte seria o seu último na fábrica antes de ela ir para Berlim. Com certeza ele deixaria sua noite livre para ela, afinal de contas eles tinham que se despedir.

26

Adormecer sem Marie ao lado era algo que ele já tinha relativamente sob controle: três ou quatro taças de vinho ou uma dose generosa de conhaque ajudavam a superar o desgosto. No entanto, seu estômago se rebelava principalmente contra o conhaque de vez em quando e o vinho branco também causava certo desconforto. Por isso o vinho tinto acabava sendo a melhor solução.

Muito pior era o despertar: ele se dava conta, ainda grogue de sono, que o lugar da cama ao seu lado estava vazio. Os travesseiros ainda estavam lá, intactos, com a fronha limpa. Ele não conseguira se decidir por guardá-los.

Ela se fora, fizera valer sua vontade, o deixara e ferira o voto de lealdade. Ele constantemente acusava a si mesmo de ter sido complacente demais. Seu pai não teria se deixado manobrar daquela maneira: pura e simplesmente teria se recusado e, na dúvida, pediria o divórcio. Johann era um patriarca que exigia obediência e não fazia concessões.

Será que algum dia ele amara Alicia? Paul não sabia. Seus pais ficaram juntos, respeitavam um ao outro e se tratavam com educação, mas não falavam sobre sentimentos. Se Johann amara a esposa, ocultara esse fato muito bem. Já ele era bem diferente do pai. Era mais brando, complacente – talvez excessivamente complacente. Marie fora o acontecimento de sua vida, seu grande amor, sua parceira, sua cara-metade. Eles tinham se aproximado principalmente nos últimos anos. Marie era a única pessoa para quem se abrira por completo e cujos conselhos ele ouvia, fossem a respeito da família ou da fábrica.

Justamente porque a amava que a deixara ir. Ele não conseguiria obrigá-la a fazer algo que lhe provocasse sofrimento. E, precisava admitir, também se preocupava com a possibilidade de nunca mais poder protegê-la. Robert argumentava que as leis de Nuremberg contra os judeus poderiam ser alteradas e ampliadas a qualquer momento, e que ninguém poderia fazer nada contra isso.

O melhor método para fugir do desespero das manhãs era pular da cama imediatamente, tomar um banho rápido, vestir-se e descer para a sala de jantar. Lá Humbert já havia ligado as luzes, o ambiente cheirava a café fresco e pãezinhos, e o jornal e as correspondências já esperavam por ele. O carteiro de fato vinha trazendo as cartas bem cedinho havia algum tempo, o que nem sempre era bom para o equilíbrio emocional de Paul, que percebia os envelopes com selos americanos entre a correspondência. A maioria delas era endereçada a Dodo, algumas para Lisa e poucas para sua mãe. Ele não tocava nessas cartas. Pegava apenas as que eram endereçadas a ele para levá-las até o escritório e enfiá-las dentro de uma gaveta. Ainda não conseguia ler as que Marie enviara. A princípio, fora por causa da raiva, e àquela altura também tinha o medo de que a saudade e o desespero pudessem dominá-lo. Só sua letra, suas palavras doces e inteligentes, suas reafirmações de quanto ela o amava e de como sentia falta dele... Inevitavelmente ele ouviria sua voz nos ouvidos e a veria diante dele durante a leitura. Como poderia suportar aquilo?

Naquela manhã escura de novembro, nem mesmo Dodo, que geralmente aparecia na sala de jantar alguns minutos depois dele, lhe fez companhia. Já passara uma semana que ela fora para Berlim para fazer um segundo exame de voo que, em sua opinião, era completamente desnecessário. É claro que tia Elvira estava por trás daquilo, pois tinha uma bela fortuna e dava apoio financeiro à paixão insana por aviação da sobrinha-neta no que fosse possível.

Ele passou os olhos rapidamente pelos envelopes, e daquela vez só tinha um vindo de Nova York: uma carta de Marie endereçada a Kurt. Colocou-a junto às correspondências de Lisa, que daria a carta ao menino, evitando as perguntas desconfortáveis do filho mais novo. Estava muito preocupado com o garoto, que tinha uma personalidade e habilidades tão diferentes das dos irmãos mais velhos. Os gêmeos tiveram facilidade na escola e logo ultrapassaram os colegas de classe, especialmente no ensino primário. Leo, apesar das horas diárias de estudo de piano, obtivera uma boa nota no exame de conclusão do ensino secundário. Kurt tinha mais dificuldade para aprender e penava, sobretudo, com a ortografia e para decorar coisas. Em compensação, tinha facilidade para fazer contas e desenhar. Paul estava satisfeito com isso, afinal de contas, se Kurt viesse a dirigir a fábrica um dia, como ele esperava, teria as secretárias para redigir suas cartas. O mais importante era conseguir calcular com rapidez e exatidão. É claro que o menino ainda era muito brincalhão: depois dos deveres de casa, eles costumavam brincar com os blocos de construção de metal, que Kurt dominava muitíssimo bem, diferentemente de Leo. Tinham construído moinhos de vento, carros de bombeiro, navios e guindastes, e ele praticamente não precisara ajudar seu filho. Na verdade, ele chegava a ser mais rápido que o pai algumas vezes. A grande paixão de Kurt ainda eram os carros de corrida, mas nos últimos tempos desenvolvera uma segunda paixão, que Paul tolerava, mas não estimulava: Kurt fizera amizade com o cachorro, aquele animal impetuoso que pertencia ao jardineiro Christian e à sua esposa Liesel. Era preciso admitir: o cãozinho era simpático. Apesar de ainda filhote e não adestrado, era um rapazinho alegre e inofensivo. Curiosamente aquele grandalhão obedecia ao menino à risca. Bastava Kurt colocar os pés para fora de casa que o cachorro estava ao seu lado, como se tivesse ficado sentado diante da porta o tempo todo esperando por seu amigo. Talvez fosse bom para o menino ter uma companhia, mesmo que fosse só um cachorro, porque a grande amizade com Johann se desfizera há algum tempo. O garoto mais velho desenvolvera novos interesses que não agradavam muito a Paul, e infelizmente seu pai fazia falta. Hanno também não era mais um bom companheiro para Kurt: ele se tornara um jovem calado e retraído, que agora usava óculos como consequência de seu entusiasmo pela leitura.

Paul bebeu seu café matinal e folheou o jornal rapidamente. Depois da reintrodução do serviço militar obrigatório, o primeiro ano de nascimento de recrutamento fora finalmente definido: eram os nascidos em 1914. Leo seria convocado em dois anos, e Paul, que lutara na guerra mundial por sua pátria, estava feliz por seu filho não precisar prestar serviço militar naquele Estado nacional-socialista detestável do Führer. Amava seu país com a mesma intensidade que odiava esses novos governantes que tinham dilacerado sua família e arrancado Marie de seu lado.

Dobrou o jornal outra vez e deixou-o em cima da mesa para sua mãe, depois se levantou para ir à fábrica. Humbert estava em pé no átrio com seu casaco na mão.

– Sua irmã deseja fazer compras hoje de manhã, senhor – anunciou Humbert enquanto o ajudava a vestir o casaco.

– Sem problema, Humbert.

Já que Lisa precisaria do carro mais tarde, Humbert o levaria até a fábrica. Estava feliz por ela finalmente ter se recomposto e voltado a cuidar dos filhos com carinho e da organização da casa: essas tarefas a amparavam e ajudavam a aturar as maluquices de seu marido. Eles não tinham ouvido nem sabido mais nada sobre Sebastian desde então, mas presumiam que ele estava de novo em maus lençóis, até mesmo correndo risco de vida. Paul achava que um homem que tivesse esposa e filhos deveria cumprir sua responsabilidade perante a família e não colocar seus princípios acima dela, mas Sebastian era alguém que ele realmente nunca compreenderia.

Todas as luzes já estavam acesas na fábrica, e o jovem porteiro Herbert Knoll abriu o portão solicitamente e ficou parado diante do carro do senhor diretor como se estivesse abrindo caminho para o marechal-de-campo. O velho Sr. Gruber ficara sentado na guarita, à janela, e acenou para Paul. Suas pernas não colaboravam mais. O Sr. Gruber não tinha parentes e praticamente morava na guarita fazia anos. Comia na cantina e não tinha a menor intenção de ir embora da fábrica. Paul o deixava em paz, e seu jovem sucessor assumira a tarefa de cuidar do velho Gruber. Até então os dois estavam se entendendo muito bem.

A Srta. Lüders e a Srta. Haller já estavam datilografando diligentemente nas máquinas de escrever, e ele foi cumprimentado calorosamente como de costume. A Srta. Lüders, sobretudo, parecia ter se predisposto a cuidar dele como uma mãe desde a partida de Marie. Naquele dia fizera bolachas de leite e chá de camomila. Caso ele voltasse a reclamar do estômago…

– Obrigada, Srta. Lüders. Prefiro um café…

– Com prazer, senhor diretor!

Em seu escritório, fitou os três quadros de Louise Hofgartner com satisfação. Não que os achasse bonitos. Na verdade, eles causavam inquietação: eram corpos que se desintegravam em formas geométricas, pinceladas borradas e cores berrantes, mas ele os pendurara naquela época como um favor para Marie. E agora se apegara à arte, que havia se tornado um símbolo de sua resistência. Ele não deixaria a Gestapo determinar o que deveria ou não pendurar em seu escritório!

A correspondência ainda não tinha sido entregue. Ao que parecia o carteiro mudara sua rota e passara a chegar na fábrica por volta das dez horas. Então a estridente voz de Henni ressoou na antessala, e ela parecia estar acompanhada.

– Onde devo colocá-la? – perguntou a voz de um homem jovem.

– Por favor, traga a bolsa para meu escritório e coloque-a ao lado da escrivaninha… – pediu Henni. Então pareceu se dirigir às secretárias e continuou falando: – Bom dia a vocês duas! Mas que ventania está fazendo hoje, quase saí voando quando caminhei do ponto até aqui. Vejam só meu cabelo! Meu Deus, estou parecendo uma vassoura!

– Eles não estão tão ruins assim, Srta. Bräuer – disse a Srta. Lüders em tom lisonjeador. – Está mais para uma noiva do vento!

Ele ouviu Henni rir alto e alegremente. Soara um pouco coquete. Não era de se admirar que seu acompanhante não fosse ninguém menos que o belo Felix Burmeister. É claro que Paul percebera de cara que tinha alguma coisa acontecendo ali. Chegara a mencionar a situação para Kitty, mas sua irmã achava que Henni não precisava de ajuda para lidar com rapazes apaixonados.

– Acho que a coisa é séria desta vez, Kitty.

– Meu Deus, Paul! O amor sempre é uma coisa terrivelmente séria, mas ninguém precisa ser mandada para o convento por causa disso!

– Bem, você é a mãe dela e sabe como cria sua filha – respondera ele, um pouco irritado. – Se fosse minha filha…

Por sorte, Dodo era tranquila quando o assunto era homem. Seu único amor sempre fora e continuava sendo a aviação. Provavelmente isso mudaria em alguns anos, e aí eles poderiam arranjar o pretendente adequado para se casar com ela, senão ela poderia acabar se apaixonando por aquele piloto. Ah, se ao menos ele pudesse conversar com Marie sobre isso!

– Muito gentil de sua parte, Sr. Burmeister – disse Henni em tom melodioso na antessala. – O senhor deseja um café? Também tem biscoitos pelo que estou vendo…

– Não, muito obrigado. Tenho que descer para trabalhar. Um ótimo dia, Srta. Bräuer.

– Não trabalhe demais, Sr. Burmeister! – exclamou ela em tom de brincadeira, depois fechou a porta.

Paul não conteve um sorrisinho. Os dois com certeza se chamavam pelo primeiro nome em particular, mas ali na fábrica tratavam-se com muita formalidade e diziam senhorita e senhor o tempo todo. O jovem Burmeister era muito habilidoso: ajudara bastante na tecelagem, dera suporte às impressoras durante alguns dias e agora estava trabalhando como empacotador. Não permaneceria muito tempo ali, porque, em um futuro bastante próximo, já não teria mais nada para embalar. Eles não estavam mais recebendo algodão, não importava se a cota da empresa já tivesse sido atingida ou não. Também não obteriam mais lã, ou seja, praticamente não poderiam produzir até o fim do ano. Era desesperador! Agora que ele tinha encomendas suficientes, faltavam as matérias-primas. Esse era o resultado das palavras de ordem da liderança nacional-socialista, que afirmava que havia resgatado a economia e a indústria…

– Bom dia, tio Paul! Foi você quem encomendou este tempinho horroroso?

Já tinha algum tempo que Henni não batia mais à porta e simplesmente entrava. Ele não a advertira até então e, de forma geral, era muito indulgente com ela, porque ela se tornara uma funcionária indispensável para ele. Era ágil, tinha muito tino para negócios e, além de tudo, criava uma atmosfera agradável, o que era de grande valor naqueles tempos sombrios.

– Bom dia, Henni. Sente-se, tenho um trabalho para você!

Ela olhou rapidamente à sua volta e puxou uma das poltronas.

– Você não quer tirar estes quadros da parede um dia desses, tio Paul? – perguntou ela em tom inofensivo. – Não é que eu tenha nada contra a mãe da tia Marie, mas tenho que confessar que eles são bastante… intensos, não acha?

É claro que ele sabia que tinha outra coisa por trás daquela sugestão. Henni se esforçava constantemente para colocá-lo "na linha" e assim salvar o futuro da fábrica. Mas ele permanecia impassível. Não demitira nenhum funcionário judeu. Continuava sem assinar com "Heil Hitler" nas correspondências de negócios, sobretudo quando escrevia para as confecções, a maioria das quais pertencia a judeus.

– Você arranjou um carregador bastante devoto – disse ele, desviando do assunto.

Ela sorriu para ele com malícia.

– Está se referindo a Felix… ao Sr. Burmeister? Sabe, desenhei um monte de estampas novas e pedi a ele que trouxesse minha bolsa aqui para cima...

– Por causa do bloco de desenho pesado... – disse ele em tom de brincadeira.

– Ele é um cavalheiro – respondeu ela com um sorriso.

É claro que ela estava apaixonada. Paul achava que Kitty era imprudente demais com a filha. Gostava de Henni e ficava se perguntando se aquele jovem que não terminara o curso de Direito realmente era a pessoa certa para ela. Ele afirmou que precisara abandonar o curso quando seu pai morreu e sua mãe ficou sem dinheiro. Mas o conhecimento que Paul tinha da natureza humana lhe dizia que havia algo a mais nessa história.

– Quer convidá-lo para almoçar na Vila dos Tecidos? – sugeriu ele.

Ela o fitou com surpresa, depois sorriu. Era um sorriso encantador de menina, gentil, grato, mas também levemente superior.

– Obrigada por perguntar, tio Paul. Já convidei, mas ele não quer. Disse que não se sentiria à vontade...

Será que o jovem Burmeister por acaso tinha inclinações similares às de seu cunhado Sebastian? Será que se sentia um "proletário" que não tinha lugar na mansão do dono da fábrica?

A Srta. Lüders atrapalhou a conversa ao aparecer com o rosto corado de agitação para anunciar uma visita.

– A Sra. Von Dobern está na antessala – disse ela, quase sussurrando. – Está solicitando uma conversa rápida com o senhor diretor Melzer. O que devo dizer a ela?

A carta de recusa não adiantara praticamente nada, o que já era de se esperar. Paul estava com a frase "Mande-a para o inferno" na ponta da língua, mas viu o rosto tenso de Henni e lembrou-se de que deveria ser um exemplo para ela em matéria de trato com os clientes.

– Mande-a entrar!

Provavelmente a Srta. Lüders esperara outro tipo de instrução. Ela contorceu os lábios por um segundo, depois se retirou obedientemente.

– Por favor, entre! – disse ela na antessala.

A Sra. Von Dobern hesitou de leve quando percebeu, ao entrar, que Paul não estava sozinho. Mas era esperta demais para deixar transparecer alguma coisa. Em vez disso, cumprimentou primeiro Paul com um aperto de mão e depois se dirigiu a Henni com um sorriso condescendente.

– A jovem Henriette Bräuer, que prazer encontrá-la! A senhorita se tornou uma bela moça e certamente também um braço direito diligente para o querido tio, não é mesmo?

– Ah, muito obrigada pelo elogio, Sra. Von Dobern – sussurrou Henni com doçura. – Sou voluntária da fábrica e já aprendi muito.

Meu Deus!, pensou Paul. *Ela consegue de fato parecer um gatinho ronronando.*

– Por favor, sente-se, Sra. Von Dobern – disse ele. – O que posso fazer pela senhora?

Ela estava vestindo aquela nova moda horrorosa que ele achava extremamente masculina. Por que as mulheres queriam andar por aí com jaquetas e casacos de corte masculino? O que queriam com aquela uniformização? Pelo menos o verde-escuro intenso até que não ficava mal nela. A Sra. Von Dobern estava com um penteado arrumado, e as bochechas não estavam mais pálidas como no passado, mas realçadas com um blush rosa delicado. Ainda assim, não parecia em nada mais simpática.

– Ah, vim até aqui na esperança de encontrar alguns belos tecidos na fábrica dos Melzers para os novos modelos de outono – explicou ela, como se não tivesse a menor ciência da carta de recusa.

– Fico honrado com a sua confiança – respondeu ele com frieza. – Infelizmente temo não podermos corresponder aos seus desejos. Além disso, estamos com dificuldades com as matérias-primas. Praticamente não conseguiremos produzir nada até o início do ano que vem…

O rosto de sua interlocutora expressava pesar e perplexidade. Será que agora ela finalmente iria embora e pararia de dar nos nervos? Ela já conseguira o ateliê de Marie, não era o suficiente?

– Mas que pena – disse ela alongando as vogais e olhando para ele com os olhos semicerrados. – Com certeza o senhor é membro do partido, querido Sr. Melzer. Deve haver algo que possa ser feito.

– Não sou filiado ao NSDAP – falou ele, indo direto ao ponto. – E nem tenho intenção de me filiar.

Será que ela estava pasma com aquela informação? Se sim, não deixou transparecer nada.

– Mas que lástima – disse ela com um sorriso. – Mas o senhor sempre foi um homem de princípios, o que admiro profundamente. O que quero dizer, e espero que o senhor não leve a mal minha sinceridade, é que o senhor deveria pensar também em sua fábrica. Em todos os trabalhadores que dependem de suas decisões. E por fim, também em sua família... Mas só estou falando por falar, querido senhor Melzer. O senhor sabe muito bem que só estou pensando no seu bem, sempre...

O comentário o penetrou como uma flecha, e ele foi tomado por uma fúria desmedida, afinal essas palavras continham exatamente todas as acusações que ele próprio fizera contra Sebastian. Um homem não deveria colocar seus princípios à frente de sua responsabilidade com seus familiares e concidadãos.

– Muito obrigado pelo conselho – disse ele com frieza. – Posso ajudar com mais alguma coisa, Sra. Von Dobern?

– No momento, infelizmente não – respondeu ela, fazendo menção de se levantar. – Caso o senhor decida mudar de opinião em algum momento, tem meu apoio. Acho que sua esposa judia não será um empecilho para que o senhor se afilie. Vocês estão vivendo separados, não é mesmo?

– Isso mesmo!

Seu último comentário fora especialmente pérfido. Mas ele não estava disposto a lhe explicar os detalhes da situação, sobretudo quanto ao fato de a separação ter sido ideia de Marie, e não dele. Em que aquilo lhe dizia respeito? Precisou esforçar-se para apertar a mão que ela lhe esticara em sua direção, mas afinal fora criado para ser cordial, até mesmo com aquela sanguessuga.

– Heil Hitler, querido senhor Melzer. Espero que nos vejamos em breve.

– Passar bem!

A porta se fechou, e ele ficou sozinho no escritório com Henni. Os dois ficaram em silêncio por alguns instantes. Depois Henni pigarreou e inspirou profundamente.

– Acho que ela tem razão, tio Paul.

Ele levantou a cabeça e encarou-a revoltado e estupefato.

– O que é que você disse?

Nitidamente não era nada fácil para Henni continuar falando, mas ela o fez mesmo assim.

– Se você fosse do partido, teríamos recebido toda a cota de matéria-prima. Talvez até mais, porque tem pessoas influentes lá...

Ele estava indignado. Deserção dentro da própria família! Justo Henni, em quem confiara até aquele momento e que se tornara um pilar para ele na fábrica.

– E isso é razão para eu bajular as pessoas que estão destruindo minha família? Os algozes do NSDAP que enfiaram e torturaram Sebastian na prisão, humilhando-o? Você não pode estar falando sério, Henni!

– Estou, sim – disse ela baixinho. – Porque é a fábrica que está em jogo. Tia Marie abandonou seu país e sua família para evitar que a fábrica de tecidos dos Melzers fosse à falência. Você quer que tudo isso tenha sido em vão?

Ele se calou sem conseguir acreditar. Como aquela mocinha podia pensar de forma tão fria e calculista? Será que herdara aqueles traços de seu pai, o banqueiro Bräuer? Ele era um homem muito gentil, mas impiedoso e severo quando se tratava dos negócios do banco.

– Você está distorcendo os fatos, Henni. Sua tia Marie precisou abandonar seu lar porque Hitler quer expulsar todos os judeus da Alemanha. Quer que eu agradeça a ele afiliando-me ao seu partido? Quer que eu diga "tudo bem, vocês tiraram minha esposa de mim, mas, fora isso, terão meu apoio e vou lutar pela causa de vocês"? Acha mesmo que eu conseguiria agir de forma tão inescrupulosa assim?

Henni abaixou a cabeça e calou-se por um momento.

– Entendo você, tio Paul – disse ela, apreensiva. – Mas na semana que vem recomeçaremos com a jornada reduzida. E haverá demissões até o Natal. Há mulheres que não sabem como alimentarão seus filhos.

Ele fez um gesto agitado com os braços.

– Elas vão arranjar trabalho na fábrica de aviões quando forem demitidas! – exclamou ele. – E o Estado cuidará dos desempregados. Eles não estão se gabando por toda parte? "Ninguém passará fome!" "Ninguém ficará com frio!"

– E daí? – perguntou Henni com um olhar provocador. – Por acaso você acredita nisso?

Não, ele sabia muito bem que o desemprego na Alemanha nazista não era nenhum mar de rosas. As doenças e a fome grassavam no centro da cidade e nos arredores, as pessoas estavam desnutridas. Várias inclusive se aliciavam em segredo ao KPD, que atuava clandestinamente. Mas quem fosse desmascarado enfrentava penas severas.

– Só estou dizendo o que penso, tio Paul – afirmou Henni, ainda com uma expressão culpada. – Não fique bravo comigo, mas, se eu fosse você, dançaria conforme a música. Mesmo que não seja nada fácil.

Ele precisou reprimir sua indignação. Apesar de tudo, ela expressara sua opinião de forma sincera e genuína, e ele tinha que lhe dar algum crédito por isso.

– Não estou com raiva de você, Henni – disse ele. – Mas estou assustado em ver como está disposta a ignorar as injustiças praticadas. Quem se une ao inimigo sem escrúpulos não perde só o respeito por si próprio, mas também a propriedade e a família. Manteremos a fábrica de tecidos dos Melzers sem nos deixarmos acuar como covardes!

Ele a fitou com severidade e achou que expressara aquela regra de vida de forma adequada e clara. Henni assentiu e aparentemente o entendera.

– Como achar melhor, tio Paul. Quer dar uma olhada nas minhas estampas agora?

Ela voltou a sorrir, e ele ficou feliz por poder parar de falar naquele tema desagradável.

– Por mim tudo bem. Mostre-me o que você fez...

O dia transcorrera sem nenhum outro acontecimento incomum. Os desenhos de Henni eram muito cativantes e alguns deles poderiam ser concretizados, não naquele momento, mas talvez no ano seguinte. As últimas reservas de algodão já estavam sendo processadas nas máquinas de fiação por anéis, em seguida eles usariam um resto de lã que tinham e depois... teriam que encerrar a produção por ora. A não ser que acontecesse um milagre. Ele ainda não sabia como pagaria os salários dos empregados em dezembro e janeiro.

Outra notícia ruim esperava por ele depois do almoço: Kurt tirara uma nota péssima no ditado. Seu trabalho fora o pior da turma. Mas ele estudara com o menino durante dias. Como era possível que ele continuasse escrevendo praticamente uma palavra errada a cada duas? Justo agora que estavam chegando as provas para admissão no ginásio!

– Você também está deixando o menino esgotado de tanto estudar com ele – disse Lisa. – Deixe-o fazer os deveres de casa com calma. As coisas vão entrar na cabeça dele em algum momento.

Naquele dia ele estava sem forças para brigar sobre princípios de criação de filhos com a irmã. Além disso, Kurt estava chorando porque não ganhara o carrinho de brinquedo prometido. Paul explicara ao filho que lhe daria o carrinho Mercedes Rekord com mecanismo de mola e rodas de borracha se ele ficasse entre os dez melhores alunos da turma. O carrinho de metal estava fechado em cima de sua escrivaninha e precisaria esperar um pouco mais pelo novo dono.

– Você se sairá melhor da próxima vez – disse Paul, consolando o filho mais novo e acariciando sua cabeça de forma apaziguadora. – Agora vá para o parque, seu cachorro está esperando por você!

Na verdade, deveria ditar o texto a ele mais uma vez para se assegurar de que ele finalmente gravara a ortografia correta. Mas naquele dia Paul não tinha a serenidade necessária para aquilo. Os pensamentos faziam círculos em sua cabeça como um carrossel que gira sem fim, e ele não conseguia pará-lo para pensar com clareza.

Ele se arrastara pela tarde. Ficara a maior parte do tempo sentado no escritório, mas não trabalhara, apenas ficou olhando para o papel mata-borrão verde em cima da mesa junto a inúmeros rabiscos e anotações. Havia muito tempo que não tinha certeza se estava fazendo a coisa certa. Talvez Henni tivesse razão. Dançar conforme a música para salvar a fábrica... Aquilo seria inteligente ou inescrupuloso? Ele não tinha que assumir a responsabilidade pelos trabalhadores, por sua família e pelo legado de seu pai? Enterrar o orgulho e tomar a atitude óbvia? Mas não seria acusado e culpado independentemente da decisão que tomasse?

Quem poderia aconselhá-lo?

Depois do jantar na Vila dos Tecidos, retirou-se para o salão dos cavalheiros com sua garrafa de Beaujolais e bebeu-a até a última gota. Depois, com clareza mental e sem cambalear, foi até o escritório e abriu as cartas de Marie.

27

Na quarta anterior nevara durante a noite. Leo e sua mãe tinham sido acordados com a barulheira das pás e dos empurradores de neve, e olharam pela janela da cozinha. Lá fora ainda estava escuro; os postes de luz tremeluziam com uma luz fraquinha, mas as luzes da loja do Sr. Goldstein iluminavam a rua. Sally e Maggy vestiam casacos de inverno grossos e tiravam a neve fresca em frente à loja. Depois chegara Walter vestindo o casaco acolchoado e o gorro de tricô com pompom que Marie e Leo haviam trazido para ele da Alemanha.

– Ah, meu Deus! – exclamara Marie. – A neve está na altura dos joelhos, como é que pode ter nevado tanto assim durante a noite?

A rua estava completamente coberta de neve. Era possível ver várias marcas de pneus bastante irregulares. Os carros devem ter mais escorregado que rodado.

– Talvez você também devesse descer e ajudar, Leo – disse sua mãe.

Mas ele não estava com vontade. Primeiro porque estava fazendo um frio do cão e ele não tinha luvas, além de não gostar dos Goldsteins. Sobretudo da Sra. Goldstein, que dissera logo que eles tinham chegado que ele deveria aprender algo decente, porque em Nova York era impossível ganhar dinheiro com música. Em seguida, supostamente por pura generosidade, lhe ofereceu trabalho para arrumar e limpar o estoque em sua loja duas vezes na semana por um dólar. Até Sally dissera que era muito pouco. Sally era a namorada de Walter, apesar de isso não agradar aos pais da garota, pois Walter também era músico. Àquela altura, já tocava o segundo violino em uma orquestra, para pelo menos ganhar algum dinheiro. Leo achava aquilo muito humilhante, pois Walter aspirava à carreira de violinista solo, o que infelizmente não era fácil em Nova York. Ali só os violinistas mundialmente famosos conseguiam oportunidades de se apresentar. A maioria dos americanos não era chegada a música clássica – gostavam de swing ou jazz ou então iam ao cinema.

Marie acendeu o pequeno fogão a lenha e fez café. Sempre tostava o pão branco molengo na chapa. Pelo menos a geleia de lá era gostosa, e ele também gostava flocos de milho com leite e de pasta de amendoim. Mas fora isso, a comida do país era lamentável. Marie se esforçava para cozinhar, mas eles não tinham muito dinheiro. Só conseguiam comprar carne duas vezes na semana, e era difícil encontrar legumes frescos.

– Você ainda tem dinheiro para pegar o metrô? – perguntou sua mãe, preocupada, quando ele colocou o xale e calçou as botas de inverno.

Ele já estava com o casaco de inverno desde o café da manhã, porque o fogo da lareira não vencera o frio no apartamento.

– Tenho, sim…

Ela sempre preparava um café da manhã para ele levar. No dia anterior, fizera um bolo, pois a Sra. Ginsberg e a Sra. Goldstein os visitaram. Embrulhou as duas últimas fatias para ele e colocou um sanduíche de pasta de amendoim junto. Na verdade, ele nunca ficava satisfeito. Estava sempre com fome, mas não dizia isso para ela, que já tinha preocupações de mais.

Walter, que já estava esperando por ele lá embaixo, cumprimentou-o com uma batidinha no ombro e riu do amigo, que estava morrendo de frio e levantara a gola do casaco. Walter já se tornara um verdadeiro americano: falava alto, mastigava os sons na boca e quando conversava com alguém se mostrava muito mais à vontade que antigamente. Tinha muitos amigos na Juilliard – apesar de as amizades ali serem diferentes das estabelecidas na Alemanha. Nos Estados Unidos, as coisas fluíam mais rapidamente e com mais facilidade, mas também eram mais superficiais. Uma vez Walter dissera que conhecia muitas pessoas, mas não tinha amigos íntimos. Só Leo. Era uma sorte enorme eles estarem juntos novamente. Leo achava a mesma coisa, mas imaginara que a vida em Nova York seria mais fácil.

Naquele dia, as ruas estavam um caos por causa da neve. Houve acidentes, alguns carros até tinham atolado, e todos os cruzamentos estavam obstruídos. Por sorte o metrô estava funcionando, apesar de apinhado de gente: eles tinham que se espremer para conseguir entrar, e Walter segurava a caixa do violino com os dois braços diante do peito para proteger seu instrumento.

Àquela altura, Leo já estava familiarizado com os barulhos e as conversas do metrô, que zumbiam em seus ouvidos em todos os tons imagináveis. Quanto ao significado do que era falado à sua volta, isso ele só entendia às vezes, porque ainda tinha dificuldades com a língua. O pouco inglês que aprendera na escola não ajudava muito, já que em Nova York as pessoas falavam de um jeito totalmente diferente e porque muitas palavras eram compostas de todas as línguas estrangeiras possíveis. Tinha especial dificuldade em entender as pessoas negras; já com os chineses era um pouco mais fácil. Pelo menos os professores da Juilliard falavam de forma mais ou menos compreensível. Era constrangedor pedir a eles que repetissem tudo toda hora, e então alguns deles gritavam bem alto, achando que assim seria mais fácil compreender. Ele se acostumara a só assentir e sorrir gentilmente em muitos casos, como se tivesse entendido, e aquilo funcionava bem.

O professor Kühn era bem respeitado na Juilliard e estava sempre rodeado por estudantes. Não era fácil conseguir vaga em suas aulas, mas ele inscrevera Leo em suas matérias logo após a prova de admissão. Provavelmente o fizera por lembrar do ocorrido em Munique no início do ano. De forma geral, cuidava bastante de Leo e costumava parar quando o encontrava no corredor para falar um pouco com ele, perguntava como estavam as coisas, onde ele estava com dificuldades e se ele poderia ajudar de alguma forma. E tudo isso em alemão, o que era muito conveniente, assim ele podia explicar melhor ao seu mentor o que sentia.

– Voltei a compor…

– Isso é maravilhoso, Leo! Quer que eu dê uma olhada nas composições?

– Com prazer. Mas são só algumas peças pequenas…

– Melhor ainda! Traga-as amanhã, então!

Leo levara três de suas novas obras para ele, mas já havia passado uma semana e Kühn ainda não se pronunciara sobre elas. Leo estava impaciente, ansiava por reconhecimento e incentivo. Seguira novos caminhos e esperava ser elogiado por isso.

Naquele dia topara com o professor justamente quando ia entrar no prédio e juntou toda a sua coragem.

– Bom dia, professor Kühn. Sobreviveu ao caos da neve?

– Ah, é você, Leo. Pois é, o inverno chegou sem piedade. Acontece aqui com certa frequência. Você está bem, rapaz?

– Tudo ótimo, professor. Queria perguntar uma coisa… O senhor deu uma olhada nas minhas composições? Quer dizer, nas três pequenas fantasias…

– Sim, dei uma olhada, sim – disse Kühn. – Venha para minha sala às duas horas para conversarmos sobre elas.

Leo não ficou com um bom pressentimento após aquela breve conversa. Deprimido, foi à aula de regência e ficou aliviado por não ter sido chamado para interagir lá na frente; naquele dia, deixaram-no em paz. O que ele faria se o professor achasse suas obras ruins? Justamente o professor Kühn, cuja opinião era tão importante para ele...

Por volta das duas da tarde, dirigiu-se angustiado à salinha que Kühn dividia com outro professor. Quando entrou, viu Kühn sentado à mesa, fumando, com várias partituras diante de si. Leo as reconhecera imediatamente: eram suas fantasias.

– Sente-se, Leo – ordenou Kühn. – E me ouça com atenção.

Em seguida o julgamento do professor tombou sobre Leo. As obras ainda eram bastante improvisadas, mas pouco originais, tinham frases muito óbvias, eram muito contidas, desajeitadas, complicadas, sem leveza...

– ... aqui ouço Beethoven... este acorde de sétima, como você o resolve? Isso é Wagner, Tristão e Isolda... e este motivo aqui é muito bom, por que some depois? Uma pena...

Leo ouviu que suas composições passadas eram melhores, sobretudo mais autênticas. Fora justamente aquilo que Kühn admirara nele, e aquilo não podia se perder.

– Só uma das três peças me agrada: esta aqui. É simples, mas convincente. Uma obra bem-sucedida, Leo. É baseado nela que você deve seguir em frente.

Logo aquela peça? Fora a que não exigira praticamente nenhum esforço dele, não passara de uma ideia espontânea que lhe viera à mente em um passeio com Walter no rio Hudson. Na volta do passeio, quando se sentou à mesa da cozinha com uma caneta e o papel de pauta, a música já estava pronta em sua cabeça, mas ele ainda precisou de metade da noite para escrevê-la. Depois achou aquela obra simples demais, quase piegas, e na verdade nem queria mostrá-la ao professor.

– Não fique com esse olhar depressivo, menino – disse Kühn ao despedir-se. – Você sabe que tenho muita estima por você. É exatamente por isso que faço críticas duras.

– Sim, professor. E... muito obrigado.

Depois daquela conversa, Leo estava convicto de que nunca mais mostraria suas composições para o professor Kühn. Wagner! Beethoven! Que absurdo! E aquela melodia popular que ele compusera sem pretensão alguma, o professor gostara justamente daquilo!

Sua mãe estava esperando por ele no apartamento com a comida pronta. Tinha sopa de batata com linguiça, e, apesar de ficar saciado, às vezes ele não conseguia evitar de pensar melancolicamente no *goulash* com *klöße* da Sra. Brunnenmayer e em todas as sobremesas deliciosas que ela sempre tirava da cartola.

– Chegou uma carta para você – disse a mãe.

Ela andava tossindo sem parar, e ele já estava ficando preocupado com isso. Naquele dia ela se cobrira com um cobertor, apesar de não estar realmente frio na cozinha. Atrás da cortina, onde era seu quarto, infelizmente era um gelo, pois o pequeno forno não conseguia aquecer o apartamento todo. O copo de água de cima da mesinha de cabeceira chegou a ficar coberto por uma fina camada de gelo naquela manhã.

Era uma carta de Dodo.

Querido Leo,

estou sentada no trem para Augsburgo escrevendo esta carta para que você seja o primeiro a quem conto a novidade. Hoje fui aprovada na prova do brevê de categoria B! Éramos cinco candidatos, quatro homens e eu. E posso jurar que a minha avaliação foi muito mais difícil do que a dos homens, porque eles estavam fazendo questão de me reprovar.

Mas não tiveram a menor chance! Eu consegui responder todas as perguntas e inclusive falei coisas que eles próprios não sabiam. A prova prática também foi perfeita, eles precisaram me dar o brevê querendo ou não! Depois um dos examinadores disse para mim: "Que pena você ser mulher!" Que audácia! Mas decidi tomar isso como um elogio.

Agora posso finalmente pilotar o Bf 108. Também posso me candidatar para voos promocionais ou para o transporte de pessoas. Apesar de minhas chances não serem das melhores, pois não contratam mulheres. No máximo contratam as pilotos que já são famosas e conhecidas no mundo todo. Pensei que talvez eu tenha que fazer uma coisa bastante extraordinária para sair na mídia. Mas para isso preciso de um patrocinador que me disponibilize um avião. E só quem é famoso consegue patrocinador. É como um cachorro correndo atrás do próprio rabo...

Espero que vocês estejam bem em Nova York e que você esteja compondo grandes sinfonias e fantasias. Diga à mamãe que sinto muito a falta dela e que a Vila dos Tecidos está uma tristeza sem ela. Quando eu chegar em casa hoje à noite, ninguém dará a mínima para o fato de eu ter passado na prova do brevê de categoria B a não ser a tia Elvira. Só Henni e a tia Kitty estavam torcendo por mim. E Ditmar, é claro, ficará muito orgulhoso também.

Agora já escrevi a página inteira e preciso parar por aqui. Um abraço carinhoso e cheio de felicidade para vocês dois, de sua
Dodo

– E o que ela conta? – perguntou sua mãe. – Está bem?

– Ela passou na prova do brevê de categoria B. E mandou um abraço para você.

– Que bom – disse sua mãe, levantando-se para retirar os pratos e colheres, já começando a tossir novamente.

– Você está muito resfriada, mamãe – disse ele, preocupado. – Quer que eu compre um remédio para tosse? Sei onde tem uma farmácia.

Marie balançou a cabeça e pegou o bule do fogão para jogar um pouco da água dentro da pia. Depois colocou os pratos e as colheres lá dentro e começou a lavar a louça.

– Comprei cebola, dá para fazer um ótimo xarope para tosse junto com um pouco de açúcar. Você quer o cobertor de lã? Fiquei com bastante calor agora.

– Não me diga que está com febre!

– Não, não... só estou com calor por ter ficado ao lado do fogão. E como foi hoje na Juilliard? Você está indo bem?

Aquilo era uma manobra de distração que ele conhecia muito bem. Sempre que ele queria fazer alguma coisa para ela, ela o distraía, pois não queria sobrecarregá-lo, e se virava sozinha. Ele não gostava nada daquilo. Marie estava tendo muita dificuldade ali em Nova York. Ficara dias e noites costurando aqueles malditos cintos, mas só recebera um dólar. Agora não tinha mais encomendas, e ninguém queria comprar os seus desenhos expostos na loja do Sr. Goldstein. O dinheiro que Paul mandava todo mês só dava para as despesas da escola e as passagens de metrô. Seu pai era um verdadeiro mão-de-vaca. E teimoso também. Não escrevera para sua mãe uma única vez até então, e aquilo a amargurava muito. Se tia Kitty não enviasse encomendas e algum dinheiro com tanta frequência, a situação ficaria ainda pior. Não, ele imaginara a vida em Nova York muito mais confortável e nem de longe tão precária como era. Todas as vezes antes de irem ao mercado, tinham que pensar bem em quanto poderiam gastar naquela semana para terem dinheiro suficiente para o aluguel.

– Na Juilliard? Ah, está tudo ótimo – mentiu ele.

Ele não sabia se ela acreditava nele. Em geral ela sabia identificar muito bem se ele estava dizendo a verdade ou se omitia alguma coisa. Mas naquele dia ela não parecia estar bem o suficiente para isso e continuou lavando os pratos.

Leo esfregou os dedos frios mais uma vez e releu a carta de Dodo. Estava orgulhoso da irmã, que com certeza colocara no chinelo todos os outros candidatos da prova. Que bom que pelo menos Dodo estava sendo bem-sucedida. Já ele perdera todo o ânimo. Como deveria seguir em frente se só compunha música sem qualidade? Tinha tantas ideias! Os muitos sons e melodias em sua cabeça o pressionavam e queriam ser combinados e elaborados em composições. Mas a facilidade que tempos antes tinha para compor desaparecera. Deveria passar algum tempo sem compor nada? Em vez disso, poderia procurar um trabalho e ganhar algum dinheiro. Não precisava ser necessariamente na loja dos Goldsteins: também tinha muitas fábricas na Broadway que faziam roupas. Elas estavam sempre procurando trabalhadores, e ele poderia fazer uma tentativa.

– Preciso sair de novo, mamãe – disse ele. – Tem certeza mesmo de que não quer nada da farmácia? Um remédio para febre?

– Não, Leo, pode deixar, vou fazer um chá… Não volte muito tarde, acho que vai nevar de novo.

– Não se preocupe. Volto logo.

As botas ainda estavam úmidas, e era desagradável ter que vesti-las assim. Em casa, na Vila dos Tecidos, ele tinha vários pares de botas de inverno, e Hanna sempre garantia que elas estivessem secas. Vestiu o casaco e colocou o gorro: já estava nevando de novo. Na verdade, era muito bonito: aquela camada branca cobria a calçada esburacada e a sujeira que tinha em toda parte. Se pelo menos não fizesse tanto frio... Enfiou as mãos nos bolsos do casaco e desviou rapidamente de uma bola de neve que uma das crianças da vizinhança jogou em sua direção. Pelo menos aquilo parecia ser igual em todos os cantos do mundo: quando nevava, tinha guerra de bola de neve. Ele logo catou um pouco de neve com as mãos e revidou o golpe, depois saiu correndo, perseguido por disparos, e virou a esquina na direção da Broadway, que ali em Washington Heights tinha pouco do brilho pela qual era tão famosa.

Ele subestimara a distância. Só depois de uma bela caminhada na qual suas botas ficaram completamente encharcadas, viu-se diante de um daqueles prédios feios de tijolos nos quais as roupas americanas eram produzidas. Elas eram chamadas de "*sportswear*", e Marie as achava extremamente monótonas. Mas isso não importava para ele – bastava ganhar alguns dólares.

Na ampla área de entrada, trabalhadores descarregavam caixas e embrulhos de um caminhão e os carregavam para dentro. Tudo era decadente e sujo, a maioria dos operários era de homens negros, grandes e musculosos. Ele precisou se esforçar para comunicar a eles que estava procurando emprego, o que com certeza se devia ao seu inglês rudimentar. Por fim, indicaram que subisse uma escada para um corredor com várias portas com janelas de vidro pelas quais era possível ver pessoas trabalhando dentro das salinhas. Estavam frenéticas, andando de um lado para outro, gritando coisas em uma língua incompreensível e provavelmente também xingando e repreendendo umas as outras. Mas o que estavam fazendo afinal? Seguravam tecidos, colocavam umas máquinas estranhas em cima deles, ouviam-se rangidos e chiados, um vapor subia e cobria o rosto das pessoas, depois a máquina subia novamente, e tudo recomeçava. Estavam cortando tecido? Ou passando ferro?

Finalmente ele chegou até um escritório em que um chinês gordo se encontrava sentado atrás de uma escrivaninha comendo amendoim e escrevendo números em uma lista. Leo bateu à porta de forma educada, mas não foi ouvido. Por fim acabou simplesmente entrando e disse, em um inglês rudimentar:

– Oi, com licença, sou Leo Melzer. Procuro trabalho.

O chinês cuspiu uma casca de amendoim, acenou para que ele se aproximasse e examinou-o de cima a baixo. Depois falou uma frase curta que soava como uma única palavra comprida. Leo não entendeu nada.

– Desculpa, não entendi nada… Pode repetir?

E lá veio a mesma frase, mas desta vez mais alta e menos amigável. Eram sons indistinguíveis misturados com ruídos mais abafados que lembravam um bocejo ou um grunhido.

– Com licença, estou atrás de trabalho – disse ele, insistindo timidamente.

Agora o chinês perdera a paciência: ele berrou a frase vaga mais uma vez em sua direção, encarando-o com seus olhos estreitos e negros como se a qualquer momento fosse atacar e devorar aquele menino estúpido. Leo percebeu que seu plano saíra pela culatra. Deixou o escritório às pressas, correu pelo corredor e desceu as escadas até encontrar-se em segurança.

Assim não vai dar certo, pensou ele, desanimado, enquanto voltava para o apartamento enfrentando a neve molhada. *Preciso aprender inglês. Com certeza Walter teria entendido aquele chinês. Será que eu poderia trazê-lo como intérprete na próxima vez? Ah, não, com certeza não causaria uma boa impressão…*

Com as mãos congelando e os pés molhados, chegou ao apartamento, já temendo que a mãe lhe perguntasse onde estivera durante tanto tempo depois de escurecer. Mas sua mãe estava deitada no sofá, coberta com a colcha e com o cobertor de lã por cima e parecia estar dormindo. Seu rosto estava bem pálido, e só suas bochechas exibiam um aspecto corado e um pouco saudável. Então ela estava com febre, sim. Mais esse problema agora!

Ele se sentou para tirar as botas molhadas e achou um jornal, que amassou todo e colocou dentro delas. Era assim que Hanna secava seus sapatos molhados. Depois foi até o fogão, onde o fogo apagara com a exceção de uma pequena brasa. Era difícil fazer brasas empilhadas queimarem. Ele precisava soprá-las durante muito tempo, e as cinzas voavam em seu rosto. Nos melhores apartamentos de Nova York havia aquecimento central, mas naquela pocilga eles só tinham o pequeno e patético fogãozinho.

Ele vestiu meias secas e colocou água para ferver na intenção de fazer um chá para a mãe. Depois deliciou-se com uma fatia de pão tostado com pasta de amendoim. *Peanut butter.* Ele tinha que começar a pensar em inglês. *Bread*, pão. *Peanut butter*, pasta de amendoim. *Cornflakes*, cereal. *Snowflakes*, flocos de neve…

Acabara de despejar a água do chá quando a campainha do apartamento soou. A Sra. Goldstein estava lá fora com um casaco de pele e com os cabelos cobertos por um lenço de lã.

– Diga à sua mãe que ela precisa vir à loja imediatamente – disse ela, animada, mexendo as sobrancelhas.

– Minha mãe não está bem – disse Leo. – Está gripada e com febre.

A Sra. Goldstein esticou a cabeça para espiar na direção do sofá, onde Marie estava deitada debaixo dos cobertores. Depois estalou a língua, aborrecida.

– Sra. Melzer! – gritou ela. – Tem uma pessoa interessada em seus quadros. É o Sr. Friedländer, não podemos deixá-lo esperando. Venha logo...

Marie sentou-se devagar no sofá e olhou para a Sra. Goldstein, que gesticulava para ela, agitada.

– Estou indo... – disse ela. – Um minuto, só vou vestir o casaco rapidinho.

Ficou claro para Leo que ele não conseguiria detê-la. Mas também vestiu o casaco e enfiou os pés nos sapatos às pressas para pelo menos conseguir acompanhá-la. Eles desceram as escadas bem pertinho um do outro, e era preciso ter cuidado com os degraus estreitos e gastos.

Era possível comprar tudo que se imaginasse na loja dos Goldsteins: jornais, cadernos, leite de saquinho, comida em conserva de todo tipo, legumes murchos, brinquedos coloridos e baratos, chocolate e outras coisas. Entre as prateleiras, onde ficavam os produtos empilhados, tinha um homem mais velho e alto trajando um casaco de tecido de lã de qualidade. Quando Leo e sua mãe entraram na loja, ele se virou rapidamente em sua direção e fitou a mãe de Leo com bastante interesse.

– Sra. Melzer, de Augsburgo, correto? Boa noite. Sou Karl Friedländer, de Königsbrunn.

Os americanos tinham a mania de dizer seu nome e sua cidade natal toda hora e a qualquer momento. Leo achava aquele homem de bigodinho escuro – e claramente rico – muitíssimo invasivo. Parecia não dar a mínima para o fato de ter tirado a Sra. Melzer doente da cama. O que importava era que ela aparecesse assim que ele desejasse. Por que chamavam a América de "a terra da liberdade" afinal? Só eram livres aqueles que tinham dinheiro suficiente; todos os outros eram escravos do trabalho.

O Sr. Friedländer falava alemão, apesar do sotaque americano, e se esforçou no idioma. Cumprimentou Leo também, que lhe disse que era estudante da Juilliard School of Music. Depois disse a eles que deixara Königsbrunn com sua esposa fazia doze anos e se mudara para Nova York.

– Gosto muito destes desenhos – disse ele, segurando vários quadros de Marie nas mãos. – É do navio, não é mesmo? Era exatamente assim naquela época, quando viemos para cá. A senhora também desenhou Augsburgo? Não? Poderia fazer isso para mim?

– Posso tentar, Sr. Friedländer – disse Marie, sorrindo para ele.

– Ótimo – disse o Sr. Friedländer, sorrindo de volta para ela e exibindo um dente de ouro na frente, do lado esquerdo. – Posso lhe dar por estes cinco desenhos... vamos ver: cento e vinte dólares. A senhora está de acordo?

Leo escutou um estalo: Sr. Goldstein ficou de queixo caído com a menção daquele montante.

– Na verdade, é dema... – enunciou Marie timidamente.

Mas a Sra. Goldstein interrompeu-a de imediato.

– Esse não é bem o preço que minha amiga tinha em mente – disse ela em voz alta, olhando para a mãe de Leo com reprovação. – Mas como o Sr. Friedländer é nosso conterrâneo, abriremos uma exceção. É claro que os desenhos de Augsburgo não estão incluídos nesse valor...

O Sr. Friedländer fitou-a com um olhar de soslaio irônico e abriu os botões de cima do casaco para pegar a carteira.

– A senhora é a agente da Sra. Melzer? – perguntou ele para a Sra. Goldstein.

– Somos grandes amigas!

Ele contou as notas e entregou o montinho para Marie, juntamente com um cartão com seu endereço e telefone. O Sr. Goldstein se apressou para embrulhar os desenhos com papel para que não ficassem molhados com aquele tempo.

– Às vezes achamos que estamos com azar, e de repente temos um golpe de sorte – disse o Sr. Friedländer. – Meu carro ficou emperrado na neve, e só entrei na loja para fazer um telefonema. Foi um prazer conhecê-la, Sra. Melzer. Quando a senhora me ligar, por favor, diga seu nome e diga à minha secretária que se trata dos desenhos de Augsburgo. Será uma honra atendê-la...

Leo achou que o Sr. Friedländer deu um sorriso demorado e enfático demais para a mãe ao se despedir. Não gostava nada daquilo. Marie era muito bonita, e suas bochechas estavam ardendo de febre, o que a deixava ainda mais atraente naquele momento.

– O Sr. Friedländer tem três fábricas de tecidos – disse a Sra. Goldstein para Marie depois que o comprador deixou a loja. – Além disso, tem duas lojas na 7th Avenue e outras empresas. Pode pagar dez vezes mais pelos desenhos… Ah, me ocorreu agora, você não comprou dois quilos de batatas e uma lata de linguiças a fiado ontem? Posso debitar o valor agora mesmo. E, fora isso, está precisando de mais alguma coisa? Recebemos feijão e sopa em lata… Ah, sim, você vai precisar de um bloco de desenho e de lápis sem falta…

28

As coisas realmente não eram fáceis com Felix. Henni precisara de muita paciência e acenara para ele tantas vezes durante as semanas que seu braço já estava dolorido, mas no intervalo de almoço daquele dia, quando aparecera muito por acaso no departamento de impressão, finalmente fora convidada para mais uma ida ao cinema. Ele esperaria por ela às sete horas na frente do Apollo. O filme começaria às sete e meia, e ela o deixaria esperando por uns quinze minutinhos, como sempre. Para ele não ficar achando que ela estava com pressa para vê-lo.

É claro que muitas coisas podiam acontecer no escurinho do cinema. Mas infelizmente até então Felix não se mostrara disposto a aproveitar essa oportunidade. Em vez de pelo menos colocar o braço em volta dela ou acariciar sua mão, isso sem falar em outras coisas como beijos ou amassos, ficava sentado reto como um poste ao seu lado, olhando para a tela. Só às vezes, quando achava que ela não estava percebendo, virava a cabeça e olhava para ela com um olhar tão doce e cheio de desejo que ela acreditava sentir a própria pele queimar. Era quase de enlouquecer quando ele olhava para ela daquele jeito. Mas, se ela sorrisse para ele ou lhe sussurrasse alguma coisa naquele momento, ele voltava a olhar para a frente na hora, adotando uma expressão sisuda. Como se ela o tivesse pegado no flagra fazendo algo de errado.

Ela se propusera a perguntar para ele naquela noite por que a convidava tanto para ir ao cinema. Já percebera havia muito tempo que os filmes para os quais ele olhava com tanta atenção não o interessavam nem um pouco. Então por que saía com ela? Por cortesia, talvez? Por ela ser sobrinha do senhor diretor? Será que ele lhe prometia vantagens se saísse com ela? Mas ela o provocaria direitinho e o encurralaria, e ele teria que abrir o jogo de uma vez por todas. Ele estava apaixonado por ela, Henni sabia disso. Afinal de contas, não era o primeiro rapaz com o qual ia ao cinema. Estava caidinho por ela, seu querido Felix, e aquilo era maravilhoso, porque ela sentia o mesmo. Mas por que não lhe dizia nada? Seria timidez? Ou achava que ela era daquelas que saía cada dia com um rapaz diferente? Ela até fizera isso por um tempo, mas agora daria um basta. E, pelo amor de Deus, ela até já lhe dissera isso. Dera a entender, de todas as formas imagináveis, que gostava dele. Outro jovem já a teria pedido em casamento umas três vezes, mas o Sr. Felix Burmeister se fazia de rogado. Será que ela deveria dar o primeiro passo? Fazer-lhe uma confissão de amor? Ah, não, ela não precisava chegar a esse ponto. Se ele não tivesse coragem para dizer-lhe que a amava, então não passava de um covarde e um estúpido. E ela não precisava de um homem assim.

Por que o amor era tão complicado para ela? Dodo tinha seu Ditmar, com o qual saía à noite para os bares de aviadores, e, quando ele a levava para casa, eles se beijavam no carro. Henni de repente se deu conta de que fazia meses que não era beijada. Tirando os beijos de avó Gertrude e da mãe, mas esses não contavam.

A gente precisa de um carro, pensou ela. *Lá a gente pode ficar sentado pertinho um do outro no escurinho, e ninguém vê nada. Aí talvez ele finalmente tome coragem, o casto Felix.* Uma pena que ela não tivesse nem carro nem carteira de motorista.

Enquanto ia de bonde para casa na Frauentorstraße, pensou na possibilidade de falar com sua mãe sobre o assunto. Normalmente ela lhe contava pouco sobre seus namorados, e Kitty quase nunca lhe fazia perguntas. Mas naquela situação difícil, talvez sua mãe viesse a calhar. Afinal, ela entendia de homem – pelo menos era o que sempre afirmava. Mas, quando Henni abriu a porta de casa, percebeu imediatamente que seria difícil ter uma conversa íntima a sós com Kitty naquele dia. Ela foi recepcionada por vozes vindas da sala de estar: eram de Kitty, tia Lisa e tia Tilly. E a de avó Gertrude. Será que elas já estavam jantando?

Mal abrira a porta e quase dera meia-volta para sair novamente. A sala parecia uma loja de brinquedos e artigos de bebê. Havia baús e caixotes abertos por todo lado e pilhas de fraldas e paninhos brancos em cima de um berço de madeira. Camisetinhas, casaquinhos e calças com pezinhos rosa e azul-claros estavam espalhados, e Kitty segurava um boneco de crochê no colo que já vira tempos melhores.

– O que está havendo aqui? – perguntou Henni, no mínimo consternada.

– Ah, Henni! – exclamou a mãe. – Veja só seu velho bonequinho! Você sempre colocava a ponta do gorrinho na boca quando era bebê e ficava chupando.

– Eca! – exclamou Henni ao ver o gorro mastigado.

– Ah, você era uma bebê tão adorável, Henni querida.

Elas ainda estavam tomando café apesar de já serem seis da tarde! Aquilo era típico de sua mãe. Tia Tilly estava sentada, calada, e parecia achar aquele estardalhaço mais constrangedor do que qualquer outra coisa. Quase não dava para perceber que ela estava grávida: a criança só nasceria em fevereiro. E elas já estavam fazendo aquele movimento todo!

– Venha se sentar com a gente, Henni – pediu a avó Gertrude. – Lisa trouxe um bolo que você precisa provar. Preste atenção para não pisar no mordedor ali em cima do tapete...

– Achei que jantaríamos – queixou-se Henni, mas acabou se sentando.

O café já estava velho, mas o bolo de cereja estava simplesmente divino. Doce, úmido e fofinho ao mesmo tempo. Ah, a Sra. Brunnenmayer era a rainha das cozinheiras, não tinha para ninguém. Nem os doces do Café Eufinger chegavam perto.

– Pode ficar com o berço, Tilly – disse Lisa, que havia algum tempo vinha falando bem baixinho e suspirava entre uma frase e outra. – Ia dá-lo de presente para Liesel, mas ela não vai precisar, porque Christian fez um bercinho para a criança. Então trouxe para você, Tilly. Não vou precisar mais dele...

– Obrigada de coração, Lisa – respondeu Tilly. – Meu Deus, estou muito emocionada com todos estes presentes. Vocês não sabem o que isso significa para mim, eu... vocês...

Ela não conseguira terminar a frase, porque estava emotiva demais, e Kitty logo foi até ela e a abraçou. Bem, com certeza não era fácil para ela. Ela estava separada e grávida ainda por cima. Tivera sorte por não perder seu cargo no hospital.

– Vamos enfrentar isso juntas, Tilly querida – disse Kitty, acariciando os cabelos da cunhada. – Quando você for trabalhar, Gertrude e eu cuidaremos do bebê. E Henni pode passear de carrinho com ele...

– Eu? – perguntou Henni, indignada. – Para todo mundo achar que tenho um filho? Nem pensar!

Mas ninguém lhe deu ouvidos. Em seguida elas começaram a contar histórias sobre seus partos, e Henni ouviu pela milésima vez que nascera naquela sala e que sua mãe quase a parira na grande cadeira de palha linda que continuava em uso, porque não conseguia se desfazer dela.

– Ah, e minha querida e amada Marie estava comigo. Se ela não tivesse me ajudado, eu não teria conseguido nem pensar em parir um bebê. Não sabia como se fazia aquilo...

– Eu também estava lá... – falou tia Lisa, levemente ofendida. – Segurei você em meus braços, Kitty. Você e sua filhinha...

– Ah, é verdade, você também estava lá, Lisa. Tinha me esquecido completamente...

Enquanto tia Lisa descrevia detalhadamente seus três partos e a avó Gertrude contava para todas que ficara dois dias em trabalho de parto para ter Tilly, Henni estava concentrada na torta de cereja e bebia o resto de café. Já que não tinha nada para jantar, precisaria compensar com aquele lanche. Logo seriam seis e meia, e ela ainda queria trocar de roupa antes de ir para o centro da cidade.

– Vai sair hoje, Henni? – perguntou sua mãe. – Ah, que pena, Robert vem daqui a pouco e vamos jantar. Lisa trouxe uma caçarola de presunto magnífica...

– Infelizmente não posso. Bom apetite para vocês!

Ela escolheu uma saia e um suéter de lã azul-claro, algo simples, porque uma roupa extravagante não agradaria a Felix, que sempre andava com suas calças surradas e o casaco velho. Colocou o casaco do ano anterior por cima e um gorro de tricô azul-marinho. Passou uma sombra delicada que quase não aparecia, mas ainda assim valorizava os olhos. Não passou batom. Mas conseguiu ondular os cabelos loiros e cacheados, que apareciam por baixo do gorro, com o pente. Satisfeita, sorriu para o espelho. Na verdade, Felix deveria se orgulhar de ter a honra de sair com a linda Henni Bräuer naquela noite.

Lá fora fazia um frio do cão, e em quatro semanas já seria Natal. Aqui e ali já surgiam os primeiros ramos de pinheiro com enfeites nas lojas. Infelizmente o rosto do Führer, que dava as caras em quase todas as vitrines, atrapalhava o clima natalino. Ela passou dez minutos congelando, pulando de um pé para o outro na estação até o bonde chegar e resgatá-la, e agradeceu mentalmente por estar quente lá dentro. Realmente já passara da hora de fazer a prova de motorista. Aí ela poderia pegar o carro da mãe emprestado e buscar Felix em seu apartamento. Ele morava na Gerberstraße 24, que ficava perto de Hochfeld, e ela sabia disso porque olhara no mapa junto com a Srta. Lüders.

Como pegou o bonde mais tarde, só chegou ao Apollo perto das sete e meia, mas ele esperara por ela. Vestindo o boné velho e seu casaco gasto, tinha a aparência bastante maltrapilha, muito diferente dos amigos que a tinham levado para sair tempos antes e que sempre usavam roupas sofisticadas. Mas isso não importava. Ele abriu um sorriso de alegria e alívio ao vê-la chegando. Só isso importava.

– Aí está você. Já achei que tivesse me dado um bolo.

– Perdi o bonde.

Ele riu e realmente se aventurou a colocar o braço sobre os ombros de Henni por alguns instantes para acompanhá-la até a entrada do cinema. Eles precisaram se apressar. As propagandas espalhafatosas e entediantes já estavam passando fazia um tempinho.

Procuraram lugares no fundo, bem no corredor, porque os lugares do meio já estavam todos ocupados. Henni tirou o gorro e sacudiu a cabeça para realçar seus cabelos. E funcionou: ele olhou para ela de soslaio com um sorriso.

– Você gosta de amêndoas torradas? – perguntou ele, tirando um saquinho do bolso do casaco.

– Amo!

A noite foi memorável! Eles ficaram sentados um ao lado do outro, e quando ele segurava o saquinho para ela, tocava seu braço de leve. Volta e meia ela sussurrava alguma coisa para ele, e ele olhava para ela e dava respostas curtas e em voz baixa. O filme não tinha nada de especial, era uma comédia sobre um carro com quatro cavalos, um daqueles automóveis que supostamente seria acessível para todos os membros do partido. Até então não existiam muitos deles, mas era possível encomendá-los com antecedência e fazer o pagamento em parcelas. Na verdade, não era um mau negócio: talvez ela pedisse uma ajudinha financeira a tio Robert. Economizar não era uma opção: ela sempre gastava o mísero salário inteiro assim que Paul lhe pagava. E o carro custava pelo menos mil Reichsmark.

Eles viram o filme até o fim, mas Felix ficou sentado ao seu lado como uma pedra e nem ao menos tentou colocar o braço em volta dela. Quando a luz se acendeu, ele se levantou e caminhou rapidamente em direção à saída antes que os outros espectadores se apinhassem ali. Uma vez lhe dissera que não gostava de aglomerações.

Quase não havia boêmios andando pelas ruas, o que não era de se admirar com aquele frio congelante. Henni estava decidida a não deixar que ele simplesmente fosse embora naquele dia.

– Vamos beber algo ali no bar? – sugeriu ela. – Preciso muito falar uma coisa com você, Felix.

Ele não parecia avesso à proposta, mas, quando um grupo de pessoas saiu do cinema e andou em direção ao bar indicado, balançou a cabeça.

– Melhor caminharmos um pouco – sugeriu ele. – O ar fresco é muito mais saudável do que o ar abafado do bar depois desse cheiro de mofo do cinema.

– Mas estou congelando…

– Eu aqueço você…

Ele colocou o braço sobre seus ombros e puxou-a para bem perto de si. Finalmente! Henni estava arrebatada: se ele continuasse assim, ela caminharia com ele a noite toda pelas ruas de Augsburgo. Afinal de contas, havia muitas entradas de casas onde era possível dar uma paradinha para se beijar.

Inicialmente, porém, a conversa deles foi bastante impessoal. Eles falaram sobre o filme, que os dois tinham achado bem fraco.

– Mas até que eu gostaria de ter um carro daqueles – comentou ela. – Um carrinho pequeno, mas só meu. Aí não precisaria pegar o maldito bonde toda hora.

Ele riu.

– Isso tudo não passa de propaganda e conversa fiada – disse ele. – Acha mesmo que eles estão produzindo esses carros em massa? Eu não acredito.

– Mas por que mentiriam para a gente?

Ele se calou e dirigiu um olhar amargurado para o nada. Eles dobraram em uma rua lateral, e Henni sentiu-o segurá-la com cada vez mais firmeza e puxá-la para cada vez mais perto dele.

– Há indícios – disse ele após alguns instantes – de que Hitler esteja planejando uma guerra. Isso significa que a indústria automobilística em breve só poderá construir veículos bélicos. Um carro para cada membro do partido… Eles nem têm como arcar com isso.

Lá vinha ele também com aquele papo de guerra! Provavelmente teria se entendido muito bem com tio Robert, que também não parava de falar que Hitler queria dominar primeiro a Europa e depois o mundo inteiro. Mas ninguém poderia ser tão louco assim, nem mesmo Adolf Hitler!

– Seu tio Paul é um homem decente – disse Felix, puxando outro assunto. – Não é um oportunista como todos os outros. Fico muito impressionado com isso.

Henni tinha outra opinião.

– Se ele continuar assim, a fábrica vai à falência – respondeu ela. – Mesmo que não concorde, deveria pelo menos se filiar ao partido.

– De jeito nenhum! – exclamou ele, e ficou tão nervoso que parou do lado da entrada de uma casa e soltou-a. – Você não entende, Henni? É por isso que eles se tornaram tão poderosos, porque todo mundo coloca o rabo entre as pernas. Porque agora temos pedidos em massa para entrar no partido só para a obtenção de regalias. Isso não é só falta de caráter, isso é fatal. Não podemos permitir isso!

Ela entrou no recuo da entrada e se apoiou contra o muro de pedra gelado, morrendo de frio. Ele a seguiu, ficou na frente dela, e ela conseguia ver seus olhos faiscando.

– Mas o que tio Paul deve fazer então? – perguntou ela. – Se a fábrica for à falência, teremos ainda mais desempregados. E precisarão demitir os empregados na Vila dos Tecidos. Você acha que é melhor assim?

– Qualquer coisa é melhor do que fazer pacto com o diabo!

Então ele era daqueles. Um defensor de princípios. Aquilo não lhe agradava nem um pouco, mas não tinha jeito, ela já estava apaixonada por aquele Felix Burmeister.

– Falando assim, você parece até o meu tio Sebastian – disse ela, balançando a cabeça.

Ele fez uma expressão sombria e desviou o olhar, fazendo-a temer que estivesse com raiva dela por não concordar com ele. Mas, após alguns segundos, balançou a cabeça e sorriu para ela. Muito bem, ele tinha voltado. Ela não tivera a intenção de brigar com ele. Muito pelo contrário.

– Outro tio – disse ele. – Tio Paul. Tio Robert, e agora esse tio Sebastian. Você tem uma família grande, não é mesmo?

– Tio Sebastian é o marido da minha tia Lisa. No momento, infelizmente está desaparecido.

– Desaparecido?

– Sim. Simplesmente foi embora e escreveu na carta de despedida que precisaria seguir um caminho difícil. Ou algo parecido...

– É mesmo? – disse ele, franzindo a testa e olhando para o muro de pedra de novo. – Que estranho, não?

– Bota estranho nisso...

– Você tem mesmo parentes estranhos...

– Pode ser... e como são seus parentes?

– Normais... – disse ele evasivamente.

Felix se calou e pareceu não querer contar nada sobre sua família. Henni estava farta. Não teria outra oportunidade como aquela. Se nada acontecesse naquele momento, ele se tornaria simplesmente um caso perdido.

– Mas diga-me, Felix, por que você vai ao cinema comigo?

A expressão culpada revelou que ele entendera imediatamente o motivo daquela pergunta.

– Porque gosto da sua companhia, Henni.

Pelo menos ele admitira alguma coisa. Ainda que não fosse a grande confissão amorosa que ela queria ouvir.

– Você gosta de minha companhia? Nada mais?

Ele fechou os olhos por um momento, depois inspirou profundamente e deu um passo atrás.

– Sinto muito, Henni – disse ele com a voz rouca. – Nada mais. Se você sente outra coisa, então talvez devêssemos parar de sair juntos. Você ficaria muito decepcionada comigo.

Ela esperava qualquer coisa, mas não aquele banho de água fria! Não aquela frase curta e inequívoca: "Nada mais." Então aquela era a verdade: Felix não estava apaixonado por ela, só a achava simpática. Saía com ela para ter uma bela acompanhante para exibir. Uma dor aguda encheu seu peito, e ela desejou sair correndo para chorar escondida em algum canto escuro das ruas. Mas então, por sorte, uma fúria feroz surgiu dentro dela. Por que ele ficava babando por ela na fábrica o tempo todo? Aproveitando qualquer oportunidade para ir conversar, contar algum fato engraçado, rir com ela? Mas que tipo de homem era ele para flertar com uma moça e depois virar as costas? Aquele Felix era mesmo um canalha sem consciência e egocêntrico. Que bom que ela finalmente se dera conta disso.

– Entendi – disse ela, furiosa. – Então é melhor você seguir seu caminho agora, Felix. E nem cogite me chamar para sair novamente. Não preciso de fanfarrões superficiais e presunçosos como você... E não se preocupe, volto sozinha para casa.

Ele se surpreendeu com a reação e levantou os braços impulsivamente como se quisesse agarrá-la pelos ombros. Mas não teve coragem e deixou-os caírem de novo, desamparado.

– Por favor, Henni – suplicou ele. – Não... não vá. Não queria magoar você, é a última coisa que desejo neste mundo. Por favor, me perdoe...

Se ele achava que poderia consolá-la, estava errado. Ela não queria a pena de ninguém, e ele também não precisava lhe pedir perdão. Henni estava com o orgulho ferido e se sentia como uma tola que caíra no conto do vigário. Aquilo tinha que acontecer justamente com ela, com a tão cortejada Henni Bräuer! Por que se convencera de que ele estava apaixonado por ela? Como fora tão cega aquele tempo todo? Cega como uma toupeira. Como uma toupeira apaixonada.

– Vá embora de uma vez, Felix! – berrou ela. – Suma daqui! Não quero mais olhar para você!

– Por favor, Henni. Não podemos nos despedir assim.

– Você não me ouviu? Suma daqui! – gritou ela, descontrolada.

Parecia que ele estava prestes a chorar, o que ela achou patético. Hesitante, deu alguns passos para trás e ficou encarando-a o tempo todo em desespero. Depois saiu do recuo da casa em direção à rua e desapareceu.

Henni apoiou as costas contra o muro e fechou os olhos. Aquilo era só um pesadelo, pensou. Talvez ela acordasse dali a pouco, e a realidade seria completamente diferente. *Acabei adormecendo em casa, perdi o encontro e pedirei desculpas para Felix na empresa amanhã*, pensou ela. *E aí ele me dirá como ficou decepcionado e que esperou por mim...* As lágrimas surgiram de repente e contra sua vontade, mas ela não conseguia detê-las. Virou-se para o muro e chorou de soluçar, esmurrou a parede fria e não deu a mínima para a possibilidade de ser ouvida pelos moradores da casa. Ah, esperara tanto tempo e tivera tanta esperança, sonhara e ansiara ser beijada por ele, ouvir doces confissões. A decepção era insuportável.

De repente sentiu alguém agarrá-la e estremeceu de susto. Instintivamente defendeu-se, virou-se na direção do agressor e tentou se soltar. E então, entre lágrimas, subitamente reconheceu seu rosto. Ele voltara.

– Vá embora! – exclamou ela, indefesa. – Não preciso de você. Me solte!

Então ele fez algo inesperado. Puxou-a para perto de si e a beijou. Não como alguém que deseja consolar outra pessoa, mas como um homem que está apaixonado por uma mulher. Beijou suas bochechas molhadas de lágrimas, sua testa, seu nariz e depois encontrou seus lábios. Ela alguma vez já beijara um rapaz daquele jeito? Daquela forma tão selvagem e desesperada que chegava a doer? Ela quase sufocou, por não conseguir mais respirar com o nariz entupido de tanto chorar.

– Só mais para a frente – murmurou ele com a cabeça em seu ombro. – Se você quiser esperar por mim… Agora não temos nenhuma chance, Henni.

Em seguida, soltou-a abruptamente e saiu correndo. Henni ficou ali parada, entorpecida, com o rosto molhado de lágrimas e os lábios úmidos dos beijos. Mas o que acabara de acontecer? Primeiro dissera "Nada mais" e depois a atacara como um louco. O que murmurara? "Só mais para a frente, agora não temos nenhuma chance." Mas… mas então ele a amava, sim! E por que não agora? O que ele estava esperando? O fim do mundo?

Ela saiu correndo pela rua às pressas, mas é claro que ele já desaparecera fazia tempo. Correu até o beco seguinte e tentou visualizar alguma coisa. Nada. Só um gato cinza, que se esgueirava pelo muro e dava miados alongados e adoráveis. Não adiantava. Henni ficou parada, refletindo. Para onde ele poderia ter ido? Para casa, é claro. E por sorte ela sabia o endereço dele. Ah, não, ela não seria rejeitada daquele jeito. Não com aquelas frases misteriosas e ambíguas. "Se você quiser esperar por mim…" Quem ele achava que ela era? Uma menina boazinha e obediente que ficaria chorando no travesseiro à noite esperando pelo príncipe? Ela era Henni Bräuer, e Felix Burmeister lhe devia uma explicação!

O último bonde em direção à Haunstetter Straße/Hochfeld saía às onze horas. Se ela se apressasse, conseguiria pegá-lo, pois a estação não era muito longe dali. Enquanto corria pelas ruas silenciosas, seus passos pareciam reverberar nas paredes das casas. Achou um lenço e limpou o rosto. Que bom que não passara rímel, senão agora estaria com os olhos completamente manchados de preto.

O bonde parou na estação com seus chiados e rangidos. Ninguém saltara, mas dois jovens entraram, possibilitando que ela pulasse para dentro do vagão em movimento. O cobrador fora benevolente, apenas sorriu para ela e cobrou:

– Está tudo bem, menina. Você me deve cinquenta centavos...

Ela pagou e sentou-se, irritada, bem perto da saída. Seu rosto devia estar totalmente inchado, com um aspecto horrível. Ela esperava que ele desinchasse até chegar lá, pois não queria passar a impressão de uma chorona patética de jeito nenhum. Havia poucos passageiros no bonde: dois casaizinhos apaixonados estavam sentados agarradinhos, se beijando, achando que ninguém os observava; e um homem mais velho com uma pasta se sentara bem ao lado do cobrador. O bonde andava lentamente pela cidade noturna, aqui e acolá ainda se viam algumas lojas com as luzes acesas, um cinema, um restaurante, e quanto mais eles se aproximavam de Hochfeld, mais escuro ficava lá fora. Henni fechou os olhos e viu o rosto dele de novo, sentiu seus beijos sôfregos, ouviu sua respiração ofegante, seus sussurros baixos e hesitantes. Só uma pessoa apaixonada poderia se comportar daquele jeito. Então ela não se enganara. Felix era o homem destinado a ela, o homem certo, o único de que realmente gostara. Com a exceção de Leo, mas aquilo já era passado. Felix era inteligente, tinha estudado Direito e mostrara na fábrica que era capaz de fazer muitas coisas que nunca havia feito antes. Era espirituoso, seu amado Felix, e era possível dar boas risadas com ele. Mas, acima de tudo, sabia beijar. Meu Deus, ela não sentira nada parecido até então. E aquele nem de longe fora seu primeiro beijo, mas com certeza fora o melhor deles.

O único porém era aquela ladainha de "não fazer pacto com o diabo" e posicionamentos políticos como aquele. Ela tinha que fazer com que ele parasse com essas coisas. Ele não podia disseminar aquelas ideias, principalmente na fábrica. Ela lhe contaria o que aconteceu com tio Sebastian; sobre sua captura na rua e o tempo de prisão. Quando estivessem sozinhos, aí sim ele poderia falar sem reservas com ela. Ele falava muitas coisas inteligentes, mesmo que os dois nem sempre concordassem.

Ela saltou perto do cemitério protestante e achou aquela região bem isolada, escura e um pouco assustadora. Graças a Deus a Gerberstraße não ficava longe dali, era a terceira rua transversal. Ela ainda não tinha a mínima ideia de como voltaria para casa, mas queria esclarecer as coisas a sós com ele. Mesmo que precisasse da noite inteira para isso.

Finalmente chegou à Gerberstraße. Como era escuro ali. Agora os postes de rua também estavam apagados. Ela encontrou o número 13 e foi seguindo as casas. O que estava escrito? 17. Então estava indo na direção certa. Número 18. 20. Não conseguiu encontrar o número 22 em nenhum lugar, mas a residência seguinte deveria ser o número 24.

De repente identificou uma pessoa parada em frente à casa e ficou paralisada, assustada. Não se parecia em nada com Felix. Era um homem mais gordo, de chapéu. Além disso, parecia estar fumando.

– O que você está fazendo aí fora? – perguntou alguém de dentro de casa.

Era a voz dele. A voz de Felix. Então ele estava lá.

– Fumando – respondeu o homem que estava na calçada. – Já que não posso fumar aí dentro.

– Tome cuidado para ninguém ver você!

– Impossível. Está escuro e não tem ninguém andando pelas ruas.

– Então boa noite.

– Boa noite, Felix. Bons sonhos!

– Obrigado. Estou mesmo precisando.

Henni se deteve e ficou paralisada. Seria mesmo possível ou ela estava tendo alucinações? Não, ela conhecia muito bem a fumaça do tabaco que chegava até ela. O homem cobrira o rosto com o chapéu e tinha uma barba comprida. Mas a voz era inconfundível: era a voz de tio Sebastian.

A compreensão de tudo a atingiu como um raio. Tio Sebastian e Felix Burmeister eram amigos e pertenciam a um grupo de pessoas do KPD que estavam se organizando contra Hitler. Então fora isso que Felix quisera dizer. Ele não queria colocá-la em perigo, e era por isso que o amor deles não tinha a menor chance naquele momento.

Ela desistiu do plano. Não precisava confrontá-lo; já entendera tudo. Ele a amava, mas a luta contra o governo de Hitler era mais importante para ele.

Mas que loucura, pensou Henni, triste, enquanto voltava para casa na escuridão da noite. *O que ele acha que vai conseguir? Está lutando por uma causa perdida.*

E o pior de tudo era que agora ela o amava mais do que nunca.

29

Todos olharam para a porta da cozinha quando ela foi escancarada e Christian surgiu com os cabelos revoltos, o rosto pálido e os olhos arregalados em uma expressão de completo pânico.

– O bebê... o bebê está vindo – gaguejou ele. – Precisamos ligar para a parteira. Liesel... ela já está... com contrações muito fortes...

– Meu Deus – disse a Sra. Brunnenmayer, que cutucava a carne assada com um espeto. – Já estamos esperando há dias, e acontece uma coisa dessas justo no primeiro dia de Natal! Quando a família toda é convidada para vir almoçar.

Humbert já pegara Christian pelo braço para conduzi-lo até o primeiro andar, onde tinha um telefone tanto no escritório do patrão quanto no salão vermelho.

– Fique calmo, Christian – disse Humbert no corredor de serviço. – O parto é uma coisa natural, afinal de contas todos nós também nascemos um dia...

– Mas... mas ela está com dores terríveis... não consigo assistir...

– Ah, as mulheres são mais fortes do que a gente. Elas aguentam.

Hanna, Else e a cozinheira tinham ficado na cozinha, aflitas. Até dois dias antes, Liesel ainda ajudara com afinco. O dia anterior tinha sido véspera de Natal, e ela celebrara o feriado em sua casa com Christian e a mãe, Auguste, enquanto os outros empregados tinham ficado juntos na cozinha como todos os anos. A cozinheira havia colocado o arranjo natalino que estivera no centro da mesa naquela manhã no parapeito da janela, para abrir espaço para o preparo da ceia de Natal.

– Que tudo corra bem – resmungou Else. – Hoje à noite sonhei com um tronco de árvore seco na água turva. Isso não significa coisa boa. Ah, nossa Liesel. E a criancinha! Que a Virgem Maria os proteja...

– Não crie tumulto, Else – ordenou a cozinheira. – Sente-se e corte as cebolas em fatias finas. E você, Hanna, traga três vidros de ervilhas em conserva. Depois pode pegar as cenouras.

– Você tem mesmo um coração de pedra, cozinheira – aborreceu-se Else. – Nossa Liesel está lá em trabalho de parto, e você continua aqui, preparando a carne para os patrões com toda a calma do mundo.

A Sra. Brunnenmayer lançou um olhar furioso para Else. Todos ali na cozinha sabiam que Liesel era sua queridinha e protegida, por isso a acusação de Else era mais que injusta. Mas a cozinheira não gostava nadinha do fato de Liesel ter um filho. Afinal, ela tinha planos para que Liesel se tornasse a cozinheira da Vila dos Tecidos um dia, e uma criança só dificultaria as coisas.

– Não posso ajudar a menina com isso – disse ela, rabugenta. – Só a parteira é quem pode. Mas quando a criança tiver nascido, Liesel precisará recobrar suas forças, então estou preparando um caldo de carne bem forte para ela.

Com um suspiro, Else começou a cortar as cebolas sem deixar de pensar que, como governanta, não era obrigada a fazer esses serviços de cozinha. Ainda mais cortar cebolas, tarefa que não era nem um pouco de seu agrado, pois deixava as mãos com cheiro.

Logo em seguida, Humbert retornou à cozinha e informou que tudo já estava encaminhado. O próprio patrão chamara a parteira, e ela já estava a caminho.

Contudo, Christian, que vinha logo atrás dele, não parecia nem um pouco aliviado.

– Espero que ela chegue a tempo – disse ele, com um suspiro, passando as mãos no cabelo de nervosismo e saindo em direção à casa do jardineiro, onde Liesel passava por seu calvário.

– Anna Firnhaber é muito boa no que faz – comentou Humbert, sentando-se à mesa para beber rapidamente um café com leite. – Trouxe ao mundo os três filhos da Sra. Elisabeth. E nunca teve nenhuma complicação.

A cozinheira olhou satisfeita para a carne assada guarnecida e temperada, e já estava passando-a para a grande panela quando passos pesados foram ouvidos no corredor de serviço. Auguste apareceu, completamente fora de si e com a touca torta sobre os cabelos.

– O que o patrão disse é verdade? – quis saber ela, nervosa, na cozinha. – Liesel está em trabalho de parto? Ah, meu Deus, finalmente está acontecendo. Passei cinco noites sem dormir de tanta preocupação com minha menina. E agora que ela está parindo, nem posso ir até lá, porque preciso ajudar a patroa a vestir as crianças para irem à igreja... É de enlouquecer!

– Não fique nervosa, Auguste – disse a Sra. Brunnenmayer. – Já chamaram a parteira.

– Não me diga que chamaram a Sra. Firnhaber! Não deixarei aquela mulher horrorosa chegar perto da minha filha. Melhor eu mesma ir até lá e...

A campainha do anexo soou, e Auguste deu meia-volta com um gemido para subir as escadas de serviço novamente. Humbert levantou-se, pois já tinha que posicionar o carro na entrada para quando eles fossem à igreja. Hanna apressou-se em direção ao átrio, porque precisava estar com os casacos, chapéus e sapatos dos patrões prontos. A cozinha ficou em silêncio por alguns instantes. A cozinheira fritou a carne, depois adicionou as cebolas, cenouras e ervas e colocou a panela dentro do forno. Else estava na pia tirando o cheiro de cebola das mãos com o sabão forte de lavar roupas.

– Você também escutou ontem à noite? – perguntou ela para a cozinheira. – Como o pobrezinho do Kurt chorou?

– Claro que ouvi – disse a Sra. Brunnenmayer com um suspiro. – Ele achou que a mãe voltaria na véspera de Natal. Isso que deu o patrão prometer uma surpresa natalina.

– Ele não quis nem saber do brinquedo caro e do carrinho americano que a Sra. Melzer mandou da América. Foi Hanno que contou mais cedo – comunicou Else.

– Hanno?

– Isso mesmo. Ele ainda estava deitado na cama lendo um livro quando fui arrumar o quarto. Aí ele disse que Kurt não deveria ficar fazendo tanto drama só porque sua mãe não estava aqui, mas deveria agradecer que ainda tem seu pai. Enquanto o pai dele, de Johann e Charlotte não está mais por aqui e provavelmente está morto!

– Mas quanta tragédia – disse a cozinheira, suspirando. – Os pobrezinhos. E de quem é a culpa nessa história toda? Dos Hitleristas, que transformaram nosso querido país em um hospício!

A campainha da porta de entrada da Vila dos Tecidos soou. Ouviram latidos de cachorro, e a voz de Humbert agradecendo alguma coisa. Provavelmente alguém entregara um presente. Logo em seguida, os patrões desceram as escadas para irem à igreja, e começou aquela confusão de costume no átrio. No Natal era especialmente desafiador fornecer os devidos casacos, sapatos e chapéus a todos, porque a enorme árvore de Natal decorada com bolas vermelhas e douradas tomava grande parte do recinto.

– Por que ele não pode ir junto, papai? – indagou Kurt, com a voz aguda.

– Cachorros não podem entrar na igreja, Kurt – respondeu Paul. – Willi vai esperar aqui. E agora coloque o gorro senão ficará com as orelhas geladas.

– Mas não quero ir à igreja – reclamou Kurt. – Quero ficar aqui junto com Willi.

– Vamos lá, Kurti – disse Dodo, intrometendo-se. – Você pode se sentar ao meu lado. Aí contaremos as estrelas de palha na árvore de Natal no altar. Vamos fazer uma aposta. Ganha quem vir mais estrelas...

– Ficarei sentada do outro lado, Kurt – disse Charlotte alto. – Também quero contar.

– Comportem-se na igreja – disse a Sra. Elisabeth, advertindo-os. – Não quero ouvir nenhum sussurro e nenhuma conversinha paralela!

– Elvira! – exclamou a Sra. Alicia, impaciente. – Onde você está? Já estamos saindo!

– Não estou achando meu chapéu preto... – falou alguém no segundo andar.

– Está aqui, senhora – informou Hanna. – Peguei-o ontem para escová-lo...

Era possível ouvir Humbert ligar o carro lá fora, e em seguida as vozes foram em direção à entrada da casa, e o átrio ficou vazio. A Srta. Dodo dirigiria o carro de Marie, mas ficaria apertado mesmo assim, porque a Sra. Elisabeth Melzer tomava bastante espaço.

– Como será que nossa querida Marie e o Sr. Leo estão celebrando os dias de Natal em Nova York? – perguntou Else. – Com certeza tudo lá é muito mais magnífico do que aqui em Augsburgo. Lá as árvores de Natal devem ser altíssimas, que nem os arranha-céus.

– Aqui! – disse a Sra. Brunnenmayer, sem entrar no assunto. – Pique a salsinha. Mas sem os talos e bem fininha.

– Acabei de lavar as mãos! – resmungou Else, mas fez o que a cozinheira pedira.

Algumas semanas antes, vários pacotes de Marie e Leo tinham sido entregues na Vila dos Tecidos. Hanna e Auguste contaram que eram presentes enrolados em papel colorido e identificados com pequenos papeizinhos onde estava escrito para quem era cada um. Eles também tinham se lembrado dos empregados, que receberam adicionalmente um pacotinho daqueles embrulhado em papel colorido na troca de presentes do dia anterior. Eram coisas muito peculiares. Dadinhos de espuma brancos e verdes que colavam nos dentes, animaizinhos coloridos, cartões que formavam os arranha-céus de papelão quando eram abertos, e Else ainda recebera um Papai Noel barrigudo e esquisito que ficava de pé. Aí ele rebolava em cima da mesa e acenava com o braço. Todos se divertiram. Sorte que Willi não estava ali, senão ele teria agarrado o velhinho rechonchudo e o sacudido até destroçá-lo, como fizera com a bola de futebol um dia desses. Willi ficara no andar de cima com os patrões, no salão vermelho, e mais tarde eles haviam permitido que o grande cachorro marrom dormisse no quarto de Kurt. Permissão que só foi dada após muita choradeira do menino.

Hanna entrou na cozinha com um arranjo floral enorme nas mãos. Tinha rosas brancas e vermelhas, crisântemos, gérberas e, é claro, ramos de pinheiro.

– Aqui! – disse ela, dando o buquê para Else. – Coloque as flores logo na água, vou buscar um vaso.

– Mas que arranjo lindo! – exclamou Else. – Quem foi que nos mandou?

– Tem um cartão dentro – disse Hanna por cima dos ombros enquanto saía apressada para o corredor de serviço.

O cartão estava dentro de um envelope que alguém já rasgara e abrira. Não deveria ser violação do sigilo postal quando alguém apenas curvava o envelope um pouquinho para decifrar o nome de quem enviara aquelas flores com tanta generosidade.

– Meu Deus do céu! – exclamou Else depois de espiar o cartão.

– É para a Srta. Dodo? – perguntou a Sra. Brunnenmayer. – Daquele amigo piloto dela, não é?

Else balançou a cabeça e retorceu o rosto em uma careta como se estivesse com dor de dente.

– As flores são da Sra. Von Dobern. E são endereçadas para "CP Paul Melzer e família". Mas que negócio estranho é esse? CP?

– Céus! – disse a Sra. Brunnenmayer suspirando, aflita. – Então ele também entrou nesse partido sujo. CP significa Camarada do Partido. Hoje em dia você tem que saber dessas coisas, Else!

– O patrão se filiou ao NSDAP? – perguntou Else, surpresa.

– Isso mesmo – resmungou a cozinheira, levantando-se da cadeira com dificuldade para ver a carne que estava no fogão. – Isso com certeza foi obra daquela jararaca venenosa. A Sra. Von Dobern.

Else colocou o inocente buquê dentro da pia com desprezo e deixou um pouco de água escorrer sobre as hastes. Quando Hanna entrou carregando um grande vaso de cerâmica, a cozinheira lhe ordenou:

– Coloque esse negócio no átrio em algum canto atrás da árvore de Natal. Para ninguém ver.

– Mas que pena, as flores são bonitas! – comentou Hanna, desolada.

– Faça o que estou dizendo!

Alguém abriu a porta para o pátio. Deveria ser Auguste. Era possível ouvi-la respirando de forma ofegante. *Ótimo*, pensou a Sra. Brunnenmayer. *Aí ela pode logo bater o chantili para mim com aqueles braços fortes.*

Mas Auguste tinha outra coisa em mente. Arrancou o xale de lã, jogou-o em uma cadeira e logo disparou:

– Querem saber o que acabou de acontecer? Ela me expulsou de lá, aquela bruxa velha, a Sra. Firnhaber. Disse que eu estava atrapalhando seu trabalho. E eu só estava massageando as costas de Liesel. Nunca vi tamanha audácia. Ela fica lá sentada, tricotando meias, e larga a menina sozinha com as contrações. E Christian está tão apavorado que faz tudo o que ela pede!

Ela desabou em uma cadeira que estalou de forma alarmante com seu peso e apoiou os braços na mesa.

– Vou enlouquecer – grunhiu ela. – Minha filha está parindo, e não posso ficar lá. Onde já se viu isso? Expulsar a própria mãe! Isso é antinatural. É até anticristão…

– Agora fique quieta, Auguste – ordenou a Sra. Brunnenmayer. – Os patrões vão voltar da igreja em uma hora, e estou aqui sozinha cuidando da refeição. Faça-me um favor e bata o chantili…

Auguste ficou parada e encarou a cozinheira, indignada.

– Você tem um coração de gelo! – exclamou Auguste, repreendendo-a. – Lá na casa do jardineiro estão vivendo uma situação de vida e morte, e você está aqui só pensando na refeição dos patrões!

– É meu dever – respondeu a cozinheira calmamente. – E farei isso enquanto estiver respirando.

Hanna também chegara para lhe dar uma mãozinha, e o preparo da ceia de Natal finalmente avançou. Elas prepararam o peixe, ajeitaram os legumes picados, tiraram a gelatina da geladeira, e Auguste jogou sua raiva mais que justificada na tigela com creme, que batia para fazer o chantili cremoso.

– Eles já estão vindo! – exclamou Auguste, que fora espiar pela janela depois de terminar o trabalho. – Meu Deus, a Srta. Dodo está acelerando demais o carro. Tomara que não se desintegre, aquela lata velha!

Agora tudo tinha que ser feito rapidamente e seguindo o planejamento. Era preciso já colocar a frigideira para o peixe no fogão com o caldo de carne no meio para ficar quente e ao mesmo tempo alimentar o fogo da lareira. Jogar mais molho em cima da carne assada e virá-la. A carne estava perfeita, o aroma inebriante tomou a cozinha, e todos ficaram com água na boca. Auguste e Hanna correram para o átrio para pegar os casacos e chapéus dos patrões enquanto Else, que escorrera as batatas, podia finalmente sentar-se e descansar um pouco.

Ouviram latidos. Era Willi, que havia visto seu amigo Kurt e achava que poderia entrar na casa de novo. Infelizmente se enganara.

– Está vendo, Paul – disse a Sra. Alicia. – Veja só o resultado da sua leniência.

– Foi uma exceção, mamãe – disse o patrão.

– Se sua esposa não tivesse fugido daqui, não teríamos esse tipo de preocupação! – exclamou a Sra. Alicia.

– Por favor, mamãe! Não quero ficar ouvindo esses comentários venenosos constantes sobre Marie.

– Ela foge, abandona o próprio filho, e você ainda lhe envia dinheiro! – disse a Sra. Alicia, ainda em tom reprovador.

– O dinheiro que estou mandando é para o Leo!

– Ah! – respondeu a Sra. Alicia com sarcasmo. – E com que dinheiro ela comprou todos estes presentes estúpidos?

– Hoje é Natal, mamãe. Por favor, vamos falar sobre outra coisa.

Depois não se ouvira mais nada, os patrões tinham ido para o andar de cima. Auguste faria seu serviço junto à Sra. Elisabeth e seus filhos, então Hanna tinha que ajudar com o peixe dali a pouco. Ah, que Liesel ficasse bem logo e pudesse voltar a fazer seu trabalho na cozinha! A cozinheira sentia tanto sua falta. Por que aquela tola foi inventar de ter um filho?

Humbert passou correndo pela cozinha, porque precisava trocar de roupa para servir. Hanna ainda estava ocupada levando os sapatos dos patrões para a sala ao lado, onde ainda seriam engraxados e polidos naquela noite. A cozinheira deixou o molho do peixe pronto e picou funcho fresco. As ervas tinham sido trazidas por Maxl, que se revelara um rapaz tão competente que tinha sido capaz de reerguer a floricultura. Naquela época natalina ele conseguia fazer ótimos negócios com guirlandas e arranjos, e Auguste tinha motivo para se orgulhar de seu filho mais velho...

Uma batida à porta interrompeu os pensamentos da Sra. Brunnenmayer.

– Pode entrar! – berrou ela. – A porta está aberta.

Ela não reconheceu a visita imediatamente. A Sra. Firnhaber, a parteira, envelhecera um bocado desde que fizera o parto de Charlotte. Ficara mais gorda, mais baixinha e também passara a usar óculos.

– A criança já nasceu? – perguntou a cozinheira.

A Sra. Firnhaber fez um gesto desdenhoso com a mão e farejou o aroma da cozinha com interesse.

– Ainda vai demorar – disse ela. – Quando é o primeiro filho, as mulheres ficam um bom tempo tendo contrações. É bem possível que o bebê só nasça durante a noite.

– E o que a senhora quer aqui? Não deveria estar cuidando de Liesel?

– Ela está com o marido – explicou a parteira. – Não comi nada desde hoje cedo, Sra. Brunnenmayer. Por isso lhe peço que me faça um lanche. Se for possível, acompanhado de uma cerveja ou um conhaque. Para me dar forças, entende?

Era só o que faltava. A Sra. Brunnenmayer amaldiçoou Christian em pensamento, que sequer estava em condições de preparar um lanchinho para a parteira.

– Sente-se aí, a Hanna trará algo para a senhora – disse a cozinheira de forma rude.

Ela logo voltou sua atenção para o peixe, que só podia ficar alguns instantes na frigideira para não se despedaçar. Um minuto a mais e podia pôr tudo a perder! Assim que Humbert servisse o caldo de carne, ela começaria a preparar o peixe.

A campainha da refeição soou. Os patrões se reuniram na sala de jantar, onde Humbert havia colocado já de manhã a grande toalha adamascada e posto a mesa com a louça chique. Ele apareceu na cozinha vestindo seu uniforme azul-escuro e colocou a terrina de sopa cheia no elevador.

– Aqui, você também tem que levar a cebolinha!

A sopa já estava a caminho, então era hora de finalizar o peixe. A Sra. Brunnenmayer estava tão ocupada que se esquecera completamente da parteira sentada à mesa em sua frente. Quando a porta para o átrio se abriu, achou que Hanna estivesse finalmente de volta à cozinha e disse por cima dos ombros:

– Vá e prepare um lanche às pressas para a parteira. E lhe dê uma cerveja também.

Porém não fora Hanna que entrara na cozinha, mas Auguste. Parou em frente à parteira com os braços apoiados na cintura e explodindo de raiva.

– Preparar um lanche para essa mulherzinha aí? Sem a menor chance!

O peixe estava chiando na frigideira e logo, logo precisaria ser virado suavemente e com muita destreza.

– Tenho direito a uma refeição – disse a parteira. – Recebi uma todas as vezes em que ajudei a Sra. Winkler. Pão fresco com bacon e chouriço, um pedaço de queijo de qualidade e uma cerveja para acompanhar.

Chegara a hora de tirar o peixe da frigideira e colocá-lo na travessa chique de porcelana para que ele continuasse aquecido. A Sra. Brunnenmayer trabalhava de forma experiente e segura como no auge de seus tempos. Tinha molho de funcho e pequenas batatas *duchesse* de acompanhamento.

– A senhora deixou minha filha sozinha para vir aqui encher a pança? – grunhiu Auguste atrás dela. – Isso é inacreditável! E se a criança nascer agora?

– Protesto contra uma acusação dessas – replicou a parteira. – Já trabalho há 45 anos. A criança demorará no mínimo mais duas horas para nascer, talvez só venha de noite. Devo passar fome até lá?

Hanna, que acabara de chegar até a porta, interrompeu a discussão acalorada.

– Só um momento, Sra. Firnhaber – disse ela gentilmente, como era de seu feitio. – Vou preparar algo para a senhora.

– Coloque a comida em uma bandeja, Hanna – ordenou Auguste. – Para ela poder levar para lá e não ficar aqui nos atrapalhando!

Hanna olhou com perplexidade para a cozinheira, que assentiu e levou o peixe e o molho de funcho até o elevador. Mas, quando se virou, viu Christian parado no meio da cozinha.

– Cadê a parteira? – perguntou ele. – Ah, aí está a senhora. Venha rápido. A criança nasceu.

Auguste deu um grito, deixou a cesta de pães cair e saiu correndo sem casaco e de pantufas para a casa do jardineiro.

– Que história é essa? – disse a parteira. – O bebê só vai nascer...

– Mas ele já está em cima do lençol! – exclamou Christian, nervoso. – Só que ainda está ligado à Liesel por um cordão. E não sei o que fazer...

– Certo – resmungou a Sra. Firnhaber.

Levantou-se, deu um olhar inconsolável para o chouriço que Hanna acabara de trazer da despensa e seguiu Christian.

– Já imaginei que ele fosse nascer mais cedo... – disse ela já lá fora.

– Ora, 45 anos de experiência – disse Else, indignada. – E não sabe quando a criança vai nascer. Essa mulher escolheu a profissão errada!

A refeição seguira a programação, e um prato após o outro foi servido. Primeiro o peixe, depois o prato principal de carne assada com legumes picados. E todas as vezes Humbert voltava anunciando os elogios dos patrões. Quando a cozinheira conseguia parar alguns minutos entre uma coisa e outra, pensava em Liesel e nas dores que estaria sentindo.

Que eles estejam todos com saúde, pensou ela, preocupada.

Quando a sobremesa já tinha sido servida, pediu para Hanna fazer o café, tirou o avental e colocou o xale de lã. Levou o caldo para Liesel em uma panela enrolada em um pano para que não esfriasse no caminho até a casa do jardineiro.

A parteira já havia ido embora quando Christian abriu a porta para ela, porém Liesel estava deitada no quartinho pequeno, ainda pálida, mas radiante de felicidade.

– É uma menina – anunciou ela, apontando para o bercinho que Christian fizera com tanto amor.

A menina era muito pequenina, com a cabecinha coberta por uma penugem escura, e estava com os olhinhos fechados com força. De repente a Sra. Brunnenmayer ficou emocionada. Olhou demoradamente para aquele pequeno serzinho que respirava com serenidade e foi tomada pelo pensamento de que aquela criança era um enorme e maravilhoso presente.

– Uma menina? – disse para Liesel. – Mas que bom! Os meninos só dão trabalho.

30

E le lhe escrevera uma carta! Finalmente deixara a teimosia de lado e voltara a ser seu Paul, seu marido amado e bondoso. Sua carta chegara na véspera de Natal, e ela se sentara no sofá com ela na mão. Abrira o envelope com medo e cheia de expectativa ao mesmo tempo. Era uma carta longa e linda, com várias páginas.

Minha amada Marie,

passaram-se quatro semanas desde que você e Leo se foram. E admito que hesitei durante muito tempo em escrever-lhe estas linhas. Pode chamar de orgulho masculino ou teimosia, mas posso afirmar o que com certeza não era: nunca foi frieza ou falta de sentimentos. A dor dessa separação está profundamente gravada em meu coração e não se dissipará enquanto você estiver longe de mim. Mas agora sei que meu amor por você é forte o suficiente para suportar todos os obstáculos, toda a tristeza e até essa separação dolorosa. Perdoe-me a longa espera. Atribua-a às imperfeições humanas e deixe-nos recomeçar. Não é verdade que na época em que fui para a guerra também só nos relacionamos por meio das cartas? Então assim será novamente até o dia que você voltar para mim.

Você me relatou fielmente como vocês dois se estabeleceram na grande cidade de Nova York. Contou-me muitas novidades boas sobre Leo, mas menos sobre você. Por favor, me diga como você está, meu amor. Quero fazer tudo que estiver ao meu alcance para facilitar sua vida. Você é e sempre será minha esposa querida, mesmo que o oceano nos separe.

Lisa e Kitty com certeza já devem ter lhe contado os acontecimentos daqui da Vila dos Tecidos desde que vocês partiram, então não vou entediar você com isso. A situação da fábrica está melhor agora. Recebemos matérias-primas e podemos entregar as encomendas. Isso me deixa muito feliz, sobretudo porque eu temia ter que demitir operárias já antes do Natal. Infelizmente o fornecimento adicional de lã e algodão teve seu preço. Afiliei-me ao partido, curvei-me ao NSDAP covardemente e contra minhas próprias convicções para manter a fábrica de tecidos dos Melzers operante para nós e nossos filhos. Sei que isso deixará você indignada, mas infelizmente foi inevitável, e espero que consiga enterrar a raiva e o desprezo após refletir sobre as circunstâncias. É claro que não participarei de forma alguma do partido. Existem alguns eventos aos quais serei obrigado a ir, mas minha participação se resumirá a isso...

Marie leu e releu a carta várias vezes e quase se esquecera dos preparativos para o Natal. Queria celebrar os dias festivos longe de casa da forma mais bonita possível. Comprara um pequeno pinheiro, velas e algumas bolas douradas, fizera as próprias estrelas de papel dourado, mas seu orçamento não fora suficiente para comprar ouropel. O Sr. Friedländer comprara vários desenhos que ela fizera de Augsburgo, mas infelizmente ela gastara grande parte do valor com os presentes e a postagem cara para a Alemanha. Guardara o resto do dinheiro pensando em usá-lo exclusivamente em aquisições excepcionais que ela talvez precisasse fazer para Leo. Graças a Deus se curara do resfriado e da febre sem precisar tomar nenhum remédio. Ainda estava tossindo um pouco, mas a tosse também passaria logo. Por sorte Leo não foi infectado. Ainda bem, pois teria sido uma pena se ele tivesse perdido suas aulas na Juilliard.

Nos últimos tempos, Leo a preocupava. Parecia estar enfrentando problemas sérios, mas infelizmente não estava disposto a compartilhá-los com ela. Seu filho tornara-se inacessível; ficava se remoendo pelos cantos e eventualmente era temperamental e injusto. Ela não estava acostumada com esse tipo de comportamento por parte dele, e isso a magoava. Ela se perguntava se ele estaria sentindo falta de casa, em especial de sua gêmea, Dodo, com quem sempre tivera uma relação especial. Mas também era possível que as coisas na Juilliard não estivessem saindo como ele esperara, e ele se sentisse decepcionado e desmotivado. Por outro lado, era disciplinado nos estudos, fazia os exercícios de composição com zelo, praticava piano e pegava emprestados livros da biblioteca da escola que lia com grande entusiasmo.

Os dias natalinos não tinham sido tranquilos nem contemplativos apesar de todos os seus esforços. Ela tentara criar um oásis em meio àquele Natal americano colorido, cafona e barulhento para celebrar o feriado ao modo alemão, com silêncio e reflexão. Mas fora um verdadeiro fiasco. Leo e ela até tinham conseguido passar a véspera de Natal de forma mais ou menos tranquila: trocaram pequenos presentes, comeram *goulash* com *klöße* que ela fizera especialmente para Leo e depois ficaram sentados perto do calor do fogão para conversar um pouco. O que atrapalhara fora o barulho dos vizinhos, que celebravam a véspera de Natal de uma forma totalmente distinta, mas Marie conseguira ignorar aquilo em sua bolha de felicidade com a carta que recebera de Paul. Talvez por isso não tivesse percebido o silêncio incomum de Leo. Mal as velas da árvore de Natal tinham se apagado, ele se levantou, desejou-lhe boa-noite e fechou a cortina após se retirar para seu canto. Ela passara o resto da noite lavando os pratos e arrumando as coisas. Então releu mais uma vez a carta de Paul com o coração inundado de ternura e saudade antes de se deitar.

Eles tinham sido convidados para almoçar na casa Sra. Ginsberg no primeiro dia do feriado, uma visita que se transformara em uma catástrofe. A Sra. Ginsberg os aguardara com uma surpresa: ela apresentou-lhes seu futuro marido, o Sr. Landers, um homem de negócios que supostamente era dono de uma gráfica e que ela conhecera por meio dos Goldsteins. Ao que parecia, eles já se relacionavam fazia algum tempo, mas a Sra. Ginsberg não o mencionara até aquele dia. O Sr. Landers era consideravelmente mais velho que a Sra. Ginsberg e um homem gordo de rosto vermelho que tinha hábitos peculiares. Interrompia todos quando estavam falando, falava alto e de boca cheia e usava a toalha de mesa de guardanapo. Além disso, parecia gostar muito de álcool. Bebera uma garrafa inteira de vinho no almoço e em seguida ainda desfrutara vários drinques que a Sra. Ginsberg elaborara para ele com várias garrafas diferentes. Depois começara a fazer elogios estranhos a Marie, que só os entendera parcialmente, porque ele falava muito rápido e de forma incompreensível. Contudo, Leo, que falava inglês melhor que ela, deve ter compreendido tudo um pouco melhor, porque se levantara de repente e anunciara que eles estavam de saída. A Sra. Ginsberg ficara muitíssimo constrangida com o ocorrido, e Walter também fizera uma expressão de poucos amigos. Provavelmente ele era o que mais sofria com o futuro padrasto. Talvez esse fosse o motivo para Walter passar tanto tempo com os Goldsteins, inclusive ajudando voluntariamente na loja e saindo à noite com Sally.

Enquanto eles voltavam para seu apartamento após a visita infeliz, Leo criticara o Sr. Landers, a Sra. Ginsberg, que se metera com um homem daqueles e, por fim, também fizera acusações contra a própria mãe.

– Por que você atura uma coisa dessas, mamãe? Você tinha que repreendê-lo assim que ele começou com aquele papo!

– Você não está errado, Leo – respondeu ela. – Meu problema é que ainda falo muito pouco inglês. Nem entendi direito muitas das coisas que ele disse.

– Se você ficar em casa o tempo inteiro e não interagir com praticamente ninguém, seu inglês não vai melhorar – disse ele em tom acusador.

Em princípio seu filho mais velho não estava errado; mesmo assim seu tom insolente a magoara. Mas ela não queria estragar a celebração com uma briga, então se calou e acendeu o fogo para fazer café e decorar alguns biscoitinhos natalinos que ela fizera. Mas seu filho a surpreendera anunciando de forma curta e grossa que combinara de sair com Walter e Sally e que infelizmente precisava deixá-la sozinha. Ela não deixou sua decepção transparecer. Leo já era um rapaz, por que deveria ficar ao lado de sua mãe o tempo inteiro?

– Não se preocupe comigo, Leo – disse ela gentilmente. – Vou aproveitar para responder as cartas de Natal para passar o tempo. Divirta-se então!

– Obrigado, mamãe. Talvez eu volte tarde, então pode ir dormir se quiser.

Depois que ele descera as escadas, ela olhou para a rua pela janela. Estava um dia cinzento. A neblina do rio recaía sobre as casas, e viam-se poças enormes nas ruas, algumas parcialmente congeladas. Conseguiu reconhecer Walter com o gorro de pompom e sua namorada Sally ao seu lado, uma menina magérrima e alta com cabelos loiros curtos. O fato de Leo sair com Walter acalmou Marie: Walter era um rapaz sensato e não induziria Leo a fazer nada estúpido. Só era uma pena Walter, um garoto tão sensível, ter escolhido justamente Sally como namorada, uma menina bastante fútil na opinião de Marie. Sua irmã mais velha, Maggy, que também ajudava na loja de vez em quando, tampouco agradava a Marie. Ela passava muito tempo pintando as unhas e dava respostas rudes quando Marie perguntava alguma coisa para ela. Mas talvez sua opinião sobre as duas filhas dos

Goldsteins fosse injusta. Afinal, ali em Nova York os jovens se comportavam de forma mais livre e casual do que na conservadora Augsburgo.

Ela se sentou à mesa da cozinha e encarou a pilha de cartas. Responderia o texto efusivo de Kitty mais tarde; o grande pacote de Natal mencionado ainda não chegara, e ela ainda não poderia agradecer pelos presentes. Redigiu uma carta alegre para Lisa e agradeceu pelos presentes. Ela mandara uma biografia de Mozart para Leo e um lenço de seda para Marie. Será que ela deveria perguntar por Sebastian? Melhor não. Se houvesse novidades, Lisa lhe comunicaria de qualquer forma sem que ela perguntasse. Então só perguntou como estavam as crianças e, como fazia em todas as cartas, pedia para sua cunhada cuidar de Kurt em sua ausência.

Depois releu a carta de Paul pela milésima vez e tentou descobrir o que ele teria ocultado nas entrelinhas. Com certeza fora muito desagradável para ele afiliar-se ao NSDAP. Ela conseguia imaginar muito bem como ele teria relutado e pensado em seus princípios. Começou a formular algumas frases com cuidado. A partir de então eles retomariam o diálogo, e aquele era seu maior presente de Natal. Seria diferente de antes, quando estavam fisicamente perto e podiam estar sentados lado a lado, sentindo a vibração um do outro e trocando um diálogo acelerado de perguntas e respostas, pensamentos e sonhos. O diálogo por cartas tinha um ritmo infinitamente devagar, só se ficava sabendo dos acontecimentos com atraso e só era possível receber a resposta para perguntas semanas depois. E ainda assim era possível compartilhar a vida com o outro, dar-lhe algumas percepções dos fatos e, acima de tudo, fazê-lo sentir como eles estavam intimamente ligados. Ela guardaria as cartas de Paul carinhosamente em uma caixa para relê-las sempre que quisesse e tinha certeza de que ele faria o mesmo em Augsburgo.

Ela precisou de várias horas até finalmente dar-se por satisfeita com sua carta, passou-a a limpo e colocou-a em um envelope. Àquela altura já escurecera lá fora, e ela se deu conta, com melancolia, de que naquele horário todos estariam reunidos para jantar com os convidados na Vila dos Tecidos. Lá embaixo, os postes jogavam uma luz difusa sobre as ruas. Havia poucas pessoas pelas calçadas. Uma mulher com um casaco de gola de pele segurava a mão de seus filhos e parecia apressada; um homem mais velho tateava o caminho com sua bengala: será que era cego? Quando alguns jovens viraram a esquina, ela achou que tivesse visto Leo entre eles, mas se enganara.

Leo tinha razão, pensou. Ela deveria socializar mais; aí não precisaria estar sozinha agora naquele apartamento deprimente. Mas como faria isso? Vira várias lojas na 7ᵗʰ Avenue, mas todas vendiam aquela *"sportswear"* detestável, uma moda sem graça e acessível que era supostamente "americana" e poderia ser usada em qualquer contexto: fosse no trabalho, para fazer exercícios, nos momentos de lazer ou de negócios. Até se disporia a fazer criações baseada naquele estilo horroroso, mas ninguém ali estava precisando de uma designer de moda. Ela não conseguira emprego nem mesmo de costureira. Algumas vezes costurara cintos e lenços de bolso para uma empresa têxtil, mas a quantidade gigantesca que ela precisara entregar por uma remuneração ínfima ficara além de suas forças. Agora se sentia desmotivada para encontrar trabalho em sua profissão. E a venda de seus desenhos também não traria uma renda sustentável, o Sr. Friedländer fora seu único cliente até então. Os outros desenhos ainda estavam na vitrine do Sr. Goldstein, e ninguém queria comprá-los.

Com um suspiro, pegou um jornal e começou a ler todos os artigos minuciosamente com a ajuda de um dicionário. Tinha que se esforçar para se interessar por aqueles textos. Muitas vezes não entendia de quem estavam falando, não conhecia nada de esportes como rúgbi ou beisebol, e a visão da Alemanha no caderno de política internacional a magoava. Não, ela não queria se tornar uma americana, era uma estranha naquele país e nunca criaria raízes ali. Mas também se tornara uma estranha em Augsburgo, sua cidade natal, por ser judia. Então qual era seu lugar? Existia algum lugar no mundo para os exilados? Um país no meio do nada, flutuando entre o céu e a terra e onde pessoas de todas as nações e de todas as cores convivessem amistosamente umas com as outras?

Por volta da meia-noite, Leo ainda não voltara. Ela estava inquieta e decidira ficar acordada até seu retorno, mas adormecera por volta das duas e meia de roupa e tudo e enrolada no cobertor de lã no sofá. O frio no apartamento sem calefação a acordara na manhã seguinte, e ela espiara atrás da cortina, louca de preocupação: lá estava ele. Graças a Deus. Temera que algo pudesse ter-lhe acontecido. Estava deitado entre as almofadas, praticamente não se mexia, e o cheiro que vinha em sua direção evidenciava que ele bebera. Ela o deixou dormir até meio-dia, depois o acordou, puxou a cortina para o lado e abriu a janela para arejar o apartamento.

– Está frio, mamãe! – reclamou ele com a voz rouca.

– Sinto muito, Leo, mas não quero ficar mais tempo marinando no seu vapor alcoólico. Além do mais, já é meio-dia e meia.

Ele não respondera nada e só pendurara o cobertor nos ombros e fora até o banheiro mínimo onde havia uma pia e um vaso. Ela fez café e preparou alguns pães, que lá eram chamados de sanduíche.

– Obrigado, mas estou sem apetite – disse ele quando voltou. – Você poderia fazer um chá para mim, por favor, mamãe?

– É claro…

Ele estava de ressaca, o que era de se esperar. Estava sentado à mesa com o olhar triste e as bochechas pálidas. Bebera pequenos goles do chá quente de camomila e toda hora esfregava as têmporas. Estava com dor de cabeça. Bem, fazia parte, e Marie não tinha nenhuma piedade dos boêmios noturnos.

– Foi uma noite agradável? – perguntou ela em tom inocente.

Ele olhou para ela com hostilidade ao identificar o tom de ironia.

– Agradável é a palavra errada. Foi grandiosa.

– Grandiosa? – indagou ela, admirada. – Para onde vocês foram?

– Para o Harlem.

– Mas esse é o bairro dos negros! A Sra. Goldstein diz que é melhor não ir para lá…

– Ah, a Sra. Goldstein… – disse ele de forma depreciativa. – Ela fala muita asneira. Walter tem dois amigos lá. Saímos com eles para vários bares e clubes, onde eles tocam…

– E lá vocês se permitiram beber vários drinques?

– Só dois – admitiu ele. – Aquele negócio é puro veneno. Mas a música que eles tocaram lá, nunca ouvi nada assim antes. São músicos de raiz, pegam um instrumento e simplesmente saem improvisando da cabeça deles. E sempre tem um ritmo, independentemente do que eles toquem, eles têm suíngue. Isso é a América, mamãe. São os sons e ritmos do novo mundo, agora acho que sei como…

A campainha o interrompeu. Havia um homem negro lá fora vestindo um uniforme peculiar que lembrava o de um recepcionista de hotel. Abriu um sorriso largo e entregou um envelope a Marie.

– Meu patrão mandou. Para a senhora ler e me dizer a resposta…

Perplexa, Marie abriu o envelope. A carta estava no papel timbrado do Sr. Friedländer e fora escrita à mão.

Prezada Sra. Melzer,

a senhora me daria a honra de acompanhar-me na quinta-feira da semana que vem em um jantar de negócios? Caso sim, meu chofer buscará a senhora por volta das dezenove horas.

Atenciosamente,
Seu amigo e admirador,
Charles Friedländer

PS: O mensageiro recebeu a instrução de levar sua resposta com ele.

Marie hesitou. O Sr. Friedländer lhe parecia gentil. Tinha conexões e talvez até pudesse arranjar um emprego para ela. Por outro lado, ela achava constrangedor ter que pedir favores.

– Por favor, diga ao Sr. Friedländer que eu aceito – disse ela para o mensageiro. – Eu aceito!

Ela lhe deu alguns trocados, que ele guardou casualmente, em seguida assentiu gentilmente e desceu as escadas para a rua com calma.

– O que o Sr. Friedländer quer com você? – perguntou Leo com desconfiança.

– Um jantar de negócios – disse ela serenamente e colocou o cartão em cima da mesa. – Na próxima quinta-feira.

Leo olhou para o texto escrito à mão, esfregou as têmporas enquanto lia e depois olhou para ela com indignação.

– Você não vai, não é mesmo, mamãe?

– Por que não?

Ele semicerrou os olhos e ficou parecido com o pai, que fazia exatamente aquela expressão quando se aborrecia.

– Porque isso não passa de uma bela desculpa! – exclamou ele, zangado. – Esse Sr. Friedländer está interessado em você, mamãe. Não entendo como pode ser tão ingênua. Ele quer um encontro romântico e sabe-se lá o que mais…

– Leo, sua imaginação é bastante fértil!

Ele se levantou e ficou parado diante da porta de saída como se ela fosse sair naquele instante, o que não fazia sentido algum.

– Você não vai, mamãe! – disse ele fervorosamente. – Não permitirei!

Marie ficara perplexa, pega de surpresa. Seu filho Leo nunca falara com ela daquele jeito em sua vida. O que estava pensando? Achava que precisava assumir o lugar de seu pai?

– Por favor, Leo, vamos deixar uma coisa bem clara – disse ela com determinação. – Ouço seus conselhos com prazer e refletirei sobre o assunto. Mas você não tem o poder de me proibir de fazer nada.

Ele se calou, apreensivo, compreendendo que fora longe demais. Sentou-se novamente, mal-humorado, e pegou a xícara de chá.

– Então pelo menos me deixe ir junto – replicou ele.

– Não, Leo. Infelizmente não dá, porque você não foi convidado.

Ele não respondeu nada, e a conversa terminara. Pegou o bule e a xícara e retirou-se para sua ala do apartamento, fechou a cortina e ligou a luz. Ao que parecia, voltara para a cama, mas não para dormir. Ela conseguiu ouvi-lo pegando as folhas de pauta e apontando o lápis. Ele queria compor.

Na quinta-feira, vestiu um dos vestidos que trouxera da Alemanha, prendeu o cabelo e passou um creme nas mãos, que tinham se tornado ressecadas por conta do trabalho doméstico. Às dezenove horas em ponto, um carro parou em frente à casa.

– Até mais tarde! – berrou ela na direção de Leo, que escrevia suas composições atrás de sua cortina, mas não obteve resposta.

O mesmo homem que lhe trouxera a mensagem estava sentado ao volante do grande carro americano. Sorriu educadamente para cumprimentá-la, mas ficou sentado, esperando que ela própria abrisse a porta do carro. E ela só conseguiu fazê-lo na terceira tentativa, porque não conhecia aquele modelo.

O carro seguiu pela Broadway em direção ao sul. Ela achou ter identificado o Columbus Circle e avistado o Central Park iluminado de longe, mas poderia muito bem ter se enganado. Aquela era a Times Square? A 7th Avenue, por onde andara semanas atrás procurando emprego? Tudo parecia completamente diferente naquele mar de luzes noturnas; o tráfego era intenso nas ruas, manadas de pessoas atravessavam os cruzamentos às pressas, e tudo se movia em ritmo apressado e ia de um lado para outro em uma correria frenética.

Volta e meia, quando paravam no sinal, o chofer se virava rapidinho para ela e lhe dava explicações curtas e cordiais que ela infelizmente quase nunca entendia. Mas assentia para ele com um sorriso, agradecida. Quando ele finalmente parou o carro e ela entendeu que deveria saltar, não tinha a menor ideia de onde estava. Viu entradas iluminadas com luzes coloridas uma após a outra: era possível ler "café", "taverna", "restaurante". Pessoas passavam por ela rindo, gesticulando e conversando.

– Boa noite, Sra. Melzer – disse alguém subitamente atrás dela. – Fico muito feliz que a senhora tenha aceitado meu convite.

– Sr. Friedländer! – exclamou ela, aliviada. – Boa noite. Já estava me sentindo perdida entre todas essas luzes coloridas.

Ele riu e disse que ali em Greenwich Village uma mulher bonita poderia perfeitamente se perder.

– Contudo, não quando está em minha companhia. Por aqui, por favor. Espero que a senhora goste de comida chinesa. Prefiro este restaurante menorzinho, porque conseguimos conversar sem sermos incomodados.

Ela nunca comera nada chinês em toda a sua vida, o que ele achou realmente espantoso. A entrada do restaurante tinha um dragão dourado de cada lado, e um homem jovem de cabelos escuros com expressões asiáticas esperava por eles para abrir-lhes a porta com uma reverência. Havia vários ambientes decorados com painéis de madeira avermelhada adornados com esculturas e pinturas. Por todo lado viam-se muitos clientes que não pareciam chineses, mas americanos. O jovem os conduziu até um dos ambientes pequenos em que tinha uma estátua dourada do Buda e duas mesas.

– Seremos só nós dois – informou o Sr. Friedländer e entregou casaco e chapéu ao rapaz. – Fique à vontade, a comida é excelente.

Marie tinha lá suas dúvidas. Ouvira falar que comiam coisas bem estranhas na China que seriam intoleráveis para os europeus, mas pediu "sopa de Wonton" e "frango ao curry" ousadamente, seguindo o conselho de seu acompanhante, e achou os dois pratos deliciosos. O Sr. Friedländer disse que eles só não deveriam pedir vinho ali. Era melhor beber chá de jasmim de acordo com o costume chinês.

Eles conversaram sobre todos os assuntos possíveis, e Marie achou bastante agradável poder conversar de novo em alemão após tanto tempo, em particular porque o Sr. Friedländer se revelara um interlocutor inteligente e com muito conhecimento geral sobre vários assuntos. Isso tornara ainda mais difícil para ela lhe pedir o que desejava, porque parecia constrangedor abusar de sua boa vontade daquela forma. Por isso não mencionara nada inicialmente.

– Não deve ser nenhuma surpresa para a senhora que eu conhecia bem seu sogro – disse o Sr. Friedländer. – E seu pai também, aliás. Ele se chamava Jakob Burkard, não é mesmo?

– Isso mesmo – disse ela, surpresa. – Infelizmente nunca o conheci. Eu era muito pequena quando ele morreu.

– Sinto muito – disse ele. – Eu ainda era jovem naquela época e me recusava veementemente a trabalhar na loja dos meus pais. Mas lembro que o Sr. Burkard costumava fazer compras lá. Era uma pessoa gentil. Uma vez a caixa registradora da loja deu defeito, e ele a consertou sem cobrar nada por isso. Simplesmente o fez porque achava aquilo interessante...

– Ele realmente não era nenhum homem de negócios – comentou ela com um sorriso. – Mas sem suas máquinas, que na época eram bastante avançadas, hoje não haveria a fábrica de tecidos dos Melzers.

Ele concordou, certamente mais por educação do que por convicção. Depois contou que na verdade era jurista de profissão, mas seu único irmão, que deveria ter assumido o negócio do pai, morrera na guerra, e então a família chamara-o para a responsabilidade.

– Digamos que estraguei tudo – confessou ele com uma piscadela. – Mereço algum crédito por minha loja ter sobrevivido nos primeiros anos do pós-guerra, ao contrário de muitas outras, mas hoje sei que tomei uma série fatal de decisões erradas. Foi minha esposa que nos salvou na época. Ela se lembrou de seus parentes americanos, retomou os laços com eles e, finalmente, fugimos da ruína junto com a minha mãe para tentar recomeçar na terra das oportunidades.

– E vocês foram bem-sucedidos nisso – disse ela, sorrindo.

Uma moça delicada e de cabelos escuros lhes serviu sorvete com fruta exótica da China, uma clara aliança americana e chinesa em matéria de doce.

– No início, não – respondeu ele enquanto comia o sorvete de baunilha. – O primeiro ano foi difícil e repleto de decepções para todos nós. Mas tive sorte. A fábrica têxtil em que eu trabalhava por um salário miserável faliu, e pude comprá-la com dinheiro emprestado. Aprendi com meus erros e agora fico muito feliz com isso...

– Admiro o senhor – confessou Marie. – Faltam-me coragem e espírito empreendedor para me estabelecer neste país.

Ele quis saber se ela estudara alguma profissão.

– Tive um ateliê de moda na Karolinenstraße por mais de dez anos...

Aquele teria sido o momento ideal para engatar a pergunta sobre emprego, afinal ele era dono de várias lojas têxteis, mas ela não teve coragem. Em vez disso, mencionou algumas clientes, e de repente a conversa tomara outro rumo, pois eles tinham conhecidos em comum: a senhora diretora Wiesler, diretora da associação de artes, e os Manzingers, donos do grande cinema. E é claro que ele se lembrava do trágico fim do banco dos Bräuers e do suicídio do dono.

– Pobre homem. Também estávamos em uma situação financeira complicada, mas todos estavam. Então o jovem Bräuer era seu cunhado? Como ele se chamava mesmo? Alfons. Também se foi na guerra, como meu irmão...

Eles se calaram por um momento e se concentraram na sobremesa, para a qual Marie quase não tinha mais espaço na barriga. Fazia muito tempo que não lidava com tanta fartura.

– Graças a Deus seu marido voltou da guerra são e salvo – disse ele antes que ela tomasse a palavra, e empurrou a taça de sobremesa vazia para a frente.

– Ele ficou com um ferimento no ombro de lembrança, mas se curou bem – disse ela. – Estamos casados há 21 anos e temos três filhos. O senhor já conheceu meu filho Leo...

– Um rapazinho simpático – disse ele com um sorriso. – Posso lhe fazer uma pergunta pessoal, Sra. Melzer?

A suspeita de Leo passou por sua cabeça, mas ela a afastou de sua mente.

– O senhor quer saber por que deixei meu marido e minha família para viver aqui em Nova York? – perguntou ela, antecipando-se a ele.

– Por favor, não me entenda mal – disse ele sem tirar os olhos dela. – Não estou perguntando por mera curiosidade, mas por interesse e sincera solidariedade.

– Não é nenhum segredo, Sr. Friedländer, mas também não é fácil de explicar. Estou aqui porque não quero que a fábrica de tecidos dos Melzers vá à falência por minha causa...

Ela lhe explicara a situação, e ele ficara perplexo. Sem dúvida ouvira falar das leis de Nuremberg que tinham desencadeado uma onda de protestos naquele país. Muitos judeus tinham pedido o visto de imigração, e eles inclusive tinham precisado limitar o número de vagas por medo de que o sistema social dos Estados Unidos não conseguisse sustentar tantos imigrantes pobres.

– É bem possível que a situação na Alemanha ainda piore – afirmou Marie, angustiada. – Mas é claro que todos nós temos esperança de podermos voltar para nosso país um dia.

– E se a senhora puder voltar? – perguntou ele, fitando-a com veemência ao pronunciar as palavras. – A senhora voltaria para seu marido?

– Sim, Sr. Friedländer. Eu ficaria radiante se fosse possível. Amo meu marido, e ele me ama.

Será que ele estava decepcionado? Era possível, porque seu olhar se tornara inconstante, a atravessara e perdera-se no quadro pendurado na parede de trás. Ela achou que aquilo era um bom sinal. Um homem interessado em uma aventura amorosa casual não ligava se a mulher tinha um casamento feliz ou não.

– A senhora ama seu marido e mesmo assim o deixou? – perguntou ele, insistindo.

– Eu não suportaria ser a razão para a infelicidade dele – respondeu ela.

Ele assentiu e olhou para o nada, pensativo. Por acaso estaria duvidando da honestidade de sua resposta? O jovem chinês entrara para tirar a mesa e fora instruído a trazer a conta. Ao que parecia, o jantar de negócios terminara. Ele logo pediria que lhes trouxessem seus casacos, e os dois se despediriam. Ah, agora era tarde demais para perguntar o que queria. Ela ficara tão constrangida de fazer o pedido que acabara deixando o momento certo passar. Enfim tomou coragem. Fosse lá o que ele viesse a pensar dela, Marie precisava tentar.

– Sr. Friedländer... – disse ela timidamente. – Tenho uma pergunta para o senhor. Na verdade, está mais para um pedido...

Para sua surpresa, ele não se mostrou nem irritado nem incomodado. Riu alegremente e olhou para ela com uma expressão marota.

– Muito bem, minha jovem. Não foi tão difícil assim, não é mesmo? É assim que temos que fazer nos negócios. E... sim, acho que posso fazer algo pela senhora. Entrarei em contato nos próximos dias...

31

Henni passara noites sem dormir. Não podia ser verdade que seu amor não tivesse chance. Tinha que ter um jeito. Ela precisava falar a sós com Felix, explicar-lhe que sabia de suas atividades clandestinas, mas nunca o deduraria. Que respeitava suas opiniões, ainda que não concordasse com elas. Que mesmo assim o amava loucamente, queria vê-lo, encontrar-se com ele e estar perto dele. E que não tinha medo...

Mas a situação se complicava já nesse aspecto. Porque é claro que ela tinha medo, um medo terrível inclusive. Não por ela, mas por ele. Se sua suspeita estivesse correta, e ela tinha quase certeza que sim, ele pertencia a um grupo de pessoas do KPD que lutavam escondido contra o regime nacional-socialista. As opiniões dele por si só já poderiam ter levantado essa suspeita, mas o fato de conhecer tio Sebastian era a prova. Sebastian claramente desaparecera para atuar contra o governo de Hitler de acordo com suas convicções. Por que mais ele se esconderia da própria família?

Tio Sebastian era outro problema com o qual Henni tinha que lidar. Ela gostava dele apesar de seus defeitos, mas infelizmente ele era azarado e ponto-final. Não importava o que tentasse fazer, sempre dava um tiro no pé e em geral acabava quebrando a cara. Eles já o tinham prendido três vezes. A primeira fora logo depois da guerra, quando eles tinham criado uma "república soviética"; a segunda fora depois de Hitler se tornar chanceler, e a última fora no ano anterior, quando fora espancado e deixado em um estado deplorável, graças às suas intenções de limpar as pichações contra judeus das vitrines e se meter em uma discussão com um policial, aquele sem-noção! Ela precisava alertar Felix sobre ele de qualquer maneira. Era capaz de tio Sebastian denunciar o grupo todo com alguma maluquice.

Além disso, sua consciência pesava em relação a tia Lisa. A coitada achava que o marido estivesse morto e andava por aí de preto como uma viúva de luto. Enquanto isso, aquele homem complicado estava vivendo em Augsburgo, escondido, trabalhando diligentemente na clandestinidade. Na verdade, ela deveria contar tudo para tia Lisa, mas aquilo seria extremamente perigoso para todos os envolvidos. Lisa estaria disposta a ir até a Gerberstraße na calada da noite para ver o amado e poderia causar uma catástrofe. Ela simplesmente dava muita bandeira: era só andar pelas ruas que era possível ouvi-la ofegar a milhas de distância. E fora isso, também teriam notado na hora que ela sabia onde o marido estava e o que estava fazendo. Não, era melhor para todo mundo se Henni não contasse nada para ela.

Ah, era tão difícil pensar em todas aquelas coisas e ter que decidir tudo sozinha… Henni refletiu sobre as pessoas com quem poderia dividir aquele fardo, mas não achara ninguém. Sua mãe era emotiva demais. Dodo tinha as próprias preocupações, e Henni não poderia sobrecarregá-la com aquilo. No máximo, seria possível falar com tio Robert, mas provavelmente ele a aconselharia a se afastar de Felix. A única pessoa em quem ela teria confiado seria tia Marie, mas infelizmente ela estava em Nova York e, assim, impossibilitada de ajudar.

Tinham sido mais uma vez convidados para a Vila dos Tecidos na noite de Ano-Novo; só Dodo os abandonara e fora passar a virada com Ditmar em algum lugar na cidade. A celebração na Vila dos Tecidos fora bem agradável; sobretudo as crianças tinham se divertido, porque puderam soltar fogos de artifício e bombinhas no pátio sob a supervisão de tio Paul e de Humbert. Tia Elvira ficara furiosa por causa disso e passara a virada do ano trancada no estábulo. O cachorro entrara correndo entre os fogos, espantado com aqueles disparos, mas não ficara com medo. Tio Paul dissera com satisfação que Willi era à prova de balas, coisa de que não julgara aquele malandro capaz. Aqueles, porém, tinham sido os únicos destaques da festa: a maior parte do tempo, eles ficaram sentados na sala de jantar tomando ponche e comendo petiscos, e a melancolia se apossara de Henni, que sentia uma saudade terrível de Felix e precisara pensar o tempo todo no que ele estaria fazendo naquele momento. Será que a teria esquecido? Ou pensava nela? Sentiria sua falta?

Ele a evitava na fábrica, dava no pé assim que ela aparecia em qualquer lugar e parecia decidido a perseverar em seus planos. Ela pensara na possibilidade de chamá-lo até o escritório sob um pretexto qualquer, mas era perigoso demais, porque as secretárias poderiam ouvir a conversa. Uma vez tentara falar com ele no portão após o expediente, mas ele só lhe dera respostas lacônicas e fugira às pressas.

Talvez devesse escrever uma carta? Não era uma boa ideia, pois a carta poderia cair nas mãos erradas. E se ela fosse para a Gerberstraße encontrá-lo? Mas daí tio Sebastian poderia abrir a porta. Não importava a ideia que tivesse, sempre havia algum problema. O pior era o que poderia acontecer se Felix decidisse pedir demissão e sumisse do mapa. Isso seria simplesmente terrível, porque aí ela nunca mais o veria.

As insinuações constantes de tio Paul também a estavam irritando. É claro que ele percebera que as coisas não estavam mais tão bem entre ela e Felix como inicialmente, e aquilo parecia preocupá-lo.

– O jovem Burmeister está se saindo muito bem, talvez devêssemos alocá-lo na administração – dissera ele um dia desses. – Afinal de contas, estudou Direito e poderia cuidar dos contratos de trabalho.

– Acho que ele está muito satisfeito na tecelagem – respondera ela.

Tio Paul então a encarara com um sorriso como se quisesse descobrir alguma coisa.

– Achei que você gostaria de tê-lo por perto – comentara ele inocentemente.

– Acho importante separar a vida particular da profissional, tio Paul – dissera ela. – Casos entre os funcionários podem ter impactos negativos na fábrica.

– Que sábio! – exclamou ele com um sorriso irônico.

Não tinha como ela ficar chateada com ele, o tio tinha boas intenções. Gostara de Felix desde o início e julgara que ele era a pessoa certa para sua sobrinha. E tinha razão nisso. Tio Paul só não fazia a menor ideia dos problemas que tinham surgido desde então, e era melhor que não soubesse de nada mesmo. Sobretudo agora que se recompusera, tinha tudo sob controle e agia de forma sensata. Estava fazendo concessões onde fosse necessário para a fábrica sem se submeter aos membros do partido. Não era nada fácil, mas dera certo até então. O fato de terem recebido ainda mais carregamentos de algodão logo após sua filiação no partido se devera provavelmente à inconveniente Sra. Von Dobern, que mexera seus pauzinhos em algum lugar dos altos escalões do NSDAP. Aquilo era bastante óbvio para Henni: a tia Marie era judia e estava em Nova York, ou seja, o caminho até a Vila dos Tecidos parecia estar livre para Serafina de novo. Mas ela se enganara redondamente, porque a mudança no comportamento de tio Paul tinha claramente a ver com o fato de que fizera as pazes com a esposa. Dodo lhe contara que ele escrevera uma longa carta para Marie ainda antes do Natal e que sua resposta, que chegara havia alguns dias, devia tê-lo deixado tão aliviado e feliz que ele chamara Henni até seu escritório para "discutir algumas coisas".

– Fui um pouco severo com você nas últimas semanas – dissera ele. – Mas isso se deve ao fato de que eu estava lidando com vários problemas. Não só na fábrica, mas você sabe disso. Bem, acho que a partir de agora as coisas vão melhorar, e por isso quero lhe dizer que valorizo muito seu trabalho por aqui...

Ele deu algumas voltas, mas por fim acabou admitindo que, apesar da sugestão dela de sua afiliação no partido não lhe agradar muito inicialmente...

– Você tinha razão afinal, Henni – declarou ele. – Queria ser honesto e lhe dizer isso. O que não quer dizer que acatarei todas as suas sugestões daqui em diante, certamente que não...

Ela o respeitava por ser capaz de admitir uma coisa daquelas. Ao mesmo tempo quase tinha a consciência pesada, porque àquela altura já não estava mais tão convencida de que lhe dera o conselho certo. Será que realmente deveriam "ter feito pacto com o demônio", como dissera Felix? Volta e meia ela se pegava pensando se ele não estaria certo em relação a algumas coisas. Se ao menos pudesse conversar com ele sobre o assunto!

Após deixar a fábrica e ir para a casa na Frauentorstraße naquela noite, Dodo sentara-se com tia Tilly na sala, e as duas conversaram animadamente. Àquela altura já era possível perceber a gravidez de Tilly, mas sua barriga não estava nem perto do tamanho da barriga de tia Lisa naquela época, que virara uma verdadeira bola sustentada pelas pernas. Já Tilly só estava com a barriga grande, mas o resto permanecera igual. No máximo seus seios tinham aumentado um pouco, mas nada absurdo, porque ela sempre tivera seios menores. Na verdade, ela estava linda grávida. Que pena que botara seu namorado simpático, o Dr. Kortner, para correr de forma tão intransigente!

– Não será fácil fazer o exame de conclusão do segundo grau agora,

Dodo – disse tia Tilly, assentindo para Henni amavelmente para cumprimentá-la. – Naquela época, precisei me esforçar muito ao lado dos alunos mais jovens na escola. A princípio hoje as coisas são mais fáceis para as moças, mas não sei como funciona se você já tiver começado a escola...

– A mamãe me alertou – disse Dodo com um suspiro, abalada. – Mas a tonta aqui não a ouviu, porque queria ir embora de qualquer jeito. Ah, que droga! Se arrependimento matasse.

– Você tem que simplesmente se informar no departamento de educação – disse Henni, intrometendo-se. – Tem que ter um jeito. Talvez o Sr. Messerschmitt possa ajudar! Ele tem bastante consideração por você.

Dodo deu de ombros e não parecia ter tantas esperanças em seu chefe.

– Posso tentar – respondeu ela com hesitação. – Mas ele não poderá fazer muita coisa. Acho que no máximo dará uma recomendação. Além disso, o Sr. Messerschmitt vai em breve para Ratisbona, onde já estão construindo grandes galpões de construção para o Bf 109.

Era o nefasto avião de um lugar só que oficialmente seria um avião esportivo, mas na verdade era de caça. Ou seja, uma arma de guerra. Afinal, o que mais se poderia caçar no céu além de aviões inimigos?

– Você vai conseguir, Dodo – disse a tia Tilly. – Talvez seja possível estudar por fora e fazer a prova em alguma escola. Ajudarei você com certeza!

– Obrigada, tia Tilly – disse Dodo. – Quando eu finalmente conseguir terminar esse maldito exame de conclusão, poderei estudar matemática, física e aeronáutica e me tornar engenheira. Assim com certeza encontrarei emprego em uma fábrica de aviões. Ou no escritório de projetos, que é justo o que desejo!

– É um bom plano – comentou tia Tilly. – Já se informou sobre o curso?

– Foi Ditmar que me disse. Ele vai se matricular para o semestre de inverno. Não há nenhum empecilho para ele, já que ele fez o exame de conclusão do segundo grau.

– Estou torcendo por você, Dodo – disse tia Tilly. – Mas agora preciso ir me deitar. Começo o turno cedinho amanhã e quero estar descansada.

Ela precisou dar um impulso para se levantar da poltrona, mas conseguiu com facilidade. Henni achou aquilo incrível. Durante a gravidez, tia Lisa só conseguia levantar com a ajuda de Sebastian, e, mais perto do parto, Humbert também precisara dar uma mãozinha para que ela conseguisse ficar em pé.

– Ainda precisa trabalhar, tia Tilly? – perguntou Dodo, espantada. – O bebê já vai nascer em algumas semanas, não é mesmo?

Tilly colocou a mão de novo na barriga e sorriu sonhadoramente. Arrá, o bebê estava se mexendo, talvez tenha ficado tonto com aquele movimento rápido.

– Enquanto eu estiver me sentindo bem e em condições de trabalhar, não preciso ficar em casa sem fazer nada – disse ela para Dodo. – E, se o bebê resolver nascer antes da hora, estarei no lugar certo para isso lá no hospital.

Naquele ponto a tia tinha razão. Elas desejaram uma boa-noite para Tilly e ficaram sozinhas na sala. Henni lutou contra a tentação de desabafar com Dodo, porque agora teria sido a oportunidade perfeita para isso. Sua mãe e tio Robert tinham ido celebrar o Ano-Novo da cidade de Augsburgo e tinham levado avó Gertrude com eles. Ainda demoraria um pouco até voltarem para casa.

– Ditmar quer se matricular em Munique? – perguntou ela em tom inocente.

Dodo deu de ombros. Ao que parecia, não sabia ao certo.

– Provavelmente…

Ela não parecia estar excepcionalmente satisfeita com a carreira a que seu amado aspirava.

– Está tudo bem entre vocês dois? – perguntou Henni com cautela.

– É claro! Passamos uma ótima festa de Ano-Novo juntos!

Henni percebeu nitidamente que Dodo estava lhe escondendo alguma coisa. De forma geral, dava a impressão de estar tensa, o que não era de se admirar, já que estava diante de uma montanha de dificuldades. Henni calou-se, porque não queria desanimar a prima, mas Felix lhe dissera que o novo governo não dava muito valor adicional às mulheres que tivessem o exame de conclusão do segundo grau.

– E como está Felix? – perguntou Dodo em contrapartida. – Ainda dando uma de durão com você? Sabe do que mais? Se ele continuar desse jeito, não vejo vocês dois tendo muita chance.

Obrigada, pensou Henni, irritada. *É exatamente o que eu quero ouvir.*

Ela deu de ombros e disse que Felix ainda precisava de um pouco de tempo para sair da concha.

– Não sei, não – opinou Dodo. – Está mais me parecendo que ele e a concha viraram uma coisa só. Carrega-a nas costas para entrar nela a qualquer momento e em qualquer lugar!

Ela começou a rir, porque parecia achar sua piada muito engraçada. Henni esboçou um sorriso torto e decidiu não mencionar seus problemas de jeito nenhum, porque Dodo provavelmente não estaria receptiva para isso. Era melhor mudar de assunto.

– É uma pena que o bebê de tia Tilly tenha que crescer sem pai, não acha?

Dodo mostrara-se imediatamente interessada no rumo que a conversa tomara. Sim, ela era da mesma opinião: uma criança tinha direito ao pai.

– Mas infelizmente ela escolheu um namorado que a traiu – disse ela. – Eu também não me casaria com um homem desses.

– Mas, quando aquilo aconteceu, eles nem eram casados – ponderou Henni.

– Mas estavam praticamente noivos!

– Depende do ponto de vista. A mamãe me contou que o Dr. Kortner a pediu em casamento várias vezes. Mas ela disse um não atrás do outro.

– Então a culpa é dela – declarou Dodo sem piedade.

– Você acha que ele a traiu por causa de tanta decepção?

– Provavelmente – disse Dodo. – Mas...

Ela parou e franziu a testa ao lembrar de uma informação adicional.

– ... minha mãe me disse que o Dr. Kortner foi vê-la no ateliê um dia. E lhe jurou por tudo que há de mais sagrado que não aconteceu nada, que a tia Tilly teria inventado tudo.

– E a tia Marie acreditou nele?

Dodo assentiu. Naquela época, sua mãe achara que Tilly se enganara. Foi até falar com ela, mas a conversa não dera em nada.

– Humm – murmurou Henni, ponderando. – Mesmo assim acho que a tia Tilly ainda o ama.

Dodo era da mesma opinião.

– E ele a ama também! – afirmou ela.

Naquele aspecto Henni já não tinha tanta certeza, mas, afinal, a tia Tilly estava esperando um filho dele.

– Ela contou para ele? – perguntou Dodo.

– A tia Tilly? Com certeza não!

– Então alguém deveria fazer isso.

Henni precisou engolir em seco. Sua prima era rápida como um foguete para tomar suas decisões.

– Você quer dizer... que nós devemos contar para ele?

– Exatamente isso!

As duas ficaram muito entusiasmadas com aquela ideia. Era bom poder fazer alguma coisa. Já que não conseguiam resolver os próprios problemas, pelo menos resolveriam os problemas da pobre e infeliz Tilly.

– É muito simples – sussurrou Dodo. – No domingo, ele só atende emergências. Ligarei para ele e direi que estou com uma gripe muito forte e preciso de um atestado médico. Você vem junto para distrair a assistente. Ela não poderá estar presente quando eu for contar tudo para ele. Entendeu?

– Entendi...

– Agora tenho que ir – anunciou Dodo, levantando-se. – Saindo agora, ainda consigo chegar pontualmente para o jantar. Você sabe como a vovó é cricri com os horários. Até domingo, então. Buscarei você aqui.

Vestiu o casaco, colocou o gorro, deu um abraço rápido na prima e instantes depois já estava a caminho de casa no carro de tia Marie. Henni ficara sentada e se remoendo de inveja. Ela precisava de um carro! E tirar a carteira de motorista, é claro. Resignada, foi até a cozinha vazia, fez um sanduíche e trancou-se no quarto com ele. Sua mente acelerada e traiçoeira não a deixava em paz e se dispunha a roubar-lhe o sono novamente. Onde ele estaria? O que estaria fazendo? Como ela poderia chegar até ele?

No domingo, um telefonema de Dodo a acordara. Ainda grogue de sono, desceu as escadas, cambaleante, até o aparelho.

– Passo aí em meia hora. Falei que estou com uma gripe forte. Tossindo como uma tuberculosa.

Henni olhou para o relógio. Ainda eram sete e meia da manhã! Dodo poderia tranquilamente ter ficado doente um pouquinho mais tarde, afinal tinham a manhã toda para isso. Arrastou-se até o banheiro, sonolenta, vestiu-se e ficou muito feliz ao ver que avó Gertrude já fizera café na cozinha.

– Por que se levantou tão cedo? – perguntou ela admirada enquanto Henni bebia o café preto avidamente.

– Dodo está gripada, e vou acompanhá-la ao médico.

– Não vá se infectar! – alertou-a avó Gertrude amavelmente.

Dodo treinou a tosse no caminho, pois queria que soasse verdadeira. Elas experimentaram várias modalidades: pigarro, tosse seca, tosse rouca. Tosse com bronquite, tosse sibilante. Dodo não conseguira realizar todas elas de forma verossímil, e só quando engasgou e precisou tossir de verdade foi que Henni ficou satisfeita.

Uma surpresa desagradável esperava por elas no consultório do Dr. Kortner. Elas tinham presumido que seriam as únicas pacientes, mas infelizmente tinham se enganado. Uma mulher pálida com o braço enfaixado, um casal mais velho e um homem jovem gripado tinham chegado antes delas, então elas tiveram que se sentar na sala de espera. Dodo acompanhou o rapaz em uma competição de tosse, e o casal mais velho se retirara para o corredor por medo do contágio. Henni aos poucos ficava preocupada, porque Dodo já estava totalmente rouca. Era capaz de acabar ficando com uma laringite e doente de verdade. Elas esperaram mais de uma hora enquanto chegavam ainda mais pacientes à sala de espera. Então chegou a hora do show.

– Srta. Melzer, pode entrar no consultório!

Dodo se levantou e deu um olhar insinuante para Henni, que o retribuiu e seguiu a assistente. Era uma senhora de meia idade. Se ele tinha traído tia Tilly com aquela mulher, tinha um gosto esquisito. Mas era mais provável que ela fosse sua irmã Doris, sobre quem tia Tilly falara uma vez.

Henni esperou um momento, então se levantou e foi até o corredor, onde tinha uma segunda porta para o consultório. Precisava agir imediatamente, afinal não poderia abandonar Dodo lá dentro por muito tempo. Era possível ouvi-la tossir. Era de tirar o chapéu. A prática levava mesmo à perfeição!

Henni passou a mão nos cabelos, prendeu a respiração por um instante e bateu à porta. Ela só se abrira na segunda vez em que batera, revelando o rosto rude da assistente.

– Desculpe – disse Henni com a voz fraca. – Não estou me sentindo bem. A senhora poderia pegar um copo d'água para mim?

Ela lhe dignou um olhar frio.

– Sente-se – disse seriamente em tom de comando, apontando para uma cadeira que estava no corredor.

A porta se fechara. Droga. Provavelmente Dodo não teria tido tempo suficiente. Henni bateu à porta incansavelmente pela terceira vez. A porta se abriu, e a assistente estava mesmo com um copo de água na mão para ela.

– Obrigada... – disse Henni com um suspiro. – Muito obrigada mesmo... a senhora sabe, passei mal do nada, nem sei como...

Não terminara de falar, porque de repente a expressão da assistente se iluminou, e ela deu um sorriso. Contudo não por causa de Henni, mas por causa do jovem que acabara de entrar no consultório.

– Ah, Sr. Burmeister... Um instante, vou pegar o remédio para seu amigo...

Henni virou-se e sentiu como se tivesse sido atingida por um raio em plena luz do dia, deixando o copo escorregar de sua mão. Felix estava parado na entrada, pelo menos tão assustado quanto ela com aquele encontro inesperado. Depois o copo cheio de água bateu no piso de linóleo, despedaçou-se em mil cacos, e seu conteúdo espirrou para todos os lados.

– Eu lhe disse para se sentar se a senhorita está passando mal! – exclamou a assistente, repreendendo-a.

Henni gaguejou algo, desculpando-se, mas não foi ouvida, porque naquele momento a assistente estava se dirigindo a Felix com um sorriso simpático.

– Aqui. É para tomar um comprimido três vezes ao dia antes das refeições. Melhoras. Cuidado para não pisar nos cacos...

Ela foi até o corredor e entrou em uma salinha, provavelmente para buscar uma vassoura e uma pá.

Felix olhou para Henni. Seus olhares se encontraram; não havia escapatória.

– O que aconteceu? – perguntou ele baixinho. – Você está doente, Henni?

– Preciso falar com você, Felix!

– Não dá. Por favor, entenda... – disse ele com uma expressão angustiada.

– Então terei que falar com meu tio Sebastian na Gerberstraße!

Ele arregalou os olhos e ficou claro que entendera.

– Amanhã no intervalo de almoço. No departamento de impressão – disse ele baixinho, virou-se e saiu.

– Eu te amo, Felix! – sussurrou ela com ternura.

Será que ele ouvira? Era difícil saber, porque naquele momento a assistente apareceu com um balde e a vassoura.

– A senhorita ainda não se sentou! – resmungou ela para Henni.

– Já estou melhor! – declarou ela, radiante.

Dodo apareceu logo em seguida com uma expressão de satisfação, assentiu para ela de forma encorajadora, e as duas vestiram os casacos e colocaram os gorros.

– Contou para ele? – perguntou Henni no carro.

– Fui direto ao assunto. Mas ele ficou bastante mexido. Acho que foi uma manhã bem-sucedida.

– Acho que você tem razão, Dodo!

32

Querido Paul,

finalmente, finalmente estou segurando uma carta sua em minhas mãos, e logo na véspera de Natal. Nunca recebi um presente de Natal mais lindo de você, meu amor. Sei muito bem quanta amargura você sentiu nos últimos meses. Culpei-me um milhão de vezes por ter-lhe infligido essa dor e não raro fui assolada pela dúvida sobre minha decisão ter sido ou não injusta e egoísta. Sua carta revelou-me sua grandeza de espírito e me levou às lágrimas. O futuro mostrará se agi certo ou errado, mas uma coisa é inabalável e nos elevará para além de todos os obstáculos: nosso amor, que ninguém e nada neste mundo pode destruir. Pertenço a você, e você pertence a mim. Independentemente de onde estivermos, do que aconteça, nada poderá nos separar. Por isso, é com grande felicidade que correspondo ao seu desejo por um novo começo, que na verdade não passa de um segundo capítulo no livro de nossa ligação eterna.

Acima de tudo, você deve saber que não o condeno por sua decisão de se afiliar ao NSDAP, nem poderia desprezá-lo. Você agiu da forma correta, porque é pelo bem da fábrica, a qual também me é muito cara e que desejamos passar para nossos filhos. Sei exatamente como essa decisão foi difícil para você, como você deve ter relutado para deixar seus princípios de lado, e admiro e amo você por isso. Não desistiremos tão facilmente dessa obra, que nossos pais criaram juntos. Para preservá-la, o fim deverá justificar os meios.

Quanto a mim, meu amor, não se preocupe. Sua oferta de facilitar minha vida nesse lugar estranho toca meu coração, mas estou decidida a fazer isso por conta própria. O curso de Leo na Juilliard já onera muito o orçamento da família, e não quero gerar despesas adicionais. Por sorte consegui vender alguns de meus desenhos por um ótimo pre-

ço logo antes do Natal. Acredito que eu consiga alguma renda extra dessa forma.

Porém, uma preocupação tem me angustiado. Quero dividi-la com você e gostaria do seu conselho. Leo parece estar passando por uma fase difícil no momento, e a causa disso não está muito clara para mim, porque ele tem se mostrado muito fechado. Fará 20 anos em algumas semanas. Logo se tornará um homem e deixará de ser um menino.

É possível que consiga se abrir mais com o pai do que com a mãe...

Seria muita presunção de minha parte, depois de tudo que aconteceu, ter esperanças de que você, meu amor, pudesse nos visitar em um futuro não muito distante? Sei que isso só será possível se a situação na fábrica permitir, e aguardarei pacientemente pela sua decisão.

Com amor,
Sua Marie

Aquela carta era como um elixir da vida que o preenchia cada vez mais sempre que a relia. Sem dúvida, volta e meia ainda sentia, bem no fundo, um leve ressentimento. A teimosia dela em querer se virar sozinha, seu desejo de que ele a visitasse naquela terra estranha, visto que fora ela quem decidira causar aquela separação contra a vontade dele. Mas a felicidade por eles terem se reconectado, a segurança que seus pontos de vista e conselhos lhe davam, tudo compensava. Ela não o abandonara, ela o amava, estava com ele e apoiava as decisões dele. Isso lhe dava o apoio de que ele tanto precisava naqueles tempos difíceis.

Ele tinha que se redimir em alguns pontos na fábrica. Sobretudo perante suas secretárias, das quais gostava tanto, mas com quem fora rude várias vezes, e sentia muito por isso. Dirigira-lhes algumas explicações gentis, o que era importante para ele, e a reação efusiva, sobretudo por parte da Srta. Lüders, evidenciou que ele agira corretamente.

– Ah, senhor diretor Melzer – sussurrara ela com lágrimas nos olhos. – Sabemos muito bem o peso que o senhor carrega nas costas. Como o senhor pôde acreditar que levaríamos a mal algumas palavras irrefletidas do senhor...

Sua sobrinha Henni trabalhava com dedicação para capitalizar a boa vontade dele, e o fazia com seu jeitinho próprio e encantador, de forma que ele não conseguia ficar bravo com ela.

– Sabe, tio Paul, você é o melhor e mais generoso chefe que já tive. O que acha das estampas que elaborei recentemente? Estava conversando com o simpático Karl Lauterbach e me perguntando se seria muito dispendioso gravar algumas delas nas bobinas, e ele disse...

É óbvio que ele teria que freá-la, mas a princípio achou alguns dos desenhos realmente muito bons e estava interessado em produzi-los de fato. Contudo, só o faria quando achasse o momento adequado, disso não podia abrir mão. Henni era encantadora e determinada, e ele tinha que prestar atenção para não levar uma volta dela. Depois refletira um pouco sobre o jovem Sr. Burmeister, que evidentemente conquistara o coração de sua sobrinha. Por que aquele rapaz inteligente e talentoso tinha tão pouca ambição para avançar na vida? Ele se dedicava a todas as tarefas com boa-vontade, estava satisfeito com um salário muito baixo e não se incomodava nem um pouco em realizar trabalhos sujos ou muito exigentes fisicamente. Mas era capaz de muito mais. Paul quisera discutir a questão alguns dias antes com Henni, mas ela só dera de ombros e dissera que ele não era ambicioso mesmo, o que era uma característica positiva dele e vinha a calhar para a fábrica.

Ele deixara o assunto para lá, afinal tinha coisas mais importantes para resolver. A fábrica dera a volta por cima, tinha matéria-prima e encomendas, e ele poderia ficar tranquilo pelos meses seguintes. Pudera contratar alguns trabalhadores de novo e supervisionava cuidadosamente a qualidade dos novos tecidos produzidos, calculava os preços com exatidão e se esforçava para reabastecer os estoques em caso de possíveis períodos difíceis mais para a frente.

Com todas aquelas tarefas importantes em vista, a visita inesperada de Kitty em seu escritório era extremamente inconveniente. Mas infelizmente quase ninguém conseguia deter sua irmã.

– Com certeza você tem meia horinha para sua irmãzinha – disse ela com um sorriso radiante ao invadir seu escritório sem avisar. – Preciso falar uma coisa a sós com você, Paul querido. Pode continuar seu telefonema sem pressa enquanto me acomodo. Já pedi café e biscoitos para suas adoráveis secretárias lá fora.

Ele não se opusera, afinal ela fazia o que queria mesmo, e finalizou o telefonema com o cliente enquanto ela o observava sentada de sua poltrona e com um sorriso no rosto. Kitty ainda era delicada e bela como uma menina, e ninguém percebia que já tinha seus 40 anos. Os cabelos escuros estavam cortados na altura do queixo, e o vestido azul-claro que usava ficava acima dos joelhos e não tinha muita semelhança com a nova moda esportiva que àquela altura já havia se disseminado por toda parte. Com certeza era um dos vestidos que Marie desenhara e fizera para ela.

– Estou cheio de trabalho, Kitty – afirmou ele com relutância. – Mas, por favor, diga-me qual é sua preocupação, já que é tão importante para você.

– Ah, achei que poderíamos conversar um pouco e depois irmos juntos almoçar na Vila dos Tecidos. Já avisei a mamãe, que ficou muito entusiasmada. Você sabe como ela adora quando tem muitas pessoas sentadas à mesa...

Ele ainda queria resolver um monte de coisas até a hora do almoço. Bem, agora não tinha mais jeito; Kitty era e sempre seria do jeito dela. A Srta. Haller entrou com uma bandeja e serviu-lhes café com biscoitos amanteigados.

– Cadê minha Henni querida? – perguntou Kitty enquanto mexia o açúcar no café. – Está lá no outro escritório?

– Está em algum lugar no departamento de impressão e irá mais tarde com a gente para a Vila dos Tecidos. Isso se ela não decidir passar o intervalo do almoço aqui na fábrica novamente...

– Ah – disse Kitty, parando de mexer o café. – Ela tem feito isso? Talvez esteja com aquele famoso Felix, que ainda não conheci até agora. Ele deve ser um verdadeiro homem dos sete ofícios, esse moleque. A pobrezinha teve sua primeira desilusão amorosa de verdade, Paul querido. E sei muito bem do que estou falando...

– Isso é verdade – comentou ele com um sorriso, lembrando-se do caso amoroso de tantos anos antes de sua irmã com o ardente Gérard Duchamps.

– Por favor, deixe essas insinuações ridículas de lado, Paul, não estou nem um pouco no clima para isso. Estou preocupada com minha filha. Por que ela nunca me apresentou esse tal de Felix? Isso não é normal. Ela está completamente apaixonada e esconde esse homem maravilhoso de mim? Por favor, diga a esta mãe profundamente preocupada o que você acha deste rapaz. Afinal de contas, você é a única pessoa da família que tem contato com ele...

– Certo, vamos lá, então. Em primeiro lugar, ele é um jovem inteligente e talentoso – disse Paul com cautela. – E, ao contrário de seus paqueras anteriores, parece ser bastante resoluto, pois não o vejo correndo atrás dela.

– Traduzindo, você está dizendo que ele é teimoso e cabeça-dura. Ainda por cima isso! Como ela pode se apaixonar por alguém assim? Esse tipo de gente só nos dá dor de cabeça. Quando penso em nossa pobre Lisa… Mas a coitada da minha irmã sempre teve um dedinho podre no assunto homens.

Paul decidiu resumir a problemática.

– Atualmente cheguei à conclusão de que Henni tem tudo sob controle – respondeu ele. – Acho que você não tem com o que se preocupar.

Kitty lhe lançou um olhar de indignação e sentou-se ereta na poltrona.

– Meu querido Paul! Talvez eu não tenha sido sempre a melhor mãe do mundo e estou muito longe de ser uma mãe coruja. Mas conheço minha filha como a palma da mão. Ela não consegue esconder nada de mim, ainda que ache que sim. Tem alguma coisa errada e esquisita nessa história de amor, Paul. Por favor, fique de olho neste rapaz, peço-lhe de coração. E uma coisa eu juro: se esse tal de Felix fizer qualquer coisa com minha filha, arrancarei seus olhos com minhas próprias unhas.

– O que ele poderia fazer com ela? – perguntou ele, sorrindo.

– Não sei. Mas espero que você descubra, Paul!

Ele suspirou e disse que não via motivo para aquelas suspeitas, mas é claro que atenderia seu desejo na medida de suas capacidades.

Ao olhar para o relógio, percebeu que não valia mais a pena continuar trabalhando. Por isso sugeriu que chamassem Henni e fossem logo para a Vila dos Tecidos.

– Ah, antes que eu esqueça – disse ele. – Teremos visitas para o almoço hoje. A mamãe não lhe disse nada?

– Não! Visitas? Que ótimo! Quem?

– O Sr. Von Klippstein e sua esposa anunciaram que nos visitarão hoje!

O impacto de suas palavras foi intenso, como esperado. Os olhos de Kitty paralisaram arregalados, ela se levantou com um movimento decidido e anunciou:

– Neste caso, pode me riscar da lista de convidados! Nunca mais quero chegar perto daquele homem, mesmo que ele se torne o prefeito de Munique um dia. Prefiro ir para casa e comer a gororoba queimada de Gertrude!

– Como você preferir, Kitty. Achei melhor alertar você.

– E lhe serei eternamente grata por isso, Paul querido!

Impulsivamente, ela lhe deu um abraço e beijou-o nas bochechas. Henni, que abrira a porta do escritório naquele momento, ficara parada na soleira com um olhar de desaprovação.

– Mamãe? O que está fazendo aqui?

– Ah, Henni, minha querida! – exclamou Kitty. – Queria visitar você, mas, como não te encontrei, tive que me contentar com a companhia de meu querido Paul... Limpe meu batom de suas bochechas, Paul querido, senão Klippi vai ficar com a impressão errada de você... Bem, então já estou de saída... Desejo um ótimo almoço a vocês... Diga a Klippi por mim que ele é um nazista asqueroso e que eu o desprezo até a alma... Até mais, meus amores... Seja gentil com seu tio, Henni...

Ela fechou a porta ao sair, e ainda foi possível ouvi-la elogiar as secretárias pelo café maravilhoso e pelos biscoitos deliciosos, depois ouviram seus passos apressados nas escadas, e ela se fora.

– Ela veio me espionar, não é? – perguntou Henni, olhando torto para ele.

Paul não conteve um sorriso. Kitty e Henni eram muito parecidas e justamente por isso tinham um relacionamento incomum de mãe e filha.

– Não diria isso – respondeu ele, vestindo o casaco.

– Ela veio fazer perguntas sobre Felix, não veio? – perguntou Henni, insistindo.

– Está um pouco preocupada com você e queria saber o que acho do Sr. Burmeister.

– E o que você disse?

Paul colocou o chapéu com irritação. Não gostava de ser interrogado daquela maneira.

– Que ele é um rapaz inteligente e resoluto. Está satisfeita, Srta. Curiosa?

Ela sorriu calorosamente. Quase do mesmo jeito que sua mãe fazia, mas de forma ainda mais acolhedora.

– Muito satisfeita, tio Paul. Você se saiu muito bem!

– Muito obrigado! – respondeu ele com ironia. – Então podemos finalmente partir.

– Prefiro ficar aqui – disse ela. – O Sr. Von Klippstein não é das minhas pessoas preferidas, sabe?

Ele assentiu, mas secretamente pensou que talvez o instinto de Kitty pudesse estar certo. Com quem mais Henni passaria o intervalo de almoço se não com Felix? E por que todos aqueles segredinhos?

Como de costume, ele chegara atrasado na Vila dos Tecidos e subira as escadas correndo para lavar as mãos e trocar a camisa e o paletó. Todos já estavam sentados à mesa lá embaixo. Ernst levantou-se para cumprimentá-lo, e Gertie, uma verdadeira dama, ficou sentada e esticou a mão para ele com um sorriso. Ela estava quase irreconhecível, achou Paul, que não a via desde que deixara a Vila dos Tecidos. Engordara um pouco, o que lhe fizera bem, estava com uma maquiagem discreta e usava joias caras e um vestido moderno e de bom corte. Parecia ter se adequado perfeitamente ao papel de Sra. Von Klippstein, o que era bem incomum para uma empregada.

Paul foi educado, ainda que reservado. Tivera suas experiências com o Sr. Von Klippstein e sabia o que a guerra fizera com ele, mas também conhecia os lados negativos de sua personalidade. Enquanto conversavam durante os aperitivos, percebeu que Alicia estava muito calada. Lisa, que estava vestida de preto como de costume, também falava pouco. Gertie interagia com as crianças e se saía muito bem naquilo, e Ernst contava casos de Munique, especialmente sobre as conquistas do sistema nacional-socialista, sua ascensão no partido e sua leve esperança de talvez poder assumir o cargo de líder regional.

– Seria uma função importante e maravilhosa que eu desempenharia de todo o coração e com todas as minhas energias...

– Então lhe desejo o sucesso que você merece – disse Paul com um sorriso educado enquanto Lisa mantinha a expressão congelada.

Durante o prato principal, o assunto fora a viagem de lua de mel dos recém-casados, e Paul se dera conta de que Ernst olhava para sua esposa de maneira interrogativa depois de praticamente todas as frases para que ela confirmasse suas palavras ou fizesse um comentário adicional. Gertie era generosa, sorria alegremente e dizia toda hora que a viagem fora a coisa mais linda que já vivera na vida.

– Com a exceção de nosso casamento, querido – disse ela, acrescentando. – Esse dia sempre será o mais inesquecível para mim.

Depois afirmou que ainda se sentia ligada à Vila dos Tecidos, que sentia muito a falta das crianças e que, se possível, gostaria de fazer uma visita à cozinha mais tarde.

– É claro – disse Alicia bruscamente.

Depois a mãe de Paul começou a falar com tia Elvira sobre seus cavalos. Paul ficou com um pouco de pena de Gertie. Era previsível que alguém como Alicia não conseguisse simplesmente aceitar a ascensão social de uma camareira daquela forma. Sua mãe fora criada no século XIX e não era mais capaz de mudar.

Durante a sobremesa, as crianças tomaram a palavra e abordaram temas como o cachorro Willi, jogo de futebol, o empolgante livro *Tarzan, o filho das selvas*, de Edgar Burroughs, que Hanno estava lendo, e do mais novo carro de corrida da Mercedes-Benz. Ernst mostrara-se muito interessado, perguntara a Hanno se ele já lera as *Sagas alemãs* e revelara-se muito bem-informado sobre a vitória do campeão europeu Rudolf Caracciola.

– Talvez a gente também possa arranjar um cãozinho – disse Gertie com um sorriso. – Ele poderia cuidar de mim quando você estiver viajando, querido.

– Vamos pensar sobre isso, Gertie – disse o Sr. Klippstein com certo ceticismo. – Na verdade, gostaria que você me acompanhasse em minhas viagens sempre que possível.

Ele está com ciúme, pensou Paul, achando graça. *Mas que patético. Não quer dividir sua amada com um cachorro. Bem, coitado. Os dois nunca terão filhos, e ela quer um cachorrinho para compensar.*

Depois que a sobremesa foi retirada, Ernst sugeriu a Paul que tomassem o café no salão dos cavalheiros e deixassem as mulheres na sala de jantar. Gertie dissera na hora que aproveitaria para fazer uma visitinha rápida à cozinha, o que certamente era uma boa ideia, porque nem Alicia, nem Lisa e nem tia Elvira estavam com vontade de beber café com uma antiga camareira.

– Só uma meia horinha, querida – disse Ernst para ela com um sorriso apologético. – Depois iremos à cidade juntos para comprarmos umas coisinhas.

Paul imaginou como Gertie seria recebida na cozinha. Pelo menos Humbert, que lhes servira o café no salão dos cavalheiros, mostrara-se levemente irritado.

Ernst ficou à vontade, sentou-se em uma poltrona e parecia estar mesmo bem, chegando até a cruzar as pernas. Ao que parecia, as dores das cicatrizes que até então sempre sentira tinham melhorado um bocado. De forma geral, ele passava uma impressão mais contente, e sua vida parecia bastante agradável naquele momento.

– Fiquei sabendo, querido Paul, que você decidiu afiliar-se ao NSDAP. Fico muito feliz com essa decisão.

– Fiz isso pela fábrica – disse Paul. – E não por convicção. Digo-lhe isso com toda sinceridade, porque já nos conhecemos faz tempo e acho que podemos confiar um no outro.

Ernst deu um sorriso compreensivo. É claro que soubera qual fora a motivação de Paul desde o início.

– É exatamente o que acho, Paul – replicou Ernst. – Ainda assim, espero que você e sua família reconheçam em breve que nossa Alemanha seguirá um caminho glorioso sob o comando de Adolf Hitler. Erradicaremos o estigma da guerra perdida por traição e não demorará muito para assumirmos uma posição de liderança entre os povos do planeta. Tenho plena convicção disso.

Paul sabia que Ernst, como ex-oficial do exército que era, achava que eles tinham perdido a guerra mundial só por causa da lenda da "punhalada pelas costas" que o exército em tese havia sofrido. Em sua opinião, a culpa havia sido dos comunistas, que provocaram um colapso com a derrota na guerra para transformar a Alemanha em uma república soviética nos moldes russos, o que as forças progressistas e populares do país felizmente haviam evitado. Paul não era nem de perto um partidário do KPD e também vira o fracasso da república soviética com alívio, mas não acreditava na lenda da "punhalada pelas costas". Tinha tido muitas experiências como soldado na Rússia para acreditar naquilo.

– Você tem suas convicções, e eu tenho as minhas – respondeu ele, levantando-se para pegar um charuto do umidor de seu pai para oferecer ao convidado. Mas Ernst recusou gentilmente. Sua esposa não gostava do cheiro da fumaça, então ele havia parado de fumar.

– Você não pode nem imaginar – disse ele com um sorriso – como Gertie me faz feliz. Posso falar abertamente com você, pois conhece meus problemas. Acreditei durante muito tempo que não era mais um homem de verdade, vivia me lamentando e tornei-me um fardo para as pessoas à minha volta. Mas Gertie me mostrou que o amor físico não precisa se restringir ao ato sexual em si, que ele tem várias formas de se manifestar e que pode nos oferecer momentos excitantes e emocionantes.

– Fico muito feliz por vocês dois – disse Paul, percebendo que aquela descrição criara todo tipo de imagens em sua cabeça, e ele preferia deixá-las de lado. – Acho que você merece ter uma esposa amorosa ao seu lado depois de todos esses anos difíceis.

– É verdade, querido Paul. É por isso que lamento muitíssimo por seu casamento até então exemplar ter sofrido um revés. Confesso que tenho muita simpatia por Marie, ainda que seja judia. Mas infelizmente precisamos fazer sacrifícios quando acreditamos em algo maior.

Paul não sabia o que responder. Mas que discurso ridículo era aquele de "fazer sacrifícios"? Será que Ernst não conseguia perceber que tinha muitos fios soltos no novelo de seu "algo maior"?

– Vocês já se divorciaram? – perguntou Ernst.

– Não. E não planejamos fazê-lo, se é de seu interesse.

Paul pronunciara aquela resposta de forma curta e grossa. Era algo que queria deixar bem claro de uma vez por todas. Ernst tomou nota de sua irritação, bebeu um gole de café com toda calma e continuou a conversa.

– Não estou perguntando de forma alguma por curiosidade pessoal, Paul. É por causa de uma... senhora. Uma boa companheira do partido que é muito ativa nele e que com certeza você conhece. É a Sra. Von Dobern.

Paul ouvia com atenção. Aonde ele queria chegar?

– Eu a conheço, sim. Ela atua diligentemente no Auxílio de Inverno e, além disso, assumiu o ateliê de Marie na Karolinenstraße.

– Isso mesmo – comentou Ernst com um sorriso. – Existem outros pontos de contato?

– O que você quer dizer com "pontos de contato"? – perguntou Paul, irritado.

– Bem – disse Ernst com um sorriso. – Pressuponho que não haja relações íntimas entre...

– Certamente que não! – exclamou Paul, interrompendo-o furioso.

– ... mas haveria a possibilidade de relações de negócios. Ela tem um ateliê de moda, e você tem uma fábrica que produz tecidos...

– Isso é verdade. Infelizmente ela insiste em adquirir tecidos de nossa fábrica.

– Foi o que imaginei...

Aos poucos aquela conversa se tornava enigmática para Paul.

– Pode me explicar, por favor, por que está interessado na Sra. Von Dobern e nos lugares onde ela compra tecidos?

Ernst levantou-se em silêncio e foi até a porta, abriu-a para espiar no corredor e depois a fechou novamente.

– Desculpe-me, Paul – disse ele, sentando-se de novo. – O que lhe direi agora não pode chegar aos ouvidos de ninguém, nem dos empregados.

– Meus empregados não ficam escutando atrás da porta.

– Melhor assim – afirmou Ernst, prosseguindo imperturbável. – Preste atenção. A Sra. Von Dobern é muito, digamos, íntima de uma pessoa que tem grande influência no NSDAP. Recebemos agora uma informação da Gestapo de que ela tem um empregado, um russo, que não é dos mais confiáveis. Existem registros policiais relevantes sobre ele...

Paul franziu a testa. Só podia ser aquele Grigorij Schukov, que fugira da Sibéria anos atrás e viera para Alemanha. Naquela época, ele aparecera na fábrica inesperadamente, e Paul o entregara para a polícia. Eles haviam verificado seus registros e o liberaram logo em seguida.

– O Sr. Schukov trabalhou na fábrica durante um tempo, depois tive que demiti-lo por causa do declínio da situação econômica. Pode ser que agora seja motorista da Sra. Von Dobern. Não fiquei sabendo de mais nada.

– Uma pena – disse Ernst. – Mas talvez seus empregados saibam algo mais.

Aos poucos as coisas começavam a ficar claras para Paul. Aquela não era uma visita em prol dos velhos tempos de amizade; havia um outro objetivo. Provavelmente Gertie fora à cozinha para perguntar aos empregados sobre Grigorij. Era um plano astuto. O que Ernst estava planejando? Será que queria eliminar um concorrente ao cargo de líder regional, incriminando-o de espionagem?

– Você deve ser muito cauteloso de qualquer forma, Paul – alertou-o Ernst em tom confidencial. – Tanto em relação à Sra. Von Dobern quanto a esse Grigorij. É um conselho que lhe dou.

– Muitíssimo obrigado, Ernst – disse Paul. – Na verdade, seu conselho vai ao encontro de minhas intenções.

– Melhor ainda! – disse o Sr. Von Klippstein, colocando a xícara de café em cima da mesa e levantando-se. – Acho que afastei você suficientemente de sua merecida sesta. Gertie já deve estar esperando por mim. Queremos passar na Maximilianstraße. Minha amada está curiosa para ver as "Novas Modas".

Aquele não era o nome do antigo ateliê de Marie? É claro. Então Paul sabia direitinho por que a doce Gertie tinha intenções de fazer compras justamente lá. Ernst queria dar uma espiada na Sra. Von Dobern de perto. Bem, boa sorte para ele. Talvez usar fogo contra fogo funcionasse de fato!

– Obrigado pela visita – disse Paul, apertando a mão de seu antigo amigo. – E tudo de bom!

– Para você também, Paul! É o que desejo de coração para você… e Marie!

33

— O que você sabe?

Henni e Felix tinham se encontrado na tecelagem e ido até o depósito, que ficava vazio no intervalo de almoço. Em caso de necessidade, poderiam se esconder atrás das estantes com os rolos de tecido embalados e enfileirados, já que a luz que entrava ali pelas várias janelinhas pequenas e elevadas era bem fraquinha.

– Sei de tudo! – afirmou ela, convencida.

Ele pegou em seus ombros e fitou-a com raiva nos olhos. Henni ficara arrepiada, em êxtase. Como ele a segurava com força!

– Isso não é brincadeira, Henni! – sussurrou ele para ela. – Por favor, responda minha pergunta, tem muita coisa em jogo!

Ela o deixara esperando. Estava fascinada com o brilho de seus olhos verde-acinzentados e por sentir a firmeza de suas mãos fortes.

– Sei que você está trabalhando com outras pessoas contra o NSDAP. Você provavelmente é algum tipo de mensageiro que leva as informações secretas de um lugar para outro.

– Mensageiro? De onde você tirou isso?

Fora um palpite, mas como o rosto dele adquirira uma expressão ainda mais sombria, ela provavelmente jogara verde e colhera maduro.

– Você se lembra da primeira vez em que a gente se viu? Na floresta? Você estava indo levar uma mensagem para alguém, não estava?

Do jeito como ele se calara, ela devia ter razão. Ela fez outra tentativa.

– Suponho que o Dr. Kortner também seja um de vocês…

Mas então ele largou seus ombros e deu um passo para trás.

– Isso não é verdade, Henni. Eu realmente só fui lá buscar um remédio para um amigo. O Dr. Kortner é apenas uma pessoa decente que trata os pacientes sem fazer muitas perguntas. Para quem você já contou tudo isso? – indagou ele, continuando com o interrogatório.

Henni ficou ofendida. Por acaso ele achava que ela era alguma tola?

– Para ninguém, seu bobo. E ninguém ficará sabendo.

– Jure para mim! – exigiu ele.

Agora ele estava tão perto dela que Henni achava que podia sentir o calor de seu corpo por baixo do casaco. Uma energia elétrica entorpecente pulsava entre eles e os atraía com uma força absurda.

– Não acredita em mim?

Ele se calou, e ela pôde ver em sua expressão que ele relutava em não se entregar àquela atração. Mas aquela batalha já estava perdida fazia tempo.

– Acredito, sim, Henni – disse ele com um gemido. – Perdoe-me, é tudo minha culpa. Não aguentei e voltei correndo, porque você estava chorando daquele jeito...

Ele sussurrou aquelas últimas palavras bem pertinho de sua boca. Eles se agarraram, beijaram-se impetuosamente, sussurraram frases fragmentadas e acariciaram os corpos um do outro, os quais já tinham tocado em seus sonhos tantas vezes. Os dois eram desajeitados naquele frenesi, machucavam-se sem querer; os cabelos dela se enrolaram nos botões do casaco dele, e ela cravou suas unhas no pescoço dele. Só depois de um tempo, seus movimentos se tornaram mais conscientes, as carícias, mais suaves, e eles se encararam fixamente.

– Não posso lutar contra isso – confessou ele. – Tentei, mas fracassei de novo. Existe uma coisa chamada destino, Henni. E ele determinou que nós dois pertencêssemos um ao outro para o bem e para o mal.

– Fico feliz por você finalmente reconhecer isso!

– Não sei se a gente deveria ficar feliz por isso – sussurrou ele de forma sombria. – Mas as coisas são como são. Eu te amo, Henni. E esse amor é mais forte que tudo que já senti até hoje.

Eram as palavras que ela tanto desejara ouvir! Agora, quando ele finalmente as enunciara, ela se sentia em um sonho.

– Também me sinto assim, Felix – disse ela baixinho.

– Eu sei...

Eles se abraçaram e mergulharam no sentimento caloroso de felicidade daquele momento que os fazia esquecer todo o resto. Por fim, Henni foi a primeira a retomar a palavra.

– Você já se apaixonou muitas vezes? – perguntou ela para ele.

Ele piscou para ela e não conteve um sorriso.

– Com certeza não tantas quanto você!

– Nunca me apaixonei de verdade, Felix. Até conhecer você.

Ela omitiu Leo solenemente. Aquilo fora uma tolice de criança e, além de tudo, ele era seu primo.

– Me disseram que os rapazes fazem fila atrás de você – disse ele meio sorrindo e meio intrigado.

– E quem disse isso? – perguntou ela, irritada. – Por acaso foi tio Sebastian? Não acredite em uma palavra dele, ele não tem a menor ideia dessas coisas!

– Não, não foi Sebastian. Ele só disse coisas boas sobre você. Mas aqui na fábrica ouvimos uma fofoca aqui e outra ali…

– E você acredita no que ouve?

O rosto dele se aproximou, seus olhos verdes acinzentados penetraram os dela, e ele a beijou. Dessa vez suavemente e com muita emoção.

– Acredito em você, Henni. E, além do mais, não ligo para isso.

– Que bom – disse ela. – Então também não vou perguntar sobre seus muitos amores do passado…

– Não tem nenhum…

Será que ela era realmente seu primeiro amor? Ela não conseguia nem imaginar aquilo, com sua aparência, com aquele jeito…

– O mundo parou de girar neste momento – sussurrou ele, segurando o rosto dela entre as mãos. – Você e eu devemos ficar juntos, aconteça o que acontecer. É isso que você quer?

Que tom solene que ele usava, era quase como um noivado.

– Sim, é o que quero, Felix. Ninguém poderá destruir nosso amor, nem mesmo os nazistas e Adolf Hitler.

Ele a beijou. Como o coração dele batia alto e rápido! Tão rápido que Henni ficou tonta.

– Tem mais uma coisa – disse ele, empurrando ela um pouco para trás para poder olhar diretamente em seus olhos. – Se alguma coisa acontecer comigo, prisão, campo de concentração ou qualquer outra coisa, não quero que você faça nada para me ajudar. Deixarei você fora disso tudo na medida do possível, não vejo outra maneira.

Aquilo não agradava nem um pouco a Henni. Ela não era do tipo que recebia instruções e ficava calada, principalmente instruções disparatadas como aquela.

– O que você faz é assunto seu, Felix – disse, correspondendo ao seu olhar. – Mas, nesse caso, eu moveria céus e terras para salvar você. E não vou deixar você me impedir de fazer isso!

Ele a encarou, mas então puxou-a para perto.

– Sua louca...

O intervalo de almoço se aproximava do fim, e eles não tinham mais muito tempo. Encontraram um espacinho na estante de baixo, sentaram--se bem coladinhos, e Felix dividiu seu sanduíche com ela. Eles falavam baixinho. Henni se aconchegava em seu braço, mastigava o pão de centeio com linguiça de fígado barata e pensava que nunca fizera uma refeição tão deliciosa como aquela.

– Tenho tanta pena de tia Lisa...

– Sebastian também está muito infeliz. Mas diz que não tem outro jeito. Você não pode falar nada para ela...

– Eu sei! Ela iria correndo na hora para vê-lo.

– Ele não está mais em Augsburgo – disse Felix. – Nós o levamos embora hoje cedo. Estava muito perigoso para ele.

– E para onde ele foi?

– Não posso lhe dizer.

– Odeio esses seus segredos todos!

– Eu te amo – disse ele, acalmando-a com um beijo.

Então a sirene da fábrica disparou: o intervalo de almoço terminara, e eles tinham que se separar.

– Nos vemos amanhã aqui no depósito na hora do almoço? – sugeriu ela.

– É muito perigoso, Henni. Você até pode passar um intervalo para almoço na fábrica, mas, se fizer isso com frequência, seu tio vai ficar desconfiado.

– E qual é o problema de estarmos juntos?

– Sua família vai querer me conhecer melhor. E aí colocarei todo o grupo e a mim mesmo em perigo.

– Só mais amanhã, aí não vai ficar tão evidente! – implorou ela.

– Tudo bem. Amanhã. Mas depois disso ficaremos um tempo sem nos ver.

Eles saíram do depósito um depois do outro, porque já havia algumas pessoas no pátio para buscar os recipientes com o algodão limpo e batido do depósito de matéria-prima. Henni virou a gola do casaco para cima para não repararem em seus cabelos despenteados e teve sorte de estar chovendo e ninguém se admirar com sua pressa. Na antessala, a Srta. Lüders disse com um sorriso que ela estava com uma aparência muito revigorada e saudável naquele dia, e Henni reparou, olhando para seu espelho de bolsa, que de fato estava com as bochechas extremamente coradas e os lábios vermelhos.

Não apenas no dia seguinte, mas todos os dias da semana eles se encontraram no horário do almoço. Os dois não conseguiam resistir à tentação de ficarem juntos mesmo sabendo que aquilo não era inteligente. Tinham tanta coisa para explorar, para descobrir e que precisavam falar um com o outro...

– Por que você foi parar nesse grupo?

Ele contou que seu pai tinha sido advogado e deputado do SPD. Depois que Hitler tomou o poder, alguns canalhas o caçaram pelas ruas.

– Ele e um companheiro de desgraça foram espancados e humilhados de todas as formas imagináveis. Então jogaram o corpo do meu pai espancado e inconsciente por cima da cerca do jardim de casa, e ele morreu na mesma noite por causa de ferimentos internos – relatou ele. – Foi ali que jurei para mim mesmo que lutaria contra esse governo enquanto vivesse.

Ele não revelara nada sobre seus colaboradores, só disse que eles não eram um grupo fixo, mas uma rede informal que tentava juntar pessoas com a mesma mentalidade por meio de agitação política. Ele dizia não saber o que mais eles planejavam e não quis mencionar o nome de ninguém; Henni também não perguntou mais nada.

– Não entendo como você aconselhou seu tio a entrar nesse partido criminoso – disse ele. – Sua tia precisou abandonar a família, porque é judia; seu tio Sebastian foi espancado quase até a morte na prisão. Eles já fizeram tudo isso, e você ainda empurra mais um membro para o partido deles!

Ela era de outra opinião: não dava para bancar o herói quando a família, uma fábrica e muitos trabalhadores dependiam da pessoa. Eles concordaram que tudo dependia da situação e que cada um tinha que lidar com a própria consciência da forma que conseguisse.

Toda hora eles cogitavam se não haveria possibilidade de se encontrarem à noite. Em algum lugar onde ninguém os visse, onde pudessem estar sozinhos. Henni só conseguia pensar no trailer de Dodo, mas provavelmente ele ficava mofado e era muito frio durante o inverno.

– Mas de qualquer forma… quando chegar a primavera…

– Aí escurecerá mais tarde, e uma de suas tias pode nos ver. A dona dos cavalos…

– Mas ela não sai à noite. No máximo Willi poderia estar ali…

– É mais um tio seu? Você ainda não me contou sobre ele!

– Willi é um cachorro.

– Cachorro é um problema. Com certeza vai nos descobrir se tiver bom faro…

Mas nenhum cão de caça foi necessário para desmascarar seu romance secreto. Na sexta-feira, quando tinham decidido passar o intervalo do almoço juntos pela última vez durante um bom tempo, a tragédia aconteceu. Henni fora primeiro para o departamento de impressão, passando pelo pátio, e depois se dirigira ao depósito, onde Felix esperava por ela. Ele ficara logo ao lado da entrada, como sempre, e a abraçara. Eles se beijaram rapidamente e depois foram para os fundos do local, onde achavam que estariam seguros. Quanto tempo tinham ficado juntos ali? Cinco minutos? Dez? Então alguém abriu a porta do depósito, e eles se agacharam atrás da estante, assustados, mas os passos se moviam diretamente em sua direção.

– Henni? – chamou Paul. – Pare com essa brincadeira. Sei que está aqui. Sr. Burmeister! Tenho que trocar uma palavrinha com o senhor!

Eles devem ter saído lentamente de trás da estante no mínimo muito constrangidos. Paul não fez uma grande cena, sobretudo porque não tinha o menor interesse em que todo o pessoal ficasse sabendo daquilo.

– Estou muito decepcionado com você, Henni – disse ele severamente. – Não entendo o sentido de tanto segredo.

Felix fez menção de falar algo, mas Paul o cortou.

– Quanto ao senhor, Sr. Burmeister, só posso supor que não tenha intenções honestas com minha sobrinha, senão não precisariam fazer esse jogo de esconde-esconde.

– Não é isso, senhor diretor – disse Felix. – Juro que estou sendo honesto. Achei que por ter abandonado a faculdade e ser um simples trabalhador, não teria o direito…

– Nós iríamos contar em algum momento… – afirmou Henni, intrometendo-se.

Paul ouviu suas explicações com a testa franzida, mas logo os interrompeu. Provavelmente ele não acreditava nem em metade do que eles diziam.

– Não ficamos parados no século passado – disse ele para Felix. – Você é bem-vindo na Vila dos Tecidos e não precisa se esconder de nós. Aliás, também é bem-vindo na casa da mãe de Henni, que adoraria conhecê-lo melhor. Estamos entendidos?

– Sim, senhor diretor – respondeu Felix, cabisbaixo.

Henni não disse nada. Estava envergonhada por ter sido tão burra e ter sido pega no flagra. Acontecera exatamente o que Felix temia.

– Foi tudo culpa minha – disse ela quando Paul saiu do depósito.

– Não, nós dois estragamos tudo. Gostaria de saber o que fazer agora.

Henni estava decidida a transformar o erro em oportunidade. Afinal, sempre achara o comportamento cauteloso de Felix exagerado.

– O que pode acontecer de ruim? – perguntou ela. – Você conhecerá minha mãe e tio Robert, e lhes contará um pouco sobre sua família. O resto não é da conta de ninguém.

Ele fez uma expressão sombria: a sugestão não lhe agradava nem um pouco.

– Acabaremos presos em uma teia de mentiras – murmurou ele. – Mas também não vejo alternativa. A não ser fugir imediatamente e desaparecer daqui.

– Aí sim você levantaria suspeitas – disse ela, assustada.

Ele abraçou-a e apoiou a cabeça em seu ombro.

– Também não conseguiria fazer isso, Henni – confessou.

– Você também não teria a menor chance – disse ela com ternura. – Vou encontrar você onde você estiver.

A visita para a apresentação do pretendente foi marcada para domingo às três horas da tarde em ponto na Frauentorstraße.

– Vai ser um encontro bem informal – disse Kitty. – Ele gosta de bolo? Torta de nata? Ou prefere sanduíches? Não faremos nenhum estardalhaço. É para ele se sentir em casa. Pelo menos ele sabe se comportar ou segura o garfo como se fosse uma forquilha? Bom, talvez eu use o vestido azul, aquele com o decote nas costas. Ou o vestido preto com penas? Ele é mais sóbrio. O que acha, Henni?

– Vista o que quiser, mamãe. Mas, por favor, nada com os joelhos de fora ou decotes profundos.

– Mas por que não? Fica bem em mim, não?

– Você é minha mãe!

– Justamente. E é por isso que tenho que causar uma boa impressão. Acho melhor colocar o vestido azul...

Talvez não tivesse sido uma boa ideia convidar Felix para a Frauentors-traße, afinal. No domingo de manhã, Henni se dera conta pela primeira vez de como a sala estava bagunçada e lotada de tralhas. Tinha quadros de Kitty por todos os lados, o crochê da avó Gertrude estava largado no sofá, o tapete estava cheio de fiapos e migalhas, a toalha de mesa estava suja do café da manhã, e a papelada de tio Robert estava empilhada em cima da escrivaninha. Henni decidiu eliminar pelo menos as questões mais graves: varreu o tapete, trocou a toalha de mesa e escondeu o crochê da avó em uma das gavetas da cômoda. A cozinha estava cheirando a bife queima-do e bolo recém-assado: Gertrude dera seu melhor. Para piorar, tia Tilly trabalharia na clínica à tarde, o que era uma pena, porque ela costumava conseguir conter a tagarelice efusiva de Kitty. Então tio Robert se tornou a única esperança de Henni.

Felix chegou. Passados alguns minutinhos das três horas, tocou a cam-painha com os cabelos penteados, os sapatos engraxados e um buquê na mão. É claro que Kitty correra para abrir a porta: ela sempre tinha que ser a número um em qualquer lugar.

– Sr. Burmeister, não é mesmo? Não, Henni não exagerou nem um pou-quinho, você realmente é um jovem muito atraente. Saiba que é uma artista experiente que está lhe dizendo isso. Essas flores são para mim? Muitíssimo obrigada, amo rosas mais que tudo nesse mundo. Pode entrar, Felix. Posso chamar você de Felix, não é mesmo? Henni sempre fala de "seu Felix", não é mesmo, Henni querida?

O jeito escandaloso de sua mãe nunca tinha incomodado Henni tanto quanto naquele dia. Mas Felix continuou impassível. Cumprimentou Kitty com uma pequena mas impecável reverência, agradeceu o convite e entregou o minúsculo buquê de flores. Bem, flores eram caras naquela época do ano.

Depois avó Gertrude chegou e pediu que Felix tirasse o casaco e o gorro.

Convidou-o também a tirar os sapatos e lhe deu um par de pantufas quadriculadas que tio Robert deixara de usar três anos atrás.

– O mais importante nessa época do ano é ficar com os pés aquecidos, meu jovem. Cuidado para não tropeçar no fio do telefone. Ah, é ali que está o saco de roupa suja, eu ia levá-lo para o porão…

O pobre coitado pareceu bastante confuso após aquela recepção; pelo menos o cumprimento que dignara a Henni fora bem inexpressivo.

– Boa tarde, Henni… – disse ele com um aceno de cabeça rígido.

– Olá, Felix… Venha até a sala, a vovó Gertrude fez café para a gente. E também tem bolo.

Como avó Gertrude conseguira trazer seu crochê de volta com tanta rapidez? Lá estava ele em cima do sofá que nem um inseto horroroso de lã com patinhas de metal. Henni empurrou-o rapidamente para o lado para que Felix pudesse se sentar.

– Ah, não, meu amor – disse Kitty ao ver Henni indo se sentar ao lado de Felix. – Hoje eu sentarei ao lado de nosso convidado. Isso você vai ter que conceder à sua velha mãe…

Felix reagira exatamente da forma como Kitty quisera.

– Mas, senhora, a expressão "velha mãe" não combina nada com a senhora!

Só faltou ele dizer que ela até parecia irmã da filha. Mas Kitty ficou muito satisfeita mesmo assim.

– Você quer me agradar, Felix – disse ela, sorrindo para ele de forma sedutora. – Acho que é uma jogada inteligente de sua parte. Creio que nós dois nos entenderemos muitíssimo bem. Sabe, sou pintora e sempre estou procurando… Ah, Robert, querido. Veja só quem está sentado ao meu lado. Este é o jovem misterioso e interessante que conquistou o coração de Henni!

Graças a Deus tio Robert trouxe um pouco mais de calma para a conversa. Cumprimentou Felix com um aperto de mão e disse para ele continuar sentado, que avó Gertrude já ia servir o café.

– Que prazer conhecê-lo, Sr. Burmeister. Sou o padrasto de Henni, talvez ela já tenha falado de mim.

– Ela contou que o senhor morou um tempo na América…

– É verdade. Mas voltei na hora certa, a tempo de me casar com minha encantadora Kitty.

Robert riu alegremente, e Kitty afirmou que ele era um bajulador. Depois ela passou o prato com o bolo pela roda, em cima do qual estavam empilhados pedaços quadrados de massa que deveriam ser de uma cuca.

– Espero que gostem mesmo assim – disse a avó Gertrude. – A massa de levedura solou de novo.

Solada era pouco. Parecia que a avó Gertrude havia colocado cimento na mistura. Corajoso, Felix deu uma bela mordida e de alguma maneira conseguiu mastigar aquele troço duro. Kitty só mordiscara as bordas, e Robert, sorridente, recomendou que Gertrude servisse aquele doce com martelo e cinzel ao invés de cortador de bolo.

– Está excelente, senhora – disse Felix educadamente, e engoliu mais um pedaço de bolo junto com o café.

Então se seguiu o interrogatório que ele tanto temera. No qual foi aprovado com nota dez.

– Infelizmente precisei trancar a faculdade, pelo menos por enquanto. Depois da morte de meu pai, não quis ser um fardo financeiro para minha mãe e decidi sustentar a mim mesmo.

Até aí tudo bem. Em seguida, contudo, as coisas ficaram fantasiosas. Segundo sua nova versão, seu pai morrera de um infarto, e sua mãe se mudara para a Breslávia, onde morava na casa da irmã de Felix, que era casada. Nada daquilo era verdade. Até onde Henni sabia, ele não tinha irmã nenhuma, e sua mãe morava em Freising.

– Uma pena você não ter terminado a faculdade – comentou Robert. – Faltam juristas decentes e corajosos neste país.

Felix aguçou o ouvido. Robert se referia aos esforços do NSDAP de minar o sistema judicial independente que existira desde a República de Weimar por meio da introdução de juízes fiéis ao partido. E Kitty, que sabia muito bem do que ele estava falando, colocou mais lenha na fogueira.

– A que nível chegamos na Alemanha! – exclamou ela, aborrecida. – Você está vendo estes quadros maravilhosos? São de uma grande artista, Louise Hofgartner. Eles são excepcionais! Conhecedores de arte de todo o mundo vieram até Augsburgo para admirar estas obras...

Apontou para as duas pinturas a óleo que pendurara na sala anos antes: eram representações eróticas que Henni sempre achara medonhas. Àquela altura, ela já se acostumara com os quadros. Mas a imagem de Felix encarando aquelas obras, constrangido, fazia com que Henni quisesse se enfiar em um buraco no chão. Ela nunca se dera conta de que tinha uma família tão terrível!

– Eles foram tirados do museu e classificados como arte degenerada! – disse sua mãe com grande indignação. – O que você me diz, Sr. Burmeister?

O pomo de adão de Felix se mexeu, porque ele precisou engolir em seco. Antes que Henni pudesse intervir na conversa, tio Robert veio em seu auxílio.

– É claro que, em arte, gosto é algo relativo – disse ele com um sorriso, colocando a mão no braço de Kitty de maneira tranquilizadora. – Já a relação de nosso governo com a arte e a ciência são outros quinhentos.

Felix olhou para Robert com muito interesse; um tipo de compreensão mútua brilhava nos olhos dos dois. Mas Felix foi cuidadoso.

– Acho que a arte e a ciência deveriam se desenvolver livremente – comentou ele com cautela.

– Agora você disse uma grande verdade, meu jovem! – exclamou Kitty. – Aliás, minha Henni é uma desenhista talentosa que tem um grande dom para a caricatura. Ela já lhe mostrou alguns desenhos?

– Não, ainda não me mostrou – disse Felix, olhando para Henni com um sorriso. – Mas está desenvolvendo estampas belíssimas.

– É uma menina muito talentosa de forma geral – disse Kitty, continuando a tagarelar. – É claro que a criei em um ambiente muito liberal que corresponde ao meu temperamento. E acho que fez bem a ela... Robert, meu amor, por favor, veja se as duas garrafas de champanhe ainda estão na geladeira. Depois desse bolo seco, adoraria tomar um golinho. Você bebe com a gente, não é, querido Felix? Henni, pare de fazer essa cara e pegue as taças no armário. Temos que celebrar enquanto pudermos, antes que não reste mais nada para ser celebrado em nossa pobre Alemanha...

Felix bebeu pouquíssimo do champanhe, o que, porém, passou batido por Kitty, que usava cada minuto disponível para se exibir. Robert observava a situação com seu costumeiro bom humor, mas também com grande atenção. Avó Gertrude bebeu quatro taças de champanhe, falou pelos cotovelos, como sempre, e ficou avidamente fazendo um crochê que logo depois seria desfeito. Henni contribuiu com uma frase aqui e ali, admirou Felix por suas respostas ponderadas e volta e meia lhe dirigia um olhar de piedade. O coitado agiu de forma exemplar: deixou-se arguir por tio Robert, fez elogios a Kitty e à avó Gertrude e despediu-se por volta das cinco e meia, agradecendo calorosamente por aquela tarde agradável.

Tio Robert impediu Kitty de acompanhá-los até a porta de casa para Henni poder ficar alguns minutos sozinha com Felix.

– Sinto muito... – sussurrou ela. – Eles são terríveis, não são?

Ele deu um sorriso e aproveitou a oportunidade para abraçá-la apertado.

– Claro que não – disse ele baixinho. – Você tem uma família maravilhosa, Henni. Amei todos eles.

– Você só pode estar brincando!

– Estou falando sério. Lá em casa tudo sempre foi tão rígido e formal, sempre odiei aquela situação. Sabe, nossa história poderia ser tão simples. Se as circunstâncias fossem outras...

– Sim – disse ela, aliviada, e eles se beijaram. – Mas, em compensação, nunca teríamos nos conhecido.

34

Aquilo era desesperador! A cabeça de Leo estava lotada de música e melodias, os ritmos o afligiam dia e noite e queriam ganhar vida para serem capturados em uma composição. Mas assim que transformava os sons em notas, nada combinava mais, e o que restava era um Frankenstein de peças remendadas que não agradavam a ninguém. Muito menos a ele. Desperdiçara todo o papel de pauta musical, acabara com vários lápis, mas o objeto mais usado fora a borracha: reduzira incontáveis exemplares coloridos a cotoquinhos.

– Isso não está ruim – disse Walter. – É só me deixar tocar uma vez...

– Isso é uma grande porcaria. Nem pense em tocar!

Seu amigo Walter era a única pessoa à qual ele volta e meia mostrava suas novas obras inacabadas. Apesar de o professor Kühn ter-lhe perguntado várias vezes se estava fazendo avanços com as composições, Leo sempre respondia que não escrevera nada novo. Nunca mais mostraria uma composição sua para o Sr. Kühn, mesmo que ficasse satisfeito com alguma de suas obras. O que parecia impensável no momento.

Walter não seguiu a instrução de Leo, tirou seu violino da bolsa e começou a tocar.

– Assim não – disse Leo, interrompendo-o. – Precisa de mais embalo... Mas no outro trecho, não, entendeu? Mas ali no meio precisa novamente... Preste atenção, vou lhe mostrar.

Na verdade, aquilo soava muito bem no piano. Muito melhor do que imaginara. Ele nunca compunha ao piano, porque conseguia ouvir a música na cabeça e simplesmente registrava as notas na partitura.

Era aquele ritmo insano que arrastava quem estivesse ouvindo, que ia contra a corrente e, justamente por isso, era tão brilhante. Àquela altura, Leo pegara o jeito. Não era por acaso que frequentava os clubes de música no Harlem com Walter noite após noite. Walter tinha dificuldade de assimilar aqueles sons: era muito rígido, muito alemão, muito prussiano, e não conseguia simplesmente se soltar e ir no embalo. Também não precisava, pois Walter estava se preparando para o exame de conclusão com a "Partita em mi maior", de Bach, e o "Concerto para violino", de Beethoven.

Walter escutou por alguns instantes com a cabeça virada para o lado, depois reposicionou o violino e começou a tocar junto. Já melhorara um pouco, mas ainda não estava bom o suficiente. Leo interrompeu a música, e eles recomeçaram. Ele ainda estava insatisfeito, mas talvez aquela peça pudesse vir a ser aceitável.

– Vamos fazer o final de novo! Dê o seu melhor, Walter. Com vontade! A todo vapor! Deixe as cordas queimarem!

– Já estou fazendo isso. Meus dedos já estão em carne viva! O final é brilhante, foi a melhor coisa que você já compôs...

Eles estavam no auge da apresentação quando ouviram uma bota sendo arremessada contra a parede do apartamento.

– Parem com esse barulho, ou eu vou aí acabar com esse piano e com esse gato esganiçado!

Ainda eram oito e meia, e era permitido fazer barulho até as dez. Mas os vizinhos, que faziam um estardalhaço e deixavam seus filhos berrarem o dia todo, eram extremamente chatos à noite. E, logo em seguida, Marie abriu a cortina e esticou a cabeça na direção dos meninos.

– Leo, por favor! Por que não tocam de tarde? Os filhos dos vizinhos têm que dormir, precisam ir à escola amanhã.

– Perdão, Sra. Melzer – disse Walter, assustado. – Vamos parar imediatamente.

Leo encerrou o espetáculo com algumas improvisações, inserindo maliciosamente uma versão melódica de "Nana, neném" no meio e finalizando com uma dissonância.

A segunda bota foi arremessada contra a parede.

– Até amanhã – disse Walter, guardando o violino e o arco. – Acho que você precisa mostrar esta obra para o professor Kühn.

– Nem pensar!

– Ele disse que vai ter um concurso para jovens compositores. É de uns cineastas. Por que não manda uma de suas obras?

Leo só bateu na própria testa com um gesto de decepção.

Walter suspirou, resignado, fechou a caixa do violino e colocou o xale de lã em volta do pescoço.

– Por que você é tão sensível? – indagou ele. – Não sabe quantas vezes o Sr. Pathé me repreende? Mas é só assim que a gente avança. Quem só recebe elogios não sai da zona de conforto e não faz nenhum progresso.

Leo tinha outra opinião. Não conseguia aceitar críticas no momento, porque estava traçando novos caminhos. Afinal de contas, ele próprio era seu maior crítico. Só quando estava completamente satisfeito com uma composição é que ela era boa. Elogios ou críticas de outras pessoas não o influenciavam. Ele só dava ouvidos à opinião de Dodo, mas ela estava longe e ele sentia uma falta infinita dela.

– Você é um cabeça-dura! – disse Walter, dando uma batidinha amistosa em seu ombro para se despedir. – Está complicando o que é simples. Mas não tem jeito mesmo!

Complicação era o que não lhe faltava. Sobretudo aquele apartamento horroroso, apertado e frio o irritava e fazia seus dedos congelarem sobre as teclas do piano. Ali do lado, a Sra. Ginsberg tinha dois quartos à sua disposição, mais uma pequena cozinha e um banheiro decente com vaso e banheira. Lá tinha aquecimento central, e ainda que não fosse o maior conforto do mundo, não ficava aquele gelo à noite como naquela pocilga que eles chamavam de "apartamento". Nos fundos, onde ficava seu alojamento sem janela, as paredes estavam sempre úmidas. Era um milagre ele ainda não ter ficado doente.

Marie já estava bem de saúde de novo, só tossia raramente e ficara mais alegre e confiante de forma geral. A principal razão para isso eram as cartas periódicas de Paul e talvez também os pacotes que tia Kitty lhes enviava, com roupas quentes, sapatos acolchoados e guloseimas deliciosas. Mas é claro que a razão também poderia ser o Sr. Friedländer, com quem saíra para jantar algumas vezes. Naquelas ocasiões, Leo ficava aguardando seu retorno com impaciência. Ele não gostava daquele homem; seu instinto lhe dizia que o Sr. Friedländer tinha certas intenções condenáveis em relação a sua mãe e que era seu papel protegê-la. Quem mais poderia fazê-lo? Seu pai estava do outro lado do Oceano Atlântico.

– E aí? O que ele disse?

– Muitas coisas. Imagine só, ele conheceu seus dois avôs. Também conheceu o sogro da Kitty, Edgar Bräuer...

– É mesmo...? – respondeu ele com indiferença. – E o que mais?

– Talvez possa arranjar um emprego de estilista para mim.

– Você não pode estar acreditando nisso, mamãe! Ele está blefando. Logo, logo vai mandar seu mensageiro negro de novo com um convite para jantar. Ou vai chamar você para o teatro e depois para um barzinho.

Marie riu, e Leo balançou a cabeça por ela ser tão simplória e imprudente. É claro que ele não diria nada para o pai, senão ele ficaria nervoso. Mas ficaria com os olhos bem abertos.

O rapaz negro realmente apareceu mais uma vez em meados de janeiro com seu uniforme esquisito de chofer, trazendo uma mensagem. Marie agradeceu e lhe deu algumas moedas. Fazia aquilo por força de hábito: na Vila dos Tecidos eles sempre davam uma gorjeta para os mensageiros, trabalhadores e entregadores. Mas ali o dinheiro estava curto, ela precisava desperdiçá-lo com aquele homem? Afinal de contas, o Sr. Friedländer já pagava seu salário!

Marie leu o papel e disse ao mensageiro que era "*ok*", e o pseudochofer desceu as escadas com um sorriso.

– Onde ele quer manter você sequestrada desta vez? – perguntou Leo para a mãe. – Deixe-me adivinhar. No teatro. Ou no museu, seria a cara dele.

Marie ficara com as bochechas vermelhas ao ler a mensagem, o que ele julgava ser um mau sinal.

– Errou feio – disse ela, sorrindo para ele. – É para eu desenhar vários modelos de roupas e levá-los para uma tal de Butique Madeleine na Madison Avenue semana que vem.

Leo quase ficou um pouco decepcionado, porque se apegara à sua suspeita. Por outro lado, é claro que aquilo também poderia ser um truque.

– E aí o Sr. Friedländer vai estar sentado lá, esperando por você. Deve ser uma das lojas de roupa dele.

– Imagino que seja, Leo. Mas é para eu procurar uma Sra. Blossom ou um Sr. Steel.

Ele estava longe de convencido, mas dera de ombros e disse que aquilo não soava tão mal assim.

– Não é mesmo? – disse ela. – É claro que pode dar errado. Mas é uma oportunidade. E vou agarrá-la.

Ela comprou papel e canetas de desenho, fez alguns primeiros esboços e disse para Leo que não se tratava daquela "moda esportiva" ultrajante, mas de uma moda elegante e sofisticada para clientes exigentes. Era justamente a tendência que ela seguira em Augsburgo.

Passou o dia todo desenhando e até se parecia com o filho ao julgar as próprias criações: buscava aprimoramentos e nunca estava satisfeita. Quando ele voltava da Juilliard, ficava em sua área do apartamento e se digladiava com suas ideias para composições enquanto Marie desenhava roupas na cozinha. Às vezes ela o chamava para avaliar um dos desenhos, o que não era fácil para ele, que se interessava pouco por moda, mas Leo retribuía tocando uma pequena passagem, que a inspirava.

– Isso tem tudo a ver com esta cidade, Leo. Não me pergunte o porquê, mas essa música carrega a alma de Nova York.

É claro que ela não era imparcial. Mesmo assim ele ficava satisfeito ao ver a mãe capturar a essência de suas ideias, e aquilo o estimulava a continuar seguindo aquele caminho.

Quando ela anunciou que iria apresentar seus desenhos na loja no dia seguinte, ele se mostrou decidido a acompanhá-la.

– De jeito nenhum, Leo! – respondeu ela. – Você não pode matar aula por minha causa. Consigo chegar lá sozinha.

Ele duvidava daquilo. Achava que se orientava melhor em Nova York e lhe explicou que eles iriam de metrô até a escola dele e de lá seguiriam a pé pelo Central Park até a Madison Avenue. Ela inclusive economizaria no dinheiro da passagem.

– Por mim...

A caminhada pelo Central Park não se revelou uma boa ideia. A neve que cobria a feiura e as imperfeições daquele trecho da cidade derretera, e o gelo passara a dominar a cidade. As árvores do grande parque estavam desfolhadas, os caminhos estavam malcuidados e eles se depararam com barracos e abrigos bizarros dos quais subiam finas colunas de fumaça. Moradores de rua tinham se estabelecido ali. Eram pessoas que haviam perdido tudo com a crise econômica. Se eles não estivessem vestindo os sapatos e casacos quentinhos que tia Kitty lhes enviara, teriam congelado naquela caminhada apressada no frio de fevereiro. Após mais de meia hora, finalmente chegaram à Madison Avenue, e os dois ficaram felizes por terem terminado o passeio sem nenhum incidente desagradável.

– Teria sido melhor pegar o bonde... – confessou ele humildemente.

– De qualquer forma, conseguimos chegar ao nosso destino – disse ela em tom de consolo.

A butique onde ela deveria apresentar seus desenhos ficava na rua 65, e eles ainda tinham que andar um pedacinho. Como em toda parte de Nova York, ali também havia os compactos prédios de quatro andares de *brownstone*, a pedra marrom-escura de Nova Jersey de aparência bastante soturna. A larga avenida, porém, era cheia de vida. Uma quantidade infinita de lojinhas se apinhavam umas ao lado das outras. Eram lojas de roupa, açougues, farmácias, lojas de ferragens, que eles chamavam de *hardware*, ou pequenos negócios que vendiam de tudo e que eles chamavam de *mom and pop stores*. Também havia muitas *good food shops*, as delicatéssens, que exalavam aromas deliciosos, ou lojas de artigos finos, que vendiam ostras e champanhe. Na frente de alguns restaurantes viam-se concierges parados vestidos de preto e com uma cartola na cabeça.

– Aqui me lembra um pouco Augsburgo – disse sua mãe com nostalgia. – Como eu gosto dessas lojinhas!

Leo não concordava necessariamente com aquela afirmação. Sobretudo porque bastava olhar para cima para avistar os arranha-céus gigantescos. Em direção ao sul, entre outros edifícios, o Empire State Building, o prédio mais alto do mundo, se erguia em direção ao céu. Ao seu lado, a torre Perlach era minúscula. Além disso, tinha um sem-número de vendedores ambulantes na ampla Madison Avenue com suas mercadorias empilhadas em carrinhos, anunciando-as com placas e gritos. Aquela agitação incessante das multidões, a correria que podia se transformar em xingamentos e hostilidade, os barulhos dos motores, as batidas e marteladas nos canteiros de obras, todos aqueles barulhos não tinham semelhança alguma com a pacífica Augsburgo e suas ruas estreitas. Aquilo era Nova York. E Leo se deu conta de que gostava mais dela a cada dia que passava.

– É aqui! – disse sua mãe. – Butique Madeleine. Parece até que estamos em Paris, não é mesmo?

Na verdade, ele realmente esperava que um estabelecimento como aquele se chamasse Loja da Maggy ou algo parecido. A Butique Madeleine possuía duas vitrines e uma porta de entrada adornada que tinha a função de refletir um aspecto francês. Nas vitrines havia manequins com rostos rígidos vestindo casacos compridos com golas de pelo e botinhas com cadarços. Pelo menos parecia ser uma loja de um nível melhor, porque não tinha placas e cartazes escritos à mão colados nos vidros.

– Quer esperar aqui, Leo? – perguntou Marie com otimismo. – Pode ir até aquela lojinha comprar papel de pauta musical enquanto eu estiver na butique.

– Prefiro ir com você, mamãe!

Ela não se livraria dele tão facilmente. O interior da loja não era nem de perto tão bonito quanto o ateliê de Marie em Augsburgo. Era colorido e um tanto bagunçado. Dois cartazes exibiam a moda parisiense, e era possível ver a torre Eiffel em um deles. Ao lado, havia araras com vestidos e casacos pendurados, e no meio do cômodo tinha uma mesa de exposição de madeira escura e com inserções de vidro com bolsinhas, frascos, luvas e outras tralhas que as mulheres adoravam. Uma mulher loira e rechonchuda estava sentada à mesa, passando batom vermelho com toda a calma.

– Bom dia – disse Marie gentilmente em seu inglês precário. – Sou a Sra. Melzer da Alemanha. O Sr. Friedländer me disse que vocês estavam precisando de uma estilista...

Leo achou que o inglês da mãe estava com um sotaque alemão terrível, mas a mulher a compreendeu mesmo assim. Ela sorriu de forma receptiva e colocou o batom em uma bolsa colorida e brilhante. Então disse que se chamava Sra. Blossom e que dirigia aquela loja havia dois anos. Explicou que no passado vendiam roupas baratas para pessoas com pouco dinheiro, mas que ela havia transformado o estabelecimento em uma butique orientada pela alta-costura, a *haute couture* parisiense. As palavras *haute couture* foram pronunciadas como "autcultchur", mas Marie entendeu na hora do que se tratava. Já Leo só entendeu o que a mulher quis dizer depois de pensar um pouco.

– Então me mostre seus desenhos... – disse a mulher.

Marie colocara seus muitos desenhos entre duas folhas estáveis de papelão e os amarrara com um cordão. Agora a Sra. Blossom espalhava os desenhos em sua mesa, os empurrava de um lado para outro e logo colocou de lado a maioria deles. Depois virou a cabeça e chamou um tal de "Bill". Após alguns instantes, apareceu um homem baixinho e muito magro vestindo um terno cinza e um colete amarelo que fitou Leo com seus olhos escuros e sorriu, pensativo. Leo ficou um pouco desconfortável, porque não tinha certeza se aquele Bill era um homem ou talvez uma mulher disfarçada.

Ele cumprimentou todos educadamente e se apresentou como William Steel Júnior. Se Leo entendera direito, ele era tanto o sócio da Sra. Blossom quanto seu principal estilista. Primeiro perguntou se fora o rapaz loiro quem criara os modelos, e, quando a Sra. Blossom explicou que os desenhos eram da Sra. Melzer, fez uma expressão de decepção. Mesmo assim começou a analisar cada desenho minuciosamente e separou as folhas de uma forma completamente diferente da Sra. Blossom. Em seguida, eles começaram uma discussão acalorada sobre desenhos específicos, e os dois falavam tão rápido e de forma tão incompreensível que Leo não entendeu quase nada. Só pelos gestos animados do Sr. Steel, que apontava toda hora para um e outro desenho e os enfiava no rosto da Sra. Blossom, era possível inferir do que se tratava. Ele claramente gostara muito mais dos desenhos de Marie do que a chefe.

Por fim, ela o mandou de volta para os fundos da loja e voltou-se para Marie, que observara a cena com uma mistura de sentimentos.

– Ok, vamos levar este e mais três…

Ela colocou quatro desenhos em uma pilha e desejava comprá-los. Simples assim, sem assumir qualquer compromisso e muito menos oferecer um emprego para Marie. Então aquela era a oportunidade maravilhosa que o Sr. Friedländer lhe concedera! Provavelmente ainda negociaria o preço para baixo, é claro, afinal eles estavam na América, a terra das oportunidades.

Mas Leo logo constatou que se enganara redondamente a respeito da mãe, porque de repente ela demonstrou uma forte determinação.

– Não – disse ela com firmeza. – Vim atrás de trabalho. Os desenhos são só para mostrar para vocês o que eu faço…

Ela assassinava a língua inglesa, procurava as palavras certas e tentava explicar para a Sra. Blossom que não bastava ter os desenhos, também era preciso conhecer os tecidos adequados, saber como tudo deveria ser costurado e, acima de tudo, combinar com o estilo individual de cada cliente. Porque nem toda mulher ficava bem com o mesmo vestido. Ainda contou que tivera um ateliê de moda com clientes exclusivas durante dez anos, sempre buscando inspiração na mais nova moda de Paris.

Por precaução, Leo ficou de fora da conversa, porque tinha a sensação de que não conseguiria participar dela. Sua mãe se saíra muito bem: era surpreendentemente convincente e ao mesmo tempo firme, sempre encontrando novos motivos para a Sra. Blossom contratá-la. A influência da moda parisiense no Ateliê da Marie era desconhecida para ele até aquele momento. Será que era verdade ou sua mãe estava inventado aquilo? Fosse como fosse, sua apresentação impressionou a Sra. Blossom, que chamou "Bill" pela segunda vez e lhe informou o andamento das negociações diretamente e em poucas palavras.

Provavelmente o Sr. Steel já havia ouvido a conversa de qualquer forma, as paredes daquela loja não deveriam ser tão grossas assim. Encarou Leo mais uma vez com seus olhos castanho-escuros aveludados, sorriu e perguntou se Leo também era estilista.

– Não. Estudo música na Juilliard.

– Você é músico? – perguntou ele, sorrindo como uma menininha.

– Compositor.

Então ele quis saber o que Leo compunha e onde suas composições podiam ser ouvidas, mas por sorte a Sra. Blossom se intrometeu naquele momento.

– Ok – disse ela. – Me traga mais desenhos desse tipo…

Ela queria ver desenhos de determinado estilo até a semana seguinte. Até lá, refletiria sobre a possibilidade de dar um emprego para Marie. A mãe de Leo alegou que mais desenhos não fariam tanta diferença em princípio, mas a Sra. Blossom disse que aquela era uma decisão crucial que precisaria analisar com muito cuidado, porque a concorrência era grande, havia outras sete butiques entre as ruas 59 e 70, e a crise econômica havia feito com que muitas pessoas perdessem o trabalho e o sustento.

– Voltarei amanhã – disse Marie.

Ela juntou seus desenhos novamente, colocou-os entre as folhas de papelão e amarrou tudo com o cordão.

– Até mais! – dissera o Sr. Steel com confiança e caminhou até a entrada da loja para abrir a porta para ela. – Músico! – disse ele com um suspiro quando Leo passou por ele em direção à rua. – Ah, eu adoro música!

Eles pegaram o bonde e o metrô na volta para a casa, e Leo permaneceu calado durante o trajeto. De fato não houvera razão para ele ter deixado de ir às aulas naquele dia. Sua mãe havia se saído surpreendentemente bem sem ele, e o Sr. Friedländer também não dera as caras lá.

– Irei sozinha amanhã, Leo – disse ela para ele, sorrindo, quando estavam de volta no apartamento frio e ela acendeu o fogão.

– Tudo bem, mamãe – respondeu ele.

35

Na verdade, Dodo nem pensara mais no assunto, mas na sexta-feira, no intervalo de almoço no local de costume, ele apareceu na entrada do galpão. Mas não foi logo falar com ela. Primeiro conversou com um montador e, como estava se despedindo, apertou sua mão por um bom tempo. Só depois olhou para ela e caminhou em sua direção.

– E aí? – disse ela, esforçando-se para soar indiferente. – Está se despedindo de todo mundo?

– Estou – disse Ditmar, levemente constrangido. – Em maio começa o curso. Antes ainda preciso arranjar um apartamento em Munique e resolver todos os pepinos burocráticos.

Ela abriu espaço para que ele se sentasse ao seu lado. Não lhe ofereceu o café com leite. Fazia duas semanas que eles não se falavam, não por culpa dela. Ditmar tivera coisas mais importantes para fazer do que se encontrar com a estagiária Dorothea. Havia feito vários voos de teste com o Bf 109 e, segundo as informações que ela recebeu, ele estava muito impressionado com aquele avião de caça.

– Hoje é meu último dia – afirmou ele. – Então vim falar com você, Dodo.

Aquilo soava como uma despedida. Fazia bastante tempo que ela percebera que ele mudara. Não estava mais à vontade e inventava desculpas para não precisar se encontrar com ela à noite. Mas não chegou a ter uma conversa franca com ela; apenas se retraiu como um covarde e continuou agindo como se nada tivesse mudado.

– O que ainda temos para falar, Ditmar? – indagou ela com frieza. – Você vai para Munique, e eu ficarei aqui em Augsburgo. Esses são os fatos.

Ele deu um suspiro, claramente aliviado.

– Que bom que você entende, Dodo – disse ele em voz baixa. – Sabia que era uma moça inteligente e não faria nenhum drama. Tivemos bons momentos e agora precisamos seguir caminhos distintos. Não é motivo para ficarmos tristes...

Não é mesmo, pensou Dodo, desolada. *Eu deveria é estar feliz por me livrar dele. Infelizmente não consigo.*

– Você tem toda razão – disse ela. – Uma boa amizade também chega ao fim, não é mesmo?

– Não – afirmou ele. – Não foi isso que quis dizer. Quero que a gente continue amigo, Dodo. Isso é importante para mim. Só o resto... isso acabou, você entende?

As noites encantadoras no bar dos pilotos entre os colegas, os momentos afetuosos no carro, a leve esperança de que se tornassem um casal – tudo aquilo ela já esquecera fazia tempo. Pelo menos racionalmente. Mas seu coração teimava em não seguir a mesma lógica.

– Está tudo bem – pronunciou ela com frieza enfática. – Eu sei. É claro que podemos continuar sendo amigos, afinal temos muito em comum, não é?

Ele sorriu, satisfeito por ela tornar as coisas tão fáceis para ele. Mas que sujeitinho patético ele era. Henni saberia muito bem como colocá-lo em seu lugar. Mas ela, Dodo, era boazinha demais para aquilo.

– É claro – respondeu ele, acenando para um colega que passara por ali. – Por isso recomendei você como minha sucessora.

– Sério? Isso é muito respeitável de sua parte, Ditmar!

Ela não conseguiria confirmar se aquilo era verdade. Ainda assim, era um gesto amigável, mesmo que com mínima chance de sucesso. A princípio, a Bayerische Flugzeugwerke não contratava mulheres como pilotos de teste, e nada mudara naquele sentido.

– Pensei também – continuou ele – que provavelmente você vai ter dificuldade se ainda tiver que fazer o exame de conclusão do segundo grau. E na faculdade tem uma cota para estudantes mulheres. No máximo, dez por cento. Você sabe, é aquela lei sobre a superlotação das universidades...

Dodo sabia daquilo; mesmo assim ainda havia mulheres estudando nas universidades alemãs. Era necessário ser perseverante e mostrar bons resultados. Só a questão do exame de conclusão é que não era nada simples. Ela se informara junto a várias escolas secundárias para meninas e até então só recebera recusas. Em algumas escolas, haviam até mesmo parado de ofertar turmas que levariam ao exame de conclusão. Afinal a mulher alemã não precisava ir para a universidade, mas sim se dedicar às matérias voltadas ao aprendizado de tarefas domésticas, reintroduzidas nos ginásios de meninas.

– Não se preocupe, vou dar um jeito – replicou ela despreocupadamente.

Ele se calou por um momento e esfregou as palmas das mãos.

– Só estou dizendo – disse ele baixinho, dando-lhe um olhar de soslaio com apreensão. – Porque vai ser ainda mais difícil para você do que para as outras.

– Por que vai ser mais difícil para mim?

– Porque você é uma judia mestiça. E deixaram de dar oportunidades a pessoas assim. São os fatos. Você não pode continuar ignorando isso para sempre, Dodo.

Ela não comentou nada. Simplesmente se negava a acreditar naquele disparate. Com ela seria diferente. Era uma boa piloto e seria uma engenheira aeronáutica melhor ainda. A Alemanha precisava de bons pilotos e engenheiros.

Ele suspirou e se levantou. Então esticou a mão para se despedir e deu um sorriso torto. Como se estivesse com a consciência pesada. Com razão. Ela apertou sua mão mesmo assim. Ele não era o grande amor de sua vida, como ela acreditara durante algum tempo. Seja qual fosse a razão. Talvez ela não fosse feminina o suficiente, não fosse uma moça alemã de verdade que cuidasse da casa para ele e lhe desse filhos. Mas não era do tipo que ficava se lamentando e dizendo que não saberia viver sem ele ou asneiras desse tipo.

– Tudo de bom, Ditmar – disse ela. – Boa sorte e sucesso na vida.

– Para você também, Dodo. Você é gente boa. Mandarei notícias. Prometo!

Ele apertou sua mão com força, depois saiu a passos apressados, e ela ainda o observava quando ele entrou em um Bf 108 do outro lado do pátio. Nem sequer lhe dera um beijo de despedida. Não, ela não precisava dele. Não se deixaria beijar por um fracassado como ele. Guardou o resto do pão, pois perdera o apetite. Era melhor ir até o galpão de montagem para separar parafusos e rebites e colocá-los em cima do carrinho para os montadores terem acesso rápido a eles. As últimas quatro semanas do estágio não lhe ensinaram mais nada novo. Ela só fazia atividades de rotina, substituía funcionários que eventualmente faltassem e ficava entediadíssima. Fazia muito tempo que não voava, e agora que Ditmar não trabalharia mais lá e não a levaria junto nos voos, ela podia esquecer aquelas oportunidades de uma vez por todas. Mas tudo bem. Queria concentrar suas energias em correr atrás do maldito exame de conclusão. Tinha que dar um jeito.

A tarde se arrastou com aquelas atividades entediantes. Ela ficou feliz quando finalmente pôde trocar de roupa e ir para casa. É claro que não havia mais ninguém no portão esperando por ela. Aquilo acabara. Mas tinha certeza de que Ditmar celebraria sua despedida naquela noite no bar dos pilotos com os colegas. Por um instante ficou tentada a simplesmente aparecer lá, sentar-se ao seu lado e fingir que estava tudo bem. Mas logo descartou a ideia. Não correria atrás dele.

Quase congelando no ponto do bonde, ela ficou observando os floquinhos de neve que dançavam à luz dos postes. Quando o bonde chegou, começou a aglomeração de costume dos trabalhadores da BFW que voltavam para casa. Os mais velhos se sentavam, e os jovens tinham que ficar em pé. Ela se segurou em uma das alças de couro penduradas no teto e olhava para as luzes que passavam voando lá fora pela janela. Não importava o quanto se esforçasse para pensar em outra coisa, não conseguia tirar Ditmar da cabeça. Aquele distanciamento entre eles não havia começado justo no dia em que ele ficou sabendo que ela era uma "judia mestiça"? Ele não deixara transparecer nada na curta conversa curta que haviam tido sobre o assunto, mas fora justamente naquela noite que, pela primeira vez, não tivera tempo para ela por algum motivo esfarrapado. Nos dias seguintes em tese estivera muito ocupado. Eles tinham ido embora juntos com menos frequência, mas ele lhe dera os parabéns quando ela passara no exame do brevê, e os dois tinham celebrado a ocasião. Mas, depois daquilo, ficou sempre postergando encontrá-la, jogando para o dia seguinte... Agora ela se dera conta, e era isso mesmo: desde a noite de Ano-Novo, eles não tinham mais ido ao bar dos pilotos. Será que um de seus colegas lhe dissera que ele não deveria se relacionar com uma meio-judia? Era assim que chamavam os judeus mestiços às vezes. Era uma possibilidade. Mas, se ele fosse uma pessoa correta, teria lhe informado.

Ela sentiu as lágrimas subindo aos olhos e compreendeu que aquela decepção a abalara mais do que quisera admitir. O pensamento de que estaria jantando na Vila dos Tecidos dali a pouco e se trancaria depois em seu quarto não era nem um pouco empolgante. Fora seu aniversário dois dias atrás, os presentes e o buquê de flores ainda estavam em cima de sua cômoda, bem como as coisas que Marie e Leo haviam mandado da América. Da mãe, ela ganhara um lenço colorido de seda e de Leo, uma foto da piloto americana Amelia Earhart. Desde que ela sobrevoara sozinha o oceano Atlântico quatro anos antes, indo da Terra Nova até Paris, Dodo a admirava muito. Ela também enviara um presente para Leo: uma batuta de maestro linda feita de ébano dentro de uma caixinha forrada de veludo vermelho. Mesmo assim não fora fácil para os dois: foi o primeiro aniversário que não celebraram juntos, e justamente no ano em que ela precisava tanto do irmão. Ele era a única pessoa no mundo inteiro para quem ela poderia contar o que acontecera com Ditmar. Leo a compreenderia, e ela sabia exatamente o que ele teria dito:

– Ele que vá catar coquinhos! Esse cara não presta, Dodo. Você merece um namorado melhor!

Ela precisava admitir que o irmão estivera certo sobre ele desde o início: Leo a alertara sobre Ditmar logo de cara. Ah, se Leo estivesse esperando por ela na Vila dos Tecidos para escutá-la e abraçá-la! Aquela convivência íntima que os unia desde seu nascimento lhe fazia muita falta.

Ela correra do ponto até o portão da Vila dos Tecidos sob os flocos de neve noturnos e ficara feliz ao reconhecer a casa ao fim da alameda sob o brilho dos postes. Quando chegou mais perto, avistou o carro de tia Kitty na entrada. Humbert e sua tia tinham aberto o capô e exploravam o interior do veículo.

– O que houve? – perguntou ela. – Ele está em greve para variar?

O chapéu preto elegante da tia Kitty estava pincelado de branco com floquinhos de neve. Ela precisou levantar o véu que caíra sobre seu rosto ao se inclinar.

– Dodo! – exclamou ela, contente. – Foi Deus quem enviou você! Você não vai acreditar. Tilly acabou de ligar. Pediu para eu levá-la ao hospital, pois está com contrações e acha melhor não dirigir. E justamente agora meu carrinho querido me deixou na mão. Recusa-se a ligar, este rapazinho ingrato!

Dodo abriu caminho e deu uma olhada no motor exposto.

– Você costuma colocar óleo nele, tia Kitty?

– Óleo? Mas por que óleo? Ele não é sardinha. Consome gasolina, não óleo...

Provavelmente o pistão estava desgastado. Ela já temia havia algum tempo algo do tipo. Tia Kitty vivia reclamando sobre os barulhos estranhos de seu "carrinho querido".

– Agora não vai ter como consertarmos – disse ela. – Vamos pegar o carro da mamãe.

Dodo ficou muito feliz por ter uma missão. Era muito melhor fazer alguma coisa útil do que ficar se lamentando na Vila dos Tecidos do lado dos presentes de aniversário. Humbert trouxe as chaves do carro. Tia Kitty ainda exclamara algumas reprimendas revoltadas para seu veículo ingrato, e Dodo dirigiu o carro de sua mãe até a Frauentorstraße.

Kitty estava agitadíssima e falava ainda mais freneticamente do que de costume.

– Imagine só essa, Dodo: Johann não quer mais participar do grupo de jovens da igreja católica, quer entrar para a Juventude Hitlerista. A pobre Lisa quase desmaiou quando ele lhe contou. É claro que Paul tentou apelar para sua consciência, mas o menino é teimoso e inclusive ameaçou contar na escola que a família não quer deixá-lo participar da JH. Isso seria um problemão para meu querido Paul, principalmente na fábrica, porque eles logo avisariam o partido...

Dodo enfrentava o trânsito ruim do fim do dia e a baixa visibilidade. Por causa da nevasca, só no último segundo era possível ver os pedestres e ciclistas que passavam entre os carros. Além disso, os freios do carro de Marie estavam gastos e não eram submetidos a uma manutenção fazia tempo.

– Deixe-o ir – disse ela para Kitty com irritação. – Ele vai levar um susto. Na JH terá que obedecer, não vai mais inventar de fumar escondido e arranjar briga por aí. Lá eles têm uma disciplina de ferro...

– Você não tem noção do que está falando, Dodo! – exclamou tia Kitty, perturbada. – Ah, meu Deus, a Tilly já está na frente de casa, nos esperando em pé. Espero que ainda não esteja tendo contrações de expulsão, senão pode acabar parindo no carro...

– A tia Tilly é médica e sabe o que está fazendo – disse Dodo, parando na calçada em frente à casa.

Tia Tilly parecia um bule ambulante com seu casaco amplo. Nas últimas semanas da gravidez, sua circunferência abdominal aumentara consideravelmente. Agora acenava para elas e acalmava tia Kitty, que saltara do carro e correra até ela.

– Está tudo bem, Kitty. Obrigada, consigo andar sozinha. Só estou com contrações leves, não é tão ruim assim. Achei que seria melhor ir logo para o hospital. Mas pode pegar a bolsa para mim, Kitty. E fique tranquila, não tem motivo para nervosismo.

Tia Tilly estava com as bochechas vermelhas e os olhos brilhantes. Nunca estivera tão linda, achou Dodo. Que estranho. Talvez o Dr. Kortner tivesse falado com ela, afinal de contas, ela lhe contara que ele seria pai.

Tilly veio andando pelo caminho do jardim com um pouco de dificuldade e demorou um pouquinho para conseguir se sentar no assento traseiro do carro. Kitty espremeu-se ao seu lado com a bolsa no colo.

– Está se sentindo bem, Tilly querida? – perguntava tia Kitty sem parar enquanto Dodo dirigia em direção ao centro. – Você trará uma criança ao mundo, minha querida. É algo maravilhoso, você ficará muito feliz. Esqueça todo o resto, agora só importa este pequeno serzinho inocente que nascerá…

O falatório da tia Kitty dava nos nervos. Dodo observava a tia Tilly no espelho retrovisor. Ela sorria de volta para ela todas as vezes, mas entre um sorriso e outro fazia uma careta e comprimia os lábios. Ui, se aquelas eram só as chamadas "contrações leves", quão dolorosas seriam as contrações de verdade?

Ela dirigiu até a entrada do hospital central e parou de frente para a porta de entrada, o que só era permitido para o transporte de pacientes.

– Você tem que deixar o carro lá atrás, Dodo – explicou tia Tilly, depois se recostou no banco, fechou os olhos e não disse mais nada.

– Ela está tendo uma contração – explicou a tia Kitty desnecessariamente. – Já vai passar, Tilly querida. Venha, ajudo você a descer do carro. Dodo, pegue a bolsa. Bem devagar, Tilly. Não fique nervosa. Tudo vai dar certo… Ai, meu chapéu…

Dodo segurou a porta do carro, pegou o chapéu que caíra com um movimento ágil e foi atrás das tias com a bolsa na mão. A freira que estava no portão conhecia Tilly e sorriu enquanto as duas mulheres entravam no saguão do hospital.

– A mulher tem seus filhos de forma muito dolorosa – disse ela com ar imponente para Dodo. – É assim que o Senhor pune o pecado original.

Dodo lhe entregou a bolsa sem dizer uma palavra e saiu para mudar o carro de lugar. Aquelas freiras eram inacreditáveis. Se ela tivesse um filho um dia, com certeza não seria ali com aquelas gralhas soturnas. Quando retornou ao hospital, a bolsa estava no mesmo lugar, e era claro que ninguém a levara para tia Tilly. Encontrou tia Kitty sentada no segundo andar em frente a uma porta onde estava escrito "sala de parto", completamente perturbada e furiosa.

– Essas mulherzinhas teimosas não me deixam entrar! – esbravejou ela. – E eu disse que sou sua cunhada e tenho que segurar sua mão durante o parto. Mas tenho que esperar no corredor. Onde já se viu uma coisa dessas? Quando pari, sua mãe e Lisa ficaram comigo, o que foi de grande ajuda, e a pobre Tilly terá que ter seu filho sozinha...

– Mas as enfermeiras e o médico estão lá com ela – disse Dodo, tentando acalmá-la.

– Não tem nem uma parteira lá com ela – informou tia Kitty, nervosa. – Só aquelas freiras. E o que elas sabem sobre parir uma criança? Nadinha...

Dodo controlou-se para não repetir as palavras que a freira lhe dissera no portão para tia Kitty. Era melhor não jogar mais lenha na fogueira. Acabara de se sentar ao lado da tia quando uma enfermeira saiu da sala de parto e tia Kitty logo partiu para cima dela.

– Como está a Sra. Von Klippstein? A criança já nasceu?

– Ainda deve demorar algumas horinhas – respondeu a enfermeira. – A senhora pode ir para casa.

– Não existe a menor possibilidade disso! – exclamou tia Kitty, indignada. – Ficarei sentada aqui até a criança nascer!

– Como a senhora preferir.

Em seguida, a enfermeira entrou em uma das portas e desapareceu, e tia Kitty sentou-se inconformada ao lado de Dodo, retomando seus xingamentos.

De repente elas ouviram vozes vindas da sala de parto. Dodo ficou de cabelos em pé. Aquela pessoa gemendo alto daquele jeito era tia Tilly? Ou talvez houvesse outras mulheres lá dentro parindo também. Meu Deus! Agora uma mulher estava dando um grito terrível, como se estivesse sendo assassinada, e alguém falava sem parar e dava ordens como se estivesse no exército.

– Faça força... força... não diminua... agora pare... respire fundo... muito bom... mais uma vez... foi fraco demais agora...

– O que estão fazendo lá dentro? – sussurrou Dodo com medo.

– Não tenho a menor ideia – disse tia Kitty com a voz trêmula. – Mas pode ser que a criança esteja nascendo...

– Tomara... – disse Dodo com um suspiro. – Não vou aguentar isso por muito tempo.

– Não consigo me lembrar direito – murmurou tia Kitty. – Uma hora Henni simplesmente estava lá. De repente. Você acha que vai morrer de dor, e daí, no segundo seguinte...

– Não quero saber, tia Kitty – queixou-se Dodo.

A garota tampou os ouvidos. Mesmo assim, era possível ouvir os gritos de dor vindos da sala de parto. Que coisa terrível! Se a pobre tia Tilly morresse, aquilo seria muito injusto, logo ela que nunca tivera uma vida fácil...

– Preciso ligar para Robert – disse tia Kitty abruptamente. – Ele vai sair de uma reunião às dez horas.

Ela se levantou e saiu andando pelo corredor, apressada, em direção às escadas. Dodo a acompanhou com os olhos e de repente sentiu-se extremamente sozinha e desamparada face à situação terrível que tia Tilly enfrentava ali do lado. De qualquer forma, por que tia Kitty tinha que ligar para tio Robert justo agora? A avó Gertrude com certeza lhe diria o que estava acontecendo quando ele chegasse em casa.

Graças a Deus a gritaria cessou. Tudo ficou em silêncio, também não se ouvia mais a voz que dava ordens. O que acontecera? Será que tia Tilly desmaiara? Morrera? A criança nascera? Dodo ficou sentada, imóvel, com os ouvidos aguçados. Mas só conseguia ouvir o próprio estômago roncando. Não era de se admirar, só havia comido meio sanduíche pela manhã.

Felizmente tia Kitty reapareceu nas escadas e foi correndo em sua direção.

– E aí? – perguntou ela para Dodo. – Alguma novidade?

– Não tenho a menor ideia. Está um silêncio sepulcral.

Tia Kitty ficou parada tentando ouvir alguma coisa, depois se sentou ao lado de Dodo e disse que aquilo era um bom sinal.

– Conseguiu falar com tio Robert? – perguntou Dodo só para dizer qualquer coisa, porque não suportava mais aquele silêncio.

– O quê? Ah, sim. Sim – respondeu Kitty. – Ele está vindo.

Dodo não tinha mais o que dizer. Ansiosa, olhava para os quadros pendurados no corredor que mostravam, em sua grande maioria, a Virgem Maria com seu filho.

– Como eles podem não nos dar nenhuma notícia assim! – exclamou Kitty, agora revoltada. – Devem estar achando que já fomos para casa.

Precisava reconhecer que tia Kitty tinha coragem. Foi até a porta da sala de parto e bateu decidida. Inicialmente nada aconteceu. Mas então abriram a porta, e uma enfermeira apareceu.

– O que está acontecendo? – indagou tia Kitty. – Estamos aqui quase tendo um troço, e ninguém nos dá notícia alguma. A criança já nasceu?

Dodo estava certa de que a enfermeira repreenderia tia Kitty, mas, em vez disso, ela sorriu.

– Foi um parto exemplar – disse ela. – É um menino. Tenham mais um pouquinho de paciência, por favor...

– Um menino! – berrou tia Kitty, encantada, e simplesmente empurrou a enfermeira para o lado e entrou na sala de parto. – Tilly querida! Você foi maravilhosa. Eu não lhe disse? Não é tão ruim quanto dizem. Um menino! Meu Deus, mas que rapazinho lindo. Parece o Leo quando era pequenino assim...

Depois Dodo ouviu uma vozinha gemendo estranhamente. Soava como os gemidos de seu irmãozinho Kurt quando era bebê. A vozinha do recém--nascido soava bastante comovente e ao mesmo tempo um pouco irritada. Afinal, ele acabara de ser arrancado do ventre quentinho e confortável de sua mãe para ser jogado no mundo frio.

– Por favor, sente-se no corredor, senhora. Aqui não são permitidos visitantes! – disse uma voz masculina com firmeza.

– Já que o senhor me pediu tão gentilmente, doutor...

Tia Kitty estava arrebatada de tanta emoção. Abraçou Dodo e riu, depois enxugou as lágrimas e disse que os olhos de Tilly estavam brilhando com a alegria da maternidade. Depois se sentou para colocar algumas gotinhas de seu perfume em um lenço, porque não suportava aquele cheiro de hospital.

– Então podemos ir para casa agora, não é mesmo? – disse Dodo, subitamente se sentindo exausta. – Com certeza tia Tilly precisará ficar alguns dias aqui.

– Sim, sim – respondeu tia Kitty distraidamente enquanto passava o lenço na testa. – Só achei que... Ah, meu Deus, ali vem ele!

Dodo olhou em direção às escadas. Ela esperava encontrar tio Robert, mas quem surgira era o Dr. Kortner. Quando as viu, baixou os olhos por um momento, depois foi até elas e cumprimentou-as educadamente.

– Boa noite, senhoras.

– Uma ótima noite para o senhor! – disse tia Kitty fervorosamente.

Mas ele nem parou para falar com elas. Bateu à porta da sala de parto, e a enfermeira a abriu.

– O senhor é o felizardo?

O Dr. Kortner não parecia necessariamente feliz. Mas respondeu à pergunta com um sim.

– Então pode entrar. O senhor tem um filho. Um rapazinho magnífico. Pesa mais de 3 quilos e tem 52 centímetros. Meus parabéns…

A porta foi fechada, e Dodo ficou pensando sobre como o Dr. Kortner teria descoberto que se tornaria pai naquele dia. Será que tia Tilly lhe informara? Ou o hospital?

De qualquer forma, ele não ficou muito tempo na sala de parto. Logo em seguida abriu a porta, saiu às pressas, passando por elas, e desapareceu em direção às escadas. Mas Dodo conseguiu ver que tinha lágrimas nos olhos.

– Vamos para casa, Dodo querida – disse tia Kitty. – Acho que nossa Tilly precisa descansar. Amanhã viremos visitá-la e ver seu menininho lindo.

Dodo estava de acordo. Aliviada, desceu as escadas ao lado da tia, passando pela freira que ficava na entrada. Só quando já estavam no carro, fez a pergunta que estava no ar:

– Será que em vez de ligar para tio Robert você acabou ligando para o Dr. Kortner, tia Kitty?

Kitty sentou-se ao seu lado, no banco do carona, e explicou-se com um sorriso inocente:

– Pois é, imagine só isso, Dodo querida. Aquela freira que estava na porta me deixou tão atarantada que confundi os números de telefone…

36

O dia começara com uma surpresa. Quando a Sra. Lüders lhe trouxe as correspondências, Paul percebeu que tinha uma carta da Sra. Von Dobern entre elas. Abriu o envelope com receio: provavelmente ela anunciaria outra visita à fábrica para ver as novas amostras de tecido. Mas ele se enganara.

Prezado Sr. Melzer,
venho pela presente rescindir, dentro do prazo fixado, o contrato de aluguel do ateliê na Karolinenstraße 14 a partir do dia 31 de março de 1936.
Saudações alemãs,
Serafina von Dobern

Paul fitou as poucas linhas e quase não acreditou no que acabara de ler. Por que ela estava rescindindo o contrato? Afinal de contas, sua loja de moda parecia ser bem-sucedida. E também não estava entregando o imóvel dentro do prazo, porque tinha quatro semanas de período de rescisão, e o mês de março já começara. Mas não era nenhum esforço para ele ignorar esse fato. Pelo contrário, estava felicíssimo de se ver livre dela. Pensativo, colocou a carta em cima da escrivaninha e foi tomado por um mau pressentimento. Se seus temores se revelassem reais, não faltariam mais problemas pela frente.

Cerca de uma hora depois, suas suspeitas se confirmaram. Fizera sua ronda de costume pela fábrica, verificara a evolução da produção, ouvira os problemas e as queixas dos funcionários e retornara ao escritório com uma lista de tarefas a resolver. Mas já na antessala percebera, pelas bochechas vermelhas da Srta. Lüders, que algo incomum acontecera.

– Sinto muitíssimo, senhor diretor – disse ela, angustiada. – Mas não pudemos fazer nada. A Srta. Haller disse aos senhores que deveriam esperar aqui na antessala. E até lhes ofereceu café. Mas eles simplesmente foram entrando...

– Que senhores? – perguntou ele com uma expressão de mau agouro.

– O senhor sabe... – sussurrou a Srta. Lüders, assustada. – Os senhores simpáticos... que sempre vêm vestidos à paisana.

Paul entendeu tudo. Era mais uma visitinha da Gestapo.

– Obrigada, Srta. Lüders. Por favor, traga-nos café e algo para beliscar...

Ele assentiu para as duas secretárias de forma encorajadora. A Srta. Lüders reagiu com alívio enquanto a Srta. Haller se escondeu atrás de sua escrivaninha, prendendo uma folha de papel na máquina de escrever.

Daquela vez eram só dois senhores, já sentados confortavelmente em suas poltronas: ambos eram desconhecidos de Paul. O mais velho era magro e tinha olhos azuis muito brilhantes, e o outro parecia mais gentil, era um homem loiro de uns trinta anos com um pescoço de touro.

– Heil Hitler, prezado Sr. Melzer – cumprimentou-o o homem mais velho com condescendência, apontando para a poltrona que estava vazia. – Sente-se. Nós já nos acomodamos aqui. O senhor não se importa, não é mesmo?

Paul se importava, e muito. Aquela invasão arbitrária de seu escritório era um descaramento, mas infelizmente não seria prudente expressar sua opinião aos senhores. Eles sabiam disso muito bem, era possível ver no sorrisinho sarcástico do homem mais jovem. O mais velho tinha uma expressão mais agradável e mais experiente e não deixou transparecer nenhuma emoção.

– Sintam-se em casa – respondeu Paul com ironia. – Pedi café para a gente, espero que os senhores não se importem.

– Um cafezinho é sempre bem-vindo – comentou o mais velho, que parecia o porta-voz. – Vamos direto ao assunto, Sr. Melzer. Temos algumas perguntas para o senhor sobre um antigo trabalhador da fábrica, o Sr. Grigorij Schukov.

Era exatamente o que ele suspeitara. Então ele deveria mesmo ter levado a sério o alerta do Sr. Von Klippstein. Que raiva, antes nunca tivesse dado emprego àquele russo!

Enquanto isso, o homem mais jovem tirou um bloco de anotações e uma caneta de sua pasta. Provavelmente cabia a ele anotar o depoimento.

Paul dera uma olhada rápida na escrivaninha e nas estantes dos arquivos. Com certeza eles tinham bisbilhotado todo seu escritório em sua ausência. Aquela gaveta não estava um pouco para fora?

– Quando e durante quanto tempo o Sr. Schukov trabalhou aqui na fábrica?

– Preciso pedir à minha secretária para pegar a ficha dele – explicou Paul. – O Sr. Schukov nos procurou uns quatro ou cinco anos atrás, mas não trabalhou aqui continuamente.

A Srta. Haller, que acabara de entrar para trazer o café, fora instruída a fazer a pesquisa necessária e retornou logo em seguida com a ficha solicitada. O porta-voz tomou-a da mão de Paul e a entregou para o colega, que a colocou dentro da pasta.

– O senhor não se importa, não é mesmo? É claro que devolveremos a ficha quando não precisarmos mais dela.

Ou seja, nunca. Na verdade, os senhores poderiam ter se dado por satisfeitos naquele momento, mas continuaram fazendo perguntas.

– Por que o Sr. Schukov deixou de trabalhar aqui? O senhor teve algum problema com ele? Ele tinha algum comportamento suspeito por acaso?

– De forma alguma. Precisei demiti-lo temporariamente, assim como outros trabalhadores, porque a fábrica não tinha encomendas suficientes naquela época.

– E o senhor o recontratou depois?

– Recontratei.

– Quando foi a última vez?

– Há cerca de três anos, acho. Está registrado na ficha, o senhor pode verificar.

– E por que o senhor não o contratou novamente depois?

– Ele pediu demissão depois de algum tempo.

– Com qual justificativa?

– Acho que encontrou um emprego melhor.

– Onde?

– Isso está além do meu conhecimento.

Mas que perguntas sem sentido! Deveria haver um raciocínio por trás daquilo, afinal nenhum dos dois era burro ou inocente.

– Posso perguntar por que os senhores têm interesse no Sr. Schukov? – indagou ele, partindo para o contra-ataque.

O porta-voz magro sorriu.

– Por acaso o senhor tem um palpite, Sr. Melzer? – replicou o senhor com outra pergunta que estava no ar.

– Não tenho a menor ideia, senhor. – respondeu Paul, aludindo ao fato de que os visitantes não tinham sequer se apresentado.

Mas eles continuaram sem fazê-lo e simplesmente ignoraram sua insinuação.

– O senhor conhece o Sr. Schukov há mais tempo, não é mesmo? – perguntou o visitante, mantendo o roteiro. – Vocês não tinham interesses privados em comum também?

Paul sabia que precisava deixar a pobre Hanna fora daquilo não importava o que custasse.

– Ele trabalhou aqui na fábrica como prisioneiro de guerra. Eu estava no campo de batalha naquela época, só ouvi falar de tudo. Ele deve ter conseguido voltar para a Rússia depois de alguma forma.

– E será que a sua família não o ajudou a fugir? – perguntou o traiçoeiro inquiridor.

– Certamente que não!

– E como o senhor explica o fato de o sujeito reaparecer há quatro anos justamente aqui na fábrica?

Paul deu de ombros.

– Imagino que tenha voltado porque já tinha trabalhado aqui e talvez acreditasse que conseguiria um emprego de novo. Não me ocorre nenhuma outra motivação.

O jovem com o pescoço de touro teve dificuldade de acompanhar o rápido andamento da conversa. Paul percebeu que ele estava suando e precisara abrir a gola da camisa.

– E o senhor lhe deu um emprego quando ele reapareceu aqui assim de repente?

– Não. Entreguei-o à polícia, onde ficou alguns meses até ser liberado. Depois disso, não vi motivo para não o contratar.

O interrogador tomou um gole de café e esperou seu colega cumprir o protocolo. Ignorou os biscoitos que tinham sido servidos.

– O senhor tinha conhecimento de que o Sr. Schukov trabalhava como motorista da Sra. Von Dobern?

– Não.

O visitante arqueou as sobrancelhas com incredulidade.

– Seus funcionários disseram que a Sra. Von Dobern esteve aqui na fábrica várias vezes e que o Sr. Schukov veio como seu motorista em todas elas. Como é que o senhor não ficou sabendo de nada?

Então eles já tinham falado com seus funcionários e provavelmente também com os operários!

– Não prestei atenção no motorista. Ele deve ter ficado sentado dentro do carro lá fora, no pátio.

O porta-voz olhou para seu colega e esperou-o acabar de escrever.

– Então isso é tudo por enquanto, Sr. Melzer. É possível que tenhamos mais perguntas mais para a frente, então pedimos que o senhor não saia da cidade nos próximos dias.

– De qualquer forma, não tinha a menor intenção de fazê-lo.

O homem com o pescoço de touro assentiu para o colega, colocou o bloco e a caneta na pasta e depois a fechou cuidadosamente.

– Heil Hitler! – despediram-se os visitantes, e a Paul não restou alternativa que não retribuir a saudação germânica.

– Heil Hitler, senhores. Boa sorte com tudo.

– Passar bem, Sr. Melzer!

Depois que as visitas indesejadas já tinham passado pelas secretárias e descido as escadas, Paul primeiro examinou sua escrivaninha. Claro, ele tinha certeza de que fechara aquela gaveta corretamente; agora ela estava levemente aberta e alguns dos documentos que guardava lá dentro tinham sido revirados. Suas correspondências também estavam fora de ordem. Não dava para ver nada de diferente nos arquivos, mas com certeza os senhores também tinham fuçado ali.

Robert tinha razão: o partido de Hitler crescia como um câncer em todas as esferas daquele país. Ninguém estava protegido dos assédios de sua polícia secreta, nem mesmo no próprio escritório. De repente ele sentiu uma necessidade desesperada de respirar ar fresco e escancarou as janelas.

Por que deixo eles fazerem isso comigo?, pensou ele, furioso, com as mãos apoiadas no parapeito da janela, olhando para a cidade. *Realmente preciso me tornar um cúmplice covarde do NSDAP para manter a fábrica funcionando? Talvez Marie tenha tomado a decisão certa; ela não precisa ser desmoralizada desse jeito.*

Tilly foi o assunto principal durante o almoço na Vila dos Tecidos. Havia uma semana que dera à luz e já saíra do hospital central e voltara para casa na Frauentorstraße. Henni contava com empolgação sobre como o menininho era encantador, que dormia direitinho no moisés e só acordava para a "refeição".

– Ele quase não chora – relatou ela com um sorriso – Só de noite, às vezes, quando está com fome. Mas a tia Tilly logo o pega no colo e lhe dá de mamar. Tem muito leite, às vezes até vaza, e a blusa dela fica molhada…

– Isso não é coisa que se fale, Henriette! – disse Gertrude, indignada, repreendendo Henni. – Especialmente durante a refeição!

Lisa não se manifestou sobre o assunto, ainda que tivesse boas contribuições a fazer com seu arsenal de experiências. Mas, como sua mãe, achava que uma criança bastarda era uma grande vergonha e que Tilly deveria ter se casado com o Dr. Kortner. Afinal, um casinho antes do casamento não contava.

– Não quero ver esta criança aqui na Vila dos Tecidos – disse Alicia, olhando para todos à sua volta de cabeça erguida.

– Deixe disso, Alicia! – replicou imediatamente sua cunhada Elvira. – Que culpa tem o menino se a mãe se comportou mal?

Henni sorriu para a avó com doçura e anunciou:

– Ah, que chato… A mamãe me disse hoje cedo que quer vir tomar café aqui na Vila dos Tecidos com a tia Tilly e o pequeno Edgar. Tio Robert e a vovó Gertrude também…

– Kitty e suas arbitrariedades – disse Alicia, suspirando. – Estou vendo como são as coisas. Os jovens fazem o que bem entendem. Paul, suplico que seja firme!

Paul estivera acompanhando a conversa superficialmente, porque havia encontrado uma carta de Marie entre as correspondências e queria lê-la logo após o almoço.

– Por favor, mamãe – disse ele. – Entendo completamente sua reserva. Mas você deve se lembrar de tudo que Tilly já fez por nós. Sobretudo por nosso Kurt.

Como o menino de 9 anos estava sentado junto à mesa, Paul não dissera expressamente que Tilly salvara sua vida alguns anos antes por meio de uma traqueostomia. Mas Alicia o entendera muito bem. Fez uma expressão de resignação e calou-se. Henni piscou para ele em agradecimento. Lisa apenas deu de ombros e repreendeu Johann, que atacava Hanno com chutes por baixo da mesa.

Naquele dia, Paul abriu mão da sobremesa e pediu que lhe servissem o café na biblioteca. Lá, sentou-se confortavelmente em uma poltrona e abriu a carta de Marie. Àquela altura, eles trocavam cartas toda semana, dividiam suas preocupações, pediam o conselho um do outro além de contarem novidades alegres e se incentivarem mutuamente. Muitas vezes, as cartas de Marie vinham decoradas com desenhos que mostravam cenas de Nova York, e Paul mandava fotos da família e às vezes até uma ordem de pagamento que ela podia descontar no banco. Quando ela reclamava de sua generosidade excessiva, ele dizia que não passava de puro egoísmo, porque queria garantir que ela sempre tivesse dinheiro suficiente para a postagem. As cartas dela eram o laço que os mantinha juntos apesar da distância infinita entre eles.

Meu querido Paul,

aconteceu um milagre: consegui um emprego exatamente de acordo com meus desejos e minhas capacidades. Comecei a trabalhar na segunda-feira em uma loja de roupas pequena mas charmosa como draftswoman, *que significa estilista. Crio vestidos, conjuntos e casacos para clientes exigentes, escolho os tecidos e dou instruções para as duas costureiras que trabalham aqui. Até agora a Sra. Blossom, minha chefe, está muito satisfeita comigo. Já recebi a encomenda de três conjuntos, um casaco e um vestido de noite. O estilo que crio para a loja é simples, mas sofisticado. Tenho muita liberdade para criar, e o trabalho me faz feliz. Tenho a agradecer tudo isso ao Sr. Friedländer, que me recomendou e ainda passa na lojinha dos Goldsteins para perguntar se eles têm mais desenhos meus.*

Como agora recebo um salário semanal, ainda que nada exorbitante, você não precisa mais me mandar dinheiro. Só Leo que vai continuar precisando de uma quantia para o curso. Nosso filho é muito esforçado, e dedica-se às suas composições também depois das aulas, e acho que está fazendo progressos. Planeja ganhar um dinheirinho nas férias em uma das fábricas de tecidos do Sr. Friedländer, já está tudo combinado.

Se eu puder continuar em meu emprego na loja de roupas, o que espero de coração, procuraremos um apartamento novo em breve. Nossa residência atual tem a vantagem de ficar do lado da casa de Walter, amigo de Leo, mas é muito apertada em longo prazo. Seria maravilhoso termos dois quartos, uma cozinha e um banheiro.

Meu querido Paul, só estou falando sobre mim e me esquecendo completamente de perguntar sobre as novidades na Vila dos Tecidos. Quero compensar isso. Em relação a Dodo, acho que deveríamos tentar de tudo para ela conseguir fazer o exame de conclusão. Se necessário, em um colégio interno na Suíça, ainda que essa opção seja bastante cara. Quanto à fábrica estar indo de vento em popa, isso me deixa muito feliz...

Paul leu a carta até o fim e depois a colocou em cima da mesinha para refletir sobre os sentimentos que surgiam nele. Eram ambíguos. Por um lado, ficava felicíssimo por Marie não estar mais em casa sem fazer nada e, inclusive, poder trabalhar com sua especialidade. Deveria ter orgulho dela, mas não conseguia, porque outro sentimento, um sentimento feio, havia tomado o papel de protagonista: o ciúme. Quem era aquele incrível Sr. Friedländer, que bajulava Marie o tempo todo, comprava seus quadros, levava-a para jantar e inclusive lhe arranjara um emprego? Por que ela achava que seu benfeitor fazia tudo aquilo unicamente por solidariedade e por ter um bom coração? O instinto masculino de Paul lhe dizia que deveria haver algo mais por trás daquilo.

É claro que confiava completamente em Marie. Sua amada esposa não mentiria para ele e nunca o trairia. Ainda assim, Paul sentia uma pontada no coração, e nem suas palavras afetuosas ao fim da carta mudavam isso.

Penso em você todos os dias e todas as noites, meu amor, e não tem nada que eu mais deseje do que poder sentir você, ver seu rosto doce e olhar em seus olhos. Deus queira que a situação na Alemanha sofra uma reviravolta em breve e que eu possa retornar para você.

Com amor,
Marie

Ele colocou o papel de volta dentro do envelope e levou-o para o quarto, onde trancava as cartas de Marie em sua caixa. Queria manter aquelas conversas íntimas com ela só para si: nem sua mãe nem seus filhos deveriam lê-las. Depois, foi ver Kurt para lembrar-lhe dos deveres de casa e, para seu desagrado, encontrou o cachorro sentado no tapete do lado de seu filho. Ele precisara reforçar a proibição, o que não era nada fácil para ele, porque o menino era muito apegado ao animal.

– Você pode brincar com Willi lá fora depois que terminar os deveres de casa. Mas ele não pode ficar aqui dentro!

– Ele veio para cá sozinho, papai.

Paul levou o cachorro para baixo, para o átrio, entregou-o para Hanna e depois pediu que ela avisasse a Henni que eles voltariam para a fábrica naquele momento.

– Quando você vai trazer Felix para a Vila dos Tecidos para apresentá-lo à família? – perguntou ele quando já estavam sentados no carro.

Kitty estava muito encantada com o jovem Sr. Burmeister, o que deixou Paul aliviado. Principalmente porque acabou com aquele jogo de gato e rato: se os dois jovens estavam tão apaixonados de verdade, não precisavam esconder nada – mesmo que ninguém pensasse imediatamente em noivado e muito menos em casamento, pois os tempos eram outros.

– Vamos dar mais um pouquinho de tempo para a vovó Alicia, tio Paul – disse Henni. – Hoje ela ainda precisa superar a situação da tia Tilly e do pequeno Edgar.

Ela tinha razão naquele ponto. Paul decidira acabar o expediente cedo naquele dia para manter a paz na Vila dos Tecidos. Alicia havia se tornado um pouco rabugenta com a idade, e ele queria evitar que ela ficasse nervosa além da conta e acabasse fazendo algum comentário irrefletido para Tilly, o que inevitavelmente causaria uma briga feia com Kitty. Mas, quando chegou à Vila dos Tecidos por volta das cinco horas com Henni, encontrou a família na maior paz. Todos ainda estavam sentados à mesa na sala de jantar, onde Humbert já servira licores para as senhoras e suco para as crianças. Tilly parecia ter se recuperado bem do parto. Já estava quase tão magra quanto antes da gravidez e parecia mais bela do que nunca. A expressão meiga e maternal lhe caía muito bem.

– Paul! – exclamou sua mãe, encantada. – Que bom que você chegou. Venha ver que bebezinho mais adorável nossa Tilly colocou no mundo.

Por sorte ele se preocupara sem motivos: o pequeno Edgar, que estava dormindo em seu moisés debaixo do dossel de renda, conquistara a todos, inclusive Alicia.

– Ele sorriu para mim, Paul – disse ela com a voz melosa. – Só tem uma semana de vida e já sabe sorrir. Vai ser um verdadeiro conquistador, não é mesmo, Elvira?

Tia Elvira achava o mesmo e disse que ele se parecia com seu amado Rudolf, que também sempre fora apegado a um rabo de saia. Já Gertrude, que estava sentada ao lado do moisés para paparicar o neto, achara aquele comentário bastante disparatado, visto que os dois nem sequer tinham parentesco de sangue.

– A gente reconhece um conquistador imediatamente, querida Gertrude – explicou Elvira com franqueza. – Todos são iguais. Do berço ao túmulo.

Tilly tagarelava sem parar com Lisa, Kitty estava ocupada com Dodo e Charlotte, e Robert conversava com Hanno e Kurt. Só Johann não comparecera de novo. O garoto parecia querer traçar o próprio caminho. Paul cumprimentou um a um, olhou para o pequeno Edgar e deu os parabéns a Tilly pelo nascimento daquele menino magnífico.

– Fiquei muito feliz que você deu o nome do seu pai a ele – comentou ele com um sorriso. – Guardo-o com carinho em minha memória.

Naquela época, o banqueiro Edgar Bräuer fora convidado frequente da Vila dos Tecidos com sua esposa Gertrude e os dois filhos, Alfons e Tilly. Paul não mencionou o fato de que o pai de Tilly se suicidara após a falência do banco e a morte de seu único filho na guerra. O tempo não curava todas as feridas, mas trazia novas vidas e esperança.

Ele se sentou junto a Robert, que o cumprimentou com afeto e ficou claramente feliz por ter alguém com quem conversar.

– Viajarei para os Estados Unidos na semana que vem a negócios – disse ele. – É claro que Kitty me acompanhará. Visitaremos alguns amigos de longa data e passearemos um pouco por lá. Minha querida esposa quer que eu lhe mostre um pouco de minha vida pregressa.

Paul aceitou um conhaque, que Humbert estava servindo, e tentou relaxar. Mas, com aquela notícia, parecia difícil. Eles iriam para a América!

Robert também aceitou uma tacinha da bebida revigorante e trocou olhares com Kitty. Arrá! Os dois tinham elaborado um plano. Excepcionalmente, isso agradou a Paul, pois ele já podia imaginar quais eram suas intenções.

– O que acha de nos acompanhar? – perguntou Robert, fitando-o com um sorriso. – Acho que Leo e Marie ficariam muito felizes com uma visita sua. Podemos ir juntos no mesmo navio e voltar separados. Imagino que você não queira deixar a fábrica por muito tempo.

Paul se recostou e refletiu sobre a sugestão. Sim, adoraria ir para Nova York. Sobretudo agora sentia a necessidade premente de ver Marie, falar com ela e verificar se seu ciúme era mesmo irracional ou não.

– Na verdade, não posso de nenhum jeito deixar a fábrica sozinha – comentou ele com ar preocupado.

– Mas, Paul querido – disse Kitty do outro lado da sala, atenta à conversa. – Você tem Henni! Ela se predispôs a substituir você por pelo menos duas semanas. Não é verdade, Hennizinha?

– É claro – disse Henni, bebericando uma tacinha de licor de laranja. – Faço isso com os pés nas costas, tio Paul!

Ele balançou a cabeça e disse que, apesar de Henni ser um ótimo braço direito, era impraticável jogar uma responsabilidade daquela em cima de uma jovem de 19 anos.

– Preciso pensar com calma – respondeu ele.

Mas, na verdade, já se decidira havia muito tempo.

37

A Sra. Brunnenmayer pensava cada vez com mais frequência nos bons tempos de quando a governanta Eleonore Schmalzler comandava os empregados na Vila dos Tecidos. Naquela época, eles seguiam uma disciplina rígida: toda manhã a governanta fazia um pequeno discurso e distribuía os respectivos elogios e reprimendas e as tarefas do dia. E nunca se esquecia de lembrar aos empregados a honra que era serem membros daquela família majestosa.

Bom, aquilo acabara fazia tempo. Eleonore Schmalzler estava descansando em paz em seu túmulo na bela Pomerânia, e a cozinha da Vila dos Tecidos andava tão tumultuada que a Sra. Brunnenmayer tinha que se esforçar para servir as refeições pontualmente para os patrões. Sobretudo dois baderneiros interrompiam o trabalho o tempo todo: a pequena Anne-Marie, filhinha de Liesel, que toda hora começava a berrar insanamente em seu cestinho, demandando a atenção de todos os empregados; e o cachorro. Aquele arruaceiro magricela e tigrado, que fazia um olhar de pidão com seus olhos cor de âmbar, podia tornar-se um ladrãozinho implacável a qualquer momento de distração. Na verdade, nenhum dos dois deveria estar na cozinha da Sra. Brunnenmayer, mas a cozinheira não tinha coragem de expulsá-los. Sobretudo a bebezinha, filha de sua discípula Liesel, que parecia um anjinho inocente quando estava dormindo – o que, infelizmente, era raro. A menininha passava a maior parte do tempo acordada em seu cestinho, esticando os punhos minúsculos e mexendo as perninhas até as fraldas se soltarem; e, quando isso não era o suficiente, o serzinho delicado começava a berrar. Por instinto, fazia-o justamente quando a mãe estava fritando carne no fogão ou fazendo outra coisa que ela não podia interromper com facilidade. Nessas horas, geralmente Else, que era louca pela pequenina, se punha a postos e tentava acalmar o bebê à sua maneira desajeitada. Como já começava da forma errada, a gritaria se multiplicava sob seus esforços, fazendo Liesel largar o serviço e correr para pegar a filha no colo e carregá-la um pouco.

– Só cinco minutinhos – dizia ela para a cozinheira, desculpando-se. – Daqui a pouco ela fica cansada e adormece.

Else costumava sair correndo atrás dela, ansiosa e preocupada com o que a pequena Anne-Marie poderia estar sentindo. A Sra. Brunnenmayer só balançava a cabeça face àquele estardalhaço da solteirona.

– Será que ela está com cólica? Ou a fralda estava apertada demais? Será que faço um chazinho de erva-doce para ela? Espero que não esteja doente! Se pudesse falar, saberíamos o que está sentindo...

Liesel, atormentada, só conseguia fazer seu trabalho direito quando Hanna ou Auguste estavam na cozinha. Hanna sabia cuidar de crianças. Pegava a pequena no colo, balançava-a nos joelhos, andava com ela em volta da mesa e papeava com ela. Mas, quando colocava a bebê de volta no cesto, quase sempre o espetáculo recomeçava. E, todas as vezes, Auguste e sua filha Liesel começavam a brigar.

– Já lhe disse mil vezes, Liesel – dizia Auguste, irritada. – Se você sair correndo toda vez que ela der um pio, a criança vai ficar mimada. Uma criança tem que chorar para fortalecer os pulmões e, além de tudo, aprender também que as coisas não acontecem de acordo com a vontade dela. Coloque o cesto lá na despensa e feche a porta, ela não vai morrer se chorar por uma horinha.

Mas Liesel de jeito nenhum faria aquilo, e Hanna e Else também achavam aquela ideia pura crueldade.

– Façam o que vocês acharem certo! – respondia Auguste, irritada. – Criei quatro filhos e não prejudiquei nenhum deles.

Humbert se abstinha de se meter nessas conversas e raramente olhava para o cesto com a pequena Anne-Marie quando ela berrava; limitava-se a fazer uma expressão de dor e fugir da cozinha. Levando em conta que o criado ficava na cozinha, a cozinheira autorizara Liesel a levar a bebê até seu quarto para acalmá-la e dar de mamar. Afinal, uma das crianças ou um entregador também poderia entrar na cozinha.

Já no caso do cachorro Willi eram outros quinhentos. Ele estava terminantemente proibido de entrar na cozinha, mas aquele malandro sempre achava um jeito de se enfiar de fininho, espremendo-se entre os empregados com seu corpo desengonçado. Já estava do tamanho de um bezerro e

Christian achava que ainda cresceria mais. Tinha o pelo tigrado de marrom e caramelo, e seu cabeção com as orelhas caídas concediam-lhe um ar gentil. De fato, era um animal adorável, muito brincalhão e desajeitado, não fazia mal a uma mosca, mas, quando estava sentado em cima do traseiro magricela, facilmente conseguia ver o que estava em cima da mesa, e ai de quem não estivesse prestando atenção em seu prato. Como era esperto, corria para baixo da mesa e se deitava para que não conseguissem puxá-lo pela coleira vermelha e enxotá-lo para fora.

– Deixe o bichinho deitado lá embaixo. Quando Kurt chegar da escola, vai levá-lo lá para fora de qualquer jeito – disse Christian quando o chamaram para ajudar.

Nos últimos tempos, Christian costumava aparecer na cozinha com frequência. Alegava que ia lá para se aquecer, porque estava muito frio na garagem, onde ficava consertando as ferramentas de jardinagem. Na verdade, queria ver Liesel e sua filhinha, e como seus olhos ficavam radiantes de felicidade sempre que isso acontecia, todos ficavam emocionados e se alegravam quando ele chegava.

Naquele dia ele também estivera com eles durante o primeiro café da manhã. Segurara a filha no colo e mergulhara os pãezinhos no café com leite com a mão livre. A pequena estava com a fralda limpa, de barriga cheia e adormecera por alguns instantes após um esforço considerável. Else tricotava um casaquinho de lã rosa para sua queridinha, e os outros falavam baixinho para não acordar a bebê.

– Gertie estava com um senhor anel no dedo – disse Auguste, falando novamente sobre seu assunto favorito. – De brilhantes e esmeraldas verdes. Ele deu para ela de presente como se ela fosse uma rainha. E o colar era de ouro maciço. E tinham que ver como ela se exibia! Como se nunca tivesse sido camareira na Vila dos Tecidos.

Fazia algum tempo que Gertie fora visitá-los, mas nenhum deles tinha boas recordações da ocasião. Sobretudo Auguste ficara furiosa ao ver sua antecessora usando roupas e joias tão chiques, ainda mais porque Gertie a incomodara com perguntas estúpidas. Queria saber como ia a floricultura. Se eles tinham trabalhadores eficientes lá. E se aquele russo, Grigorij, ainda costumava visitá-la.

– Se ele me visita? – replicara Auguste, irritada. – Melhor você perguntar isso para Hanna. Não tenho nada a ver com aquele vigarista.

Hanna ficara toda vermelha, e Humbert repreendera Gertie, furioso.

– Se você está atrás de Grigorij, melhor perguntar para a Sra. Von Dobern, Gertie. Ele é motorista dela, aquele russo.

Gertie levou um susto com Willi farejando seus sapatos caros embaixo da mesa, e ela disse com condescendência que não tinha o menor interesse em Grigorij e que só mencionou o assunto por acaso.

– Mas se bem me lembro dele – comentou ela –, com certeza não teve acesso só ao carro de Serafina, mas também ao quarto.

Gertie sempre tivera uma boca grande e não mudara nadinha nesse aspecto, mesmo depois de se tornar a Sra. Von Klippstein e passar a usar um anel de brilhantes no dedo. A Sra. Brunnenmayer percebera que aquele comentário deixara Hanna com uma expressão angustiada e que Auguste estava prestes a dar uma resposta atrevida para a antiga camareira. A cozinheira então interveio rapidamente e perguntou sobre o criado Julius, que trabalhara na Vila dos Tecidos no passado e agora estava empregado na residência dos Von Klippsteins. E, como Gertie precisou responder a essa pergunta, a conversa tomou outro rumo.

– Ela só veio para cá para se exibir para nós – disse Auguste com rancor. – Gertie sempre quis subir na vida e agora se tornou "patroa". Mas tem um capado na cama, esse é o preço que paga pela riqueza. Não vai poder ter filhos. E, se um dia tiver algum, dele é que não vai ser…

– Agora chega, mamãe – disse Liesel do outro lado da mesa. – Toda hora você vem com essa história. Como se não tivesse nenhum outro assunto nesse mundo. Christian pensou que talvez você pudesse perguntar para o patrão se podemos pegar o carrinho de Kurt, que está no sótão, para Anne-Marie…

Auguste deu de ombros e disse que talvez fosse melhor Humbert perguntar para o patrão, mas ele se recusou e replicou que Auguste tinha melhores chances de sucesso, já que era a avó da menina.

– Tudo sempre cai em cima de mim – disse Auguste, suspirando. – Tenho que comprar lã para Else, massagear as costas da Sra. Elisabeth e correr atrás de Johann, aquele folgado, quando vai fumar escondido no parque. Por acaso alguém imagina que também tenho uma vida…

Naquele momento, latidos altos soaram debaixo da mesa e imediatamente a pequena Anne-Marie acordou e abriu um berreiro.

– Esse cachorro é uma praga! – exclamou Else, aborrecida.

– O postaleiro chegou – disse Humbert, colocando as mãos nas orelhas. – Vá logo até lá, Auguste. Não dá para aguentar esse barulho!

O rosto de Auguste se iluminou. Largou a xícara de café e o pão mordido em cima da mesa e correu para a porta que dava para o átrio.

– Olá, Theo! – Os que estavam na cozinha ouviram-na exclamar de forma amável. – Que boas notícias você traz hoje para a Vila dos Tecidos?

Aquele era o ponto ao qual os dois tinham chegado. Algumas semanas antes, Auguste não parava de se queixar das "propostas imorais" e outras coisas, mas acabara saindo com o postaleiro em segredo e, por fim, também dera uma olhada na sua coleção de selos. Isso era de conhecimento de todos os empregados, pois ela não saíra com ele só em suas folgas, mas também em outras noites quando, na verdade, deveria estar em seus aposentos. Liesel, em especial, não estava nem um pouco feliz com isso, porque, assim como todos, não gostava do postaleiro. O único lado bom naquela história era que, desde então, as correspondências tinham passado a ser entregues na Vila dos Tecidos antes das sete horas, e os patrões já podiam lê-las durante o café da manhã.

Infelizmente ficou difícil acompanhar o resto da conversa, porque o cachorro não parava de latir e a pequena Anne-Marie não estava disposta a se acalmar tão facilmente.

– Fique quieto de uma vez, seu cão infernal! – exclamou Else, repreendendo o agitado Willi. – Por que você não o leva logo lá para fora, Christian?

– Melhor eu não levar agora – respondeu Christian irredutivelmente. – Willi não gosta do postaleiro. Ele vai pular em cima dele e pode derrubar o magricela junto com a bicicleta.

– Pois que derrube – replicou Liesel, pegando a filha de seus braços, ainda chorando, para carregá-la um pouco. – Pelo menos assim aquele homem mal-encarado deixaria a mamãe em paz.

– E os patrões receberiam uma queixa – afirmou Humbert, intrometendo-se. – Melhor não. O café está pronto, Sra. Brunnenmayer? Preciso levar para cima. O patrão e a Srta. Dodo querem tomar o desjejum em breve.

Hanna também se levantara, porque tinha que acordar Kurt para ir para a escola, e como Auguste, para variar, estava atrasada, a bondosa Hanna também iria ao anexo para acordar Johann, Hanno e Charlotte. A Sra. Elisabeth se levantava um pouco mais tarde, porque muitas vezes não conseguia dormir à noite de tanta tristeza e só cochilava um pouco já perto da manhã. A Sra. Alicia sempre argumentava que a causa da insônia era justo o longo cochilo matinal de sua filha.

A Sra. Brunnenmayer levou pãezinhos, geleia, manteiga e um prato com fatias de linguiça até o elevador para Humbert servir a comida no andar de cima. Depois deu um olhar aborrecido para Liesel, que ainda estava andando de um lado para outro com a filha no colo.

– Você pretende voltar ao trabalho em breve? – perguntou ela severamente.

– Claro, já estou indo. Ela já está adormecendo…

A carne de porco precisava ser temperada, guarnecida com alguns dentes de alho e salteada antes de assar bem lentamente no forno. Depois era preciso lavar os legumes e preparar a massa para o *spätzle*, o macarrão caseiro. Enquanto isso, a Sra. Brunnenmayer sentou-se de novo para escrever uma lista de compras para Hanna, esticou as pernas doloridas e ficou feliz por pelo menos o cachorro estar quieto debaixo da mesa. Acabara de anotar os três primeiros itens e abrira a boca para perguntar para Liesel se ainda tinha ovos suficientes na despensa quando Auguste retornou à cozinha com o rosto vermelho que nem camarão.

– Meu Deus! – exclamou ela, sentando-se. – Antes de tudo preciso de um café!

Colocou a pilha de correspondências, que deveria levar para a sala de jantar, em cima da mesa com descuido, justamente em cima da geleia que Else entornara mais uma vez.

– Preste atenção, mamãe! – esbravejou Liesel. – Meu Deus, agora tenho que dar um jeito de limpar isso. Por que está tão agitada?

Auguste fez um gesto de desdém e serviu-se do resto do café que tinha no bule. Só quando Christian puxou o cachorro relutantemente pela coleira de baixo da mesa e saiu com ele foi que ela contou a grande novidade.

– Theo fez um pedido – disse ela, dando um sorriso bastante peculiar. – Um pedido de casamento. Quer que eu seja sua esposa, disse que temos muito em comum. Meu Deus, e isso logo pela manhã! Nem sei o que estou sentindo. Estou toda desorientada!

Else deixou cair o tricô, e Liesel baixou o pano com o qual estava limpando a carta do patrão.

– Vejam só isso – comentou a Sra. Brunnenmayer secamente. – Pediu assim, entre uma conversinha e outra. Por acaso hoje de manhã, enquanto andava de bicicleta, ele de repente teve essa ideia de que quer se casar com você?

– O que quer dizer com isso? – perguntou Auguste com indignação. – Ele fez um pedido de verdade, com tudo a que se tem direito. Disse que já está se debatendo com esse pensamento faz tempo, mas não conseguia se decidir. Disse que não aguenta mais ficar sem mim...

– Sem você... nossa, que romântico – disse Else com um suspiro, abaixando-se para procurar seu tricô debaixo da mesa.

– Disse que não conseguiu dormir à noite – disse Auguste, prosseguindo. – E que tomou coragem de manhã.

– O postaleiro é um homem decidido – comentou a Sra. Brunnenmayer com ironia, colocando um dente de alho dentro do assado de porco.

– É que ele nunca se casou – explicou Auguste. – Por isso teve um pouco de dificuldade com as coisas. Mas disse tudo com muito carinho. E estava falando sério. Tem um apartamento bom e também tem algumas economias...

Liesel ficou pálida.

– Não me diga que está pensando em aceitar o pedido, mamãe? – perguntou ela baixinho.

– E por que não? – respondeu Auguste com uma risada de satisfação. – Ele é funcionário do governo, tem estabilidade e vai ter uma boa aposentadoria. Assim, não vou mais precisar correr atrás dos fedelhos da Sra. Elisabeth e ficar satisfazendo seus caprichos o dia inteiro. Terei uma casa só minha e um marido gentil que traz dinheiro para o lar. Não há mais nada que uma mulher possa querer.

Liesel olhou para a Sra. Brunnenmayer, impotente, mas ela só deu de ombros. Se Auguste decidisse que se casaria com aquele verme nazista, quem é que poderia impedi-la? Algo assim aconteceria em algum momento. A cozinheira já imaginara isso fazia tempo. Auguste era do tipo de mulher que não conseguia ficar muito tempo sem um homem.

– Mas... mas você não o ama – disse Liesel, já desesperada.

Auguste não estava disposta a ouvir lições de moral da filha. De um ímpeto, colocou a xícara vazia em cima da mesa e pegou a pilha de correspondências.

– Isso é assunto meu, Liesel, e não diz respeito a você. Também não fiquei buzinando em seu ouvido quando você se casou com seu Christian, e Maxl também não me perguntou o que eu achava de sua esposa.

Agora a pequena Anne-Marie voltara a chorar, e Liesel foi forçada a deixar os legumes de lado para ninar a filha.

– Ela não pode fazer isso – disse ela, suspirando infeliz, depois que Auguste subiu as escadas para atender os patrões. – Aquele porco nazista! Preciso falar com meus irmãos. Ela não pode arranjar um homem daqueles para ser nosso padrasto...

– Quem sabe... – disse Else, balançando a cabeça. – Muita coisa pode acontecer até o dia do casamento. E talvez o postaleiro mude de ideia e não queira mais se casar.

– Seria bom demais para ser verdade – respondeu Liesel.

Por volta das dez, quando a carne já estava no forno, os legumes já tinham sido lavados e a sobremesa de creme, frutas e claras em neve já estava pronta fazia tempo, Hanna retornou das compras. Humbert havia saído para ajudá-la com a cesta pesada, e os dois entraram na cozinha, onde Liesel preparava a comida dos empregados.

– Conseguiu encontrar tudo? – perguntou a cozinheira, cortando o toucinho para o molho.

– Claro – respondeu Hanna, começando a tirar as coisas da cesta. – Os ovos estão pequenos, não teve jeito. E está quase impossível comprar canela agora, mesmo o menor pacotinho já custou um Reichsmark.

Else contou que lera no jornal que os temperos eram ruins para o estômago, especialmente aqueles vindos da África ou da América do Sul, que podiam não ser puros.

– Que absurdo! – esbravejou a cozinheira. – Só estão escrevendo isso porque Hitler quer economizar em moeda estrangeira. Por isso ficam falando que a gente só deve colocar salsinha e alho na comida agora...

Hanna tirara o casaco e se sentara à mesa do lado de Else, exausta, para descansar um pouco. Humbert sentou-se ao seu lado. Ele polira impecavelmente os sapatos dos patrões e então lavara as mãos duas vezes, pois não gostava do cheiro da graxa de sapato.

– Ouvi uma novidade – disse Hanna. – Na leitaria. Marga, a criada do Dr. Ludemeier, me contou que a loja de roupas da Sra. Von Dobern na Karolinenstraße está fechada há dias. Disse que tem uma placa na porta dizendo que é por motivos familiares.

O Dr. Ludemeier era urologista, e seu consultório ficava em frente ao ateliê que fora da Sra. Melzer tempos antes.

– Por motivos familiares? – indagou a cozinheira, admirada. – Não me diga que a Sra. Von Dobern se casou?

Naquele momento, Auguste retornou à cozinha para beber rapidamente um café com leite e ver o que tinha de almoço para os empregados.

– Quem se casou? – perguntou ela.

– A Sra. Von Dobern – respondeu a cozinheira com um sorriso.

– Ela? – questionou Auguste, indignada. – Quem é que está disposto a levar uma cobra venenosa daquelas para casa?

Ressentida por ninguém querer ouvi-la, Hanna balançou a cabeça.

– Com certeza não foi por causa de casamento – disse ela. – Foi porque a polícia a prendeu.

A notícia caíra como uma bomba. Liesel deixou cair a tábua de corte; Else, seu tricô; e até mesmo a Sra. Brunnenmayer parou de fatiar.

– A polícia a prendeu? – indagou Humbert, estupefato. – Na loja?

– Não. Em sua casa, na Steingasse. Foi Uschi, a criada do diretor Wiesner, quem contou para Marga, porque passou por ali e viu dois homens levando a Sra. Von Dobern e entrando com ela em um carro. Com certeza eram da Gestapo. Vão levá-la para a Prinzregentenstraße...

– Que bom – disse Humbert sem um pingo de piedade. – Finalmente pegaram alguém que fez por merecer.

– A Sra. Von Dobern é mais esperta que uma raposa – comentou Auguste com incredulidade. – Nem a Gestapo vai conseguir dar cabo nela.

– E eles contaram a alguém por que a prenderam? – perguntou a cozinheira. – Achei que Serafina tivesse contatos no alto comando do partido.

– A Marga disse que foi caso de espionagem – disse Hanna com ar solene.

– A Sra. Von Dobern é espiã? – perguntou Humbert. – Não consigo imaginar isso. Apesar de que aquela mulher é capaz de tudo...

– Ela não – objetou Hanna. – Um de seus funcionários era espião, parece. Ele fugiu, e disseram que Serafina o ajudou a fugir.

Todos ficaram em silêncio. A cozinheira logo percebeu que a inocente Hanna ainda não tinha ligado os pontinhos. Mas Auguste, que tinha o raciocínio rápido, já entendera tudo.

– Só pode ser o Grigorij! – exclamou ela, horrorizada. – Meu Deus, Grigorij é um espião russo! Pois bem, macacos me mordam! Que degenerado! Fingiu-se de coitadinho, de refugiado pobre da Sibéria, e aí apronta uma dessas!

Hanna a encarava com os olhos esbugalhados de horror.

– Grigorij? Mas por que logo ele? – perguntou ela, insegura.

– Quem mais seria? – disse Humbert. – Desde o início eu sabia que ele não valia nada. Sorte sua, Hanna, por não ter caído no conto do salafrário.

– Meu Deus – comentou Hanna, que, apesar de tudo, ainda sentia afeto por Grigorij. – Se for verdade, espero que não o peguem.

– Seria melhor mesmo para ele – disse a cozinheira. – Senão sua morte é certa… Meu Deus, cadê o presunto? Estava aqui em cima da tábua de corte agorinha…

Era possível ouvir o som de mastigação feliz vindo de baixo da mesa. Willi encarava inocentemente com seus olhos âmbar enquanto mastigava o finalzinho do presunto.

– Esse vira-lata maldito – ralhou Humbert. – Como entrou na cozinha desta vez?

– Entrou escondidinho junto com vocês dois – disse a cozinheira, aborrecida, levantando-se para ir até a despensa para cortar outro pedaço do presunto defumado.

Ela o cortou em pedacinhos pequenos e ficou parada em frente à porta para o pátio com eles na mão.

– Venha aqui! – ordenou.

O focinho delicado de Willi se movia, farejando, e ele hesitou um pouco por medo de ser agarrado pela coleira se saísse de baixo da mesa. Mas a tentação se mostrou mais forte.

– Muito bem. Senta… Senta!

Willi sentou-se, encarando o pedaço de presunto que a cozinheira segurava diante de seu focinho.

– Aqui!

Ele pegou o petisco gentilmente da mão da cozinheira e engoliu-o de uma vez. Depois encarou sua protetora com olhos famintos.

A Sra. Brunnenmayer abriu a porta do pátio.

– E agora chispe daqui!

O comando fora reforçado por outro pedaço bem pequenininho de presunto que fora jogado no pátio. Willi deu outro salto e abocanhou o prêmio.

– É assim que se faz! – disse a cozinheira com satisfação, fechando a porta depois que o cachorro saiu.

38

— Eu não gosto disso – disse Felix com a consciência pesada. – Queria que as coisas fossem diferentes.

Eles estavam deitados juntinhos no trailer, em cima do estofado largo, e como todas as vezes em que ficavam juntos, depois se sentiam felizes e culpados ao mesmo tempo. No início, Henni não queria admitir: por que deveriam se sentir mal se seu amor era sincero? Mas era assim que se sentiam.

– Como é que você queria que as coisas fossem? – perguntou ela.

Ele olhou com desgosto para as cortinas fechadas e para a porta, que eles tinham barricado com um pedaço de pau para não serem surpreendidos por algum visitante indesejado.

– Abertas e honestas, diante de todo mundo – respondeu ele. – Sem essas mentiras constantes e sem o medo de alguém me denunciar e colocar você e sua família em apuros.

Na verdade, Henni achava muito romântico fazer amor com seu Felix de noite, à luz de velas em um trailer. Mas, desde o início, aquilo não agradava o rapaz. Mesmo assim fora até lá, porque eles não tinham alternativa para ficarem juntos por mais tempo sem interrupções.

– Mas como isso seria possível?

– Não é – murmurou ele, puxando-a para mais perto. – Pelo menos não agora. Talvez mais para a frente, quando os nazistas forem arruinados e este país voltar a ser um lugar justo.

Ela se aninhou a ele e pensou que nunca mais queria soltá-lo. Achara que sabia quase tudo sobre o amor carnal, porque fizera algumas "tentativas". Mais por curiosidade que por outro motivo, sempre com rapazes que achava atraentes, mas para os quais não ligava. Mas com Felix era diferente. Era como estar no céu, mas ao mesmo tempo era terrível, porque ela perdia o controle. Era pura plenitude, toda a felicidade do mundo, mas também podia doer imensamente. Assim era o amor. Agora ela sabia.

– E quando isso vai acontecer? – indagou ela, insistindo.

– Alguma hora – respondeu ele desafiadoramente. – Se eu não tivesse certeza de que essa hora vai chegar, não ia nem querer mais viver!

Homens, pensou ela, irritada. *Por que sempre têm que correr atrás de seus objetivos nobres? Lutar por alguma ideia mirabolante, arriscar a própria pele. Enquanto existem coisas muito mais importantes na vida do que parar na prisão por causa das ideias de Karl Marx.*

– Serei convocado para o exército este ano – disse ele com apreensão. – Na verdade, já deveriam ter me chamado ano passado, mas este ano vão chamar com certeza.

Ela se assustou. Aquilo não havia lhe ocorrido até aquele momento.

– E para onde vão mandar você?

– Não tenho a menor ideia.

O serviço militar obrigatório fora reintroduzido por Hitler no ano anterior, o que era uma violação clara do Tratado de Versalhes, mas os vencedores da guerra mundial haviam fechado os olhos para isso.

– E vamos conseguir nos ver? – perguntou ela, apavorada.

– Com certeza – respondeu ele. – Mas não com tanta frequência…

O serviço militar estava fixado em um ano. Nesse período, eles só poderiam se encontrar muito esporadicamente. Provavelmente não se veriam nos primeiros meses.

– E você vai me esquecer? – perguntou ela.

– Você acha mesmo isso?

– Talvez, ora…

Ele a sacudiu e beijou-a com firmeza, mostrando-lhe daquele jeito que sua pergunta fora bastante descabida.

– E você? – perguntou ele. – Vai buscar consolo nos braços de outros quando eu não estiver mais aqui? Opção não falta, todos vivem correndo atrás de você.

– Eles não me interessam – assegurou ela. – Nenhum deles.

– Mas um ano é muito tempo – comentou ele.

– É verdade. Talvez fosse melhor se a gente noivasse antes.

Ele fitou em silêncio o teto de metal do trailer, onde o brilho da chama da vela dançava.

– Você realmente quer isso, Henni?

Aquelas palavras não soaram felizes, estavam mais para céticas. Ela já estava lhe fazendo o pedido, que na verdade caberia a ele, e era tratada daquele jeito!

– É claro que quero. Por acaso você não quer? O fato de eu ser sobrinha de um grande capitalista incomoda você?

– Que besteira – disse ele, rindo e dando um puxãozinho em sua orelha, mas voltou a ficar sério. – Sabe muito bem o que quero dizer, Henni. Estou trilhando caminhos perigosos, e não posso nem desejo mudar isso. Não quero que você se envolva nesses negócios.

– Mas já estou envolvida há muito tempo! – exclamou ela.

– Mas, se você for minha noiva ou esposa, a coisa muda…

– Você acabou de dizer "esposa"?

– Sim, eu disse "esposa"!

– Então você quer se casar comigo?

– É claro que quero me casar com você!

– Você nunca mencionou isso!

Ele deu um suspiro e disse que ela estava distorcendo suas palavras.

– Eu me casaria com você agora mesmo se a situação não fosse tão complicada…

– E por que não me diz isso?

– Mas acabei de dizer agora há pouco! – afirmou ele. – Falei que gostaria que as coisas fossem abertas e honestas, que a gente pudesse se encontrar diante de todo mundo. E que a gente pudesse se amar sem se esconder.

– Ah, e isso foi um pedido de casamento?

– Foi… algo nesse sentido.

Ela se calou por um momento. Depois percebeu que ele olhava para ela com preocupação e sorriu para ele.

– Tudo bem – disse ela. – Então minha resposta é sim.

– Você quer se casar comigo?

– Algo nesse sentido…

Ele começou a rir e disse que ela era uma pessoa muito espirituosa com a qual era preciso ter cuidado, que não era possível esconder nada dela e que ele a amava loucamente. Depois eles não disseram mais nada por alguns instantes, porque fizeram outra coisa que era mais bonita e mais simples que pronunciar tantas palavras.

Só quando ouviram um cachorro latir é que pararam e se sentaram.

– É Willi. Às vezes Christian o deixa sair mais tarde para fazer xixi.

– Já são quase onze horas – disse Felix, olhando para o relógio de pulso. – Temos que ir. Senão você vai perder o último bonde.

A despedida era uma tortura que os dois odiavam. Arrumaram-se devagar e, com relutância, calçaram os sapatos e os casacos. Felix tirou a tábua com a qual tinham barricado a porta, e Henni apagou as velas.

– Espere até o cachorro voltar para dentro!

Eles se aninharam mais uma vez e prestaram atenção nos barulhos até que ouviram a porta da casa do jardineiro ser aberta e fechada novamente. Agora era chegada a hora da despedida mesmo. Henni trancou o trailer por fora com a chave que Dodo lhe entregara em confiança. Depois eles caminharam nos campos do parque úmidos de orvalho em direção à alameda até chegarem ao portão. O bonde ainda não chegara, mas dois jovens e um senhor estavam no ponto.

– Nos vemos no domingo? – perguntou ela em tom de sussurro.

– Infelizmente não. Estarei... indisponível. Pode ser na terça ou na quarta?

Ela sabia o que a palavra "indisponível" significava e sentia um pânico pungente toda vez que ele a pronunciava. Existia um acordo implícito entre eles: ela não fazia perguntas, então nunca sabia exatamente onde ele estava. Ele entregava mensagens para seus companheiros, levava panfletos e manuscritos para outros departamentos da organização e devia carregar materiais extremamente perigosos na mochila quando voltava das missões. Por isso pegava o bonde só para trechos curtos e preferia andar a pé, frequentemente à noite, evitando trechos muito movimentados e passando por campos e bosques.

– Na terça-feira. No mesmo horário e no mesmo lugar! – disse ela apressadamente, porque as luzes do bonde já estavam surgindo à sua esquerda.

– Até mais, Henni. Não se esqueça de mim!

– Tenha cuidado, Felix!

Um último beijo, e ela precisou correr para pegar o bonde. Felix foi a pé, porque supostamente conhecia um atalho e não precisaria andar mais de meia hora para chegar a seu apartamento. Depois que ela pagou a passagem e olhou pela janela, ele já havia desaparecido na escuridão.

Como de costume, ela estava exausta no dia seguinte. Afinal, quando alguém chega em casa só por volta da meia-noite e é acordado por um bebê berrando logo após adormecer, a noite se torna bastante curta. Àquela altura, o bebê de tia Tilly se transformara em um leãozinho faminto e queria ser amamentado duas vezes durante a madrugada. O entusiasmo de Henni pelo pequeno Edgar e por ter filhos um dia diminuíra significativamente nas semanas anteriores: um filho era uma tarefa muito cansativa. Ela ficava feliz por Felix compartilhar sua opinião e por eles tomarem muito cuidado para que não acontecesse nenhum acidente.

Na fábrica havia novos desafios. Fazia alguns dias que tio Paul estava com um excelente humor e ao mesmo tempo extremamente nervoso por ter que preparar sua viagem para Nova York. Eles partiriam um pouco antes da Páscoa. Kitty e Robert iriam junto, e Paul levaria Kurt e Dodo. Ou seja: seria um verdadeiro reencontro em família em Nova York. É claro que ainda tinha muita coisa a ser organizada na fábrica antes de sua partida, afinal seria a primeira vez que o senhor diretor se ausentaria por quatro semanas. Henni estava em seu escritório já de manhã, ouvindo instruções sobre o que deveria ser observado, o que ela poderia decidir e quais decisões deveriam ser adiadas até que ele retornasse, quem era responsável por quais áreas, e sempre deveria estar a par das coisas, e quais parceiros de negócios deveriam ser tratados com prioridade etc., etc., etc. Henni ficara sentada do outro lado da escrivaninha, entediada, fazendo anotações e julgando aquelas explicações muito supérfluas, afinal fazia tempo que ela já sabia tudo aquilo. Mas tio Paul parecia sentir-se melhor quando considerava todos os problemas de antemão e não deixava nada a cargo da sorte.

– É claro que os dois contratos com o governo têm prioridade e precisam ser executados pontualmente.

– Certo, tio Paul.

Quem arranjara aqueles contratos provavelmente fora o Sr. Von Klippstein, ex-marido de tia Tilly. Kitty tinha ódio mortal dele, e Dodo também não ia com sua cara, mas tio Paul dissera que, apesar de todas as suas peculiaridades e seus defeitos, o Sr. Klippstein tinha uma atitude solidária à família e à fábrica de tecidos dos Melzers. E aquilo não deveria ser subestimado de forma alguma na situação que estavam vivendo. Henni achava o mesmo. Afinal, um contrato com o governo era uma coisa positiva para a fábrica, mesmo que se tratasse de um tecido de lã cinza feio, com o qual provavelmente seriam feitos uniformes. Pelo menos fora o que argumentara Felix, que, é claro, via aqueles contratos como uma "aliança com o inimigo" oportunista. Mas infelizmente não era possível conversar com Felix sobre esse tipo de coisa, e por isso ela não o fazia.

Ela ficara muito feliz quando Paul julgara, finalmente, que a instruíra o suficiente por aquele dia e a mandara para o escritório ao lado para verificar vários cálculos. As pobres secretárias estavam andando pela fábrica completamente desorientadas, porque tio Paul também lhes apresentara uma lista com regras de conduta, e elas perguntavam sobre cada detalhe três vezes para não cometerem nenhum erro. À tarde estava marcada uma reunião com os chefes da tecelagem, da fiação e da impressão de tecidos, com a presença do chefe de contabilidade e das secretárias também. Com certeza seria um tédio sem fim.

Tio Paul a chamara para almoçar mais cedo do que de costume. Ela queria se encontrar com Felix na fábrica novamente, mas naquele dia Paul não estava disposto a fazer nenhuma concessão.

– Ainda preciso falar sobre algumas coisas com você, Henni. Pode se encontrar com o Sr. Burmeister amanhã. Aliás, meu convite a ele ainda está de pé. O que acha de tomarmos café no domingo à tarde na Vila dos Tecidos?

– Posso perguntar para ele, tio Paul. Mas acho que já tem um compromisso.

– Que pena. Seria ótimo se conseguíssemos fazer isso antes de nossa viagem. Sua avó, tia Elvira e Lisa adorariam conhecer o rapaz. Principalmente porque sua mãe gostou muito dele e até mesmo Gertrude não para de elogiá-lo…

Henni achava que a família também podia ser uma coisa muito desgastante. Especialmente avó Alicia, que com certeza faria um interrogatório completo com Felix. Aí eles precisariam ter uma atenção descomunal para não confundir a história de vida inventada do rapaz, porque Kitty tinha boa memória. Pelo menos para as coisas que julgava importantes.

Humbert os recebera na Vila dos Tecidos com uma expressão que indicava um acontecimento preocupante.

– Que bom que o senhor veio um pouco mais cedo hoje, patrão – disse ele enquanto pegava o casaco e o chapéu de tio Paul. – A senhora sua irmã não está muito bem, talvez fosse bom o senhor vê-la antes do almoço.

– Ela está doente? – perguntou Paul, assustado.

– Se o senhor me permite uma avaliação pessoal, senhor, trata-se mais de uma questão dos nervos.

– Ah, meu Deus! – disse Paul com um suspiro e dirigiu-se para Henni. – Talvez seja melhor você ir vê-la antes.

– Tudo bem, tio Paul.

É claro que ele queria ir logo para seu escritório, porque Robert trouxera os vistos e as passagens de navio naquela manhã. Aquele provavelmente seria também o motivo para o colapso nervoso de tia Lisa, que nos últimos dias vinha reclamando sem parar por ter que segurar as pontas da casa sozinha por quatro semanas. Como se avó Alicia e tia Elvira não valessem de nada!

Henni foi até o anexo, onde Hanna tentava apaziguar uma briga entre Johann e sua irmãzinha Charlotte.

– Ele quebrou meu cofrinho e pegou todas as moedas! – berrava a menina. – Vou contar para a mamãe!

– Vocês não podem falar com sua mãe agora, ela não está muito bem. Vamos ao banheiro lavar as mãos. O almoço já vai ser servido…

Henni adoraria ter esvaziado os bolsos daquele larápio de 12 anos e tomado dele o dinheiro afanado, mas naquele momento ouviu um choro reprimido vindo da sala e decidiu concentrar suas energias em tia Lisa.

Sua tia estava sentada no sofá se debulhando em lágrimas e olhou para ela com os olhos inchados.

– Ah, Henni! Que bom que você chegou… Não… não sei mais o que fazer com esse infeliz…

Umas boas palmadas seria um bom começo, pensou Henni, achando que a tia estivesse se referindo ao seu filhinho mal-educado Johann. Mas então percebeu que Lisa estava com uma carta amassada na mão.

– Ele me escreveu uma carta – disse ela com a voz embargada.

Uma terrível suspeita surgiu dentro de Henni. Tio Sebastian, aquele homem impossível, não teria ousado fazer uma loucura daquelas! Ou teria?

– Você quer ler?

Henni hesitou. Se fosse uma carta de tio Sebastian, provavelmente ele escrevera longas declarações de amor que só se dirigiam à esposa. Ela não queria ler aquele tipo de coisa.

– Só se você não se incomodar, tia Lisa… A carta… a carta é de tio Sebastian?

– Exatamente! – disse sua tia. – Mas pode lê-la à vontade, isso não me diz mais respeito. Esse homem morreu para mim. Abandonou-me a sangue frio, me deixou criando nossos filhos sozinha, me largou na desgraça e ainda tem a cara de pau de me escrever estas linhas ridículas!

Henni pegou a carta com as pontas dos dedos e pensou se talvez tia Lisa não teria enlouquecido de vez. Havia pouco se acabara de chorar, agora se lamentava aos berros, mas já secando os olhos com um lenço novamente. Talvez Hanna devesse trazer-lhe um pouco das gotas de valeriana que Alicia costumava tomar quando não conseguia dormir.

– A carta foi entregue pelos correios? – perguntou Henni.

– É claro, como mais seria entregue? Estava dentro desse envelope!

Ela apontou para um envelope rasgado que estava no chão. Henni catou-o e se deu conta de que tio Sebastian não agira de forma tão estúpida quanto temera. O endereço fora escrito com a letra de outra pessoa, e indicava como suposto remetente uma loja de chapéus que ficava na Bahnhofstraße. Além disso, na parte da frente do envelope estava escrito: fatura no interior.

– É claro que percebi imediatamente que tinha algo de errado – disse a tia Lisa, revoltada. – Nunca compro nessa loja, eles têm os chapéus mais horrorosos de toda Augsburgo!

Henni começou a decifrar as linhas borradas por lágrimas.

Minha amada esposa,

escrevo-lhe esta carta movido pela saudade que sinto de você e de meus filhos, apesar dos perigos. Tenha certeza, querida, de que meus pensamentos estão o tempo todo com você e nossos pequenos, mesmo que as circunstâncias me obriguem a viver longe. Por enquanto ainda fui poupado pelo destino, ainda estou vivo e posso concentrar minhas forças na luta contra o demônio Adolf Hitler junto com pessoas com os mesmos ideais. Estamos indo bem, nosso movimento socialista está juntando cada vez mais seguidores tanto em Augsburgo quanto no resto da Alemanha. Também faço isso por você, meu amor, e por nossos filhos, para que vivam em um mundo melhor.

Peço-lhe com insistência que queime esta carta imediatamente após lê-la e que não fale com ninguém sobre ela.

Um grande abraço, meu anjo, e um beijo em nossos filhos.

Seu marido fiel,

Sebastian

Aquilo era típico de tio Sebastian. "Nosso movimento socialista", "contra o demônio Adolf Hitler"... ele não poderia ter sido mais claro. As linhas ficaram embaçadas diante dos olhos de Henni: se aquela carta parasse nas mãos erradas, seria o fim.

– O que me diz? – disse Lisa quando Henni tirou os olhos da carta. – Um marido responsável por acaso age assim?

Henni precisou pigarrear, porque de repente sentiu um bolo na garganta.

– Você mostrou esta carta para alguém, tia Lisa?

Lisa, que estava esperando um comentário solidário, agora balançava a cabeça, irritada.

– Para quem eu mostraria? Não tem mais ninguém nesta casa com quem possamos desabafar desde que Marie se foi!

– E os empregados? Hanna? Humbert?

Sua tia deu de ombros, o que podia significar muitas coisas.

– Então devemos destruí-la imediatamente – afirmou Henni, decidida.

Sua tia não gostou nada daquela ideia.

– Por que eu deveria fazer isso? Quando as crianças vierem me perguntar sobre o pai, pelo menos eu posso mostrar-lhes esta carta. E além disso... ela... talvez... talvez seja a última carta que ele me escreveu...

Suas palavras foram interrompidas por soluços de choro. Ótimo, que bela peça aquele estúpido de tio Sebastian aprontara: a pobre Lisa estava completamente transtornada. Acabaria enfiando aquela carta maldita em alguma gaveta, e as crianças a encontrariam. Isso sem pensar no que poderia acontecer se elas comentassem alguma coisa na escola!

A campainha do almoço soara. Era preciso agir naquele momento. Henni dobrou a carta, decidida a destruí-la com as próprias mãos se fosse necessário.

– Você vai colocar tio Sebastian e todos nós em enorme perigo se não fizer isso, tia Lisa. É o que você quer?

– Já não sei mais o que quero e o que não quero! – disse Lisa aos prantos, com o rosto enfiado no lenço.

Ela estava completamente fora de si. Não adiantava apelar para a lógica. Era necessária outra abordagem. Henni sentou-se ao lado da tia no sofá e abraçou-a.

– Sei como isso é difícil para você – disse ela gentilmente. – Mas você precisa ser forte agora, tia Lisa. Pelas crianças e por tio Sebastian. E por todos nós. Entende?

Lisa deu um suspiro profundo e depois fez que sim com a cabeça.

– Quer que eu faça isso para você? – perguntou Henni, esperançosa.

– Se não tiver outro jeito – disse Lisa com a voz embargada. – É muito gentil de sua parte, Henni...

– Faço isso com prazer por você. E outra coisa: você não pode contar para ninguém. Especialmente para as crianças. Mas também para mais ninguém. Você vai conseguir?

– Vou tentar...

A porta se abrira, e Paul colocou a cabeça na fresta.

– Lisa – disse ele em tom de crítica. – Tente se recompor. A mamãe já perguntou por você. O que aconteceu de tão terrível assim?

– Nada, Paul – disse Lisa, aprumando-se. – Já estamos indo. Só preciso me... recuperar um pouquinho.

Enquanto tia Lisa colocava um pano frio sobre o rosto quente no banheiro, Henni rasgou a carta em pedacinhos, jogou-os no vaso e deu descarga em seguida.

39

Tilly não sabia dizer se estava feliz ou triste. Estava os dois. Seu filhinho era a maior alegria que a vida já lhe dera de presente. Ela era mãe de corpo e alma e sentia uma ternura profunda quando segurava aquele corpinho pequeno e quente em seus braços. Mas, quando o pequenino dormia pacificamente no moisés, era tomada pela tristeza e atormentada por vergonha e arrependimento.

Ele ligara para ela nas últimas semanas antes do nascimento da criança e lhe pedira um encontro para que eles falassem sobre "tudo". Ela não sabia como ele ficara sabendo de sua gravidez. Provavelmente alguma fofoqueira de seu consultório teria lhe contado. Ela recusara o convite. Disse que estava cansada demais, porque ainda estava trabalhando no hospital. Porém, havia ficado imensamente feliz em ouvir a voz dele. Mas depois pensou que ele pedira aquilo pela criança, e não por Tilly. Ele terminara tudo com ela, e ela tinha a prova escrita daquilo. Não queria viver com uma mulher que não conseguia confiar nele. Era um gesto simpático interessar-se pelo filho, mas aquilo não tinha nada a ver com ela.

Ainda assim, aquele telefonema inesperado revivera sentimentos nela que ela achara ter superado e esquecido. Ela ansiava por ele. Infelizmente. E se digladiava consigo mesma, porque fora ela quem destruíra aquele amor. Por causa de sua inocência, sua desconfiança e seu orgulho ridículo.

Ele fora ao hospital no dia do nascimento de Edgar. Olhara para o filho, emocionado, enquanto a enfermeira o segurava, depois foi até a cama e sorriu para ela com orgulho paterno.

– Você se saiu muitíssimo bem...

Dissera aquilo ou algo parecido para ela, mas ela estava tão confusa e exausta do parto que só virara a cabeça para o lado e irrompera em lágrimas.

– Não se preocupe, Sr. Dr. Kortner – disse a enfermeira, consolando-o. – São só os nervos. As puérperas ficam muito sensíveis...

Ele a visitara três vezes no hospital, sempre no horário de almoço, quando o consultório dele fechava por uma hora. Levara-lhe flores e doces, que ela logo entregava para a vizinha de quarto, pois não queria que nenhum parente ficasse sabendo daquelas visitas. Os mexericos já haviam começado entre os colegas do hospital e ela não precisava de mais fofoca entre a família. Jonathan e ela só falaram sobre temas gerais e sobre os compromissos burocráticos que eram necessários naquelas ocasiões: o registro junto ao cartório da cidade; o reconhecimento, que ele queria realizar de qualquer forma; o nome da criança, com o qual ele concordara. Além disso, havia perguntas sobre como ela e a criança estavam, quando eles seriam liberados, e comentários sobre o clima.

– Eu poderia visitar vocês na Frauentorstraße?

– Seria melhor a gente se encontrar fora de casa.

– Então, por favor, me ligue para marcarmos alguma coisa.

– Assim que eu puder.

Ele aquiescera, e eles não se viram nas primeiras semanas, porque estava muito frio para passear com um recém-nascido. Volta e meia, quando ela estava sozinha com o bebê em casa, ligava para ele. Eram conversas rápidas, porque ele sempre estava muito ocupado no consultório. Mas demonstrava muita alegria e perguntava como ela estava, se o pequeno já ganhara peso e se ele poderia fazer alguma coisa por eles.

– Muito obrigada, mas estamos bem.

– Infelizmente preciso desligar, a sala de espera está lotada.

– Entendo...

– Ligue para mim em breve novamente, Tilly. É muito bom ouvir sua voz...

Suas palavras deixavam-na confusa. Sem dúvida ele ficava feliz em ouvir a voz dela, mas deveria ser porque ela falava sobre seu filho. Ou será que ela estava enganada? Seria possível que um filho reacendesse a chama de um amor apagado? Ah, só podia ser um engano que levaria a mais decepções. Era melhor ser prudente, contentar-se com a presença dele, mas não alimentar outras esperanças. Os sonhos lindos, mas irrealistas, pertenciam às noites de sono.

Havia também outros motivos que tornavam aquelas primeiras semanas em casa nada leves. Especialmente Gertrude era uma razão para irritação constante. Ela se recusava a seguir as recomendações modernas de cuidados com bebês e não perdia nenhuma oportunidade de recriminar Tilly nesse sentido.

– Por que você limpa tudo com esse negócio vermelho? A casa inteira está fedendo a isso. O pobrezinho vai ficar com falta de ar e dor de cabeça.

– Isto é desinfetante, mamãe. É importante manter o ambiente do recém-nascido livre de germes de todos os tipos. Fazemos a mesma coisa no hospital. Por favor, desinfete suas mãos com isso antes de pegar no bebê.

– É mais uma idiotice que os americanos inventaram – respondia sua mãe, irritada. – Nunca "desinfetei" nada, e vocês dois cresceram com saúde de ferro. Nem ficava andando por aí de avental branco. Nem eu nem a ama de leite.

– O avental branco é importante, porque sabemos que está sempre lavado e, por isso, sem germes, mamãe. O recém-nascido é muito sensível e tem poucos mecanismos de defesa justamente nos primeiros dias.

– Continue fazendo isso se quiser assustar o menino e sufocá-lo. Mas melhor eu não falar mais nada, já percebi que você sabe mais que todo mundo.

Outro assunto era a alimentação. Pelo menos nisso elas concordavam: o leite materno era o melhor para a criança. Mas, infelizmente, Tilly tinha pouco leite, e o bebê reclamava de fome a cada duas ou três horas.

– Quando você vai procurar uma ama de leite? – perguntava sua mãe, nervosa. – Quer deixar o pobrezinho morrer de fome? Ele berra a plenos pulmões, não consigo mais ouvir os gritos!

– O leite vai acabar descendo – respondia Tilly. – Pode ser que demore mais um ou dois dias.

– Se você não liga para o próprio filho, pelo menos deveria levar em consideração as pessoas que moram sob o mesmo teto que você!

Tilly tinha que lhe dar razão naquele ponto. Ela ficara orgulhosa de ter tido um parto exemplar e bastante tranquilo e, além disso, o menino era forte e saudável, "um rapazinho magnífico", segundo o que disseram no hospital. Mas agora estava tendo problemas para amamentar: seus mamilos estavam feridos, porque o pequeno Edgar agarrava firme e sugava com força, mas o fluxo de leite não ficava cada vez mais forte, só mais fraco. Mesmo assim, ela nem pensava em contratar uma ama de leite, e preferira seguir o conselho de Kitty de oferecer leite de vaca diluído com chá de erva-doce ao menino.

– Ele vai ficar com dor de barriga se tomar isso – agourava a mãe.

Mas o pequeno Edgar não lhe dera esse gostinho. Mamava a mamadeira toda com voracidade e passara a acordar só duas vezes durante a noite. Aquilo fora uma bênção para todos, que não precisavam mais escutar a poderosa vozinha ecoando pela casa inteira.

– Ele berra como um leão – comentara Robert com um sorriso. – Com certeza vai ser pastor ou político.

– Ou cantor de ópera – objetara Kitty. – Já estou ouvindo o futuro tenor cantando Wagner!

Kitty era incrível. Sempre ficava do lado da nova mãe, ria do caos na sala com tantas tralhas de bebê, repreendia sua sogra quando ela assediava Tilly com conselhos e carregava o pequeno Edgar quando ele não queria dormir.

– Meu Deus, como ele ainda é pequenininho. Ah, já faz tanto tempo que não seguro um bebezinho, como é meigo e frágil. E que cheiro maravilhoso ele tem! É uma mistura de roupa lavada, bebê, leite e... Quando foi mesmo que você trocou a fralda dele pela última vez, Tilly querida?

Kitty lhe transmitia segurança e repetia toda hora que o bebê precisava, sobretudo, da mãe e de uma família feliz, que sua Henni crescera exatamente da mesma forma e se saíra muito bem, e que ela estava imensamente feliz com aquela linda adição à família. Contudo, às vezes Kitty também fazia perguntas inconvenientes, mas sem nenhum intuito maldoso por trás; ela simplesmente era o tipo de pessoa que falava o que lhe passava pela cabeça sem nunca ter segundas intenções.

– Que gentileza do Dr. Kortner visitar você no hospital!

Inicialmente Tilly levara um susto, depois entendera que Kitty se referira à primeira visita de Jonathan no dia do nascimento da criança. Ela parecia não ter notado nada sobre as outras visitas.

– Sim, ele foi muito atencioso. Queria ver o Edgar de qualquer jeito...

– E é claro que no registro ele consta como o pai, não é mesmo?

– Mas é claro. Também lhe disse que isso não implica nenhum tipo de obrigação para ele...

– Isso foi muito inteligente de sua parte, Tilly querida. Nós vamos dar conta de tudo. Mas ele não entrou em contato com você de novo depois do nascimento de Eddi? Isso não é um argumento a favor do Dr. Kortner... Eddi, meu pobrezinho, infelizmente você tem um pai insensível e indiferente que não merece um menino tão maravilhoso assim. Mas não se preocupe com isso, Eddi querido. Criaremos você muito bem sem pai, não precisamos de um homem com um coração de gelo como Jonathan Kortner. Venha com a tia Kitty, meu amorzinho. Dê-me o pano, Tilly. Acho que ele vai golfar...

É claro que Kitty ignorava todas as regras. Nunca passava o desinfetante nas mãos, alegando que tinha alergia, e Tilly desistira de repreendê-la constantemente. Kitty era uma exceção e ponto-final; não era possível julgá-la da mesma forma que os outros. Suas opiniões sobre a vida e especialmente sobre os homens também eram incomuns.

– Sabe, Tilly, minha querida... Existem homens que têm casos sem fim, pulam de galho em galho, e a gente acha que não prestam. Mas a verdade é que, quando esse tipo de homem encontra a mulher certa, torna-se fiel como um cão. E é a mesma coisa com as mulheres...

Ou ela falava do nada:

– Há momentos na vida, Tilly querida, em que de repente encontramos um homem diferente dos outros, um corvo branco, um tesouro. Aí temos que correr, agarrá-lo e lutar por esse amor aconteça o que acontecer. Senão a gente perde nossa chance de ser feliz. Se eu não tivesse me casado logo com meu Robert naquela época...

Desde que tinham decidido que ela viajaria com Robert para a América por seis semanas, ela passara a se preocupar todos os dias com o bem-estar de Tilly.

– Estou com a consciência muito pesada por deixar você e o pequeno Eddi na mão. Claro que Gertrude ainda estará aqui, e Henni também poderá cuidar um pouco do Eddi querido, mas não é a mesma coisa. Especialmente porque você vai ter que voltar a trabalhar, pobrezinha...

– Não se preocupe, Kitty – respondeu Tilly. – Já combinei tudo com a direção do hospital. Poderei levar Edgar para o trabalho nas primeiras semanas, e depois vamos ver o que fazer...

– Isso é maravilhoso! – exclamou Kitty, alegre. – Faz uns dias que Robert propôs convidarmos o Dr. Kortner para um café. Ele acha que os pais deveriam cuidar dos filhos, já que os colocaram no mundo.

– Acho que não seria conveniente por ora, Kitty – respondeu Tilly na defensiva.

Imaginar-se tomando café com Jonathan na Frauentorstraße, tendo que aguentar os comentários constrangedores de sua mãe, era um cenário de terror para Tilly. Gertrude não percebia quando estava sendo inconveniente e era capaz de perguntar para Jonathan por que não se casava logo com a filha; afinal de contas, a criança precisava de um pai. E ele inevitavelmente se afastaria para todo o sempre. Ela não suportaria aquilo. Não, ela não deveria se iludir. A conversa de Kitty sobre o corvo branco que a mulher deveria agarrar não se aplicava a ela. Mas pelo menos lhe restava a esperança de vê-lo de vez em quando. Mesmo que fosse só por causa do pequeno. Era totalmente possível que ele já estivesse com outra mulher àquela altura, e ela teria que aceitar esse fato.

Em um dia ensolarado de março, decidira levar o bebê para passear pela primeira vez, e, em um momento de fraqueza, após alguma hesitação, pegou o telefone.

– Vou levar Edgar para um passeio com o carrinho de bebê no parque Fronhof. Atrás da catedral. Se você tiver tempo…

– Quando?

– Hoje à tarde, por volta de uma hora.

– Verei se estarei disponível.

– Ah, não quero pressionar você. Só estou avisando, porque lhe prometi.

– É claro.

Ele desligou o telefone e ela se questionou se havia se precipitado demais. Teria sido mais inteligente esperar alguns dias e dizer-lhe depois que ela costumava ir passear com o bebê atrás da catedral. Ah, o problema era que ela queria muito vê-lo, e aí metera os pés pelas mãos. Provavelmente ele nem iria.

Mas, assim que virou na entrada para o parque atrás da catedral, já conseguiu enxergá-lo. Ele estava sentado em um banco ao sol, recostado, com as pernas esticadas, e seus olhares se cruzaram.

– Mas que belo carrinho – disse ele com um sorriso em vez de cumprimentá-la. – Combina muito bem com você.

Ela compreendeu aquelas palavras como ironia. O carrinho era muito velho, da época em que Kitty levava a pequena Henni para passear. Ficara anos no sótão, coberto com um lençol velho para não pegar poeira. Kitty catara a relíquia pouco antes de Edgar nascer e o restaurara com a ajuda de Robert.

– Que bom que conseguiu encontrar uma brecha – disse ela. – É nosso primeiro passeio.

Na verdade, ela não quisera mencionar aquilo. Mas era tarde demais, já dera com a língua nos dentes. Ele pareceu ficar feliz com a informação.

– E é logo com o papai! – disse ele, rindo, e curvou-se sobre o carrinho. – Você cresceu direitinho, meu filho! Está com as bochechinhas redondas!

Tilly, que via seu filho diariamente, achava que ele não tinha mudado quase nada. Ainda era muito pequeno, apesar de ter engordado meio quilo.

– Então vamos dar uma voltinha – sugeriu ele. – Ainda tenho meia hora, uma eternidade.

Ele estava falante. Contou sobre o consultório, sobre os muitos resfriados que apareciam e como isso era normal na primavera. Contara que havia tratado alguns casos de sarampo e caxumba e que o aluguel tinha aumentado. Tilly caminhava ao seu lado em silêncio e percebeu que ele estava tenso e nervoso e por isso falava pelos cotovelos daquele jeito. Será que se sentia desconfortável por encontrá-la? Por ser visto com ela e com a criança? Será que existia alguma razão específica para isso?

– E como está Doris? – perguntou ela.

– Está ótima. Voltou a dominar o consultório. Nossa assistente pediu demissão há meses.

Ele deu um olhar de soslaio irônico para ela. Será que estava falando da mulher que ela erroneamente julgara sua amante? Ou já era uma sucessora? Ela não sabia.

– Então sua irmã deve estar bastante ocupada...

– Sim – respondeu ele, distraído. – Além disso, ela decidiu alugar um apartamento. Um dia desses decidiu que não seria adequado eu continuar vivendo com minha própria irmã.

Tilly não comentou nada, mas sentiu uma pontada no coração. Se Doris saíra do apartamento, aquilo só podia significar que Jonathan tinha a intenção de viver junto com uma mulher. Talvez até casar. E ter filhos. Ah, ela preferia não saber de nada.

O passeio terminou mais rápido do que ela esperava. Nuvens encobriram o sol e de repente era possível sentir o vento frio de março. Tilly ficou preocupada com a possibilidade de começar a chover.

– Pretende passear com ele todos os dias? – perguntou ele ao se despedir.

– Se o tempo permitir. Com certeza o ar fresco faz bem a ele.

Ele se despediu do filho acariciando sua bochecha com ternura e assentiu para ela, dizendo:

– Até breve!

Depois saiu andando rapidamente na direção contrária. *Então foi isso*, pensou ela, enquanto empurrava o carrinho às pressas de volta para o apartamento. O que ela imaginara? Àquela altura, o menino já tinha acordado e choramingava, incomodado. Quando chegou em casa na Frauentorstraße, ele já berrava de fome de novo.

Chovera nos dias seguintes, e nem se pudera cogitar um passeio com o pequeno Edgar. Na semana seguinte ela retomaria o trabalho no hospital, e aí os passeios seriam interrompidos por ora. Só na quarta-feira o tempo dera uma trégua, e ela decidira dar uma volta de carrinho. Até parecia que Jonathan havia adivinhado, porque estava esperando por ela.

E naquele dia ele estava à vontade. Parecia ter aceitado aquela situação estranha, e eles conversaram com animação sobre todos os assuntos possíveis. Os demais visitantes do parque os fitavam com um sorriso, provavelmente imaginando que eram um jovem casal apaixonado que estava indo passear com o primeiro filho. Ele trouxera um chocalho colorido, que o pequeno Edgar agarrara imediatamente com seus dedinhos mínimos e levara à boca.

– Adoraria segurá-lo – pediu ele, ansioso. – Podemos nos sentar em um banco?

Ela tirou o bebê do carrinho, enrolou-o no cobertor e colocou-o em seus braços. Emocionada, pôde perceber como ele olhava para o bebê com ternura. Estudava seu rostinho e tocava em seu narizinho com o dedo. Falava com o menino baixinho como se ele já conseguisse entender. O que acabara de sussurrar?

– Você é um menino de muita sorte, meu filho. Tem uma mamãe exemplar que cuida tão bem de você... Que pena que ela não quer confiar em mim...

Tilly não tinha certeza se entendera direito. Era possível que ele tivesse dito algo completamente diferente, e a imaginação dela estava pregando peças. Ele se levantou para colocar o menino de volta no carrinho, então cobriu-o com cuidado e colocou o chocalho em sua mãozinha.

– Ele está com as bochechas rosadas – disse ela, distraída. – Os passeios estão sendo muito bons para ele.

Ele olhou para ela com um sorriso.

– Estão sendo bons para todos nós – disse Jonathan. – Você mudou, Tilly. Ficou mais tranquila. Mais maternal. E mais pensativa. Estou certo?

Ela tomou um susto. Era a primeira vez que ele dirigia palavras tão pessoais para ela.

– Sim, você está certo – disse ela baixinho. – Tive muito tempo para refletir.

– Eu também – confessou ele. – Infelizmente não cheguei a muitas conclusões. Só percebi que tenho alguns arrependimentos que não posso desfazer.

Seu coração batia forte de inquietação. O que ele estava querendo dizer? Será que aquela seria a última conversa deles, porque já havia outra mulher?

– Do que você se arrepende? – perguntou ela subitamente.

– Não daquilo que você me acusou, Tilly. Nunca traí você.

– Sei disso – confessou ela em voz baixa.

Ele encarou-a com espanto como se não tivesse entendido o que ela acabara de dizer.

– Você *sabe* disso? – perguntou ele, perplexo.

Era o momento da verdade que ela tanto temera. O momento em que teria que confessar sua terrível estupidez e ingenuidade.

– A pessoa que me contou aquilo se revelou uma mentirosa. E eu acreditei em suas histórias. Nunca me perdoarei por isso.

Ele ainda olhava para ela como se não conseguisse compreender nada.

– Desde quando sabe disso? – indagou ele.

– Faz alguns meses.

Ele se recostou e inspirou profundamente. Olhou para o céu e calou-se.

– E por que não me procurou para me contar?

– Teria mudado alguma coisa?

Ele franziu a testa e voltou-se para ela. Era a primeira vez que ela o via com raiva.

– Só teria sido decente de sua parte me comunicar o fato! – exclamou ele, nervoso. – Talvez também se desculpar, mas nem quero ir tão longe assim. Mas simplesmente ficar afastada de mim sem uma palavra, sem uma explicação... Isso é mais que covardia. É frieza e indiferença!

– Sinto muitíssimo, Jonathan – disse ela, angustiada. – Fiquei parada em frente ao seu apartamento, mas no último momento saí correndo. Porque estava com tanta vergonha...

Ele levantou-se do banco de um pulo e ajeitou o chapéu, irritado.

– E com razão!

Em seguida deixou-a sentada lá com o carrinho e saiu apressado. Tilly ficou ali, paralisada, infeliz por tudo acabar com tanta raiva e por ser culpa sua. Só quando o bebê começou a chorar ela voltou a si e levantou-se para empurrá-lo mais um pouco pelo parque.

Nos dois dias seguintes, fora passear com o bebê no parque Fronhof, mas Jonathan não apareceu. Estava furioso com ela, e com razão. Por outro lado: que culpa tinha o pequeno Edgar? Além do mais, ela se desculpara com ele. Um pouco tarde, mas melhor do que nada. E ela não fora a única pessoa que caíra nas mentiras da enfermeira. Aquilo também acontecera com outras pessoas. Casamentos de anos haviam sido arruinados.

Ela voltou a trabalhar no hospital e sentia-se grata por poder levar o bebê com ela, pelo menos no início. Ele ficava em seu consultório e era admirado por colegas e enfermeiras. Quando chegou em casa, encontrou Kitty ajoelhada diante de uma mala grande, esforçando-se para embrulhar todos os presentes para Marie, Leo e os conhecidos da América.

– Estou tão animada, Tilly querida! Já partimos na semana que vem. Você vai ficar bem sem a gente, minha querida? Ah, sentirei muito a falta de vocês. Você se lembrou de buscar o livro para Leo que encomendei na livraria?

Quando Tilly assumia o turno da noite, colocava o carrinho no jardim diante da janela da cozinha, onde Gertrude conseguia vê-lo, para que o pequeno pegasse ar fresco pela manhã. Ela não tinha tempo nem animação para levá-lo em um passeio.

No domingo, quando estava se arrumando para ir ao hospital, ouviu a voz indignada de sua mãe.

– Tilly! Quem colocou esse troço no carrinho do bebê? É para o menino sufocar?

Suspirando, ela desceu as escadas para ver o que estava acontecendo no jardim. Realmente havia um grande buquê de rosas ao pé do carrinho com um envelope amarrado, dentro do qual havia um cartão com um texto curto escrito à mão.

Querida Tilly,

refleti sobre nós dois e estou certo de que vale a pena fazer uma última tentativa.

Se ainda estiver disposta a passar o resto de sua vida comigo, eu ficarei radiante. Porém, tenho uma condição: quero que se torne minha esposa.

Por isso, hoje, na sexta ou sétima tentativa (já nem sei mais), peço você oficialmente – e pela última vez – em casamento.

Espero ansiosamente por sua resposta,
Jonathan

40

Leo acreditara que o dia de mudança para o apartamento novo seria um dia de alegria. Finalmente teria um quarto para chamar de seu, uma porta para fechá-lo e sua privacidade. Marie também teria o próprio quarto, além de uma grande cozinha e um banheiro. E um aquecimento decente. Era puro luxo depois daquela pocilga em que tinham sobrevivido e quase congelado por seis meses.

Mas agora que estava com Walter do lado das caixas e malas prontas, só sentia uma grande ansiedade. A cortina que dividia sua área com a cozinha estava fechada, e sua mãe e Sally estavam sentadas do outro lado bebendo café e comendo o bolo que Marie fizera. Sally já perguntara várias vezes se eles não queriam sentar-se com elas, mas nem Walter nem ele estavam animados para isso.

– Vocês têm muita sorte pelo Sr. Friedländer ter arranjado um apartamento para vocês nesse bairro – disse Walter. – Tem uma ótima localização, não muito longe do Central Park. Vocês vão amar lá, você e sua mãe.

Ele já dissera aquilo e coisas parecidas pelo menos três vezes enquanto embalavam as roupas e as partituras de Leo nas caixas. E todas as vezes Leo respondia que ainda assim era uma pena, porque eles não poderiam mais se ver com tanta frequência.

– Vamos nos ver com certeza – respondeu Walter. – É só a gente combinar.

Walter organizara as partituras do amigo com cuidado e as colocara dentro de uma pasta que comprara especialmente para isso. Isso porque achava que Leo era muito descuidado com suas composições. Às vezes nem sequer numerava as páginas; outras, escrevia uma ideia nova embaixo de uma composição já pronta. Eles já tinham passado a manhã toda na arrumação enquanto Sally ajudava Marie a encaixotar os utensílios de cozinha com segurança. Agora já era de tarde, e eles estavam esperando pelo caminhão de mudança que o Sr. Friedländer enviaria.

– Já sabe onde vai morar? – perguntou Leo para seu amigo com preocupação.

Walter balançou a cabeça. Também estava diante de mudanças cruciais. Duas semanas antes, fora aprovado no exame de conclusão na matéria violino solo, e isso significava que sua formação na Juilliard terminara. Já tinha várias audições agendadas em algumas orquestras e esperava conseguir um emprego. Não aspirava mais à carreira de solista, com a qual sonhara tempos antes. Havia violinistas muito superiores a ele na Juilliard, e ele só fora o quarto melhor no exame de conclusão. Mas poderia ganhar a vida como violinista de orquestra, especialmente se também desse aulas.

Mas por ora estava entre a cruz e a espada. Ainda não tinha emprego, e a mãe queria se casar depois da Páscoa e já entregara o apartamento, porque se mudaria para a casa do futuro marido. Walter não queria ir morar lá de jeito nenhum, mas também rejeitara a proposta de moradia barata feita pelos Goldsteins.

– Sally é uma menina legal – disse ele para Leo quando estavam sozinhos. – Mas os Goldsteins querem que eu me case com ela, e não quero fazer isso por enquanto.

– Te entendo – respondeu Leo.

Ele não gostava de Sally, mas não contara isso ao amigo para não magoá-lo. Em sua opinião, Walter precisava arranjar uma namorada que entendesse alguma coisa de música e, de forma geral, não fosse uma cabeça de vento.

– Se não souber para onde ir – sugeriu a Walter –, também pode ficar um tempo com a gente. Agora terei um quarto próprio, e tem lugar para duas camas.

– Obrigado – respondeu o amigo com um sorriso cansado.

Depois complementou que sentiria muito sua falta quando fosse para a Juilliard de manhã de metrô. Também sentiria muita saudade da escola.

– Aproveite, Leo – disse ele. – É maravilhoso poder estudar lá. Só consegui entender isso direito agora que acabei o curso.

Leo não estava mais tão eufórico com a Juilliard. É claro que tinha aprendido muito, expandido horizontes, conhecera novos mundos da música. Mas, ao mesmo tempo, estava inquieto, ainda insatisfeito com sua música, e acumulava pilhas de partituras de composições em seu quarto que não mostrava a ninguém por julgar que não passavam de tentativas insatisfatórias. Àquela altura, o professor Kühn já desistira de pedir para ele lhe mostrar novas composições. Ainda era gentil, mas Leo compreendera que seu professor estava decepcionado com ele. Um colega lhe contara que Kühn o chamara de "rapazinho complicado", o que deixara Leo chateado. Não era complicado coisa alguma, só não tinha vontade de destrinchar suas composições e vê-las serem tachadas de "excessivamente convencionais".

Algumas semanas antes, Kühn o abordara no corredor.

– Leo? Veja aqui, tenho algo que acredito que pode lhe interessar. Pode levar com você.

Era uma folha impressa que anunciava um concurso para jovens compositores. Não estava muito claro para ele quem estava organizando, mas quando mostrara o papel para Richy, ela disse que era uma associação privada que promovia jovens músicos e tinha alguma conexão com a indústria cinematográfica.

A princípio Leo quisera jogar o papel no lixo, mas Richy o impedira.

– Por que você não manda alguma coisa para lá? – perguntou ela, sem entender nada e encarando-o com seus grandes olhos escuros. – Se você ganhar, vai conseguir um contrato com produtores de cinema. Isso não seria maravilhoso?

Os olhos de Richy eram parecidos com os de sua mãe, ele percebera assim que a vira pela primeira vez na escola. Ela estava estudando dança moderna, mas também sabia tocar violão.

– Você está delirando – respondeu ele. – Minhas coisas são tão ruins que não tenho como ganhar nem um prêmio de consolação.

Ela riu, e depois disse que, se ele acabasse ganhando qualquer coisa, teria que dar de presente para ela. Ele prometeu que faria isso, sorrindo, e colocou o papel no bolso da calça. Richy era nova na Juilliard e vinha de Porto Rico, onde vivera com seu pai. Sua mãe, que era inglesa, morrera fazia anos. Eles tinham feito amizade com muita rapidez, o que se devia mais a Richy que a ele, porque todas as vezes que ela o via, ia atrás dele e começava uma conversa.

– Oi, Leo! Olhe, comprei um vestido. Acha que ficou bom em mim? Você gosta de chocolate com pipoca? Prove aqui. Pode levar um pedaço, com certeza sua aula é muito entediante e você precisa de energia…

Sua voz era grave para uma pessoa tão delicada. Ela ria muito e sabia ser atrevida e engraçada de um jeito inocente. Quando se movia, era extremamente suave, característica que provavelmente herdara do pai, junto com os olhos escuros. Mas seus cabelos eram loiros e sua pele era quase branca.

– Como você pode dizer que o violão é um instrumento de acompanhamento? – questionara ela, aborrecida. – Isso é um ultraje! Nunca ouviu música espanhola para violão? Então preciso tocá-la para você.

É claro que ele sabia que existiam boas composições para aquele instrumento, mas nunca o levara muito a sério. Richy, que na verdade se chamava Riccarda, provou-lhe que ele estava errado, e ele constatara com surpresa que ela não era nada superficial como ele inicialmente acreditara. Richy era uma boa dançarina, mas uma violonista excepcional.

– Quer tentar? Posso emprestá-lo para você até amanhã, mas não consigo ficar longe do meu bebê por mais tempo do que isso. Mas cuidado para não machucar as pontas dos dedos, as cordas são duras. Quer as partituras também?

Ele tocara o violão dela a noite toda e até compusera uma pequena fantasia, que tentara apresentar para ela no dia seguinte no cantinho do corredor, mas com baixo desempenho por falta de técnica e por causa das pontas dos dedos doloridas. Mesmo assim ela ficara muito entusiasmada, simplesmente fascinada, pegara o violão de sua mão e tocara a música ela própria. Era inacreditável: ela a memorizara inteira, com a exceção de algumas poucas notas. Não dava para subestimar Richy: a música corria em suas veias.

Ela era muito atraente também nos outros aspectos. De fato, era a primeira menina da Juilliard que chamara a atenção de Leo. Eles já tinham se encontrado duas vezes à noite. Na primeira vez, ela o levara para ver uma peça na Broadway, e, na segunda, tinham ido a um bar para dançar. De início ele se negara a acompanhá-la até a pista de dança, onde todo tipo gente estava reunido, mas ela simplesmente o puxara, e ele acabara se divertindo.

– A música está no corpo inteiro, não só na cabeça e nos braços. Veja como dançamos em meu país – dissera ela aos risos, dançando em torno dele.

Era uma dança muito provocante e exótica que exigia o movimento dos quadris. Ele ficara levemente tonto, mas gostara de vê-la se mover de forma tão animada e à vontade e foi logo contagiado com sua abundante alegria de viver. Contara-lhe sobre Dodo, sua irmã gêmea que era piloto, e ela ficara bastante impressionada.

– Ela pilota um avião sozinha? Então sua irmã é muito corajosa. Ela se parece com você? Também tem esse cabelo de anjinho?

Ela estava se referindo ao seu cabelo loiro e ondulado, que ele não cortava fazia um tempo.

– Ela virá nos visitar em breve junto com meu pai e meu irmão menor.

É claro que ela queria conhecer Dodo! Queria que ele levasse a irmã para a Juilliard, onde ela poderia assistir a uma aula de dança moderna. Logo em seguida contara a ele que tinha duas irmãs mais novas que ainda moravam em Porto Rico com seu pai e que tinha uma saudade enorme de casa. Às vezes falava de forma tão confusa que ele tinha dificuldade de acompanhar, particularmente porque ela falava inglês com sotaque espanhol. Depois de um tempo, ele acabava colocando as mãos nas orelhas e dizia que sua cabeça não conseguia mais acompanhar a conversa.

– Sua pobre cabeça! – dizia ela com um suspiro teatral, acariciando seus cabelos de forma consoladora. – Ela precisa de paz para criar música. Vamos nos sentar na escada lá fora. Aí eu fico quietinha e escuto a música tocar dentro do seu crânio.

– Você é uma doidinha.

– Meu pai disse a mesma coisa. Porque eu só quero saber de dançar e tocar violão... Nunca me interessei em casamento!

Ele contara para a mãe sobre Richy, e ela o ouvira com interesse. E é claro que falara o que ele já esperava:

– Ela parece ser uma menina simpática. Traga-a um dia para casa, eu gostaria de conhecê-la.

– Um dia trarei – murmurara ele. – Talvez quando estivermos no apartamento novo.

Afinal de contas, Richy não era sua namorada e muito menos sua noiva. Só uma conhecida próxima. Uma menina de quem gostava.

– Sim, talvez seja melhor esperar até não estarmos mais vivendo nesse cubículo – respondera Marie. – Aí farei uma comida típica alemã para a gente.

Desde que conseguira o emprego na Butique Madeleine, a mãe parecia ter se transformado. Até onde ele tinha entendido, ela desenhava roupas que eram feitas ali, arrumava as vitrines e aconselhava as clientes. E ainda fazia uma coleção inteira de acessórios a serem combinados com as roupas que ela criava: chapéus, bolsas, luvas, lenços, além das jaquetas e dos casacos adequados. Ao que parecia, era bem-sucedida. A dona da loja, a Sra. Blossom, via muito potencial nela. Além disso, agora fazia um curso de inglês três vezes por semana à noite, que era de graça, e o surpreendia com seu conhecimento sobre a história americana, que também era ensinada nas aulas.

– Estou no caminho certo para me tornar uma verdadeira americana – dissera ela jocosamente. – Pelo menos uma parte de mim.

Leo ouvira aquele comentário com uma mistura de sentimentos. Achava normal ele próprio ter começado a se acostumar com aquele país. Mas achava que a mãe, por outro lado, deveria permanecer alemã o resto da vida. Porque, no fundo, pertencia a Augsburgo. Ao seu pai.

Ela estava em pé diante da janela do apartamento antigo, olhando impaciente para a rua para ver se avistava o prometido caminhão de mudança. Já entediada, Sally andou até Walter e Leo e se sentou em cima da mala das partituras.

– Cuidado! – advertiu-a Walter. – Para não quebrar a mala.

– "Para não quebrar a mala" – repetiu ela com uma vozinha irritante, imitando-o. – Essa é sua única preocupação? A mala? E você não se importa se eu me machucar, não é?

– Não foi isso que eu disse, Sally.

– Mas você não se importa. Não liga mesmo para mim. Quer se livrar de mim, já percebi faz tempo!

– Não é verdade. Por que está dizendo essas coisas?

Os dois estavam em uma baita crise desde que Walter recusara a oferta de moradia dos Goldsteins. Leo tinha pena do amigo, porque ficava constrangido com os comentários abusivos de Sally. Não, com certeza ela não era a pessoa certa para Walter. Seria bom se eles terminassem logo.

– Afinal, você vem ou quer ficar aqui parado para sempre? – perguntou ela. – Minha mãe disse que ia cozinhar para a gente, por acaso esqueceu?

Walter estava indeciso, porque na verdade queria ajudar a carregar a mudança para dentro do caminhão. Mas Leo, que não estava com a menor paciência para o draminha de Sally, colocou um fim à situação.

– Pode ir sem problema, Walter. O Sr. Friedländer vai mandar dois ajudantes, vamos colocar tudo dentro do caminhão rapidinho.

– Tudo bem, então. Já tenho seu endereço novo… número 124, rua 62 no Upper East Side. É no segundo andar, né?

Walter não estava nem um pouco feliz em se separar dele. Estava claro que se sentia bastante sozinho naquele momento. Leo convidou-o a visitá-lo assim que possível. Aí seu pai, Dodo e Kurt também estariam lá, e eles comemorariam o reencontro juntos.

Quando os dois foram embora, Marie lavou as louças usadas para colocá-las na caixa. Leo se sentou junto a ela, pegou um pedaço de bolo mármore e olhou para fora da janela, pensativo. Seria a última vez que veria aquelas casas marrons feias do outro lado da rua e todas as tralhas que eles tinham colocado nas escadas. A loja dos Goldsteins, aquela bagunça infinita de todo tipo de coisas que se podia imaginar, também pertencia ao passado agora. Que estranho: ele nunca se sentira realmente bem ali, e, ainda assim, não era fácil deixar tudo aquilo. Talvez porque tivesse sido sua primeira casa em Nova York e porque, naquele inverno, aprendera a dar valor a muitas coisas que encarava como naturais no passado.

– Está animado, Leo? – perguntou sua mãe com um sorriso, servindo-lhe o resto do café que estava no bule. – Hoje à noite estará em seu próprio quarto. Espero que consigam transportar o piano sem danificá-lo. As camas vão ser fáceis de montar…

Ela também comprara uma cama de verdade para ela e se despedia de uma vez por todas das noites passadas no sofá da cozinha.

– Que sorte que estaremos no apartamento novo justamente agora que o papai, Dodo e Kurt virão nos visitar – disse ela, dirigindo-se à janela mais uma vez.

– Sim – respondeu ele, pegando o último pedaço de bolo. – Seria muito deprimente recebê-los aqui.

– O Sr. Friedländer disse a mesma coisa. Aliás, ele está muito animado em conhecer o papai, porque ele também é do setor têxtil. Iremos jantar com ele, talvez até surjam oportunidades de negócios com a fábrica de tecidos dos Melzers. Outro dia ele comentou mais uma vez que teria interesse especialmente pelas nossas belas estampas…

Àquela altura, Marie saía para jantar com o Sr. Friedländer com mais frequência. Leo também fora convidado algumas vezes, e sua aversão ao "admirador" de sua mãe dera uma trégua. Fazia cinco anos que o Sr. Friedländer era viúvo. Sua esposa e ele desejavam ter filhos, mas descobriram que não conseguiam após vários abortos espontâneos. Ele se interessara muito por Leo e ouvia com atenção o que ele contava sobre seu curso de música. Eles também tinham conversado sobre o incidente na Universidade de Munique naquela época. O Sr. Friedländer ficara indignado e confessara que, até então, não tinha ouvido falar daquele tipo de acontecimento. De forma geral, era espantoso como os americanos sabiam pouco sobre as circunstâncias de vida na Alemanha. Nem mesmo os judeus na América tinham noção do que estava acontecendo lá de fato. Hitler retratava a si mesmo como uma pessoa de mente aberta: em agosto, os Jogos Olímpicos aconteceriam em Berlim, e atletas do mundo inteiro haviam sido convidados.

Àquela altura, até Dodo passara a ver a situação de outra forma, segundo ela escrevera para ele na última carta. Aquele canalha do Ditmar provavelmente se separara dela por ela ter uma mãe judia. Não era nada lamentável ele ter sumido, e Leo logo escrevera isso em resposta para a irmã, mas também sabia muito bem que aquilo não seria um grande consolo para ela. Preocupava-se com Dodo e estava feliz por ela vir para Nova York em breve, porque eles finalmente poderiam conversar de novo. Ele queria convencê-la a também imigrar para a América. Por que ela não poderia fazer o exame de conclusão do segundo grau e faculdade lá? Talvez fosse possível. De qualquer forma, seria melhor que permanecer na Alemanha, onde ela não tinha a menor chance de fazer o exame de conclusão, muito menos de entrar em uma universidade.

Já sua mãe tinha outros planos para Dodo.

– Escrevi para Paul e disse que não preciso de mais apoio financeiro a partir de agora – disse ela com orgulho. – Também não preciso mais de dinheiro para pagar seu curso e, além disso, você também vai ganhar um dinheirinho nas férias.

Ela pressionara Paul a se informar sobre os internatos suíços. Eles eram caríssimos, mas também muito renomados. Se Dodo fizesse o exame de conclusão em um deles, poderia estudar em qualquer lugar do mundo e, se necessário, também na América.

– Se for muito caro, talvez tia Elvira possa contribuir um pouco também – refletiu ela. – Afinal de contas, ela sempre foi muito apegada a Dodo e já quis até lhe dar um avião de presente. Em minha opinião, pagar para ela fazer o exame de conclusão é um investimento muito mais inteligente.

Paul respondera à sugestão com bastante hesitação. Para Leo, seu pai provavelmente achava que Dodo não precisava fazer exame de conclusão nenhum, muito menos um caríssimo. Para ele, era muito mais importante Kurt ser aceito no ginásio em breve e estudar Direito ou Engenharia para, no futuro, poder assumir a fábrica. Mas Leo, que conhecia a mãe muito bem, acreditava que ela encontraria uma forma de fazer seus planos prevalecerem.

– Eles chegaram, finalmente! – exclamou Marie, aliviada. – Meu Deus, ele mandou três homens.

Tudo foi resolvido com muita eficiência. Os três rapazes eram negros, altos e fortes, e levantavam as caixas como se fossem embalagens vazias de brinquedos. A cama, que ele desmontara, e o sofá da cozinha também não representaram nenhuma dificuldade, e só o piano dera trabalho. A Sra. Goldstein ficara em pé na escada com os braços na cintura, gritando toda hora para os carregadores terem cuidado com as paredes e não arranharem os degraus das escadas. Quando tudo finalmente estava dentro do caminhão, correu até a rua e berrou que Marie precisaria pagar por todos os danos. Além disso, disse que haviam danificado o fogão e que, por haver mofo na parte dos fundos, não haviam arejado o apartamento o suficiente.

– O mofo já estava lá antes – respondeu Leo, furioso. – A parede inteira estava tomada de mofo quando nos mudamos.

A Sra. Goldstein negou a afirmação e disse que nunca houvera mofo em sua casa, mas que, infelizmente, existiam pessoas que não tinham consideração pela propriedade alheia.

O Sr. Goldstein não apareceu. Ficou na loja, olhando com apreensão através da vitrine para a rua, que era palco da briga. Provavelmente estava constrangido por sua esposa gritar alto daquele jeito, porque os vizinhos estavam olhando pelas janelas à sua volta. Por fim, Marie declarou que pagaria pelos danos na escadaria e só. Depois entrou no caminhão, e um dos carregadores dos móveis gritou algo rude para a Sra. Goldstein que soara como "cala a boca" misturado com outras palavras. A Sra. Goldstein respondeu com um "idiota", a discussão foi encerrada, o homem bateu a porta do veículo com força, e eles partiram.

Sentado na parte dos fundos com as caixas e móveis, Leo olhava pela janela traseira para a rua que sumia ao longe. Os vidros do caminhão estavam bem sujos, fazendo os prédios descuidados, as calçadas esburacadas e a sujeira da rua parecerem ainda mais tristes que o normal. Agora ele finalmente conseguia ficar feliz com a nova casa. Com certeza não voltaria para aquele bairro nunca mais. Ele ficara para trás, e Walter também sairia de lá em breve. Aquele era o primeiro dia de tempos melhores.

41

Lisa chegara à conclusão de que seu destino era servir de mártir. Todos à sua volta corriam atrás de seus objetivos de forma egoísta e seguiam suas vidas felizes e seus sonhos sem olhar para trás. E tudo isso à custa de quem? Dela. Ela, Lisa, a pobre coitada que tinha que se sacrificar por todos. Principalmente por Sebastian.

Ele a abandonara, a deixara sozinha para criar os filhos e também com o medo constante por sua vida e a incerteza do futuro. Fizera-o em tese para lutar por uma Alemanha melhor. Porque amava todos eles.

Ele ama é a si mesmo acima de tudo, pensou ela, desgostosa. *Ah, nunca o conheci de verdade. Todos esses anos amei um homem que eu julgava ser generoso e gentil. Mas esse homem gentil agora provou que tem um âmago egoísta. Eu deveria simplesmente esquecê-lo. Não vale a pena perder minhas noites de sono por causa dele.*

Mas infelizmente era mais fácil falar do que fazer aquilo, porque suas emoções não estavam de acordo. Seu coração tolo e ingênuo ainda se agarrava a Sebastian. Lembrava-se dos anos felizes de casamento, de sua dedicação aos filhos, dos momentos doces que tinham passado juntos. Ela também o imaginava longe dali, pensando nela todas as noites, sentindo sua falta ou – e estes eram os pensamentos mais dolorosos – talvez morto em algum lugar em meio a uma batalha, pronunciando seu nome pela última vez.

Então enfim chegara à conclusão de que ele não era o homem certo para ela, o homem que ela imaginara ser durante tantos anos, mas que ainda tinha um lugar em seu coração que ela não conseguia apagar apesar de todos os seus esforços. Por isso não lhe restava nada a não ser cumprir as tarefas que a vida lhe impunha e… esperar por seu retorno um dia. Possivelmente esperar até o fim de sua vida.

O mais difícil eram as crianças. Sobretudo Johann, que nitidamente herdara o jeito dominador do avô e já aprontava muito aos dez anos. Tudo começara em casa, onde se opunha descaradamente às suas ordens, apoiava o cotovelo em cima da mesa, enfiava o dedo no nariz e até mesmo dera uma bofetada na irmã menor um dia desses. Os professores também haviam se queixado por Johann fumar escondido no pátio com os "meninos grandes", sendo que fora ele quem comprara o maço e distribuíra os cigarros. Ele já tinha sido acusado de roubo duas vezes, o que Lisa negara com veemência. Disseram que havia afanado pequenas somas de dinheiro dos bolsos dos casacos dos colegas. Já suas notas baixas não podiam ser negadas, especialmente em ortografia, cálculo e alemão. Só era o melhor da turma na aula de educação física. Mas o pior de tudo era que já fazia algum tempo que entrara na Juventude Hitlerista e dizia toda hora que era lá que o "bicho pegava de verdade" e que ele queria ser soldado quando crescesse. Ela precisara comprar aquela camisa marrom horrorosa e as bermudas pretas, um uniforme que ele usava cheio de orgulho.

Ela também se preocupava com Hanno. O menino era o exato oposto do irmão maior: tímido, de poucas palavras e cada vez mais absorto nos livros. Como o oftalmologista atribuíra a miopia do menino à leitura frequente com pouca luz, ela tinha que verificar seu quarto todas as noites antes de dormir para garantir que ele não estivesse lendo escondido debaixo do cobertor à luz da lanterna.

Só a pequena Charlotte, de seis anos, a alegrava. A menina era fácil de lidar e alegre, uma pequena moleca que trepava nas árvores no parque e tinha um excelente desempenho na escola. Àquela altura passara a perguntar só raramente sobre o pai e tinha muitas amigas que gostava de convidar para um chocolate quente com bolo na Vila dos Tecidos. Nem todas as meninas agradavam a Lisa. Algumas eram da classe trabalhadora e não sabiam se portar à mesa, mas isso Lisa relevava. Já Alicia dissera, indignada, que em sua época não teria permitido o acesso daquelas crianças ao andar de cima da Vila dos Tecidos.

Sua mãe era o outro problema com que Lisa precisava lidar todos os dias e que a deixava com os nervos à flor da pele. Fora a reclamação constante de dores aleatórias, a proximidade da viagem para Nova York vinha deixando Alicia extremamente ansiosa.

– Como se não bastasse Marie ter deixado o marido e os filhos vergonhosamente na mão. Nunca achei que meu filho Paul tivesse tão pouco pulso e saísse correndo para a América atrás dessa mulher. É uma vergonha!

– Mas mamãe! Marie não nos deixou deliberadamente, você sabe muito bem disso. Ela fez isso para salvar a fábrica.

Provavelmente a idade avançada não permitia mais que certos fatos entrassem direito na cabeça de Alicia.

– Mas que disparate é esse, Lisa? A fábrica de tecidos dos Melzers está indo de vento em popa, e Marie com certeza não precisava emigrar para Nova York por causa disso. O lugar da esposa e da mãe é junto da família. Sempre foi assim e nem os novos tempos são capazes de mudar essa realidade. Mas, infelizmente, Marie tem um histórico de instabilidade familiar. O pai era alcoólatra e a mãe, uma artista leviana. O fruto não cai longe da árvore mesmo...

Às vezes Lisa ficava sem palavras quando sua mãe levantava argumentos como aqueles. Falara com Paul sobre o assunto, mas ele achava que eles deveriam ter paciência, afinal a mãe havia vivido em outra época e, além disso, a idade a estava afetando.

Para Paul era fácil falar. Com ele, o filho idolatrado, Alicia sempre era gentil, e ela nunca falava mal de Marie em sua presença, porque sabia que ele reagiria mal. Também só mencionara para Paul seu descontentamento em relação à viagem para a América com muita suavidade.

– Será que realmente é inteligente deixar a fábrica sem liderança durante quatro semanas, Paul? Acho que seu pai nunca faria algo assim.

Paul apenas sorrira e lhe respondera que organizara tudo com muito cuidado e se preparara para qualquer eventualidade possível. E a mãe se satisfizera com essa declaração, porque não queria brigar com o filho. Ela também era parcimoniosa com suas críticas à Kitty, e tia Elvira logo dissera que achava maravilhosa a ideia de fazer aquela viagem, pois abriria novos horizontes para Dodo. Então, a Alicia só restava descontar sua raiva em cima de Lisa. O que ela fazia exaustivamente.

– Até o pobrezinho do Kurt o Paul quer carregar junto para aquele país estranho. E se o navio afundar? Todos os anos, inúmeras pessoas se afogam no mar, apareceu no jornal. Como ele pode expor as crianças a um perigo desses?

De fato, Lisa não estava nem um pouco feliz com aquela viagem que Kitty convencera Paul a fazer. Tornava-se evidente, mais uma vez, que nada mudara desde sua infância: sua irmã sempre tirava a sorte grande, e Lisa sempre pagava o pato. Kitty era a favorita do pai deles desde pequena e sempre lhe fora permitido fazer tudo. Ele a perdoara até mesmo quando fugira para Paris com aquele francês Gérard. E ainda hoje Kitty era a sortuda da família: tinha um casamento feliz, e sua filha Henni era adulta, com uma vida que corria às mil maravilhas. Kitty viajaria para Nova York com seu Robert para ver Marie e Leo e depois visitariam velhos amigos por toda a América. Como era invejável poder fazer uma viagem daquelas. E o que restava a Lisa? Ficar na Vila dos Tecidos e cuidar de todos os problemas e preocupações.

A vida era injusta com ela, e, mais do que isso, era cruel. Mas ela decidira aceitar seu destino. Afinal de contas, não lhe restava alternativa. Porém acreditava piamente que um dia seria compensada por todas as injustiças vividas.

Mas esse dia ainda tardaria a chegar. O assunto daquela noite era o casamento de Tilly, uma notícia que no dia anterior caíra na Vila dos Tecidos como uma bomba. Não que Lisa não ficasse feliz por aquela alegre surpresa na vida da pobre Tilly, mas ela achava que fazer aquele estardalhaço todo por causa do casamento depois de Tilly já ter tido um filho bastardo era um grande exagero.

– Acho que nossa Tilly finalmente encontrou a pessoa certa – disse Paul, contente. – O Dr. Kortner é um homem muito simpático, os dois se darão muito bem.

O casamento aconteceria no início de junho quando os viajantes já tivessem retornado da América. Tia Elvira se dispusera a atrelar duas de suas éguas a uma carruagem decorada para levar o casal pessoalmente até o cartório. Infelizmente eles não podiam se casar na igreja, já que os dois eram divorciados.

– Posso vestir um vestido longo e espalhar flores? – perguntou Charlotte.

– Mas é claro, meu amor – respondeu a avó. – Hanno e Kurt também podem participar. Se o tempo estiver bom, festejaremos no terraço, e à noite Humbert iluminará o parque com tochas coloridas.

Era inacreditável que Alicia subitamente planejasse uma celebração tão grande desse casamento após ter declarado fazia pouco que aquele bastardo era uma vergonha para toda a família. Paul tinha razão: a mãe deles estava ficando mais excêntrica a cada dia.

– Prefiro não espalhar flores – disse Hanno baixinho. – Johann pode fazer isso.

– Nããão – respondeu o irmão maior. – Isso é coisa de menina. No máximo posso espalhar escaravelhos-sagrados para eles.

– Que isso, Johann! – exclamou vovó com irritação.

Dodo salvou a situação ao esclarecer que o escaravelho-sagrado era um amuleto de sorte no Egito, e tia Elvira confirmou o fato. Depois discutiram quais pratos serviriam aos convidados. Provavelmente a querida Tilly convidaria alguns colegas do hospital, e alguns conhecidos próximos dos Melzers também viriam à festa. Não era momento para economizar, afinal era necessário fazer jus à reputação da casa.

– Estou tão animada! – exclamou Alicia, encantada. – Um casamento é uma festa tão linda! E só Deus sabe se ainda estarei aqui para presenciar o casamento de meus netos.

Dodo não se pronunciou após o comentário e ficou olhando com frustração para as duas últimas coxinhas de frango que tinham sobrado no prato. Lisa ficou com pena dela e se solidarizou com seu sentimento. Ninguém nunca mencionara o que acontecera com Dodo e aquele jovem piloto, mas, ao que parecia, tinham terminado. Bem, o amor nos trazia muitas decepções, e Lisa sabia disso melhor do que ninguém.

Alicia então abordou o assunto dos "empregados", mas só depois de Humbert deixar a sala de jantar.

– Realmente espero que nossa Sra. Brunnenmayer ainda esteja à altura de um evento como esse – comentou ela com leve preocupação. – A idade a está tornando mais rabugenta a cada dia. Fiquei sabendo que o cachorro fica zanzando pela cozinha com frequência e, além disso, não acho correto ficarmos ouvindo choro de bebê vindo de lá. O que os convidados pensarão de nós?

– Por que você se incomoda com o choro da bebezinha de Liesel? – perguntou tia Elvira, admirada. – O pequeno Edgar, filho de Tilly, também não é nada discreto em seu choro quando vem nos visitar.

– Mas é uma coisa completamente diferente – replicou Alicia. – Os empregados devem estar cem por cento disponíveis para os patrões, sempre foi assim em Maydorn também. Por isso não é admissível que eles se casem e tenham pequenos bezerrinhos escandalosos.

A princípio Lisa era da mesma opinião, dado que a sua camareira

Auguste lhe dera mais um susto naquela manhã, digamos, entre um afazer e outro.

– Imaginem só vocês: nossa Auguste quer pedir demissão em breve! – anunciou ela com uma expressão de preocupação. – Disse-me que está planejando fazer algumas mudanças.

– Mudanças? – perguntou Paul com a testa franzida. – O que ela quer dizer com isso? Vai passar a trabalhar na floricultura que agora é administrada por Maxl? Isso muito me admiraria.

– Não, acho que pretende é se casar.

– Meu Deus – resmungou Dodo. – Deve ser uma epidemia. Uma epidemia de casamentos.

Tio Paul deu risada e disse à filha que ela deveria ter cuidado para não ser atingida, mas Dodo não achou graça nenhuma no comentário.

– E quem é o felizardo? – perguntou tia Elvira, divertindo-se com a conversa.

– Se entendi direto, é o carteiro que traz a correspondência para a Vila dos Tecidos toda manhã – respondeu Lisa meio achando graça e meio preocupada. – Acho tudo isso uma verdadeira maluquice, afinal Auguste não é mais uma menininha. E o pior de tudo é que precisarei procurar uma camareira nova.

Alicia também lamentava a decisão de Auguste, alegando que ela era uma empregada experiente de anos de casa e que era uma pena deixá-la ir.

– Acho isso de uma ingratidão extrema – declarou ela, balançando a cabeça. – Antigamente os criados passavam a vida toda na casa da família e, quando envelheciam e não podiam mais trabalhar, os patrões cuidavam deles. Hoje vêm e vão a seu bel-prazer, e nunca sabemos quem servirá nosso café no dia de amanhã.

– Mas que grande exagero, mamãe! – disse Paul, rindo. – Nosso Humbert trabalha na Vila dos Tecidos há muitos anos e certamente continuará fazendo-o.

Paul estava muito animado desde que decidira ir para a América. Passava o intervalo de almoço preparando seu filho Kurt para a grande viagem. Comprara livros sobre a América para ele e lhe mostrara fotos dos grandes navios a vapor; explicara que ele poderia dividir uma cabine com sua irmã e que estar na imensidão do mar seria uma aventura maravilhosa. À noite costumava treinar rapidamente seus conhecimentos da língua inglesa com a ajuda de um livro didático enquanto Humbert e Hanna já começavam a colocar suas roupas íntimas, meias e seus trajes nas grandes malas que tinham comprado especialmente para a ocasião. E é claro que eles haviam comprado muitos presentes para Marie e Leo, que precisariam de uma mala só para isso. Paul não parecia preocupado com as despesas. Afinal, ele reveria sua amada Marie e seu filho Leo, e o dinheiro não importava. Passava pela cabeça de alguém daquela família dar um presente para ela, Lisa? Claro que não. Todos os esforços e problemas que assumia pela família eram vistos como nada mais que sua obrigação.

Após o jantar, como sempre, ela foi ver as crianças, apaziguou brigas e verificou os deveres de casa. Quando Auguste finalmente colocou-as na cama, Lisa ainda queria bordar um pouco na sala, mas infelizmente Hanna apareceu à porta com uma ordem.

– Com licença, senhora. O senhor está pedindo para a senhora ir até o escritório.

Já passava das dez horas. Que abuso! Mas ninguém nunca se importava de fazer esse tipo de coisa com ela.

– Perdão, Lisa – disse Paul quando ela entrou no escritório. – Sente-se, por favor, só vai demorar uns minutinhos. Precisamos discutir algumas coisas antes de nossa viagem. Antes de tudo tem o dinheiro para as tarefas domésticas, que eu normalmente lhe entrego toda semana…

A campainha da casa soou, e os dois se detiveram. Então Paul disse, franzindo a testa:

– Só pode ser Kitty. Quem mais teria a ideia estapafúrdia de nos visitar a essa hora?

Ele prosseguiu com suas instruções enquanto Hanna abria a porta para a visita noturna no andar de baixo. Lisa não estava prestando muita atenção nos barulhos vindos de lá, mas ficou claro que não podia ser Kitty. Era possível ouvir vozes masculinas falando em um tom de comando incomum.

– Nada de confusão. Ninguém pode deixar a residência. Traga o dono da casa e as senhoras para o átrio! Rápido!

Paul e Lisa se encararam com horror. Quem eram aquelas pessoas? O que queriam? Aquilo era uma brincadeira? Uma assombração?

– Fique aqui, Lisa – disse Paul, levantando-se. – Vou ver o que está acontecendo.

Lisa sentiu o corpo inteiro gelar. Não conseguiu permanecer no escritório apertado. Seguiu Paul e ficou em pé ao lado da escada para espiar o átrio. Vários homens vestidos à paisana tinham entrado e agora espalhavam-se pela casa, abrindo as portas dos cômodos e olhando atrás dos móveis. Ela começou a tremer. Os visitantes noturnos tinham uma expressão impenetrável, andavam pelo átrio da Vila dos Tecidos com uma brutalidade evidente, como se fossem soldados inimigos tomando uma casa.

– Posso saber o motivo para esta visita a esta hora… – Paul começou a perguntar.

Ele foi interrompido.

– Nada de perguntas! Todos os moradores têm que vir para o átrio. Os empregados também. A casa está cercada. O parque também. Acelere, Melzer! Não temos a noite inteira para isso!

– Protesto contra esta invasão! O que ou quem os senhores estão procurando aqui?

Um cabideiro foi derrubado e caiu no chão da entrada com um estrondo. Eles entraram na cozinha, nas áreas de serviço, e três dos invasores noturnos subiram as escadas. Lisa esquivou-se em direção ao corredor e ao mesmo tempo deu-se conta de que não podia cogitar fugir.

– Não esqueçam a escada de serviço! – berrou alguém.

– O porão está trancado – informou um dos outros homens.

– Dê-me a chave! – exigiu o líder dos invasores para Paul.

Não adiantava resistir àquele ato de violência. Paul subiu as escadas correndo para pegar as chaves de todos os cômodos, que estavam penduradas num gancho de parede. Era possível ouvir as reclamações furiosas da Sra. Brunnenmayer lá embaixo, porque eles a tinham acordado. O primeiro pensamento que viera à mente de Lisa fora que tinha que proteger as crianças. Começou a caminhar em direção ao anexo, mas um dos homens parou diante dela, impedindo-a de seguir.

– Tem quantas pessoas no segundo andar?

– Quatro… – gaguejou ela, encarando o rosto do interrogador com pavor. – Minha mãe e minha tia já têm mais de setenta anos. Minha sobrinha e meu sobrinho…

– Todo mundo lá embaixo no átrio agora!

– Mas as senhoras já estão dormindo…

– A senhora é surda? Todos lá embaixo!

Nunca antes alguém ousara tratar os moradores daquela casa daquela forma tão humilhante. Fora um verdadeiro deus nos acuda ter que arrancar Alicia e tia Elvira da cama para conduzi-las até o átrio. As duas estavam de robe e pantufas. Por sorte, Dodo ainda estava completamente vestida. Kurt correu de pijama pelo corredor até encontrar o pai e agarrou-se timidamente às suas pernas. Seus filhos também não puderam permanecer em suas camas, e foram obrigados a descer as escadas de pijama, sonolentos e transtornados em volta da mãe.

Os homens permitiram que Alicia e Elvira se sentassem nas duas cadeiras da entrada, e os outros tiveram que ficar em pé.

– Exijo uma explicação para essa invasão noturna, Paul! – exclamou sua mãe com indignação.

Paul fora para o seu lado e pegara sua mão para acalmá-la.

– Nem eu sei, mamãe. Só pode ser algum mal-entendido.

– Então ligue para a polícia imediatamente!

– Temo que isso não ajudaria muito. Esses senhores são da Gestapo.

– Uma ousadia invadirem nossa casa na calada da noite. Diga-lhes que faremos uma reclamação!

– Fique calma, mamãe – disse Paul. – Já vai acabar.

Era possível ouvir os gritos de protesto de Else e Auguste no andar de cima. Humbert não dera um pio, e Hanna ficara na cozinha, onde aparentemente estava sendo interrogada. Logo em seguida, Else e Humbert apareceram no átrio para se juntarem aos patrões, com uma expressão assustada. Auguste não estava com eles; ao que parecia, também estava sendo interrogada na cozinha.

– O que eles fizeram lá em cima? – perguntou Paul baixinho para Humbert.

Humbert ainda tremia de medo e de susto.

– Revistaram os quartos e o sótão, senhor. Também estão lá fora no parque com lanternas. Dá para ver os feixes de luz pelas janelas.

– Se encostarem o dedo em um pelo de um cavalo meu sequer, virarei uma fera! – ameaçou tia Elvira. – Como é que se atrevem a fazer isso? Por acaso somos criminosos?

Lisa não conseguiu ouvir a resposta de Paul, porque precisara acalmar Charlotte, que choramingava alto e dizia que estava com muito medo.

– Fique calma, meu amor. Sente-se aqui na escada, já vai acabar.

Eles revistaram o porão, escancararam as portas do terraço e iluminaram-no, inspecionaram as paredes e as janelas da casa. Enquanto colocavam a casa de pernas para o ar, os moradores tinham que esperar no átrio. Em algum momento foi possível ouvir latidos: estavam entrando na casa do jardineiro.

Tudo acabou de forma surpreendentemente rápida e pouco dramática. Um dos invasores à paisana desceu as escadas e disse para Paul:

– O senhor pode nos agradecer, Melzer. Garantimos que nenhuma pessoa suspeita está escondida em sua propriedade. Tome mais cuidado no futuro ao confiar em alguém.

Ele saiu da casa pelo terraço e desapareceu no parque, onde procurou por seus companheiros. Todos continuaram imóveis no átrio. Ninguém ousava fechar as portas do terraço, que tinham ficado abertas, apesar do vento noturno gélido que invadia a casa. Eles teriam mesmo ido embora ou voltariam em seguida para assediá-los novamente? *Parece um pesadelo,* pensou Lisa. *Estamos aqui parados como carneirinhos arrebanhados, empregados e patrões todos juntos, a maioria de pijama, e nenhum de nós consegue acreditar direito no que acabou de acontecer.*

Foi Alicia quem finalmente quebrou o silêncio.

– Quero ir para a cama agora! – disse ela em alto e bom som. – Cadê Hanna? Peça para me trazer minhas gotas de valeriana.

Aquele foi o sinal. Todos despertaram do torpor. Humbert se apressou em fechar as portas do terraço, Hanna e Auguste ousaram sair da cozinha, e todos começaram a contar uns aos outros o que havia acontecido, o que os homens tinham perguntado, quanto estavam assustados, como algo assim tinha sido possível e o que raios estariam procurando.

– O que estavam procurando? – perguntou Auguste, nervosa. – Estavam procurando Grigorij aqui. Aquele maldito espião russo!

42

A mamãe está certa, pensou Dodo, chocada. *Não dá mais para viver nesse país. Como eles podem fazer uma coisa dessas com a gente?*

Todos os moradores da Vila dos Tecidos sofreram com o choque. A única pessoa que conseguira dormir o resto da noite após o incidente aterrorizante fora Alicia, que recebera uma generosa dose de valeriana de Hanna. Todos os outros ainda ficaram horas em alerta. Tinham sobressaltos a cada barulhinho que ouviam e olhavam com medo pelas janelas para o parque escuro, tentando identificar o brilho de alguma lanterna. Quando alguém bateu à porta, Else deu um grito histérico na cozinha, mas era Christian, que viera andando até a Vila dos Tecidos com uma lanterna para comunicar que eles também tinham invadido sua casa e a revirado inteira.

– A pequena acordou e chorou desesperadamente. E Liesel ficou apavorada. Precisei segurar Willi pela coleira, senão eles acabariam atirando nele…

Dodo admirou profundamente seu pai naquela noite. Ele permanecera tranquilo em meio ao caos, acalmara os funcionários abalados, desculpara-se com eles pela invasão noturna e lhes assegurara que tudo estava bem. Eles poderiam ir dormir sem medo.

– São um bando de criminosos! – esbravejou a Sra. Brunnenmayer, sentada na cozinha, de robe. – Não saí da minha cama, não me deixei intimidar pelos capangas da Gestapo. Podem até me matar, falei a eles. Se eu morrer, não vai ajudar em nada, porque aí mesmo é que permanecerei deitada!

Paul e Humbert andaram pela casa toda para verificar o que eles tinham quebrado e para fechar todas as janelas e portas. Hanna e Else começaram a levantar o cabideiro que eles tinham derrubado e a catar os casacos e chapéus do chão. Lisa levou Auguste para o anexo, onde as duas tentavam colocar as crianças, que estavam apavoradas, na cama novamente.

Já tia Elvira queria ir imediatamente verificar o estado do estábulo, e Christian precisou acompanhá-la até lá com a lanterna.

– Também vou junto – disse Dodo depressa. – Eu... preciso tomar um ar fresco para me acalmar.

– Isso é mais do que compreensível, menina! – comentou tia Elvira. – Pegue outra lanterna para não levarmos um tombo no escuro.

Na verdade, Dodo tinha outros motivos para ir até o parque. No ardor do momento, lembrara-se do trailer, cujas chaves dera a Henni para seus encontros amorosos. Será que os dois teriam se encontrado lá justamente naquela noite?

À luz da lanterna, parecia que o trailer estava paradinho em seu local de costume, incólume. Mas, quando ela se aproximou, percebeu que eles tinham arrombado a porta. Tudo estava revirado lá dentro; tinham inclusive levantado os estofados e olhado dentro dos armários. É claro: um trailer parado ali era um ótimo esconderijo para um espião em fuga. Teriam surpreendido Henni e Felix ou os dois não teriam ido para lá naquele dia? Ela decidiu não fazer mais nada, nem telefonar para a Frauentorstraße. Era possível que vigiassem a casa e tivessem grampeado as linhas telefônicas. Aqueles homens eram capazes de tudo.

Graças a Deus tudo estava em ordem no estábulo. Os invasores tinham vasculhado superficialmente o celeiro, mas, como restara pouco feno do inverno, logo tinham se dado por satisfeitos. Quando eles voltaram para a casa, os ânimos já tinham se acalmado um pouco. Paul instruíra os empregados a adiarem a arrumação para o dia seguinte e irem dormir, visto que já era quase uma da manhã. Quase todos ficaram felizes com aquela instrução, e só Else resmungou que não ficaria sozinha no quarto de jeito nenhum, pois estava apavorada. Então Hanna se ofereceu para dormir em seu quarto pelo resto da noite. A distribuição da família na hora de dormir também foi afetada. Paul permitiu que Kurt excepcionalmente dormisse na cama da mãe, e quando Dodo voltou do parque, ficou sabendo que tia Lisa lhe pedira para passar a noite no anexo com ela.

– Não é que eu esteja com medo, Dodo – disse Lisa enquanto se enfiava debaixo das cobertas da cama de casal, já de camisola. – Mas as crianças podem precisar de alguma coisa, e não quero mais perturbar Auguste agora à noite.

Dodo achou um pouco medonho dormir no lugar de tio Sebastian, sobretudo por causa do quadro enorme que ficava pendurado em cima da cama de casal. Mesmo que sua avó, Louise Hofgartner, tivesse pintado aquele quadro a óleo, ele era simplesmente horripilante. Dodo demorou um pouco para adormecer por causa dos roncos altos de tia Lisa ao seu lado, mas por fim também caiu nos braços redentores de Morfeu. Na manhã seguinte, acordou com Charlotte entrando no quarto silenciosamente e subindo em sua cama.

– Shhh… – sussurrou Charlotte. – A mamãe ainda está dormindo. Não a acorde, senão ela vai ficar irritada.

Dodo se sentou no susto. Meu Deus, já eram oito horas pelo relógio da mesa de cabeceira da tia Lisa. Ela perdera a hora! Chegaria atrasada na fábrica de aviões justamente em seu último dia de estágio. Foi para seu quarto às pressas para se arrumar e tomou o café da manhã sozinha. Paul já se levantara fazia tempo e já fora para a fábrica. Na verdade, ela queria dar uma passada rápida lá para conversar com Henni, mas, como estava muito atrasada, deixou para lá. De qualquer forma, se os dois tivessem sido descobertos na noite anterior no trailer, não haveria mais nada que ela pudesse fazer. Hanna e Liesel estavam esperando por ela no átrio para lhe entregar o bolo que Liesel fizera especialmente para ela no dia anterior à tarde. Era uma cuca de cereja com uma camada generosa de açúcar de confeiteiro por cima para celebrar sua "festa de despedida" na fábrica de aviões. Dodo ficou tão emocionada que quase deu um abraço na aprendiz de cozinheira.

No portão da Bayerische Flugzeugwerke, ela foi acometida pelo sentimento angustiante de despedida. Pela última vez, mostrou seu crachá, sorriu para o porteiro, passou pelo portão de ferro e seguiu o caminho que passava pelos galpões e dava no prédio administrativo. Do outro lado, havia vários aviões no campo. Ela conhecia todos eles, e seu favorito era um Bf 108 azul que já pudera pilotar várias vezes. Mas agora aquilo também chegara ao fim; a não ser que encontrasse uma oportunidade de cumprir algumas horas de voo em algum lugar. Senão o brevê que tirara com tanto esforço expiraria, e ela teria que começar tudo de novo.

Uma surpresa esperava por ela no escritório da Srta. Segemeier. Tinham feito café e arrumado uma mesinha de lanches com muito carinho, pois alguns colegas viriam naquela tarde para desejar-lhe tudo de bom em sua trajetória. Tinha até lembrancinhas para ela, embaladas com um lindo papel de presente colorido e que ela só deveria abrir mais tarde. Encantados, todos receberam uma fatia do bolo, que estava ao lado da tigela de doces que a Srta. Segemeier comprara com o próprio dinheiro.

– O senhor diretor Hentzen dará uma passadinha aqui – comunicou a Srta. Segemeier com animação. – E talvez também o diretor Kokothaki, mas não é certo… Que pena que o senhor diretor Messerschmitt está em Ratisbona. Ele tem muita admiração pela senhorita. Sempre diz que "a jovem Melzer é esperta".

Dodo ficou deslumbrada com aquelas delicadezas completamente inesperadas. Desde que Ditmar fora para Munique, ela passara a fazer seu trabalho na fábrica de aviões com bastante indiferença e tédio, mas todos estavam sendo tão gentis com ela! Se o Sr. Hentzen realmente passasse lá mais tarde para tomar café e comer o bolo de cereja de Liesel, Dodo aproveitaria a oportunidade para falar sobre seus planos para o futuro. Quem sabe ela não conseguiria se tornar engenheira aeronáutica sem precisar fazer o maldito exame de conclusão de fim de curso? Só precisava de contatos importantes, agora sabia muito bem disso.

Ela recebeu seu maior presente quando estava indo em direção ao galpão de produção para auxiliar na montagem de uma hélice. Fritz Stör, que orientava os pilotos de testes, estava esperando por ela em frente ao galpão. Cumprimentou-a com um sorriso e perguntou como ela estava se sentindo naquele dia.

– Estou um pouco triste – confessou ela. – É meu último dia. Sentirei muita falta de tudo isso.

– Espero que sinta mesmo! – exclamou ele, contente. – Também sentiremos sua falta, garota. Recomendei você para o chefe e recebi autorização para anunciar uma surpresa. Tente adivinhar o que é!

O primeiro pensamento de Dodo fora a oferta de um emprego como piloto de teste. Mas provavelmente não seria o Sr. Stör que comunicaria isso, no máximo o Sr. Hentzen. O que poderia ser então? Não seria…

– Posso… posso pilotar o Bf 108 mais uma vez? – perguntou ela, gaguejando de tanta excitação.

– Acertou! – disse ele com uma risada. – Sei muito bem que você está esse tempo todo com a expectativa de decolar com seu queridinho azul de novo!

Ela ficou tão extasiada com aquela surpresa fantástica que a princípio não encontrou palavras. Poderia pilotar seu avião favorito mais uma vez! Nem em um milhão de anos teria imaginado isso!

– Posso voar sozinha? – perguntou ela.

– Se você quiser – respondeu ele, dando de ombros. – Se não, posso acompanhá-la com prazer. Mas se bem conheço você…

– Quero voar sozinha – declarou ela com determinação. – Quero me despedir dele a sós.

– Entendo! Pode fazer um voo panorâmico por Augsburgo e imediações, por algo em torno de uma hora. Combinado?

Ela riu e já conseguia sentir a ansiedade que sempre se apoderava dela antes de fazer um avião decolar.

– Não posso ir logo para a América? – disse ela, fazendo um gracejo.

– Vai ser difícil – respondeu ele, seguindo com a piada. – Você consegue chegar, no máximo, até a Escócia. De lá ainda tem um pouquinho de chão.

– Tudo bem. Então vou sobrevoar Augsburgo e dar um rasante na torre Perlach!

– Nem brinque com isso! – alertou ele. – Nada de aventuras e imprudências, garota! Este voo está sob minha responsabilidade, não vá me envergonhar!

– Prometo que não – disse ela, apertando sua mão. – E muito obrigada. O senhor fez o meu dia.

– Essa era a intenção. Então vá lá, ele está de tanque cheio e já foi inspecionado. Seu bebê está ali esperando por você!

Ela caminhou com calma até o campo, cumprimentou o funcionário que tinha preparado o avião para decolagem e que assentiu para ela com condescendência. Normalmente ela verificava se tudo estava em ordem, mas, naquele dia, deixou passar, deu uma voltinha em torno da aeronave e depois deu um chutinho afetuoso no chassi.

– E aí, meu amor – murmurou ela com alegria. – Vamos dar uma volta juntos. Está animado?

Aviões tinham alma, da mesma forma que navios. Era ridículo, mas Dodo estava convencida de que aquela construção de aço e madeira, assim como os seres de carne e osso, tinha personalidade própria, inconfundível e única. Ela entrou pela asa esquerda, abriu a parede da cabine, moveu-a para o lado e sentou-se no banco do piloto. Era um avião de quatro lugares que podia ser pilotado a partir dos dois assentos dianteiros, mas os instrumentos importantes para a decolagem ficavam apenas no lado esquerdo. Sentou-se ereta, colocou o cinto de segurança e olhou mais uma vez para o campo para se assegurar de que o caminho até a pista de decolagem estava livre. Havia vários aviões no campo, mas não havia problema nenhum em taxiar entre eles.

O funcionário ajudou-a a fechar a cabine e acenou para ela de forma encorajadora. Do outro lado, no pavilhão de montagem, vários colegas tinham se reunido para assistir à decolagem. Dodo ajeitou-se no banco para alcançar melhor os pedais, prendeu os cintos e olhou para o painel de instrumentos. Conhecia-o de cor e salteado, e estava tão nítido em sua memória que poderia desenhá-lo com todos os seus detalhes de olhos fechados. A decolagem de um Bf 108 demandava o manuseio de várias manoplas que precisavam ser acionadas uma depois da outra ou até mesmo concomitantemente. Era necessário ter experiência e um instinto apurado. Dodo amava aquela brincadeira, que sempre lhe demonstrava que aquele avião reagia com perfeição a cada configuração.

Aqui vamos nós.

Ligar a bateria. Colocar a ignição em 1 e 2. Acionar a bomba de esvaziamento para que injete um pouco de combustível no motor. Então pressionar o acionador.

O motor Argus trepidou, e uma nuvem de gases de escape branca surgiu debaixo do avião. A hélice começou a girar, primeiro lentamente, vacilante, acelerando e rodando cada vez mais rapidamente. O avião começou a taxiar entre os outros em direção à pista de decolagem.

E agora a todo vapor!

A máquina rugia, era impelida para a frente com força, ganhava cada vez mais velocidade e engolia a pista. Agora era necessário prestar atenção, ficar de olho na rotação, controlar a temperatura do motor e observar a velocidade. O motor só suportava aquela pressão insana por no máximo um minuto; mais do que isso, poderia sofrer algum dano. E, quando o avião alcançava noventa quilômetros por hora, decolava.

Aquilo acontecia de forma quase imperceptível: centímetro por centímetro, o trem de pouso se descolava da pista, o pássaro de aço começava a pairar, gradualmente ganhava altitude e, em seu elemento, elevava-se para os ares e para onde a liberdade o levasse. Para Dodo, aquele era o momento mais lindo do voo, o momento em que ela saía do chão e se elevava aos céus, realizando o antigo sonho da humanidade e tornando-se a águia dos ares. Mas ela não tinha muito tempo para desfrutar aquela sensação maravilhosa – precisava controlar a pressão da gasolina e a temperatura do óleo e reduzir a velocidade de rotação do motor para a subida. Só quando a altitude desejada era indicada no altímetro, ela podia configurar o compensador e alterar o ajuste da hélice. Depois tinha tempo de recolher o trem de pouso com a manivela. Aquilo era uma peculiaridade inventada pela Messerschmitt: era possível recolher as duas rodas do Bf 108 lateralmente na fuselagem, o que reduzia significativamente a resistência do ar. Tinha um alarme luminoso para que o piloto não se esquecesse de expandi-las de novo antes de pousar.

Dodo se recostou, relaxada. A decolagem fora bem-sucedida, fato de que ela não duvidara. Debaixo dela estava a cidade de Augsburgo, um conjunto de telhados vermelhos e cinza permeados pela rede das estradas. Era possível ver a catedral, o telhado da prefeitura, a torre Perlach, os parques e os cemitérios. Também dava para reconhecer nitidamente o centro da cidade antiga entre os rios Wertach e Lech lá de cima. O motor roncava, funcionava perfeitamente e com segurança. Ela conduziu o avião para nordeste, porque queria de qualquer forma sobrevoar a Vila dos Tecidos e a fábrica de tecidos dos Melzers, e depois olhou para o relógio de bordo. Passava um pouco das onze. Ela podia ser a senhora do ar por uma hora inteira e precisaria conduzir seu queridinho azul para a pista da fábrica de aviões até cerca de meio-dia, trazendo-o de volta ao solo com segurança. Uma pena. Mas era melhor que nada.

Ela sobrevoou a área industrial, ficou encantada com a vista do parque público pincelado de verde e com o telhado de duas águas da Vila dos Tecidos, depois avistou os telhados inclinados da fábrica, que pareciam muito feios lá de cima. Decidiu voar em direção a Ingolstádio, dar meia-volta em direção ao oeste e aproximar-se de Ulm. O tempo estava bom, e ela poderia sobrevoar Landsberg e passar por Munique para voltar para Augsburgo. Deu uma olhadinha para o variômetro para controlar a altitude, depois moveu o manche.

Subitamente sentiu algo encostar na lateral de seu pescoço e estremeceu.

– Para o Leste! – berrou uma voz em seu ouvido.

Ela ficou paralisada por alguns instantes. Aquilo não era possível; deveria estar alucinando. Ela estava sozinha no avião. Não era possível que... Ela virou o rosto lentamente e viu o rosto de um homem. Com cabelos grisalhos e grossos, olhos escuros e rugas em torno da boca. Ela deu um grito de horror e puxou o manche para o lado com o susto, fazendo o avião dar uma guinada perigosa.

– Calma! Não ter medo. Voar para o Leste.

O barulho do motor era tão alto que ele precisava gritar para ser ouvido por ela. Ela moveu a mão esquerda cuidadosamente até chegar ao seu pescoço e sentiu um objeto de metal gelado. Ele estava armado.

– Se você me matar, vamos cair! – exclamou ela o mais alto que pôde.

– Queremos viver. Você e eu. Para o Leste!

Ele se ajoelhou no assento traseiro atrás dela, mantendo a arma encostada em seu pescoço, e apontou para a bússola magnética que indicava os pontos cardeais. Para o Leste. Ela entendeu tudo. Ele queria que ela voasse com ele até a Rússia. O espião russo que a Gestapo achara que estava na Vila dos Tecidos no dia anterior se escondera em algum lugar nas instalações da fábrica de aviões. Mas como ele conseguira entrar no Bf 108? Como ninguém percebera aquilo? Teria se escondido o tempo todo no compartimento de carga? Mas o compartimento era minúsculo, aquele homem deveria ser feito de borracha e conseguir ficar do tamanho de uma malinha…

– Não temos muita gasolina – berrou ela para se sobrepor ao barulho do motor. – Não vamos conseguir chegar até a Rússia!

Ele não respondeu. Parecia estar avaliando se ela estava mentindo ou se ele deveria ceder. Sem se mexer, ela sentiu a pressão da arma no pescoço. Não tinha a mínima ideia se o avião tinha sido abastecido completamente ou se parte dos tanques ficara vazia, mas não se aventurou a acionar a bomba de medição de combustível. Se o avião realmente estivesse com os tanques cheios, ela poderia voar até alguns milhares de quilômetros. E se ele soubesse ler o indicador…

– Para o Leste! – berrou ele de novo. – Enquanto o combustível der. Se você voltar para Augsburgo, estará morta quando pousarmos!

Que esperto! Ele só a mataria depois que ela pousasse, porque não queria cair junto com ela. O que será que faria com ela se ela obedecesse e o deixasse em algum lugar no Leste? Na Tchecoslováquia? Aí também atiraria nela? Ou só estava blefando?

Ela fez o que ele exigia e virou em direção ao Leste. Regulou a altitude e pensou que seria mais inteligente permanecer em território alemão. Ela poderia pousar em algum campo na fronteira com a Polônia, perto de Breslau, onde ele daria um jeito de cruzar a fronteira, e ela inventaria alguma história. Não podia contar a verdade de jeito nenhum: ninguém acreditaria nela se ela dissesse que o espião russo Grigorij Schukov a forçara a fazer aquele voo. Especialmente depois de acharem que ele estava escondido na Vila dos Tecidos. A Gestapo presumiria que ela e sua família estavam trabalhando junto com o serviço secreto russo.

O Bf 108 azul sobrevoou florestas e cidades, indo cada vez mais para o Leste. Eles já estavam voando havia mais de uma hora. Já deveriam estar começando a procurá-la em Augsburgo e perguntar-se sobre seu paradeiro. Mais meia hora e então provavelmente imaginariam que teria acontecido um acidente e checariam a situação. Mas ninguém da Bayerische Flugzeugwerke imaginaria que a estagiária estava voando em direção à fronteira polonesa levando um espião russo.

Ele guardou o revólver e se sentou ao seu lado, no outro assento dianteiro. Agora ela conseguia vê-lo melhor e se lembrou de tê-lo visto na fábrica de aviões. Como ele conseguira arranjar um emprego lá? Ele não era motorista da Sra. Von Dobern? Ou será que só teria trabalhado algumas horas lá para ter tempo de espionar a Messerschmitt? Com certeza estava lá tentando descobrir os segredos de fábrica dos aviões, que eram famosos no mundo inteiro.

Ele tinha uma beleza mediana. Era um homem mais velho, magro, tinha feições relativamente agradáveis e estava com a barba grisalha por fazer. Provavelmente não tivera tempo para isso nos dias anteriores. Usava uma calça cinza, uma camisa branca e um casaco escuro, além de botas de trabalho. Olhava para baixo pelas janelas com muita atenção, tentando identificar onde estavam. Às vezes olhava em sua direção com atenção e sorria. Aquele homem repulsivo tinha um sorriso cativante. Ela se lembrou de que ele seduzira a pobre Hanna anos antes. Inclusive tia Lisa lhe contara que, mais tarde, ele tentara se aproximar até mesmo de Auguste. Sem falar da Sra. Von Dobern, que na verdade era esperta demais para cair na ladainha de um homem como ele.

– Dresden? – perguntou ele abruptamente, apontando para baixo.

Dodo assentiu. A paisagem era inconfundível. O rio Elba, o palácio Zwinger, a abóbada da Igreja de Nossa Senhora. Eles já tinham percorrido a maior parte do trecho. O indicador de combustível estava enlouquecido; ela esperava que tivessem enchido os tanques corretamente e sem desleixo. Aquele era um grande problema dos Bf 108, porque só tinha uma abertura de enchimento e era preciso aguardar pacientemente o combustível penetrar em todos os cinco tanques. Ela continuou seguindo para o Nordeste. Depois que tivesse sobrevoado o rio Oder, pousaria em algum lugar. E ele que se virasse para seguir seu caminho.

– Ali é Breslau – disse ela, apontando com o dedo. – O combustível está quase acabando.

– Continue voando! – ordenou ele. – Até a fronteira. Depois pousar. Nada acontecer com você. Você ser bom piloto. Muito bom piloto.

Ah, puxa, que simpático, ele estava satisfeito com ela, aquele desgraçado. Uma pena que ela não pudesse simplesmente abrir o teto da cabine e atirar seu passageiro clandestino para fora do avião. Ele já não estava de cinto mesmo.

Campos e florestas se estendiam abaixo deles. As cidadezinhas eram cercadas de um padrão quadriculado e colorido de campos recém-cultivados e lagos prateados cintilantes. Um moinho solitário aparecera, e depois mais florestas densas verde-escuras.

O motor parou por um instante. Maldição, eles realmente tinham sido desleixados na hora de encher os tanques. Ela nem precisava recorrer ao medidor de combustível, que, aliás, era difícil de operar. Tinha que pousar, da forma mais segura que conseguisse.

– O que foi? – gritou ele para se fazer ouvir em meio ao barulho do motor. – O motor quebrou?

– O combustível acabou!

– *Tchiort vozmi!*

Aquilo era um xingamento russo? Não importava; ela precisava de uma área de aterrissagem. Um campo grande, se necessário, um gramado... Na floresta ela não poderia pousar de jeito nenhum, senão seria seu fim. Lá atrás despontava mais uma cidadezinha, e nos arredores das cidades sempre havia terras agrícolas. Avistou um campo, poderia dar certo. Viam-se vacas nele, e com sorte elas sairiam correndo quando ela se aproximasse. Hora de reduzir as rotações, interromper a hélice, começar a descida e expandir o trem de pouso. O motor estava engasgando novamente, mas agora eles já estavam planando, e aquilo tinha que dar certo. Era difícil acionar o maldito trem de pouso...

– Me ajude! – berrou ela para ele.

Ele entendeu na hora e puxou a manivela com uma força surpreendente. Eles tocaram o solo abruptamente. O avião deu um solavanco, desceu de novo bruscamente e continuou seguindo. Ele sacudia muito, porque o campo era cheio de lombadas. Dodo viu várias vacas pretas e brancas correndo com as tetas balançando, e então o avião se inclinou para a frente de repente e por fim ficou com o nariz enfiado na grama.

O que Dodo sentira em seguida fora uma batida forte contra o peito e a testa. Ela ficou tonta e inconsciente por um momento. Os cintos de segurança tinham rasgado com o impacto, e seu tronco fora jogado contra o painel de instrumentos. O barulho do motor parou, e o silêncio repentino parecia ensurdecedor. Ela tentou se levantar, mas caiu para trás novamente, porque estava tonta.

– Consegue me ouvir? – perguntou alguém ao seu lado. – Cabeça doendo?

Ele estava sangrando na testa e segurava o braço perto do tronco.

– Estou bem – disse ela com a voz abafada.

– Me ajude a abrir a cabine – exigiu ele. – Rápido. As pessoas da cidade nos viram.

Por sorte as paredes da cabine não foram deslocadas ou bloqueadas durante a colisão. Com grande dificuldade, Dodo conseguiu sair do assento e subir na asa para alcançar o outro lado do avião. Ainda estava tonta e sentia um ronco estranho no peito, mas nem se ateve a isso. Provavelmente ele quebrara o braço direito e por isso tivera muita dificuldade de sair do assento. Quando estava em pé ao seu lado no campo, limpou o sangue da testa com a manga do casaco.

– Bom voo – disse ele. – Pouso ruim, mas não foi sua culpa. Vida continua.

Ele saiu caminhando pelo campo para adentrar a floresta ali ao lado. Dodo jogou-se na grama, exausta, e fechou os olhos. Aquilo tudo teria sido um sonho? Será que ela logo acordaria no escritório da Srta. Segemeier, onde eles estavam tomando café e comendo bolo de cereja?

Mas, quando abriu os olhos, só avistou uma vaca malhada pastando a dois passos dela e balançando as orelhas vigorosamente para espantar as moscas. Depois foi tomada por dores insuportáveis no peito.

43

Minha amada Marie,

sei que você ficará muito decepcionada, mas surgiram novas circunstâncias que me obrigaram a cancelar a viagem. Não foi uma decisão fácil, minha querida, e confesso que fazia dias e semanas que eu estava radiante com a ideia de poder abraçar você de novo. Mas o destino não está a nosso favor. Minha presença em Augsburgo é extremamente necessária, porque infelizmente nossa Dodo sofreu um acidente.

Não se preocupe, ela só sofreu ferimentos leves, mas, como existem várias coisas a serem resolvidas em virtude do acidente e Dodo não tem condição de viajar, decidi ficar em Augsburgo por enquanto.

Kitty e Robert lhe contarão os detalhes, eles irão ainda hoje para Bremerhaven e amanhã estarão a bordo do navio a vapor.

Tenha certeza, meu amor, de que minha visita só foi adiada, mas de forma alguma cancelada. Com certeza iremos nos rever no verão, o mais tardar no outono deste ano. Dê um abraço apertado em nosso Leo e console-o, porque com certeza ele devia estar muito animado para ver a irmã. Diga-lhe que em breve Dodo escreverá uma carta para ele.

Agora preciso ir. Humbert levará esta carta rapidamente para a Frauentorstraße antes que Kitty e Robert partam para Bremerhaven.

Muitos beijos e abraços.

Com amor,

Paul

Ele dobrou a carta, colocou-a em um envelope e chamou Humbert, que já estava esperando no corredor. Depois se recostou na cadeira, exausto, e olhou para o papel mata-borrão verde. As reviravoltas do destino só tinham precisado de dois dias para destruir todos os lindos planos e suas esperanças. Eles mal tinham se recuperado da violenta e degradante invasão da casa pela Gestapo, e a próxima notícia trágica já chegara à Vila dos Tecidos no dia seguinte. E, ao que parecia, traria novas catástrofes com ela.

Agora que já entregara a carta, arrependia-se de tê-la escrito de forma tão breve e praticamente sem amor. Será que tinha deixado claro o suficiente como seu coração estava apertado? Quanto ficara furioso com as escapadas bizarras de Dodo, que roubara aquele reencontro de todos eles, inclusive de Kurt, que estava tão feliz por poder rever a mãe?

O que se passara na cabeça daquela menina? Ele não conseguia entender.

Na manhã do dia anterior, fora à fábrica no horário de sempre, após uma noite insone, e ficara feliz de ver que não havia indícios de uma inspeção noturna lá. Então eles tinham se limitado à Vila dos Tecidos. É claro que ele não mencionara nada sobre o incidente da noite anterior e chamara Henni até seu escritório para explicar-lhe brevemente o ocorrido e pedir-lhe que também não comentasse nada com ninguém. Até então, Henni não soubera da busca na mansão e ficara horrorizada com o relato. Mas como era uma moça inteligente, se recompôs rapidamente e prometeu não dizer uma palavra sobre o ocorrido para ninguém.

Até então, tudo bem. Ele tinha se convencido de que tudo estava sob controle de novo, e era importante não alarmar os funcionários justamente naquele momento, porque dali a dois dias estaria ausente por quatro semanas. Ainda continuara decidido a fazer a viagem. Não seria a ação desnecessária e sem sentido da Gestapo que o impediria.

Após o almoço na Vila dos Tecidos, deitara-se excepcionalmente para tentar compensar a noite em claro, mas, alguns instantes depois, Humbert batera à porta do quarto.

– Com licença, senhor... Sinto muito precisar acordá-lo. Mas estão ligando da Bayerische Flugzeugwerke. É sobre a Srta. Dodo...

Eles tinham permitido que ela fizesse um voo panorâmico de uma hora, mas, passadas mais de duas horas, ela ainda não pousara. Ele sentiu seu coração acelerar com aquela notícia. Sua filha, sua Dodo. Será que acontecera alguma coisa com ela?

– Não queremos preocupá-lo – disse uma voz feminina ao telefone, provavelmente de uma secretária. – Mas é possível que ela tenha sido obrigada a fazer um pouso de emergência em algum lugar. Por acaso o senhor recebeu um telefonema ou telegrama de sua filha?

– Não que eu saiba...

Ele chamou Humbert para perguntar, mas eles não tinham recebido nenhum telefonema nem qualquer outra notícia na Vila dos Tecidos.

– Manteremos o senhor informado – prometeu a senhora ao aparelho. – Se o senhor tiver alguma notícia, por favor, nos avise. Sua filha é uma piloto excelente, deve ter pousado em algum lugar e entrará em contato com a gente em breve.

Agora ele não tinha nem mais como pensar em cochilar. Mas o que acontecera com Dodo afinal? O dia estava ensolarado; só soprava uma brisa leve: qualquer problema só poderia ter sido algo técnico.

Ele foi correndo falar com a irmã Lisa e lhe informou o que acontecera. Lisa, que mal tinha superado o susto da noite anterior, precisou se sentar no sofá. Depois falou abertamente aquilo em que ele não tinha coragem de pensar.

– Meu Deus! Você não acha que ela sofreu um acidente e morreu, não é?

– Estão falando em um pouso de emergência, Lisa – afirmou ele. – Peço-lhe que não diga nada para a mamãe, a tia Elvira ou as crianças, que acalme os funcionários e encaminhe qualquer telefonema ou telegrama para a fábrica imediatamente.

Ela assentiu e olhou para ele com um olhar tão triste e comovente que ele a tomou em seus braços.

– Muitas coisas difíceis aconteceram com a gente nos últimos tempos, Lisa – disse ele gentilmente. – Agora temos que permanecer mais unidos do que nunca.

– Sim, Paul. Não se preocupe, vou ficar bem – respondeu ela baixinho. – Posso contar para Kitty e Robert? Eles vão passar aqui hoje de tarde.

– Por mim, tudo bem. Até lá com certeza teremos mais informações sobre o que aconteceu.

No caminho para a fábrica, também deu a notícia ruim para Henni, e mesmo que tenha tentado soar o menos dramático possível, ela ficara pálida.

– É notícia ruim de tudo que é lado... – murmurou ela. – Ontem foi a Gestapo, e hoje Dodo apronta uma dessa.

Ele teve dificuldade de se concentrar no trabalho, particularmente porque Henni toda hora aparecia em seu escritório para saber se ele tinha novidades.

– Meu Deus, Dodo! – lamentou-se ela. – Como você pôde fazer uma besteira dessas! Ah, não se preocupe, tio Paul. Com certeza ela vai ligar em breve.

Mas nenhuma notícia chegara até de noite. Ele voltou com Henni para a Vila dos Tecidos, onde Lisa estava conversando com Robert. Com a ausência de Dodo no jantar, já não era mais possível ocultar o acontecido das duas senhoras e das crianças.

– Nossa Dodo está fazendo um voo mais longo hoje – anunciou ele em tom inocente. – Ela voltará mais tarde.

Alicia recebera a notícia com tranquilidade. Apenas observara que, em sua época, não era normal jovens moças andarem por aí sozinhas depois do jantar.

– Os tempos mudam, Alicia – comentou tia Elvira. – Dodo é uma menina responsável. Podemos confiar nela.

Mamãe ficou satisfeita com aquele comentário e não mencionou mais Dodo. Eles ainda não tinham acabado de jantar quando Humbert anunciou uma ligação. Paul deixou o garfo cair em cima da mesa, nervoso, e saiu apressado em direção ao escritório.

– Boa noite. Bayerische Flugzeugwerke, quem fala é o Sr. Von Hentzen. Temos notícias de sua filha – disse uma voz masculina desconhecida. – Ela fez um pouso forçado perto de Breslau e está em um hospital lá.

A princípio Paul ficou sem palavras. Sua cabeça girava sem parar. Um pouso forçado. Mas ela estava viva. Estava em um hospital. Por que em Breslau?

– Como ela está? Tem algum ferimento grave? – perguntou ele.

O autor da chamada pigarreou, e dava para perceber que estava impaciente. Paul não entendeu por quê.

– O médico que ligou para cá disse que não é nada muito grave. Ela sofreu uma concussão e fraturou algumas costelas. O senhor tem alguma ideia das motivações de sua filha para voar até Breslau?

– Não – disse Paul. – É um mistério para mim.

– Assim como é para nós – disse o interlocutor de forma rude. – O avião provavelmente está danificado e precisará ser transportado de volta para Augsburgo. O senhor, como pai dela, precisará arcar com as despesas dos danos, espero que tenha ciência disso.

– O senhor não tem seguro para isso? – perguntou Paul, irritado. – Ela estava voando por sua ordem, não?

Agora seu interlocutor ficara furioso.

– De jeito nenhum! – berrou ao aparelho. – Na prática, ela sequestrou o avião. Fez um passeio até Breslau por conta própria. O senhor deve nos agradecer por não acusarmos a moça de roubo. Enviaremos a conta para o senhor no devido tempo. Boa noite!

Paul colocou o fone no gancho, abalado. Pensamentos contraditórios passavam por sua cabeça. Concussão. Costelas fraturadas. Sequestrou um avião. Arcar com as despesas dos danos. Em um hospital em Breslau. O que Marie teria aconselhado a ele? Ele sabia muito bem. Dodo era sua filha, e fosse lá o que tivesse aprontado, ela precisava dele, e ele precisava ir ao seu encontro. Levantou-se lentamente, como se tivesse correntes pesadas presas ao corpo, e foi até a sala de jantar, onde os olhares preocupados da família o aguardavam.

– Dodo sofreu um pequeno acidente – explicou ele. – Está em um hospital em Breslau. Não se preocupem. Considerando as circunstâncias, ela está bem. Amanhã vou de carro até lá e trago-a de volta para Augsburgo assim que for possível.

A comoção fora alta. Todos o bombardearam com perguntas, mas ele dera poucas informações, já que ele próprio não sabia muito sobre o ocorrido.

– Mas... mas precisamos ir para Bremerhaven amanhã. O navio partirá depois de amanhã – disse Kitty. – Vocês nunca terão voltado a tempo. E talvez Dodo querida nem possa viajar se estiver machucada...

– Exatamente – disse ele. – Por isso precisaremos cancelar nossas passagens. Vocês dois terão que viajar sem a gente.

Ele tomara sua decisão. Os preparativos de semanas, as compras, a empolgação – tudo fora em vão. Pediu licença e disse que queria ir dormir cedo, porque teria uma longa viagem de carro pela frente no dia seguinte.

– Vou com você, tio Paul! – disse Henni. – Posso acompanhar o mapa e cuidar de Dodo na viagem de volta.

– Depois vemos isso – disse ele com um sorriso.

Mas, quando apareceu na sala de jantar no dia seguinte para tomar café da manhã, Henni já estava sentada à mesa bebendo uma xícara de café e lendo o jornal.

– Bom dia, tio Paul – disse ela alegremente. – Achou que eu estava falando da boca para fora, não é?

Na verdade, ele preferiria que ela tivesse ido para a fábrica. Por outro lado, estava feliz com sua companhia, porque ela irradiava muita tranquilidade e confiança.

– Precisaremos pernoitar no caminho, Henni – disse ele. – É uma viagem longa demais para ser feita em um dia.

– Eu sei! A Sra. Brunnenmayer preparou uma cesta de lanches para não morrermos de fome. E Hanna arrumou uma malinha para Dodo com uma muda de roupas limpas.

Justamente naquele dia, o mês de abril mostrava seu lado caprichoso: apesar de o céu ter se mostrado sem nenhuma nuvem no dia anterior, naquele dia caía uma chuva pesada. A viagem era pouco agradável: o carro deslizava na estrada molhada, a visibilidade estava reduzida, e, se Henni não soubesse acompanhar o mapa com tanta competência, ele provavelmente teria tido que parar mais de uma vez para se orientar. Eles precisaram procurar um posto de gasolina em Bayreuth para encher o tanque do Opel de novo, fizeram uma pequena pausa e beberam o café com leite da garrafa que a Sra. Brunnenmayer enrolara com panos para manter o líquido quente.

– Deixe-me dirigir, tio Paul – sugeriu Henni. – Aí você pode descansar um pouco.

– Sem carteira de motorista? – disse ele, rindo. – Era só o que faltava.

– Já fiz três aulas de direção – respondeu ela. – E com certeza eu sei dirigir melhor que a mamãe.

– Não! Já basta Dodo estar no hospital.

Parecia que as nuvens carregadas de chuva estavam acompanhando os dois na viagem, porque ela só dera uma trégua à noite. Perto de Görlitz, procuraram uma pousada rural, Paul alugou dois quartos individuais, e eles jantaram no restaurante. Era agradável conversar com Henni. Ao contrário de sua mãe, ela tinha muito tato e evitava mencionar a viagem para a América que Kitty e Robert iniciariam no dia seguinte, partindo para Bremerhaven. Em vez disso, tagarelava sobre assuntos agradáveis relativos à fábrica, contara que Felix estava pensando em retomar os estudos e perguntou com toda a seriedade do mundo se ele estaria disposto a contratá-la como gerente, já que seu estágio terminaria em breve.

– Fico muito satisfeito com seu interesse pela fábrica, Henni – disse ele. – Mas gerente logo de cara... Primeiro preciso pensar no assunto.

Uma notícia boa para variar pelo menos. Ele esperava que Henni quisesse permanecer na empresa da família. Contudo, precisaria bolar algo mirabolante para tornar sua ascensão a gerente aceitável, senão aquilo geraria muito mal-estar entre os funcionários.

Por volta das nove horas, deram "boa-noite" um ao outro e foram para seus quartos. Como ele temia, o sono não quis chegar. O colchão gasto era desconfortável, ele continuava apreensivo com Dodo e não conseguia parar de pensar, aflito, em Marie e Leo, que esperariam por ele no porto de Nova York dentro de alguns dias, cheios de expectativa. Quando a manhã chegou, sentia-se moído, estava com dor de cabeça, e seus olhos cismavam em fechar quando estava ao volante. Finalmente, Paul cedeu à sugestão de Henni. O tempo melhorara, e eles estavam andando em uma estrada de terra, onde havia no máximo a companhia de carroças puxadas a cavalos.

– Pode assumir a direção – disse ele para Henni. – Só por um trechinho. E não faça nenhuma bobagem.

Ela deu um sorrisão e logo de cara deixou o motor morrer de tanto entusiasmo.

– Opa – disse ela. – Erro de principiante. Pode ir para o banco traseiro tirar um cochilo, tio Paul. Acordo você quando chegarmos a Breslau...

É claro que ele não seguiu aquele conselho, mas se sentou ao seu lado, no banco do carona, para poder intervir caso fosse necessário. Observou-a durante um tempo, divertiu-se com o jeito atento e concentrado com que a sobrinha dirigia, e então suas pálpebras começaram a ceder lentamente, e ele adormeceu. Acordou assim que os solavancos e o balanço do carro pararam e ele escorregou para a frente no assento. Eles estavam em um posto de gasolina.

– Desculpe – disse Henni. – Freei com muita força. Precisamos colocar gasolina, tio Paul. E ali adiante já é Breslau!

O cochilo lhe fizera bem: a dor de cabeça tinha sumido, e o cansaço também desaparecera como em um passe de mágica. Breslau! A danadinha dirigira por quase duzentos quilômetros enquanto ele dormia ao seu lado. Depois de pedir ao frentista que limpasse os vidros e verificasse o óleo, Paul deu alguns passos para o lado para observar a antiga capital da Silésia à distância. Ela se espalhava até o horizonte em uma névoa azulada. Algumas torres de igreja se sobressaíam entre o mar de casas, e era possível ver o brilho cintilante do rio Oder em um trechinho.

– Pode voltar ao volante, tio Paul – disse Henni generosamente.

– Muitíssimo obrigada, senhora motorista! – respondeu ele com animação.

Eles precisaram parar para pedir orientação três vezes até finalmente encontrarem o hospital Bethanien, um prédio imponente cinza de quatro andares que, como qualquer outro hospital, dava uma sensação desagradável e de intimidação em Paul. Quando disse seu nome no portão, eles foram cumprimentados com alívio e simpatia: estavam esperando por eles e os conduziram à ala feminina no terceiro andar, onde Dodo estava.

– Ela está bem, dadas as circunstâncias – disse a enfermeira. – Passou por poucas e boas. Fraturar as costelas dói bastante.

Sua filha estava em um quarto apertado, onde havia mais três pacientes além dela. Quando eles entraram, ela estava sentada na cama vestida com o avental da clínica e olhou para eles com apreensão.

– Oi, papai – disse ela baixinho. – Que bom que você veio junto, Henni.

Ele ficara assustado ao vê-la. A menina estava pálida como um fantasma, com hematomas na testa e nas bochechas; o lábio superior estava cortado, e seus cabelos desgrenhados caíam sobre o rosto.

– Dodo! O que você fez? – disse ele, desamparado, querendo abraçá-la.

– Por favor, não, papai. Ainda dói muito, e estou com dificuldade de respirar.

O quarto era muito apertado e não tinha cadeira, então Paul ficou em pé diante da cama, sem saber o que fazer. Henni foi menos cautelosa e simplesmente se sentou ao pé da cama de Dodo.

– Foi só um acidente, Dodo. Vai passar. Vamos levar você para casa. Lá você vai ficar boa novamente. Imagine só, dirigi quase duzentos quilômetros com o Opel de tio Paul. Euzinha!

– Mas você nem tem carteira de motorista!

– E daí? Eu sei dirigir. Depois lhe mostro.

– Como está Felix?

– Está bem. Vamos ao cinema depois de amanhã. Quem sabe você não vem com a gente.

– Acho que não...

Como as duas começaram a conversar rapidamente e à vontade! Paul tinha muitas coisas para perguntar para a filha, mas como as três outras pacientes escutavam a conversa com curiosidade, adiou o interrogatório. Preocupado, olhou para Dodo, que estava nitidamente com dor, e decidiu primeiro procurar o médico de plantão para perguntar se ela tinha condições de já voltar para Augsburgo com eles.

Primeiro o jovem médico lhe entregou a conta do hospital, e depois disse que sua filha já tinha quase se recuperado da leve concussão.

– Infelizmente a fratura das costelas demora a sarar, vai levar algumas semanas. Mas as dores já passarão em catorze dias, aí ela se sentirá melhor.

Depois, para seu horror, ele ficou sabendo que um policial local interrogara Dodo a respeito do acidente. Mas o médico não ouviu o que ela respondera.

– Qual o carro do senhor? Um Opel 1,8 L? Bem, não será muito confortável para a paciente fazer uma viagem tão longa nele, mas dá. Daremos um analgésico para ela.

– Ela está com dores fortes?

O médico deu de ombros e disse que eram dores suportáveis e que a filha era dura na queda. Ele sorriu.

– Fora isso, nada de esforço físico, nada de praticar esportes e nada de sair para dançar… Hahaha!

Paul achou a piada do médico bem inadequada. Guardou a conta e prometeu transferir o dinheiro. Agradeceu pelos cuidados e despediu-se.

Meia hora depois, sua filha estava sentada do lado de Henni no banco traseiro do carro, vestida e penteada, sorrindo com insegurança para ele.

– Sinto muito, papai – disse ela baixinho. – Você precisou cancelar a viagem por minha causa.

Se não fosse a presença de Henni, ele teria tido um ataque de fúria apesar do estado deplorável da filha. Mas só disse:

– O que deu em você, Dodo? Por que saiu pilotando um avião alheio sem autorização até Breslau? Não consigo entender!

Ela ficou calada por um momento, olhando para o encosto do assento do carona, depois levantou a cabeça e olhou para ele com uma expressão séria, apertando os olhos.

– Foi uma ideia maluca que tive, papai. Queria quebrar um recorde. Voar até Conisberga com um só tanque de gasolina. Mais de mil quilômetros. Mas os idiotas não encheram o tanque direito…

Ele não conseguia acreditar. Quebrar um recorde. Com um avião que ela praticamente sequestrara para isso. Sua filha ainda batia bem da cabeça ou a paixão pela aviação teria aniquilado seu juízo?

– O pouso forçado não foi culpa minha – disse ela com a voz incomumente baixa. – Teria sido um pouso impecável no pasto das vacas se não fosse por um buraco. A grama tinha crescido por cima, por isso não o vi, e aí o Bf 108 entrou de nariz no chão.

Entrou de nariz no chão. Provavelmente a hélice estaria destruída e possivelmente também outras peças do avião. E ainda tinha o transporte de volta para Augsburgo. A conta da fábrica de aviões não seria nada módica.

– Espero que saiba que essa sua aventura acabou com todas as suas chances no futuro – disse ele, irritado. – Nenhuma fábrica de aviões em toda a Alemanha vai contratar uma piloto que sequestra aviões.

Ela ouviu suas palavras em silêncio, e ele quase acreditou que ela fizera uma expressão de rebeldia em resposta.

– Eu sei, papai – respondeu ela por fim. – Mas eles já não iam me contratar de qualquer jeito. Porque sou uma *judia mestiça,* como dizem.

Ele sentiu um aperto no coração e parou de fazer acusações. Em vez disso, ligou o motor e deu a partida. A princípio planejara passar a noite perto de Dresden, mas depois decidiu ir direto noite adentro e só fazer algumas pequenas pausas. Dodo precisava trocar de posição o tempo todo. Não conseguia respirar muito bem deitada, e sentar também não era confortável, mas, quando se recostava um pouco, conseguia ficar daquele jeito por um tempinho. Eles acabaram com o resto da comida da cesta: um pote cheio de biscoitos e algumas maçãs de inverno murchas e doces. Pararam em uma taberna de tarde, e depois ele passou o volante para Henni.

– Também posso dirigir um pouco – manifestou-se Dodo timidamente.

– Não! – responderam Paul e Henni em uníssono.

Henni também achava que Dodo não tinha condições de dirigir por enquanto. Mais tarde, quando ele retomou o volante, Henni sentou-se no banco traseiro ao lado de Dodo. Já estava escuro, e ele não conseguia ver as meninas muito bem pelo espelho retrovisor, mas percebeu que elas conversavam com muita animação. O barulho do motor não permitia que ele ouvisse a conversa, mas provavelmente Dodo estava contando para Henni o que vivera. Ele ficou incomodado por ela falar tão abertamente com a prima enquanto só concedera uma pequena explicação para o pai. Bem, esperava que sua insolência e aquela obsessão extrema pela aviação tivessem arrefecido. Era hora de sua filha recobrar a razão e olhar para o futuro de forma realista.

Eles só chegaram em Augsburgo perto do anoitecer do dia seguinte. Enquanto ele entrava no pátio da Vila dos Tecidos com o carro e Humbert já descia as escadas correndo, deu-se conta, desolado, de que, àquela hora, Kitty e Robert já deveriam estar no navic a vapor em direção à América havia muito tempo.

44

— Ela comeu? – perguntou a Sra. Brunnenmayer quando Humbert voltou para a cozinha com a louça do café da manhã.

– Infelizmente não. Ela disse que não gosta de ovo mexido pela manhã.

A cozinheira suspirou, decepcionada, e afastou o prato de Christian, que sempre tinha um apetite vigoroso.

– A menina sempre foi magrinha – disse ela. – Mas agora está parecendo um passarinho morto de fome.

– A Srta. Dodo vai ficar forte de novo – disse Humbert. – Quando não precisar mais tomar o remédio para a dor, vai melhorar.

– Isso é um veneno – confirmou Else. – A maldita da dipirona. É o que está tirando o apetite dela. Uma tia minha até morreu por causa disso…

A cozinheira deu-lhe um olhar furioso e empurrou a tigela com as batatas descascadas por cima da mesa.

– Aqui! Pegue o ralador grosso. E preste atenção para não ralar os dedos. Aproveite e rale as três cebolas também.

Como sempre, Else protestara contra aquela ordem, mas com a Sra. Brunnenmayer não tinha negociação. Era bom que Else fizesse algo útil já que, de qualquer forma, passava horas sentada na cozinha.

– Hanna já arrumou tudo lá dentro. Você só vai precisar passar pano no banheiro depois. Pode vir aqui me ajudar. Liesel está dando de mamar para Anne-Marie, e ainda quero cozinhar os ovos rapidinho para as crianças pintarem mais tarde.

– Que tempos são esses! – disse Else com um suspiro. – Nunca foi assim no reinado da Srta. Schmalzler!

Era Sábado de Páscoa, e a cozinha ainda estava calma, mas a cozinheira tinha uma lista enorme de afazeres na cabeça para a celebração. Hanna fizera as últimas compras no mercado, e Christian a acompanhara, porque ela não conseguia carregar as cestas pesadas sozinha. Humbert trouxera os últimos pratos e o bule de café, e depois saiu correndo para buscar dois ternos do patrão na tinturaria. Liesel estava trocando a fralda da filhinha no quarto da Sra. Brunnenmayer, e Willi, aquele malandro, já havia novamente se escondido debaixo da mesa da cozinha.

– Tomara que Kurt chegue logo para buscar o cachorro – disse a Sra. Brunnenmayer. – Mais tarde vão entregar o vinho e vai dar problema de novo, porque ele não tolera os entregadores.

– Sempre esse maldito cão! – resmungou Else, posicionando a primeira batata no ralador. – Não temos mais paz por aqui!

Foi possível ouvir a porta do átrio se abrindo. A voz de Auguste ecoava até a cozinha.

– Finalmente você chegou, Theo! Já pensei que estivesse doente de tão tarde que está vindo...

Arrá, o noivo, o postaleiro, chegara em sua bicicleta. Else parou de ralar as batatas para prestar atenção na conversa, mas infelizmente o cachorro começou a latir no mesmo momento, e não foi mais possível ouvir os sussurros apaixonados dos pombinhos. Auguste mandara fazer um vestido de noiva e exibira-o na cozinha. Era todo branco com mangas de renda e um véu que ia até o chão. Else ficara emocionada ao vê-lo e dissera com inveja que o vestido estava bem apertado nos seios e que Auguste não poderia respirar fundo de jeito nenhum antes de dizer o "sim". Liesel não fizera nenhum comentário, mas todo mundo sabia que ela não estava satisfeita com o futuro padrasto.

Naquele dia a conversa fora excepcionalmente curta. A porta de entrada se fechara, e logo em seguida Auguste apareceu na cozinha.

– Preciso de uma bebida – disse ela, catando a garrafa de aguardente de genciana do armário da cozinha.

Else e a cozinheira observaram, espantadas, Auguste servir-se de meio copo e botar a bebida transparente para dentro com um só gole.

– Perdeu o juízo? – perguntou a cozinheira, aborrecida. – Se embebedando em plena luz do dia? Quer servir aos patrões desse jeito?

Auguste deu uma risada estridente e estava prestes a servir-se de uma segunda dose, quando a cozinheira foi mais rápida, apesar das pernas doloridas, e tomou-lhe a garrafa da mão.

– Chega disso! – esbravejou ela, colocando a garrafa de aguardente de volta no lugar. – Não tem vergonha de fazer uma coisa dessas na frente de sua filha e de sua neta?

Enquanto isso, Auguste apoiara a cabeça nos braços e encarava a mesa da cozinha.

– Acabou – disse ela com a voz rouca. – Acabou tudo. Theo não quer mais saber de mim.

A Sra. Brunnenmayer ficou calada, porque naquele momento Liesel chegara da despensa com a filha no colo e ouvira aquelas palavras. Else deixou a batata cair na tigela de susto.

– Ele não quer mais se casar com você? – perguntou ela. – Mas por quê? Achou um defeito em você de repente?

Liesel não disse nada. Colocou o bebê no carrinho e foi até o fogão, onde os ovos de Páscoa estavam sendo cozidos em uma panela grande.

– Porque trabalho em uma casa que é suspeita de ser contra o governo – explicou Auguste, limpando o suor da testa. – Ele disse que não pode correr esse risco sendo funcionário público. E eu tenho que entender.

– Então é esse tipo de pessoa que ele é – comentou a Sra. Brunnenmayer. – Já tinha reparado que não vale um tostão. Fique feliz por se livrar desse companheiro de reputação duvidosa.

– Mas que pena – comentou Else. – Por causa do vestido caro. E do seu pedido de demissão. Você está em belos apuros agora, Auguste!

– Que comentário desnecessário! – disse a cozinheira olhando para Else, repreendendo-a, mas as palavras já tinham surtido seu efeito, e Auguste começara a chorar.

– Eu já tinha contado para todo mundo – disse ela, debulhando-se em lágrimas. – Já convidei as pessoas. A gente ia fazer a festa na pousada Roten Rössl, até encomendamos o jantar do casamento. Que vergonha ter que cancelar tudo agora. Mas não vou pagar, não...

Com pena, Liesel foi até a mãe e deu-lhe um abraço.

– Não fique assim, mamãe – disse ela. – Você tem a nós, Christian e eu. Estamos do seu lado. Pode ficar com a gente se não puder mais trabalhar aqui. Não gaste suas lágrimas com este homem, mamãe. Ele não merece...

Mas a decepção de Auguste era enorme. Ela soluçava cada vez mais alto e empurrou Liesel para longe.

– Você nunca gostou dele! – exclamou ela, repreendendo a filha. – Agora está satisfeita, não é mesmo? Nenhum de vocês aceitava minha relação com Theo. Ficaram com inveja de mim, porque finalmente tive um pouco de alegria nessa vida...

Assim era Auguste. A menina só queria consolá-la, e a mãe logo partira para cima dela. Liesel, que já estava acostumada a ser tratada daquela forma por ela, apenas se reaproximou e acariciou-lhe o ombro delicadamente. Balançando a cabeça, Else retomou o trabalho, e a Sra. Brunnenmayer levantou-se para tirar do fogo a panela com os ovos. Humbert apareceu na cozinha com os ternos limpos do patrão nos braços.

– Mas o que aconteceu? – indagou ele ao ver Auguste chorando. – A Sra. Elisabeth já tocou a campainha duas vezes. Ela está bastante aborrecida.

– Ela que vá para o inferno! – berrou Auguste aos prantos.

Humbert encarou-a, horrorizado, virou-se e desceu a escada de serviço com os ternos na mão.

– Agora se recomponha, Auguste! – disse a cozinheira veementemente. – Você ainda trabalha aqui na Vila dos Tecidos, e não vou tolerar ouvir você falando assim dos patrões. Volte para o trabalho!

Auguste levantou-se apressadamente, deu uma fungada profunda e limpou o rosto vermelho de choro com um lenço.

– Sei muito bem que todos vocês estão contra mim! – disse ela com amargura. – Pode deixar que já estou indo. Farei meu trabalho até meu último suspiro. É só o que me resta!

Depois subiu a escada de serviço, deixando os outros na cozinha.

– Que canalha! – esbravejou Liesel. – Quando vier amanhã, não vou segurar Willi. Vou deixá-lo pular em cima dele e derrubá-lo da bicicleta. Como pode sair por aí dando o golpe do casamento...

– Deixe disso – alertou-a a cozinheira. – Aí o patrão vai acabar recebendo uma queixa. E ele já tem preocupações demais, nosso pobre patrão.

– A situação realmente não está fácil na Vila dos Tecidos – comentou Else. – Precisaram cancelar a viagem para a América, e o patrão estava tão animado com ela... E nossa Dodo também ainda não está recuperada.

A Sra. Brunnenmayer só fez que sim com a cabeça e instruiu Liesel a esfriar os ovos, esfregar vinagre neles e colocá-los em cima de uma toalha para que secassem e pudessem ser pintados com tinta colorida pelas crianças mais tarde.

– Nosso patrão está se sentindo sozinho – disse ela, preocupada. – A Sra. Elisabeth está ocupada com as crianças, e as duas senhoras vivem em outra realidade. Mas o Sr. Melzer só se afasta cada vez mais. No máximo cuida de Kurt, mas o menino prefere brincar com Charlotte e com o cachorro.

Humbert contou que o patrão passava as noites sentado no salão dos cavalheiros vendo os álbuns de fotos. Uma vez pedira para Humbert se sentar com ele. Chegou a servir um copo de conhaque e lhe mostrou fotos antigas.

– Como éramos felizes naquela época! – dissera ele, mostrando-lhe uma foto dele com a Sra. Marie e os gêmeos. – Não tínhamos consciência disso. Mas talvez essa tenha sido a época mais feliz de nossa vida.

Depois, Humbert dissera para a Sra. Brunnenmayer que temia que o patrão ficasse depressivo se a Sra. Marie ficasse mais tempo na América e ele não pudesse visitá-la.

Mas a cozinheira o contrariara.

– É claro que ele está triste, Humbert – replicou ela. – Mas precisa ficar aqui pela família e pela fábrica, e é assim que deve ser. Além disso, alguns dias atrás ficou bastante animado quando a Srta. Henni trouxe o Sr. Burmeister para cá.

Humbert precisara concordar com aquela afirmação. Os patrões tinham tomado café e comido a torta de creme da Sra. Brunnenmayer; as duas senhoras também tinham estado presentes e depois comentado só coisas boas sobre o rapaz.

– Finalmente um rapaz educado que sabe se portar em sociedade – comentara a Sra. Alicia.

– Ele tem um conhecimento excepcional sobre cavalos – complementara a Sra. Elvira, que mostrara seus trakehner ao visitante.

– E que belo rapaz – dissera a Sra. Elisabeth, derretendo-se por ele. – Tão alto e atlético. E aqueles olhos verdes-azulados! Bem, nossa Henni também é uma moça lindíssima, nunca escolheria um noivo feio!

Eles tinham convidado o Sr. Burmeister para o casamento, que seria em maio, como acompanhante de mesa de Henni, e ele jogara várias partidas de xadrez com os patrões no salão dos cavalheiros à noite. Infelizmente, Humbert não conseguira perceber quem vencera, porque estava ocupado servindo licores e vinhos para as mulheres no salão vermelho.

– Com certeza o Sr. Burmeister não sofreu uma derrota vergonhosa – dissera a cozinheira, que só avistara o visitante da cozinha. – Dá para ver que é muito inteligente.

Por volta do meio-dia, a cozinha estava toda enfumaçada, porque Liesel estava fritando as panquecas de batata no óleo fervente. Àquela altura,

Hanna já voltara do mercado e estava acertando as contas das compras com a cozinheira, uma operação que se arrastara por um pouco mais de tempo, uma vez que Hanna não conseguia se lembrar direito dos preços e a cozinheira ficara irritada, sem saber como o dinheiro fora gasto.

– O preço da carne assada está no papel, Sra. Brunnenmayer – explicou Hanna, nervosa. – Mas ele não anotou o valor da linguiça e da carne de sopa...

– Onde você está com a cabeça, Hanna? – indagou a cozinheira, repreendendo-a. – Não consegue se lembrar?

Hanna olhou para o teto da cozinha e mordeu os lábios, mas não adiantou muito. Os números simplesmente não queriam voltar à sua mente; em compensação, ela se lembrou de outra coisa.

– Imagine só, Sra. Brunnenmayer: o ateliê da Sra. Von Dobern foi reaberto.

– Não quero saber disso agora, Hanna... – respondeu a cozinheira, aborrecida. – A linguiça...

– Mas é uma notícia muito interessante – comentou Humbert, socorrendo a amada. – Também conseguiu ver quem estava lá dentro, Hanna?

– Mas é claro, a porta estava aberta – respondeu ela, rapidamente. – Serafina estava lá atendendo uma cliente.

A Sra. Brunnenmayer desistiu do inquérito. Era melhor passar a mandar Liesel ao mercado; as contas bateriam centavo por centavo.

– Estava claro desde o início que a Sra. Von Dobern se safaria de tudo. Ela tem as costas quentes.

Humbert assentiu de forma sombria, mas Hanna tinha outra opinião.

– Foi o que sempre falamos da Maria Jordan naquela época, Sra. Brunnenmayer – disse ela com uma expressão séria. – Mas ela acabou se dando mal, a coitada...

– Foi a vontade de Deus – disse a cozinheira bruscamente, começando a mexer o purê de maçã. – Já pode tocar o sino da refeição, Humbert – disse ela por cima dos ombros. – Para as panquecas de batata não amolecerem. Liesel, dê um tempo agora e frite a outra metade quando os patrões já tiverem comido a sopa.

Humbert correu para mudar de roupa e seguir a instrução da cozinheira, e Liesel foi até a sala ao lado, porque a pequena Anne-Marie acordara e estava choramingando.

– Já está com cólica de novo, pobrezinha! – disse Else com um suspiro.
– Vou fazer um chá de erva-doce já, já.

O almoço atrasara, porque Auguste primeiro precisara buscar Kurt e Charlotte no parque e depois levá-los ao banheiro para lavarem as mãos. Quando todos os patrões estavam finalmente reunidos à mesa, Humbert serviu o caldo de carne com ovos e aletria, e então retornou à cozinha.

– Podem fazer tudo com calma – disse ele para Liesel e a cozinheira. – Os patrões estão muito agitados. Acho até que a sopa vai esfriar nos pratos.

A Sra. Brunnenmayer balançou a cabeça, irritada. Sempre que corriam para terminar a comida, acontecia alguma coisa que atrapalhava tudo.

– Mas o que foi dessa vez? – resmungou ela.

Humbert aproveitara o intervalo para tomar um gole de limonada, e a cozinheira reparou que ele estava dando um sorrisinho.

– Se bem entendi – informou ele –, a Sra. Elvira comprou o avião danificado de presente para a Srta. Dodo. Eles vão trazê-lo para cá depois da Páscoa para consertá-lo.

– Para cá? – perguntou Hanna, chocada. – E por acaso a Srta. Dodo quer transformar o parque em um campo de aviação?

Humbert deu de ombros e disse que só Deus saberia.

– Com certeza o patrão não vai permitir – afirmou ele. – Ele não disse uma palavra sobre o assunto, só lançou um olhar fulminante para a Sra. Elvira. Mas ela nem liga.

– E o que a Srta. Dodo disse? – perguntou Else.

– Ela agradeceu à tia-avó, mas não pareceu muito animada. Só Henni fez festa e disse que aquela era uma excelente ideia.

– Meu Deus – resmungou a cozinheira. – Vai ter briga de família de novo, e minhas panquecas de batata vão virar uma gororoba enquanto isso.

Realmente sobrou quase metade das deliciosas panquequinhas de batata, mas os patrões logo se concentraram na sobremesa e ainda permaneceram um tempinho na sala de jantar, tomando café. Humbert não sabia sobre o que estavam conversando, porque não fora mais solicitado depois de servi-los.

De tarde, como em todos os Sábados de Páscoa, a cozinha se transformou em um ateliê de pintura de ovos. A mesa comprida fora coberta cuidadosamente com jornais velhos, várias tigelas com ovos cozidos, caixas de tinta das crianças, copos d'água e pincéis. Auguste e Hanna distribuíram camisas esfarrapadas que os artistas vestiam por cima das roupas boas para não as sujarem, e Liesel e Humbert ficaram a postos para prestar socorro caso derramassem um copo d'água ou deixassem um ovo sair rolando. A Sra. Brunnenmayer colocara uma das cadeiras da cozinha em frente ao fogão para assistir àquela bagunça artística a uma distância segura e se divertia muito.

Cada criança pintava de seu jeitinho próprio. As mais belas obras de arte foram feitas por Charlotte, que era uma desenhista talentosa; Hanno pincelara pontinhos e tracinhos de todas as cores; Kurt se esforçava para transformar os ovos em carros verdes e vermelhos com rodas pretas; e Johann, que já tinha 12 anos e só fizera bobagens no ano anterior, pintara avidamente rostos com barbas desgrenhadas e vendas nos olhos. Dali a pouco Hanna passaria recolhendo as obras de arte com uma bandeja para secarem e serem recobertas mais tarde com gordura de porco e ficarem brilhando.

Talvez Johann não queira mais participar no ano que vem, pensou a Sra. Brunnenmayer. *Mas aí não vai demorar muito para Anne-Marie e o pequeno Edgar começarem a participar da bagunça. Que bom que tudo continua. Isso enche a casa de vida e faz a gente entender o sentido da existência.*

Auguste se sentara junto a ela. Estava com a netinha no colo, que já conseguia se sentar um pouco e mastigava seu mordedor.

– Falou com a patroa? – perguntou a Sra. Brunnenmayer para ela.

– Sim – respondeu Auguste, que claramente já se conformara. – Ela disse que sente muito, mas que também já está tão acostumada comigo que ficou feliz por eu permanecer na Vila dos Tecidos.

– Está vendo? – comentou a cozinheira com satisfação. – Já imaginava isso.

Auguste limpou a boca da pequena e disse baixinho:

– Na verdade, por mim está tudo bem. Sei como são as coisas por aqui, e a nova vida com Theo teria sido incerta. Se ao menos eu soubesse o que fazer com o vestido…

– Você pode pintá-lo de preto e usá-lo na cozinha – sugeriu a cozinheira.

– É uma ideia… – disse Auguste com pouca animação.

Após aproximadamente uma hora, o ateliê de pintura foi encerrado, porque a concentração dos artistas diminuíra e as obras de arte se tornaram notadamente mais abstratas. Já não era sem tempo, porque o jantar tinha que ser preparado, e a Sra. Brunnenmayer ainda queria finalizar alguns detalhes para a refeição de Páscoa em seguida.

Por volta das nove horas, quando Else já tinha subido para seus aposentos, bocejando, e Hanna ainda engraxava os sapatos dos patrões para irem à igreja no dia seguinte, a Sra. Brunnenmayer mandara Liesel ir com a bebezinha para a casa do jardineiro.

– Vá dormir, menina – dissera ela. – Amanhã será um longo dia e depois de amanhã, na segunda-feira de Páscoa, também trabalharemos um bocado, pois teremos muitos convidados. Posso fazer a gelatina de sobremesa sozinha.

Liesel ficara muito contente. A pequena estava inquieta, e Christian já reclamara por quase não ter visto sua menininha de tanto trabalho que tivera. Então a Sra. Brunnenmayer colocou as frutas cortadas na tigela e derramou suco de fruta com gelatina em cima. A sobremesa endureceria até o dia seguinte e então poderia ser desenformada. Depois ela se sentou à mesa, tirou os óculos e pegou o livro de controle de despesas. Eles precisariam economizar depois da Páscoa, dava para ver agora: macarrão com queijo, ensopados e, de sobremesa, frutas em conserva do ano anterior estariam na ordem do dia.

Humbert chegou à cozinha. Vestia o casaco velho, porque tinha lavado os dois carros com os quais os patrões iriam para a missa de Páscoa no dia seguinte.

– Ainda acordada? – disse ele, tirando o casaco e sentando-se junto a ela.

– Não por muito mais tempo, Humbert. Estou exausta e já vou me deitar.

Ele assentiu com compreensão, mas permaneceu sentado.

– Queria só contar uma coisa para a senhora – disse ele. – Não estou conseguindo ligar todos os pontinhos, mas talvez a senhora consiga. Porque acho que pode ser uma coisa importante.

– Desembuche logo então – disse a Sra. Brunnenmayer, fechando o livro de controle de despesas.

Humbert ficou um pouco acanhado e disse que não queria passar a impressão errada. Não era o tipo de empregado que ficava ouvindo atrás da porta, a cozinheira sabia disso, mas às vezes ouvia coisas que os criados não deveriam ouvir.

– No dia em que o Sr. Burmeister veio fazer uma visita, os jovens ficaram um pouco no quarto da Srta. Dodo, e eu fui lá servir-lhes limonada e biscoitos. Quando subi para buscar os copos, eles já tinham colocado a bandeja em cima da cômoda do corredor...

– Vá direto ao assunto – pediu a Sra. Brunnenmayer, bocejando, desesperada para ir se deitar.

– Enquanto eu recolhia a bandeja para descer com ela, ouvi o Sr. Burmeister dizer lá dentro: "Fique feliz, ele poderia ter atirado em você."

– Meu Deus! – exclamou a cozinheira. – Tem certeza de que foi isso mesmo que ouviu?

– Certeza absoluta. Tenho ótima audição, Sra. Brunnenmayer. E, em seguida, a Srta. Henni disse: "Mas que desgraçado. Não está nem aí por ter estragado sua vida. Contanto que chegue são e salvo na Rússia."

Humbert calou-se, e a cozinheira também não sabia o que dizer. Mas os dois estavam pensando a mesma coisa.

– Ela realmente disse "Rússia"? – perguntou a cozinheira, apreensiva.

– Eu ouvi perfeitamente, Sra. Brunnenmayer. E depois a Srta. Henni ainda disse: "Você tem que falar com seu pai de qualquer forma. Senão acabou sua chance de fazer o exame de conclusão e ir para a universidade."

– Mas você ficou um tempão com a bandeja no corredor, hein? – comentou a Sra. Brunnenmayer.

Humbert não podia negar tal fato, mas justificou sua demora dizendo que fora movido pelo amor e pela lealdade que sentia pelos patrões.

– E aí? – indagou ele, preocupado. – O que acha de tudo isso?

A Sra. Brunnenmayer também não sabia o que pensar. Só tinha certeza de uma coisa.

– Você contou para alguém?

– Para ninguém.

– Nem para Hanna?

Ele balançou a cabeça. Hanna era sua namorada e confidente e era mais próxima dele do que qualquer outra pessoa na Vila dos Tecidos. Mas ele também sabia que ela não era muito boa em guardar segredos.

– Então deixemos esse assunto por ora, Humbert – determinou a cozinheira. – E agora vou dormir!

45

Nova York, 3 de maio de 1936

Querido Paul,

  acabei de receber sua longa carta! Agora finalmente sei mais detalhes sobre a loucura que Dodo fez, mas que ainda não consigo realmente entender. Como ela pôde arriscar tudo que conquistara com uma
atitude maluca dessas?

  Queria do fundo do coração poder conversar com ela para entender
suas motivações e ajudá-la. Se eu puder pedir uma coisa para você,
meu amor: por favor, evite punir a menina com muita severidade.
Acho que o sufoco pelo qual ela passou já será suficiente para fazê-la
refletir sobre suas ações e torná-la mais sensata. Vamos agradecer a
Deus por nada de muito grave ter acontecido além de algumas costelas
fraturadas e um avião danificado: poderia ter sido muito pior.

  Sei muito bem, meu querido, o peso que você carrega nas costas
sozinho e como é difícil suportar a responsabilidade que deixei em suas
mãos ao ir embora. Já me culpei um milhão de vezes por minha deserção e confesso que também me sinto responsável por toda essa história
com Dodo. Talvez isso não tivesse acontecido se eu tivesse ficado em
Augsburgo.

  Ainda assim, Kitty e Robert reforçaram a opinião de que fiz a coisa
certa. Especialmente os acontecimentos mais recentes na Vila dos Tecidos mais uma vez me comprovaram como os governantes de nossa
pátria estão agindo com crueldade e como somos indefesos, ficando à
mercê deles.

  Kitty e Robert tentaram nos consolar com muito afeto por você e
as crianças não terem vindo com eles. Vejo que acabei tocando nesse
assunto que queria tanto ignorar para não aumentar nossa tristeza.

Meu Paul querido, entendo sua decisão. Por mais amarga que seja, eu mesma teria aconselhado você a não deixar nossa filha sozinha numa situação dessas. Mas, mesmo assim, ainda sinto a dor dos minutos esperando no cais, vendo os passageiros desembarcarem do navio, um após o outro, e procurando você, Dodo e Kurt com o coração acelerado. Duas vezes achei ter reconhecido vocês, queria acenar, ansiosa, mas depois me dei conta de que tinha me enganado. Finalmente vi Kitty e Robert, que caminharam apressados em nossa direção, mas sem vocês! Naquele momento compreendi que não viveria o tão aguardado reencontro com você, meu amor, e com meus dois filhos.

Agora não falarei mais nisso. Só direi pessoalmente o que está guardado em meu coração no nosso reencontro, se Deus quiser, dentro de alguns meses.

O jeito maravilhoso e acolhedor de Kitty me fez muitíssimo bem, e Robert é uma pessoa muito inteligente e gentil. Adoraria tê-los aqui comigo por um pouco mais de tempo. Entre outras coisas, nos encontramos com o Sr. Friedländer, que também ficou decepcionado por ainda não poder conhecer você. Hoje cedo Robert e minha querida Kitty continuaram sua viagem de trem em direção ao norte. Eles querem visitar os grandes lagos em Buffalo, onde Robert tem bons amigos, e depois alugar um carro e viajar pela Costa Leste até a Flórida. Prometeram mandar cartões-postais para mim e também para vocês, aí em Augsburgo. Desejo que esse casal maravilhoso faça uma viagem incrível e inesquecível.

Mas guardei a melhor notícia para o final. Ontem nosso Leo chegou à Butique Madeleine completamente empolgado e radiante quando eu estava alinhavando um casaco para uma cliente. Quase não conseguiu esperar até eu estar livre para revelar sua novidade. O que ele fez com tanto entusiasmo que de início mal compreendi o que acontecera. Ele participou de um concurso para jovens compositores e ganhou um prêmio. Ficou em segundo lugar, não em primeiro, mas pediram para ele enviar algumas de suas obras para uma companhia cinematográfica que está procurando um compositor jovem e autêntico.

É claro que, por ora, isso é só uma pequena oportunidade, mas, ainda assim, um grande passo na direção correta que forneceu ao nosso filho a autoconfiança renovada de que tanto precisa para continuar sua trajetória. No momento, ele está nas nuvens e inclusive sonha com a possibilidade de assumir as despesas do exame de conclusão de Dodo em um internato suíço com esse dinheiro inesperado. Isso é uma demonstração comovente do amor que sente pela irmã.

Espero sinceramente que Leo não fique muito decepcionado se todas as suas expectativas não se realizarem. Pelo menos ele tem Richy, uma amiga dedicada que com certeza ajudará a consolá-lo nesse caso. Ela é uma menina adorável e animada que combina muito com nosso filho, volta e meia atormentado por inseguranças e descontentamento com as coisas da vida. Não sei dizer como a história desses dois seguirá daqui para a frente. Richy é uma jovem ambiciosa que quer ser dançarina da Broadway, e Leo também tem seus planos para o futuro. Será que dois jovens artistas que seguem suas respectivas trajetórias com tanto afinco conseguem conviver, ter uma família e criar filhos juntos? Mas talvez eu esteja sendo muito antiquada. Os dois ainda são muito jovens, e o mundo mudará junto com eles.

Agora me aproximo do fim da carta, meu querido Paul. É domingo, e fui hoje sozinha para o porto em Lower Manhattan para ver o píer no qual eu e Leo desembarcamos há seis meses e observei os navios. Tenho a necessidade de ver esses símbolos de esperança diante de meus olhos, saber que existe uma conexão com você sobre o Atlântico, saber que há pessoas que viajam o tempo todo assim. E, se você não veio até mim desta vez, um desses navios levará esta carta até você. Será que devo confessar-lhe as ideias loucas que passaram pela minha cabeça enquanto eu estava parada ali, respirando o cheiro do mar? Imaginei entrar secretamente em uma das embarcações, me esconder em algum canto e voltar para meu lar como passageira clandestina para ver você e nunca mais ir embora. Ah, eu queria tanto ter escrito uma carta sensata e consoladora e agora me pego falando uma bobeira dessas! Me perdoe. Já está tarde. O relógio mostra que passa da meia-noite. Vou terminar a carta e levá-la aos correios amanhã.

Um abraço caloroso, meu amor, você está em todos os meus pensamentos, até nos mais afetuosos e secretos que nem ao menos posso partilhar nesta carta, mas que irei confessar-lhe quando estivermos a sós.

Até nos revermos, sou e sempre serei

Sua Marie

LEIA UM TRECHO DO PRÓXIMO LIVRO DA SÉRIE

Reencontro na Vila dos Tecidos

I

Abril de 1939

A silhueta da Estátua da Liberdade encolhia ao longe. Aos poucos torna-va-se um minúsculo traço cinza no horizonte até, por fim, desaparecer completamente na neblina. O navio *Bremen* atravessava o Oceano Atlântico, e as ondas cada vez mais fortes jogavam a embarcação para cima e para baixo. Era possível sentir as máquinas do navio trabalhando a todo vapor.

– Não vamos ver a mamãe nunca mais? – perguntou Kurti, de 13 anos, em pé na balaustrada ao lado de Paul, olhando na direção da estátua visível havia poucos minutos.

– É claro que a veremos de novo, seu bobinho – respondeu Dodo antes que Paul conseguisse se recompor a tempo de responder. – Ano que vem vamos visitá-la em Nova York de novo. Talvez até antes disso.

– Até ano que vem é uma eternidade…

– O tempo vai passar mais rápido do que você pensa, Kurti!

O menino se calou. Com as mãos agarradas nas hastes metálicas bran-cas da balaustrada, encarava as ondas escuras que quebravam no casco do navio.

– Acho que vou passar mal de novo – murmurou.

Finalmente Paul conseguiu se libertar do estado de espírito depressivo que se recusava a abandoná-lo e que naquele dia escalara para uma angús-tia dolorosa.

– Não, desta vez você não vai passar mal – disse ele, acariciando os belos cabelos escuros, ondulados e macios que o menino herdara de Marie.

– Vou, sim – insistiu Kurt. – Daqui a pouco vou vomitar.

– Vamos até a cabine – sugeriu Dodo. – Vamos desembrulhar os presen-tes que a mamãe nos deu.

A distração funcionou. Kurti assentiu e pegou a mão da irmã mais velha, que o conduziu por entre os passageiros até a porta.

– Vou daqui a uns minutos. Ainda preciso de um pouco de ar fresco… – disse Paul.

Mas achou que não o escutaram, pois os dois continuaram andando sem se virar. Permaneceu quieto. Era uma dádiva Dodo cuidar do irmão com tanto carinho. Aquilo poderia aliviar um pouco a dor da separação do menino e dar a ele próprio a oportunidade de restaurar seu equilíbrio interno.

Aquela fora a segunda visita a Marie e Leo em Nova York. O primeiro reencontro ocorrera dois anos antes. Ele fora sozinho, pois Kurti precisava ir à escola e Dodo estava em um internato na Suíça. Na época, voltara para a Alemanha esperançoso, plenamente convencido de que a separação acabaria em breve e de que Marie voltaria para casa mais cedo ou mais tarde. Agora não sabia de onde tirara tanto otimismo. Mesmo naquela época, os indícios de um futuro opressivo em território alemão já eram claramente perceptíveis, mas ele não quisera enxergar. O reencontro com Marie ofuscara todo o resto. Aqueles poucos dias de êxtase que tinham passado juntos no pequeno apartamento, em caminhadas no Central Park, em excursões e até no litoral pareciam ter voado. Após uma breve estranheza inicial, tinham sentido uma paixão e uma excitação semelhantes às da juventude, quando se conheceram. Aquela euforia lhe dera a certeza de que nada nem ninguém poderia separá-los. Nem aquele país estrangeiro, nem o imenso Oceano Atlântico e muito menos Adolf Hitler, que mais cedo ou mais tarde desapareceria como uma assombração.

Mas ele se enganara redondamente! O tempo agira de forma traiçoeira e implacável contra eles, afastando-os cada vez mais. Trocaram muitas cartas ao longo dos dois anos seguintes. Na segunda visita, ele já chegou sabendo que Marie geria seu próprio ateliê, que estava sendo tão bem-sucedido que ela pudera assumir uma parte significativa das despesas do internato de Dodo. Porém a felicidade de Paul com o sucesso da esposa era apenas parcialmente sincera, porque ele sabia quem lhe arranjara aquela loja e lhe dera suporte financeiro no início: Karl Friedländer, o acompanhante sempre simpático e jovial de sua esposa. Aproximara-se de uma maneira tão sofisticada e gentil, e – sim, esta era a mais pura verdade – roubara-lhe a esposa. É claro que Marie não o traíra: ela não estava dormindo com aquele homem, e Paul sabia disso. Mas, ainda assim, Karl, como ela o chamava, assumira tudo que constituía uma parte enorme de seu amor por Marie: as conversas familiares, os encontros diários, os olhares íntimos, seu sorriso e a sensação de pertencimento e de disponibilidade mútua. E isso sem contar a ajuda financeira, que Marie supostamente quitara. O Sr. Friedländer desfrutava do privilégio de sua companhia, privilégio que seu marido estava impedido de exercer. E a ele não restava nem a possibilidade de expressar sua raiva... Não! Ele tinha que trancar a ira e o ciúme no coração e fingir gratidão por aquele homem.

Aquela segunda visita fez com que ele confrontasse isso com uma clareza angustiante. E, além disso, tinha mais uma coisa pesando em seu coração: a esperança abalada de que aquela situação terminaria em breve.

As profecias de Robert estavam se confirmando da pior forma possível. Se no início ainda fora permitido aos judeus na Alemanha fazer negócios e exercer a maioria das profissões, agora a situação era outra. Desde os terríveis acontecimentos de novembro do ano anterior, quando tinham incendiado sinagogas e levado os homens judeus em massa para os campos de concentração em todas as cidades alemãs, ficara claro de uma vez por todas o que o governo nazista estava tramando: a usurpação dos direitos e o expurgo de todos os judeus que ainda residiam no país. Os judeus de Augsburgo tinham voltado dos campos de concentração com a cabeça raspada e pânico nos olhos. Quase todos retornaram decididos a sair do país, mas Robert contara que o Estado exigia que os emigrantes pagassem taxas tão altas que não lhes sobrava mais quase nada quando iam embora. Paul ainda achava que, sendo sua esposa, Marie teria sido poupada de perseguições, mas não tocara mais no assunto naquela visita.

Subitamente se deu conta de que estava com frio. Abotoou o casaco que tremulava ao vento. Os passageiros que havia pouco estavam ao seu lado na balaustrada para observar o continente desaparecendo ao longe já tinham se espalhado pelo deque. Muitos se refugiaram nas cabines, congelando de frio, e outros estavam nas espreguiçadeiras, enrolados em cobertores. Paul deu mais um suspiro profundo e depois deixou o deque para cumprir sua promessa e ir encontrar Kurti e Dodo.

Eles estavam viajando na segunda classe. Paul e Kurti estavam em uma cabine externa, e Dodo dividia uma interna, menos luxuosa, com uma jovem espanhola – o que, segundo ela, não a incomodava.

– Para nosso querido Kurti é incrível poder ver o mar da cama – comentara ela. – Para mim tanto faz, se eu quiser ver o mar vou até o deque.

É claro que Dodo, do alto da maturidade de seus 23 anos, sabia que aquela viagem não era nada barata. A princípio nem quisera ir junto, pensando na enorme soma que a família já gastara com seu exame de conclusão na Suíça. Mas, por fim, Paul conseguira convencê-la. Afinal, Marie e especialmente Leo desejavam muito revê-la após tanto tempo.

Encontrou Dodo e Kurti na cabine externa, em meio a uma montanha de embalagens e papéis de embrulho. Marie não poupara presentes para seu filho mais novo. Leo também contribuíra, assim como, claro, o onipresente Karl. Kurti estava agachado no chão, radiante, testando os novos carrinhos que corriam pelos cantos sozinhos e sem chave para dar corda. Em casa, na Vila dos Tecidos, Paul construíra junto com o filho uma pista de madeira que ocupava o quarto do menino quase inteiro. Mas só dava para usar os modelos caros de metal, enquanto os exemplares de borracha que ele ganhara estavam enfileirados na estante, pegando poeira.

– E aí, algum presente bom? – perguntou Paul com alegria fingida.

– O Mercedes eu já tinha – balbuciou Kurti. – Mas não tem problema ter dois Flechas de Prata agora. Este é o carro Type D fabricado pela Auto Union. Ele é novíssimo, papai. Foi Leo quem me deu. E ganhei um posto de gasolina de Karl. Olhe aqui! Dá para levantar a mangueira de verdade e colocar gasolina dentro.

– Infelizmente tem que pagar em dólar e centavos de dólar – disse Paul após passar o olho nas descrições em inglês do brinquedo colorido de metal.

– Não tem problema, papai. Temos dólares sobrando, não é?

– Então posso encher o meu tanque aí – respondeu Paul.

– E eu também! – exclamou Dodo. – Quando estiver com meu carro novo.

Eles tinham repassado para Kitty o pequeno carro de Marie, que Dodo dirigira por um tempo, porque, para grande tristeza da tia, seu "carrinho querido" finalmente se negara de vez a continuar funcionando. Enquanto isso, tia Elvira fizera um fundo de poupança em nome de Dodo a fim de adquirir um dos novos Volkswagens, que em breve custaria 998 Reichsmark. Era preciso pagar 5 Reichsmark por semana, e, quando se chegava a 700, a pessoa entrava na lista de requerentes. A fábrica da Volkswagen queria entregar as primeiras remessas do carro popular já no ano seguinte.

– Um dólar por um litro de gasolina! – determinou Kurti autoritariamente.

– Mas o quê? – reagiu Dodo. – Que exploração! Um litro custa 39 centavos, já não é nada barato!

– No meu posto custa um dólar – insistiu Kurti, pegando seu novo Flecha de Prata e andando com ele por cima dos sapatos de Paul. – Vrrrrrrummm!

Ele não dava nenhum sinal de estar enjoado. Paul ficou aliviado, assentiu para Dodo em agradecimento e começou a jogar fora as caixas e os papéis de embrulho. Havia outros presentes na mala grande para Kitty, Henni, Robert, Gertrude, Tilly e família, para Lisa e os filhos e inclusive para os empregados da Vila dos Tecidos. Inicialmente Paul se recusara a levar todas aquelas coisas por temer que causassem problema na alfândega, mas como não conseguira suportar a expressão de decepção de Marie, acabara cedendo. Afinal, era uma prova de seu grande afeto pela família e pela Vila dos Tecidos. Por que ele deveria se opor a isso?

Àquela altura, já se sentia um pouco melhor. Ainda não superara o momento doloroso da separação de Marie, mas conseguira deixá-lo de lado. Tinham se despedido no apartamento, com as malas já prontas e o táxi amarelo à espera para levar Dodo, Kurt e ele para o porto. Marie estava pronta para ir para sua "loja". Cheirava a perfume americano e subitamente parecia outra pessoa – não a Marie com quem ele dormira agarradinho e com tanta paixão em sua última noite juntos.

– Até o próximo reencontro, meu amor – sussurrara ela em seu ouvido.

Ele a beijara, mas não conseguira responder nada. Quando eles se veriam de novo? Ninguém conseguia prever, porque a Alemanha caminhava inevitavelmente para uma guerra. Paul, veterano da grande guerra, sabia o que aquilo significava.

Ajoelhou-se no chão para brincar mais uns minutinhos com Kurti. Mais um pouco e eles almoçariam na sala de refeições da segunda classe. Se mais tarde Kurti continuasse sem enjoar, Paul planejava levá-lo para explorar o navio e talvez jogar algumas rodadas de *shuffleboard*. O menino era tudo que lhe restara. Seu filho, que já mostrava habilidades para se tornar um bom engenheiro e, se Deus quisesse, assumiria a fábrica um dia. Marie respeitava sua decisão de deixar Kurti na Alemanha, ainda que ele fosse classificado como "judeu mestiço", como os dois irmãos. Não tocara no assunto durante a visita, e quando Kurti dissera, naquela manhã, que preferia ficar com a mãe, ela o acalmara com seu jeito inteligente e gentil.

– Mas o que vai ser de Willi se você não voltar para ele?

Willi era o cão marrom enorme que, na verdade, pertencia a Liesel, mas se tornara o companheiro inseparável de brincadeiras de Kurti. O argumento tivera o efeito esperado. Kurti dera um olhar assustado para a mãe e retrucara:

– Você tem razão, mamãe. Não posso deixar Willi sozinho de jeito nenhum.

Paul ignorara a ofensa velada daquelas palavras. Era ridículo pensar que um cachorro era mais importante para seu filho que o próprio pai. O menino não conseguia compreender a magnitude de afirmações como aquela.

O clima costumava ser animado durante o almoço na sala de refeições da segunda classe. Elogiava-se o conforto a bordo do *Bremen*, que também oferecia algum entretenimento aos passageiros das duas classes superiores, assim como cabines confortáveis e boas refeições. Além disso, eles chegariam à Europa em menos de cinco dias, e só existia uma embarcação mais rápida que ele: um navio a vapor francês cujo nome ninguém sabia. O comissário lhes indicou seus lugares à mesa, onde já estavam sentadas duas senhoras de meia-idade que seriam suas companheiras durante o resto da viagem. Apresentaram-se mutuamente: as senhoras se chamavam Ingeborg Hartmann e Eva Kühn, eram irmãs, ambas viúvas, vinham de Hamburgo e tinham visitado o irmão, que emigrara fazia anos e tinha uma grande fazenda em Wisconsin.

– E você se chama Kurti? – perguntou a Sra. Hartmann, a mais velha das duas, sorrindo maternalmente para o menino de 13 anos.

– Hum, sim... – respondeu Kurti.

Ele encarava com fascínio os caninos superiores da senhora, que tinham se soltado da arcada por um instante.

– Você é um menino muito bonito – comentara a Sra. Hartmann, que aparentemente nem percebera o pequeno incidente. – Nossas duas sobrinhas têm 12 e 13 anos e com certeza gostariam de você.

– Elas gostam de carros de corrida?

– Não sei. Mas as duas sabem cavalgar, e já deixam Lizzy, a mais velha, dirigir o trator.

A última informação deixara Kurti impressionado. Ele também gostaria de dirigir um trator, daqueles que via aqui e acolá nos campos da região de Augsburgo.

– Também sei cavalgar – respondeu ele com seriedade.

– Veja só isso! – disse a Sra. Kühn, a irmã mais nova, olhando para Paul, que estava ocupado com a sopa de tomate. – Então o senhor deve ter uma bela propriedade, Sr. Melzer, já que tem cavalos.

Paul conhecia muito bem aqueles olhares de damas solitárias. Já percebera na viagem de ida que despertava o interesse alheio por estar viajando sem esposa, mas com o filho pequeno e a filha adulta. Mulheres de idades variadas o abordavam, faziam-lhe elogios, mostravam-se disponíveis ou até mesmo provocantes, e na noite de dança, de que só participara por causa de Dodo, fora difícil escapar das encantadoras companhias femininas. As investidas só tinham freado quando Dodo gritara em alto e bom som para ele:

– Que pena que a mamãe não está aqui, não é, papai? Ela se divertiria à beça hoje!

Ele não ficara chateado com a filha e achara graça de sua explosão com as senhoras inconvenientes. Apesar de tudo, ainda era bastante atraente aos seus 50 anos – ficava bem de terno, e as poucas mechas grisalhas que tinha nas têmporas mal apareciam entre sua cabeleira loira e farta.

Dodo também decidiu se intrometer naquele momento antes que ele próprio conseguisse responder às perguntas curiosas.

– Meus pais têm uma fábrica de tecidos em Augsburgo, senhora. Os cavalos pertencem à minha tia-avó, mas agora ela decidiu parar de trabalhar e abandonou a criação.

– Ah, que interessante – observou a Sra. Kühn com simpatia, mexendo a sopa. – Quando criança, às vezes eu também cavalgava na fazenda do nosso avô. É verdade, nossas férias eram maravilhosas naquela época, não é, Ingeborg?

A outra senhora assentiu com um sorriso sonhador e perguntou se a mãe dos jovens também sabia cavalgar.

– Não. É estilista e faz vestidos de noite.

– Que prático – comentou a Sra. Hartmann, olhando na direção de Paul. – O senhor produz os tecidos e sua esposa faz os vestidos. Isso é o que chamo de uma empresa familiar.

Ela tocou os lábios de leve com o guardanapo e jogou-o descuidadamente dentro do prato de sopa vazio.

– Isso mesmo – respondeu Paul logo em seguida. – Em Augsburgo nós temos um pensamento econômico. A senhora gostou da sopa?

– Ah, meu Deus, pois é, é sopa enlatada. A sopa com ingredientes frescos é outra coisa.

Kurti também não aprovara a sopa, porque tinham jogado salsinha em cima, e era difícil evitar o matinho verde nas colheradas. Por fim, devorara o ragu de frango e só dissera uma vez para Dodo que a comida era mais saborosa na Vila dos Tecidos. Paul sorriu com satisfação e empurrou sua sobremesa para ele: mousse de chocolate com chantili. Mas a porção era tão pequena que teria cabido em um copinho de aguardente.

– Espero que nos vejamos hoje à noite – disse a Sra. Kühn com um sorriso cordial. – Vai ter uma palestra muito interessante sobre a "ordem teutônica".

Paul já tinha visto o cartaz, em que leu: "A Ordem Teutônica: a pioneira do caráter alemão no Oriente". O palestrante seria um tal de Breitenbach, camarada do partido, cujas credenciais para o tema não estavam claras. Provavelmente seria uma das ações propagandistas de costume dos nacional-socialistas. Ele não estava nem um pouco disposto a ouvir aquela ladainha.

– Infelizmente terei que recusar desta vez, senhora – respondeu Paul com educação. – Prometi ao meu filho que jogaria cartas com ele.

– Mas talvez a senhora sua filha possa assumir o seu lugar – disse a Sra. Kühn, que não desistiria tão fácil da oportunidade de conhecê-lo melhor.

– A senhora filha dele tem os próprios planos para hoje à noite, senhora – disse Dodo enfaticamente.

Em seguida levantou-se, assentiu aos olhares de consternação com ar austero, sorriu alegremente para Paul e se retirou. Paul aproveitou a oportunidade para também se retirar com Kurt.

Enquanto estavam jogando *shuffleboard*, Kurti conheceu um menino de 15 anos, de Bremen, e passou a jogar com ele, deixando Paul livre para se sentar em uma das cadeiras disponíveis e observar o jogo. Kurti jogava bem – tinha calma, media a distância com os olhos, mirava com serenidade e, quando perdia a jogada, refletia sobre o que poderia ter ocasionado o erro. Paul gostava daquele tipo de comportamento. Na escola, Kurti também mostrava que sabia se concentrar com facilidade nos problemas propostos. Após o feriado de Páscoa, entraria no sexto ano do ginásio Sant'Ana com as notas entre boas e excelentes. Estava à frente dos colegas especialmente em matemática, algo que todos os seus professores tinham confirmado. Seu único defeito era a tendência à teimosia. Já acontecera várias vezes de se negar a participar da aula por ficar com raiva de uma punição que, aos seus olhos, era injusta. Aí ficava sentado em sua carteira com os braços cruzados e não abria mais a boca, birrento que só. Paul se preocupava com a possibilidade de negarem sua entrada no ginásio por causa desse tipo de comportamento, apesar de seu bom desempenho acadêmico. Afinal, não podiam esquecer que a mãe de Kurti era judia.

Involuntariamente seus pensamentos se voltavam para os acontecimentos das semanas anteriores. Como seu filho mais velho, Leo, estava diferente! Aquele rapazinho reservado e inseguro que viajara com Marie para Nova York quatro anos antes virara um homem feito que encontrara sua vocação e se estabelecera profissionalmente. Tornara-se um jovem americano que se vestia e usava o corte de cabelo à moda de Nova York, e conseguia falar sem esforço nenhum com qualquer pessoa na rua, fosse negra, branca, asiática ou do Oriente Médio. Seu enorme dom musical, que Paul julgara inútil durante tantos anos, por fim tornara-se a sua profissão. Leo dirigia uma orquestra privada, era contratado para fazer muitas apresentações e ainda compunha trilhas sonoras, que lhe rendiam um bom dinheiro. Para trabalhar sem ser perturbado, como alegara, alugara um pequeno apartamento em que também passava a noite de vez em quando. É claro que o lugar servia principalmente como ninho de amor para ele e a namorada, uma jovem chamada Richy que ele apresentara ao pai casualmente como "meu amorzinho". Eles não pareciam estar planejando se casar, o que Marie também achava estranho, mas Paul não tinha nenhuma intenção de conversar com o filho sobre sua relação, pois considerava não ter autoridade para isso.

Ele tinha um misto de sentimentos em relação à garota. Era linda, esbelta, de um tipo mediterrâneo, com os cabelos negros e olhos escuros que tinham um brilho provocante. Como homem, ele a achava fascinante e provavelmente também teria se apaixonado por ela se tivesse a idade de Leo. Como pai, contudo, tinha suas reservas, porque a ambição de Richy era tão grande quanto sua beleza. No momento estava desempregada, porque o grupo de dança ao qual pertencia tinha acabado. Era algo que acontecia com frequência em Nova York, porque havia muitas instituições culturais particulares que sobreviviam de recursos próprios, muito mais que na Alemanha.

Quando uma delas ia à falência, os artistas infelizmente pagavam o pato: iam para o olho da rua e tinham que se virar para achar um lugar para ficar. Richy vinha fazendo várias entrevistas para companhias de dança, e, ao que parecia, estava nervosa e sensível por causa disso, o que afetava Leo também.

Mas aquela situação incomodara principalmente Dodo. O reencontro dos irmãos, que fora muito acolhedor no início, tomara um rumo hostil – sem dúvida por causa de Richy. Nem ele nem Marie ficaram sabendo o que aconteceu de fato, mas era claro que Dodo não se entendera com a garota e que Leo, por fim, ficara do lado da namorada e contra a irmã. Dodo ficara profundamente magoada e cortara relações com Leo. Tinha passado os últimos dias no ateliê de Marie e também se encontrara algumas vezes com Walter, que ficara muito feliz em revê-la e compartilhava cem por cento da opinião que ela tinha de Richy. Assim como Marie, Walter também tentara convencer Dodo a dar entrada na cidadania americana para estudar nos Estados Unidos, mas Dodo rejeitara a ideia. Queria ficar na Alemanha e tinha esperanças de conseguir estudar engenharia aeronáutica na faculdade técnica em Munique. Entrara em contato com o engenheiro Willy Messerschmitt, com quem fizera um estágio em Augsburgo, e ele havia prometido que intercederia a seu favor.

– Você sabe muito bem que tipo de avião a Alemanha está construindo! – afirmara Marie. – São aviões de caça destinados à guerra.

Mas Dodo se mostrara obstinada. Sim, eles estavam construindo aeronaves aptas para a guerra. Mas também aviões comerciais e esportivos.

– Os outros países não estão fazendo muito diferente da Alemanha – afirmou ela. – Não vá me dizer que os Estados Unidos não estão construindo aviões de caça.

Paul ficara feliz por Dodo voltar com ele e Kurti para casa, mas temia que a filha também acabasse decidindo ir para os Estados Unidos, porque não conseguia acreditar que a influência do Sr. Messerschmitt seria grande a ponto de conseguir uma vaga na faculdade de engenharia aeronáutica para uma jovem de ascendência judaica – apesar de Dodo ter as características físicas que os detentores do poder favoreciam na Alemanha. Era loira de olhos azuis, alta e magra, e facilmente se passava por um rapaz com seus cabelos curtos e cacheados. De qualquer maneira, não demoraria muito até que ele também a perdesse para os Estados Unidos.

A clara consciência de que o futuro de seus filhos gêmeos não estava mais em sua Alemanha natal, mas em outro continente, era amarga. Os nazistas tinham esfacelado sua família, separando-o da esposa e levando seus filhos para fora do país. O que lhe restava? Por que ainda voltava para Augsburgo?

A resposta era a fábrica, o legado de seu pai.

– Ganhei três vezes! – exclamou Kurti em voz alta, arrancando-o de seus pensamentos sombrios. – Martin só ganhou duas e é mais velho do que eu. Posso mostrar meus carrinhos para ele, papai?

– Claro que pode, Kurt. Mas primeiro ele tem que perguntar aos pais dele.

– Vamos perguntar, papai...

Martin se revelou um colega gentil e empolgado com os carrinhos. Paul observou os dois brincarem por alguns instantes e depois foi respirar um pouco de ar fresco e dar uma olhada em Dodo. Encontrou-a no deque, em uma conversa animada entre um grupo de jovens. Ele acenou para ela rapidamente e foi em direção à balaustrada, onde inspirou profundamente e sentiu a brisa vigorosa do mar nas narinas.

– Justamente – disse uma voz masculina não muito longe dali. – Desde sempre os alemães ocupam o Leste. Por isso é mais do que justo libertar Danzigue das autoridades portuárias polonesas e torná-la alemã, como o Führer exigiu...

A voz pertencia ou ao Sr. Breitenbach, que daria a palestra naquela noite, ou a um colega de mesma convicção. Paul olhou discretamente para o lado e avistou a Sra. Hartmann e sua irmã conversando com dois homens.

– A Polônia é um país lindo – comentou a Sra. Kühn. – Ano passado fomos visitar um conhecido que tem uma fazenda lá.

– É verdade – retrucou um dos homens com educação. – É um país bonito. E os poloneses em si não são pessoas indignas. Infelizmente o país está infestado de judeus, senhora. É uma tragédia! Eles controlam o comércio, as finanças e, é claro, também influenciam o governo.

– É mesmo? Não sabia disso...

– Bem, graças a Deus o Führer garantiu que nos libertássemos das maquinações dos judeus em nossa pátria. Mas países como a Polônia e a Hungria ainda precisam ser minuciosamente purificados...

Paul conhecia aquele discurso, que àquela altura já estava difundido por toda parte. Como qualquer tipo de objeção seria inútil, era melhor manter-se calado.

– Ah, sim – disse a Sra. Hartmann com um suspiro. – Os judeus são nossa desgraça, isso todo mundo sabe. Apesar de que… também há judeus simpáticos, não é mesmo, Eva? Seu antigo professor do primário, por exemplo, que lutou na guerra com tanto entusiasmo pelo imperador e pela pátria e voltou da batalha com uma perna só…

– Mas são raríssimas exceções. – Ela foi interrompida pela voz masculina. – Quando o assunto é a questão judaica, não podemos ceder a nenhum tipo de sentimentalismo. Não existem judeus bons ou ruins. Judeus são judeus. E os judeus têm que ir embora da Europa!

– Nisso o senhor tem razão – disse a Sra. Kühn com um suspiro. – Nosso pai pegou dinheiro emprestado de um banqueiro judeu em sua época. E imagine só o senhor que quando não conseguiu mais pagar as prestações, o homem tomou-lhe a casa…

– Está vendo, senhora? São todos vigaristas!

– Ah, estamos muito ansiosas para ver sua palestra, Sr. Breitenbach…

Paul se virou e foi para o outro lado do deque. Andou de um lado para outro durante algum tempo, angustiado, depois ficou parado para ver os jovens jogando *shuffleboard*. Sentiu a depressão se apoderar dele como uma nuvem carregada.

Por que não tinha se virado e contestado as afirmações? Por que se calara como um covarde?

Por medo. Pelo seu filho. Pela fábrica. Pelas pessoas que amava.

CONHEÇA OS LIVROS DE ANNE JACOBS

A Vila dos Tecidos
As filhas da Vila dos Tecidos
O legado da Vila dos Tecidos
O regresso à Vila dos Tecidos
Tormenta na Vila dos Tecidos

Para saber mais sobre os títulos e autores da Editora Arqueiro,
visite o nosso site e siga as nossas redes sociais.
Além de informações sobre os próximos lançamentos,
você terá acesso a conteúdos exclusivos
e poderá participar de promoções e sorteios.

editoraarqueiro.com.br